Richard von Ratoll

Die gefühlvollen Erlebnisse eines rücksichtslosen Temperaments

© 2020 Richard von Ratoll

Verlag und Druck:
tredition GmbH, Halenreie 40-44, 22359 Hamburg

ISBN
Paperback: 978-3-347-17624-9
Hardcover: 978-3-347-17625-6
e-Book: 978-3-347-17626-3

Die avantgardistischen Wurzeln erreichen mit ihrem substanziellen Einfluss spielend den eigentlichen Kern des modernen Gebäudes, das konsequent darauf besteht, als gläserner Palast tituliert zu werden.

Die anspruchsvolle Innenarchitektur genießt ihr niveauvolles Spiel mit einer optimistischen Kunst, die sich lächelnd an einen verständlichen Abstraktismus anlehnt und es tatsächlich schafft, die wesentlichen Interessen eines finanzstarken Kommerz, für einen kostbaren Augenblick in den kühlen Schatten zu stellen. Gesegnet mit der Attraktivität einer männlichen Ausnahmeerscheinung, öffnet eine faszinierende Persönlichkeit die Türen zu ihrem profitablen Reich und lässt die Gewissheit über die Macht des ersten Eindrucks leidenschaftslos an ihrem selbstbewussten Charakter abperlen.

„Herr Johansson, Sie haben mich finanziell ruiniert. Ich bin erledigt, und zwar für den Rest meines Lebens."

Bewusst nimmt Jakob das Gesicht seines Gegenübers nicht wahr, in dem sich ein Ensemble aus ohnmächtiger Wut und tiefer Verzweiflung paart, das lautstark von seinem blinden Publikum ein wenig Mitgefühl als Gage fordert.

„Sie können mich mit Ihrer Bauarbeitermentalität nicht beeindrucken, Herr Paulsen. Bitte benehmen Sie sich in meinen Räumlichkeiten entsprechend, ansonsten lasse ich Sie augenblicklich entfernen."

„Mehr haben Sie mir nicht zu sagen? Sie erbärmlicher Finanzjongleur, der nicht in der Lage ist, zwei Bälle zu beherrschen."

„Sie werden jetzt bitte nicht beleidigend, Herr Paulsen." Sondern, Herr Johansson?"

„Sondern Sie hören mir jetzt aufmerksam zu, was ich Ihnen zu sagen habe. Ich habe Sie ordnungsgemäß über sämtliche Risiken aufgeklärt. Ich habe Sie in diesem lukrativen Geschäft exzellent beraten und ich bin Ihnen finanziell mehr als genug entgegengekommen. Und jetzt sage ich Ihnen noch etwas, Herr Paulsen. Sie sind derjenige, der sich regelrecht verzockt hat, um es in Ihrem Jargon auszudrücken." „Wie bitte? Ich habe mich verzockt?"

Zwei fassungslose Augen, führen in einem theatralischen Auftritt Regie und kämpfen hartnäckig um ein Minimum an Empathie, das ihnen trotz aller Bemühungen regelrecht verwehrt bleibt.

„Richtig, Sie alleine haben sich amateurhaft verzockt. Und für den Rest Ihres Lebens würde ich Ihnen dringend raten, sich von einem Roulettetisch fernzuhalten und Ihre gescheiterte Existenz nicht beim Black Jack aufs Spiel zu setzen. Sie finden die Tür zum Ausgang alleine, Herr Paulsen. Auf Wiedersehen."

Mit einem knackenden Geräusch bricht das Rückgrat der ruinierten Person entzwei, die anschließend sprachlos und apathisch durch den tiefen Sumpf des Ruins gleitet, bevor sie sich als Opfer des Tages, drei Stunden später für einen qualvollen Tod durch den Strang entscheidet.

Geschmeidig vermischen sich die letzten Sonnenstrahlen mit der aufkommenden Dunkelheit und ein zarter Nebel, hüllt die laute Stadt in ein aufregendes Abendkleid, deren verruchte Eleganz sich im grellen Neonlicht spiegelt, dass Jakob über dunkle Straßen, zu seinem auserwählten Ziel begleitet.

Dunkles Holz prägt den historischen Kolonialstil der traditionsreichen Lokalität, in der sich ausschließlich erfolgsverwöhnte Kragenweiten am Ende eines langen Tages, in ihrer Rolle als weltliche Eroberer der Moderne die Ehre erweisen.

Sanft presst Jakobs Zunge die gehaltvolle Flüssigkeit gegen den verwöhnten Gaumen und genießt nach einer leichten Kaubewegung ein vollmundiges Aroma, das seinen Geist kurz vor Mitternacht ein letztes Mal beflügelt und ärgerliche Alltagssorgen auf einer abwehrstarken Seele faltenfrei ausbügelt.

Nach einer unterhaltsamen Konservation an der geschäftlichen Oberfläche und einer wohltuende Beweihräucherung im gegenseitigen Interesse folgt eine angenehme Entspannung, die an der feudalen Eingangstüre eines zeitgenössischen Prachtbaus endet.

„Guten Abend Jakob, ich habe eigentlich nicht mit Deinem Kommen gerechnet. Wie war Dein Tag?"

Ein ängstlicher Eindruck lastet auf den schmalen Schultern der blassgrauen Frau, deren langes Haar von silbernen Strähnen und sanften Wellen durchzogen ist und die ihre endgültige Form einer strengen Flechtfrisur verdanken. Die zierliche Figur ist von weiter Kleidung bedeckt und das traurige Gemüt versteckt sich hinter einem schüchternen Verhalten, das Jakob in einem Antiquitätenreichen Haushalt gehobener Ausstattung freundlich empfängt.

„Ich wüsste nicht, warum ich mit Dir über meinen Tag plaudern sollte." „Entschuldigung bitte, das sollte kein Annäherungsversuch sein. Ich wollte Dir lediglich höflich gegenübertreten." „Was Dir hiermit auch gelungen ist. Ich darf Dich daran erinnern, dass Du Dich freiwillig für die Rolle der gut bezahlten Hausdame in einer luxuriösen Wohngemeinschaft entschieden hast, die ich liebend gerne auflösen würde. Und das bereits seit Jahren. Aber leider ist Dein depressiver Starrsinn bis heute nicht dazu bereit, eine glückliche Endlösung unserer gescheiterten Beziehung zu akzeptieren." „Eine glückliche Endlösung nach Deinen Bedingungen, die mich seit Jahren psychisch vergewaltigen."

Eine merkliche Aggressivität steuert Jakobs Motorik beim Ablegen seines Jacketts, das sich anschließend durch einen gezielten Wurf auf der glänzenden Oberfläche eines wertvollen Biedermeiersekretärs wiederfindet und zur gleichen Zeit unfreiwillig die Standfestigkeit eines wunderschönen Lampenschirms aus opakem Weißglas auf die Probe stellt.

„Auch der schwächste Mensch verfügt letztendlich über die Willenskraft, die er braucht, um das Schiff und den Kapitän zu verlassen. Entschuldige bitte, aber ich hatte einen anstrengenden Tag und würde die sinnlosen Diskussionen gerne beenden." „Und ich würde Dich bitten, als Heimatadresse und Übernachtungsmöglichkeit grundsätzlich Deine Stadtwohnung vorzuziehen. Gute Nacht."

Insgeheim schockiert über die ausdrückliche Bitte, beobachtet Jakob seine Frau, die mit geballten Fäusten und gesenktem Haupt ihre Tränen kontrolliert und anschließend ihrem lieblosen Ehemann die Luft im Raum alleine überlässt.

„Gute Nacht, Marie."

Mit einer nüchternen Routine und einer gewohnten Frühaufsteherenergie startet Jakob in den nächsten Tag und bedient sich seinem feinen Gespür für erfolgversprechende Geschäfte, dem er seit jeher blind vertrauen kann.

„Guten Morgen Karen, darf ich davon ausgehen, dass Sie die Uhr lesen können?"

Der demütige Blick unter einem pagenartigen Kurzhaarschnitt wandert still nach unten und landet auf einer halbrunden Schuhspitze aus tintenblauem Veloursleder.

„Da Sie mir nicht widersprechen, hätte ich eine neue Herausforderung für Sie." „Gerne, Herr Johansson." „Ich erwarte Sie in zehn Minuten in meinem Büro."

Das kleine Vorzimmer ist stolz auf seine respektable Fensterfront, an der bunte Blumentöpfe das erfrischende Grün ihrer namenlosen Pflanzen, dem nährstoffreichen Sonnenlicht überlassen und zusammen mit ihren gehäkelten Untersetzern in fröhlichen bonbonfarben eine Goldmedaille für ihre Liebe zum kitschigen Detail verdient haben. Der glockenförmige Samtrock freut sich über die verspielten Falten am Bund und passt perfekt zu einer romantischen Mädchenbluse, die durch einen dunkelblauen Untergrund die Schönheit zahlreichen Rosenblüten hervorhebt und den weiblichen Rundungen ihrer konservativen Trägerin schmeichelt.

Unter einem leisen Angststöhnen wird der Bürostuhl ordentlich vor seinen Schreibtisch geschoben, während eine berechtigte Nervosität für zwei feuchte Handinnenflächen sorgt, die in ihrer Not ausnahmsweise auf den robusten Stoff über den breiten Hüften zurückgreifen müssen, bevor eine eingeschüchterte Sekretärin höflich an die Tür klopft.

„Bitte nehmen Sie Platz, Karen." „Danke, Herr Johansson."

Das gepflegte Deckhaar verteilt seine schokoladenbraune Fülle vom Oberkopf bis zu den Schläfen und lässt sich täglich von einem legeren Seitenscheitel locker auf die rechte Seite legen. Volle Lippen bilden einen symmetrischen Mund und den haselnussbraunen Augen verleihen dichte Wimpern und gepflegten Brauen eine geheimnisvolle Ausstrahlung.

Eine attraktive Bräune schimmert über ein schmales Gesicht, das durch seine hohen Wangenknochen und sein markantes Kinn als männliches Schönheitsideal neue Maßstäbe setzt.

„Seit wann arbeiten Sie für mich?" „Seit vier Wochen, Herr Johansson." „Richtig, Karen. Und nach vier Wochen ist es an der Zeit, mir zu beweisen, ob Sie in der Lage sind, meinen Koffer ordnungsgemäß zu tragen." „Ja, Herr Johansson." „Sie werden mich morgen zu einer Tagung begleiten und rund um die Uhr dafür sorgen, dass ich mich ausschließlich auf das Wesentliche konzentrieren kann und mich nicht mit Belanglosigkeiten beschäftigen muss. Da die Organisation dieser Veranstaltung in meiner Verantwortung liegt, werden Sie verschiedene Tätigkeiten übernehmen, die einen reibungslosen Ablauf sorgen und sich um die Betreuung der geladenen Gäste kümmern." „Ja, Herr Johansson. Ich werde mich bemühen, dass Sie voll und ganz mit mir zufrieden sein können." „Unter sich bemühen, verstehe ich nicht die Motivation, die in Ihnen vorherrschen sollte, um Ihre Arbeit zu meiner vollen Zufriedenheit zu erledigen." Entschuldigen Sie bitte, Herr Johansson." „Karen, Ihnen sollte durchaus bewusst sein, dass Sie nach wie vor unter meiner Beobachtung stehen und es alleine in einer Macht liegt, wie lange diese Beobachtung noch andauert." „Ja, Herr Johansson." „Ich hätte noch ein Anliegen, Karen." „Ja, Herr Johansson?" „Bitte verstehen Sie mich nicht falsch, aber zum gegebenen Anlass würde ich Sie trotzdem bitten, Ihre hausbackene Garderobe im Schrank zu lassen und eine etwas elegantere Garnitur zu wählen. Vielen Dank Karen, ich bin fertig, Sie dürfen gehen." „Danke, Herr Johansson."

Zaghaft schließt sich die Tür hinter einer verzweifelten Seele, die gleichzeitig bemüht ist, die starke Blutung ihrer verletzten Gefühle zu stillen und eine wütende Sensibilität zu beruhigen, die sich einem taghellen Albtraum hilflos ausgeliefert sieht und sich nach einem kalorienreichen Trostpflaster sehnt.

Die üppige Schaumkrone eines zuckersüßen Milchkaffees ist mit einem Herz aus feinem Kakaopulver liebevoll verziert und sorgt mit einem großen Stück Marzipantorte in Begleitung frischer

Schlagsahne für einen reuelosen Genuss, der es tatsächlich schafft, auch die letzte Gewitterwolke in die Flucht zu schlagen.

Die sternförmig angelegte Hotelanlage verfügt über spezielle Tagungsräume, die dem anspruchsvollen Gast jeglichen Komfort und technische Raffinesse bietet, um eine gähnende Langweilige mit dem Angenehmen zu verbinden.
Nach einer stressfreien Anreise ohne gegenseitigen Unterhaltungszwang erreicht ein ungleiches Paar sein gemeinsames Ziel, dass in einer reizvollen Region mit einem ländlichen Charme liegt.
„Sehr geehrte Damen und Herren, liebe Kolleginnen und Kollegen, Sie können durchaus nachvollziehen, dass es meine eitle Persönlichkeit sehr freut, Sie in dieser zahlreichen Menge begrüßen zu dürfen. Ich möchte Sie deshalb auch nicht mit einer antiquierten Begrüßungsfloskel langweilen und werde meine Eröffnungsrede an dieser Stelle so kurzweilig wie möglich gestalten. Sie erwartet in den nächsten Stunden ein sehr interessantes Programm, dessen Agenda Sie bitte dem beiliegenden Flyer entnehmen. Sollten Sie hierzu Fragen haben, können Sie sich jederzeit vertrauensvoll an mich oder meine Sekretärin wenden. Mit diesen Worten verabschiede ich mich vom Rednerpult, dass ich hiermit an jene Topmanager übergebe, die Ihren Geist im Gegensatz zu mir mit wissenschaftlichen Vorträgen bereichern werden. Vielen Dank."
Seidig zart schimmert des edle Schwarz seines Anzugs, der gekonnt eine maskuline Silhouette präsentiert, während Jakob den servierten Beifall dankend annimmt und im Gegenzug seine beneidenswerte Aura gewinnbringend einsetzt.
Das merkwürdige Verhalten einer unbeholfenen Assistentin trübt allerdings den schönen Schein seines charmanten Selbstbewusstseins und sorgt auf der redegewandten Zunge für einen bitteren Beigeschmack.
„Karen, würden Sie mir bitte verraten, warum Sie es wagen, Ihren fehlenden Enthusiasmus ungeniert der Öffentlichkeit zu präsentieren? Ihr offensichtliches Desinteresse an dieser Veranstal-

tung ist mehr als beschämend. Für mich und das ganze Unternehmen."

Die rundliche Person erinnert an das Leid einer Depression und lässt die Rüge kommentarlos über sich ergehen, ohne den Versuch einer erfolgreichen Selbstverteidigung zu starten.

„Ihr ganzer Bewegungsapparat scheint eingefroren zu sein und Ihrem pessimistischen Gesichtsausdruck nach zu urteilen, wird in spätestens zwei Stunden die Welt untergehen. Haben Sie eine Erklärung dafür?" „Entschuldigen Sie bitte Herr Johansson." „Oh, welchen Knopf habe ich gedrückt, der bewirkt, dass Sie anfangen zu reden?" „Es ist." „Es ist was?" „Ich fühle mich in dieser Gesellschaft unwohl. Diese imposanten Menschen verunsichern mich." „Das kann ich nachvollziehen. Wer bis gestern den Kaffee ausschließlich aus der Thermoskanne im Bauwagen serviert hat, bekommt natürlich Angst vor gebildeten Herrschaften in gepflegter Kleidung. Bitte verraten Sie mir, wie Sie ein acht Gänge Menü am Abend fehlerfrei absolvieren wollen, wenn Sie noch nicht einmal mit dem Selbstwertgefühl einer Wurstverkäuferin konkurrieren können. Bevor wir allerdings gemeinsam das Risiko einer Blamage eingehen, werden wir für Sie einen geeigneten Schnellimbiss um die Ecke finden. Nicht nur Ihr Magen wird sich über die vertraute Kost freuen, sondern auch Ihre Figur und der einfältige Gaumen."

Verärgert lässt Jakob seinen verstörten Handlanger im Abseits stehen und kümmert sich bis zum ersehnten Abendprogramm, wie ein Schlagerstar zum Anfassen um seine treue Anhängerschaft, unter der sich auch die geeignete Beute für sein einsames Hotelbett befindet.

„Frau Dollenhoff, ich bin hocherfreut, Sie zu sehen." „Herr Johansson, ganz meinerseits. Die Organisation Ihres Meetings ist beispielhaft. Von den interessanten Rednern ganz zu schweigen. Ich muss neidlos zugestehen, dass Sie sich selbst übertroffen haben." „Frau Dollenhoff, Sie bringen mich doch tatsächlich in Verlegenheit. Dürfte ich Sie zu einem Glas Champagner einladen?"

Das kühle brünett der erotischen Haarmähne reicht bis zu den Schultern, die mit einem roten Stoff bedeckt sind, dessen anschmiegsames Material mit einem appetitlichen Dekolleté harmoniert und bis zum Knie eines schlanken Beines reicht, dessen schmaler Fuß in einem eleganten Schuh aus schwarzem Lackleder steckt, der eine schwindelerregende Höhe für sich alleine beansprucht.

„Sehr gerne, Herr Johansson. Ist es zu aufdringlich, wenn ich Sie bitten würde, den Abend an meiner Seite zu verbringen?" „Sie glauben nicht, welche Freude mir Ihre Bitte bereitet. Sie werden mich den ganzen Abend nicht mehr los. Das verspreche ich Ihnen."

Stilsicher serviert die aufmerksame Bedienung ihren stehenden Gästen den prickelnden Genuss im Glas und fühlt sich für die kleine Katastrophe nicht verantwortlich, die den beiden Turteltauben nach dem ersten Schluck widerfährt. Unter einem dominanten Zischgeräusch trennt sich Jakobs Namensschild von seinem edlen Jackett und verabreicht mit dieser absurden Tat dem schönen Täter sowie seinem unschuldigen Opfer einen gehörigen Schreck.

„Verdammter Mist." „Herr Johansson, bitte entschuldigen Sie, aber mich hat einer von hinten angerempelt. Mein Gott, ist mir das peinlich."

Der ärgerliche Vorfall entfacht unter den geistig Starken eine lautstarke Diskussion und sorgt bei einem mental Schwachen für eine psychische Revolution, die dafür verantwortlich ist, dass sich ein korpulenter Held langsam und in kleinen Schritten dem Ort nähert, auf den sich alle Blicke richten.

Den Schauplatz erreicht, drängt er sich schüchtern zwischen die Akteure und setzt den ausgerissenen Stoff ganz vorsichtig in Szene, indem er den hängenden Lappen mithilfe der herausgerissenen Ansteck nadel wieder in Form bringt und dem gespannten Publikum daraufhin das Optimum verkündet: „Das ist doch kein Problem, Herr Johansson. Glauben Sie mir, das hält bis wir zu Hause sind und dann werde ich Ihnen die teure Jacke wieder feinsäuberlich nähen."

Nach einem Moment der geistigen Orientierung verliert Jakob fast die Beherrschung und beobachtet gleichzeitig seine potenzielle Nachtaffäre, die sich über die harmlose Blamage königlich amüsiert. „Sie sind einfach zu beneiden, Herr Johansson." „Verraten Sie mir auch noch, wofür, Frau Dollenhoff?" „Für Ihre mütterliche Sekretärin, die mit einem feinen Händchen und ausreichender Nestwärme Ihr Leben mit Sicherheit täglich bereichert. Ich wünsche Ihnen beiden noch einen schönen Abend." „Karen, wir reisen ab. Und zwar umgehend."

Siedend heiß pulsiert das Blut in Jakobs Venen und das Gefühl von blinder Wut agiert gemein wie ein Tumor, der Körper und Geist innerhalb kürzester Zeit beherrscht. Aus einer mahlenden Monotonie komponieren seine Zähne eine knirschende Symphonie, die sein Gehirn langsam durchbohrt, bevor sie mit der Macht eines verbalen Bombenangriffs über eine hilflose Person hereinbricht, die glaubt, einen Ausweg aus der Misere zu finden, indem sie sich mehrmals und vehement entschuldigt.
„Ein erfolgreicher Tag neigt sich dem Ende und ich möchte dieses zum Anlass nehmen, mich für Ihre charmante Begleitung und Ihre tatkräftige Unterstützung zu bedanken. Wir haben Ihr vertrautes Arbeiterheim erreicht, Karen. Sie dürfen aussteigen."
Die sarkastischen Worte landen als opulente Sahnetorte im Gesicht der apathischen Frau, deren Zuhause plötzlich einem Zwinger gleicht, während sie wie ein räudiger Hund zum Eingang schleicht. Ohne hinderliche Schranken folgen Jakobs Gedanken anschließend dem nächsten Ziel vor Augen und erlauben ihm das Wählen einer wohlbekannten Nummer.
„Wie komme ich zu dieser Ehre, Herr Johansson? Ein Anruf von Dir zu dieser Uhrzeit nenne ich eine Seltenheit. Womit darf und kann ich dienen, mein Lieber?" „Sei einfach so fantasievoll wie Deine Zunge und so anregend wie Dein Champagner, den Du als Hausmarke bevorzugst, wenn ich in einer Stunde bei Dir eintreffe. Wahrlich keine hohen Ansprüche."
Ein von Eleganz sprühendes Lachen erfüllt den Innenraum des Wagens mit lustvoller Lebendigkeit und schenkt dem Zuhörer eine Portion Gelassenheit, die er dankend annimmt.
„Der Anspruch liegt wohl eher in der Kunst gereifter Koketterie, die es versteht, den eitlen Hahn im Spiegel der erotischen Interessen nicht als Gockel darzustellen. Ich erwarte Dich also in

einer Stunde. Adieu, Herr Johansson." „La Traviata, die vom Wege Abgekommene."

Genussvoll lauscht Jakob der anspruchsvollen Musik und konzentriert sich nach seinem erlebten Fiasko auf eine altbewährte Qualität, die ihren hungrigen Heimkehrer hoffentlich sehnsüchtig erwartet. Eine beherrschbare Dunkelheit raubt der flimmernden Beleuchtung der privaten Tiefgarage ihre Dominanz und provoziert damit die maßlose Arroganz der noblen Blechkarossen, die sich gegenüber ihrem ausgeprägten Geltungsbedürfnis verpflichtet fühlen. Bewusst wählt Jakob den Weg zu Fuß in Stockwerk zehn und weiß den Sieg über unzählige Treppenstufen und mehrere Etagen gebührend anzusagen, indem ein historischer Türklopfer zur Tat schreitet und sich für eine Ankunftszeremonie im derben Format entscheidet.

„Es überrascht mich doch immer wieder mein lieber Jakob, wie viel proletarischer Zeitgeist in Dir steckt, der bekanntlich ein vermeintlich schwaches Ich, zu weitaus mehr Stärke verhelfen kann."

Heldenhaft schreitet Jakob durch die geöffnete Tür und umarmt galant einer anmutigen Frau, deren aristokratischen Gesichtszüge verliebt mit seinem leidenschaftlichen Blick spielen.

„Mauve, die Farbe der besseren Leute. Bereits Eugénie, die Ehefrau Napoleon III, war sich durchaus bewusst, welches übertriebene Maß an Hochmut diese Farbe umgibt. Ist es Zufall oder pure Berechnung, meine liebe Sybille, ein Kleid in diesem Ton zu tragen?" „Der Träger eines ramponierten Jacketts, philosophiert über Epochen und Pioniere bewegender Kleidungsstile. Findest Du nicht auch, dass die Kombination aus Malheur und Diskussion ein wenig lächerlich wirkt."

Leise schließt sich die Eingangstür einer großflächigen Luxuswohnung, in der sich jedes Detail als ein Indiz für den guten Geschmack einer gehobenen Gesellschaft fühlt und in der eine künstlerische Ader ihren Sinn für eine exklusive Individualität auszuleben vermag.

„Der Champagner erwartet uns Jakob Johansson. Und worauf wartest Du? Doch hoffentlich nicht auf ein ordinäres Bier."

Ein Traum aus violettem Chiffon zieht stolz an Jakob vorbei und gibt den Blick auf ein wohlgeformtes Gesäß frei, dass sich für die applaudierenden Augen des Betrachters lediglich mit einem höhnischen Lachen und einer Prise Spott bedankt.

„Ich folge Dir unauffällig meine Liebe."

Jede Bewegung einer perfekten Weiblichkeit ködert sich Stück für Stück Jakobs willenlosen Verstand und überwacht durch die Macht ihrer Fantasie die erotische Dominanz seiner zügellosen Leidenschaft. Eine elektrisierende Kraft entfacht ein loderndes Feuer in ihm und verführt sie zu einem rhythmischen Tanz auf dem Vulkan, der ausbricht, bevor der Wahn endlich zum Sinn wird und ihre glühende Haut seiner Begierde endgültig die Beherrschung raubt.

„Die verwöhnte Eitelkeit Deines unerschütterlichen Selbstbewusstseins durfte sich heute leider nicht mit dem Erfolg krönen, der ihr versprochen wurde. Habe ich recht Liebling?" „Wie darf ich das verstehen, Schätzchen?"

Entspannt hält Jakob ein Glas Champagner in seiner rechten Hand und sieht das glänzendes Blond bis zur schmalen Taille fragend an, das sich auf einem weißen Bettlaken erotisch rekelt.

„Die Tatsachen, die ich soeben erleben durfte, sprechen für die Annahme, dass Dich die eigene Frustration an diesem Tag merklich konfrontiert hat." „Hypothesen gilt es zu verifizieren, sobald man diese aufgestellt hat. Eine nähere Erläuterung Deiner erlebten Tatsachen könnte hierbei durchaus unterstützend wirken." „Wer trägt die Schuld für das Scheitern an der eigenen Messlatte, mein lieber Jakob?" „Ungeschultes Personal, das versucht hat, mich ein wenig zu ärgern."

Mit dem Lächeln eines namhaften Siegers verschließt Jakob das weiße Hemd vor seiner modellierten Brust und dankt still und heimlich seiner verlässlichen Männlichkeit, die durch einen ausdauernden Liebesakt für einen berauschenden Höhepunkt gesorgt hat.

„Nur das ungeschulte Personal oder auch der begehrenswerte Pokal, den Du bereits in Deinen Händen gesehen hast?" „Und wieder einmal gelingt es mir nicht, Deinen abstrakten Gedanken zu folgen." „Wer den Erfolg am Tag verloren sieht, nutzt die

Nacht für einen Sieg. Ein banaler Spruch, herrlich geistlos, aber auf Dich zutreffend. Apropos Sieg, wann naht der Zeitpunkt, dass wir diesen über Deinen schärfsten Konkurrenten feiern dürfen? Die letzte Barrikade auf Deiner Straße zum Olymp." „Ich muss Dich enttäuschen, meine Liebe. Wir erfreuen uns mittlerweile einer Geschäftsbeziehung mit gegenseitigem Respekt und beidseitiger Achtung. Warum sollte ich ihn also vom Thron stoßen. Gute Nacht."

Leidenschaftlich verabschiedet sich Jakob von einer faszinierenden Frau und betritt nur einen tiefen Atemzug später sein eigenes Reich, das ihn mit einer laissez fairen Geborgenheit empfängt.

„Auf der Straße zum Olymp."

Leise prosten seine Worte dem exquisiten Nosing-Glas zu, indem der Cognac bernsteinfarben leuchtet und goldene Funken sprüht, die durch ihre Intensität magische Fingerabdrücke hinterlassen. Der feine Duft nach Rosen und Wildkräutern umschmeichelt die sensible Nasenspitze und betört charmant die Sinne, die sich in einer lauen Sommernacht auf der Terrasse in Etage acht vom Tag verabschieden.

Der edle Tropfen überlässt dem Gaumen fruchtige Töne mit würzigen Klängen und beschert Jakob einen stimmungsvollen Moment, den er seinen Erinnerungen widmet. Bereitwillig lässt er sich von seinen Gedanken entführen und trifft auf seiner Reise in die Vergangenheit auf Jörn van Spielbeek, dessen Charakter geprägt ist von einer übermächtigen Selbstgerechtigkeit. Seine einflussreiche Macht ebnet den Weg des jungen Jakob Johansson und schenkt ihm die Eintrittskarte in eine vergoldete Welt, in der Jörn van Spielbeek über ein Imperium herrscht und gleichzeitig für Jakob zu einem unantastbaren Idol wird.

In Jakob selbst sieht er einen Sohn und den perfekten Erben seines Throns, der sich nicht nur als Bühne des Hochmuts versteht, sondern eine Sonnenterrasse der Eitelkeiten ist, die auch seine Königin gerne betritt. Sybille van Spielbeek ist ein intelligenter Brillant, der mit eigener Macht und klarem Verstand in der Lage ist, seine eigene Regie zu führen. In einem wahnwitzigen Duell mit der Geschwindigkeit verliert Jörn van Spielbeek auf tragische Weise sein königliches Leben und hinterlässt ein Testament, in dem er seine geschäftliche Nachfolge als Hauptgewinn an Christian DeVaal verschenkt und somit seine trauernde Nachwelt ein letztes Mal außerordentlich schockiert.

„Die Elite der Finanzindustrie hat getagt. Bedeutende Worte der Frankfurter Presse über den Kongress der Extraklasse."
Ordentlich faltet Christian DeVaal das international bekannte Tagesblatt zusammen, das sich anschließend wie eine unbenutzte Stoffserviette fühlen darf, und klemmt es in das Rückwandnetz des fliegenden Jets, in dem zwei überzeugte Geschäftsleute nebeneinandersitzend ihre Heimreise absolvieren.
„Pardon, möchtest Du auch einen Blick hineinwerfen? Das Feuilleton enthält äußerst interessante Beiträge."
Vorsichtig zieht er das bedruckte Papier wieder aus dem geknüpften Schlauch und reicht sie Jakob, der mit einer gärenden Wut im Bauch den Flugzeuggang entlang sieht.
„Vielen Dank, da wir in zwanzig Minuten landen, sehe ich nicht die Möglichkeit, den Beiträgen ihre gebührende Aufmerksamkeit zu schenken. Und das wäre doch sehr schade, findest Du nicht auch?" „Schade finde ich mein lieber Jakob, dass Du Dich auf diesem Kongress, der bekannt ist, für seine exklusiven Diskussionsrunden zweifelsohne zu wenig engagiert hast. Meiner Aufmerksamkeit ist es nicht entgangen, dass Dein Auftreten außerdem von einer leichten Unsicherheit begleitet wurde. Lag es vielleicht an den hochkarätigen Gästen? Nobelpreisträger, Wirtschaftswissenschaftler und der Popstar unter den Ökonomen Dr. James Hulgenlied?"
Die braungrünen Augen unter glatten Haarsträhnen in einem satten Honigblond vergnügen sich ganz offensichtlich über die spitze Bemerkung und beenden anschließend den charmanten Streit, der als bitterböse Provokation auf das erstaunte Opfer herabrieselt und letztendlich der Beginn eines schicksalhaften Offensivkrieges ist. Mit konsequenten Schweigeminuten vertreibt sich Jakob die Zeit bis zum Landeanflug und verhält sich auch nachfolgend äußerst reserviert, was seine geschäftliche Begleitung allem Anschein nach nicht interessiert.

„Hamburg empfängt uns doch tatsächlich im grauen Gewand und mit leichtem Nieselregen."

Die nüchterne Aussage folgt einem kritischen Blick, der aus einem aufsetzenden Flugzeug geworfen wird, das nach einer sanften Landung routiniert auf der Asphaltbahn ausrollt. Im Inneren des Flughafengebäudes herrscht derweil ein hinderlicher Massenandrang, den Jakob auf seinem Weg zu Ausgang möglichst schnell und nervenschonend hinter sich lassen will.

„Es ist Messe in Hamburg, Fußball in Hamburg und die Uraufführung eines Musicals, das zum Weltstar werden will. Die Chance, ein Taxi zu bekommen, würde ich als äußerst gering einstufen."

„Mein Wagen steht für uns bereit, Christian. Vorausschauendes Denken und Handeln erhöht die Chance auf Erfolg in allen Lebensbereichen." „Hört, hört. In Anbetracht des vertrackten Problems werde ich dem nicht widersprechen. Gedanklich führt mich Dein parkender Hubraum allerdings zu Deiner wohl begehrtesten Pferdestärke. Kommt ein Verkauf für Dich noch immer nicht in Betracht oder bist Du an Verhandlungen interessiert? Eine gute Gelegenheit und das perfekte Umfeld für erfolgversprechende Geschäfte bietet übrigens die Jubiläumsfeier unseres Reitklubs. Ich würde mich sehr freuen, Dich an diesem Abend begrüßen zu dürfen. Du bist schließlich langjähriges Mitglied."

Mit der Hartnäckigkeit eines penetranten Hausierers folgt der vornehme Erzrivale Jakobs schnellem Schritt, der vor einer überfüllten Rolltreppe endlich zum Stehen kommt.

„Du witterst lediglich ein gutes Geschäft für Dich, mein lieber Christian."

Die feine Struktur des taubengrauen Anzugs liebäugelt mit einem hellblauen Hemd und konkurriert durch seine sportliche Eleganz mit einem zurückhaltenden Erscheinungsbild in gediegenem Schwarz-weiß, dass auf Tuchfühlung mit Jakobs männlichen Attraktivität geht, die auf ihrer Fahrt in die Tiefe ein Liebespaar beobachtet, das in der Öffentlichkeit bedenkenlos Zärtlichkeiten austauscht.

Die reizende Szene animiert Jakobs galoppierende Gedanken und bringt ihn auf eine vielversprechende Idee, aus der innerhalb weniger Sekunden ein genialer Plan entsteht.

„Wann findet die Jubiläumsfeier statt?" „Genau heute in vier Wochen. Ich darf Dich also begrüßen?" „Und meine Begleitung, Lady Constanze Howard. Sie ist passionierte Profireiterin und Pferdeexpertin, die auf eine jahrzehntelange Erfahrung zurückblicken kann. Ihr Mann besitzt übrigens das angesehenste Gestüt Süd-Englands, berühmt für seine Edelzucht par excellence." „Chapeau! Herr Johansson, ich finde es immer wieder faszinierend, wenn aus einer großen gemeinsamen Leidenschaft erstklassige Beziehungen entstehen. Ich werde von dieser Dame begeistert sein." „Genauso wie diese Dame von Deinem Pferdevirus begeistert sein wird in der Hoffnung, dass er Dir nicht irgendwann den Hals bricht."
Langsam lösen sich die scharfen Krallen der Aggressivität und übergeben Jakob seiner eigenen Motivation, die bereits siegessicher in den Startlöchern steht.

„Guten Morgen Karen, bitte sagen Sie sämtliche Termine bis zum Nachmittag in meinen Namen ab. Ich habe einen wichtigen geschäftlichen Auswärtstermin. Des Weiteren wünsche ich in der nächsten Stunde keine Gespräche oder sonstige Störungen, lediglich eine Tasse starken Kaffee. Ein breites Aufgabenspektrum, Karen. Bekommen Sie das hin?" „Natürlich, Herr Johansson."
Die von sich überzeugte Antwort erinnert durch eine leichte Abfärbung an das Gemüt einer resoluten Sekretärin, die bedingt durch einen stabilen Zuckerhaushalt und einer gewissen Selbstironie über die Allüren ihres launischen Chefs konsequent hinweglächelt.
Energisch betritt Jakob sein Büro und setzt sich in seinen ledergepolsterten Sessel, bevor er zum Telefonhörer greift und anschließend seinen Oberkörper in eine kerzengerade Position bringt.
„Der Ablauf bleibt wie besprochen. Ich bin in einer Stunde zu Gesprächen bereit und erwarte Sie pünktlich am vereinbarten Treffpunkt. Gespräch Ende."
Bereitwillig lässt Jakob seinen Gedanken freien Lauf, die seinen selbstgeschmiedeten Plan intensiv und akribisch verfolgen, so-

dass er ein zwischenzeitlich lautes Klopfen an der Tür nicht im Geringsten wahrnimmt.

„Ihre Tasse Kaffee, Herr Johansson."

Sichtlich erschreckt, baut sich Jakob in voller Größe hinter seinem Schreibtisch auf und geht nachfolgend mit einem festen Schritt und den Störenfried fest im Blick auf die Tür zu.

„Ich weiß zwar nicht, in welchen Kreisen Sie verkehren, in meinen klopft man allerdings an, bevor man eintritt. Bitte nehmen Sie die Tasse wieder mit Karen. Auf Wiedersehen."

Eine alltägliche Hektik regiert in den Straßen der Stadt und versucht die Konzentration an sich zu reißen, die Jakob für sich alleine beansprucht, um seinem skrupellosen Ziel routiniert zu folgen und sich dabei auf seine Komplizenschaft mit käuflichem Charakter gedanklich vorzubereiten.

„Ein wundervoller Tag, nicht wahr. Er wirkt so inspirierend auf mich und flüstert mir dabei leise ins Ohr, dass er glorreich enden wird." „Ich habe dieses Treffen nicht arrangiert, um mit Ihnen über frei erfundene Weisheiten zu philosophieren." „Sondern?" „Ich verfolge lediglich ein geschäftliches Interesse an Ihrer Person. Lassen Sie uns also zum Wesentlichen kommen."

Die verwitterte Parkbank steht fest verankert unter einer imposanten Trauerweide und am Rande eines weißen Kieswegs, der die gepflegten Grabanlagen mit einander verbindet und der durch seine geräuschvolle Oberfläche hofft, die unheimliche Ruhe ein wenig zu stören. Die hochwertige Perücke wirkt täuschend echt und ist ihrem Kopf perfekt angepasst, dessen Gesicht eine Designersonnenbrille schmückt, die sich der Sonne lässig entgegenstreckt.

„Wen darf ich in Ihrem Auftrag zu Fall bringen?" „Einen erfolgreichen Geschäftsmann, 48 Jahre alt, der sich auf dem Parkett der feinen Hamburger Gesellschaft genauso stilsicher bewegt wie auf den Rücken seiner edlen Pferde."

Professionell greift Jakob auf seine maskuline Selbstgefälligkeit zurück, die sich an seinem sitzenden Auftreten orientiert und die nachfolgende Verhandlung laut seiner Taktik erfolgreich führt.

„Es gibt also bereits ein Drehbuch." „Ein Drehbuch, das meinen Vorstellungen entspricht, wie Ihre akzeptable Gage, die Sie mir jetzt nennen werden." „Zwanzigtausend sollte Ihnen das Spiel wert sein." „Und wenn dem nicht so ist?" „Dann spielen Sie das Spiel ganz einfach ohne mich."

Die eiskalte Stimmung glaubt für Sekunden ihre Contenance zu verlieren, bis Jakobs Gier nach Macht Signale sendet und die Diskussion in ihrem Sinn beendet.

„Ich steige ein." „Wir kommen ins Geschäft?" „Unter der Bedingung, dass Sie sattelfest sind."

Spontan erhebt sich Jakobs neuer Geschäftspartner und präsentiert seine imposante, aber dennoch elegante Größe im Rampenlicht der Natur.

„In allen und jeglichen Lebenslagen. Ich erwarte Ihren Anruf in den nächsten Tagen."

Die exklusive Klubanlage besticht durch ihre rustikale Bonanza-Architektur und steht unter dem Einfluss eines preußischen Gutsherrencharakters, dessen stolzes Wesen auch die inneren Werte der edlen Rustikalität entscheidend prägen.

Die weitläufige Außenanlage garantiert ein Gefühl von grenzenloser Freiheit und purer Abenteuerlust, die sich in den motorisierten Accessoires der Luxusklasse widerspiegelt, die in ihrem parkenden Zustand den Vorhof dekorieren.

„Das Ziel ist in wenigen Minuten erreicht. Bitte nutzen Sie die wertvolle Zeit, um in Ihre gut bezahlte Rolle einzutauchen." „Meine Spezialität ist die Professionalität, die mehr Zeit in Anspruch nimmt als wenige Minuten." „Ihr persönliches Faible ist mir nicht entgangen. Ich darf davon ausgehen, dass Sie zu gegebenem Anlass ihre natürliche Haarpracht tragen, anstatt Polyacrylnitril-Locken aus Fernost?" „Sie dürfen." „Ihr stechendes Kupferrot, lässt tatsächlich angelsächsische Wurzeln vermuten. Ich möchte Sie allerdings daran erinnern, dass Sie aus einer reichen Lübecker Kaufmannsfamilie stammen. Lediglich Ihr vermögender Gatte besitzt seit seiner Geburt die britische Staatsbürgerschaft und darf sich über einen aristokratischen Stallgeruch freuen, der zu Prinz Charles Lieblingsdüften zählt."

Mit seiner galanten Art mimt Jakob einen vorbildlichen Kavalier, der seinen Hang zur alten Schule bereits mit dem Öffnen der

Beifahrertür auslebt und gleichzeitig den Startschuss für ein gefährliches Spiel vernimmt, dessen Sieg er mit dem blinden Ehrgeiz eines Fanatikers verfolgt.

Atemberaubend wirkt die hochgewachsene Erscheinung, die Jakob zum Eingang begleitet und deren rassiges Naturell an ein wildes Pferd erinnert, dass unter einer zähmenden Hand seine formvollendete Eleganz bis ins letzte Detail erworben hat.

„Jakob, ich heiße Dich und Deine Begleitung herzlich willkommen."

Zahlreiche Orden besetzen die dunkelgrüne Jacke über einem beigefarbenen Rollkragenpullover, der zur farblich abgestimmten Reiterhose getragen wird, die in schwarzen Lederstiefel steckt, die äußerst schneidig wirken und zur Feier des Tages auf Hochglanz poliert sind.

„Christian, darf ich Dir Lady Constanze Howard vorstellen. Mrs Howard, Herrn Christian DeVaal verdanken wir die reizende Einladung. Er ist ein langjähriger Geschäftspartner und wie Sie Gnädigste, ein außerordentlicher Pferdekenner und Liebhaber."

„Ihrer Eigenschaft als Liebhaber schenke ich natürlich die gebührende Diskretion. Ich danke Ihnen für die Einladung, Herr DeVaal und freue mich auf anregende Gespräche im Sinne unserer gemeinsamen Leidenschaft."

Unter einem verliebten Herzschlag greift ein sprachloser Gastgeber nach der zarten Hand einer faszinierenden Frau, die als wertvollen Schmuck nur einen rubinroten Mund und zwei smaragdgrüne Augen trägt.

Ein unkontrollierter Rausch der Gefühle folgt auf die sanfte Berührung und verbindet zwei funkensprühende Wesen, die sich liebeserfüllt gegenüberstehen.

„Christian?" „Entschuldigt bitte meine Unaufmerksamkeit. Meine Gedanken waren bereits bei Deinem englischen Vollblut, Jakob."

Die gepflegte Herrenhand umfasst noch immer ganz charmant ihr weibliches Pendant und denkt nicht daran, es loszulassen.

„Mrs Howard, ich möchte Ihnen gerne unseren Klub vorstellen. Bitte begleiten Sie mich durch den Tag und seien Sie der Gast an meiner Seite." „Sie könnten mir mit Ihrem Wunsch keine größere Freude bereiten, Herr DeVaal." „Christian, ich würde gerne Deine Frau begrüßen. Wo finde ich sie?"

Abrupt bleibt der Frischverliebte stehen und richtet seinen tiefgründigen Blick ausschließlich und bewusst an den Menschen, der sein Leben bis an das Ende seiner Tage mit Liebe erfüllen soll.

„Meine Frau ist promovierte Ökonomin und unterhält seit Jahren Geschäftsbeziehungen nach Südamerika. Sie befindet sich auf einem mehrwöchigen Auslandseinsatz in Buenos Aires und lässt sich für heute und die nächsten Monate entschuldigen."

Lachend verabschiedet sich das glücklich wirkende Paar und lässt Jakob im menschenleeren Eingangsbereich zurück.

„Herr Johansson, ich darf Ihnen gratulieren. Aus dieser Nummer kommt dieser Mann nie wieder raus, ohne dabei auch die letzte Feder seines ehrenwerten Kleides zu verlieren."

Die nach Zufriedenheit klingenden Worte begleiten Jakobs magnetisierendem Blick, der den schwebenden Erzfeind und sein gefundenes Glück stundenlang unter einem rosaroten Himmel beobachtet.

„Sie konnten unserem Opfer tatsächlich entfliehen, Lady Constanze Howard. Das freut mich."

Lässig lehnt sich Jakob an die Tür aus hellbraunem Holz und betrachtet voller Stolz sein vierbeiniges Juwel, das seinem Wesen entsprechend diskret im Hintergrund agiert.

„Herr DeVaal empfängt soeben seine Jagdgesellschaft. Wie kann ich Ihnen weiterhelfen? Ich habe wenig Zeit." „Edle Pferde, eine außergewöhnliche Waffensammlung und die Jagd. Ihre neue Errungenschaft hat so manche Leidenschaft. Bitte, ich erwarte einen Zwischenstand." „Er frisst mir aus der Hand. Reicht das?" „Eine Frau der großen Worte, waren Sie in meiner Gegenwart noch nie. Also werde ich mich wohl oder übel mit Ihrem mageren Sätzchen zufriedengeben müssen." „Ein wunderschönes Pferd, das Sie Ihr Eigen nennen." Gefühlvoll streichelt der schöne Pferdenarr über die weichen Nüstern und verbindet sich und das anmutige Tier mit einem vertrauensvollen Band der Sympathie. „Ihr Interesse ist nicht gespielt?" „Interesse ist das

falsche Wort. Es ist eine Philosophie, die mich begleitet seit Geburt." „Dann fordern Sie Ihre Philosophie heraus, damit die Quintessenz erfolgreich endet. Ich verabschiede mich für heute von der Bühne und investiere meine kostbare Zeit in eine Frau, die alles weiß. Es hat mich sehr gefreut, Lady Howard. Und vergessen Sie bitte nicht, dass es lediglich Ihr Gatte ist, der Oxfordenglisch spricht. Auf Wiedersehen."
Ein dramatischer Sonnenuntergang fällt aus seinem romantischen Bilderbuch und verabschiedet einen ereignisreichen Tag, der bis zum Morgengrauen und eine halbe Ewigkeit in Jakobs Gedächtnis überleben wird.

„Erst durch die Präsenz Deiner außergewöhnlichen Persönlichkeit, die sich von bewegenden Impressionen immer wieder fantasievoll inspirieren lässt, wird eine Vernissage zu einem glanzvollen Ereignis."
Mit einem zarten Lächeln bedankt sich die attraktive Erscheinung für den angebotenen Arm und hakt sich bei ihrem Alltagsschwarm auf der linken Seite unter.
„Die Aussage überrascht mich mein lieber Jakob. Wie ich erfahren habe, tendierst Du im Moment zu einem rothaarigen Glanzstück mit einem wilden Temperament." „Ich muss Dich enttäuschen, meine Liebe. Pumuckltypen üben keinen Reiz auf mich aus. Ich tendiere seit Jahren zu einer Frau mit blonden Haaren, die ich mit reinem Gewissen als meine große Liebe bezeichnen kann."
Raffiniert entzieht sich der schlanke Arm seinem Untertan und lächelt ihn dabei ohne eine Spur von Arroganz, überlegen an. „Dein Humor ist so faszinierend wie ein Chamäleon. Er passt sich perfekt Wahrheit und Lüge an, damit er sich zwischen beiden gut getarnt bewegen kann." „Einfach nur fabelhaft, diese Ausstellung. Die Ausstrahlung dieser fantastischen Farben in Verbindung mit diesen ausdrucksstarken Motiven ist atemberaubend, meine Liebe. Diese surrealen Bildwelten entführen den willigen Geist aus seiner nüchternen Wirklichkeit und überlassen ihn der Macht einer imperialen Magie."

Interessiert betrachtet Jakob die einzelnen Meisterwerke und kommentiert sie professionell wie ein gefeierter Kunstexperte. „Bitte bemühe Dich nicht, mir zu gefallen, denn dafür ist Dir Deine kostbare Zeit zu schade. Wie kann und darf ich Dir weiterhelfen, mein lieber Jakob." „Ich benötige hochwerte Informationen über eine Person, dessen Curriculum Vitae Dir wohlbekannt ist und das in Deiner beachtlichen Kartei exklusiver Beziehungen mit absoluter Diskretion behandelt wird."

Dankend nimmt Jakob ein Glas Champagner an und wartet gespannt auf eine Äußerung seiner schönen Informantin.

„Deine Neugierde lässt darauf schließen, dass die dramatische Situation, die das Privatleben der DeVaals seit Jahren sehr belastet, die Klubfeier überschattet hat."

Eine verräterische Gänsehaut breitet sich auf seinen Armen aus und lässt seinen angespannten Körper leicht elektrisiert wirken, der relativ unauffällig auf der Stelle hin und spaziert.

„Christian DeVaal schützt die emotionale Welt hinter seinem souveränen Auftreten mit einem beneidenswerten

Perfektionismus vor ungewollten Einblicken. Es hat mich deshalb ein wenig irritiert, dass er während der Feierlichkeiten aus eigener Motivation heraus versucht hat, ein vertrauliches Gespräch mit mir zu führen."

„Was hat Dir Christian DeVaal erzählt?" „Er konnte sich mir situationsbedingt nicht offenbaren." „Und diese ehrenvolle Aufgabe obliegt jetzt mir?" „Wenn einem Menschen vertrauensvoll die Tür zu einem privaten Reich geöffnet wird, sollte er stets bemüht sein, nicht mit verdreckten Schuhen über den hellen Teppich zu laufen, mein Schatz."

„Ich verstehe Liebling. Das heißt, ich soll Dir verraten, wo genau der empfindliche Teppich im Hause DeVaal liegt, der bereits mit dunklen Flecken übersät ist. Es wäre ja auch fürchterlich, Du würdest trotz Deiner fürsorglichen und vorsichtigen Art im Umgang mit anderen Menschen, in deren sensiblen Gefühlswelt wenn auch nur unbeabsichtigt, einen kleinen Kratzer im Lack verursachen."

„Die Brillanz Deiner Logik sieht lediglich einen ebenbürtigen Konkurrenten in der geistigen Flexibilität Deiner strategischen Gedankengänge."

„Arme Lydia, sie war noch ein kleines Mädchen, als sie mit ansehen musste, wie ihre Mutter am lebendigen Leibe verbrannte. Es war die grauenvolle Selbsttötung einer von Depressionen beherrschten Frau, deren Schicksal zum Erbe ihrer Tochter wurde. Lydia bekam fortan die besten Ärzte, die besten Therapien, die besten Medikamente. Alles, was ein Kind aus reichem Hause braucht. Die Krankheit schien besiegt und Lydia für immer kuriert. Sie studierte, promovierte und traf auf Christian DeVaal. Sie wurden ein erfolgreiches Paar bis zum Tag, als die dunkle Herrschaft wiederkam."

„Lydia DeVaal leidet also unter schweren Depressionen."

„Ja, das ist leider die traurige Wahrheit hinter der schönen Fassade eines erfolgreichen Paares, das gemeinsam die Welt erobern wollte, die ihm bereits zu Füssen lag. Die Macht der Krankheit ist mittlerweile so stark, dass sie ihrem Alltag in regelmäßigen Abständen entfliehen muss."

„Deinen sensiblen Augen wird nicht entgehen, wie sehr mich das furchtbare Schicksal dieser armen Frau bewegt. Entschuldige bitte, aber ich bin tief berührt."

Plötzlich entzieht Jakob seinen Schultern ihre stolze Haltung, senkt nachfolgend traurig seinen Blick und ist sich gleichzeitig bewusst, dass er mit dieser Taktik seiner Äußerung die Dramatik einer ehrlichen Betroffenheit verleiht.

„Obwohl mir Deine Pläne nicht bekannt sind, kann ich Dich nur warnen, mein Lieber." „Wovor?" „Lydia DeVaal ist wie ihr Mann, ein großartiger Schütze. Ihr meisterliches Können hat Sie bereits mehrfach unter Beweis gestellt. Sie trifft Deine charismatischen Augen auch noch auf eine große Entfernung. Und zwar genau in der Mitte. Du entschuldigst mich, der nächste Termin ist bereits in Sicht." „Und wo befindet sie sich die Dame zurzeit?" „In einer Privatklinik am Comer See, adieu."

„Seit zwanzig Tagen kann mein Leben endlich wieder sagen, es sei erfüllt vom Glück der Liebe."

Die wunderschöne Frau, der diese Worte gelten, dank es ihrem selbst ernannten Helden mit einer gefühlvollen Komposition, die ohne einen hörbaren Ton in ihrem glanzvollen Gesicht für ihre eigene Glückseligkeit spricht.

„Jede Sekunde wird zur traumhaften Stunde, wenn Du sie mit Deiner Nähe erfüllst. Unsere Zeit ist gekommen, Geliebter. Wir haben sie beide verzweifelt gesucht, jetzt nährt sie uns wie reines Blut."

Eine überladene Romantik spiegelt sich in der unwirklichen Szene wieder, die zwei anmutige Menschen hoch zu Ross präsentiert und wie die Dreharbeiten zu einem kitschigen Märchenfilm wirkt.

„Wir reiten gemeinsam über die Lichtung zurück. In meinem Chalet erwartet uns ein stimmungsvolles Arrangement, das mit seiner Laune unsere Lust perfekt umschmeichelt."

Noch keine Stunde später liegt ein offenbar frischverliebtes Paar vor einem wärmenden Kamin, dessen selbstbewusste Flammen mit einer knisternden Atmosphäre konkurrieren.

„Die Howards. Ein mächtiges Adelsgeschlecht, das auf eine geschichtsträchtige Vergangenheit zurückblicken kann. Anne Boleyn verlor ihren schönen Kopf auf dem Schafott und auch ihrer Cousine Catherine Howard brach der Ehebruch das Genick. Ich hoffe nur, dass Dein filigraner Schwanenhals verschont bleibt."

Erotisch schmiegt sich der schlanke Körper an seine heimliche Liebe und legt seinen Kopf zärtlich auf die maskuline Brust, bevor die zarte Hand im sanften Spiel vorsichtig beginnt, am rauen Haar zu ziehen.

„Kein anderer Wille als der seine. Nicht nur die Initialen verbinden uns, sondern ihr Wahlspruch ist auch der meine." „Es bleibt abzuwarten, welcher Wille für Deine Entscheidung spricht. Constanze Howard, lass uns die Vergangenheit besiegen und gemeinsam in die Zukunft fliehen. Wir sind für einander geschaffen. Dein Mann ist reich und somit unabhängig. Im Falle einer Trennung hinterlässt Du keine Spur einer lebenslangen Verbrennung, die nicht reparabel wäre." „Und Du? Was hinterlässt ein Mann von Deinem Format?"

Das auffällige Schlucken, das seinen Hals für Sekunden regelrecht durchdringt, lässt sich mit der Hand kaum kaschieren und nimmt ihm die Möglichkeit, sich akustisch zu formulieren. Vorsichtig richtet er seinen Oberkörper etwas auf, stützt sich auch seinen rechten Arm und schaut seine Geliebte eindringlich an. „Ein krankes Wesen, das mit seinem armseligen Leben bereits vor langer Zeit abgeschlossen hat. Ich brauche Dich nur anzusehen und weiß, es wird das Richtige geschehen."

Die kupferroten Locken tanzen um einen Teint aus feinem, weißem Porzellan, der sich mit zwei funkelnden Smaragden schmückt, die den glücklichen Betrachter durch ihr magisches Grün in eine Welt der Fantasie entführen.

Gemeinsam stimmt das zauberhafte Liebespaar ein Lachen an. Ein Lachen, das im tief im Herzen geboren wird, sich brodelnd aufbaut, bis es mit einer gefühlvollen Kraft voller Leidenschaft nach außen dringt.

Ein Lachen, dass der Welt die freudige Botschaft einer unsterblichen Liebe überbringt. Drei tödliche Schüsse nehmen diesem einzigartigen Lachen seine wundervolle Energie und legen ihre Macht in die Hände einer von tiefem Hass erfüllten Euphorie, die mit einer kaltblütigen Erbarmungslosigkeit in einem unbekannten Himmelreich die endgültige Ruhe für drei arme Seelen findet.

„Eifersuchtsdrama endet tödlich. Gedemütigte Bankiersgattin richtet Ehemann und Geliebte durch gezielten Kopfschuss hin, bevor sie ihr eigenes Leben auslöscht."

Nach wie vor über die grausame Tat eines verzweifelten Menschen maßlos schockiert, legt Jakob das Boulevardblatt zur Seite und gönnt einen Gedanken die benötigte Zeit, um über das dramatische Schicksal dreier Menschen leise zu philosophieren. Entspannt schließt er dabei seine Augen und atmet das berauschende Gefühl von Selbstverliebtheit tief in sich hinein.

Gleichzeitig adelt ihn sein reines Gewissen zu seinem persönlichen Protagonisten und überreicht ihm den begehrten Siegerpokal eines erfolgreichen Karrieristen, den er mit seinen sauberen Händen und ohne schichtbaren Schmutz unter den Nägeln mit Stolz entgegennimmt.

„Guten Morgen Herr Johansson, Sie wünschen mich zu sprechen?"

Der Anblick der kleinen Person erinnert an die typische Charakterform eines treuen Zinnsoldaten, der bereit ist, sämtliche Fragen sachlich zu beantworten.

„Karen, wann findet die Trauerzeremonie für Herrn DeVaal statt?" „Es wurde offiziell noch kein Termin bekannt gegeben, Herr Johansson." „Sie erstellen bitte umgehend ein ansprechendes Kondolenzschreiben, das anschließend von mir persönlich mit einer Widmung versehen wird. Des Weiteren lassen Sie bitte schmuckvolle Trauerkränze in meinem geschäftlichen und privaten Namen fertigen und an die entsprechende Adresse liefern." „Jawohl, Herr Johansson. Darf ich noch etwas für Sie tun?" „Mir Ihre Aufmerksamkeit schenken Karen." „Sehr gerne Herr Johansson." „Die Defizite Ihrer fachlichen Qualifikation sind mit Ausübung Ihrer jetzigen Position kaum zu kompensieren. Sie können sich also vorstellen, dass mit einem Positionswechsel aus einem Nüchternen kaum zu kompensieren, ein leidenschaftsloses nicht zu kompensieren wird. Die Konsequenz muss ich Ihnen nicht näher erläutern. Danke, Karen." „Vielen Dank, Herr Johansson."

In ihrem Gesicht macht sich nach langer Zeit ein hoffnungsvolles Lächeln breit.

Mit einer bewegenden Trauerrede verabschiedet sich Jakob von seinem toten Erzrivalen und lässt sich im Nachgang von einem erlesenen Personenkreis als gebührenden Nachfolger feiern.
Erst nach Stunden einer ausgiebigen Gratulationsarbeit
verabschieden sich die schulterklopfenden Hände und nehmen das aufdringliche Geräusch klirrender Gläser mit.
Eine erdrückende Stille flutet anschließend den vereinsamten Raum und überlässt Jakob der Autorität einer nachdenklichen Stimmung, die seinen Geist für eine gewisse Zeit dominiert.
Der Anblick eines Cognacschwenkers beendet letztendlich sein Gedankenspiel und schenkt ihm das Gefühl einer spontanen Idee, die förmlich um ihre Verwirklichung bettelt.

Die Abenddämmerung taucht den Stadtpark in ein faszinierendes Licht und verleiht ihm ein legendäres Gesicht, das sich hinter dem Geheimnis eines Mythos versteckt.

Stilvoll liegt der Cognacschwenker in Jakobs rechter Hand, während er auf einer kalten Parkbank versucht, eine relativ entspannte Sitzposition einzunehmen.

Der hochgestellte Kragen seines geschlossenen Jacketts verleiht dem Körper lediglich einen Hauch von Geborgenheit, der weder mit einer wärmenden Gemütlichkeit noch mit der aufkommenden Kälte konkurrieren kann.

Langsam gleitet sein nachdenklicher Blick durch die Nacht und gleichzeitig widmen sich die Gedanken seinem speziellen Talent, das sein Leben in diesem Moment zu einem Meisterwerk elitärer Perfektion ernennt.

„Das Leben hat das Schicksal zweier Menschen leichtsinnig herausgefordert und mir letztendlich den triumphalen Erfolg gegönnt, der ein Teil meines Lebens ist. Hier und jetzt spüre ich eine mächtige Unsterblichkeit meiner eigenen Persönlichkeit. Cheers."

Mit Bedacht öffnen seine Erinnerungen die Tür zu einer vergangenen Welt, die mit ihrer Macht schon früh die Weichen für sein persönliches Schicksal stellt und durch deren Standesdünkel er seine charakterliche Prägung erhält. Vergangenheit und Gegenwart sehen in Jakob das Paradebeispiel einer aufsteigenden Erfolgsfigur, die sich ein beachtliches Netz aus einflussreichen Beziehungen spinnt und somit bereits in frühen Lebensjahren an imperialistischen Einfluss gewinnt. Im Laufe seiner weiteren Karriere wird er in den Sog einer kapitalistischen Herrschaft gezogen, deren Machenschaften auf ihn berauschend wie gefährliche Drogen wirken und gleichzeitig als vorbildliches Handeln verherrlicht werden.

„Ich genieße das wunderbare Gefühl einer glorreichen Throneroberung und dem unverfälschten Geschmack eines ausgeprägten Idealismus." In letzter Instanz bewertet eine unübersehbare Arroganz und eine alkoholisierte Sentimentalität die Meilensteine seines Lebens. „Was für eine fantastische Idee. Man nehme als Requisit eine Flasche mit vierzig Prozent und genehmige sich einen genussvollen Schluck unter einem magischen Firmament. Wirkt das nicht herrlich dekadent."

Majestätisch erhebt er das Glas und verabschiedet sich mit zynischen Worten von seinem absurden Spaß und dem geliebten Feind: „Christian DeVaal, ich schwöre Dir bei meinem Leben, dass nicht ich derjenige war, der den Regisseur für Dein eigenes Drama engagiert hat."

Der schwere Samt in purpurrot schmeichelt der filigranen Schönheit goldener Ornamente und lässt sich unter einem gedämpften Rotlicht von der Dominanz des dunklen Wurzelholzes in eine erotische Stimmung versetzen, die von einem Quartett aus feinen Herren unbewusst ignoriert wird.

„Die nächste Runde geht wieder auf meine Rechnung, verehrte Kollegen. Schließlich lasse ich mir den Anblick einer glühenden Kreditkarte nur ungern entgehen. Barkeeper, fünf Scotch on the Rocks." „Nach dem heutigen, sensationellen Geschäftsabschluss solltest Du auch als kreditwürdig gelten, Herr Johansson. Ansonsten unterstütze ich Dich gerne finanziell." „Mein Reservoir an Bargeld ist bestens gefüllt, vielen Dank. Meine Herren, sollte jemand von Ihnen Lust auf eine Dame verspüren, ich greife zur Feier des Tages gerne tief in meine Westentasche." „Ein Hoch auf unseren großartigen und spendablen Freund Jakob Johansson, dessen Leben von einem großartigen Erfolg gekrönt ist und der mit seiner beispiellosen Karriere Fußabdrücke hinterlassen hat, die kein irdischer Schuh mit seiner Größe auszufüllen vermag. Prost, die Herren."

Selbstbewusst stößt die illustre Runde kapitalistischer Bluthunde die Gläser einander und pflegt ihre Eitelkeit mit einer vornehmen Ausgelassenheit auf leicht erhöhtem Niveau. Kommentarlos nimmt Jakob die bauchpinselnden Komplimente entgegen und zeigt seine innere Ergriffenheit über den Weg glänzender Augen und zuckender Mundwinkeln, die mit Honig beschmiert sind.

„Ich kann mich meinen Vorredner nur anschließen. Wirklich strategisch perfekt, Deine Vorgehensweise in diesem Geschäft. So perfekt, dass in Endeffekt genug in Deine eigenen Kanäle sprudelt. Respekt Jakob, Du zählst zweifelsohne zu den ganz Großen unseres Genres." „Ich verneige mich vor diesen ehrenvollen Worten, die mir mein Gefühl bestätigen, dass ich ein Ehrenmann bin. Vielen Dank."

Ein schallendes Gelächter bricht aus und heizt die Siegerlaune der erfolgreichen Geschäftsmänner weiter an.

„Zur Feier des Tages sollten wir uns den Genuss einer Cohiba Esplendidos nicht entgehen lassen, meine Herren. Das Beste, was ein Gentleman in Rauch aufgehen lassen kann. Die Stärke nimmt langsam, aber stetig zu, die erdigen Aromen verbreiten sich vollmundig im Mundraum und erschaffen ein komplexes Erlebnis. Mit ihr zusammen philosophiert es sich am angenehmsten über das Geschäftliche."

Die edlen Zigarren im Churchill-Style werden von Jakob männlich markant verteilt und komplettieren das klischeehafte Bild einer maskulinen Welt, die in Jakob an diesem Abend einen authentischen Herrscher mit Charisma sieht.

„Das Ritual kommt mir bekannt vor und sagt mir, dass Du etwas im Schilde führst, Jakob Johansson." „Vielleicht möchte ich den Herren ein lukratives Geschäft außerhalb des geschäftlichen Bereichs anbieten. Vielleicht zieht es mich ja auch in die Politik und ich erwarte eine professionelle Unterstützung aus euren Reihen." „Solltest Du eine politische Karriere anstreben, würde es mich interessieren, was Du unter dem Begriff einer professionellen Unterstützung verstehst. Über Schmiergelder und Spendenaffären können wir höchstens etwas von Dir lernen. Ich hoffe, Du weißt das Kompliment zu schätzen, dass ich Dir soeben anstatt Blumen überreicht habe."

In einem gepflegten Umgangston huldigen die Gentlemen der Korruption ihre reinen Westen und erörtern in einer anschließenden Diskussion, welches Waschprogramm schmutzige Wäsche perfekt säubern kann. Erst nach Stunden endet für Jakob der durchaus gewinnbringende Herrenabend, der sich positiv auf seine gut gelaunte Verfassung auswirkt.

„Verehrte Kollegen, liebe Freunde, mit diesen Worten verabschiede ich mich. Die Zeit des Aufbruchs ist gekommen, in wenigen Stunden erwarten mich bereits neue Herausforderungen." „Herr Johansson, wir danken für die verständliche Erläuterung

diverser Geschäftspraktiken." „Ich wünsche Dir weiterhin viel Erfolg, Jakob. Wir sehen uns spätestens in New York wieder."
Gedanklich etwas erschöpft und leicht alkoholisiert, lässt er das stickige Etablissement hinter sich und betritt die dunkle, kalte Nacht. Um seine Kräfte geistig und körperlich etwas zu regenerieren, hört er auf die Überredungskünste der klaren Luft, die Jakob empfiehlt, den Weg nach Hause als gemütlichen Fußmarsch anzusehen. „Diesen Spaziergang gönne ich mir, wenn ich auch Zeit verliere. Mein Kopf wird es mir danken, nochmals frische Luft zu tanken."
Bewusst wählt Jakob eine Strecke, die ihn durch die grüne Abgeschiedenheit führt, menschenleer und ohne Publikumsverkehr. Fast menschenleer. Denn die dunkle Einsamkeit hält eine Überraschung für ihn bereit, die einer bitterbösen Bosheit gleicht und die ihm eindeutig beweist, dass auch ein sehr erfolgreiches Leben durch ein schweres Seelenbeben den Schienen entgleisen kann.

„Meine Arme lassen sich ihre Freiheit durch eine Fessel kampflos entziehen und meinen Mund wird ein Knebel eingeführt, der ihn am hilflosen Schreien hindern soll. Ich kommuniziere nur noch über einen panischen Blick, den eine glänzende Messerklinge streift, die sich zum Glück nur an meiner Kleidung vergeht, anstatt an meiner zugeschnürten Kehle. Eine furchtbare Todesangst lähmt meinen Körper, der jetzt unter schwerem Gewicht und splitternackt kein Paroli mehr zu bieten hat. Ich liege im nassen Gras und denke bereits über das Ende meines Lebens nach. Du verdammter Mistkerl, nimm mein Geld und meine teure Uhr, aber lass mein Hinterteil in Ruhe. Er hört mich nicht, weil er mich einfach nicht hören will. Tausende Gedanken schießen plötzlich durch meinen Kopf und gleichzeitig wird mir bewusst, dass ich das Opfer einer sexuellen Schandtat bin, die mich sofort mit dem Gefühl eines eiskalten Ekels bestraft, fürchterlich. Ein Ekelgefühl, das mich mit perversen Vorstellungen derart malträtiert, dass mein Nervenkostüm glaubt zu kollabieren. Eine grobe Männerhand hat sich in den Haaren an meinem Hinterkopf festgekrallt und schlägt mir mit beleidigenden Worten ins Gesicht, während man meine Hoden qualvoll massiert. Zwei Finger su-

chen im abartigen Spiel nach dem Loch der Lust für ein steifes Glied und feiern den Fund wie einen verdienten Sieg. Ein Sieg über mich und meinen Stolz. Die Schmerzen in meinem After sind fast so unerträglich wie die Scham vor meiner eigenen Persönlichkeit, der eine abartige Brutalität widerfährt und die mein Gehirn zu ihrem Geisel nimmt. Ich fühle mich in diesem Moment wie ein missbrauchter Dirigent, der ein obszönes Stöhnkonzert anstimmt und gleichzeitig die leibhaftige Perversität freiwillig zu einem Orgasmus zwingt. Minuten, vielleicht auch stundenlang, vergewaltigt mich ein fremder, widerlicher Mann, bis der Wahnsinn endlich aufhört und warme Körperflüssigkeit ihren Lauf nimmt, deren markanter Geruch sich böse wie ein Fluch in meinem Gedächtnis festsetzt."

„Du elendige Drecksau, das ist die Sprache, die Du fließend sprichst. Ich hoffe, ich habe es Dir richtig besorgt, damit der gnädige Herr auch zufrieden ist. Lass Dich auf dem Weg nach Hause nicht anmachen. Das ist schnell passiert, so geil wie Du aussiehst."

Die unmoralische Tat endet abrupt, indem die unbekannte Bestie mehrmals auf ihr missbrauchtes Werkzeug spuckt und mit wenigen Worten ihren Abschied krönt: „Vergiss mich nie, Du feiner Herr." Ein mephistophelisches Lachen hallt durch den Park und lässt Jakobs Blut in den Adern gefrieren, während sein brutaler Widersacher stolpernd durch die Dunkelheit rennt und mit jedem zurückgelegten Meter für ein menschliches Auge bedeutungsloser wird. Gelähmt vor Angst bleibt Jakob noch eine Weile ganz still liegen und lässt den erlebten Albtraum souverän siegen, bis ihn letztendlich die Kälte überredet aufzustehen und ihm eindringlich rät, den Weg nach Hause anzutreten.

Heißer Dampf erfüllt das Badezimmer und schlägt sich auf dem gläsernen Türblatt nieder, an dem der nasse Rücken die kraftlosen Glieder in die Hocke gleiten lässt.

Vorsichtig legt sich der zitternde Körper auf den kalten Marmorboden und ist bemüht, mit sanften Worten sein ehrenrühriges Gemüt zu beruhigen, das vehement versucht, sich von der schmerzhaften Realität zu distanzieren.

Aus der goldenen Badezimmerarmatur läuft unentwegt Wasser in wohliger Temperatur, das sich unverbraucht in der feinen Keramik staut, deren Abfluss durch weiße Feinrippware verstopft ist. Apathisch wirkend, greift Jakob nach einem eleganten Mantel aus weichem Frottee und legt sich mit Baumwolle umhüllt auf ein barockes Kanapee, das in einem fensterverwöhnten Nebenraum steht. Traurig starrt er in die Dunkelheit und hofft mit tief greifenden Selbstgesprächen, seinem traumatisierten Ego kurzfristig zu helfen, das in seiner Verzweiflung nach einer schnellen Lösung ohne Sinn greift.

„Gott sei verdammt für diese Tat. Solange ich lebe, wird keine Seele je erfahren, was mir widerfahren ist. Das schwöre ich." Spontan entweicht Jakobs trockenem Mund der trotzige Schwur, den ihn über spröde Lippen presst, bevor ihn ein prächtiger Mond besucht. Verheißungsvoll blickt Jakob ihn an und erwartet prompt die Zustimmung für seinen Plan, der für seine Spontanität lediglich mit einem beharrlichen Schweigen prämiert wird.

„Oh, welch seltener Gast. Guten Morgen, Herr Johansson. Geht es Ihnen gut oder drückt Sie vielleicht der Schuh? Was darf ich für Sie tun?"
Die moderne Arztpraxis wirkt frisch renoviert und verfügt über einen einladenden Empfang, der mit einer Kombination aus hellem Holz und schlichten Metallverzierungen Jugendzimmerträume wahrwerden lässt. Mit einer kräftigen Stimme und einem mütterlichen Charme begrüßt die junge Frau im blütenweißen Kasack ihren prominenten Patienten, der sich ganz offensichtlich mehr Diskretion wünschen würde.
„Guten Morgen Agnes, melden Sie mich bitte bei Ihrem Chef an." „Aber Herr Johansson, Ihnen wird doch nichts fehlen?" „Mir geht es außerordentlich gut Agnes nur gegen Ihre krankhafte Neugierde, scheint immer noch kein wirksames Mittel gefunden zu sein." „Herr Johansson, das ist keine Neugierde, sondern redliches Interesse am Wohl unserer Patienten. Schauen Sie sich das Wartezimmer an, ein einziger Grippevirus. Sie als Privatpatient dürfen natürlich sofort zu unserem Herrn Doktor durchgehen. Nicht, dass es Sie, der böse Virus auch noch erwischt."

Ein gelebtes Desinteresse bedient sich ihrer höflichen Manier und schwenkt Jakobs genervten Blick zu der besagten Tür, hinter der sich ein überfülltes Wartezimmer befindet. Ein starker Reiz durchbohrt plötzlich sein Gehirn und trifft einen hochempfindlichen Punkt, der sich für den schmerzhaften Angriff umgehend mit einer gemeinen Schwindelattacke rächt, die Jakob fast zu Boden zwingt.

„Jakob, mein Freund, ich grüße Dich. Deinem Gesichtsausdruck nach zu urteilen, muss Dir der Tod soeben persönlich begegnet sein. Dir fehlt hoffentlich nichts Ernstes."

Die sportliche Erscheinung im adretten Poloshirt und weißer Jeanshose legt seine Hand freundschaftlich auf Jakobs Schulter, der mit einer verkrampft Haltung an der Empfangstheke anlehnt. „Guten Morgen Martin, danke mir geht es gut. Ich hätte trotzdem ein Anliegen." „Bitte folge mir in mein Privatzimmer. Dort sind wir bei einem guten Cognac ungestört."

Begleitet von einer leichten Nervosität und einem unsicheren Gang, folgt Jakob seinen ehrlichen Freund mit einer guten Nase für kleine und große Gebrechen, dem er nach einer kommunikativen Aufwärmphase seinen geheimen Wunsch offenbart.

„Ich benötige einen HIV-Test." „Ein HIV-Test ist weder ein Problem noch eine Schande, Jakob. Wann hattest Du den letzten ungeschützten Geschlechtsverkehr?"

Schüchtern streckt Jakob sein leeres Glas der Cognacflasche entgegen und bettelt stumm um einen weiteren hochprozentigen Segen. „Vor sechs Wochen."

Eine beneidenswerte Ausstrahlung ehrlicher Sympathie umgibt den freundlichen Mediziner, der wie ein treuer Diener, dass Glas seines Patienten zum wiederholten Male füllt.

„Es ist wirklich zum Lachen. Unsere Spezies hält sich zwar für ganz besonders schlau, geraten wir aber in die Fänge einer schönen Frau, ist unser Verstand binnen Sekunden entmachtet. Deinem Gesicht ist anzusehen, wie sehr die Ungewissheit an Dir nagt, aber bitte mach Dir nicht zu viele Gedanken, Jakob. Ich melde mich umgehend bei Dir, sobald mir die Testergebnisse vorliegen. Bitte zur Blutabnahme." „Martin." „Ja, Jakob?" „Martin, ich fühle mich todkrank. Fieberschübe schütteln meinen Körper, mein Kopf glüht und wird von einer Schraubzwinge drangsaliert. Ich habe grausame Halsschmerzen und mein Rachen ist mit gemeinen Stacheln übersät, die mich bestialisch quälen."

Der voluminöse Sessel aus hellblauem Leder verfügt über das Platzangebot eines zierlichen Sofas und wird kurzerhand zu Jakobs persönlicher Schutzzone ernannt, die er mit seinem zitternden Körper komplett für sich beansprucht. Stöhnend lässt er eine Routineuntersuchung über sich ergehen und überzeugt gleichzeitig als sterbender Greis mit jugendlicher Ausstrahlung.

„Das ist wirklich seltsam. Du hast weder Fieber noch eine Entzündung im Halsraum und auch sonst nicht die geringsten Anzeichen eines grippalen Infekts oder Erkältung. Ich stelle Dir trotzdem ein Rezept aus für den Fall der Fälle. Die Pflicht ruft Jakob. Du hörst von mir."

Beherrscht von einem quälenden Selbstmitleid, spendet Jakob bereitwillig seine rote Körperflüssigkeit und verlässt anschließend die Praxisräume. Lautstark fällt die schwere Tür hinter ihm in ihr Schloss und versetzt seinem geschwächten Körper einen Stoß, der ihn zum Aufzug taumeln lässt.

„Wartungsarbeiten, auch das noch. Dabei bedeutet jeder Schritt eine Qual für mich."

Die steile Treppe hinab in die Tiefe wird für ihn zu einem Hindernis der Superlative, dass er mit letzter Kraft bezwingt, bevor er sein parkendes Automobil erreicht.

„Karen!" „Guten Morgen, Herr Johansson. Warum brüllen Sie denn so?" „Karen, ich komm gerade von einem Arzt und bin jetzt im Auto unterwegs." „Ist Ihnen etwas passiert, Herr Johansson?" „Natürlich nicht, lediglich eine Erkältung hat mich erwischt. Rufen Sie meine Haushälterin an, sie soll für eine heilsame Atmosphäre in meinem Zuhause sorgen. Und zwar schnellstens, ich treffe in einer Stunde ein. Wann geht morgen mein Flug nach New York?" „Um 11:00 Uhr Herr Johansson." „Sind alle Unterlagen vorbereitet?" „Jawohl, Herr Johansson. Wo darf ich Ihnen diese überreichen?" „Das könnte Ihnen so passen, Karen. Sich an meiner Person bereichern, indem Sie sich eine Erkältung erschleichen, die dann zu Ihrem persönlichen Freizeitvergnügen wird. Die Unterlagen bleiben da, wo sie sich zurzeit befinden. Ich

nehme sie morgen vor meinem Flug in Empfang. Auf Wiederhören."

Ein duftender Tee, eine Raumtemperatur von vierzig Grad und
der Charme eines römischen Dampfbades empfangen Jakob in
seinem privaten Reich, der sich dem Tod näher fühlt als dem
Leben. Ätherische Öle benebeln seinen Geist und fördern eine
heilsame Schläfrigkeit. Vorsichtig gleitet er in das heiße Badewasser und in einen tiefen Schlaf, aus dem er kurzfristig wieder
erwacht und sich nachfolgend mit dem Genuss eines heißen
Kräutertees belohnt.

„Ich kann es kaum glauben, aber ich fühle eine kraftvolle Energie, die plötzlich durch meinen Körper fließt und meine leeren
Depots auffüllt. Es wird Zeit, auf einen guten Champagner umzusteigen."

Zufrieden gönnt er sich ein Glas prickelndes Vergnügen und
bleibt noch eine Weile ganz entspannt in der edlen Badewanne
liegen. „Fantastisch, meine Abwehrkräfte haben sich mobilisiert
und mich vollständig kuriert. New York wird von mir persönlich
begrüßt."

Beflügelt von einer euphorischen Laune und mit dem Selbstbild
eines mentalen Helden im Gepäck, landet Jakob am nächsten
Tag und nach einem stressfreien Flug in der bedeutendsten Fi-
nanzmetropole der Welt.

„Die Wall Street. Ihre Faszination hört niemals auf, mich zu faszinieren."

Das Herz des Kapitalismus empfängt ihn mit einer hektischen
Aufgeblasenheit, von der er sich nach drei Tagen und nach einer
ausgiebigen Pflege seiner geschäftlichen Beziehungen verabschiedet, um sich einer touristischen Gelassenheit anzuschlie-
ßen, die ihn für seinen erfolgreichen Besuch im Zentrum des
Mammons belohnen soll.

Exklusive Einkäufe auf der Fifth Avenue, ein Blick von der Frei-
heitsstatue und die erlebte Szenerie legendärer Klubs sind für
ihn ein absolutes Muss zum Abschluss und Ende seiner Präsenz
am Big Apple. Am Abend vor seiner Abreise trifft Jakob beim
Genuss eines klassischen Manhattan auf einen alten Bekannten

seines Niveaus, der von dem zufälligen Aufeinandertreffen sichtlich begeistert scheint.

„Jakob, mein Freund, was habe es Dir angedroht? Wir sehen uns spätestens in New York. Wie geht es Dir und wie lange bleibst Du in der Stadt, die niemals schläft? „Danke der Nachfrage, mir geht es sehr gut. Ich fliege bereits morgen zurück. Und wie interessiert wirkt das Publikum auf dem Kongress?" „Die Vorträge sind genauso interessant wie die Spezialisten der verschiedenen Fachbereiche. Ich konnte bereits sehr wichtige Kontakte knüpfen. Die Abende gestalten sich leider etwas prüde. Zur Nachahmung empfohlen und als vorbildliches Beispiel kann ich an dieser Stelle unseren letzten gemeinsamen Abend vor ein paar Wochen erwähnen. Wie ist eigentlich Deine Heimreise verlaufen? Ich musste stundenlang auf ein Taxi warten."

Sekündlich rechnet Jakob mit einem brutalen Schlag in den empfindlichen Bauchraum, der den Magen fest zusammenschnürt und eine bereits flache Atmung komplett abwürgt. Ein Gefühl von abstoßendem Ekel und geißelnder Scham schäumt anschließend in seinem Blut, das heiß wie Glut seine Adern flutet, während ein massiver Herzschlag droht, den Körper in tausend Fetzen zu zerreißen.

„Tja Sportsfreund, ich habe mir die frische Luft der Nacht zu Gunsten gemacht und bin nach einem entspannten Spaziergang mit einem klaren Hirn in meinen privaten Räumlichkeiten eingetroffen. Zur Nachahmung übrigens empfohlen."

Die pure Freude über seine geistige Genesung reißt Jakob den bleiernen Anzug der Anspannung vom Leibe und überlässt die absolute Macht dem unbekannten Feind, der im gleichen Moment in einem tiefen Schacht seiner kranken Seele verschwindet.

„Guten Morgen, Herr Johansson. Sie möchten auschecken?" „Ja, bitte. Es ist so weit, eine ereignisreiche Zeit geht zu Ende. Aber die nächsten Ereignisse warten ja schon darauf, herausgefordert zu werden."

Salopp eingeklemmt zwischen Zeige- und Mittelfinger, überreicht Jakob seine goldene Kreditkarte ihrem finanziellen Bezwinger, der das wertvolle Stück dankend entgegennimmt.

„Vielen Dank, Herr Johansson. Ich darf davon ausgehen, dass Ihr Aufenthalt in unserem Hause Ihrer vollsten Zufriedenheit entsprach." „Davon dürfen Sie ausgehen. Ich werde Sie natürlich weiterempfehlen." „Das hört man gerne, Herr Johansson. Ein Taxi erwartet Sie vor der Eingangshalle. Ihr Gepäck ist bereits eingeladen. Ich wünsche Ihnen einen angenehmen Flug nach Hamburg." „Den werde ich haben. Auf Wiedersehen."

Mit der jahrzehntelangen Erfahrung eines routinierten Passagiers nimmt Jakob seinen Platz im Flugzeug ein und verbindet die nüchterne Tatsache, die nächsten Stunden in der Luft und über den Wolken zu verbringen, mit einer äußerst angenehmen Form irdischer Entspannung. Sein Körper und sein Geist unterliegen einer beneidenswerten Gelassenheit, und seine lebensfrohe Gesinnung freut sich über die gute Stimmung einer positiven Ausstrahlung, die auch einer weiteren Person nicht verborgen bleibt.

„Heinrich Guldenseek, guten Tag. Ihre hanseatische Art lässt auf die richtige Wahl der Sprache schließen. Das hoffe ich jedenfalls."

Der symphytischen Begrüßungsfloskel folgt ein ausgestreckter Arm an einer betagten Hand, die nicht nur nach einem freundlichen Schlag verlangt, sondern diesen auch umgehend erwartet.

„Sie haben richtig gewählt. Jakob Johansson, guten Tag." „Wenn man gemeinsam einem langen Flug entgegensieht, fühle ich mich immer regelrecht dazu verpflichtet, meine Person kurz vorzustellen. Sie gestatten, dass ich mich setze?" „Bitte."

Gemütlich aalt sich Jakob bereits in einer Flut egomanischer Gedanken und weist im Geist die androhende Konversation in ihre Schranken, die sich allerdings weder einschüchtern noch aufhalten lässt.

„Waren Sie geschäftlich oder privat in New York, Herr Johansson?" „Ich habe das Vergnügen mit dem Geschäftlichen verbunden. Und Sie, Herr?" „Guldenseek, Heinrich Guldenseek. Guldenseek Konfitüre, die fruchtige Ouvertüre für einen köstlichen Start in einen glücklichen Tag. Premiumfruchtaufstriche seit 1879. Mit dem Wort Privatvergnügen würde ich mich falsch ausdrücken. Private Verpflichtungen treffen den Grund meiner Reise eher. Meine Frau ist New Yorkerin. Und was geht einem Amerikaner über alles? Natürlich der Familienclan. Grauenvoll, diese Treffen sind anstrengender als die härtesten Geschäftsverhandlungen."

Das silbergraue Haar freut sich trotz seines vorgeschrittenen Alters über eine beneidenswerte Fülle und wirkt auffällig wie die massive Ankerprägung der messinggelben Metallknöpfe, die einen marineblauen Zweireiheranzug zieren.

„Aha und Ihre Frau Gemahlin konnte sich wahrscheinlich nicht von der Familie und Tiffany trennen, da Sie jetzt neben mir sitzen und nicht sie neben Ihnen."

Langsam steigt der Kerosinvogel in die Luft und signalisiert dem Fluggast unbewusst, dass ein freiwilliger Ausstieg vor der geplanten Landung nicht mehr möglich ist. Genervt von der leichten Unterhaltung, verschränkt Jakob seine Arme vor der Brust und schenkt dem Himmel einen Blick grenzenloser Arroganz, die in seiner zugeknöpften Körperhaltung einen Sympathisanten sieht. Ein herzliches Lachen provoziert im nächsten Moment sein Trommelfell und sorgt mit dieser missratenen Tat für ein ausgeprägtes Gefühl von Hochverrat, das sich durch ein leichtes Zwicken in der Magengegend erkenntlich zeigt.

„Herr Johansson, man könnte annehmen, Sie wären ein guter Kenner des weiblichen Geschlechts. Wenn es nicht die Flugangst wäre, hätten Sie mit Sicherheit ins Schwarze getroffen. Ihre Vorstellungskraft wird nicht reichen, um zu begreifen, wie viel Zeit und Geld ich investieren musste, damit ich am Ende kein Herr über dieses Problem wurde. Frau Guldenseek hat es sogar einmal fast geschafft, eine Boeing 747 notlanden zu lassen. Gott sei Dank, es war ein Arzt an Bord, der Sie mit einer ordentlichen Portion Beruhigungsmittel ruhig stellen konnte. Seit diesem peinlichen Vorfall bevorzugt sie für ihre Reisen ausnahmelos die Kabine eines Luxusliners. Herr Johansson, so macht Reisen Freude. Ich genieße Ihre Gesellschaft und freue mich auf einen entspannten Flug an Ihrer Seite." „Aviophobie."

Die angstvollen Augen und der fassungslose Mund sind weit aufgerissen und orientieren sich an zwei verkrampften Händen und gespreizten Fingern, zwischen denen sich Jakobs Schädel wie eine harte Walnuss fühlt, die es gilt, aus eigener Kraft zu knacken.

„Ich habe Sie akustisch nicht verstanden, Herr Johansson. Was sagten Sie?" „A-V-I-O-P-H-O-B-I-E."

Lautstark und mit fletschenden Zähnen buchstabiert Jakob den bösen Begriff und leckt anschließend mit seiner Zunge, dass frische Blut von seiner verletzten Unterlippe, die mittlerweile stark angeschwollen ist.

„Mein Gott Herr Johansson, was haben Sie denn. Ihr ganzer Körper zittert. Bitte, bitte hören Sie auf, Sie verletzen sich."

Verzweifelt versucht Jakob, seine plötzliche Panik unter Kontrolle zu bekommen und vernachlässigt dabei die Aufsicht über seine Hände, die mit ihren Fingernägeln seinen Hals attackieren und die unschuldige Haut unter seinem Kinn extrem strapazieren.

„Halten Sie Ihr Maul, bevor ich mich vergesse. Wir stürzen ab. Machen Sie Platz, ich muss hier raus."

Angetrieben von einer brachialen Gewalt, verlässt Jakob seine sitzende Position und stellt den alten Herrn im feinen Tuch unfreiwillig auf seine wachsweichen Beine, bevor er ihn brutal zu Boden stößt. Die bedrohliche Situation wird sofort publik und wirkt auf die Passagiere gefährlich wie Dynamit, die in ihrer fliegenden Zelle instinktiv richtig reagieren, indem sie mithilfe einer gespenstischen Totenstille eine panikauslösende Nervenexplosion erfolgreich eliminieren.

„Ich will nicht sterben. Verdammt, ich will nicht sterben."

Der muskulöse, sportive Leib hat bereits das Stadium einer Lähmung erreicht und begräbt das gealterte Leichtgewicht schonungslos unter sich.

„Bitte, bitte stehen Sie auf. Mein Herz hält das nicht aus."

Eine Schnappatmung begleitet das einsame Klagelied, bevor man eine unsanfte Befreiung vollzieht, die Jakobs Nerven komplett aus ihrer Flugbahn werfen.

„Sie schwule Sau in Uniform, fassen Sie mich nicht an, sonst bringe ich Sie um."

Ein sofort einsetzender Applaus verrät die unfreiwillige Kapitulation und würdigt den Verhöhnten für seine überwältigende Mission, die den Aufstand des Übeltäters für erfolgreich beendet erklärt.

„Erledigt. Das Beruhigungsmittel wirkt mindestens bis zum Landeanflug auf Hamburg."

Schonungslos hantiert die resolute Spritze an der wehrlosen Vene und würzt den nüchternen Tatbestand mit einer Prise Drogenszene, die Jakob völlig unbeeindruckt lässt.

„Herr Guldenseek, wie geht es Ihnen? Benötigen Sie noch weitere Hilfe?" „Nein, nein Herr Doktor, vielen Dank. Wenn Sie nur so freundlich wären und würden mich zu meinem Platz begleiten. Ich bin doch noch etwas unsicher auf den Beinen."

Dankend greift der sympathische Hanseat nach der kräftigen Hand und äußert sich über seinen betäubten Peiniger, nicht gerade auf eine charmanten Art und Weise: „Hanseatische Art, das ist ja lächerlich. Trotz ihrer harmlosen Aufstände in der Luft hat Frau Guldenseek, im Gegensatz zu diesem Exemplar ihren Stil stets bewahrt."

Den Verbalangriff nimmt Jakob nicht mehr wahr, der auf dem rückenliegend und in einem vom Schweiß getränkten Hemd apathisch gegen die Wände seiner fliegenden Gefängniszelle starrt. Die verbleibende Zeit, die ihm über den Wolken bleibt, verbringt er durch den eigenen Auftritt traumatisiert und von der restlichen Gesellschaft isoliert, in einem separaten Raum, bis er letztendlich wieder festen Boden unter seinen Füßen spürt. Das selbstbewusste Mundwerk fühlt sich ziemlich kleinlaut an und das peinlich berührte Ego wünscht sich gleichzeitig einen stillen Abschied von der Bühne, um die eigene Person dem Fokus schnellstens zu entziehen. Der flugbegleitende Arzt hindert Jakob jedoch daran, durch eine imaginäre Hintertür zu fliehen, um somit einem unangenehmen Abschlussgespräch aus dem Weg zu gehen.

„Na also, der Kreislauf ist stabil. Die Teilnahme am Straßenverkehr ist Ihnen für heute allerdings ausdrücklich untersagt."

„Ja, Herr Doktor." „Herr Johansson, Kopf hoch. Flugangst ist heutzutage sehr gut therapierbar. Sie als Geschäftsmann sind schließlich auf diese Form der Personenbeförderung angewiesen. Werden Sie aktiv und stellen Sie sich dem Problem." „Herr

Doktor, es ist nicht." „Ja bitte, Herr Johansson?" „Es ist nichts, Herr Doktor. Bitte entschuldigen Sie die Unannehmlichkeiten. Auf Wiedersehen."

Völlig desillusioniert und nach wie vor zutiefst schockiert über seine taktlose Entgleisung, lässt sich Jakob durch die Menschenmassen tragen und gleicht dabei einer traurigen Schattengestalt, an deren Seele sich ein tief greifendes Gefühl von Scham festgekrallt hat. Der Anblick eines Taxis hält letztendlich den beschwerlichen Gang der müden Glieder auf und beendet den geistigen Spießrutenlauf, der ihm die letzten Ressourcen raubt. Völlig kraftlos und mental erschüttert, steigt er in den Wagen ein und wird zu seinem eigenen Verdruss akustischer Zeuge einer Störung im Redefluss, die der zuvorkommende Chauffeur seit Jahren akzeptiert, obwohl Jakob noch an seinen Verstand appelliert. „Nein, nein und nochmals nein, das kann nicht sein." Ein fragender Blick trifft ihn mitten ins Gesicht, bevor er endlich in der Lage ist, sich klar und deutlich zu artikulieren. „Parkallee acht. Geben Sie Gas und bitte schweigen Sie die ganze Fahrt. Sollte sie auch ewig dauern."

„Johansson." „Klemens Klausen. Ich grüße Dich, Jakob. Störe ich Dich gerade?" „Nein, ganz im Gegenteil. Ich bin alleine im Auto unterwegs. Was verschafft mir die Ehre Deines Anrufs?" „Deine Sekretärin erzählte mir, dass Du in New York gewesen bist. Hattest Du eine gute Zeit?" „Meine Reise als gute Zeit zu beschreiben, wäre maßlos untertrieben. Ich hatte eine großartige Zeit und konnte an neuen Impressionen dazugewinnen, die nachhaltig auf mich wirken."

Die elegante Limousine gleitet wie auf Schienen über den Asphalt und bestärkt mit ihrer motorisierten Gelassenheit den linken Arm in seiner Lässigkeit, der bequem auf einem Platz am Fenster verweilt.

„Anstatt einem glorreichen Gewinn an neuen Impressionen hätte ich auf einen Zeitzonenkater getippt, der nachhaltig wirkt und einem Herrn Johansson den müden Alltag ein wenig verdirbt. Wie die Teilnahme am gestrigen Golfturnier." „Du liegst mit Deiner Annahme genauso falsch wie mit Deinem Kauf wertloser

Aktien. Ich bin am Freitag ausgeruht in Hamburg gelandet und habe mir ein Wochenende der Entschleunigung gegönnt. Keine Termine, kein Notebook, kein Telefon. Mit der Harmonie einer inneren Zufriedenheit habe ich Körper und Geist sich selbst überlassen, um somit wertvolle Kräfte physischer und psychischer Natur zu schonen, die für die nächsten Höchstleistungen benötigt werden. Einfach nur herrlich."

Das professionelle Gehirn hat die Zunge derart hypnotisiert, dass sie ihre verlogene Aufgabe mit Bravour absolviert, ohne großartige Überzeugungsarbeit zu leisten.

„Jetzt zu Dir, Klemens Klausen. Nenne mir den wahren Grund für Deinen Anruf. Mit Sicherheit möchtest Du mir nicht den Sieger des Golfturniers mitteilen, es sei denn, es handelt sich hierbei um Deine Person." „So versnobt bin ich noch nicht, Jakob. Uns hört wirklich keiner zu?" „Nein, uns hört kein Mensch zu. Du kannst ganz offen reden." „Ich möchte Dir ein Geschäft anbieten. Besser gesagt, ein Immobiliendeal im großen Stil."

Ein breites Grinsen zieht im geheimen über Jakobs Gesicht hinweg, bevor eine ernste Miene für einen disziplinarischen Effekt sorgt und sich an einem sachlichen Umgangston vergreift.

„Die Zeiten, in denen ich der Sklaverei meiner eigenen Euphorie verfallen bin, sind lange vorbei. Ich brauche klare Fakten und Informationen, vorher steige ich nicht ein." „Fakten und Informationen liefere ich Dir selbstverständlich lückenlos und in der gewohnten Qualität. Bist Du interessiert?" „Ich bin heute Abend gegen zweiundzwanzig Uhr in der kleinen Bar am Mühlendamm und erwartet Dich pünktlichen zu vereinbarten Zeit." „Du wirst sehen, auch dieses Geschäft zwischen KK und JJ, wird ein weiterer großer Erfolg in unserer Karriere. Bis heute Abend, Jakob. Auf Wiederhören." Motiviert und ausgestattet mit einem agilen Unternehmergeist, der von einer leichten Neugierde infiziert ist, trifft Jakob am Abend in der besagten Bar ein.

„Also, was hast Du mir anzubieten KK?"

Die Buchstabenkombination erhält einen provokanten Unterton, der seiner Überheblichkeit eine gewisse Attraktivität verleiht und dem Selbstbewusstsein seine Authentizität bescheinigt.

„Eine Senioren-Residenz an der Außen Alster. Sie befindet sich derzeit noch in der Bauphase und ist ein höchst attraktives Anlagenprojekt. Besonders für denjenigen, der gerne mit dem Kapital seiner gutgläubigen Anleger spielt." „Und ich darf davon ausgehen, dass Du als mein Strohmann fungieren möchtest." „Richtig, als Dein ergebener Strohmann, der kein Feuer scheut."

Detailliert wird das Geschäft im Folgenden analysiert, bis jemand nach Stunden den geschäftlichen Einstieg durch ein persönliches Ritual signalisiert. „Barkeeper, zwei Dry Mountain High bitte." Der Eingeladene wird zum Mündel degradiert, worauf dieser mit einer höflichen Neugierde reagiert: „Dry Mountain High. Klingt unbekannt, aber dennoch interessant."

Stilsicher präsentiert Jakob das Getränk in seiner rechten Hand und lauscht der eigenen Laudatio ganz gespannt, die von einem eleganten Auftritt begleitet wird.

„Ein Cocktail, den man unter bravourösen Finanzjongleuren nach einem vielversprechenden Geschäftsabschluss genießt. Cheers!"

Es sind die kleinen und großen Erfolge, die Jakob in den nächsten Tagen helfen, sein sonderbares Verhalten zu vergessen, und die seiner gutgläubigen Psyche versprechen, dass sein inneres Gleichgewicht, den harmonische Schwingungen eines konstanten Pendels unterliegt. Jedoch besteht auch in einem luxuriösen Alltag die Gefahr einer Zerrissenheit zwischen einem starken Selbstvertrauen und der schonungslosen Wirklichkeit.

„Würdest Du mir bitte verraten, warum die Tageszeitung nicht in ihrem Zeitungskasten liegt?"

Die schwere Haustüre erhält einen energischen Schub und lenkt somit die Aufmerksamkeit auf den Fragenden in seiner Wut, der breitbeinig stehend die dominante Haltung seines Oberkörpers vorbildlich zur Geltung bringt und umgehend eine verständliche Antwort auf seine sachliche Frage erwartet.

„Die Zeitung liegt bereits neben Deinem Frühstücksgedeck. Noch weitere Fragen?" „Ja! Warum werden Regeln in diesem Hause nicht konsequent befolgt? Journalistisches Pamphlet wird wie Briefsendungen via Postweg ausschließlich von mir gesichtet und in Empfang genommen. Ich habe heute Morgen leider keine Zeit, über dieses leidige Thema zu diskutieren. Vielleicht fehlt mir auch für ein derartiges Fehlverhalten jegliches Verständnis. Das Frühstückt wartet, Du entschuldigst mich."

Beleidigt und zu seinem eigenen Ärger leicht nervös, lässt Jakob seine Frau im dunklen Treppenhaus stehen, um dem Wunsch seines hungrigen Magens nachzukommen, der sich wenig später über das obligatorische Büffet am Morgen freut. Vornehm gleitet die zarte Papierserviette durch Jakobs Mundwinkel, bevor sie in sich zerknüllt den leeren Teller wieder füllt, der anschließend einige Zentimeter vom Rand in die Mitte des gedeckten Tisches geschoben wird. Die getrennte Zeitung aus grobem Papier wurde bereits nach individuellen Inhalten studiert und liegt wieder ordentlich in Form gebracht auf ihrem angedachten Platz, direkt neben dem benutzten Silberbesteck. Entspannt legt sich Jakob die goldenen Manschettenknöpfe an und gönnt seinem linken Augenwinkel die kurzfristige Befriedigung einer abgeschwächten Sensationslust, die ihn nachfolgend mit einer frischgedruckten Schlagzeile konfrontiert: „Heroinsüchtiger stirbt durch Überdosis auf öffentlicher Toilettenanlage."

Laut und deutlich zitiert er den verständlichen Satz und unterwirft sich automatisch der Machtstruktur seines Gehirns, das anschließend Sekunden benötigt, um sich der unbekannten Diktatur zu entziehen, und ihm kurzfristig verbietet, sich auf das Wesentliche zu konzentrieren.

„Leg die Zeitung aus der Hand." „Wie bitte?" „Verdammt leg die Zeitung aus der Hand."

Wutentbrannt entreißt Jakob seiner Frau ihren Teil
der morgendlichen Gazette und verfährt mit ihr gleich seiner gebrauchten Serviette, die sich bereits als Abfallprodukt entsorgt fühlen darf.

„Es ist doch viel reizvoller, bei einem gemeinsamen Frühstück in das Gesicht seines Gegenübers zu blicken, als auf schwarze Buchstaben. Wann uns ein gemeinsamer Start in den Tag wieder zuteilwird, ist allerdings fraglich. Ich bin für längere Zeit geschäftlich unterwegs."

Mit einem erregten Gemüt greift Jakob geistig nach seinem bekannten Tagesziel und tritt seinen Weg zum Hauptbahnhof an, der alleine durch seinen Charakterstil in seinem Magen für ein Unbehagen sorgt, dessen Grund er weder deuten will noch kann. Einflussreiche Geschäftskunden erwarten einen von ihm höchstpersönlichen Empfang, während er von seinem klaren Verstand schnellstens eine passable Lösung für seine gefährliche Nervosität verlangt, die gleichzeitig auch in der Lage ist, seine aufkommende Unsicherheit zu untergraben. Sichtlich erfreut über seinen Hang zur Überpünktlichkeit, gönnt er sich nach seinem Eintreffen noch ein paar Minuten Zeit, um seine dunklen Gedanken abzulenken und der stürmischen Gemütslage den Wind aus den Segeln zu nehmen.

Durch sichere Glasscheiben beobachtet Jakob das hektische Treiben vor dem altehrwürdigen Gebäude, das sich plötzlich in eine schlichte Leichenhalle verwandelt, die vor seinen Augen schamlos mit dem schaurig schönen Bild opulent geschmückter Särge wirbt, die ehrfürchtig aufgebahrt sind und dessen Symbol es zu bezwingen gilt. Machtlos fühlt sich Jakob seinem eigenen Wahnsinn ausgeliefert, der ihn gleichzeitig dazu zwingt, seinen linken Unterarm vom feinen Stoff zu befreien, um sich von dessen Unversehrtheit persönlich zu überzeugen.

Aggressiv wirft Jakob den wertvollen Manschettenknopf gegen die beschlagene Frontscheibe und verschafft sich gewaltsam Zugang zur nackten Haut, die ihm durch den Anblick zahlreicher Einstiche den kompletten Verstand raubt, der sich anschließend und persönlich für hoffnungslos verrückt erklärt.

Nach der erlebten Authentizität verlässt er mit dem Gefühl einer galoppierenden Panik sein Automobil und rennt durch starken Regen dem symbolischen Sarkophag entgegen.

Das pulsierende Herz der riesigen Bahnhofshalle wirkt kalt und unheimlich auf Jakob, der sich in dem für ihn unendlich großen Raum lebendig begraben fühlt und sich als wehrloses Opfer eines taghellen Albtraums sieht, in dessen Macht es alleine liegt, ob ihm jemals eine Aufwachphase zuteilwird.

Kategorisch versucht Jakob, den gefährlichen Reizen von außen zu widerstehen, die über ihn hereinzubrechen drohen und seine böse Fantasie beflügeln, die ihn in ein in ein wildes Tier verwandelt, dass sich fast zu Tode hetzt, aus Angst, es wird verletzt. Außer Atem und in kaltem Schweiß gebadet, erreicht er den richtigen Bahnsteig und bildet sich gleichzeitig ein, für seinen beschämenden Auftritt die mitleidigen Blicke fremder Passanten zu ernten, die seinen Körper mit brutalen Messerstichen schmerzhaft durchbohren. Vorsichtig fährt seine zitternde Hand durch das nasse Haar und eine aufkeimende Verlegenheit drückt sein Kinn fest auf den oberen Brustbereich, der sich sehr bewegungsfreudig zeigt. Instinktiv hofft Jakob auf eine großzügige Zugverspätung, die ihm eine gewisse Entspannung schenken soll und ihm die Zeit für eine geistige Vorbereitung lässt, die er dringend benötigt, um der Primäre eines weiteren Theaterstücks erfolgreich zu entkommen.

„Herr Müller- Häberle, Herr Brüderle, ich heiße Sie in Hamburg herzlich willkommen. Die Schöne des Nordens und kultivierteste Stadt Europas wünscht Ihnen einen angenehmen Aufenthalt."
„Herzlichen Dank, mein guter Johansson. Sie sehen so verändert aus. Liegt es an Ihrer neuen Frisur oder an der Tatsache, dass sich ein schleichender Alterungsprozess auch von Ihnen nicht verjagen lässt?"
Ein weißer Hemdstoff umspannt den kugelrunden Bauch in Übergröße, der sein Geltungsbedürfnis durch ein offengetragenes Jackett und eine kostenlose Rundumsicht in vollem Umfang auszuleben vermag. Die goldene Uhr konkurriert mit einem extrabreiten Ehering, im Gegensatz zu einem gepflegten Haarkranz, der als begleitender Schmuck einer glänzenden Halbglatze die Rolle seines Lebens innehält.
„Ein gemeiner Platzregen, Herr Müller-Häberle kannte kein Erbarmen und hat mich eiskalt erwischt." „Ich wollte Ihnen nicht zu nahe treten, mein lieber Johansson. Sie wissen ja, der Schwabe ist weder vornehm noch kultiviert, dafür aber finanziell sehr ambitioniert. Eine Eigenschaft, die mit Sicherheit ein wenig versöhnlich auf Sie wirkt."
Ein lautes Lachen schlägt Jakob mitten ins Gesicht, dem es trotz seiner lädierten Professionalität vergönnt ist, einen schnellen Schlagabtausch durchzuführen: „Ihr amüsanter Kalauer in allen

Ehren, Herr Müller- Häberle, aber ein trister Bahnsteig scheint mir nicht die richtige Umgebung zu sein, um diesen gebührend zu feiern. Wenn mich die Herren bitte zu meinem Fahrzeug begleiten würden."

Nervös eilt Jakob der kleinen Gruppe voraus und hofft, den Weg einer weiteren Blamage nicht zu kreuzen, deren Damoklesschwert ihn in Form eines bösen Schattens verfolgt.

„Herr Johansson, würden Sie Ihren Laufschritt bitte etwas bremsen. Ich würde mir gerne die Hände waschen, bevor ich in ihren Wagen steige."

Abrupt bleibt Jakob einige Meter vor der zurückhaltenden Erscheinung stehen, die eine klassische Kleiderwahl in unaufdringlichen Farben bevorzugt und Zeuge eines hochroten Kopfes wird der folgende Worte ungewöhnlich laut und tief aus seinem Inneren heraus der Allgemeinheit verkündet: „Das ist nicht nötig, Herr Brüderle. Mein Wagen ist gegen Viren immun. Gehen Sie bitte sofort weiter und wagen Sie es nicht, mich noch einmal aufzuhalten. Verstanden?" „Heilandsack, Johansson. Ihr Wortwitz verfügt über eine nordisch-trockene Note, die ihm eine groteske Glaubwürdigkeit verleiht." „Ich muss Ihnen beipflichten, Herr Müller-Häberle. Bitte empfinden Sie es nicht als beschämend Herr Johansson, dass die Toilettenanlagen des Hamburger Hauptbahnhofs nicht sonderlich kultiviert erscheinen. In meinem Fall ist Zweckmäßigkeit angesagt. Oder sind es etwa Junkies, vor denen Sie mich schützen wollen?"

Augenblicklich friert Jakobs Muskulatur vollständig ein und eine akute Körperstarre erklärt sich zu seinem temporären Feind. Das in Stein gemeißelte Gesicht präsentiert sich in einem glänzenden schneeweiß und aus jeder Pore seines Körpers treibt eiskalter Schweiß, der für ein ekelhaftes Klima auf der Haut verantwortlich ist. „Junkie! Verdammte Scheiße, ich bin ein Junkie!"

Ein derber Schlag auf sein Schulterblatt beendet schließlich das Bewegungsschachmatt und katapultiert Jakob zurück in die Realität, die ihm tief in die Augen blickt und ihm dabei eindringlich rät: „Setzen Sie das Wort Kapital davor, Johansson. Das trifft die Wahrheit eher."

Mit seiner gewinnbringenden Fracht quält sich Jakob durch die überfüllten Straßen der Stadt und hört auf die leisen Worte seiner erdrückenden Beklommenheit, die ihm kurzfristig eine erholsame Auszeit verordnet. Um sich mental wieder zu erden, müsste der zu chauffierende Ballast schnellstens abgeworfen werden, allerdings ohne bleibende Schäden zu verursachen und ohne den Geruch einer Unhöflichkeit zu hinterlassen.

„Meine Herren, dass Ziel ist, erreicht. Sie werden Verständnis dafür haben, das ich mich an dieser Stelle ausklinke, um mein ramponiertes Äußeres eine wenig aufzupolieren. Darf ich die Herren noch in das Gebäude begleiten?" „Eitelkeit kennt leider keine Grenzen und zieht auch den oberflächlichen Mann in ihren Bann. Bemühen Sie sich nicht Johansson, wir kennen den Weg. Herr Brüderle, nach Ihnen."

Kurzerhand ruft Jakob seine Sekretärin an und behält dabei seine finanzielle Beute fest im Blick, die mit einem energischen Schritt auf dem Weg zum Eingang ist.

„Karen, die Geschäftskunden aus Stuttgart müssten jeden Augenblick in Ihrem Büro aufschlagen." „Jawohl, Herr Johansson. Und Sie etwa nicht?" „Würden Sie mich ausreden lassen, bräuchten Sie mir diese dumme Frage nicht zu stellen. Sie hören mir jetzt genau zu, Karen." „Ja, Herr Johansson." „Ich muss kurzfristig einem wichtigen Termin nachgehen. Sie servieren bitte den beiden Herren Kaffee und rufen umgehend meinen Stellvertreter an. Er soll meinen Teil bis zur offiziellen Mittagsveranstaltung übernehmen. Ich stoße im Restaurant dazu." „Wird erledigt, Herr Johansson." „Das hoffe ich. Auf Wiederhören."

Sichtlich erleichtert und mit zurückgeschaltetem Gang entzieht sich Jakob dem regulären Pflichtprogramm und gestattet sich eine legale Pause in seinem städtischen Zuhause.

Eine erfrischende Dusche soll die miserable Stimmung vertreiben und ihm neue Kräfte einverleiben, die Jakob für erfolgversprechende Geschäftsverhandlungen nach seinem Sinn dringend benötigt. Das flüssige Gold in öliger Form verwöhnt seine Haut und sämtliche Poren, die den herben Duft der berühmten Essenz zusammen mit seiner Lunge tief inhalieren und sich gleichzeitig einer wirksamen Meditation unterziehen, von der auch sein müder Geist profitiert. Leicht benommen beendet Jakob das intensive Reinigungsspektakel und greift nach einem flauschigen Stoff am goldenen Haken, der bereits geduldig auf seinen Gebrauch wartet. Der weiche Bademantel schmiegt sich sanft dem Körper an, der einem legitimen Rausch nicht länger widerstehen kann und sich plötzlich in Trance versetzt fühlt, bevor er teilnahmslos auf seinem einladenden Bett landet. Die unglaubliche Kraft dunkler Materie schleudert Jakob in Lichtgeschwindigkeit durch faszinierende Galaxien und stößt mit ihm zu unbekannten Sonnensystemen des Universums vor.

Weit entfernt von einer greifbaren Wirklichkeit, verfällt seine Seele dem Zustand einer absoluten Schwerelosigkeit und durch die Dominanz energetische Gesetzte zerbricht die machterfüllte Spirale seiner dunklen Gedanken, die erst der schrille Klang des Telefons von ihrer langen Reise zurückholt.

„Ja bitte?" Ungewöhnlich zart klingt die ansonsten markante Stimme, die ihre Situation mit einem kräftigen Räuspern rettet und anschließend glaubt, wieder tieftönig zu glänzen. „Herr Johansson, sind Sie das?" „Karen, was gibt es denn Wichtiges, dass Sie meinen mich stören zu müssen?" „Herr Johansson, jetzt sind Sie endlich wiederzuerkennen. Ich wollte Ihnen ausrichten, dass die Mannschaft unterwegs ins Restaurant ist." „Verdammt ist es schon so spät? Danke, Karen."

Obwohl die Eitelkeit seiner definierten Muskeln noch lange nicht gestillt ist, wird der zartbraune Oberkörper schnellstens von strahlendem Weiß umhüllt, dass die edle Seidenkrawatte mit ihrem raffinierten Farbenspiel als ebenbürtigen Partner akzeptiert. Den modebewussten Mann vollendet ein Kaschmiranzug in selbstbewusstem Braun, das mit einer stilsicheren Ausgeglichenheit die Riege der Individualisten für sich zu begeistern weiß. Noch leicht benommen, aber dennoch pünktlich trifft Jakob an der reservierten Tafel ein, die sich ihren Gästen entsprechend in Schale geworfen hat.

„Das pochierte Schweinefilet im Kräutermantel ist der Star des Hauses und äußerst vorzüglich, Herr Müller-Häberle." „Vielen Dank für Ihre Empfehlung Johansson, aber ich esse grundsätzlich kein Tier, das schlauer ist als mein treuer Hund, der mit mir das Bett teilt. Herr Ober, für mich bitte das Frikassee vom Perl-huhn und dazu einen trockenen Riesling." „Ich darf mich Ihnen anschließen, Herr Müller-Häberle." „Tun Sie, was Sie nicht las-sen können, Herr Brüderle. Allerdings möchte ich nachher keine Klagen hören." „Ich freue mich über das Lachs-Carpaccio im Kaviarrand und genieße dazu ein Glas Chardonnay, Herr Ober." „Lachs schmiert ordentlich von innen, sagt meine Angetraute immer. Mit jedem verzerrten Pfund verschwindet eine tiefe Falte aus dem Gesicht. Sie sollten direkt eine doppelte Portion ordern, Johansson." „Vielen Dank für Ihren Tipp, Herr Müller-Häberle." „Nun stellen Sie sich mal nicht so an, Johansson. Sie werden doch für eine kleine Frotzelei unter richtigen Männern Verständ-nis haben. Ich muss mich übrigens revidieren, Ihr Äußeres er-scheint seit heute Mittag wieder makellos. Prost!"

Es sind die zähen Geschäftsverhandlungen und der köstliche Edelfisch, denen Jakob gleichermaßen die Schuld auftischt, für die starken Gliederschmerzen in seinem Armen und Beinen ver-antwortlich zu sein. Der überladene Tisch vor seinen schmerz-schreienden Augen fängt langsam an zu schweben und im glei-chen Atemzug durchlebt sein rebellierender Magen ein schweres Erdbeben, das der Speiseröhre mit einer schwallartigen Entlee-rung entgegen der natürlichen Richtung droht. Ein beachtlicher Speichelsee entsteht in seinen Mund, der ihm nur die Wahl zwi-schen einem heftigen Schlucken und einem ekelerregenden Spucken lässt, das seine Hemmungen hinter einer zitternden Hand notgedrungen vergisst. Innerhalb einer kurzen Zeit und in einer rasenden Geschwindigkeit vollzieht sich der schleichende Übergang vom erfolgreichen Geschäftsmann zur suchtgeplagten Kreatur, deren beschämender Auftritt ehrliches Mitleid in der Öffentlichkeit erregt.

„Ich dachte immer, die Wechseljahre beim Mann sind eine reine Erfindung der Pharmaindustrie. Oder hat Ihr Schweißausbruch etwa einen ernst zu nehmenden Hintergrund, mein armer Jo-hansson?" „Sie entschuldigen mich bitte."

Der bequeme Stuhl hat eine elegante Oberfläche in weißem Schleiflack und erlebt gemeinsam mit einem vollen Glas spritzi-gem Mineralwasser Vandalismus auf die sanfte Art, indem der jeweils leichte Schlag einer ruhelosen Hand beide nacheinander umwirft. Zur Wahrung der Etikette flieht Jakob schnellstmöglich auf die Toilette und bietet seinen Gästen die Möglichkeit, sich ungezwungen auszutauschen.

„Mir fehlen doch tatsächlich die Worte, Herr Müller-Häberle. Ich kann nur hoffen, dass es Herrn Johansson gleich wieder besser geht." „Bleiben Sie locker, Herr Brüderle und berufen Sie sich auf ihre schwäbische Denkweise. Der Stuhl hat es ohne Kratzer überlebt und Mineralwasser ist nicht so hochpreisig wie der Alltagswein, den unser Johansson als Lieblingssorte bevorzugt."

Die gekachelte Toilettenkabine übernimmt für Jakob die Patenschaft einer abschließbaren Festung, die ihm das beruhigende Gefühl von Sicherheit bietet, bevor sein geschwächter Körper ohnmachtsgleich über der Keramikschüssel zusammenbricht. Leise verabschiedet sich sein Geist und freut sich auf eine lange Reise mit einem unbekannten Ziel, das die Grenze zur Totalität spielend überschreitet.

Spektakuläre Welten brechen auf ihn herein und infizieren seine Seele mit einer exzessiven Fröhlichkeit, die glaubt, in einem Meer leuchtender Farben zu ertrinken.

Berauscht flüchtet sich Jakob zurück in den Mutterleib und opfert seinen eigenständigen Willen einer tiefen Geborgenheit, die ausschließlich an der Quelle des Lebens entsteht. Beseelt genießt er die wohlige Wärme, die Schmerzen und sämtliche Probleme vertreibt und hofft auf eine innere Glückseligkeit für eine lange Zeit, in der Minuten zu gefühlten Stunden werden.

„Oh Gott, was ist mit mir passiert und wo bin ich hier?"

Entsetzt über sich und den Verlust der Selbstkontrolle verlässt Jakob den intimen Ort der weichen Papierrolle und verabreicht seinem blassen Gesicht einen Schwall kaltes Wasser, das sich hoffentlich auch im Stande fühlt, einer Pupillenverengung entgegenzuwirken.

„Herr Johansson, wo man sich nicht überall trifft. Geht es Ihnen besser?" „Vielen Dank der Nachfrage, Herr Brüderle. Ich gehe von einer leichten Magenverstimmung aus, die sich wieder beruhigt hat."

Durch einen selbstbewussten Wurf landet das gebrauchte Papierhandtuch im dafür vorgesehenen Abfallkorb, der sich fast schon etwas überfüllt vorkommt.

„Das beruhigt mich, Herr Johansson. Wissen Sie, ich hatte vor zwei Jahren einen schweren Herzinfarkt. Die Vorboten waren ähnlich."

Ein überlegendes Lächeln eilt dem Verbalaustausch voraus, der einem gewissen Starrsinn unterliegt und gleichzeitig überheblich wirkt. „Wissen Sie, wenn man sich und seinen Körper diszipliniert führt, lassen einen viele Krankheiten unberührt. Nach Ihnen, Herr Brüderle."

Die letzte Runde im Kampf um versilberte Bonuspunkte gewinnt Jakob klar und deutlich aufgrund seiner widerstandsfähigen Routine, die dem ereignisreichen Tag am Ende die Note gut verleiht.

„Guten Morgen Karen, gab es wichtige Anrufe innerhalb meiner Abwesenheit?" „Nein, Herr Johansson. Die Post liegt bereits vorsortiert auf Ihrem Schreibtisch."

Der currybraune Kurzmantel hängt lässig über einem geschichtsträchtigen Unterarm, dessen Hand sich einem zusätzlichen Kraftaufwand bedient, um mit der gewohnten Leichtigkeit einen Aktenkoffer zu tragen.

„Guten Morgen, guten Tag oder guten Abend. Sie sollten sich die Begriffe aufschreiben, damit sie jederzeit die Möglichkeit haben, sich diese ins Gedächtnis zu rufen und der Tageszeit entsprechend einzusetzen. Karen Kaffee bitte."

Mit einer abwertenden Kopfbewegung dreht Jakob seiner trotzköpfigen Sekretärin den Rücken zu, der sich beim Verlassen des Vorzimmers über den Anblick einer ausgestreckten Zunge freuen darf.

„Bitte vergessen Sie den Kaffee nicht, Karin und denken Sie stets daran, dass ich auch am Hinterkopf über Augen mit scharfer Sehkraft verfüge. Danke." „Entschuldigung, Herr Johansson."

Gemütlich trinkt Jakob seinen Kaffee und sichtet dabei einen Stapel Briefsendungen, aus dem er das vermeintlich große Los zieht. „Persönliche Einladung zum bedeutendsten Eventmarketing des Jahres für Herrn Jakob Johansson. Das hört sich gut an.

Gesehen werden und noch mehr sehen, einflussreiche Kontakte knüpfen und alte Kontakte pflegen. Herrlich!"

Bedingt durch die persönliche Ausstattung mit einem Verdrängungsmechanismus, der über eine verlässliche Funktionalität verfügt, meistert Jakob die zukünftigen Hürden des Alltags, ohne gleichzeitig das Opfer einer geistigen Stolperfalle zu werden, und kann somit der Provokation eines wiederholten Genickbruchs aus dem Wege gehen. Mit einer entspannten Vorfreude sieht er seiner wichtigen Einladung mit geschäftlichem Charakter entgegen, zu der er in Begleitung einer Frau erscheint, die für ihn mehr bedeutet, als er bereit ist zuzugeben.

„Obwohl mich Deine vollkommene Professionalität nach den unzähligen gemeinsamen Auftritten nicht mehr in Aufregung versetzen sollte, bin ich nach wie vor von Deiner umwerfenden Ausstrahlung begeistert." „Obwohl ich auch noch nach Jahren die Ernsthaftigkeit Deiner Komplimente infrage stellen muss, würde ich Dich trotz alledem bitten, schnellstmöglich den Platz am Beifahrersitz einzunehmen. Nicht auszudenken, der feine Zwirn würde nach Deinem Sturz zu Boden anfangen, die Poren auf dem Asphalt zu zählen."

Gelassen nimmt er Platz und betrachtet seinen schönen Chauffeur wie einen wertvollen Schatz, der mit einer greifbaren Unerreichbarkeit seine liebeshungrige Dominanz seit Jahren dominiert.

„Und sitzt Du entspannt?" „Bei Deiner Art und Weise ein Fahrzeug zu bewegen, ist an Entspannung leider nicht zu denken." „Spätestens nach Deinem dritten Glas hat Dir Dein männlicher Stolz die Degradierung zum Beifahrer verziehen."

Nach wenigen Kilometern ist der edle Wagen sicher, aber dennoch sichtlich präsent geparkt und Jakob startet siegessicher in die Nacht, die sich für ihn in jeglicher Hinsicht rentieren soll.

„Guten Abend Frau van Spielbeek, guten Abend Herr Johansson, schön das man sich mal wiedertrifft." „Herr Konsul Mayerneck, ich grüße Sie. Bitte erweisen Sie mir die Ehre und trinken Sie ein Glas Champagner mit mir. Frau Mayerneck, ich bin sehr erfreut."

Jakob, der sich stilsicher verbeugt, fühlt sich seit Langem wieder ganz in seinem Element und fürchtet weder den unbekannten Feind noch den bösen Moment.

„Marie, darf ich Dir Herrn Johansson vorstellen. Er war lange Zeit mein vertrauensvoller Berater in finanziellen Angelegenheiten. Frau van Spielbeek ist Dir ja bereits wohlbekannt." „Auch bin sehr erfreut, Herr Johansson. Frau van Spielbeek, ich hoffe, es geht Ihnen gut." „Frau Mayerneck, danke der reizenden Nachfrage. Mir geht es sehr gut und Ihnen hoffentlich auch. Es ist wirklich schön, dass man sich auch einmal außerhalb des geschäftlichen Rahmens trifft."

Die ausgelassene Laune im festlich geschmückten Saal prickelt wie der eiskalte Champagner im schlanken Glas und serviert Jakob einen reinen Genuss ohne faden Beigeschmack, der ihm an diesem Abend auf keinen Fall den Appetit verderben soll.

„Frau van Spielbeek, Herr Johansson, wir möchten uns an dieser Stelle verabschieden." „Herr Konsul, ich wünsche Ihnen und Ihrer Frau Gemahlin noch einen angenehmen Abend."

Das Auftaktspiel endet mit einem klaren Sieg und zufrieden schildert Jakob seiner eleganten Begleitung, die eine traumhafte Robe trägt, seine offene Meinung, die aus seiner stabilen Verfassung und einer durchzugsstarken Eigenmotivation resultiert. „Es könnte heute nicht besser laufen, Frau van Spielbeek." „Das überrascht mich nicht, Herr Johansson. Oder kannst Du Dich daran erinnern, dass es bei uns beiden, egal in welchem Bereich jemals schlecht lief?" „Nein, ganz im Gegenteil." „Du wirst jetzt allerdings Verständnis dafür haben, dass ich meine eigenen Kontakte ein wenig pflege." „Aber gerne meine Liebe. Ich werde in der Zwischenzeit meine Kundenkartei erweitern."

Mit Jagdfieber infiziert, macht sich der Platzhirsch im nachtblauen Smoking auf die Pirsch und nutzt seine exzellenten Revierkenntnisse für die Jagd auf gewinnträchtige Verhältnisse.

Fachmännisch und seriös wirkend, führt Jakob mit potenziellen Kunden seine verschleierten Verkaufsgespräche durch und verliert dabei seine Euphorie aus den Augen, die ihn ohne böse Absicht und fest auf beiden Beinen stehend in die Schusslinie schiebt.

„Darf ich Ihnen noch meine Visitenkarte überreichen, Herr Baron von Blasewitz." „Herzlichen Dank, Herr Johansson." „Ich habe zu danken und erwarte Ihren Anruf in den nächsten Tagen, Herr Baron."

Um in Ruhe ein wenig durchatmen und nachfolgend gestärkt in den geschäftlichen Endspurt zu starten, läutet Jakob sichtlich zufrieden eine kurze Auszeit für sich ein.

„Entschuldigen Sie bitte, dürften wir uns mit an Ihren Tisch stellen? Ein Glas den ganzen Abend in der Hand zu halten, erfordert doch eine gute Kondition."

Freundlich gibt Jakob der höflichen Bitte nach und schenkt dem zurückhaltenden Paar keine weitere Aufmerksamkeit, sondern lässt sich halbherzig und mit einem Ohr von einer seichten Bühnenunterhaltung ablenken.

„Der Abend ist sehr unterhaltsam, findest Du nicht auch?" „Ja, das Programm ist dank der originellen Moderation einfach nur überwältigend. Hier scheint ein Profi sein Handwerk zu beherrschen, wenn mir der Profi auf gänzlich unbekannt ist." „Aber der Name müsste doch im Programmheft stehen." „Nein leider nicht. Das Heft war bereits gedruckt und in Umlauf gebracht, bevor der großartige Ric Constantin starb. Der gute, arme Junge. Ich werde seine Shows vermissen."

Für einen Augenblick scheint es, als könne der unbekannte Mann seine ehrlichen Tränen nicht zurückhalten, die der Frau an seiner Seite ein tröstendes Streicheln über eine frisch rasierte Wange wert ist.

„Was hat ihn denn so plötzlich aus dem Leben gerissen? Ein Unfall?" „Nein, es war kein Unfall, sondern es war Bauchspeicheldrüsenkrebs. Er ging völlig ahnungslos zu einer Routineuntersuchung. Er hatte keine Schmerzen, keine Beschwerden und auch kein Verlust der eigenen Kräfte. Nur das Endstadium, das hatte er bereits erreicht." „Das ist ja fürchterlich, Schatz."

Eine mit goldenen Ringen überladene Frauenhand fasst sich reflexartig an den eigenen Bauch und regiert mit einem weinerlichen Gesichtsausdruck auf die soeben vernommene Tragödie,

die sich bereits in Form von tiefen Einschnitten an Jakobs Herz und Seele ein persönliches Interesse zeigt.

„Es blieben ihm noch genau drei Wochen, um sich vom Leben zu verabschieden. Abscheulich. Der Krebs ist die Seuche des 21. Jahrhunderts, der wir machtlos gegenüberstehen." „Tja, Bauchspeicheldrüsenkrebs. Er ist so aggressiv, dass demjenigen, der ihm ins Auge sieht, kaum noch Zeit bleibt, sein eigenes Kreuz zu schlagen. Bedienung!"

Die lautstarke Anforderung kommt Jakob zuvor aber äußerst gelegen, dessen trockene Kehle seit geraumer Zeit verzweifelt nach einer hochprozentigen Flüssigkeit schreit.

„Was darf ich den Herrschaften bringen?" Die hübsche Bedienung hat trotz des immensen Arbeitsaufkommens ein liebenswertes Lächeln für ihre Gäste übrig, die der fleißigen Person ihren derzeitigen Stress nicht ansehen können.

„Eine Weißweinschorle und ein Glas trockenen Rotwein." „Sehr gerne und für Sie?" „Magenbitter." „Mit Eis, der Herr?" „Nein, aber dafür einen Doppelten ohne Eis und zimmerwarm." „Die Getränke kommen sofort." „Hoffentlich dauert Ihr sofort nicht wieder gefühlte drei Stunden." „Ich werde mich bemühen, der Herr."

Für das höfliche Paar am Tisch zählt die harmlose Provokation noch zum guten Ton und erhält somit ihre Absolution durch einen Gesichtsreflex, der auf allgemeine Heiterkeit schließen lässt, die sich bereits offiziell von Jakob verabschiedet hat.

„Ihr Verlangen kann ich nachvollziehen. Ein guter Bitter ist die beste Medizin, wenn eine ausgiebige Mahlzeit den Magen an der falschen Stelle kitzelt."

Über einen unsichtbaren Zeitzünder gerät Jakobs Beherrschung komplett außer Kontrolle, der sich mit einer verbalen Prügelei gegen die seichte Plauderei zur Wehr setzt, nachdem die Mitte des Partytisches den Einschlag seiner Fäuste erleben durfte.

„Weder eine deftige Mahlzeit, noch ein reichhaltiges Büffet haben mich an der falschen Stelle gekitzelt, sondern Sie dummes Arschloch mit Ihrem infernalischen Gerede, das bei meiner Wenigkeit für extreme Bauchschmerzen sorgt."

Die angegriffene Partei reagiert völlig schockiert und muss erst sekundenlang nach verständlichen Worten suchen: „Das ist ja eine Unverschämtheit. Was erlauben Sie sich!" „Ich habe Sie nicht an diesen Tisch gebeten, also verpissen Sie sich, und zwar schleunigst. Ansonsten landet der nächste Faustschlag in Ihrem Gesicht." „Komm Schatz, lass uns schnellstens gehen. Eine angetrunkene Person ohne Niveau kann gefährlich werden." „Ja, ja. Gefährlich bin ich schon lange und muss es nicht noch werden. Auf Wiedersehen, Schätzchen." Der Boden vibriert im Rhythmus der lauten Musik, die alleine die Schuld für eine überfüllte Tanzfläche trägt, von der Jakob einige Meter entfernt, teilnahmslos und einsam in einer Ecke steht, die von einem dunklen Schatten ausgefüllt wird. Tiefschwarze Gedanken nötigen in zu einem dramatischen Zwiegespräch und fordern von ihm augenblicklich eine Antwort auf die Frage, was ihn nach dem Tod erwartet.

Ein Sturm der Hoffnungslosigkeit bricht über Jakob herein und zwingt ihn, sich dem verlorenen Kampf zu beugen, der in wenigen Wochen einen von Metastasen zerfressen Körper seiner verlorenen Seele übergeben wird, an der sich der Hunger eines bösen Tumors satt frisst. „Leb wohl, Jakob Johansson."

Verzweifelt schreibt er im Geiste seine eigene Grabrede nieder und schmückt seinen Truhensarg aus dunklem Eichenholz mit einem wunderschönen Trauerkranz, auf dem der letzte Gruß seiner großen Liebe verewigt ist.

Die mit Tränen gefüllten Augen sind weit geöffnet und lassen ihren Blick durch das unheimliche Reich der Toten schweifen, dass Jakob bereits willkommen heißt. Der traurige Geist fühlt sich von einer mystischen Schaurigkeit benebelt und der von einer panischen Angst gejagten Körper kontert mit pfeifenden Atemzügen, die in Schüben durch seine Lunge gepresst werden. Hypnotisiert durch seine eigenen Wahnvorstellungen, bewegt sich Jakob apathisch auf die tanzende Gesellschaft zu und bricht nach wenigen Schritten unter dem grellen Licht der Scheinwerfer und vor einem schockierten Publikum weinend zusammen. Leise verabschiedet er sich: „Ich muss gehen, meine Zeit ist gekommen."

Auf seinem Weg ins Jenseits holt Jakob eine vertraute Stimme ein, die von einem zur Hilfe eilenden Sanitäter in Zivil tatkräftig unterstützt wird, indem er Jakob wieder vorsichtig auf die Beine stellt und ihn anschließend vor sensationslustigen Blicken in Sicherheit bringt.

„Und wie kommst Du zu dieser Erkenntnis, Jakob Johansson? Liegt es am letzten Drink, der eindeutig zu viel war oder an dieser furchtbaren Musik?" „Schatz, ich habe noch genau drei Wochen zu leben. Der Krebs hat gesiegt." „Das wird ja immer verrückter mit Dir. Kannst Du alleine gehen oder brauchst Du Hilfe?" „Ich kann kerzengerade und alleine gehen, Frau van Spielbeek." Mit großzügigen Gesten bedankt sich Jakobs entrüstetes Kindermädchen bei dem hilfsbereiten Gast und führt Jakob eigenhändig aus dem Gebäude, der an der frischen Luft brutal auf dem Boden der Tatsachen aufschlägt.

„Setz Dich in den Wagen, wir fahren sofort nach Hause." Gehorsam öffnet Jakob die Beifahrertür und gleitet in eine angetrunkene Sitzposition, die den Eindruck eines maßlosen Alkoholkonsums erwecken soll, der im Gegenzug die erfolgreiche Verteidigung für sein hysterisches Benehmen in der Öffentlichkeit übernimmt.

„Du siehst erschöpft aus, Jakob. Man könnte fast sagen, Du wirkst gesundheitlich angeschlagen. Bitte sage mir die Wahrheit. Bist Du wirklich todkrank?" „Ich bin von der kräftigen Haarspitze bis zum unlackierten Zehennagel kerngesund und meine Blutwerte sind höchstens fünfundzwanzig Jahre alt." „Komisch." „Was ist komisch, Frau van Spielbeek? Wenn Du mit dem Adjektiv Deinen Fahrstil beschreibst, muss ich Dir leider beipflichten." „Ich werde das Gefühl nicht los, dass irgendetwas an Dir nagt. Du wirkst zeitweise so verändert, Jakob. Ist Dein ewig strotzender Elan etwa auf und mit Gegenfahrbahn kollidiert?"

Schockiert über seinen Rückfall, den Jakob weder wahrhaben will, noch akzeptiert kann, wünscht er sich im Kampf gegen die eigene Frustration, eine ressourcenschonende Heimfahrt ohne anstrengende Grundsatzdiskussionen und die Präsentation eines überzeugenden Plädoyers.

„Ich habe meinen skandalösen Auftritt meinem schamlosen Durstgefühl zu verdanken, das mich tatsächlich dazu genötigt hat, in nur einer Stunde drei Whisky zu genießen, ohne gleichzeitig völlig reuelos zur fettreichen Bratwurst vom Bioschwein zu greifen. Meine angetrunkene und Dir unterlegende Verfassung ist Deinem tiefgründigen und mir überlegenden Scharfsinn übrigens zu Dank verpflichtet, der meine überzogene Trinkkultur frühzeitig erkannt hat und somit rechtzeitig eine vollkommene Trunkenheit verbannen konnte. Und Dir, mein Schatz, danke ich ganz besonders, dass Du mich an der Hand einer Löwenmutter aus der gleichnamigen Höhle des Löwen geführt hast. Ich darf mich jetzt ganz entspannt im Schoße der Sicherheit wiegen und mich durch die Nacht chauffieren lassen. Wunderbar." „Und ich kann mich wirklich nur wundern, mein Lieber." „Worüber meine Liebe?" „Über Zungen, die selbst noch im angeblichen Promillerausch ihr Handwerk vorbildlich beherrschen. Mein von Dir soeben gelobter Scharfsinn glaubt allerdings nicht an wundersame Talente, sondern folgt einer Spur realistischer Argumente, die für ein persönliches Desaster sprechen. Jakob vertraue mir. Ein Problem, das die Seele geißelt, verliert durch das gesprochene Wort an Stärke, Macht und Kraft. Öffne Dich, Jakob. Ich bin mehr als ein guter Zuhörer."

Die Provokation gegen seine eigene Verschwiegenheit sorgt tief in seinem Inneren für ein peinliches Gefühl, das seinem Gesicht einen Hauch von Rot verleiht und die Schlinge um seinen Hals spürbar verkleinert. Verlegen reibt sich sein Kinn am steifen Hemdkragen und sein nüchterner Blick streift das ebenmäßige Profil der schönen Unruhestifterin, die eine Antwort erwartet. Die Funktion seiner Seelenkostümierung darf jetzt nicht versagen, ansonsten wäre der Blick frei auf seine tiefen Narben, die als Symbol für ein trauriges Geheimnis stehen.

„Bitte entschuldige, dass ich mir ein Grinsen nicht länger verkneifen kann." „Ein Grinsen oder ein Verlegenheitslachen?" „Ein breites Grinsen. Es ist einfach lächerlich, die Symptome eines Alkoholmissbrauchs als Suizidgefährdung darzustellen. Seit wann bist Du so melodramatisch?" „Ein Gehirn beschäftigt sich bereits mit Begrifflichkeiten, bevor sie von der Zunge geformt den Mund

verlassen. Das Wort Suizid wurde alleine von Dir benutzt." „Verdammt, was willst Du erreichen? Willst Du mich in eine Enge treiben, die für mich nicht existiert? Oder handelt es sich hierbei vielleicht um ein Spiel?"
Der maskuline Tonfall ist mit einer Prise Aggressivität gewürzt, die ihr Desinteresse gegenüber Therapieversuche deutlich zum Ausdruck bringt und den Empfänger ihrer indirekten Botschaft eindringlich vor einer Grenzüberschreitung warnt, die für beide Insassen sogar tödlich enden könnte.
„Wie bitte? Ich bin enttäuscht, Jakob. Wie kannst Du in dem ehrlichen Gefühl menschlicher Besorgnis eine Aufforderung zu einem niveaulosen Spiel sehen." „Den Begriff niveaulos habe nicht ich benutzt. Dir scheint diese Eigenschaft allerdings bereits geistig vertraut und übt somit einen gewissen Reiz auf Dich aus. Ich kann es Dir zur Abwechslung ja mal richtig niveaulos-vornehm besorgen."
Eine erdrückende Stille flutet plötzlich das Schlachtfeld der psychischen Bedrängnis und bietet Jakob die Möglichkeit, an seinen überreizten Verstand zu appellieren, der sich ab sofort nicht mehr provozieren lassen soll.
„Niveaulos-vornehm, Deine Ausdrucksweise klingt interessant. Dabei würde mich aber vielmehr interessieren, warum Du es mir seit geraumer Zeit weder vornehm noch niveaulos besorgst."
Das unscheinbare Wort wirkt gefährlich wie ein Messerstich mitten ins Herz und weckt eine böse Erinnerung, die sich für den Satz verantworten muss, der sich nachfolgend schmerzhaft durch Jakobs Gehirn bohrt: *Ich hoffe, ich habe es Dir richtig besorgt, damit der gnädige Herr auch zufrieden ist."* „Dein Schweigen irritiert mich, Jakob. Lass mich raten, der sexuelle Nimmersatt hat mittlerweile wieder die ein oder andere billige Alternative am Start oder die sexuelle Sättigung hat einen tiefer gehenden Grund wie etwa." „Zügel Dein provokantes Mundwerk, bevor ich es Dir stopfe."
Ein massiver Fußtritt auf das richtige Pedal löst eine hörbare Vollbremsung aus und unterbricht die schnelle Fahrt des Wagens, der anschließend einen Parkplatz am unbeleuchteten Straßenrand der städtischen Wildnis findet. Ein dramatischer

Auftritt zwischen Fahrersitz und Armaturenbrett strapaziert das Durchhaltevermögen seiner Nerven, deren schützende Hornhaut mittlerweile auf ein Minimum heruntergefeilt ist.

„Los stopf mir jede Öffnung meines Körpers, die sich Dir bereitwillig anbiedert, Jakob Johansson. Besorge es mir hier und jetzt. Treibe mich in ein Netz aus rauer Unersättlichkeit und bring mich mit Deiner sexuellen Dominanz zum Schweben."

Ein elektrisierender Schmerz peinigt Jakobs engen Brustkorb und sein rasendes Herz verwandelt sich augenblicklich in ein wildes Tier, das in seinem kleinen Käfig tobt und seinem Werter droht, ihn am lebendigen Leibe zu zerfleischen.

„Die Luft ist stickig und verbraucht, findest Du nicht auch?" „Warum öffnest Du nicht das Fenster oder reißt die Tür auf? An diesem einsamen Ort wird uns keiner bemerken. Uns wird niemand hören und auch keiner stören. Du liebst es doch, Deinen Höhepunkt vorzeitig lauthals anzukündigen. Also bitte, hier darfst Du jodeln, bis das Gipfelkreuz erreicht ist."

Der verführerische Klang der sexuellen Zweideutigkeit provoziert seine eingefrorene Leistengegend und fordert seinen substanziellen Ideenreichtum heraus, ihn gekonnt aus der Affäre zu ziehen, ohne dabei Federn an einer gewissen Stelle zu verlieren, die zu einem Gesichtsverlust seiner absoluten Männlichkeit führen könnte.

„Du wirst dafür Verständnis haben, dass ich vorher noch einem menschlichen Bedürfnis nachgehe." „Ich habe für vieles Verständnis und für alles, was Deine Person betrifft." „Was Du nicht sagst, Frau van Spielbeek. Ich danke Dir für einen Freibrief der besonderen Art und für die konsequente Mandatsübernahme in jeglichen Bereichen."

Verführerisch nähert sich der erotische Mund einem offenen Ohr und fährt sanft mit der feuchten Zungenspitze durch die filigrane Muschel, bevor er leise zu ihm spricht: „Warum so überrascht, Herr Johansson? Jede einzelne Tat von Dir wurde bislang erfolgreich von meiner Person und von den Geschworenen meines eigenen Gewissens bis in die letzte Instanz verteidigt."

Auf Knopfdruck flutet pure Energie in konzentrierter Form die Zellen seines Körpers und vertreibt jegliche Anzeichen von men-

taler Schwäche ins ewige Eis, das mit einem knackfrischen Geräusch die Gefangenen begrüßt.
„Fahr weiter." „Wie bitte?" Die einfache Frage beantwortet Jakob mit seiner linken Hand, die mit dem Drehen des Zündschlosses die Führungsmacht zurückverlangt und mit dieser gewöhnlichen Tätigkeit einen sichtbaren Schlussstrich unter das infantile Verhalten setzt. „Der Motor läuft, Du kannst losfahren." „Was bildest Du Dir eigentlich ein?" „Ich bilde mir jedenfalls nicht ein, gefühlte sechszehn Jahre alt zu sein, mit dem tief greifenden Bedürfnis, nach einer kindlichen Beziehungsplauderei ein animalisches Backfischrammeln im Auto zu veranstalten. Ich rufe mir ungern noch ein Taxi, also bitte gibt Gas." „Du bist und bleibst." „Verschone mich in dieser Nacht mit einer opulenten Liebeserklärung. Ich erlaube mir, meine Augen zu schließen, denn schließlich ist Dir der Weg bekannt. Vielen Dank."

„Dürfte ich Sie um Ihre Unterschrift bitten, Herr Bredensteed." „Nach dieser exzellenten Beratung Herr Johansson, sehr gerne. Ich kann mich nur wiederholen, wie sehr ich die Zusammenarbeit mit Ihnen schätze."
Schwungvoll wird der stilvolle Kugelschreiber über das weiße Papier geführt, das er mit einem markanten Schriftzug vertrauensvoll signiert.
„Wunderbar, Herr Bredensteed. Die ausgefertigten Vertragsunterlagen wird ihnen meine Sekretärin in den nächsten Tagen zukommen lassen. Sie denken bitte daran, dass ich für eine Woche nicht im Hause bin. Darf ich Ihnen noch eine Tasse Kaffee anbieten?"
Mit Bedacht bedient Jakob seinen geschäftlichen Gast und gönnt dabei seinen Gedanken das Spiel mit einer imposanten Segeljacht, die bereits im Hafen auf ihn und seine Begleiter wartet. „Sie wirken weder urlaubsreif noch alltagsmüde Herr Johansson, deshalb würde es mich interessieren, was Sie an Ihren freien Tagen geplant haben. Ein Mann von Ihrem Format sucht mit Sicherheit weder die einsame Ruhe noch die besinnliche Stille." „Sie verfügen über eine beneidenswerte Menschenkenntnis, Herr Bredensteed. Auf mich und meine ehemaligen Studien-

kollegen wartet ein hoffentlich anspruchsvoller Segeltörn um die Azoren." „Ein Segeltörn um die Azoren? Das hört sich vielversprechend an." „Der charaktervolle Atlantik, das mediterrane Klima und eine Landschaft, die für den agilen Naturristen eine beispiellose Abenteuerwelt bereit hält. Wie Sie vernehmen können Herr Bredensteed, kann sich meine Vorfreude einer ehrlichen Schwärmerei nicht länger entziehen. Besonders dann, wenn Sie die Freuden des Lebens mit Ihren besten Freunden teilen und genießen dürfen."

Nach Tagen der psychischen Anspannung stellt Jakob erleichtert fest, dass die quälende Angst vor einem weiteren emotionalen Wirbelsturm langsam nachlässt und er das blinde Vertrauen in sein unerschütterliches Selbstbild zurückgewonnen hat. Begleitet von einer entspannten Unternehmungslust, sieht er der bevorstehenden Reise freudig entgegen.

Die verschiedensten Motive aus Zeiten der christlichen Seefahrt schmücken die handbemalten Dekorfliesen, die auf den Oberflächen der rustikalen Tische kleben und um die herum jeweils vier einfache Holzstühle ihren Platz finden.

Der verwinkelte Schankraum ist mit verstaubten Andenken aus aller Herren Länder hoffnungslos überladen und blickt an eine vergilbte Zimmerdecke, an der die Flaggen sämtlicher Nationen bunt gemischt über die Köpfe ihrer zahleichen Gäste hinwegwehen.

Die jahrhundertealte Eingangstür erinnert durch seine kunstvollen Schnitzereien an den Bug eines historischen Segelschiffes und öffnet ihr uriges Reich für die Strahlen einer späten Mittagssonne, die den dunklen Dielenboden erwärmt.

„Eine überdosierte Seefahrerromantik, serviert mit dem wahrscheinlich besten Gin Tonic der Welt. Eine gefährliche Mischung, die der eigenen Gefühlsschwärmerei das Erleben eines Seegangs verspricht, der herrscht, sobald der tiefblaue Atlantik in tobende Wut ausbricht. Oh, mein Gott, ich habe mich mit poseidonischem Blut infiziert."

Die blonden Reflexe der wilden Kurzhaarfrisur sind eindeutig auf eine chemische Reaktion zurückzuführen und glänzen zusammen mit einem auffälligen Ohrring aus massivem Gold, der seit über zwei Jahrzehnten einen Stammplatz für sich beansprucht und wie die beachtliche Anzahl verschiedenartiger Tätowierungen zum Markenzeichen eines unkonventionellen Lebensstils zählt.

„Gott sei Dank, mein lieber Magnus. Die Tatsache, dass Deine Ader eine Transfusion blutiger Piraterie erhalten hat, beruhigt mich ungemein. Die vollbusige Stewardess, die Deinen Durchbrennfaktor in eine exorbitante Höhe getrieben hat, scheint für Dich somit hoffentlich vergessen. Unserem gemeinsamen Abenteuer sollte nichts mehr im Wege stehen." „Ist das nicht fantastisch, liebe Freunde? Auf uns wartet ein sorgenfreies Vergnügen, dass sich auch noch über das perfekte Wetter freuen darf. Mit dem passenden Getränk in der Hand die lachende Sonne genießen, körperlich an seine Grenzen gehen und mit dem Genuss fangfrischen Delikatessen den krönenden Abschluss eines Tages feiern. Herrlich." „Würde uns der liebliche Albert verraten, was er unter einem sorgenfreien Vergnügen versteht?"

Bevor sich dem Gefragten die Möglichkeit einer Erläuterung bietet, erfolgt die leidenschaftslose Interpretation von einer auffälligen Person größeren Verbalkalibers, die gleichzeitig ihr Arme samt ausgestrecktem Mittelfinger gut sichtbar in die Männerrunde streckt: „Sich nach einer durchzechten Nacht am nächsten Tag klar und deutlich an den ordnungsgemäßen Gebrauch von sicheren. Präservativen in geprüfter Qualität erinnern zu können. Die nächste Runde geht auf meinen Deckel, Amigos." „Es ist immer wieder amüsant Magnus, Zuschauer Deiner aufdringlichen Selbstdarstellung zu werden. Cheers." Abfällig blicken die braunen Augen über den transparenten Rahmen der modischen Brille, deren Träger seine lauwarme Abenteuerlust mit einem frisch gestärkten Safarihemd, gebügelter Pilotenhose und gründlicher Nassrasur befriedigt. „Bitte lasst uns aufbrechen und an Bord gehen, Männer. Und zwar bevor die ausschweifende Freibeuterstimmung euren sonst so klaren Verstand zum Kentern bringt. Die Segeljacht liegt im Hafen bereit und erwartet eine relativ nüchterne Besatzung."

Die vier erfolgsverwöhnten Persönlichkeiten unterschiedlicher Charaktere freuen sich auf eine zwanglose Zeit außerhalb ihrer geschäftlichen Welt und vermeiden die Konfrontation mit dem eigenen Naturell, dass sich in unterschiedlichen Lebensphilosophien widerspiegelt.

„Genauso habe ich es mir vorgestellt. Eine betörende Kombination aus edlen Hölzern, feinster Verarbeitung und elegantem Leder in zart schmelzenden Farben, das mit glänzenden Elementen aus Messing und erfrischenden Accessoires aus bunten Stoffen eine Melodie komponiert, die der Liebe zu einer luxuriösen Ausstattung in Reinkultur gewidmet ist." Beschwingt dreht sich die gepflegte Männergestalt einmal um die eigene Achse und breitet die Arme aus, bevor sie ihre Zuschauer mit einem anregenden Hüftschwung in einer gelungenen Vorführung unterhält, für die sie anschließend einen leisen Beifall erwartet.

„Wir dürfen uns also über Wassercamping de luxe in einer niveauvollen Umgebung inklusive Wasserklosett freuen."

Abrupt nimmt der tanzende Körper eine ruhende Stellung ein und überträgt seine Bewegungslust auf seinen agilen Mund samt spitzer Zunge, die in einem dozierenden Ton auf die abfällige Bemerkung antwortet: „Die missbillige Botschaft Deiner bewussten Wortwahl scheint mittlerweile Dein Markenzeichen zu sein. Allerdings verfügt sie über einen gewissen Wortwitz, der ihr mit seinem herben Charme wenigstens das Prädikat der Arbeiterklasse verleiht. Jakob, mein einziger Freund. Wie sollen wir in den nächsten Tagen nur diese Jahrmarktgesellschaft ertragen."

Dezente Quellen eines warmen Lichts akzeptieren ihr verstecktes Dasein und produzieren eine lebende Gemütlichkeit, die den schwimmenden Raum leise flutet und die Jakob ohne Worte in sich zurückgezogen genießt, indem er in seinem Sessel sitzend, eine erhabene Pose zelebriert.

„Schaut euch diesen Jakob Johansson an. Unverkennbar durch seinen autokratischen Habitus, der noch mehr an Ausdruck gewinnt, je mehr er sich seiner Wortkargheit gegenüber dem Bauerntum besinnt." „Magnus der Große. Du solltest Dein noch größeres Mundwerk die nächsten Tage im Zaum halten, ansonsten droht uns allen eine verheerende Sturmflut. Aber ich muss Dir recht geben. Jakob Johansson, der große Charismatiker unter uns, wirkt seit Stunden äußerst introvertiert. Ich hoffe nicht, dass er seine beneidenswerte Eloquenz bereits verloren hat."

Die mittlerweile verbrauchte Luft schmückt sich mit einem würzigen Malocherduft und versteckt sich diskret hinter einer apathischen Ruhe, die plötzlich unbewusst Regie führt. Spontan bietet Jakobs Gesichtsschauplatz den neugierigen Betrachtern ein fesselndes Mimikspiel an, das mit einer unterdrückten Spannung für einen sensationellen Auftritt wirbt, der sich allerdings insgeheim vor einem maroden Gefühlsventil fürchtet.

„Ich weiß die charmanten Worte zu schätzen, viele Dank. Aber gerade in der Rolle des schweigsamen Voyeurs sieht der brillante Orator seine Fähigkeiten bestätigt. Ich entfliehe hiermit der schlechten Luft und gönne mir noch einen Sundowner an Deck."

Mit seinem erfolgreichen Bühnenabschied flieht auch die schaurige Macht wieder in ihr heimliches Versteck und gönnt sich einen Moment der Ruhe, bevor sie den Kopf ihres Opfers eigenhändig unter ein scharfes Fallbeil legt.

Verführerisch bewegt sich das schwarze Tuch aus zartem Samt, unter dessen glitzernder Oberfläche sich die raue See in dieser Nacht entspannt und an der Seite ihres sanftmütigen Charakters einen leidenschaftlichen Tango tanzt.

Ein maritimer Duft mit der salzigen Nuance einer rauschenden Meeresbrandung krönt den fast magischen Augenblick einer traumhaften Realität, die sich ihrer Aufgabe als Botschafterin einer nüchternen Wirklichkeit für einen stillen Moment entzieht. Einem aggressiven Feuerzeug fehlt allerdings jegliches Verständnis für die moderne Romantik und sorgt mit einer überflüssigen Dienstleistung am getrockneten Tabak, für das abrupte Ende der zauberhaften Vorstellung.

„Die Unterwürfigkeit seiner eigenen Willensstärke erreicht ihren lasterhaften Höhepunkt durch den Genuss von ordinären Filterzigaretten." „Was Du nicht sagst, Herr Johansson. Dabei sorgen doch gerade jene Zigaretten in diesem von Dir organisierten Abenteuer nach Globuli Art für eine leichtderbe Atmosphäre, die in Deiner anschließenden und aufregenden Reisereportage für eine gewisse Stammwürze verantwortlich ist. Die Zuhörer aus Reihen der feinen Gesellschaft werden begeistert sein." „Vielen

Dank, Herr Richter. Dein Eindruck von mir wirkt äußerst ritterlich auf mich." „Ein Raubritter durchtrieben von einer Gemeingefährlichkeit, die ihresgleichen sucht. Entschuldige bitte, aber das war etwas zu gemein ausgedrückt. Schließlich habe ich aus seriösen Quellen therapeutischer Ansätze erfahren, dass auch der skrupelloseste Mensch ein wundes und sensibles Pünktchen auf seinem sonst so unverwundbaren Ego nachweisen kann."

Mit einer gewissen Lässigkeit steht Jakob an der Reling und spielt ganz offensichtlich mit seinem Selbstbewusstsein, das zwei energische Finger beobachtet, die ihre verglühte Zigarette nur knapp an seinem Kopf vorbei und äußerst provokant vom Schiff in Richtung Festland schnipsen.

„Bist Du mit dem Zitieren unseriöser Zeitungsberichte aus Quellen billiger Hausfrauenjournale fertig?" „Und mit dem letzten Zug für diesen Tag. Habe die Ehre, Herr Johansson."

Zufrieden verabschiedet sich der Provokateur von einem schockierten Zuhörer und überlässt ihn einer ohrenbetäubenden Stille.

„Pfui Teufel, der Kaffee schmeckt, als hätte man ihn mit Brackwasser aufgebrüht. Widerlich." „Zur feinbitteren Orangenmarmelade auf zartem Toast, empfehle ich auch aromatischen englischen Tee anstatt langweiligen Bohnenkaffee." „Deine snobistischen Klugscheißereien sind auf nüchternen Magen Erstrecht nicht zu ertragen. Marc, Du stehst gerade perfekt am Herd und an der Pfanne. Bitte füll meinen leeren Teller mit deftigen Speckeiern und meine Tasse mit löslichem Kaffee."

Zwei glänzende Augen folgen ihrem Teller auf seinem Weg zur Beladung und wünschen dem Gaumen eine genussvolle und fettreiche Offenbarung, für die sich ein sportlicher Wikinger ohne Bauchansatz verantwortlich fühlt „Voilà! Bon Appetit." „Merci, mein lieber Marc. Lecker, was für ein deftiges Frühstück. Dafür lohnt sich das Aufstehen allemal. Apropos Aufstehen, das scheint unserem selbst ernannten Protagonisten und langjährigen Rädelsführer heute alles andere als leicht zu fallen. Oder wo ist Jakob Johansson?" „Er wird das menschliche Bedürfnis verspüren, seinen Rausch auszuschlafen." „Seltsam, wirklich seltsam. Einen volltrunkenen Eindruck hat der gute Jakob gestern Abend bei mir absolut nicht hinterlassen."

Das Gehirn unterbricht für kurze Zeit die Steuerung der Kauarbeit und widmet sich spontan der letzten gemeinsamen Begegnung.

„Der seriöse Eindruck entstand höchstwahrscheinlich, da Du selbst in dieser Nacht mit erhöhten Promillewerten zu kämpfen hattest. Nach dem Genuss dieser Cholesterinbombe wird allerdings noch ein weiterer Wert in Deine 1. Liga aufsteigen." „Danke Mutter Albert für Deine Fürsorge. Aber glaubt mir, zu viel Alkohol war nicht im Spiel." „Also gut, wenn einer partout nicht aufstehen will, helfen wir nach. Und zwar gemeinsam und lautstark." Synchron erheben sich drei putzmuntere Herren vom reichhaltigen Frühstückstisch und wagen in legerer Freizeitkleidung eine lautstarke Gesangseinlage: „Bruder Jakob, Bruder Jakob, schläfst Du noch? Schläfst Du noch? Hörst Du nicht die Glocken, hörst Du nicht die Glocken. Ding, dang, dong."

Dreist drängt sich der melodische Krach durch den engen Gehörschacht und heftet sich an Jakobs wundes Gehirn, das die lange und dunkle Nacht auf einem fahrenden Karussell verbracht hat. Der kraftlose Körper ist völlig ausgelaugt und unter der kalten Haut ist kein Muskel mehr zu spüren, sondern lediglich nur harte Knochen, die sich in der engen Koje schmerzhaft berühren. Vorsichtig steht Jakobs dunkler Schatten auf und macht sich auf den kurzen Weg an den heiteren Männerstammtisch, der für seinen burschikosen Umgangston bekannt ist.

„Jakob, endlich. Bitte setz Dich." „Guten Morgen zusammen." „Für uns schon für Dich weniger. Entweder Du hast den Schlaf eines Babys oder Deine komaartige Nachtruhe hat eine andere Ursache. Kränkelst Du etwa?" „Schaut euch bloß diese Augenringe an. Die sind keine acht Wochen alt, sondern die gehören einem uralten Mann." „Gebt Ruhe, ihr Proletarier. Ich dulde keine Frotzelei über den schönsten Mann am Tisch. Jakob, mein Freund, was darf ich Dir servieren? Ein Frühstück der Upperclass oder das Modell der Arbeiterklasse, gleich Deinem Gegenüber?" „Danke, aber ich habe keinen Appetit.

Der steife Kragen am groß karierten Hemd verhält sich gegenüber seinem schlanken Hals gleich einer gefährlichen Schlinge, die Jakob mit ihrer Boshaftigkeit die Luft zum Atmen nimmt. Die neugierigen Blicke auf sein fleischloses Skelett wirken auf seinem Körper wie ein enges Korsett, das sich gewaltsam schnüren lässt.

„Was soll das heißen, Du hast keinen Appetit?" Für einen Moment wird seine Verzweiflung von einer aufkeimenden Wut verdrängt, die sich augenblicklich Gehör verschafft: „Verdammte Scheiße, lasst mich einfach in Ruhe." Der vorherrschende Übermut ist sichtlich erstaunt über den kriegerischen Ausruf und benötigt eine gewisse Zeit für den zurückerhalt der sprachlichen Gewandtheit.

„Bei aller Liebe, aber der Kerl ist seekrank, bevor wir in See gestochen sind."

Mit letzter Kraft bäumt sich Jakob auf, stemmt energisch beide Arme auf den Tisch und schreit dem Hexer lauthals ins Gesicht: „Nein, nein und nochmals nein. Ich will nicht seekrank sein."

Eine furchterregende Werwolfsmaske, feiert vor entsetzten Zuschauern ihr Debüt und versprüht mit ihrem brüllenden Maul feine Speicheltropfen im Raum.

Die folgende Stille durchbricht ein verlegendes Räuspern mit der heimlichen Botschaft, es möge sich ein gefasster Redner schnellstens äußern. In Gift getränkte Worte zischen anschließend durch die Luft, die sich mittlerweile mit einem stumpfen Messer bequem schneiden lässt.

„Schluss! Ende! Aus! Der Vorhang ist gefallen, Freunde. Das laienhafte Kammerspiel ist hiermit beendet, bevor die mit Aggressivität gespickte Stimmung aus dem Ruder läuft." „Was Du nicht sagst, Marc." „Halt die Klappe, Magnus. Du trägst ab sofort einem Maulkorb und die restliche Besatzung reißt sich gefälligst zusammen. Ansonsten gehen wir in den nächsten fünf Minuten für immer von Bord."

„Land in Sicht, Leute. Am Horizont erwartet uns der nächste Hafen." „Yeah! War das ein geiler Tag. Ich muss schon sagen, wir sind immer noch ein verdammt gutes Team."

Ein allgegenwärtiges und herzhaftes Lachen beschreibt die aus-gelassene Stimmung und sorgt für gepflegte Falten, die sich lediglich an eine sorglose Vergangenheit erinnern können und sich ausschließlich mit einer erfolgreichen Gegenwart beschäfti-gen.

„Wow, der Segeltörn hatte es wirklich in sich. Trotz des Kraft-aufwands fühle ich in mir und in der mich umgebenen Peripherie noch jede Menge pure Energie. Dem zu Folge werden wir heute Abend von Bord gehen und das Hafenviertel unsicher machen. Die beste Möglichkeit, diese einmalige Atmosphäre zu genießen, bietet eine gute alte Kneipentour." „Deiner Anweisung wird aus-nahmsweise Folge geleistet, Albert. Ich bin dabei." „Nicht nur Du, wir alle drei." „Drei? Und Jakob?"

Ungläubig wird Jakob von drei erfahrenen Seebären beobachtet, die sich das desaströse Verhalten ihres routinierter Steuerman-nes weder erklären noch akzeptieren können.

„Fische füttern geht auch angenehmer, Amigo. Kannst Du sie wenigstens mit ein paar saftigen Brocken ködern oder nur mit Suppe ohne Einlage?"

Schmerzhaft drückt Jakob die Reling gegen seinen rebellieren-den Magen, den krampfartige Entleerungen plagen und versucht gleichzeitig, seinen gekrümmten Oberkörper etwas abzustützen.

„Zum Teufel, was ist bloß los mit diesem Kerl." „Wie meinst Du das, Albert?" „Bereits mit der Muttermilch hat er das Salz der sieben Weltmeere aufgenommen. Jakob war seetauglich, bevor er sprechen konnte. Und jetzt dieses Theater."

Mit einem konkreten Kopfschütteln bewertet der irritierte Freund die für ihn abstrakte Situation und sucht dabei nach einer plau-siblen Erklärung.

„Der schöne Jakob hat mit Sicherheit nur einen unschönen Son-nenstich, Albert." Das glaube ich nicht, Magnus. Sein ganzes Wesen wirkt auf mich verändert." „Rede ganz offen mit Jakob. Heute Abend zum Beispiel von Mann zu Mann, das bietet sich doch an." Du hast recht, Marc, Dein Vorschlag gefällt mir. Viel-leicht belastet ihn ja ein dunkler Schatten, der über seiner Seele liegt." „Diese These wird der Wahrheit niemals begegnen, glaube mir." „Wie meinst Du das?" „Jakob Johanssons Seele selbst ist dunkler als alle Schatten dieser Welt. Nein, Albert. Ich vermute eher, dass ein dunkler Schatten sein ewig reines Gewissen erfolgreich eingeholt hat."

Die belebte Hafenpromenade wirbt anständig skandalös für ein aufregendes Nachtleben unter Palmen und ermöglicht dem eingetauchten Gast, die eigene Moralbarriere selbstbestimmend einzureißen.

„Ganz schön in die Jahre gekommen, der Schuppen. Der Glanz dieses einstigen Edelbordells ist so verblasst, wie der Lack an den Bedienungen abgesplittert ist. Wenn ich da an meinem letzten Besuch denke. Wenigstens ist man solidarisch gealtert. Das arbeitende Volk harmoniert jedenfalls rein äußerlich äußerst gut mit dem Interieur." „Unglaublich wie sich der Agrarzustand Deines Gehirns zunehmend verändert, Magnus."

Das renovierungsbedürftige Gesicht der kleinen Bar fühlt seine Attraktivität durch einen täglichen Besucherandrang bestätigt und findet die weichgespülte Diskussion der vier sportlichen Polohemden vollkommen überflüssig.

„Was willst Du damit sagen, Marc?" „Das sich Dein besagtes Edelbordell, zwei Straßen entfernt von der Szenekneipe befindet, in der Du zurzeit sitzt." „Wie bitte?" „Du hast richtig gehört. Aber keine Angst, meine soziale Ader zeigt sich Dir gegenüber gerne solidarisch und wird versuchen, Deinem geschwächten Gedächtnis ein wenig Flüssigkeit zu entziehen und Materie zuzufügen. Dein letzter Besuch in dem besagten Nobelpuff ist erst vier Jahre her. Jakob, Du und ich sind spät abends von einem abenteuerlichen Segeltörn zurückgekommen. Völlig ausgelaugt sind wir von Bord gegangen und kopfüber aber freiwillig in das nächste Abenteuer gesprungen. Mein Gott, war das eine unglaubliche Nacht." „Ja natürlich! Ich erinnere mich. Direkt hinter der Pier, ein wenig versteckt, aber nicht zu verfehlen. Ein richtig geiler Klub." „Was hältst Du davon, wenn wir Deine verblassten Erinnerungen unter kräftigem Rotlicht ein wenig auffrischen?" „Ein reizvoller Gedanke. Trinkt leer und lasst uns gehen. Wer kann und will dieser grandiosen Idee schon widerstehen. Auf Brüder." „Moment, zähme Dich in Deiner Eile. Erst wird gemeinsam bestimmt und entschieden, wer bei dieser Partie im Spiel-

feld steht." „Nun ja, wenn sich Jakob heute für diese Form der körperlichen Befriedigung außerstande fühlt, befriedigt er sich über seinen frischen, klaren Geist. Der hält wunderbare Lebenserfahrungen und Erinnerungen für ihn bereit. Schließlich ist sein Gehirn ja frei von Alzheimerviren und Demenzkulturen." „Deinen stupiden Zynismus kannst und darfst Du Dir sparen, Herr Richter. Ich bin dabei, genau wie vor vier Jahren." „Aha, also scheint es doch von Nöten zu sein, ein paar Stellen Deines verkalkten Gehirns fachmännisch auszubessern und anschließend mit brauchbarem Material aufzufüllen."
Ein schallendes Gelächter ereilt die gesellige Runde, in der eine stillschweigende Ausnahme hautnah erleben darf, von einer bitterbösen Vorahnung geblendet zu werden.

Geschmeidig zieht der frühe Nebel vom Meer hinauf aufs Land und umhüllt den jungen Tag mit einem zarten Gewand, durchzogen von goldenen Sonnenstrahlen.
„Guten Morgen, Jakob. Schon so früh wach und auf den Beinen?" „Guten Morgen, der Herr. Diese Beine haben bereits einen kilometerlangen Lauf hinter sich." „Das nenne ich sportlich. Und, wie geht es Dir?" „Danke der Nachfrage, einfach nur großartig. Ich könnte es nicht nur äußerlich, sondern auch körperlich mit jedem Zwanzigjährigen aufnehmen. Meine Gedanken sind lebendig und voller Vitalität. Fantastisch."
Geladen mit positiver Energie fühlt Jakob die Kraft der frühen Stunde und freut sich über die seichte Plauderei an Deck, seine Nase dagegen über den Geruch von frischgebratenen Speck.
„Und Dein Magen? Wie geht es Deinem rebellierenden Magen?" „Meinem Magen?" „Ja, Deinem gestressten Magen?" „Er fühlt sich stets vom Hunger verfolgt und konkurriert nur allzu gerne mit der Mentalität eines Zuchthauses. Meinen Magen wirft seit Jahrzehnten nichts, aber wirklich nichts aus der Bahn. Aber warum fragst Du?" „Vielleicht aus reiner Nächstenliebe?" „Lass mich raten, in der Kombüse wartet bereits ein köstlich ungesundes Frühstück auf uns und Du hast keine Lust zu teilen."
Unbedarft spielt die Neugierde des Ratenden mit dem Skeptizismus des Fragenden, der gedanklich leicht überfordert ist.

„Du wirst entschuldigen, dass es mir leider nicht gelingt, Deiner Logik zu folgen. Nach zwanzig Jahren gelebter Freundschaft solltest Du eigentlich meine bevorzugte Art eines Frühstücks kennen." „Wir kennen uns wirklich zwanzig Jahre? Das ist ja unglaublich. Aber warum sollen wir uns mit Trivialitäten derart beschäftigen, dass wir darüber ein deftiges Frühstück vergessen. Folge und glaube mir mein lieber Albert, wer den Tag erobern will, braucht eine gute Grundlage. Albert ist doch korrekt, oder?" „Ja." „Dann bin ich ja beruhigt. Ein Fettnapf alleine ist in dem Moment nämlich nicht ausreichend, wenn der Mensch sich angesprochen fühlt, obwohl er einen Namen vernommen hat, der ihm nicht gehört. Wir sehen uns am Frühstückstisch, Albert." Mit einem freundlichen Augenzwinkern verabschiedet sich Jakob von einem fassungslosen Mann, der bemüht ist, die Contenance zu wahren.

„Vom Wind getrieben, von Insel zu Insel segeln und abends an Deck dinieren, während sich das Schiff um den Anker dreht. Morgens schon vor dem Frühstück ins Wasser springen und mittags unter Segeln auf den warmen Teakholzplanken, dass Spiel des Sonnenlichts auf den Wellen verfolgen. Das ist genau das, was das Leben an Bord ausmacht." „Schön, dass unser Hobby-Poet schon hellwach ist und uns mit seiner lieblichen Poesie die morgendliche Stunde versüßt." „Alleine die bloße Anwesenheit eines Prosaisten, erzeugt bei einem musischen Optimisten ein widerliches Unbehagen, gleich den schmerzhaften Katerkrallen einer durchzechten Nacht." „Dein frauliches Geplänkel ist einfach nur lächerlich, mein süßer Albert." „Seid ihr fertig?!" „Ja!" Die strahlende Sonne kitzelt die gute Laune der vier leger gekleideten Herren, die ihre feierwütigen Augen hinter sportlichen Sonnenbrillen verstecken und mit gebräunten Nasen den jungen Tag übermütig begrüßen.
„Ich kenne einen fantastischen Fischhändler direkt am Hafen. Sein Sortiment an Meeresschätzen wird lediglich von einer reichen Vielfalt und einer unglaublichen Frische überboten. Abends an Deck dinieren, während sich das Schiff um den Anker dreht." Mit einem dumpfen Schlag landet ein Block aus vergilbtem Pa-

pier auf dem runden Tisch und vor den Augen des auserwählten Praktikers, der in dem derben Auftritt weder einen kulinarischen, noch pragmatischen Zusammenhang sieht.

„Jakob, jetzt darfst Du Dich endlich beweisen. Bitte bring zu Papier, was wir Dir an feinsten Delikatessen besorgen dürfen. Wir möchten heute Abend noch einmal in den Genuss Deiner Haute Cuisine kommen." „Endlich, endlich und das erste Mal auf dieser Reise besteht ein Konsens unter allen Beteiligten. Jakobs Loup de Mer en croûte de sel an cremig aufgeschlagener Weißweinmousse. Göttlich!"

Selbstbewusst wandern sechs männliche Daumen nach oben, während zwei weitere krampfhaft versuchen, sich unter ihren jeweiligen Fingern zu verstecken.

„Kochen? Soll das heißen, ich kann kochen?!" „Oh, entschuldige Maître, Du magischer Zauberer. Bitte, bitte zaubere für uns an diesem Abend und an diesem Herd."

Hektisch wandern Jakobs blinde Augen plötzlich durch die warme Luft und versuchen, einem Gefühl von nackter Panik zu entkommen. In seinem müden Gehirn toben brutale Krieger, die seit Stunden selbst die kleinste Erinnerung blutig niederstechen und sich schmerzhaft an der eigentlichen Substanz vergehen, die mittlerweile blutverschmiert und aufgeweicht ist. Abscheulich laute Trommelklänge malträtieren zusätzlich seine Nervenstränge und treiben somit auch den restlichen Widerstand in die Enge, dem eine sekundenlange Totenstille folgt. Vor der angsterfüllten Hand ruht noch immer das vergilbte Papier und freut sich über den Charakter eines wilden Tieres, das den symbolträchtigen Handtuchwurf unbeirrt im Visier hat. Mit einer ruhigen Stimme spricht Jakob nach seinem geistigen Ausflug in die Runde und schiebt gleichzeitig den anstößigen Gegenstand langsam in die Mitte vom Tisch.

„Ich liebe Überraschungen, also fordert mich. Ihr kümmert euch um die Delikatessen eurer Wahl und ich kreiere daraus heute Abend ein höchst königliches Mahl."

„Freunde, dieser Einkauf hat sich gelohnt. Ich kann euch gar nicht sagen, wie sehr sich mein Gaumen auf heute Abend und auf die perfekte Wandlung von edler Feinkost in eine kulinarische Vollendung freut." „Wo treibt sich eigentlich unser Kantinenkoch mit Potenzial herum?"

Künstlerisch perfekt wie aus einem Hochglanzprospekt präsentieren sich die kunterbunten Fischerboote und gönnen der pittoresken Hafenaltstadt ihre blumige Lebensphilosophie, die dem staunenden Besucher eine Bilderbuchehrlichkeit verspricht. Aus dem Rahmen fallen dagegen drei kitschige Hemden mit einem dezenten Bermudadialekt und provozieren unbeabsichtigt einen preisgünstigen Wühltischeffekt, der sich von einem fühlbaren Urlaubsmodus entschuldigen lässt.

„Jakob ist in geheimer Mission als Kräuterhexe unterwegs. Er benötigt eine spezielle Mischung für sein Koch-Highlight." „Aromatischer Pastis mit fünf Teilen Eiswasser serviert. Das ist genau die richtige Kräutermischung, wenn die Sonne senkrecht am Himmel steht. Seht ihr die nette Bar auf der anderen Straßenseite? Von dort aus hat man den besten Überblick. Sollte unser Küchenprinz wieder aus seinem verwunschenen Kräuterwald auftauchen, läuft er uns direkt vor die Flinte." „Also, worauf warten wir."

Die cremeweiße Markise bietet ihren durstigen Gästen unter roten Streifen einen gemütlichen Schattenbereich, der auch eine längere Wartezeit ohne störenden Schweißausbruch auffängt. Unter einem beurlaubten Zeitdruck genießen die drei Freunde neben ihrer alkoholischen Spezialität ein hohes Maß an gehobener Lebensqualität, die dem vierten im Bunde leider seit geraumer Zeit schmerzlich fehlt.

„Wo bin ich? Wo bin ich bloß verdammt?" Die romantische Schönheit der engen Gasse wirkt auf Jakob verloren wie sein eigener Verstand, der in Form einer sandigen Masse langsam, aber unaufhaltsam durch die Finger einer zitternden Männerhand rieselt.

Orientierungslos läuft Jakob durch fremde Straßen und sucht gleichzeitig hektisch nach einem geistigen Bruchstück seiner Vergangenheit, das die Durchblutung seiner eingefrorenen Erinnerung aktiv anregen soll. Schockiert vergleicht er sein trauriges

Schicksal mit dem einer hilflosen Figur, die in einem bösen Spiel ihrem selbstzerstörerischen Ziel, kontinuierlich näher kommt.

„Kann ich Ihnen helfen? Haben Sie sich etwa verlaufen?" Schreckhaft weicht Jakob einen Schritt zurück und verwandelt seine Körperhaltung sowie seinen leeren Blick in einen unheimlichen Kaspar-Hauser-Verschnitt.
„Wer sind Sie? Was wollen Sie von mir?" „Ich bin die Besitzerin eines Blumenladens, vor dem Sie hilflos hin und her laufen. Es ist wirklich keine Schande, wenn man sich an einem fremden Ort nicht auskennt. Bitte kommen Sie rein und trinken ein Glas Wasser. Das wird Ihnen guttun. Ihr Kopf ist feuerrot und die Atmung flach. Ihr Kreislauf bricht ansonsten noch zusammen."
Die fürsorgliche Art schenkt dem verstörten Gegenpart ein gewisses Maß an Vertrauen und bremst für einen Moment seine geistige Achterbahnfahrt. Schritt für Schritt und ohne einen Ton folgt Jakob der völlig fremden Person in ihr blühendes Heiligtum. Eine farbenfrohe Vielfalt traumhafter Blumen teilt sich den kleinen Verkaufsraum mit der Pracht kräftiger Grünpflanzen und dem Zauber wunderschöner Accessoires.
„Ihr Glas Wasser, bitte sehr." Schüchtern greift Jakob nach dem gefüllten Glas und antwortet auf die offensichtliche Gastfreundschaft mit einer angstvollen Mine, die aus dem Fehlen jeglicher Routine für die Durchführung eines lebensnotwendigen Schluckvorgangs resultiert.
„Ihr Schuh ist auf. Bitte setzen Sie sich doch, so bindet es sich viel leichter."
Vorsichtig setzt sich Jakob auf den ihm angebotenen Stuhl und starrt erschrocken auf seinen offenen Schuh. Unter dem nervösen Zucken seiner Mundwinkel untersucht er misstrauisch die Schnürsenkel und beginnt anschließend willkürlich mit beiden Enden zu spielen, ohne jedoch ein adäquates Ergebnis zu erzielen. Demotiviert und durch den ausbleibenden Erfolg äußerst frustriert, stellt er alle weiteren Bemühungen sofort ein und äußert seinen Unmut in Form einer kindlichen Trotzreaktion.
„Ich will heim und keine Schuhe binden. Ich will hieraus und ich will nach Hause."

Der mütterliche Augenaufschlag der älteren Dame unterstützt die hilfsbereiten Worte, die beherzt versuchen, den verstörten Rebellen zu beruhigen.

„Wo genau wollen Sie denn hin? Vielleicht kann ich Ihnen helfen." „Lassen Sie mich in Ruhe." „Warten Sie doch, der Ausgang befindet sich in der anderen Richtung. Nein! Bitte nicht durch die Blumen."

Panisch ergreift Jakob die Flucht und findet nach einigen Fehlversuchen endlich die Tür zur frischen Luft. Ein aufdringlicher Duft zieht anschließend in seine Nase und schubst sein Gehirn gleichzeitig in eine kurze Erinnerungsphase.

„Hafen, ich rieche es, hier muss ein Hafen sein. Und im Hafen, da ist mein trautes Heim."

Geistesgegenwärtig steigt Jakob in das für ihn unsichtbare Rettungsboot und hofft endlich auf das Ende seiner Not.

„Cheers, das war die zweite und letzte Runde. Jakob ist wahrscheinlich schon wieder an Bord und wartet auf seine fangfrischen Leckereien. Lasst uns zahlen und gehen." „Heiliger Gebetsbruder, ich kann nicht fassen, was meine ungläubigen Augen sehen." „Wie bitte?" „Schaut mal, wer da hinten torkelnd über die Straße rennt." Die drei gut gelaunten Herren können sich ein breites Grinsen nicht verkneifen und begrüßen den Vermissten mit einem flegelhaften Pfeifen. „Hey JJ, hier sind wir."

Für einen Augenblick unterbricht Jakob seinen amüsierenden Schritt, gebraucht seine Hand als Sonnenblende und schaut von Weitem auf die peinlichen Zustände. Argwöhnisch beobachtet er das seltsame Verhalten der unbekannten Primaten, bevor es ihn weiterzieht in Richtung Hafen. „Da fällt dem Affen doch das Glas aus der Brille. Der hat uns doch gesehen und läuft trotzdem weiter." „Also ich behaupte, Herr Johansson ist leicht angetrunken. Anstatt frische Kräuter zu suchen, hat er die vergorene Variante gefunden und sofort verkostet. Nun ja, ein paar ausgerissene Exemplare schmücken ja noch seine Haare. Wie kann man sich nur so gehen lassen." „Keine Sorge Albert, in dem Zustand holen wir ihn locker ein und bringen ihn sicher heim. Bedienung zahlen bitte."

Erschöpft und ein wenig außer Atem erreicht Jakob den gesuchten Hafen, bevor die jagende Meute ihre gehetzte Beute mit ihrer Schadenfreude peinigen kann. Wie durch ein Wunder rettet er sich auf das richtige Schiff, ohne zu wissen, dass er richtig ist, und sucht erleichtert unter Deck nach einem sicheren Versteck.

„Von wegen den holen wir ein. Der scheint vom Erdboden verschluckt zu sein." „Jakob ist sicherlich bereits an Bord und schläft seinen Rausch in der Kajüte aus." Gelassen und völlig ahnungslos betreten die drei Amigos ihr schwimmendes Reich und erleben sogleich die reelle Tragödie einer schlecht inszenierten Schmierenkomödie.
„Sag mir, wo der Knabe ist, wo ist er geblieben. Sag mir, wo der Jakob ist, was ist geschehen." „Verschone uns bitte mit Deinen Gesangseinlagen Magnus, bevor mir richtig schlecht wird." „Immer schön flauschig bleiben, mein Freund. Ein bisschen Spaß muss sein. Und wo ist er jetzt, unser Jakob Johansson?"
Verkrampft drückt sich Jakob in der feuchten Zelle gegen den die Wand und lauscht den fremden Stimmen ganz gespannt, obwohl sein Gehör den sprachlichen Inhalt nicht verarbeiten kann. Akribisch plant er im Geist bereits die Flucht aus seinem geheimen Versteck, bevor man ihn als Eindringling entdeckt und ihn anschließend als kriminelles Subjekt abstempelt.
„Hurra Freunde, ich habe ihn gefunden. Hier ist der große Jakob Johansson. Vollständig bekleidet und mit frischem Grün geschmückt, versucht er gerade sich und seine Blumen von oben zu wässern." „Jakob, mein Freund. Ich habe mich so sehr auf unseren kulinarischen Abend gefreut und jetzt diese Desaster."
„Unser charismatischer Musterknabe steckt sich nach dem Missbrauch alkoholisierter Limonade eigenhändig in eine Schublade mit Schulkindniveau. Was für eine Schlagzeile."
In den unbekannten Gesichtern vermischt sich eine devote Betroffenheit mit einer ausschweifenden Heiterkeit, die nachfolgend die skurrile Gegebenheit dominiert und den verstörten Beobachter komplett verwirrt. Dieser fühlt sich wie ein eingesperrtes Tier, über dessen Abschuss eine Jägerschaft wild diskutiert. Für Sekunden flüchtet er sich in einen Traum, in dem er mit seinen

Feinden über ein emotionales Schlachtfeld tanzt und lachend über Pfützen springt, die mit seinem warmen Blut gefüllt sind. „Dürfte ich bitte gehen. Bitte glauben Sie mir, es war ein Versehen, dass ich auf dem falschen Schiff gelandet bin." Eine ehrliche Nervosität begleitet seinen glaubhaften Auftritt, der getränkt in hochprozentiger Perfektion, die gereizte Stimmung anschließend flambiert und das Publikum extrem strapaziert.

„Verdammte Scheiße, wie bescheuert bis Du eigentlich mittlerweile?" „Magnus, schone Deine Stimmbänder, indem Du die Lautstärke etwas minimierst. Jakob entspanne Dich und lasse Deinen stumpfsinnigen Übermut im Stich, ansonsten wird Dein tiefgründiges Ich, anschließend von einer quälenden Scham eiskalt erwischt." „Hören Sie, ich bin nicht der, für den Sie mich halten. Ich habe nichts gestohlen und nichts zerstört. Bitte lassen Sie mich gehen und wir werden uns nie wiedersehen." „Schluss jetzt, Du Penner!"

Die derbe Philosophie der stahlharten Faust wird von einer schlichtenden Hand gerade noch rechtzeitig erkannt, die sich daraufhin mit ihrer barmherzigen Gewalt den Schwerverbrecher krallt, bevor er einem hilflosen Gesicht seine wehrlose Nase bricht.

„Bist Du von allen guten Geistern verlassen. Reiß Dich gefälligst zusammen." „Ich lasse mich von diesem Kerl nicht länger provozieren." „Nicht streiten, nicht streiten wegen mir."

Fassungslos beobachten die drei agilen Herren eine eingeknickte Gestalt, die eine knabenhafte Aura umgibt und die beide Hände fest auf beide Ohren drückt. Kindliche Tränen fließen über die Wangen herab und runden den Auftritt einer Zahnspangengeneration ab. Schockiert und peinlich berührt, tauschen die Überlegenen verstohlene Blicke aus, verfallen aber wegen der vermeintlichen Schizophrenie keiner allgemeinen Hysterie, sondern versuchen anschließend mit sanften Worten und starken Nerven, die tickende Zeitbombe zu entschärfen.

„Ruhig Jakob, ganz ruhig. Keiner wird Dir etwas tun. „Jakob ist traurig und Jakob will nach Hause." „Und wo ist Jakob zu Hause?" „Weiß nicht." Zum wiederholten Male treffen sich drei frappierte Augenpaare und ringen zusammen sprichwörtlich um

Fassung. „Schließt das Loch nach außen. Die Sache scheint ernster, als wir glauben."

Argwöhnisch beobachtet Jakob die prompte Ausführung des Befehls und lässt die Tat für Sekunden auf sich wirken. Die mörderische Enge des schwimmenden Sargs stranguliert seine blanken Nerven, die glauben, in einem Säurebad zu liegen. Sein Herz gleicht einem Presslufthammer und seinen Schädel zerquetscht gleich eine Eisenklammer, die auf Stirn und Schläfen drückt. Hält man ihn etwa für verrückt? Lautstark schreit es aus ihm heraus: „Ihr haltet mich nicht auf und ihr sperrt mich auch nicht ein wie ein eingepferchtes Schwein."

Wild schlägt Jakob um sich und wirft seine Fäuste unkontrolliert durch die Luft. Eine ansteckende Panik überfällt zur gleichen Zeit den niederträchtigen Schuft. Schonungslos werden drei überreizte Gemüter ebenfalls von solcher infiziert und müssen hilflos mit anschauen, wie sogleich eine weitere Katastrophe passiert. Fast demütig nimmt Jakobs Körper eine animalische Stellung ein und legt seine letzten Hemmungen vor die Füße einer stumpfsinnigen Moral. Die widerwärtigen Gedanken sind plötzlich nur noch die Marionette einer rohen Gewalt, die ihre Beute grundsätzlich aus dem Hinterhalt reißt und augenblicklich mit ihrem blutrünstigen Maul in eine unschuldige Hand vor Jakobs Augen beißt. Tief und schmerzhaft bohren sich die scharfen Zähne durch unschuldige Haut in zartes Fleisch und peinigen mit dieser Tat, dass Opfer auf eine besonders abartige Art. Die angegriffene Partei kontert mit einem masochistisch anmutenden Schrei, der das Blut zum Schäumen bringt und nach Ekel, Ohnmacht und Verachtung klingt. Von feinen, roten Äderchen durchzogen, rollen sich Jakobs Augen währenddessen langsam nach oben und präsentieren sich schließlich in einem strahlenden Weiß. Das Publikum badet nach diesem widerlichen Anblick vor Angst im kalten Schweiß und zahlt dem Wahnsinn widerstandslos den geforderten Preis. Erst nach einer sekundenlangen Ewigkeit lockert Jakob reflexartig die scharfzahnige Bosheit und spuckt seine Beute angewidert aus.

„Du geisteskranker Mistkerl. Das wirst Du mir büßen." Wütig lässt sich Jakob plötzlich auf dem Boden fallen und demonstriert trotzig einen Schneidersitz. Sein Kinn ist fest auf die Brust gepresst, während er alle weiteren Entscheidungen den drei Geschworenen überlässt, die nach ihrer Flucht vor Folter und Zucht leise und etwas versteckt auf dem Sonnendeck tagen.

„Dieses widerliche Arschloch. Ich kann meine Hand vor Schmerzen kaum noch bewegen." „Das muss sich ein Arzt anschauen, Magnus. Ich kenne einen vertrauensvollen Mediziner ganz in der Nähe. Nicht auszudenken, dass er Dich durch seinen Biss mit einer seiner Lustseuchen angesteckt haben könnte." „Oh ja, der Biss eines Menschen hat für Körper und Geist oft schwerwiegende Konsequenzen." „Leute, das kann doch kein Spiel mehr sein. Entweder er hat drei Promille intus oder er steckt mittlerweile mit beiden Beinen tief im Drogensumpf." „Du hast recht und deshalb werden wir reagieren." „Was hast Du vor, Marc?" „Den Flughafen anrufen und den nächstmöglichen Flug mit Landung auf deutschen Boden buchen. Wir werden ab sofort keine Verantwortung mehr für diesen Mann übernehmen." „Die Spirale der Sucht lässt der geißelnden Lust kaum die Möglichkeit einer geistigen Flucht. Dabei präsentierte unser Kosmopolit seine Alkoholaffinität immer als sein kulturelles Zugpferd. Aber ich glaube zu wissen, dass seine Leidenschaft für ethanolhaltige Spezialitäten nicht Auslöser der eigenen Demoralisierung ist." „Sondern Albert?" „Sein Geist ist abgerutscht in die Welt der Dämonen, nachdem er eine Verabredung mit dem Teufel hatte." „Wenn ich so einen Blödsinn höre, rutsch mir was ganz anderes ab. Aber egal, wir müssen ihn abstoßen." „Richtig, wie ein unrentables Wertpapier. Denn wenn ein schwachsinniger Jakob Johansson nicht mehr richtig funktioniert, ist der Ärger vorprogrammiert. Und ich denke, keiner von uns hat Lust, auf seiner elegant kriminellen Schlammspur auszurutschen." „Und noch weniger Lust, ihn huckepack zu tragen, ohne dass wir einen Nutzen von ihm haben." „Wir sind uns also einig, meine Herren. Für Herrn Johansson wird die gesellschaftliche Bühne auf unserem Terrain ab heute zum Sperrgebiet erklärt." „Besser hätte man es nicht ausdrücken können."

Vorschriftsmäßig passiert Jakob die verkehrsberuhigte Anlieger-
straße und hört an seinem eigentlichen Ziel auf ein dezentes
Hinweisschild, das ihn auf einen Privatparkplatz hinter einem
gepflegten Anwesen führt. Das ausdrucksstarke Zeltdach scheint
frischgeputzt und ist auch noch nach Jahrzehnten stolz auf seine
formverspielten Gauben, die den vorbildlichen Allgemeinzustand
des herrschaftlichen Hauses bestätigen können. Ein kaschieren-
der Puderton versteht sich als klassischer Begleiter einer makellosen Außenfassade und deren historische Fensterläden, die mit
einem fruchtigen Pfirsichgelb einen lebensfrohen Augenaufschlag demonstrieren.
„Guten Tag, mein Name ist Johansson, Jakob Johansson. Ich
habe einen Termin mit Herrn Doktor Brencken." „Guten Tag Herr
Johansson, Herr Doktor Brencken erwartet Sie bereits. Hinter
der Glastür das erste Zimmer rechts."
Vorsichtig folgt dem verbalen Wegweiser ein Kopf mit Bume-
rangeffekt und demütigen Blick, der anschließend als verunsichertes Fragezeichen auf seinen Ausgangspunkt zurückkehrt.
„Ich darf mich doch darauf verlassen." „Das Ihr Anliegen mit
höchster Diskretion behandelt wird? Aber selbstverständlich,
Herr Johansson. Diskretion ist eine von vier tragenden Säulen
unseres Palazzo für mentale Stärke im Zentrum einer psychischen Harmonie. Sie können unbesorgt Ihre Bedenken wie einen störenden Ballast ablegen, sich und Ihren Geist vertrauensvoll fallen lassen und entspannt in die wohligen Tiefen heilender
Sphären eintauchen. Bei Herrn Doktor Brencken sind Sie in den
besten Händen."
„Da sind Sie ja endlich, Johansson. Bitte setzen Sie sich." Einladend wirkt der voluminöse Ohrensessel in seinem kunterbunten
Patchworkstil und belustig den Betrachter durch sein ausschwei-
fendes Farbenspiel, das an die Fröhlichkeit eines Kinderzimmers
erinnert. „Vielen Dank, Herr Brencken." „Vergessen Sie den Doktor nicht, Johansson. Denn wie ich aus Ihren Daten entnehmen
kann, warten Sie bis zum heutigen Tage auf Ihre Promotion. Wie
kann ich Ihnen helfen? Oder lassen Sie es mich anders ausdrücken, was führt Sie zu mir?" „Ich weiß gar nicht." „Wo Sie anfangen sollen? Ganz einfach Johansson, lassen Sie einfach die

Hosen herunter. Präsentieren Sie mir Ihre spießbürgerliche Seifenoper auf dem silbernen Tablett. Unterhalten Sie mich und
sorgen Sie dafür, dass mir nicht langweilig wird. Ansonsten muss
und werde ich eigenhändig Ihren Seelenpanzer knacken. Und
glauben Sie mir, das könnte ziemlich unangenehm für Sie werden."

Die bonbonfarbene Sitzgelegenheit erscheint vor Jakobs Augen
plötzlich als elektrischer Stuhl, auf dem mehrere unschuldige
Menschen qualvoll ihr Leben verloren haben. Das hilfesuchende
Opfer badet seine Psyche bereits in einen stinkenden Pfuhl und
wälzt gleichzeitig seinen Geist in einem Morast tiefschwarzer
Erinnerungen. Die fast allgegenwärtige und übermächtige Präsenz der hünenhaften Figur im muskatnussigen Rollkragenpullover wirkt auf das verschlossene Mundwerk wie ein wirksames
Druckmittel, das eine gelähmte Zunge zum Reden bringen soll.
Gleichzeitig fordern intensive Überlegungen Jakobs nervöses
Gehirn heraus, das an der Seite seiner existenziellen Eitelkeit
versucht, gegen die Macht eines starken Wankelmuts und einer
sturen Unentschlossenheit erfolgreich anzukämpfen. Krampfhaft
versucht Jakob parallel dazu, die Wahrheit derart elegant zu
verkleiden, damit seine seelische Blessur nicht zu einer skurrilen
Hauptfigur in einem anspruchslosen Streifen wird.

„Johansson, ich höre." Der wartende Träger einer großquadrati-
schen Brille aus charaktervollem Horn erlebt gerade eine subtile
Revolution, die unbewusst von einer eingeknickten Person ausgelöst wird, die dank einer stummen Selbstkonfrontation nicht
den leisesten Ton über ihre Lippen bringt.

„Mit Verlaub Johansson, aber langsam fangen Sie an, mich zu
langweilen." „Ich habe mich blamiert." „Sie meinen, Sie blamieren sich in diesem Moment." „Nein Herr Doktor, ich habe mich
blamiert. Mehrmals bis aufs Blut und tief ins Mark blamiert." „Erzählen Sie Johansson. Wie und durch was blamiert sich ein
hochkarätiger Finanzmanager?" „Indem sein Verstand binnen
Sekunden entmachtet wird und ihn anschließend ein Gefühl von
unbeschreiblicher Wehrlosigkeit knebelt." „Da ich persönlich kein
Freund komplexer Denksportaufgaben bin, würde ich Sie doch
bitten, die trockene Beschreibung Ihrer Seeleninfektion mit ei-

nem lebendigen Beispiel zu unterfüttern." „In gewöhnlichen Situationen des Alltags verliert sich mein Gemüt in einer Welt unkontrollierbarer Emotionen, die meine Gedanken und mein Handeln derart beeinflussen, dass ich Angst habe, den Verstand zu verlieren." „Eine zunehmende mentale Empfindlichkeit des eigenen Wesens zählt zu den unangenehmen Nebenwirkungen eines schleichenden Alterungsprozesses, sollte aber noch kein Anlass für eine Psychotherapie sein." „Wie soll ich Ihnen mein Problem erklären." „Also gut, dank Ihrer hartnäckigen Introvertiertheit, ernenne ich mich zu Ihrem Spiritus Rector und spicke somit Ihre profane Aussage mit einem gehaltvollen Beispiel. Durch einen lapidaren Auslöser erfolgt eine manische Reizung Ihrer fast verkümmerten Empathie und entgegen jeglicher Vernunft präsentieren Sie sich anschließend mit feuchten Augen im Kreise Ihrer Zunft. Ist es das?" „Nein, es ist mehr." „Wie viel mehr?" „Mehr als ein tränenreicher Auftritt vor eiskaltem Publikum." „Mein Gott Johansson, drehen Sie endlich Ihr Gehirn auf und lassen Sie die Gedanken fließen. Nichts strapaziert unsere Gattung mehr als eine Tropfende-Wasserhahn-Methode."

Zwei Finger einer verkrampften Hand spielen mittlerweile nervös am Kragenrand und versuchen dabei, wenigstens zwei der eleganten Knöpfe zu öffnen.

„Es ist sehr warm in Ihren Räumlichkeiten." „Nervosität wärmt von innen wie eine gute Spirituose." „Was Sie nicht sagen." „Vielleicht fangen Sie einfach mit dem Ablegen Ihres Jacketts an, bevor Sie Ihr Hemd bis zum Bauchnabel aufknöpfen. Die Garderobe versteckt sich hinter der Spiegeltür." „Mein Apellohr ist offen, vielen Dank."

Energisch erhebt sich Jakob aus dem farbenprächtigen Juwel und befolgt artig den unterschwelligen Befehl, der sich negativ auf seine gärende Wut auswirkt. Obwohl er versucht, möglichst skandalfrei durch den Raum zu gehen, ist ein feuchter Bereich auf dem zarten Stoff unter seinen verschwitzten Achseln zu sehen, mit deren Hilfe sich sein eigentliches Problem nachfolgend geschickt aus der Affäre zieht.

„Johansson, leiden Sie etwa unter Hyperhidrose?" „Wie bitte?" Vor Schreck fällt das edle Jackett unsanft zu Boden und der nützlichen Scheißhausparole zum Dank bleibt der Kleiderbügel unberührt im Garderobenschrank. Mit weichen Knien stolpert Jakob Schritt für Schritt in den Patientensessel zurück und ist bemüht, seine Worte und eine geistige Stabilität wiederzufinden. „Hyperhidrose. Leiden Sie unter Hyperhidrose?" „Praktizieren Sie nebenbei auch noch als Hobbydermatologe?" „Entschuldigen Sie bitte, ich wollte Ihnen nicht zu nahe treten. Allerdings sorgt Botulinumtoxin nicht nur im Gesicht für kleine Wunder. Lassen Sie uns bitte ohne Umwege zu Ihrem eigentlichen Problem zurückkehren. Vielleicht ist Ihre Zunge ja mittlerweile etwas aufgetaut und bereit, ein wenig mit mir zu plaudern."

Die merzerisierte Baumwolle ist fast vollständig durchnässt und schenkt den warmen Füßen das entspannende Gefühl eines wohligen Fußbades. Unbekümmert planscht der ein oder andere Zeh in einem salzigen See, während Jakob in der Zwischenzeit übermütig seine triefendnassen Hände begutachtet. Anschließend erlebt das Hemd vor seiner Brust, wie er sich mit einer wahren Wollust dem Schweiß auf eine derbe Art entledigt, indem er diesen auf dem edlen Stoff verewigt.

„Bromhidrose. Sie lagen fast richtig." „Bromhidrose?" „Ja, Herr Doktor. Wie und durch was blamiert sich ein hochkarätiger Finanzmanager? Die Antwort lautet Bromhidrose. Körpereigner Schweiß, der zu einem starken Geruch führt und somit häufig zu psychischen Problemen der Betroffenen. Ich leide unter schrecklichen Geruchswahnvorstellungen, die sich bis hin zu einer Dysmorphophobie steigern. Fürchterlich, einfach nur fürchterlich. Dürfte ich Sie bitten, dass Fenster diskret zu öffnen, sollte mein Geruch zu eklatant wirken."

Ein listiger Blick legt sich wie ein böser Schatten über sein Gesicht, dessen lächelnder Mund ein lautloser Jubelschrei entweicht.

„Der gemeine Iltis riecht erst übel und dann penetrant, wenn er glaubt, der Feind hat seine gemeine Art erkannt." „Ich danke Ihnen für dieses geistreiche Zitat." „Danken Sie nicht mir, sondern dem Autor des Buches, erschienen 1898 unter dem Titel Jagdgeheimnisse aus dem Chiemgau. Es ist also der Körpergeruch Johansson, der Sie zu mir führt. Interessant, sehr interessant. Dabei wirken Sie auf einmal richtig aufgeweckt. Das freut mich. Legen Sie verbal los und plaudern Sie endlich auf mich ein. Ich bin auf Ihre schweißtreibenden Geschichten gespannt und möchte wetten, sie werden bis zum Himmel stinken."

Sichtlich amüsiert lehnt sich der Gegenspieler in seinem Lederstuhl zurück und freut sich auf ein humorvolles Theaterstück, dass er mit hochgelegten Beinen und vor einer beachtlichen Bücherwand genießen möchte.

„Ich erwähnte es bereits, es ist fürchterlich. Die Gedanken sind nur noch gequälte Sklaven der eigenen Phobie, die meine Psyche in die Tiefen des Wahnsinns stürzt." „In Prosa gesprochen, Johansson?" „Ich dusche bis zu fünfmal täglich und musste vor zwei Wochen den dramatischen Höhepunkt meines Leidens erleben." „Weiter." „Ich nahm an einem wichtigen Kongress in Schanghai teil. Die vielen Menschen und die Tatsache, begrenzten Raum mit ihnen teilen zu müssen, was zwangsläufig zu körperlicher Nähe führt, haben mich regelrecht in eine Psychose getrieben. Permanent habe ich in der Öffentlichkeit und selbst unter Beobachtung meinen Kopf nach unten gehalten, meine Kleidung leicht angehoben und an verschiedenen Körperstellen Geruchsproben durchgeführt, die ich umgehend mit einer rümpfenden Nase bewertet habe. Sie können mir glauben, Herr Doktor, ein abwertendes Kopfschütteln und verachtende Blicke waren noch die angenehmsten Reaktionen auf mein äußerst seltsames Verhalten." „Und Johansson, wie haben Sie gestunken mit Ausnahme Ihrer Socken?" „Wie bitte meinen Sie?" „Wie erlebten Sie Ihren eigenen Geruch? Empfanden Sie ihn als angenehm oder abartig, elegant oder ekelhaft, opulent oder ordinär?" Für Sekunden werfen zwei eingefrorene Pupillen einen Blick in die Vergangenheit und brechen in einem Hauch von Ewigkeit den vor Gott geleisteten Eid.

„Er roch abartig, ordinär und ekelhaft." „Sie oder der Chinese neben Ihnen am Büffet?" „Die Bestie der perversen Lust." „Sie versuchen, mich schon wieder für ein lustiges Ratespiel zu begeistern, Johansson." „Vergessen Sie bitte, was ich soeben gesagt habe, meine Konzentration lässt doch erheblich nach. Ich denke, es wird das Beste sein, die Sitzung für heute zu been-

den." „Was das Beste für Sie ist, entscheide ganz alleine ich und nicht Ihr intrigantes Durchhaltevermögen, das jede Möglichkeit nutzt, Ihren eigenen Willen zu entmündigen. Nennen Sie mir bitte einen Grund, warum ich eine Sitzung beenden sollte, die gerade eine schon fast wohlige Temperatur erreicht hat." „Und wenn ich mich erdreiste, aufzustehen und zu gehen?" „Sie werden nicht gehen, Johansson." „Was macht Sie da so sicher?" „Ihre Alibiphobie, die mir unterhaltsame Gespräche vor einem imaginären Kamin beschert und Ihnen genügend Spielraum lässt, um Wirklichkeit und Fantasie strategisch perfekt wie eine Spinne in ihrem Netz zu verknüpfen." „Was wollen Sie eigentlich von mir?" „Kurier mein Leiden, ohne dich an meinem Schmerz zu weiden. Ich will Ihnen helfen, Johansson. Nicht mehr und nicht weniger. Jetzt bin ich doch wirklich auf die geistreiche Pointe Ihrer erlebten Situationskomik gespannt. Bitte fahren Sie fort."
Widerstandslos lässt sich der ästhetische Adamsapfel von einem skrupellosen Schlucken dominieren und symbolisiert durch jede Bewegung seine Buhlschaft mit einer latenten Verlegenheit, die sich auch von einem gehaltvollen Räuspern weder einschüchtern noch ausschalten lässt.
„Entschuldigung, mich provoziert ein unangenehmes Kratzen im Hals." „Bitte lassen Sie sich von mir nicht aufhalten, den illoyalen Widersacher der Kehle zu verbannen."
„Als ich mir nüchtern eingestehen musste, dass selbst der aromatische Duft der asiatischen Küche meinen intensiven Körpergeruch nicht überlagern konnte, bin ich noch während des reichhaltigen Abendmenüs unauffällig auf mein Hotelzimmer geflohen und habe anschließend die ganze Nacht in einer randvollen Badewanne verbracht. Stundenlang habe ich meine aufgeweichte Haut mit den harten Borsten einer Bürste drangsaliert, bis der Geruch von frischem Blut in meine Nase zog."
„Sind Sie verheiratet? Ihr Problem bedeutet eine immense Belastung für die Partnerschaft. Ekelt sich Ihre Frau vor dem abstoßenden Geruch? Findet sie ihn vielleicht sexuell erregend? Oder haben Sie etwa keinen Geschlechtsverkehr mehr mit Ihrer Frau?"
„Ich wüsste nicht, was Sie das zu interessieren hätte."

„Mich interessiert grundsätzlich alles, was das menschliche Gehirn zu bieten hat. Sie sind ein sehr attraktiver Mann, erfolgreich und im besten Alter. Guter Sex spielt unter Ihrer Prämisse zweifelsohne eine große und wichtige Rolle."

„Ich werde hier und jetzt nicht mit Ihnen über dieses heikle Thema diskutieren." „Habe ich es mir doch gedacht, Sie haben also keinen Geschlechtsverkehr mehr mit Ihrer Frau." „Wenn Sie es genau wissen wollen." „Das will ich, Johansson." „Meine Frau kotzt mich an." „Warum lassen Sie sich nicht scheiden?" „Sie glauben doch immer, alles zu wissen. Also warum fragen Sie mich überhaupt?" „Ich vermute hinter Ihrem Rücken reiche Schwiegereltern, die mit Einfluss und Macht das ausgeklügelte Kanalsystem des Kapitalismus spülen." „Sie liegen völlig falsch mit Ihrer lächerlichen Annahme." „Sondern?" „Hinter meinem Rücken steht das Pflichtbewusstsein gegenüber der Fürsorgepflicht eines seelischen Wracks." „Endlich, jetzt endlich rieche ich ihn auch, diesen würzigen Duft nach vergorenem Schweiß, mit einer kräftigen Note von fauligem Fleisch, abgerundet mit natürlichen Aromen aus dem Tierreich."

Majestätisch wedelt sich die fast tellergroße Hand den eingebildeten Gestank in Richtung Riechorgan, das mit einer todernsten Mine fest verwachsen ist.

„Verarschen können Sie sich gerne alleine, Herr Doktor Brencken." „Was heißt alleine, Johansson? Sie unterstützen mich doch bereits tatkräftig dabei, ohne dass ich Sie großartig dazu auffordern musste. Sie entschuldigen mich bitte."

In der folgenden Aktion greift die monströse Hand zum Telefon, dessen Hörer anschließend laut Augenmaß um einige Zentimeter schrumpft.

„Frau Michaelsen, zwei Tassen Kaffee bitte. Ich hoffe, Sie trinken Kaffee. Oder bevorzugen Sie englischen Tee?" „Bemühen Sie sich bitte nicht meinetwegen." „Ich werde mich lediglich für Sie bemühen, indem ich den Kaffee bereits an der Tür in Empfang nehme. Meine Sekretärin muss sich von Ihrem deftigen Geruch nicht auch noch belästigt fühlen. Wie Sie sehen, ich zeige mich solidarisch und stelle mich schützend vor Sie." „Das ist wirklich zu gütig von Ihnen."

Ein dunkler Klang signalisiert das Klopfen an der Tür und wirkt fast wie eine Hommage an Hohn und Willkür.

„Frau Michaelsen, bitte nicht eintreten, ich bin schon auf dem Weg zu Ihnen."

Zwei weiße Tassen in schlichter Eleganz, gefüllt mit heißem Kaffee bis zum Rand, schweben nach ihrem Empfang stilsicher und ohne Seegang von einem zum anderen Mann.

„Sie bedienen sich bitte selbstständig mit Milch und Zucker. Lassen Sie uns in Ihren Alltag eintauchen, inklusive Stippvisite in Ihrer Vergangenheit." „Schluss! Mir reicht es jetzt langsam mit Ihnen und Ihren seltsamen Therapieformen." „Sie setzen sich sofort wieder hin, Johansson." „Und Sie können gerne einen Blick auf mein knackiges Hinterteil werfen." „Johansson, setzen Sie sich wieder hin, bevor ich aufstehe."

Mit einem durchdringenden Blick bringt die massige Gestalt den Aufständischen wieder in ihre Gewalt, der anschließend langsam in sich zusammensackt und daraufhin leicht hypnotisiert reagiert, bevor er die Eigenschaften eines unterlegenen Tieres annimmt, dem der rabiate Tod durch einen Nackenbiss droht.

„Ich gehe davon aus, dass es sich hierbei um den letzten Pennäleraufstand gehandelt hat." „Ja." „Fahren wir fort. Wie ist Ihre Kindheit verlaufen?" „Reich und sorgenfrei." „In Ihrem Satz fehlen Begriffe wie Geborgenheit, Harmonie und Wärme." „Darf ich mir einen Begriff aussuchen?" „Lassen wir das. Ich habe heute keine Lust mehr, in Ihrer muffigen Aussteuerkomode nach brauchbaren Materialien zu suchen. Konzentrieren wir uns lieber auf das Hier und Jetzt. Um Sie Ihren Qualen zu entreißen, muss ich wissen, in welcher Phase Ihres Albtraums Sie sich befinden. Einen Augenblick bitte."

Mit geöffnetem Mund und noch immer leicht schockiert beobachtet Jakob, wie man binnen Sekunden eine Anrichte zur Liege umfunktioniert, die zu seinem Erstaunen ihrem Nutzer sogar einen gewissen Komfort bieten kann.

„Bitte kommen Sie und legen Sie sich entspannt hin. Nun kommen Sie schon."

Misstrauisch folgt er der horizontalen Einladung und schenkt seiner feurigen Nervosität keine Art von Beachtung.

„Schließen Sie die Augen und atmen Sie tief ein und wieder aus. Jeder Atemzug schenkt Ihnen Kraft und Mut und pumpt Courage durch Ihr Blut. Ja, so machen Sie das gut. Einatmen und wieder tief ausatmen. Sie lassen sich fallen, immer tiefer, immer weiter und fühlen plötzlich, wie der Sinn des Lebens für Sie wieder an Bedeutung gewinnt. Zwei stabile Seile halten Ihren Körper fest. Sie müssen sich befreien, um endlich schweben zu können. Sie schneiden die Seile entzwei. Ja! Sie sind frei. Frei wie ein Vogel und stolz wie ein Adler, der durch die Lüfte schwebt. Atmen Sie Johansson, atmen Sie tief ein und aus. Sie fühlen sich ganz leicht. Wunderbar leicht und unbeschwert. Endlich haben Sie den Mut, auch wenn Blitz und Donner droht, sich dem Feind in einer Schlacht zu stellen. Ihre von Narben übersäte Seele halten Sie in einem goldenen Faradaykäfig gefangen. Öffnen Sie den Käfig. Öffnen Sie ihn endlich und lassen Sie sich und Ihre Seele frei. Ja, jetzt öffnen Sie ihn. Ich strecke Ihnen meine Hand entgegen und Sie dürfen das wunderbare Gefühl von grenzenlosem Vertrauen erleben. Reden Sie Johansson, reden Sie." „Herr Doktor." „Ich höre Ihnen zu."

Ein selbstbewusster Blick konfrontiert das erwartungsvolle Gesicht und stellt sich provokativ vor eine dominante Körperhaltung.

„Ich danke Ihnen für Ihre Bemühungen und für die kurzfristige Terminvergabe." „Nicht die zwecklosen Bemühungen, sondern die goldenen Beziehungen ebnen den Weg des intelligenten Menschen und führen ihn sicher aus einer Welt dunkler Schatten an das helle Licht der warmen Sonne. Bitte stehen Sie auf. Ich unterbreche für heute meine Begehung in Ihrem Endlager psychosomatischer Abfälle." „Es hat mich wirklich sehr gefreut, Sie kennenzulernen." „Bevor Sie gehen Johansson, erlauben Sie mir noch die eine Frage." „Bitte, Herr Brencken."

Eine perfekt einstudierte Überheblichkeit dient Jakob beim Anziehen seines Jacketts und öffnet anschließend die Zwingertür einer beispiellosen Arroganz.

„Ist Ihnen vor geraumer Zeit ein traumatisches Erlebnis widerfahren?" „Schade, Herr Brencken. Ich bin aufgrund Ihrer angeblichen Kompetenz und aufgrund einer Empfehlung, die sich leider nicht bewährt hat, davon ausgegangen, dass Sie mir diese Frage ausführlich und selbstständig beantworten können." „Die geistige Verdrängung ist der Balsam einer verletzten Seele. Nur durch ihre mentale Kraft konnte der Mensch bis heute überleben." „Auf Wiedersehen, Herr Brencken." „Herr Johansson, ich verspreche Ihnen, das werden wir. Auf Wiedersehen."

Ein kräftiger Adrenalinschub vermischt sich mit einer ohnmachtsgleichen Entrüstung zu einem hochgiftigen Serum, dessen fatale Wirkung Jakobs strapazierte Nerven fast zu einer blutigen Kapitulation zwingen. Panisch drückt er seinen Körper in den Fahrersitz und verbirgt sein Gesicht minutenlang hinter seinen zitternden Händen, die von seinem rebellierenden Kreislauf aufmunternd gestreichelt werden. Gefühlvoll und mit einer sanften Stimme beruhigt er sein aufgebrachtes Gemüt, bis er wieder ein Minimum seiner verlorenen Kraft verspürt, die für einen kostbaren Moment mutig an seiner verletzten Seite kämpft, bevor sie ihn endlich aus seiner geistigen Gefangenschaft befreien kann. Bereitwillig tritt er seine Heimreise an. Erschöpft von seiner anstrengenden Fahnenflucht, greift Jakob nach einem weichen Handtuch, das aufgrund seiner durstigen Mentalität die erfrischenden Wasserperlen auf der kalten Haut gierig und vollständig aufsaugt. Mit einem hohen Maß an Selbstdisziplin versucht er langsam wieder die Kontrolle über seine Emotionen zu erlangen und motiviert gleichzeitig seine verstörte Intelligenz, die ihm befielt, seinen entlaufenen Verstand schnellstmöglich wieder einzufangen. Plötzlich erblickt er vor seinen nackten Füßen das verschwitze Hemd. Seine Lunge wird von schweren Atemzügen dominiert, während er vor dem eleganten Stoff behutsam niederkniet und dabei angeregt mit seiner ausdrucksstarken Fassungslosigkeit diskutiert. Ein tränenreicher Lachanfall in einer selbstbewussten Lautstärke, richtet Jakob nach seiner heißen Debatte wieder auf und lässt ihn in Gedanken über sein exaltiertes Benehmen lächeln.

„Hallo, Ihre Karin Schlüter ist am Apparat." „Guten Tag Karin, ich erwarte nach wie vor von Ihnen, das Sie in der Lage sind, sich nach den allgemeinen Telefonrichtlinien eines zivilisierten Ar-

beitnehmers zu melden." „Guten Tag Herr Johansson, bitte entschuldigen Sie meine saloppe Art." „Karin, ich muss wegen einer dringenden geschäftlichen Angelegenheit nach Sylt und bin somit erst wieder am Montag im Hause." „Aber wir haben bereits heute mit Ihrer Rückkehr gerechnet, Herr Johansson." „Karen, können Sie mir bitte in wenigen Worten erklären, wer sich hinter dem Begriff wir versteckt?" „Zwei Herren, die heute Morgen nach Ihnen gefragt haben. Sie sollen sich umgehend bei ihnen melden, sobald Sie in Ihren Geschäftsräumen eingetroffen sind. Was darf ich denn den Herrschaften ausrichten, Herr Johansson?" „Karen, trugen die Herren dunkelblaue Uniformen mit silberner Aufschrift und fuhren die Herren ein Fahrzeug mit festmontierter Blaulichtsirene auf dem Wagendach?" „Nein, Herr Johansson. Die Herren trugen elegante Anzüge mit passender Krawatte und fuhren einen teuren Wagen." „Haben die Herren Ihnen Ihren Dienstausweis unter Ihre neugierige Nase oder vor Ihre müden Augen gehalten?" „Nein, Herr Johansson." „Und weil deutsche Beamte im Dienst weder Armani tragen, noch eine Nobelkarosse fahren, interessieren mich Ihre Herren auch nicht. „Hmm." „Hmm was, Karin?" „Na ja, die Herren machten aber einen sehr ernsten Eindruck." „Karin, wenn man über Ihre geistige Naivität verfügt, macht auch einen Märchenfilm nach den Erzählungen der Gebrüder Grimm, den ernsten Eindruck eines mehrfach prämierten Psychothrillers. Auf Wiederhören."
Obwohl Jakob mittlerweile den verlorenen Boden wieder unter seinen Füßen spüren kann, verordnet er sich eigenverantwortlich einen heilenden Präventivschlag, der sein eigenes Ich von seinem schweren Ballast befreien soll. In der komfortablen Isolation sucht er die sachliche Konfrontation mit seinem verschnupften Selbstbild, das anschließend hoffentlich wieder in einem harmonischen Gleichgewicht seiner wahren Realität entspricht. Unbedarft greift er während der Fahrt in eine Schublade wertvoller Beziehungen und nutzt die moderne Kommunikation für das Finden einer standesgemäßen Pension mit privater Atmosphäre. „Hallo Robert, hier spricht Dein langjähriger Freund Jakob. Wie geht es Dir?" „Danke der Nachfrage. Was willst Du von mir?" „Robert, ich brauche für drei Tage Dein Appartement auf Sylt."

„Und wofür bitte?" „Um einfach mal auszuspannen." „Nimm Dir ein Hotel, das ist komfortabler." „Robert, ein Hotel ist einfach zu laut, zu hektisch und zu unpersönlich. Ich suche für ein paar Tage die absolute Einsamkeit, weitab eines prominenten Trubels und fern einer Kulisse aufgeblasener Menschen. Ich möchte einfach mal wieder runterkommen, ich möchte zu mir selbst finden, die Stille genießen und den unverfälschten Geruch eines ursprünglichen Meeres riechen. Robert? Robert? Gespräch beendet. Wenn der gnädige Herr glaubt, ich wäre auf ihn angewiesen, bin ich gerne bereit, seinen festverankerten Glauben zu erschüttern." Von der nüchternen Abfuhr unbeeindruckt, entscheidet sich Jakob für den offiziellen Weg in ein bequemes Bett.

Die glatte Oberfläche des markanten Kopfsteinpflasters glänzt unter den einfallenden Sonnenstrahlen und schenkt der schmalen Nebenstraße den Hauch eines Prachtboulevards.
In Schrittgeschwindigkeit trägt Jakob sein sportliches Fahrwerk bis vor den Eingang einer gastfreundlichen Geborgenheit und ist innerhalb weniger Sekunden von der gepflegten Puppenstube fasziniert, deren farbenfrohe Eingangstür er erwartungsvoll erobert.
„Die Ferienwohnung ist nicht besonders luxuriös ausgestattet, aber dafür ist sie wunderbar hell und verfügt sie über einem großen Balkon." „Da mir ein großer Balkon mehr bedeutet als eine luxuriöse Ausstattung, fühle ich mich bei Ihnen nicht nur perfekt aufgehoben, sondern auch wie zu Hause." Ein sympathisches Augenzwinkern wird sofort von einem umwerfenden Lächeln belohnt und beschreibt als Botschaft ohne Worte eine fast schon zauberhafte Situation. „Der namhafte Sportwagen im Hof, gehört aber schon zu Ihnen?" „Der anhängliche Kerl, läuft mir seit der letzten Kurve hinterher und ist froh, wenn er nicht beachtet wird." „Bitte Herr Johansson, Ihre Schlüssel. Die Treppe hoch und dann die erste Tür rechts." „Vielen Dank."
Mit einem warmen Gefühl im Herzen und bereits leicht hypnotisiert, schreitet Jakob durch die Tür und vertraut seinem ersten Eindruck, der feierlich den Bühnenvorhang aufzieht.

Ein verführerisches Licht tanzt in einem lilafarbenen Gewand durch einen hellen Raum, dessen Wände mit sahniger Buttercreme in zartem Violett gestrichen sind.

Das romantische Bett in hellem Purpur zieren unzählige Rüschenkissen aus knusprigem Baiser in einem lieblichen Rosé, das als süße Sünde spurlos auf der Zunge zergeht.

Traumhafte Fliederblüten fallen im Spiel mit der eigenen Opulenz aus ihren blassblauen Bilderrahmen und verströmen großzügig den berühmten Duft ihres betörenden Parfüms.

Der flauschige Teppich ist Teil eines blühenden Lavendelfelds und harmoniert farblich perfekt mit den verspielten Volantvorhängen, die nach geschlagener Heidelbeersahne schmecken.

Der einladende Tisch ist mit einem glänzenden Tuch in einem koketten Pink bedeckt und für einen stimmungsvollen Effekt erwartet den liebevollen Gast eine eisgekühlte Flasche Sekt.

„Wahnsinn, welch ein Wahnsinn. Hier hat eine sinnliche Frau ihr Faible für die Traumfarbe Lila ausgelebt."

Feierlich nippt Jakob an einem Glas kaltem Schaumwein, zündet nebenbei eine Wachskerze in lebhaftem Fuchsia an und sucht heimlich nach einem kitschigen Liebesroman, den er glaubt, in einem zierlichen Bücherregal zu finden. Ein dezentes Klopfen in Verbindung mit einer weiblichen Stimme beendet seinen Ausflug durch vergilbte Buchseiten und mobilisiert seine Aufmerksamkeit.

„Herr Johansson, ich hätte noch frische Handtücher für Sie."
„Einen Moment bitte."

Eine weise Vorahnung eilt ihm voraus und öffnet für ihn elanvoll die Tür. „Weiches Frottee in zauberhaftem Veilchenblau."

Freudestrahlend greift Jakob nach dem frischgewaschenen Stapel duftender Baumwolle und streichelt mit seiner sensiblen Nasenspitze zärtlich über den weichen Stoff mit den berühmten Schlingen.

„Oh, die Farbe scheint ja bereits positiv auf Sie zu wirken." „Vielen Dank. Verraten Sie mir auch, was Sie zu dieser positiven Aussage bewegt?" „Violett hat eine stark meditative Wirkung. Sie öffnet das Bewusstsein für nicht materielle Erfahrungen und fördert den Schwingungsaustausch zwischen den beiden Gehirnhälften." „Klingt sehr interessant. Das heißt also, mit dem Kauf lilafarbener Tapete gehören psychische Probleme der Vergangenheit an." „Ja, Violett ist in der Lage, dass seelische Gleichgewicht nachhaltig zu stärken und positiv zu stimulieren. Es beeinflusst das Unterbewusstsein und dient zur therapeutischen Unterstützung bei tiefenpsychologischen Problemen. Nur so am Rande erwähnt. Ich wünschte Ihnen einen angenehmen Aufenthalt, Herr Johansson. Und sollten Sie irgendwelche Wünsche haben, ich bin jederzeit für Sie erreichbar."

Mit Nachdruck schließt Jakob die Tür und wird Zeuge einer mystischen Kraft, die seinen Körper spürbar flutet und seinen Geist in Trance versetzt. Ehrfürchtig mimt er den erhabenen Gang einer klassischen Heiligenfigur und befreit sich gleichzeitig aus einem Netz dunkler Gedanken. Unter weit geöffneten Augen trägt er huldvoll seine Opfergabe, den lilafarbenen Handtuchstapel weicher Harmonie und empfängt nach seiner Segnung eine spirituelle Energie. Stundenlang unterzieht er sich einem geistigen Reinigungsprozess, aus dem er sich anschließend psychisch-steril entlässt. „Ich weiß nicht, wann ich mich zuletzt so befreit und glücklich gefühlt habe."

Die leicht gebräunte Haut strahlt wie sein weißes Hemd, das sich von einem weichen Kaschmirpullover begleiten lässt, der lässig um die breiten Schultern hängt. Sein Gang gleicht einem legeren Tanz und betont seine sportliche Eleganz, die eine rassige Dynamik mit männlicher Schönheit vereint und ihm eine unwiderstehliche Anziehungskraft verleiht.

„Guten Abend Herr Johansson, Sie gegen noch aus?"

Fast unwirklich, aber wunderbar leuchten zwei hellblaue Augen, umrahmt von honigblondem Sommerhaar, in einem unschuldigen Gesicht. Auf nackten Füßen im warmen Sonnenlicht wirbt die hochgewachsene Schönheit mit ihrer erfrischenden Natürlichkeit und zieht ihren Betrachter augenblicklich in ihren Bann. „Ja, das hatte ich eigentlich vor." „Wissen Sie schon wohin oder darf ich Ihnen meine Empfehlung aussprechen?" „Erzählen Sie mir einfach irgendetwas." „Worauf haben Sie denn Appetit?" Zwei harte Knospen unter einem engen Kleid reizen seine erregten Augen und locken das Bewusstsein mit der Magie purer Sinnlichkeit.

„Auf den Geruch von Meer und goldenen Sand, der in der Sonne gebadet hat."

Verführerisch lehnt die schlanke Gestalt an der Wand und verwandelt sich spontan in eine kurvenreiche Fahrbahn, die eine schwindelerregende Wahrnehmung verursacht.

„Ob ich Ihnen bei der Suche nach der geeigneten Lokalität behilflich sein kann, wage ich zu bezweifeln." Aber?" „Ich könnte Ihnen dabei helfen, heute Abend satt zu werden."

Zärtlich greift Jakob in ihren schlanken Nacken und zieht sie ganz nah an sich heran. Sanft fährt er mit seinem Finger über ihre vollen Lippen und sieht sie dabei fordernd an.

„Küss mich, bitte küss mich."

Mit einer gefühlvollen Leidenschaft bewegt sich seine zärtliche Zunge in ihren erotischen Mund, bis zwei schöne Körper vor Erregung glühen und sich ihrer fordernden Lust vollkommen hemmungslos hingeben. Jede stimulierende Bewegung, jede elektrisierende Berührung treibt beide über den Horizont hinweg und öffnet die Türen zu einer grenzenlosen Welt, in der sich ein verführerischer Akt willenloser Hingabe vollzieht. Die ganze Nacht und nur das eine Lied. Purpel Rain.

Vorsichtig scheinen die jungen Sonnenstrahlen durch das Sprossenfenster und wärmen sanft die nackte Haut, die nach einer erfüllten Nacht langsam erwacht und sich verliebt in die Augen schaut.

„Kaffee?" „Ja und Dich."

Seine Sinne befinden sind noch immer in einem Rausch der Gefühle und in seinen Armen liegt vielleicht die große Liebe. Glücklich streichelt er ihr Gesicht, während er leise zu ihr spricht. Bewusst sucht ihr Mund den seinen und beide verlieren sich erneut in einem fantastischen Traum spürbarer Wirklichkeit, indem ihre Begierde einen unverfälschten Höhepunkt erlebt und glühender Wahnsinn über kühler Beherrschung schwebt. Wehrlos flüchtet sich sein Verstand in die Mühlen einer Ektase und treibt seine Männlichkeit abermals in eine explosive Phase. Gefühlvoll fängt sie seine glücklichen Emotionen ein und saugt das Ergebnis purer Lust tief in sich hinein. „Uns bleiben noch zwei kostbare Tage, die ich mit Dir in einer violetten Welt verbringen will. Zwei kostbare Tage, in denen ich jeden Traum mit Dir zu Ende träumen möchte. Zwei Tage, in denen meine Liebe die Wünsche Deines Herzens erfüllen wird." „Und dann? Was ist dann?" Mechanisch fahren ihre schlanken Finger durch sein Haar, dabei wirkt ihr Blick fast unnahbar. „Dann gehe ich um wiederzukommen."

„Für alle, die im Stau stehen, für alle, die uns zuhören und für alle, die sich nach diesem Wochenende richtig gut fühlen. Hier ist er der geilste Song der Achtziger. Hier ist Prince und Purple Rain."
Langsam lehnt Jakob seinen Kopf nach hinten und schließt seine Augen, die leidenschaftliche Zuschauer eines hoffentlich unendlichen Liebesfilms sind. Freiwillig unterwirft er sich seinem Liebestaumel und genießt dieses unbeschreibliche Gefühl erfüllter Sehnsucht und prickelnder Verliebtheit, dass in seinem glücklichen Körper schäumt. Der nüchterne Alltagston seines mobilen Telefons beendet letztendlich seinen geistigen Ausflug an der Seite seiner erlebten Träume, die für ihn noch immer deutlich spürbar sind.
„Hallo?" „Eine sehr unzivilisierte Art und Weise, sich an einem Telefon zu melden. Ich würde schon fast sagen ungehobelt." „Ach, Du bist das." „Ist Deine überraschte Reaktion darauf zurückzuführen, dass Du meine Telefonnummer bereits bewusst aus Deinem Telefonverzeichnis gelöscht hast?" „Entschuldige bitte, aber ich war in Gedanken und habe nicht auf das Display geschaut. Bist Du jetzt beruhigt?" „Du bist also gedanklich noch in Deinem spontanen Wochenendausflug auf Sylt und schwelgst in Deinen Erinnerungen. Entschuldigung in Deinem Fall wollte natürlich ich sagen, Du zehrst genüsslich von Deinen besonderen Trieberlebnissen." „Sybille, was möchtest Du von mir?" „Ich muss mit Dir reden, Jakob. In Deinem eigenen Interesse und schnellstmöglich." „Bitte, Du kannst ganz offen reden. Ich parke auf der Autobahn, meine Ohren sind gespitzt und aufnahmefähig für Deine Worte." „Die Sache ist für einen lapidaren Austausch

über das Telefon leider zu brisant. Ich muss mit Dir persönlich reden. Glaube mit, es ist wichtig." „Eine Sybille van Spielbeek hat es mal wieder geschafft, mich neugierig zu machen. Ich bin in Richtung Hamburg unterwegs. In wenigen Kilometern kommt eine Raststätte. Ich nehme die Ausfahrt und erwarte Dich auf dem Parkplatz. Ein Mann von meinem Format ist nicht zu übersehen." „Wie bitte, Du willst Dich mit mir an einer Raststätte treffen?" „Was bitte spricht Deiner Meinung nach dagegen? Solange Du nicht einen Deiner sündhaft teuren Pelzmäntel trägst, der gleichermaßen rumänische LKW-Fahrer und vagabundierende Tierschutzaktivisten ohne Worte provoziert, sehe ich in meinem Vorschlag keine Gefahr für Dich." „Und ich hoffe für Dich, dass die intensive Duftmarke Deines Selbstbewusstseins nach unserem Gespräch nicht komplett verflogen ist." „Bis gleich, meine Liebe."

Lässig und gleichzeitig entspannt wartet Jakob am vereinbarten Treffpunkt auf seine spontane Verabredung. Die dunkle Pilotenbrille mit goldenem Rand wirkt apart wie sein männlicher Dreitagebart, dessen attraktive Verwegenheit sich in der polierten Motorhaube seines reinrassigen Sportwagens widerspiegelt. Seine gepflegte Hand steckt tief in der vorderen Hosentasche einer legendären Designerjeans, die durch ihren edlen Charakter perfekt mit seiner noblen Jacke aus geöltem Leder harmoniert. Bewusst genießt er die frische Luft und den kostbaren Augenblick eines intensiven Zwiegesprächs, dessen geistige Aufmerksamkeit dem großartigen Zustand seiner mentalen Verfassung gilt. „Jakob, ich grüß Dich. Du siehst ja nicht nur fantastisch aus, sondern Du wirkst wie der glückliche Konsument eines wirksamen Knoblauchpräparats."

Ein gefahrloser Kuss wandert ohne großen Status von Wange zu Wange. „Vielen Dank für die verwelkten Blumen, Frau van Spielbeek. Du bist mir leider mit dem Überreichen einer Schmeichelei zuvorgekommen." „Schade, ich hätte mich über eine verbale Höflichkeit sehr gefreut."

Noch im gleichen Moment verschenkt Jakob in Gedanken sein unausgesprochenes Kompliment und gönnt sich nachfolgend einen erotischen Rückblick.

„Ich denke, wir sollten keine Zeit verlieren und uns dem Wesentlichen zuwenden, mein Lieber." „Gerne. Ich bin auf Deine Neuigkeiten sehr gespannt."

Männlich markant geht Jakob mit seinem schönen Anhang zum Eingang der ausgewählten Lokalität. Ausnahmsweise verhält er sich an der Tür nicht wie ein Vollblutkavalier, sondern betritt als Erstes die dunklen Räumlichkeiten, die den verblassten Charme einer verlebten Gaststättenkultur aufweisen und wählt willentlich eine Sitzgelegenheit abseits der regen Betriebsamkeit. „
Du hast Dich wirklich sehr gut erholt, Jakob." „Abgesehen davon, dass ich auf Dich zuletzt wie ein zum Tode geweihter Mann gewirkt haben muss, habe ich nichts Spektakuläres gemacht, außer dass ich drei Tage entspannt im Bett verbracht habe." „Herr Johansson reist nach Sylt, um sich drei Tage in einem Bett zu entspannen. Bleibt nur zu hoffen, dass Dein einsames Bett auch breit genug für zwei Personen war." „Und in aufregendem Purpurrot."

Ein ergreifendes Gefühl wandert sofort von seinem Gehirn in den verliebten Bauch und macht umgehend von seinem Herzen Gebrauch.

„Ich habe nicht um dieses Treffen gebeten, um mit Dir über Dein Wochenende zu reden." „Das klingt nicht nur beruhigend, sondern wirkt durchaus stimulierend auf meine ohnehin schon erregte Neugierde. Bitte, ich übergebe Dir das Wort." „Da ich bekanntlich gerne durch die Hintertüre ins Haus gehe, würde ich Dich bitten, mir zu verraten, was Dir auf dem Segeltörn um die Azoren widerfahren ist?" „Entschuldigung bitte meine Liebe, aber da mein müder Geist Deiner wachen Intelligenz leider nicht folgen kann, würde ich Dich inständig bitten, den offiziellen Eingangsbereich zu benutzen. Wie Du siehst, sitze ich unbeschadet vor Dir, mir geht es sehr gut und ich habe mich noch nie besser gefühlt."

Das abgenutzte Polster der dunkelbraunen Eckbank bietet trotz seines lädierten Aussehens einen angenehmen Sitzkomfort, der Jakobs Ansprüchen durchaus gerecht wird. Der obere Abschlussrand, verläuft parallel zur Fensterbank und fungiert als bequeme Liegefläche für seinen ausgestreckten Arm. Eine sportliche Luxusuhr schmückt das Gelenk seiner rechten Hand, die mit den verblassten Stoffblüten eines künstlichen Usambaraveilchens spielt.

„Ich kann Deiner Aussage lediglich zustimmen und bin nach wie vor angenehm überrascht, in welcher Verfassung ich Dich antreffe." „Sybille, komm jetzt endlich auf den Punkt und sag mir, was Du von mir willst."

Der Tonfall seiner Worte wird zunehmend bestimmender, während seine Körperhaltung langsam ihre entspannte Ausstrahlung verliert.

„Ausnahmsweise will ich zur Abwechslung nichts von Dir außer Dich vor niederträchtigen Menschen warnen, die behaupten, dass Du mittlerweile komplett den Verstand verloren hast." „Das ist ja einfach nur lächerlich. Ich kann mir denken, welche erfolglose Schießbudenfigur ihr großmäuliges Geltungsbedürfnis mit dieser absurden Behauptung befriedigen möchte." „Jakob, Du warst mit einer Gruppe einflussreicher Männer unterwegs, deren Einflussreichtum durchaus mit Deinen Autoritätsvermögen konkurrieren kann. Egal, was auf diesem Segeltörn passiert ist, egal was Dir widerfahren ist, unterschätzt nicht die Macht derer, die mit den Waffen Deiner Schmiede kämpfen." „Ich habe also komplett den Verstand verloren."

Die schrillen Töne eines Spielautomaten entführen plötzlich seine Aufmerksamkeit und lenken seinen Blick auf eine korpulente Männergestalt, die hartnäckig versucht, das Glück ihres Gegenübers zu bezwingen. Angewidert betrachtet Jakob die vor Dreck glänzende Hose und den braunen Kunstlederblouson, auf dessen beidseitigen Schulterpartien Tausende Kopfschuppen liegen. Eine digitale Armbanduhr aus Fernost ziert das Gelenk der fleischigen Arbeiterhand, die den ewigen Gewinner vor Augen unermüdlich füttert und liebevoll bemuttert. Panisch dreht Jakob seinen Kopf zur Seite, fährt anschließend mit seiner rechten Hand hektisch über seine Schultergegend bis zum hinteren Schulterblatt. Gleichzeitig suchen seine fahrigen Augen erfolglos nach den stilvollen Zeigern seiner Armbanduhr und stolpern dabei über ihre strenge Selbstzensur.

„Jakob geht es Dir nicht gut? Du wirkst plötzlich regelrecht nervös." „Wie oft muss ich mich in der nächsten Stunde denn noch wiederholen. Mir geht es gut und ich hoffe, Deine reizende Berichterstattung ist hiermit beendet." „Leider nein, Jakob. Deine Widersacher haben, ohne sich selbst mit Dreck zu beschmieren, einer mächtigen Etage diverse Informationen über illegale Aktivitäten zugespielt, die sich außerhalb des erlaubten Reinraums abspielten und derzeit abspielen." „Robert und die kleine, dicke Karin. Jetzt wird mir alles klar."

Innerhalb von Sekunden verliert das schockierte Gesicht seine authentische Mimik und verwandelt sich in eine tragische Maske aus schneeweißem Gips. Anschließend raufen sich zwei agile Hände das volle Haar, bevor sie zu Fäusten geballt auf der Tischoberfläche einschlagen.

„Ich bin ruiniert! Verdammte Scheiße, ich bin ruiniert!" „Jakob bitte, was sollen denn die Leute um uns herum denken." „Die Leute sind mir scheißegal, denn die Leute können mich mal. Hier kann ich mich nicht blamieren. Ich brauche jetzt dringend was zum Runterspülen." „Ich muss Dir recht geben, Deine Wahl mit der Autobahn war im Nachhinein eine gute Entscheidung." „Jetzt ruft dieser Idiot schon wieder an." „Welcher Idiot?" „Den ich seit einer Stunde wegdrücke."

Wutentbrannt nimmt Jakob sein mobiles Telefon in die Hand, während die attraktive Überbringerin schlechter Nachrichten peinlich berührt und sichtlich konsterniert dem kurzen Gespräch aufmerksam zuhört.

„Johansson. Ja, der bin ich. Und wer bitte sind Sie? Entschuldigen Sie bitte, ich hatte Sie akustisch nicht verstanden. Ja, richtig. Das ist ja furchtbar. Ja, verstanden. Ich bin in einer Stunde da. Auf Wiederhören." „Wer war denn das?" „Der freundliche Chefarzt einer Klinik. Sie haben meine Frau nach einem Selbstmordversuch eingeliefert. Sie schwebt in akuter Lebensgefahr. Ich muss los." „Bitte warte, ich komme selbstverständlich mit und begleite Dich."

Die greifbare Angst vor einer persönlichen Niederlage ist gespickt mit der Furcht vor einem materialistischen Albtraum und lässt seinen Gedanken weder Zeit noch Raum für das Schicksal einer kranken Frau. Lediglich eine leichte Neugierde auf die zu erwartende Tatsache und die Hoffnung auf ein baldiges Ende seiner Ehe schenkt ihm kurzfristig eine geistige Ablenkung, die er dankend annimmt, bevor er auf dem direkten Weg seinem Ziel entgegenfährt. „Soll ich Dich begleiten?" „Nein, auf gar keinen Fall. Du wartest hier gemütlich in Deinem Wagen. Ich regele das alleine."

Sachlich abgestimmt und in einer guten Verfassung stellt sich seiner Verantwortung. „Herr Johansson, guten Tag. Ich bin Dr. Grevenloch, der behandelnde Arzt. Mein Beileid, wir konnten leider nichts mehr für Ihre Frau tun." „Wie darf ich das verstehen, Herr Doktor Grevenloch?" „Ihre Frau ist ihren suizidalen Handlungen vor einer halben Stunde erlegen." „Das ist ja furchtbar. Was ist denn passiert?" „Bitte kommen Sie mit mir, Herr Johansson."

Ohne steigenden Blutdruck und mit einer geschmeidigen Muskulatur folgt er dem Arzt über den kalten Krankenhausflur bis in die ansprechenden Diensträume eines Chefarztes.

„Bitte setzten Sie sich, Herr Johansson."

Eine dankende Gestik folgt der freundlichen Aufforderung, der Jakob ruhig und besonnen nachkommt.

„Ihre Frau hat sich mit einer Überdosis Tabletten vergiftet und die Pulsadern aufgeschnitten. Die Haushälterin hat sie gefunden und umgehend den Notarzt verständigt. Leider waren die suizidalen Handlungen zu schwerwiegend, sodass für ihre Frau jegliche Hilfe zu spät kam." „Hat meine Frau einen Abschiedsbrief hinterlassen?" „Ja, laut dem Notarzt hat sie ihn in der Hand gehalten. Möchten Sie ihn lesen?" „Vielleicht später, Herr Doktor Grevenloch." „Sie sollten noch wissen, dass sich Ihre Frau kurz vor der Tat mehrere Zehen abgetrennt hat." „Wie bitte, sie hat sich verstümmelt?" „Ja, eine ungewöhnliche Verhaltensweise psychisch kranker Patienten, die anschließend mit ihren suizidalen Handlungen bewusst ein latentes Ende herbeiführen möchten. Ich begleite Sie jetzt zu Ihrer Frau." „Nein!"

Sofort besinnt sich seine Stimme wieder und kniet sich akustisch artig nieder. „Bitte entschuldigen Sie, Herr Dr. Grevenloch, aber ich denke, Sie werden Verständnis dafür haben, dass ich jetzt

außerhalb dieser Räumlichkeiten Zeit für mich alleine brauche."
„Das kann ich nachvollziehen. Ihnen steht natürlich geschultes Personal zur Verfügung, das in Krisensituationen unterstützt. Sollten Sie psychologischen Beistand wünschen, würde ich für Sie umgehend einen Kollegen einschalten." „Vielen Dank, aber mein Bedarf an Therapiegesprächen ist bis auf Weiteres gedeckt. Ich werde die organisatorischen Maßnahmen sofort einleiten. Vielen Dank für Ihre Bemühungen, Herr Doktor Grevenloch. Auf Wiedersehen."

Mit einem zügigen Schritt verlässt Jakob das Klinikgebäude in Richtung parkende Fahrzeuge und nimmt neben seiner graziösen Begleitung Platz.

„Was ist passiert, Jakob?" „Eine suizidale Handlung mit latentem Ende." Völlig entspannt legt Jakob seinen Kopf locker in die rechte Hand und übt sich in überzeugendem Gleichmut. „Wie bitte? Deine Frau ist tot?" „Ja, sie ist tot und ich bin seit einer Stunde Witwer." „Jakob, mein aufrichtiges Beileid. Das tut mir wirklich leid."

Die sanften Worte sind umhüllt von einer ehrlichen Betroffenheit, die vor Jakob respektvoll salutiert.

„Das muss Dir nicht leidtun." „Ist Dir bewusst, dass Du ein freier Mann bist?" „Ja, mir ist bewusst, dass ich frei und ruiniert bin." Ein nachdenklicher Moment zieht langsam an ihm vorbei und entwickelt sich sekundenschnell zu einem Weitblick ohne Grenzen, der seinen persönlichen Standpunkt akustisch eindeutig kundgibt und in der Öffentlichkeit gut sichtbar platziert.

„Frei ja, aber noch lange nicht ruiniert." „Dein sorgenfreier Optimismus ist wirklich beneidenswert."

Ein ironisches Lachen kommentiert die ernsthafte These und ignoriert unbewusst einen geistigen Entwurf, der sofort in ein durchdachtes Vorhaben umstrukturiert wird.

„Ich habe einen Plan, der Dich vor Deinem Untergang retten kann und retten wird." „Und der wäre?" „Meine Macht beginnt genau an der Stelle, wo die Macht Deiner skrupellosen Intriganten vor einer niedergelassenen Schranke endet." „Das heißt im Klartext, Frau van Spielbeek?" „Das ich Dich heiraten werde, Herr Johansson. Und zwar schnellstmöglich."

Reflexartig schellt sein Kopf zur Seite und konfrontiert die ener-
giegeladene Luft mit einer perplexen Mimik, die in seinem unru-
higen Gesicht rebelliert und gleichzeitig tobt.
„Du bist vollkommen verrückt geworden." „Ja, vielleicht bin ich
verrückt. Vielleicht sehe ich aber in der vornehmen Welt einer
modernen Piraterie ein großes Potenzial zweier Seelen gleicher
Philosophie. Möchtest Du auch noch zukünftig als authentischer
Held auf dem Sockel einer kapitalistischen Macht stehen, bleibt
Dir keine andere Wahl, als meinen Antrag anzunehmen."
„Ich kann Dich nicht heiraten. Nicht unter diesen abgebrühten
Bedingungen." „Aha. Und unter welchen Bedingungen heiratet
ein Herr Johansson, den bis gestern Romantik und wahre Liebe
weder berührt noch interessiert haben?" „Ich möchte diese Frage
hier und jetzt mit Dir nicht thematisieren." „Also hast Du doch
mehr als nur drei Tage entspannt im Bett verbracht. Das hätte
ich mir auch denken können." „Nein! Ja!" „Ja was denn jetzt?"
„Verdammt, ich weiß es nicht." „Allerdings weiß ich, dass Deine
kleine Meerjungfrau nicht in der Lage ist und jemals sein wird,
Dir Dein knackiges Hinterteil zu retten. Wann kann ich mit Deiner
Entscheidung rechnen?"
Ein tiefer Atemzug folgt auf den bittersüßen Unfug und verbrüdert sich mit einem fassungslosen Blick, der den weiblichen
Bräutigam bewusst ignoriert.
„Nach Ablauf einer preußischen Nacht." „Gut, ich erwarte Dich
persönlich morgenfrüh um acht, ausgeschlafen und frisch ra-
siert."

Die milde Mitternachtsluft verströmt einen feinwürzigen Duft und
erzählt vom Glück erfüllter Sommertage, die einem goldenen
Herbst ihren Staffelstab vertrauensvoll übergeben. Transparente
Wolkenbilder tanzen um einen hellen Mond und animieren ihn zu
einem faszinierenden Licht- und Schattenspiel, das seine sinn-
bildliche Aufgabe mit einer gewissen Ironie erfüllt. Ein nachdenklicher Mann schaut sich von seiner Terrasse aus die großartige
Vorführung an, ohne dass er das atemberaubende Spektakel
wirklich sehen kann, das schamlos um seine Aufmerksamkeit
buhlt. Gedanklich befindet sich Jakob in einem wichtigen Ent-

scheidungsprozess, der ihm letztendlich keine Wahl, sondern nur die Möglichkeit lässt, sich seiner von delikatem Gelee umhüllten Lebensart konsequent unterzuordnen.

„Ich bin überrascht, Du erscheinst erfrischend wach und das eine Minute vor acht." „Es dürfte Dir eigentlich nicht entgangen sein, dass ich zeitlebens meine Kraft und Energie in der frühen Phase eines Tages suche und finde."
Mit dem Erfolgsgeheimnis eines Rockstars betritt Jakob die stilvolle Tribüne exklusiver Antiquitäten und wertvoller Kunstschätze, die sich mit Accessoires aus feinem Holz in zarten Tönen ein Bilderbuchmerkmal setzt."
„Du erlaubst, dass ich mich setzte, denn nur dem Antragsteller gebührt es bekanntlich niederzuknien." „Mein Rock ist leider zu eng für derartige Verrenkungen. Was darf ich Dir anbieten, mein Lieber?" „Zwei Gläser Champagner, meine Liebe." „Sehr gerne."
Unter ihrem triumphalen Lachen füllen sich zwei stilvolle Gläser aus zartem Kristall, die vor Glück ungeniert überschäumen.
„Bitte, ich bin gespannt." „Ja, ich will. Das ist doch genau das, was Du hören wolltest." „Falsch. Das ist das, womit ich gerechnet habe. Und nicht damit, dass ein Jakob Johansson für den Rest seines Lebens Krabben pulen möchte. Ist es nicht wundervoll, wenn zwei fantastische Menschen das gemeinsame Glück ergreifen und somit ihren beispiellosen Erfolg krönen. Zum Wohl."
Die makellosen Beine sind von zarten Nylonstrümpfen umhüllt und das elegante Kostüm ist mit perfekten Proportionen gefüllt. Der dunkle Anzug komplettiert das attraktive Bild, das an Ausstrahlung nicht mehr zu übertreffen ist. Ein unfassbar schönes Paar.
„Der sentimentale Untertitel Deiner feierlichen Ansprache möge denjenigen in gefühlvolle Schwingungen versetzen, der ihn lesen kann und lesen will. Mich interessiert lediglich unser geschäftlicher Pakt unerfüllter Romantik. Bitte, wie geht es jetzt weiter?" „Ich habe heute eine vielversprechende Verabredung zum Lunch." „Das freut mich für Dich." „Das sollte in erster Linie Dich freuen." „Entschuldige bitte, aber ich habe weder Zeit noch Lust,

Dich zu begleiten." „Was bewegt Dich zu der Annahme, ich würde dem Henker das Corpus Delicti als Vorsuppe servieren? Ein kluger Schachzug führt letztendlich erst zu einem fabelhaften Sieg, wenn Blindheit den Gegner regiert. Das heißt, keine gemeinsamen Auftritte für uns in den nächsten Wochen." „Das ist ja wunderbar, dann kann ich mich ja getrost meiner Arbeit zuwenden." „Du wendest Dich ab sofort niemanden mehr zu, mit Ausnahme eines Bestattungsunternehmens für die Durchführung einer standesgemäßen Beisetzung unter Ausschluss der Öffentlichkeit und in aller Stille. Danach wird sich der glückliche Witwer geräuschlos in den dunklen Untergrund abseilen, bis ich ihm mitteile, dass er die gesäuberte Oberfläche wieder gefahrlos betreten kann. Ich habe Dich übrigens bereits gestern innerhalb Deiner geschäftlichen Räume entschuldigen lassen." „Moment, Du hast bitte was? Das ist ja schon." „Unverschämt und anmaßend? So würde ich das nicht nennen." „Sondern?" „Ich habe dem Ketzer auf dem Scheiterhaufen die Freiheit geschenkt, noch bevor dieser lichterloh verbrennt." „Vielen Dank. Darf ich überhaupt noch etwas ohne Deine vorherige Anweisung?" „Ja, mein Liebling." „Und das wäre mein Schatz?" „Mir einen Verlobungsring kaufen. Und zwar penetrant auffällig und sündhaft teuer."

Bereits nach wenigen Wochen endet für den ungekrönten König der Aufenthalt im Exil, der seinen zurückeroberte Thron und das erreichte Ziel gebührend feiert.
„Mein lieber Jakob, ein wirklich ausgesprochen schönes Stück." Zwei funkelnde Augen betrachten ein ebenso funkelndes Exemplar von kapitaler Größe und Gewicht und sorgen dafür, dass Jakob seinen stolzen Raumspaziergang für einen Moment unterbricht und bewusst die Distanz zu seiner anziehenden Lebensretterin reduziert, sodass seine Brust sanft ihren Rücken berührt und sie seinen Mund an ihrem Ohr spürt. Zärtlich umfassen seine Hände ihre Arme und seine Nase genießt den dezenten Duft ihrer traumhaften Haare, die das attraktive Gesamtbild perfektionieren. „Und ausgesprochen teuer. Aber nicht zu teuer für eine Frau, die mit Klugheit und Macht dafür gesorgt hat, dass

ein dankbarer Bräutigam sich in den mächtigen Gemächern wieder uneingeschränkt bewegen kann."

Charmant entzieht sie sich seiner gefühlvollen Annäherung und provoziert somit eine leichte Abkühlung der erregten Stimmung, die in Verbindung mit gedämpftem Licht den privaten Barbereich mit einer erotischen Note flutet.

„Setz Dich bitte hin, Dein Bewegungsdrang macht mich nervös."

„Nur mein Bewegungsdrang? Aber gut, ich möchte Deine Nerven unter der zarten Haut nicht länger negativ reizen."

Mit einer selbstbewussten Körpersprache folgt Jakob der Aufforderung und schenkt seiner schönen Partnerin einen verliebten Blick, der den eisgekühlten Champagner auf die Temperatur eines Glühweins bringt.

„Besser so?" „Wie darf ich Deine Aussage verstehen?" „Ich hoffe, durch meinen körperlichen Abstand ist Deine positive Nervosität besser kontrollierbar." Augenblicklich bewegen sich die schlanken Körperglieder synchron und demonstrieren anschließend eine gefesselte Position, die auch ohne Seil für Eindruck sorgt. „Entschuldige bitte, dass ich Lachen muss, aber Dein Selbstbewusstsein glaubt nach wie vor, dass Du einem unschätzbaren Marktwert unterliegst." „Jedenfalls scheinst Du nach wie vor, von meiner schillernden Persönlichkeit beeindruckt zu sein, und zwar genauso, wie ich alles an Dir beeindruckend finde. Du kannst Deinen Körper übrigens wieder gefahrlos öffnen, ich bleibe anständig sitzen, ohne Dich zu bedrängen."

Die durchtrainierten Beine stehen weit auseinander und die Arme sind hinter seinem Kopf verschränkt, der sich zusammen mit seinem stahlharten Oberkörper entspannt zurückgelehnt. Perfekt einstudiert, lässt Jakob seine Muskeln spielen und hofft auf eine aphrodisierende Wirkung bei seiner heimlichen Traumfrau, die auch umgehend einsetzt.

„Nun ja, es wäre auch furchtbar traurig, Dir gegenüber verschlossen zu sein."

Gekonnt demonstriert der wohlproportionierte Frauenkörper auf dem toleranten Barhocker eine aufreizende Pose und sorgt damit erneut für eine spürbare Energie in seiner Hose, deren Bereich unterhalb der Gürtellinie bereits sichtlich in Flammen steht.

110

„Dabei würde es mich interessieren, wer von uns beide in den letzten Wochen eine nervliche Immunität genießen durfte und bis heute darüber verfügt." „Und wenn ich Dir sage, ich würde es mehr als genießen, Dir in diesem Punkt spürbar unterlegen zu sein?" Auffällig spielen die farbenfrohen Fingernägel mit dem außergewöhnlichen Prachtstück an der rechten Hand. „Hast Du eigentlich daran gezweifelt, dass es mir gelingen wird, Dich vor dem Schafott zu retten?" „Niemals mein Schatz, ansonsten hätte ich den wertvollen Ring nicht schon vor vier Wochen gekauft." „Wobei die Übergabe allerdings erst vor vier Minuten erfolgte, Liebling." „Ein Scharfsinn, der einen schmerzhaft durchdringt und mit seinem Intellekt den eigenen Verstand, demütigt zu Boden zwingt. Immerhin erfolgte die Lieferung noch rechtzeitig." „Rechtzeitig wofür?" „Als unverzichtbares Requisit für ein glanzvolles Ereignis mit rechtlicher Wirkung, dass Deine erfolgreichen Verhandlungen auch in letzter Instanz beglaubigen wird." Ein magischer Blick, fängt Jakob ein und lässt ihm keine Möglichkeit, dem Zauber zu entfliehen, den eine zauberhafte Ausstrahlung versprüht. „Dein Pragmatismus versetzt mich immer wieder in Erstaunen." „Pragmatismus, dem ich mit folgender Tat eine für uns beide vertretbare Romantik verleihen werde."
Feierlich erhebt sich Jakob und kniet anmutig vor seiner rationellen Liebe nieder, die ihre Verblüffung perfekt verschleiert und auf seine Spontanität mit einer spielerischen Dominanz reagiert. „Willst Du meine Frau werden?" „Du bist Dir der emotionalen Steigerung bewusst, die sich auf Deinen geübten Kniefall vor meine Augen zurückführen lässt?" Ein leidenschaftlicher Kuss beantwortet die ernst gemeinte Frage und würzt die prickelnde Situation mit einem gehaltvollen Maß wahrer Liebe.

„Er hat es mal wieder geschafft, unser alter
Freund Jakob Johansson." „Er stürzt ab, er fällt und fällt, und noch bevor er am Boden zerschellt, rettet ihn die begehrteste Witwe der Hamburger Elite." „Ja, unser Stoß war eindeutig zu schwach, um mit der Macht einer Sybille van Spielbeek konkurrieren zu können."

Die drei Herren am runden Tisch betrachten das renommierte Tageblatt und resümieren über ihr fehlgeschlagenes Schachmatt, das sich für tiefe Falten auf der jeweiligen Stirn zu verantworten hat.

„Eine Annonce in dieser Größenordnung ist selbst für diese gesellschaftliche Klasse außergewöhnlich." „Sie suggeriert dem Leser und der ganzen Welt, es sei die große Liebe und ist dabei nur ein kluges Geschäftsmodell mit dem bitteren Beigeschmack einer Lüge." „Moment meine Herren, vollkommen steril wurde auch dieses Geschäft nicht besiegelt. Seit Jahren haben die beiden eine leidenschaftliche Affäre und ich könnte mir sogar vorstellen, dass beide glauben, für einander bestimmt zu sein. Lediglich der Zeitpunkt der Legalisierung erweckt den Anschein, die Verbindung könnte rein geschäftlicher Natur sein." „Es spricht mal wieder der hoffnungslose Romantiker unter uns. Mir fallen nur zwei Worte ein, die sein Vorgehen am besten beschreiben, skrupellos und abgebrüht. Allerdings möchte ich diesem Mann meine Achtung nicht vorenthalten. Mit dieser Tat hat er uns gezeigt, dass ein Jakob Johansson unsterblich zu sein scheint." „Wir sollten aufhören, über Irrelevantes zu philosophieren. Viel wichtiger ist, wie wir uns ihm gegenüber zukünftig präsentieren. Es sollte euch bewusst sein, dass er jetzt die Macht für eine bittere Revanche hat. Ein Jakob Johansson weiß genau, wer versucht hat, ihn auszuschalten." „Das steht außer Frage, da sind wir uns einig." Die begründete Angst vor einem Vergeltungsschlag beschäftigt das aufgewühlte Männertrio und zwingt gleichzeitig das sinkende Schiff zu einer drastischen Kursänderung. „Wir können und sollten unser gemeinsames Überreagieren nicht länger tolerieren und den Kontakt zu ihm suchen. Nur so können wir wieder ein respektvolles Verhältnis zu ihm aufbauen." „So sehe ich das auch. Sind wir doch ehrlich, auf unserem Segeltörn standen wir alle unter erheblichen Alkoholeinfluss, der unseren Geist derartig benebelt hat, dass wir nicht mehr zwischen Realität und Einbildung unterscheiden konnten und auch im Nachhinein nicht können." „Richtig, ich kann mich nicht daran erinnern, dass einem stilvollen Mann wie Jakob jemals eine körperliche und geistige Entgleisung widerfahren ist." „Magnus?"

112

Trotz eines inneren Widerstands begeht der wasserstoffblonde Rebell gegenüber den eigenen Prinzipien Hochverrat und versucht sein verunsichertes Gewissen mit einer schamlosen Lüge zu beruhigen. „Die Wahrheit ist nicht nur schmerzlich, sondern auch mir zu gefährlich. Glücklicherweise sind meine Erinnerungen mittlerweile vollständig verblasst und alte Wunden vollständig verheilt."

„Und Liebling, wo verbringen wir unsere Flitterwochen?" „Diese Entscheidung überlasse ich ganz alleine Dir. Mein Kopf dient mir für wichtigere Dinge."
Ein geschmackvolles Negligé in einem feurigen Rot aalt sich entspannt auf einer klassischen Ottomane und regt die Fantasie eines leidenschaftlichen Betrachters an, der anschließend mit traumhaften Dimensionen zu kämpfen hat. Die reizvolle Bescherung wirkt auf Jakob allerdings gänzlich uninteressant, dessen Gedanken um einen gnadenlosen Vergeltungsakt kreisen und nicht um Fleisch und Blut als Präsent verpackt.
„Dein Kopf beschäftigt sich nur noch mit einem vernichtenden Rachefeldzug und mit Deiner Rolle als Edmond Dantès der Moderne. Liebling, bitte lass die drei kleinen Trickbetrüger laufen."
„Ich begnadige keinen, der versucht hat, mich finanziell zu vernichten. Glaube mir, jeden Einzelnen von ihnen werde ich systematisch ausradieren. Wenn ich an den Aufwand denke, den ich betreiben musste, um das Schlachtfeld als Sieger zu verlassen. Alleine dafür gebührt diesen Amateuren die Todesstrafe."
Nach Vorlage eines aggressiven Verhaltensmusters fallen die Eiswürfel in das schwere Bleikristallglas und begrüßen den breiten Strahl der goldbraunen Flüssigkeit mit einem geräuschvollen Knacken. In der Zwischenzeit ist die greifbare Erotik hinter Jakobs Rücken für den Rückzug bereit und überlässt das Feld einer beleidigten Eitelkeit, die sich dazu hinreißen lässt, ihr Gift auf die vornehme Art zu versprühen.
„Wie verroht ist ein Mann, der einer negativen Geschichte nichts Positives abverlangen kann. Es enttäuscht mich, dass Du in unserem genialen Streich nicht eine wundervolle Fügung sehen willst." „Ich darf also davon ausgehen, dass sich Dein sinnreicher

Spruch ausschließlich auf Mann bezieht und Du in dem ehelichen Mittel zum Zweck die Erfüllung Deiner zwischenmenschlichen Bedürfnisse siehst?" Mit einer beneidenswerten Perfektion spielt Jakob eine über alle erhabene Person, die in ihrer Arroganz ein wirksames Heilmittel sieht. „Ich gehe mich anziehen." „Eine weise Entscheidung, Schätzchen. Denn es wäre wirklich schade, sollte Dich in Deinen Flitterwochen eine Erkältung plagen."

Innerhalb einer kurzen Zeit ist Jakobs Dominanz bereit, sich mit der Rolle als Mann von Sybille van Spielbeek zu revanchieren. Durch die geschenkte Macht ist er fortan der Sieger jeder geschäftlichen Schlacht, die seine Handlungen mit einem bravourösen Erfolg krönen. Sein funktionelles Wunderweib genießt an seiner Seite das extravagante Spiel und beflügelt mit ihrer Nonchalance seinen imperatorischen Stil, der ihre verborgene Sehnsucht nach einer dosierten Unterwürfigkeit stillt.

„Guten Tag Herr Johansson, Ihre Frau wartet bereits in Ihrem Büro. Sie sind aber auch wirklich spät dran. Wollten sie nicht schon vor drei Stunden eintreffen?"
Schlagartig unterbricht Jakob seinen Eilschritt inmitten zweier Türen und überschüttet sein Begrüßungskomitee augenblicklich mit seiner Missachtung.
„Jeden gottverdammten Tag frage ich mich, warum ich Sie noch nicht gefeuert habe, Karen." „Entschuldigung Herr Johansson." Sündig neigt sich der Kopf mit dem kinnlangen Haar nach unten und wartet gehorsam auf eine Sanktion, deren psychische Nachwehen grundsätzlich mit einem Riegel Vollmilchschokolade behandelt werden.
„Aber wahrscheinlich fehlt mir einfach die Zeit für diese befreiende Aktion."
Genervt betritt Jakob sein geschäftliches Reich mit privater Atmosphäre und erfährt durch sein besetztes Heiligtum eine weitere Provokation, der umgehend ein Vergeltungsschlag widerfährt.
„Da bist Du ja endlich. Ich warte schon auf Dich." „Jedenfalls musstest Du nicht im Stehen warten, sondern scheinst an meinem Schreibtisch äußerst gut zu sitzen. Aufstehen, sofort."

Demonstrativ stellt er seinen noblen Lederkoffer auf die edle Mahagoni-Platte und fordert den sofortigen Rückzug der sitzenden Ratte, die ihre geschmeidigen Vorzüge vor Jakobs Augen besonders gut zur Geltung bringt.

„Ich darf Dich daran erinnern, dass es sich hierbei um ein Erbstück meines Mannes handelt." „Richtig, ein Erbstück Deines verstorbenen Mannes, dass ich geerbt habe und nicht Du. Also bitte, erhebe Deinen wunderschönen Hintern, damit sich dieser wichtigeren Aufgaben widmen kann." „Die da wären?" „Sich lasziv durch mein Blickfeld zu bewegen und sich dabei herausfordernd zu präsentieren. Danke."

Zögerlich erhebt sich seine pikierte Angetraute und benutzt für ihren einfachen Auftrag den selbst ernannten Laufsteg vor dem geerbten Streitobjekt, dass mit jedem Schritt ihre langen Fingernägel spürt, die für ein kratzendes Geräusch verantwortlich sind.

„Strapaziere mit Deinen roten Krallen bitte nicht die Oberfläche von diesem Tisch. Es reicht völlig aus, wenn mein Rücken regelmäßig in Mitleidenschaft gezogen wird." „Du bist mir noch eine Erklärung schuldig, mein Liebling." „Ich bin Dir eine Erklärung schuldig? Klingt sehr interessant. Darf ich fragen, was ich einer Frau wir Dir noch erklären darf?"

Gemütlich lehnt sich Jakob in seinem gepolsterten Schreibtischsessel zurück, verschränkt seine Arme vor der Brust und verdrängt für einen Moment den angestauten Frust, auf den ein ehrliches Interesse folgt.

„Bitte mein Schatz, was möchtest Du wissen?" „Wo Du die letzten drei Stunden gewesen bist." „Was soll die Frage? Das ist ja unglaublich." „Was ist daran unglaublich, wenn es mich interessiert, warum Du drei Stunden zu spät eintriffst?"

Energisch verlässt sein Oberkörper die bequeme Stellung und beugt sich angriffslustig nach vorne, bevor er zu einer verbalen Verteidigung übergeht. „Mein Flieger hatte Verspätung, Schätzchen." „Besitzt Du etwa kein Telefon?" „Ich besitze sogar ein mobiles Telefon, allerdings mit leerem Akku. Es steht Dir frei, mir Glauben zu schenken oder meine Aussage zu überprüfen. Bitte, die Flugnummer. Telefon und Internet sollten Dir vertraut sein."

Selbstsicher ziehen seine Finger aus der Hemdtasche ein abge-

griffenes Stück Papier und werfen es dem hartnäckigen Staats-
anwalt gelassen vor die Füße.

„Liebling, natürlich glaube ich Dir." „Was bezweckst Du dann mit
dieser lächerlichen Diskussion?" „Gönn mir doch das reizvolle
Gefühl der Eifersucht, dass Dir Deine unwiderstehliche Männlichkeit bestätigt und Dich anschließend dank neuer Impulse mit
fantasievollen Überraschungen entschädigt."

Geschmeidig bewegt sich die zahme Wildkatze auf ihn zu und
verwandelt die nüchterne Stimmung umgehend in ein prickelndes Rendezvous.

„Es macht mich glücklich, Dich wieder ganz entspannt Sitzen zu
sehen." „Der Eindruck täuscht. Wie bitte soll ich mich entspannen, wenn Du hinter mir stehst." „Schön, dass Du es nicht vergessen hast, dass wir heute Abend eine Gesellschaft mit hochkarätigen Gästen haben." „Und schön, dass ich mit Dir einen
Menschen an meiner Seite habe, der mich an alles erinnert.
Auch an Dinge und Tatsachen, die ich nicht wissen kann, da sie
mir absichtlich nie mitgeteilt wurden. Vielleicht würdest Du mir
bitte vorher noch Deine Definition von hochkarätig erklären."
Leicht über ihn gebeugt, fährt eine zarte Hand mit ihren gefährlichen Krallen, von seiner Brust abwärts bis zur Gürtelschnalle,
öffnet mit viel Geschick den Verschluss und erkundigt sich anschließend in der feinen Hose nach dem aktuellen Status. „Äußerst wichtige Personen, die Dir helfen werden, Deine Profitgier
zu stillen." „Nur meine Gier nach Profit?" „Ich weiß ja nicht, wie
schnell Du nachlädst, ansonsten könnte ich was arrangieren."
Noch bevor sich ihre Lippen berühren, sieht Jakob die blonde
Verführung vielsagend an und trifft eine klare Aussage: „Meine
Augen haben Lust auf vieles, aber nicht auf die Bekanntschaft
mit Deiner schärfsten Waffe. Schließ die Tür ab."

Die weiße Villa im neoklassizistischen Stil ist von gepflegtem
Grün in den verschiedensten Variationen umgeben und würde
sich selbst als architektonische Schönheit beschreiben, die
gleichzeitig ein magischer Anziehungspunkt ist. Ein fantastisches
Lichtermeer unter freiem Himmel heißt seine Gäste bereits vor
dem repräsentativen Eingang herzlich willkommen und gilt als

symbolischen Wegweiser in eine surreale Welt, die ihre begehrten Eintrittskarten ausschließlich an einen standesgemäßen Reichtum in Begleitung goldener Beziehungen verschenkt. Das glamouröse Gastgeberpaar lässt sich vor einer strahlenden Fassade mit menschlichen Zügen feiern, die den roten Teppich für zwei umjubelte Superstars ausrollt, die mit ihrem schauspielerischen Talent jede Seifenoper niveauvoll aufwerten würden.

„Herr von Stielenburg, ich grüße Sie. Sie können es sich nicht vorstellen, wie es mich freut, dass Sie der Einladung noch zeitlich Folge leisten konnten." „Meine liebe Frau van Spielbeek, Sie dürfen mir glauben, dass ich jeder Einladung von Ihnen Folge leisten werde, auch wenn mein Terminkalender versucht, mich vom Gegenteil zu überzeugen. Ich genieße es jedes Mal außerordentlich, Gast in Ihrem Hause sein zu dürfen." „Ich danke Ihnen für dieses charmante Kompliment, Herr von Stielenburg. Ein Begrüßungscocktail wartet bereits auf Sie." Professionell empfängt die berühmte Hausherrin Ihresgleichen und setzt sich gleichzeitig vor den Augen ihren zahlreichen Gäste bravourös in Szene. „Sybille Schatz. Du siehst ja umwerfend aus." „Vielen Dank, wie schön euch zu sehen." „Ich muss meiner Frau recht geben, Dein Eheleben lässt Dich vollkommen aufblühen." „Charmanter hätte ich mich nicht ausdrücken können. Dabei war mir allerdings bis eben nicht bewusst, dass ich vorher nur eine Knospe war." „Bitte schenk dem unqualifizierten Gerede von meinem Mann keinerlei Beachtung." „Sorry, aber die Betonung lag auf vollkommen. Apropos Eheleben, wo finde ich denn Dein Mann? Ich hätte einiges mit ihm zu bereden." „Das ist eine berechtigte Frage. Bitte holt euch doch einfach etwas Nettes zu trinken und mischt euch unter die Gäste, ihr werdet ihn dann schon sehen und finden. Ihr entschuldigt mich. Guten Abend Herr und Frau Ahlenshorp, die Blumen sind ja ganz zauberhaft herzlichen Dank."

Ein Meisterwerk der Innenarchitektur orientiert sich an der Lehre einer neuzeitlichen Kallistik und bietet seinem gehobenen Publikum eine sagenhafte Kulisse, die eine besondere Laune versprüht und sich positiv auf den Gemützustand des angeheiratete Hausherrn auswirkt, der sich mit Hingabe seinem geschäftlichen Interesse widmet.

„Und Liebling, habe ich Dir zu viel versprochen?" „Nicht in Bezug auf Deine hochkarätigen Gäste." „Du lässt wirklich keine Gelegenheit aus, mir mit einem Kaktus die Hand zu schütteln."

Liebevoll legt Jakob seinen Arm um eine festlich gekleidete Wespentaille und drückt sie zärtlich an seine linke Seite, bevor er ihren Stachel in süße Schokolade taucht.

„Ich bin ein vom Glück gesegneter Mann, weil ich nicht nur mit der schönsten Frau der Welt verheiratet bin, sondern mit einem wundervollen und intelligenten Wesen beschenkt wurde, dass mein Leben jeden Tag maßlos bereichert."

Prompt aber durchaus diskret, wird Jakobs liebevollen Griff gelöst, um sich nachfolgend von seiner körperlichen Nähe etwas zu distanzieren.

„Du solltest auf erfrischendes Mineralwasser umsteigen." „Ich kann Dich beruhigen, noch bin ich völlig nüchtern. Du solltest Dich einfach nur langsam daran gewöhnen, dass ich Dich." „Du mich magst? Das glaube ich Dir sogar. Gewöhnen sollte ich mich allerdings langsam an Deine unkonventionelle Art, Tatsachen völlig nüchtern zu betrachten."

Empört über die Fehldeutung seiner ehrlichen Liebeserklärung beschäftigt sich Jakob zur Ablenkung mit seinem gefüllten Cocktailglas, bis ihn die leichte Wut in der Magengegend endlich zu einem kräftigen Schluck überredet. Den Vortritt erhält jedoch die Olive am Spieß, die fein zerkleinert zwischen Zunge und Gaumen wiedererscheint und sich anschließend mit dem vollmundigen Wermut vereint.

„Johansson, ich grüße Sie. Dass wir uns so schnell wiedersehen, damit hätte sogar ich nicht gerechnet."

Bedingt durch die Sichtung einer ernst zu nehmenden Bedrohung landet das gehaltvolle Material vor Schreck in der falschen Röhre und löst einen heftigen Hustenreflex aus, der Jakob zu einer explosionsartigen Ausatmung der Fremdkörper zwingt. „Moment Johansson, ich helfe Ihnen."

Der medizinische Notfall wird von dem hilfsbereiten Sanitäter rechtzeitig erkannt, der postwendend eine lebensrettende So-

fortmaßnahme einleitet und anschließend den nach vorne gebeugten Oberkörper mit leichten Schlägen auf den Rücken behandelt. „Sie entschuldigen uns bitte."

Energisch entzieht sich Jakob der fürsorglichen Behandlung und
greift spontan nach dem Arm seiner Frau, mit der er anschließend durch den vollen Saal in die oberen Etagen der zimmerrei-
chen Palastanlage flieht.

„Was ist denn mit Dir los?" „Halt die Klappe und komm einfach
nur mit."

Außer Atem und leicht erregt betreten beide kurze Zeit später
abschließbare Räumlichkeiten, in denen man sich völlig ungestört fühlen darf.

„Kannst Du mir bitte erklären, was mit Dir los ist?" „Nein, weil Du
mir hier und jetzt erklären wirst, was dieses ausgewachsene
Arschloch in unserem Haus zu suchen hat." „Wie redest Du
denn?" „Ich rede so, dass mich jeder versteht. Also mein Fräu-
lein, mach den Mund auf." Noch immer fassungslos wirkend,
entledigt sich Jakob seinem glitzernden Jackett und stemmt seine Hände dominant in die Hüften, während er wie ein ange-
schossenes Tier durch das Zimmer rennt.

„Wen bitte meinst Du denn, verdammt? Und unterlass diesen
ungemütlichen Wanderschritt. Du machst mich nervös." „Ich
meine diesen gemeingefährlichen Seelenfänger, der seine zwei
Meter Lebensgröße in einen billigen Anzug von der Stange gezwängt hat und mit einen Longdrink in der Hand, der genauso
lächerlich aussieht wie seine schmückende Fliege am Hals, in
unseren Räumlichkeiten schmierige Konversation betreibt."
„Doktor Brencken." „Genau diesen Mann meine ich. Wer hat
diesen Wahnsinnigen eingeladen?" „Ich, auf Empfehlung von
einer Bekannten." „Was heißt auf Empfehlung?" „Würdest Du
bitte Deiner inquisitorischen Befragung ein wenig Einhalt gebieten." „Deinem Wunsch werde ich dann nachkommen, wenn Du
endlich anfängst, flüssig zu reden, und aufhörst, mich mit einer
Tropfenden-Wasserhahn-Methode zu reizen." „Angeblich soll
Doktor Brencken eine Koryphäe auf seinem Gebiet sein. Er ist
hoch frequentiert, weil er selbst hoffnungslose Fälle vollständig
therapiert. Du kennst die Spielregeln in unserer Gesellschaft,

nicht das vorhandene Geld öffnet verschlossene Türen, sondern lediglich die exzellenten Beziehungen. Außerdem bin ich immer daran interessiert, wichtige Persönlichkeiten mit meinem einflussreichen Netz erfolgreich zu verknüpfen. Ich darf Dich daran erinnern, dass auch Du schon von meiner Strategie gewinnbringend profitieren konntest." „Einen durchtriebenen Kurpfuscher, der ein Fall für seine eigene Zwangsjacke ist, titulierst Du als wichtige Persönlichkeit. Entschuldigung bitte, aber ich bin fassungslos. Du wirst jetzt bitte runtergehen und den Mann des Hauses verweisen." Wild gestikulierend, versucht Jakob den nährstoffreichen Boden seiner blühenden Wut zu verseuchen und gleichzeitig seine diskussionsfreudige Frau einzuschüchtern, die es rigoros ablehnt, seinen Befehl ordnungsgemäß auszuführen. „Nein Jakob, ausgeschlossen. Ich werde nicht ohne Grund mich dieser Blamage aussetzen." „Darf ich fragen, warum Du Dich zierst? Lass mich raten, Du möchtest seine Dienste selbst in Anspruch nehmen." „Ich brauche keinen Therapeuten, wenn Du das meinst. Ich habe einen liebevollen und mitfühlenden Friseur und lebe im inneren Einklang mit einem zynischen Mann zusammen." „Ich rate Dir eindringlich, Deine scharfe Zunge für heute Abend an die Kette zu legen, Frau van Spielbeek." „Vielleicht könntest Du dafür Deine Engelszunge von der Kette lassen und mich freundlicherweise aufklären, woher Dir dieser Mann bekannt ist, Herr Johansson. Ein Mann von Deinem Format legt sich ja bekanntlich nicht auf eine fremde Couch und philosophiert über sein Leben."

Verlegen spielt Jakob mit seiner kalten Nasenspitze und sucht in einer mit brauchbaren Ausreden überfüllten Schublade nach dem passenden Exemplar, das er Sekunden später freudestrahlend in Händen hält und anschließend seiner neugierigen Zuhörerin als überzeugende Geschichte unter Einfluss einer dramatischen Mine präsentiert.

„Der Mann wollte geschäftlich mit mir eine ganz große Nummer abziehen." „Du mit ihm oder er mit Dir?" „Privatklinik in bester Lage und zu besten Konditionen. Es hätte für beide Seiten der perfekte Deal werden können." „Hätte werden können?" „Die Sache ist durch diesen miesen Amateur geplatzt. Und da das

Geschäft nicht ganz legal war, habe ich mich fast verzockt." Durch einen furiosen Antrieb erreichen zwei Arme aus dem Stand fast die hohe Zimmerdecke, bevor sie ein verwelktes Blatt vor dem Mund entfernen, um der Welt ihr Entrüstung lautstark mitzuteilen: „Du und Deine illegalen Geschäfte. Wie oft habe ich mich schon gefragt, wie es überhaupt sein kann, dass ich Dich noch nie in einer JVA besuchen durfte." „Das habe ich mich bei Deinem verstorbenen Mann auch immer gefragt." „Das ist nicht fair." „Wie bitte? Das ist nicht fair? Jetzt sage ich Dir mal, was unfair ist. Unfair ist, dass dieser Mann mit seinem Heiligenschein von Dir vergöttert wird. Das dieser Mann permanent zwischen uns steht und sich beim Geschlechtsverkehr auch noch zwischen uns legt."

Die verletzen Gefühle, spiegeln sich im rauen Tonfall seiner lauten Stimme wider, die von einem hörbaren Atem begleitet wird und seinen massiven Herzschlag spielend übertönt. „Das stimmt nicht." „Das stimmt nicht, Madame? Also gut, wenn es nicht der Herr aus dem Jenseits ist, wird es wohl ein Irdischer sein, der sich von Dir geliebt fühlen darf." „Hör auf jetzt. Dich interessiert doch überhaupt nicht, wen ich liebe." „Und ob mich das interessiert, mein schönes Kind. Und weißt Du auch warum?" „Nein, woher sollte ich das wissen." „Weil ich es nicht ertragen kann, dass die Frau, die ich über alles liebe, einen anderen Mann liebt." Innerlich aufgewühlt steht Jakob am Fenster und fühlt plötzlich zwei Arme, die sich zärtlich um die Mitte seines Körpers legen und einen Kopf, der sich sanft an seinen Rücken schmiegt. „Weißt Du eigentlich, wie lange ich Dich schon liebe?" „Nein, woher sollte ich das wissen." „Es gibt keinen anderen Mann, es gibt nur Dich und das bereits jahrelang." Eine innere Zufriedenheit beschwichtigt kurzfristig seine gekränkte Eitelkeit und macht sich augenblicklich in seinem Bauchraum breit, der allerdings noch mit einer gewissen Nervosität zu kämpfen hat. Mit einer souveränen Mine dreht Jakob sich nach seiner Liebe um und streichelt mit seiner ruhigen Hand zärtlich über ihre Wange. „Ist das nicht wunderschön mein Schatz, wie schnell sich mal wieder alles zwischen uns aufgeklärt hat. Kommst Du bitte, die Gäste warten." „Und was ist mit dem Herrn Doktor?" „Verarzten."

Ein kräftiger Adrenalinschub versorgt Jakob mit frischem Löwenmut und bereitet ihn perfekt auf seine Gladiatur, mit der überragenden Zeitbombe vor. Trotz strikter Einhaltung der vorweg getroffenen Sicherheitsvorkehrungen trifft Jakob persönlich auf den für ihn gefährlichen Erlkönig und stellt sich übertrieben selbstbewusst der schwergewichtigen Herausforderung.

„Herr Doktor Brencken, meinen Mann kennen Sie ja bereits, wie ich erfahren habe." „Herr Doktor Brencken und ich hatten vor geraumer Zeit das Vergnügen, uns ausschließlich über den geschäftlichen Sektor kennenzulernen." „Ich weiß wirklich nicht, was ich sagen soll, Johansson." Der leicht geöffnete Mund verleiht dem erstaunten Gesichtsausdruck eine übertriebene Glaubwürdigkeit, die sich insgeheim über die hohe Qualität ihrer verständlichen Botschaft freut. „Belohnen Sie uns mit einem wertvollen Schweigen, dass hoffentlich anhält, bis Sie mein Haus wieder verlassen, Herr Doktor." „Jakob, bitte. Vielleicht kann ich Ihnen helfen, Herr Doktor Brencken, den Weg in die Unterhaltung zu finden." „Bitte verzeihen Sie mir meine Gnädigste, aber ich bin von Ihrer faszinierenden Persönlichkeit mehr als beeindruckt und erfreut darüber, dass ich Ihre Bekanntschaft machen darf. Das allerdings hat zur Folge, dass mich eine abwertende Äußerung Ihres Mannes bezüglich Ihrer Person im Nachhinein sehr irritiert. Ich muss wohl oder übel etwas falsch verstanden haben." „Warum werde ich den Eindruck nicht los, dass Sie prinzipiell alles falsch verstehen, was man Ihnen zu vermitteln versucht." „Mich würde viel mehr interessieren Herr Doktor Brencken, welche abwertende Äußerung an Sie herangetragen wurde."

Ein fordernder Blick streift den entspannten Gast, der in hoffnungsvollen Grün gekleidet ist und sich über eine pfeilschnelle Antwort freuen darf, die aus dem abwehrstarken Mund eines anderen Mannes kommt.

„Ich habe mich lediglich mitfühlend über meine verstorbene Frau geäußert, die zum damaligen Zeitpunkt noch gelebt hat." „Eine tragische Geschichte Herr Doktor Brencken, die uns beide bis zum heutigen Tage tief berührt."

Zärtlich fährt eine gepflegte Hand über Jakobs Schulter bis zum gleichnamigen Blatt und scheint sich der tröstlichen Wirkung durchaus bewusst zu sein.

„Wenn ich den Zusammenhang richtig verstehe, konnten Sie dieser Tragik allerdings innerhalb kürzester Zeit ihren gespenstischen Schrecken nehmen." „Ich bin wirklich überrascht, wie schnell Sie diesmal den Sachverhalt erkannt haben, ohne sich von pietätlosen Hintergedanken leiten zu lassen." „Ich möchte speziell nur Ihnen Johansson, dass simple Prinzip meiner Schaffensweise erklären. Je hochwertiger die Informationen sind, die mir zur Verfügung gestellt werden, umso qualitativ Hochwertiger fällt das Ergebnis meiner mehrfach prämierten Arbeit aus. Meine verehrte Frau van Spielbeek, warum haben Sie Ihrem Mann zur Hochzeit eigentlich nicht Ihren herrschaftlichen Namen geschenkt?" „Weil Herr Johansson das wunderbare Geschenk leider nicht angenommen hätte." „Schade, sehr schade, wenn eine überzogene, maskuline Denkweise einen davon abhält, die Möglichkeit zu ergreifen, seine eigene Persönlichkeit ein wenig aufzuwerten. Und wenn es nur mit einem Namen ist, der Statussymbol-Charakter hat."

Die unterhaltsame Form einer bösen Polemik löst in Jakob geradezu die Angst vor einer moralisch nicht vertretbaren Demaskierung aus und überredet ihn, die Flucht nach vorne anzutreten, die er heimlich und in wenigen Minuten durch den Lieferanteneingang vollziehen will. Zügig leert er sein halb volles Glas und raunt anschließend im Beisein des unerwünschten Doktors seiner Angetrauten in das glitzernde Ohr: „Ich höre nie wieder eine derartig demütigende Bemerkung aus Deinem Mund, ansonsten lege ich Dich und Deinen Therapeuten noch vor Sonnenaufgang um. Das schwöre ich Dir, Schätzchen." „Das hast Du schön gesagt, Liebling." „Erlauben Sie mir bitte die Anmerkung Johansson, dass Flüstern unter Erwachsenen gegen die Etikette verstößt, auch wenn es sich Ihrem Gesichtsausdruck nach zu urteilen, soeben um eine leise Liebeserklärung gehandelt hat." „Sie haben meinen Mann auf geschäftlicher Basis kennengelernt,

Herr Doktor Brencken?" „Ja, das habe ich. Und ich bin Ihrem Mann zu großem Dank verpflichtet. Durch seine exzellente Beratung habe ich das ganz große Geschäft gemacht, um es mit Worten aus Ihren Kreisen auszudrücken. „Ach ja?"
Anmutig breitet der überdimensionale Hüne seine Arme aus und hält kurzerhand eine ergreifende Laudatio aus dem Stand, die er in einer tiefen Bassstimme vorträgt und somit die Aufmerksamkeit weitere Gäste auf sich zieht, die ihn nach seinen letzten Worten mit einem stürmischen Applaus belohnen.
„Frau van Spielbeek, Ihr Mann ist eine Koryphäe auf Gebiet der Finanzjongleure. Er ist im Becken der Haifisch ohne Kariesbefall, der den blauäugigen Medizinmann durch den gefährlichen Dschungel der brutalen Geschäftswelt sicher an sein Ziel geführt hat. Er hat mich feierlich zu seinen Blutsbruder ernannt, den man vor den dunklen Machenschaften gefährlicher Despoten beschützt und den man vor der Gewaltherrschaft böser Dämonen bewahrt. Als ich das erste Mal in seine ehrlichen Augen blicken durfte, übermannte mich ich das wundervolle Gefühl von tiefer Vertrautheit, dass zu in einer kostbaren Freundschaft herangereift ist. Wir sind ein starkes Team beneidenswerter Harmonie, eingemauert in das tragende Fundament der Sympathie. Danke, Johansson. Danke, mein Freund." „Liebling, Du sagst ja gar nichts mehr."
Der verschlossene Mund bleibt für Sekunden stumm und lässt zwei weit geöffnete Augen für sich sprechen. „Ja, ich kann Ihnen nur recht geben, Brencken. Die traumhaften Erfolge, die ich mit Ihnen gemeinsam erleben und feiern durfte, haben mein Herz und meinen Horizont nicht nur geöffnet, sondern auch erweitert."
„Quid pro quo, Johansson." „Ich denke, es ist an der Zeit, dass wir uns an diesem wunderbaren Abend unserer gemeinsamen Leidenschaft widmen, Herr Doktor."
Freundschaftlich legt Jakob seinen Arm um die extrabreiten Schultern und lächelt seinen neuen Verehrer dabei liebevoll an, der auf die freundliche Geste in aller Deutlichkeit mit einem zustimmenden Kopfnicken antwortet. „Vielleicht würdest Du mir die Leidenschaft verraten, die Du mit Herrn Doktor Brencken teilst."
„Whisky. Wir könnten Nächte damit verbringen, bei einem ge-

nussvollen Glas über den verlorenen Sinn des Lebens zu philosophieren. Brencken mein alter Freund, bitte begleiten Sie mich auf eine historische Reise durch die Welt eines einzigartigen Aromas. Entdecken Sie mit Ihrem trinkerfahrenen Lehrmeister die Zusammenhänge von Geschmack, Geruch, Farbe, Körper und Abgang. Meine Sammlung wird Sie in Erstaunen versetzen, der Geist der Flasche wird mit Ihrem Geist neue Jagdgründe erobern und Ihre Geschmacksknospen werden sich in einer Genussexplosion verlieren." „Johansson, meine Sympathie für Sie wächst über unser Fundament hinaus ins Unermessliche." „Sehen Sie die Bar dort hinten, Herr Doktor Brencken?" „Ja, Madame." „Sie sind bitte so nett und treten die Kulturreise durch den Inhalt alter Eichenfässer vorweg alleine an. Mein Mann wird Ihnen in wenigen Minuten folgen. Und machen Sie sich bitte keine Gedanken, er wird Ihren alkoholischen Vorsprung mit Sicherheit aufholen." „Madame, ich fühle mich geehrt, dass ich Ihre Bekanntschaft machen durfte. Johansson, bis gleich." Unauffällig drängt die scharfsinnige Gastgeberin ihren Mann samt seinem schlechten Gewissen an den äußeren Rand des Präsentiertellers und fordert von dem betretenen Augenaufschlag eines ungehorsamen Pennälers umgehend eine plausible Erklärung. „Schatz, ich kann Dir alles erklären." „Das ist leider falsch, Liebling. Und weißt Du auch warum?" „Nein. „Du kannst mir leider nichts erklären, weil Du schlichtweg nicht dazu in der Lage bist. Aber vielleicht gelingt es Dir ja bis morgenfrüh, Deinen brennenden Anzug zusammen mit Deinem Durst zu löschen. Dir bleibt genügend kostbare Zeit, um sich eine glaubwürdige Geschichte auszudenken." „Danke." „Ich habe nur eine Bitte." „Die da lautet?" „Sauf nicht wieder so viel." „Das kann ich Dir leider nicht versprechen."

Entschlossen folgt Jakob seinem Patienten an die hochprozentige Front, die durch ihre professionelle Ausstattung und ihr reichhaltiges Sortiment an alkoholischen Spezialitäten aus aller Welt mit einem offiziellen Gaststättenbetrieb ohne Weiteres konkurrieren könnte. Der hochwertige Thekenbereich befindet sich in der Mitte von zwei authentischen Stucksäulen im römischen Stil, zwischen denen edle Pendelleuchten eine gastronomische Atmosphäre erzeugen, in der sich kultivierte Weltbürger und bodenständige Individualisten gleichermaßen zu Hause fühlen dürfen. Außergewöhnliche Lichtspiele heben das gläserne Wandregal optisch hervor und verwandeln die einzigartigen Flaschenformen verschiedenster Spirituosen in begehrte Kunstwerke, die unter Experten als gefragte Sammlerstücke gehandelt werden. „Zur Sache Doktorchen, was wollen Sie? Geld?" „Erst einmal hätte ich gerne eine kleine Einführung in die Welt des Whiskys und anschließend möchte ich mit Ihnen auf diesen Abend anstoßen." „Wie viel?" „Wie viel was?" „Wie viel Geld muss ich auf den Tisch legen, um Sie für immer loszuwerden?" „So viel haben Sie nicht." „Das ich nicht lache, ich scheiße Sie notfalls zu mit meinem Geld."

In der Hoffnung auf Erfolg greift Jakob nach einem Patentrezept bestehend aus der klischeehaften Skrupellosigkeit des Rotlichtmilieus und den Schwingungen einer kriminellen Energie, die gleichzeitig als schlechte Kopie eines kaltblütigen Bösewichts versucht, den gegenübersitzenden Gast einzuschüchtern, der eine priesterhafte Ruhe ausstrahlt. „Johansson, bitte. Die anderen Gäste werden schon auf uns aufmerksam. Sogar Ihre Frau dreht Ihren mehr als attraktiven Kopf in unsere Richtung." „Wollen Sie meine Frau, ist es das?" „Ein reizvoller Gedanke, das muss ich zugeben. Aber Liebe lässt sich leider nicht erzwingen, das müsste auch Ihnen bewusst sein. Und da in mir keine männliche Eitelkeit vorherrscht, kann ich mir leidenschaftslos eingestehen, dass ich nicht der Typ Mann bin, den Ihre Frau bevorzugen würde. Nein Johansson, ich will etwas ganz anderes." „Machen Sie endlich Ihr Maul auf und reden Sie." „Also ich wusste mich Ihnen gegenüber in einer ähnlichen Situation vornehmer auszudrücken. Ich möchte noch mal höflich nach dem Verbleib des Eröffnungswhiskys fragen, Johansson." Das filigrane Nosingglas, wirkt neben seinem großen Bruder aus schwerem Kristall sehr dezent und wünscht sich somit wenigstens für seinen Inhalt ein geschmackliches Kompliment, das nach dem ersten intensiven Schluck auch ausgesprochen überzeugend klingt. „Ausgezeichnet, Johansson. Ist das Ihr bester Tropfen oder lediglich gehobene Mittelklasse?" „Mit der Oberklasse stoßen wir an, nachdem Sie mir mitgeteilt haben, was Sie von mir wollen." „Wenn ich Ihr Glas samt Füllung betrachte, nimmt die Aussage Ihrer Frau eine bildliche Gestalt an. Prost." „Hören Sie Herr Doktor, ich gebe Ihnen jetzt genau die Zeit, die sie brauchen, um tief Luft zu holen, um mir anschließend in einem Satz mitzuteilen, was Sie von mir wollen." „Ich will Sie, Johansson." „Wie bitte?" „Sie haben richtig gehört, ich will Sie." „Wenn Sie mir im nächsten Atemzug offenbaren, das Sie schwul sind, schlage ich Sie hier und auf der Stelle mit meiner kostbarsten Whiskyflasche tot." Mit einem rauklingenden Lachen distanziert sich dessen humorvoller Besitzer von der vornehmen Art eines zurückhaltenden Kicherns und setzt ein deutliches Signal, dass von seinem Zuhörer allerdings missverstanden wird. „Sie wollen es doch tatsächlich schaffen, dass ich mich bis aufs Blut provoziert fühle. Habe ich Recht, Brencken?" „Ich kann Sie beruhigen, Johansson. Ihre Whiskyflasche wird keinem Gewaltschaden zum Opfer fallen und vor dem Zuchthaus werde ich Sie auch bewahren. Ich bin seit wenigen Monaten zum dritten Male glücklich geschieden und derzeit mit einer impulsiven Egozentrikerin liiert, die mich mit ihrer Art an Sie erinnert. Ich sage Ihnen den wahren Grund, Johansson. Obwohl ich wenig über Sie weiß, haben Sie meinen Forschergeist in Neugierde versetzt. Tief in Ihrem Inneren rebelliert ein böses Tier und ich möchte der Erste sein, der es an der Bildfläche begrüßt. Wer hat Angst vor Virginia Woolf? Auf einen kurzweiligen Abend, Johansson."

Misstrauisch prostet Jakob seinem unerwünschten Thekengast zu und fühlt in seiner Körpermitte ein unbehagliches Gefühl, dass er auf die Angst vor einem bösen Überraschungscoup zurückführt.

„Wer ist der Mann, mit dem sich Ihre Frau gerade unterhält?" „Da Sie bereits mein gesamtes Blickfeld beanspruchen, kann ich Ihnen die Frage nicht beantworten." „Also ich sehe Richard Gere mit Anfang vierzig und erlebe gerade die Auferstehung von James Dean. Es grenzt schon an eine unverschämte Ungerechtigkeit, dass ein Mann alleine so viel Sex-Appeal besitzen darf. Wenn ich die beiden so beobachte Johansson weiß ich wirklich nicht, was ich mir mehr wünschen würde. Ihrer ketzerischen Anschuldigung gerecht zu werden in der Hoffnung, dass der unbekannte Mann ebenfalls seine Homosexualität genießt oder unbemerkt in den Körper Ihrer wunderschönen Frau zu gleiten, die vielleicht in zwei Stunden mit diesem Schönling durchbrennt." Augenblicklich geht Jakob einen Schritt zur Seite und beobachtet eine Weile die denkanstößige Situation, bevor er nach wenigen Sekunden die Gestalt eines wildgewordenen Stiers annimmt, der kurz vor seiner Kastration steht. „Johansson, bleiben Sie ruhig und schenken Sie den beiden noch etwas Zeit. Wir eröffnen derweil eine weitere Whisky-Runde und tasten uns preislich langsam nach oben. Ich möchte schließlich noch heute Nacht in den Genuss Ihres High-End-Produktes kommen." „Ich soll meiner Frau Zeit mit diesem Typen schenken?" „Johansson brüllen Sie bitte nicht so, ich weiß doch, wie Sie sich fühlen. Sie sind ein Wasserkocher, den keiner vom Strom nimmt, obwohl der Siedepunkt seit Minuten erreicht ist. Weiß Ihre Frau eigentlich, wie sehr sie sich von Ihnen geliebt fühlen darf?" „Die Frage kann ich Ihnen leider nicht beantworten, Herr Doktor. Und da ich für meine Frau lediglich der Inbegriff einer rentablen Schwärmerei bin, interessiert es mich auch nicht, ob sie sich in meiner Gefühlswelt auskennt." „Johansson, Sie habe es mal wieder geschafft, mich durch Ihre egozentrische Weltanschauung, die mit Sicherheit auch Ihr Eheleben überschattet, gnadenlos zu schockieren." „Und da ich seit unserer ersten Begegnung bis zu diesem Moment gnadenlos von Ihnen schockiert bin, bitte ich um Verständnis, dass mich Ihre gespielte Entrüstung nicht interessiert." „Jetzt hören Sie doch bitte auf, sich an diesem schönen Abend mit Unstimmigkeiten der Vergangenheit zu beschäftigen und auch noch an diesen festzuhalten. Ich möchte Ihnen übrigens ein Kompliment aussprechen." „Ich höre, Herr Doktor?" „Sie duften einfach fantastisch. Wie alt ist Ihre Frau?" „Dieses Wunderkind ist sechsunddreißig Jahre alt und besitzt die kostbare Lebensweisheit einer Greisin, die einen fantastischen Schönheitschirurg kennen muss." „Johansson, eine Frau mit sechsunddreißig Jahren, muss jeden Tag das Gefühl haben, über alles geliebt zu werden. Wenn ich genau wüsste, dass dieser Whisky lediglich mit der Preisklasse eines billigen Korns konkurriert, ich würde ihn leidenschaftslos herunterschütten." „Leider bin ich der falsche Adressat für Ihre melodramatische Botschaft." „Gestatten Sie mir zwei Fragen, Johansson. Wie alt sind Sie?" „Dreiundvierzig." „Und wie kann es dann möglich sein, dass Sie mit dieser Frau bereits seit über vierzig Jahren verheiratet sind?" „Und wie kann es möglich sein, dass geschätzte hundertdreißig Kilogramm, verteilt auf zwei Meter Körpergröße, nach wenigen Mengen Alkohol volltrunken sind." „Sie sind permanent mit Ihrer eigenen Attraktivität beschäftigt, die Ihrer Frau die Schmach einer jahrzehntelangen Ehe aufbürdet. Bitte beobachten Sie das schöne Geschöpf, Johansson. Ihre Frau breitet ihre Arme für einen fremden Mann aus, sie spielt mit ihrem langen Haar und signalisiert ihm damit, wie gerne sie jetzt mit ihrer Hand durch seinen gepflegten Schopf fahren würde. Ihre offene Art der Kommunikation reißt ihren schmachtenden Zuhörer förmlich mit. Sehen Sie seinen Blick der Bewunderung, den Glanz in seinen Augen. Wissen Sie, was das Gefährlichste an dieser Situation ist?" „Das beide nicht wissen, dass ich ihr Leben in fünf Minuten auslöschen werde." „Falsch, Johansson. Es ist dieses unverfälschte, glückliche Lachen der beiden, mit dem Sie sich immer wieder gegenseitig anstecken. Wann haben Sie eigentlich zuletzt so mit ihrer Frau gelacht?" „Es wird ein ad absurdum geführt, wenn das einer wagt zu fragen, der dreimal geschieden ist." „Glücklich geschieden, Johansson. „Und ich wäre umso glücklicher, wenn Sie endlich Ihre kostenlose Eheberatung beenden würden." „Sie begleichen Ihre Rechnung bereits mit Naturalien, denn ich befinde mich gerade in einer exquisiten Whiskyprobe, die in der freien Wirtschaft einen anspruchsvollen Geldbetrag von seinem teilnehmenden Genießer fordern würde. Es wäre sehr nett, wenn Sie uns noch ein paar dieser köstlichen Kanapees reichen könnten, Johansson."

Die vor Wut zitternde Hand ist sichtlich bemüht, dem hungrigen Gast die kleinen Köstlichkeiten auf dem silbernen Tablett appetitlich zu servieren und Jakobs Verstand ist endgültig bereit, die Kontrolle über seine eigene Beherrschung zu verlieren. „Hören Sie das?" „Was soll ich bitte hören?" „Das Lied. Foreigner, I want to know what Love is. Sehen Sie das? Der Adonis nimmt die

Hand Ihrer schönen Frau und wagt es wirklich, mit ihr zu tanzen. Ich muss Ihnen mittlerweile recht geben, Johansson. Entweder handelt es sich hierbei um einen potenziellen Selbstmörder oder der Mann, befindet sich bereits in einem Zustand unkontrollierbarer Limerenz."

Mit der Beschleunigungskraft eines Rennwagens stürzt Jakob auf das Liebespaar zu und packt seinen Rivalen am weißen Hemdkragen, bevor er ihn mit roher Gewalt über das Parkett zieht und ihn anschließend gegen die Wand drückt.

„Ich weiß nicht, wer Sie sind und ich weiß nicht, woher Sie kommen, aber ich weiß, dass Sie innerhalb einer Minute mein Haus verlassen haben, ansonsten war das der letzte Tanz Ihres Lebens. Muss ich Sie an dies frische Luft begleiten oder finden Sie alleine raus?"

Aus eigener Kraft und ohne fremde Hilfe schafft es der fassungslose Gast, sich aus der schmerzhaften Umarmung zu befreien und versucht trotz des peinlichen Vorfalls eine standesgemäße Höflichkeit walten zu lassen. „Liebe Sybille, ich danke Ihnen für die Einladung und wünsche Ihnen noch einen schönen Abend."

Aggressiv brüllt Jakob seinen Nebenbuhler an und schiebt den körperlich Unterlegenen währenddessen brutal vor sich her bis zur Ausgangstür. „Meine Frau heißt für Sie noch immer Frau Johansson, und ich rate Ihnen ab sofort zu schweigen, bevor Sie Ihre Sprache für immer verlieren. Auf Wiedersehen." „Bist Du vollkommen verrückt geworden? Was fällt Dir ein?" Trotzig blickt das feminine Streitobjekt in ein eingefrorenes Gesicht, dessen verbissener Mund anschließend mit todernster Stimme zu ihm spricht: „Mir fällt nichts ein, weil mir nichts einfallen muss. Aber Dir fällt bis Morgenfrüh eine glaubhafte Erklärung ein, die Deinen Auftritt entschuldigt. Ich habe noch eine Bitte." Entspannt befinden sich Jakobs Hände wieder in den vorderen Taschen seiner Hose, die sich über eine lässige Beinstellung freuen darf. „Die da lautet?" „Verhalte Dich für den restlichen Abend einer verheirateten Frau angemessen. Wenn nicht, vergesse ich noch in dieser Nacht, wer Du bist. Und dann Gnade Dir Gott."

Mit einer von leichter Wut angekratzten Laune erreicht Jakob wieder seinen Arbeitsplatz und begrüßt seinen therapeutischen

Whiskyliebhaber mit einem überheblichen Augenzwinkern, auf das ein fachmännischer Pragmatismus folgt, der von seinem Patienten ein gewisses Maß an Kritikfähigkeit erwartet.

„Sie hätten die diffizile Angelegenheit mit weitaus mehr Fingerspitzengefühl lösen können, Johansson. Anstatt mit ihr den Tanz fortzuführen, lassen Sie Ihre Frau eiskalt im Regen stehen." „Meine Finger haben in ihrem Leben ausreichend viel Gefühl an unzähligen Frauen bewiesen, dass sie heute Abend getrost auf einen weiteren Beweis verzichten können. Dürfte ich Sie ein weiteres Mal schockieren, Herr Doktor?" „Aber gerne." „Dieses eiskalte Stehenlassen sorgt in meinem Inneren für ein wärmendes Gefühl der Befriedigung. Cheers." „Sie wählen Ihrem Typ entsprechend grundsätzlich die eleganteste Art der Ehetrennung und werden Witwer. Ansonsten würde ich Ihnen wirklich raten, das Thema Scheidung zu überdenken, Johansson." „Was ich Jahre zu spät erhalten habe, obwohl es mir schon früher zustand, werde ich jetzt nicht einfach wegwerfen." „Das johanssonsche Ratespiel versucht, mich wieder zu begeistern." „Falsch, noch liegen wir in der Preisklasse unter zweihundert Euro und ich möchte Ihnen einfach einen Anreiz geben, die gesellige Branntweinprobe weiterzuführen. Die Auflösung erhalten Sie mit der gehobenen Oberklasse."

Den kleinen Eklat vertuscht die Dame des Hauses auf höchst diskrete Art und betritt nach einer kurzen Wartezeit wieder die gesellschaftliche Bühne der Eitelkeit.

„Sehen Sie sich das an, Brencken. Die Frau braucht keine Minute, um das Geschehene zu vergessen. Eben stand eine aufgelöste Frau Johansson noch mit Tränen in ihren wunderschönen Augen im dunklen Abseits und jetzt fliegt dieser gertenschlanke Paradiesvogel mit zierlicher Oberweite über unsere Köpfe hinweg." „Johansson bitte, auch wenn es so scheint, als hätte Ihre Frau die Schule eines Chinesen besucht, hinterlässt Ihre verletzende Art Hagelschäden auf ihrer Seele." „The Show must go on. Schätzchen, ich bin stolz auf Dich."

Absichtlich lässt sich Jakob auf ein Bierzeltniveau herab und prostet seiner Angetrauten mit der Mentalität eines angetrunkenen Gastwirts grölend zu. „Johansson, Sie haben meinen nie vorhandenen Vorsprung nicht nur aufgeholt, sondern Sie eilen auf der Überholspur weit voraus. Es wäre sehr nett, wenn sie rechts abfahren könnten, um eine kurze Whiskypause einzulegen."

Seine Leidenschaft für die kostbare Flüssigkeit in einem typischen Braunton und sein öffentliches Alkoholbekenntnis stößt bei Jakobs facettenreichen Ehefrau auf wenig Verständnis, die sich daraufhin gezwungen sieht, ihrer Aufsichtspflicht nachzukommen.

„Herr Doktor Brencken, amüsieren Sie sich gut? Sie melden sich bitte, sobald Sie etwas wünschen." „Meine liebe Frau van Spielbeek, ich fühle mich bestens umsorgt. Trotzdem danke ich Ihnen für die Nachfrage." „Wir werden diesen unterhaltsamen Abend auch ohne Ihre mütterliche Fürsorge überstehen, Frau Johansson." Bestimmend schaut sie ihren Gast an und legt vertraut ihre Hand auf dessen Arm, der den vorsichtigen Annäherungsversuch gerne erwidern würde. „Mein Mann ist im nüchternen Zustand ungewöhnlich und im betrunkenen Zustand nicht zu ertragen. Falls Ihnen seine vulgäre Art zu aufdringlich erscheint, sagen Sie mir bitte Bescheid, ich werde mich dann persönlich um ihn kümmern, Herr Doktor Brencken." „Frau van Spielbeek, vielen Dank." Auf eine sichtliche Bewunderung folgt eine respektvolle Verneigung im Stehen, die ein gedanklicher Handkuss perfekt vollendet.

„Eine außergewöhnliche Person. Bitte verraten Sie mir, wo man eine Frau mit diesem Naturell kennenlernen kann." „Ich habe meine Frau in keinen Golfklub kennengelernt, ich habe meine Frau geerbt." „Wie bitte?" „Sie haben richtig gehört, geerbt wie meinen Schreibtisch aus dem Nachlass meines übermächtigen Ziehvaters." „Johansson, ich brenne vor Neugierde. Erzählen Sie mir Ihre Geschichte und schenken Sie mir einen Whisky ein. Sie gönnen sich bitte ein erfrischendes Mineralwasser. Ich möchte Ihren Promillepegel ein wenig nach unten fahren, um die Gewissheit zu haben, das spannende Ende auch vollständig und einigermaßen verständlich aus Ihrem Mund zu hören."

„Sie war zwanzig Jahre jung, als sie den großen Jörn van Spielbeek geheiratet hat. Er war siebenundvierzig Jahre alt und der beste Freund ihres verstorbenen Vaters. Sie brauchte weder sein Geld noch sein Ansehen. Das alles besaß sie in ausreichender Menge von Hause aus." „Das heißt, die beiden führten eine wirkliche Liebesbeziehung." „Ja, für beide war es eine einzigartige, unverfälschte und tiefe Liebe." „Und welche Rolle durften Sie in diesem romantischen Liebesroman spielen?" „Ich war der einzige Mann, dem er seine Frau anvertraut hat, und ich war der einzige Mann, der es gewagt hat, sie genauso zu lieben wie er." „Und er hat nicht geahnt, dass Sie nicht sein Vertrauter sind, sondern sein ärgster Konkurrent, der rücksichtslos um die Liebe seiner Frau kämpft? Wie begann Ihre Geschichte?" „Die Geschichte begann genau heute vor acht Jahren. Wir waren gemeinsam weit außerhalb der großen Stadt auf einem festlichen Event. Sie war 28 Jahre alt und trug an diesem Abend eine traumhafte Robe in Königsblau. Ihr blondes Haar war hochgesteckt und mit unzähligen Perlen besetzt. Sie sah wie eine Märchenprinzessin aus." „Was ist an diesem Abend passiert." „Sie saß an der Seite Ihres Mannes zusammen in einer Runde mit wichtigen Geschäftsleuten. Vermutlich hat sie die trockene Konversation nach einer gewissen Zeit gelangweilt. Plötzlich stand sie vor mir, hielt in jeder Hand ein Glas Rotwein und sah mich herausfordernd an." „Was wollte sie und was hat sie gesagt, Johansson?" „Bitte, für Dich. Das ist das erste Mal, das wir ganz alleine anstoßen. Nur Du und ich. Und wenn ich uns beide so ansehe, ist es wirklich schade, dass wir so lange damit gewartet haben." „Und dann haben sie zum ersten Mal in Ihrem Leben einen leibhaftigen Blitzeinschlag gespürt." „Sie lachte, als sie mir das Glas überreichte, und ihre sinnlichen Lippen funkelten so rubinrot wie der Wein. Ich griff nach dem Glas und berührte dabei ihre Hand. Im gleichen Atemzug spürte ich etwas Berauschendes, etwas Wahnsinniges. Es knebelte meinen Verstand, bohrte sich durch mein Herz, bis es im tiefsten Inneren verschwand." „Was meinen Sie, hat sie ihren innerlichen Gefühlsausbruch bemerkt?" „Nein." „Nein? Wie hat sie reagiert?" „Sie wollen wirklich wissen, wie Sie reagiert hat?" „Ja, Johansson." „Ich hörte plötzlich die Melodie meines Lieblingsliedes." „Welches Lied?" „November Rain. Im nächsten Moment stand Jörn van Spielbeek hinter ihr, nahm ihre Hand und ging mit ihr zur Tanzfläche. Ich musste schmerzlich mit ansehen, wie ein leidenschaftlicher Mann mit der Leidenschaft seiner Frau tanzt. Jede Bewegung war eine Antwort auf ihr gegenseitiges Begehren. Jede Berührung, ein Zeichen ihrer bedingungslosen Liebe. Sie lag in seinem Arm, sie schwebten über das Parkett, und er hielt ihren Körper, wie ein Mann den Körper einer Frau hält, die ihm ganz alleine gehört auf dieser Welt. Noch immer habe ich ihren Blick vor Augen, mit dem sie ihn angesehen hat. Dieser Blick, der ihm sagte, wie abgöttisch sie ihn liebt. Fast schien es, als hätten sie nur auf diesen einen Augenblick gewartet, um mit einem Tanz der ganzen der Welt ihre Liebe zu beweisen. Ich hatte Gänsehaut und mir stockte der Atem." „Wo waren Sie in dem Moment?" „Ich stand an der Bar, genau wie heute Abend. Der Barkeeper stellte mir den dritten Whisky auf die Theke und sagte mit leiser Stimme: ‚Sehen sie das, da tanzt ein König mit seiner Königin.'" „Lassen sie mich raten Johansson." „Richtig, ich habe das Glas in einem Zug geleert und mir dabei geschworen, dass ich der nächste Mann sein werde, mit dem sie so tanzt, dass ich der nächste Mann sein werde, den sie so ansieht und das ich der einzige Mann auf dieser Welt sein werde, dem sie alleine gehört. Irgendwann konnte den Anblick nicht mehr ertragen und bin raus in die Nacht gegangen. Ich habe die kalte Winterluft tief in mich hineingeatmet. So lange, bis ich das Bedürfnis hatte, mich alleine in einen Raum einzuschließen." „Sie flüchteten auf ihr Hotelzimmer." „Nein, ich flüchtete vor einem Albtraum, der mich bereits am Aufzug wieder einholte. Beide standen plötzlich hinter mir. Er hatte sein Jackett um ihre Schultern gelegt, in der einen Hand hielt er eine Flasche Champagner, seine andere Hand hielt ihre fest." „Dann kam es mit Sicherheit zu einer Unterhaltung, die mich brennend interessiert, Johansson." „Er fragte mich, wo ich zu dieser frühen Abendstunde hin möchte, schließlich wäre ich doch derjenige, der sonst immer die Barhocker auf die Theke stellt, bevor er die Lokalität alleine zuschließt. Eine unsagbare Wut kochte in mir hoch und ich fragte ihn, ob nur der große Zampano das Recht hätte, sich hinzulegen, wann und wie er will. Er hat mich nur mitleidig angesehen und mir in einem arroganten Ton mitgeteilt, dass er einen wunderschönen Grund hätte, sich früh ins Bett zu legen." „Wie haben Sie reagiert, Johansson." „Ich habe mit der Faust gegen die Aufzugstür geschlagen und ihn angebrüllt, dass es mich ein Dreck interessiert, was er für Gründe hat. Daraufhin hat er mir durch seine väterliche Autorität mitteilen lassen, dass ich mir gefälligst einen anderen Ton anzugewöhnen hätte." „Und was hat seine Frau gesagt?" „Sie hat ihm zugeflüstert, dass er bitte aufhören soll und ihren Kopf nach unten gesenkt." „Vielen Dank, soeben haben Sie mir meine Frage beantwortet, die ich Ihnen zu Anfang gestellt habe. Ihre Frau weiß seit acht Jahren, dass Sie sie lieben. Erzählen Sie weiter, Johansson." „Wir sind in den Aufzug gestiegen und nach oben gefahren, ohne auch nur ein Wort zu reden." „Sind Sie auch gemeinsam ausgestiegen?" „Ja, ihr Zimmer befand sich direkt neben meinem Zimmer. Er schloss die Tür auf und sie ging an ihm vorbei, dann sah er mich an, zwinkerte mir zu und wünsche mir eine ruhige Nacht und einen erholsamen Schlaf." „Und Sie erlebten in dieser Nacht unfreiwillig ein erotisches Hörspiel der besonderen Art." „Jedes obszöne Geräusch, jedes lustvolle Stöhnen malte mir ein lebendiges Bild vor Augen. Und dann bekam ich die rohe Gewalt des Teufels zu spüren, der mir mit seinen glühenden Feuerkrallen das Herz am lebendigen Leibe rausriss. Ich lief in dieser Nacht barfuß durch die Hölle und wurde vehement von einem abartigen Gedanken verfolgt." „Von welchem Gedanken, Johansson?" „Warum schläft dieser Mann mit Deiner Frau." „Und wie oft war Ihr gelebter Wahnsinn in dieser Nacht bereit, die Tür des Rivalen einzutreten?" „Unzählige Male." „Dann kam der Morgen danach." „Haben sie schon mal einer Frau in die Augen geschaut, die nach einer wundervollen Nacht gerade neben ihrer großen Liebe erwacht?" „Ja." „Sie saßen mir beim Frühstück gegenüber. Immer wieder streichelte sie seine Wange, er spielte mit ihren Haaren, ständig küssten sie sich. Grauenvoll." „Allerdings nur grauenvoll für Sie, Johansson. Nicht für das reizvolle Liebespaar, das Sie die ganze Nacht gereizt hat." „Das Reizen ging allerdings an der Rezeption weiter, als er mir zur Profilierung seiner unwiderstehlichen Männlichkeit die Eindrücke seiner Liebesnacht schildern wollte. Ich habe ihm

eindringlich gesagt, dass mich seine potenten Beischlafge-
schichten nicht interessieren und das er es bitte unterlassen soll,
mir davon zu berichten." „Wie lautete sein verbaler Konterschlag?" „Pass auf, mein Freund! Das ist das zweite Mal, dass
Du es wagst, mich anzumachen. Und Du wirst es kein drittes Mal
wagen, ansonsten hast Du ein Problem, dass ich noch nicht mal
meinen ärgsten Feind gönne." „Spielte er ein Spiel mit der eigenen Ahnungslosigkeit oder warum war er spätestens in diesem
Moment nicht bereit, die Tatsache zu erkennen, die seine blut-
junge Frau schon vor Stunden bemerkt hatte." „Die ganze Welt
drehte sich um ihn und seine narzisstische Philosophie, die nicht
den Gedanken zuließ, ein anderer Mann könnte jemals in einer
Konkurrenz zu ihm stehen." „Und Sie sind sich wirklich sicher
Johansson, dass Sie mit diesem Herren nicht blutsverwandt waren?" „Sekunden später klingelte sein mobiles Telefon. Er erhielt
von seinem Motorsportklub die Nachricht, dass er noch am gleichen Nachmittag für ein Rennen vorgesehen war. Als wäre
nichts zwischen uns vorgefallen, bat er mich anschließend, ihn
an der Seite seiner Frau bei einem wichtigen Bankett am Abend
zu vertreten. Ich war völlig irritiert und folgte ihm zu seinem Wagen. Seine Frau saß bereits auf dem hinteren Sitz und erinnerte
ihren Mann auf der Heimreise beiläufig an den gemeinsamen
Termin am Abend. Jörn van Spielbeek antwortete darauf pragmatisch, dass ich ihn bereits in sämtlichen geschäftlichen Angelegenheiten vertrete und ab sofort auch seine Vertretung für den
gesellschaftlichen Teil übernehmen werde, mit Ausnahme im
Ehebett. Die Rolle bekäme ich erst nach seinem Tod. Des Weiteren hätte sie sich daran zu gewöhnen, dass sie mich jetzt öfters an ihrer Seite sehen wird. Sie reagierte regelrecht schockiert
und fragte ihn, ob er bei klarem Verstand sei. Er hat ihr dann in
seinem militärischen Befehlston mitgeteilt, dass es ihr bewusst
sein sollte, dass es normaler Weise keiner wagt, klare Anwei-
sungen seinerseits infrage zu stellen. Daraufhin hat sie ihn förmlich angefleht, er sollte es doch bitte akzeptieren, dass sie mit
mir kein derartiges Arrangement eingehen möchte. Als er das
hörte, ist er mit 180 Stundenkilometer seitlich der Autobahn auf
einen Parkplatz gefahren, hat eine Vollbremsung hingelegt, sich

nach ihr umgedreht und sie angebrüllt, dass er grundsätzlich nicht mit Personen unter dreißig diskutiert und schon gar nicht mit seiner eigenen Frau." „Was haben Sie nach diesem Fauxpas der Eheleute gedacht?" „Jetzt gehörst Du mir, Du Liebe meines Lebens. Anschließend habe ich mich gemütlich zurückgelehnt, mein Kopf nach links gedreht, ihn angesehen und leise zu mir gesagt, das war der Fehler Deines Lebens übermächtiger Jörn van Spielbeek." „Warum hat dieser Mann seine Frau an Sie verschenkt?" „Er hat sie nicht verschenkt. Er befreite sich mit dieser Delegation lediglich von seinen gesellschaftlichen Zwängen und widmete sich somit in seiner freien Zeit fast ausschließlich seinem Faible für Autorennen. Unsere gemeinsamen Auftritte häuften sich und somit wurden wir das Glamourpaar der High Society." „Was Sie unangefochten bis heute sind." „Ich spürte, wie sie mir Stück für Stück näher kam und nach genau zwei langen Jahren schwamm sie endlich in mein ausgelegtes Netz. Obwohl er krankhaft eifersüchtig war, vertraute er mir noch immer, wie sich Vater und Sohn vertrauen, wenn es um die Liebe einer Frau geht. Auch noch als er den Duft des Feindes in der Nase hatte, aber dazu kein Gesicht vor Augen. Mittlerweile war er 57 Jahre alt und ließ jeden Schritt von ihr professionell überwachen, den sie nicht an seiner oder meiner Seite tätigte. Nie hätte ich damit gerechnet, dass er so weit gehen würde. Und dann saßen wir beide in der Falle. An jenem Abend hatten wir keinen gemeinsamen Auftritt. Jörn van Spielbeek war auf einer längeren Geschäftsreise und wir fühlten uns absolut sicher. Der Privatdetektiv hat sie fotografiert, als sie am Abend durch die Tür in mein Haus ging und am Morgen danach wieder nach draußen. Ich habe Sie halb nackt und leidenschaftlich verabschiedet." „Johansson, ich würde Sie bitten, auf den Pegelstand meines Whiskyglases zu achten und sofort einzugreifen, falls Ihnen dieser zu niedrig erscheint." „Welche Preisklasse, Herr Doktor?" „Ich wäre bereit für die Mercedes-Benz E-Klasse."
Selbstbewusst wirft Jakob die Flasche in die Luft, fängt sie fehlerfrei wieder ein und kredenzt anschließend stilsicher den hochpreisigen Branntwein.

„Einen Tag später stand er bei mir vor der Tür. Nichts Unge-
wöhnliches, deshalb habe ich ihn freundlich hereingebeten."
„Und das war Ihr Fehler." „Ich musste mich auf einen Stuhl setzen. Geschlagene drei Stunden hat er seine durchgeladene
Waffe auf mich gerichtet und hat mir immer wieder gedroht, mich
hinzurichten, wenn ich ihm nicht augenblicklich die Wahrheit
sage. Er hat mich angeschrien, dass er es aus meinem verlogenen Maul hören möchte, wie oft ich in dieser Nacht meinen dre-
ckigen Schwanz in seine Frau gesteckt habe." „Haben Sie gestanden, Johansson?" „Hätte ich gestanden, ging diese Whisky-
Probe heute Abend auf die Rechnung eines anderen Mannes.
Ich habe ihm geschworen, dass ich seine Frau nicht angefasst
habe. Ich habe ihm geschworen, dass zwischen uns nichts läuft."
„Aber er hat Ihnen nicht geglaubt." „Nein, und dann steckte er
seine Waffe ein und sagte eiskalt zu mir: ‚Wenn Du nicht reden
willst, dann redet diese Hure, die nur noch wenige Stunden meine Frau sein wird.'" Ich brauchte dreißig Minuten, um mich aus
meiner Schockstarre zu befreien. Anschließend habe meine
Waffe eingesteckt, habe mich in mein Auto gesetzt und bin wie
von Sinnen losgerast. Ich musste diese Frau vor diesem Wahnsinnigen beschützen." „Was haben Sie geglaubt, was er mit ihr
macht?" „Das er ihr jedes Haar einzeln ausreißt und danach fünf
Kugeln in ihrem Körper versenkt. Glauben Sie mir, ich war in
dem Moment und zu dieser Stunde bereit, ihn umzubringen."
„Wo sind Sie hingefahren?" „Ich bin zu seinem Schloss gefahren,
in dem wir uns beide derzeit befinden. Geräuschlos habe die Tür
aufgeschlossen, bin vorsichtig reingegangen und anschließend
durch jeden Raum gelaufen. Jörn van Spielbeek und seine Frau
waren nicht da, der Palast war menschenleer. Und dann klingelte mein Mobiltelefon. Ich stand da, wo jetzt in diesem Moment
meine Frau steht."
Umgehend dreht sich der zuhörende Kopf in Richtung der besagten Stelle und verknüpft das soeben Gehörte mit der Realität
vor Augen.
„Ihre Frau war am Telefon und hat ihnen mitgeteilt, dass sie bereit ist, mit ihnen durchzubrennen." „Falsch, der Notarzt war am
Telefon. Jörn van Spielbeek hatte meine Nummer und meinen

Namen für Notfälle in seiner Brieftasche hinterlegt." „Ihre Nummer?" „Ja. Es war sein innigster Wunsch, sollte er irgendwann sein Leben im Rausch der Geschwindigkeit verlieren, dass ich derjenige bin, der die traurige Nachricht anschließend seiner Frau überbringt." „Was war passiert?" „Als er mein Haus blind vor Wut verließ, wählte er den direkten Weg über die Autobahn. Nach einigen Kilometern nahm er die Abfahrt, fuhr auf die parallele, schnurgerade Landstraße und raste mit Höchstgeschwindigkeit gegen einen Baum. Er konnte sich noch aus seinem Sportwagen befreien, bevor dieser mit den Beweisfotos komplett ausbrannte. Jörn van Spielbeek verstarb noch an der Unfallstelle. Meine Frau weiß bis zum heutigen Tage nicht, was vor dem Unfall passierte, sie weiß bis heute nicht, dass ihr verstorbener Mann von unserem Verhältnis wusste und sie weiß bis heute nicht, dass sie wahrscheinlich die ein oder andere Kugel aus seiner durchgeladenen Waffe getroffen hätte. Sein Tod ist ihrem Tod zuvorgekommen. Er hat sich umgebracht, weil er genau wusste, dass er ansonsten zum Mörder seiner eigenen Frau werden wird." „Das ist Ihre Theorie, Johansson. Wie lautet die Theorie Ihrer Frau?" „Das der gealterte Zwillingsbruder von Ayrton Senna einen tragischen Verkehrsunfall erlitten hat."
Nachdenklich betrachtet Jakob sein beachtliches Sortiment erlesener Whiskysorten, bis er sich für eine bestimmte Flasche entscheidet und mit deren Inhalt liebevoll zwei Gläser füllt.
„Sie befinden sich hier übrigens nicht in einer stilvollen Villa, Herr Doktor. Sie befinden sich in einem ehrwürdigen Gotteshaus. Dieses imposante Gebäude gleicht einem gigantischen Mausoleum, das von der ewig trauernden Herrin mit Liebe gepflegt wird. Ich schlafe im Bett des übermächtigen Herrn, bezogen mit originaler Bettwäsche aus seiner antiken Aussteuerkommode, die jeden Abend vor dem Schlafengehen mit dem originalen Duft seines zu Lebzeiten benutzen Parfüms besprüht wird. Und dabei kann mich noch glücklich schätzen, dass wahrscheinlich kurz vor dem Tod des Herrn großer Waschtag im Hause van Spielbeek war. Ansonsten würde ich in originaler Bettwäsche des Herrn duftend, dreckig und befleckt schlafen."

„Das gemeine an Ihrem extrovertierten Naturell ist, dass der Zuhörer nicht rechtzeitig erkennen kann, ob Sie ihm die bittere
Wahrheit erzählen oder ob Sie lediglich versuchen, ihn mit einer
lustigen Geschichte zu unterhalten."
Freundschaftlich prosten sich zwei Gläser zu und wundern sich
insgeheim über eine vertrauensvolle Basis unter ihren Füßen,
die bereits über eine gewisse Stabilität verfügt.
„Es gibt in diesem Palast einen heiligen Raum, indem seine unzähligen Anzüge hängen, die regelmäßig abgestaubt werden,
wie seine goldenen Pokale und seine zweihundert Paar handge-
nähte Schuhe. Sogar die blutverschmierten Kleidungsstücke, die
der unsterbliche Jörn van Spielbeek zum Zeitpunkt seines Todes
trug, können besichtigt werden. Eine Anprobe ist allerdings ausschließlich der Herrin vorbehalten, die mit Stolz die mythischen
Kleidungsstücke während der gemeinsamen Gottesdienste am
eigenen Leibe trägt, wie den Ehering des Herrn, der seinen
Stammplatz unter meinem Verlobungsring hat."
„Wie bitte, Johansson? Ihre Frau und Sie tragen keine gemeinsamen Eheringe?" „Herr Doktor, ich bitte Sie. Wofür benötigt
diese Frau zwei Eheringe? Vor sechzehn Jahren wurde ihr von
einem Unsterblichen ein goldener Ring an den Finger gesteckt
und den trägt sie, bis sie zu Asche zerfällt." „Johansson, egal wie
sehr sie diese Frau geliebt haben und lieben, aber der Teufel
muss Sie überredet haben, das Tabu der sexuellen Abstinenz
gegenüber der Frau Ihres Ziehvaters zu brechen. „Wollen Sie
den wahren Grund wissen?" „Reden Sie, Johansson."
Die klassische Barbeleuchtung trägt plötzlich ein aufregendes
Kleid in einem feurigen Rot und verbreitet eine leicht verruchte
Stimmung unter den Gästen, die dem auffälligen Farbwechsel
ein magnetisiertes Interesse schenken.
Ohne das Gleichgewicht zu verlieren, stellt sich Jakob mit je einem Bein auf einen Barhocker und präsentiert seine volle Größe
einem ausgelassenem Publikum, dass in seiner zirkusreifen Aktion eine nachempfundene Christusfigur sieht, die anschließend
lautstark zu ihren Jüngern spricht: „Meine Damen und Herren,
ich wollte einmal in meinem Leben die Frau Gottes vögeln. Das
Fantastische daran ist aber nicht etwa, dass ich es geschafft

habe. Nein! Das Fantastische daran ist, dass ich diese Frau bis zum heutigen Tage vögel. Und jedes Mal, wenn ich sie vögel, ist Gott unter uns."

Der überzeugte Fliegenträger äußert sich nachfolgend gelassen über den Übeltäter und zeigt sich nicht im Geringsten schockiert: „Johansson, dafür gehen Sie in kein Zuchthaus, dafür erwartet Sie die Todesstrafe."

Eine gespenstische Stille übernimmt die Macht und drängt die vornehme Eintracht in die Arme der eigenen Indignation. Mit einem stolzen Blick bahnt sich das bloßgestellte Opfer ihren Weg durch den Kessel der Empörung und freut sich trotz der Schmach über einen selbstsicheren Gang, den der helle Klang der hohen Schuhe bezeugen kann und dem sich eine kräftige Stimme anschließt: „Sehr verehrte Gäste, liebe Freunde, bitte schenken Sie mir für einen Augenblick Ihre Aufmerksamkeit, vielen Dank. Soeben habe ich die traurige Nachricht erhalten, dass ein enges Familienmitglied schwer erkrankt ist und man davon ausgehen muss, dass dieser liebe Mensch diese Nacht nicht überleben wird. Sie werden dafür Verständnis haben, das ich aufgrund dieser furchtbaren Tatsache unsere wunderbare Feier leider beenden muss. Bitte kommen Sie gut nach Hause. Ich danke Ihnen. Leben Sie wohl." „Bravo, bravo, mein Schatz."

Der Ausruf der Begeisterung wirkt für die verhöhnte Gastgeberin wie ein Schlag ins Gesicht und hallt zusammen mit einer bösen Ironie, über die Köpfe der vornehmen Gesellschaft hinweg, die sichtlich schockiert und teilweise durch Schadenfreude amüsiert, dass herrschaftliche Gebäude verlässt. Lediglich ein neugieriger Gast bleibt zurück und wertet seine Sitzblockade als persönliches Therapeutenglück, das ihn hoffentlich eine lange Nacht hindurch begleiten wird. „Herr Doktor Brencken." „Ja, Madame?" „Herr Doktor Brencken, dürfte ich Sie bitten zu bleiben." „Es soll mir eine Ehre sein, Ihnen an diesem Abend weiterhin Gesellschaft zu leisten, Frau van Spielbeek." „Sie sind bitte so nett und werden sich jetzt mit mir zusammen anhören, was uns diese kranke Figur zu sagen hat. Vielleicht sehen Sie ja eine Therapiemöglichkeit. Und Herr Doktor Brencken, am Geld soll es nicht scheitern." Bevor sie die Möglichkeit einer Sitzgelegenheit ergreift, schiebt sie den unteren Teil ihres engen Cocktailkleids salopp in Richtung Schritt und serviert dem Gast einen erotischen Anblick mit einem traumhaften Ausblick.

„Johansson es ist an der Zeit, mein Gläschen gegen das Format von Ihrem Glas samt Inhalt auszutauschen." „Liebend gerne, Herr Doktor Brencken. Und da wir uns zu dritt auf das absolute Finale des heutigen Abends zubewegen, werde ich Ihnen jetzt das Finale einschenken. Womit darf ich beginnen, mein lieber Herr Doktor? Mercedes-AMG GT, Porsche 911 GT3 RS oder Lamborghini Aventador?" „Ich entscheide mich als Erstes für den Stuttgarter, Johansson." „Sindelfingen oder Zuffenhausen?" „Sindelfingen." „Genau so hätte ich auch gewählt. Vielleicht erlaubt es uns heute noch die Zeit, dass Sie nach dem Inhalt meiner Whiskyflaschen auch noch den Inhalt meiner Garage kennenlernen dürfen." „Du musst verdammt viel Glück haben, wenn ich Dir Deine Drecksgarage nicht noch heute Nacht in die Luft jage." „Frau Johansson, auch für Dich wird es Zeit, auf etwas Härteres umzusteigen. Wie wäre es mit einem Gin Tonic, mein Schatz? Den hat Queen Mum auch immer so gerne getrunken. Warum sehe ich nur immer diese Parallelen." „Du titulierst mich nicht noch einmal mit Frau Johansson, ansonsten fliegst Du hochkant hier raus." „Frau Johansson, jetzt bin ich aber gespannt, wie Du es schaffen willst, mich mit Deinem bärenstarken Kampfgewicht von fünfzig Kilogramm nach draußen zu befördern." „Mach endlich Dein Maul auf, was willst Du von mir?" „Wie redest Du denn?" „Ich rede so, dass mich jeder versteht. Bitte, was willst Du von mir? Willst Du mich gesellschaftlich ruinieren?" „Wer auf diesem Planeten soll es denn schaffen, Dich zu ruinieren, egal in welcher Form und Weise? Das gelingt noch nicht einmal dem amerikanischen Präsidenten. Und mein lieber Herr Doktor, wie munden Ihnen die 435 PS?" „Ausgezeichnet, Johansson." „Entweder Du machst Dein Maul jetzt auf oder ich raste aus. Zum allerletzten Mal, was willst Du?" „Ich will mich bewerben." „Du willst bitte was?" „Du hast richtig gehört. Ich bewerbe mich hiermit offiziell auf die freie Stelle des verstorbenen Herrn van Spielbeek. Ich bin seit acht Jahren hoch motiviert und verlange keine überzogenen Konditionen. Im Gegenteil, ich würde Dir sogar noch Geld zahlen, nur um endlich diesen Traumjob zu bekommen." „Wo bleibt der Gin Tonic, verdammt!?" „Frau Johansson, wann ist Ihr." „Wie bitte?" Nach dem Vernehmen der namentlichen Tatsachen überfällt Jakob ein schallend lautes Lachen, das auf die leise Stimme seines übermütigen Selbstbewusstseins hört und ihm anschließend eindringlich rät, den Kalten Krieg durch eine heiße Schlacht endlich zu beenden. „Entschuldigen Sie bitte, Frau van Spielbeek und Sie Johansson, hören bitte auf zu lachen. Frau van Spielbeek, wann ist Ihr erster Mann verstorben?" „Was soll diese Frage, Herr Doktor Brencken? Nicht ich bin hier die Hauptattraktion, sondern Ihr selbsternannter Hobby-Barkeeper." „Meine liebe Frau van Spielbeek, eine Frau von Ihrem Format ist immer die Hauptattraktion. Wann ist Ihr erster Mann verstorben?" „Mein Mann ist nicht verstorben, mein geliebter Mann hat lediglich anderen Raum betreten." „Und mein lieber Herr Doktor, habe ich Ihnen zu viel versprochen? Der alte Knabe lebt und ist höchstwahrscheinlich nach Brasilien durchgebrannt, um die Mutter von Ayrton Senna zu heiraten. Es würde mich auch nicht wundern, wenn dieser unsterbliche Glückspilz mit der alten Dame mittlerweile noch vier Kinder gezeugt hat. Leider konnte der Gute auch mit einem gezielten Elfmeterschuss bei seiner zauberhaften Frau van Spielbeek keinen einzigen Treffer landen. Auf diese freudige Nachricht muss ich mir doch gleich einen Zuffenhausener einschenken." „Widerwärtig, wenn einen das traurige Schicksal eines anderen in freudige Stimmung versetzt." „Frau Johansson, ich durfte Brasilianer kennenlernen, die für einen Zaubertrank im Schrank berühmt waren, der bis heute als hochwirksame Medizin gilt, weil nach der Einnahme von nur einem Schluck der männliche Körper anschließend ein Sperma produziert, das in der Lage ist, pro Schuss drei Schiffe zu versenken." „Die Brasilianer, die Du in Deinem Leben kennengelernt hast, sind lediglich landesübliche Nutten." „Ich weiß zwar nicht, wie ausgeprägt Ihre Naivität ist Frau van Spielbeek, aber in Brasilien beschränkt sich leider die Auswahl der kennenzulernenden Personen auf Fußballspieler und Damen des horizontalen Gewerbes." „Ich hoffe nicht, dass Sie die Annahme vertreten, ich könnte mich durch

Ihren niveauvollen Witz unterhalten fühlen, Herr Doktor Brencken."

Die wachen Augen eines ausdrucksstarken Gesichts verzichten für einen Augenblick freiwillig auf ihre markante Hornbrille, die von vier Fingern an ihrem breiten Rand und in Höhe einer intelligenten Nase in die Luft gehalten wird.

„Frau van Spielbeek, wie könnte ich die Annahme vertreten, eine Persönlichkeit Ihrer Art könnte eine nüchterne Tatsache niveauvoll unterhalten." „Frau Johansson, vielleicht hält das Leben ja für Dich eine letzte Möglichkeit bereit, die Dir nach der Zusammenarbeit mit einem richtigen Mann endlich das Gefühl einer vollkommenen Frau schenkt." „Falls Du mit Deiner diskriminierenden Bemerkung auf ein Thema anspielen möchtest, kann ich Dich beruhigen. Ich habe erstklassige Samenspender an der Hand, von denen der europäische Hochadel nur träumen kann. Und wenn ich gewollt hätte, ich hätte die letzten sechs Jahre sechs Traumkinder bekommen können. Dein drittklassiges Sperma findet ja höchstens noch auf dem Fischmarkt einen Abnehmer." Aus einem plötzlichen Impuls heraus leert Jakob mit einem kräftigen Schluck sein schweres Whiskyglas, das nachfolgend durch einen gezielten Wurf die Bekanntschaft mit einem opulenten Kronleuchter aus dem letzten Jahrhundert macht und daraufhin in tausend Teile zerbricht.

Ostentativ stemmt er seinen Oberkörper auf die Arme eines Profiboxers und blickt mit bebender Oberlippe über die Theke hinweg in die wasserblauen Augen seiner teuflischen Herzdame.

„Ist das nicht wunderbar, Herr Johansson ist endlich aus seinem geruhsamen Tiefschlaf erwacht. Ich hatte schon den Eindruck, mein Liebling, Dein Gemüt konkurriert mittlerweile mit dem einer langweiligen Valiumtablette."

Auf eine höchst königliche Art amüsiert sich die offenherzige Provokateurin über den Fauxpas des impulsiven Enfant terrible und fächelt ihrem lachenden Gesicht mit einem originellen Baruntersetzer kühlende Luft zu.

„Sehr gut Johansson, Sie haben ganz nach schwäbischer Mentalität gehandelt und vor Ihrem olympischen Wurf noch schnell den gehaltvollen Inhalt geleert." „Frau Johansson, ich warte."

„Darf ich fragen, worauf ein Mann Deiner Güteklasse wartet? Auf besseres Sperma oder auf den nächsten Whisky?" „Auf Deine Antwort, mein Schatz. Im Gegensatz zu der ungewürzten Gemüsebrühe Deines verstorbenen Gurus reicht mein Sperma aus, um Deine schlanke Taille für den Rest ihres Lebens in ein Korsett zu zwingen, da der hüllenlose Anblick ansonsten einer schwere Körperverletzung gleich kommen würde."

Mit der Wucht eines Eisenhammers schlägt eine riesige Hand zu Faust geballt zwischen den gefüllten Gläsern ein und bringt durch ihren gewalttätigen Einsatz den festlichen Querbinder am Hals in eine Schieflage, der mit seinen erfrischenden Farbtönen von Lindgrün bis Capriblau ein Zeichen der Hoffnung setzt. „Meine Herrschaften, wir werden in dieser amüsanten Runde keine Sekunde weiter diskutieren, bevor Sie mich nicht als allererstes über Ihr fragwürdiges Beziehungskonstrukt aufgeklärt haben. Johansson, ein Zuffenhausener bitte." „Entschuldigen Sie bitte Herr Doktor Brencken, aber liebend gerne kläre ich Sie auf. Herr Johansson und ich haben seit sechs Jahren ein Verhältnis mit einem Gentlemen Agreement." „Das da lautet?" „Jeder darf völlig frei und ungezwungen seinem Bedürfnis nach sexueller Aktivität außerhalb der regulären Öffnungszeiten nachgehen. Wobei Herr Johansson im Gegensatz zu meiner Wenigkeit natürlich jede Trainingsstunde wahrnimmt, die sich ihm anbietet. Seit unserer Heirat ist dieses tolerante Konstrukt nahtlos in eine offene Beziehung übergegangen." „Eine Beziehung, die ab dem heutigen Tage verschlossen ist wie ein Tresor, Frau Johansson." „Verschlossen wie ein Tresor, dessen Zahlenkombination ausschließlich Dir bekannt ist. Du kannst Dich wirklich glücklich schätzen Liebling, dass Dein wedelfreudiger Schwanz ein fester Bestandteil Deines Körpers ist." „Was wollen Sie Herrn Johansson mit Ihrem Satz vulgären Inhalts mitteilen, Madame?" „Da Herr Johansson, leider die schlechte Angewohnheit hat, wichtige Gegenstände des täglichen Lebens zu verlegen oder zu verlieren, müsste er ansonsten ständig hunderte von Betten nach seinem besten Stück durchsuchen und würde es letztendlich doch nicht wiederfinden, weil der angeblich nimmermüde Penis in der Handtasche einer enttäuschen Dame verschwunden ist. Könnte ich bitte noch einen Gin Tonic haben, mein Liebling? Aber bitte in einer anderen Mischung, da ich weder schwanger bin, noch eine werdende Mutter vor Dir sitzt."

Mit einem breiten Grinsen greift die schöne Revolutionärin nach einem der kunstvollen Kanapees und verspeist das köstliche Meisterwerk mit dem Gesichtsausdruck eines Gourmets.

„Herr Doktor Brencken, ich muss mich für den Rotlichtjargon meiner Frau entschuldigen. Ich bin fassungslos."

Inmitten seines abgegrenzten Barbereichs gönnt Jakob hüftbreit stehend den zuschauenden Thekengästen eine komplette Profilansicht seines Körpers und versteckt seine rehbraunen Augen unter ihrem jeweiligen Lid.

„Finden Sie bitte Ihre Fassung schnellstens wieder, Johansson und legen Sie Frau van Spielbeek klar und deutlich Ihren Standpunkt dar."

Ein tiefer Atemzug vergrößert seinen muskulösen Brustkorb und versorgt seine Stimmbänder mit hörbarer Energie: „Ich werde nicht eine Stunde länger als trauriger Schattenmann an Deiner Seite weiterleben, an einer Seite, über der ein dunkler Schatten der Vergangenheit sein Unwesen treibt und der unerbittlich dafür kämpft, dass meine tiefe Liebe Dein Herz nicht erreicht." „Oh, aus welcher erfolgreichen Romanvorlage stammt denn dieser gefühlvolle Satz, der mich direkt in eine poetische Stimmung versetzt. Und warum ausgerechnet ab heute?"

Mit einem leichten Hang zur Affektiertheit versucht sie dem sentimentalen Gefühl moderner Romantik glaubhaft zu trotzen und stärkt anschließend ihr vornehmes Bewusstsein mit einem geschmackvollen Vulgärlatein: „Jetzt werde ich Dir meinen Standpunkt klar und deutlich darlegen, Herr Johansson. Dein Flug hatte keine Verspätung, sondern Du warst bei einer Mieze, die Dir noch vor Deinem glorreichen Abschuss den Laufpass geben musste, weil der Alte früher als erwartet im Hafen eingelaufen ist. Anschließend erlebst Du die nächste Pleite, indem ich Deinen Schreibtisch beflecke, der meinem Mann gehört, und stößt am Abend auch noch mit einem charismatischen Gentlemen zusammen, der über die zierliche Größe Deiner Kragenweite lediglich müde lächeln kann. Ein tiefschwarzer Tag für den erfolgreichsten Womanizer aller Zeiten, der nach einem misslungenen Versuch, sein blutverschmiertes Ego mit der häuslichen Mullbinde zu verarzten, sich an dieser mit einem ordinären Auftritt rächt, der an einer mit Gossengestank parfümierten Bordellmentalität nicht mehr zu übertreffen ist. Zum Wohl, Herrn Doktor Brencken. Prost, Herr Johansson."

Mit einem kräftigen Schluck besiegelt eine beleidigte Diva ihre emotionale Verletzung und fordert durch einen eindringlichen Blick eine für sie akzeptable Entschuldigung, die ihrer Meinung nach, dass Fälligkeitsdatum bei Weitem überschritten hat.

„Worauf bitte sollte ich mit Dir anstoßen?" „Auf unsere Gemeinsamkeit, die wir beide seit sechs langen Jahren teilen. Seit sechs Jahren bin ich nicht mehr und nicht weniger als eine traurige Schattenfrau an der Seite eines potenten Mannes, die ich mir mit vielen anderen Frauen teilen muss. Sir Michael Jagger hätte vor Neid noch mehr Falten im Gesicht, wenn er wüsste, wie viele Frauen auf Dein Konto gehen, Herr Johansson." „Ein beruhigendes Gefühl zu wissen Frau Johansson, dass ich meinen Job als Schattenmann bereits zwei Jahre länger ausübe als Du."

Mit handbetonten Hüften, einem erhobenen Kinn und einer herablassenden Art im Umgang mit der eigenen Toleranz, verkörpert Jakob die klassische Form einer Bilderbucharroganz und beschmiert anschließend seine eigene Borniertheit mit dem lästigen Geruch von Selbstmitleid.

„Warum zwei Jahre länger?" „Die Auflösung auf alle Deine Fragen bekommst Du, wenn sich der Herr Doktor und ich mir einen Lamborghini einschenken." „Die Mühe kannst Du Dir sparen, da ich die Antwort bereits vor vier Wochen von Dir bekommen habe." „Die Antwort würde mich interessieren, Frau van Spielbeek." „Die Antwort bekommen Sie von mir, Herr Doktor. Frau Johansson glaubt dank Ihrer angeborenen Hochnäsigkeit, sie bräuchte sich nach acht langen Jahren, in denen Sie meine Liebe vehement und bewusst abgelehnt hat, lediglich halb nackt auf mein Sofa zu legen, und ich falle anschließend auf die Knie vor Dank, dass ich mit ihr und ihrem halbverwesten Gatten eine Ehe zu dritt führen darf. Dein obskures Glaubensbekenntnis, das mein Selbstbewusstsein seit acht Jahren demütig abstrakt, lehne ich übrigens ab heute vehement und bewusst ab." „Herr Doktor Brencken, wie kann es sein, dass ein Mensch kurz vor einer Alkoholvergiftung die eigenen Wahnvorstellungen nüchtern und glaubwürdig darlegen kann." „Ihr Mann ist nicht volltrunken Madame, Ihr Mann wird nur keine Sekunde länger akzeptieren, dass Sie bis zum heutigen Tage den Tod Ihres Mannes nicht akzeptieren wollen. Punkt." „Bevor wir in dieser geselligen Stammtischrunde einen Ton weiterreden, will ich Ihre Mission hören, Herr Doktor. Und ich bin mir ziemlich sicher, diese beruft sich nicht auf eine Lehrstunde in Whiskykunde." „Ich will Herrn Johansson vor dem elektrischen Stuhl bewahren, der nur auf ihn wartet, weil Sie nicht in der Lage sind, den Weg zurück in die Realität zu finden, meine liebe Frau van Spielbeek." „Habe ich Ihnen heute schon gesagt, dass ich Sie liebe, Herr Doktor." „Mit jeder Füllung, Johansson." „Unverschämt und lächerlich. Egal, ich habe meine schwache Position an Deiner Seite akzeptiert, Herr Johansson. Ergo werde ich mir eine starke Position als glückliche Lichtgestalt an einer anderen Seite suchen. Und ich werde sie finden, diese wunderbare Seite, die mich mit der Leidenschaft eines brennenden Herzens liebt." „Du wirst weder suchen noch finden Frau Johansson, sondern Du wirst mir jetzt ganz genau zuhören, was ich Dir zu sagen habe. Solltest Du es wagen, mich mit einem anderen Mann zu betrügen, wird Dich nicht nur eine Kugel treffen, sondern genau die Menge an Kugeln, die benötigt wird, dass Dich Deine geliebte Leiche nicht wiedererkannt, wenn Du durch die Tür ins Jenseits auf sie zuschreitest. Habe ich mich klar und verständlich ausgedrückt, Frau Johansson?" „Du hast Dich sehr verständlich ausgedrückt. Und deshalb werde ich es wagen, mich bei meiner neuen Errungenschaft, die Du vor wenigen Stunden aus meinem Haus geworfen hast, persönlich und mit einem selbstgekochten Menü für Dein schäbiges Verhalten zu entschuldigen." „Eine grandiose Idee, Frau Johansson. Verwöhne diesen Mann mit Deinem selbstgekochten Fraß. Der Gute hat den ersten Bissen noch nicht runtergeschluckt, aber dafür Deinen Tisch schon wieder verlassen. Mein lieber Herr Doktor, eine Armenküche von 1945 ist gleichzusetzen mit einem Gourmettempel, im Gegensatz zu

148

dem, was diese Frau am Herd zusammenbraut. Frau Johansson, Kochen bedeutet sich mit allen Sinnen und mit der Liebe zum Detail, einer genussvollen Leidenschaft hinzugeben." „Johansson, Ihre appetitlichen Worte steinigen meine hungrigen Magen." „Dann serviere ich Ihnen jetzt gedanklich eine delikate Vorsuppe nach dem Rezept meiner Frau, damit Ihnen der Appetit wieder vergeht. Bitte Herr Doktor, ein Teller lauwarmes Leitungswasser, gewürzt mit reichlich Salz und Pfeffer." „Was nützt einem hungrigen Mann die Schönheit seiner Frau, die ihm ihre Liebe zum dadurch Kochen signalisiert, indem sie ihm einen Schweinsbraten mit dem trockenen Charakter eines altbackenen Brotes serviert. Mein armer Johansson, Sie dürfen mein Mitleid genießen und uns beiden einen Verdauungsschnaps einschenken." „Aber gerne, Herr Doktor." „Es besteht übrigens nachweislich ein Zusammenhang mein lieber Schatz zwischen einer geschmackvollen Küche, hoher Qualität und der hohen Kunst, faden Geschlechtsverkehr in leidenschaftlichen Sex zu verwandeln." „Du hast mich sechs Jahre lang in jeglicher Hinsicht verarscht."

Zwei fassungslose Augen starren fast senkrecht nach oben und der nach hinten geneigte Kopf fühlt sich zwischen zwei hängenden Schultern sichtlich verloren, die sich in diesem Moment nach körperlicher Nähe sehnen.

„Nein, im Gegenteil. Ich habe mich in den letzten acht Jahren immer gefreut, wenn ich aus dem Flugzeug gestiegen bin und direkt in den Genuss Deiner Kochkünste kommen durfte. Ich hatte nämlich zu meinem großen Glück wenigsten einen Kotzbeutel in der Tasche. Außerdem kann ich Deinen Zorn nicht verstehen, mein Schatz. Das ist doch ein wunderbarer Liebesbeweis, dass ich immer anstandslos meinen Teller geleert habe." Das schlanke Glas verfehlt auf seinem rasanten Flug nur knapp Jakobs freudestrahlenden Kopf und kollidiert anschließend mit einem großen Blumentopf, der durch den Terroranschlag bemüht ist, seinen japanischen Sagopalmfarn mit dekorativer Stammborke senkrecht stehend am Leben zu erhalten.

„Frau Johansson, Frau Johansson, Du hättest ja wenigstens als kleinen Liebesbeweis Dein Glas vorher leeren können. Dein

Gemüse wir Dir übrigens diesen gemeinen Giftanschlag genauso wenig verzeihen wie Deine ausgeprägte Zornesfalte, die sich eine Extraportion Botulinumtoxin wünscht."

Mit einer stoischen Gelassenheit beobachtet der eindrucksvolle Gasttherapeut den großen Theaterauftritt der Eheleute und genießt passend dazu eine köstliche Kleinigkeit, nach der sein geräumiger Magen buchstäblich schreit.

„Leben Sie ständig in diesem Palast, Frau van Spielbeek?" „Nein, mein Lebensmittelpunkt befindet sich zwei Etagen über der Penthouse-Wohnung von Herrn Johansson. Ich nutze dieses Haus nur noch für Empfänge, Ausstellungen, die ein oder andere Vernissage und Feierlichkeiten jeglicher Art." „Sie sind Kunstexpertin Frau van Spielbeek?" „Ich habe Kunstgeschichte studiert und würde mich durchaus als solches bezeichnen." „Herr Doktor, es ist mir bis heute ein Rätsel, das es in diesem Staat möglich ist, eine derart banale Nebensächlichkeit zu studieren, die lediglich für das eigene kulturelle Interesse förderlich ist." Amüsiert verfolgt Jakob die gezielte Befragung seiner Frau und freut sich über seine bissigen Kommentare, die ihn regelrecht gegen sein angeheiratetes Fleisch und Blut aufhetzen. „Sie betreten dieses gemauerte Prachtexemplar also nur zu besonderen Anlässen, Frau van Spielbeek?" „Besondere Anlässe, zu denen ich auch die Kurzurlaube mit Herrn van Spielbeek zähle." „Wissen Sie, was das Gemeingefährliche an dieser Frau ist, Herr Doktor?" „Nein Johansson, aber Sie werden es mir gleich sagen." „Diese Frau besitzt mehr Talent als ein erfolgreicher Hollywoodschauspieler. Das hat zur Folge, dass Sie den Zeitpunkt einer beabsichtigten Irreführung nicht rechtzeitig wahrnehmen können." „Frau van Spielbeek, bitte erzählen Sie mir, wie sich die Kurzurlaube mit Ihrem verstorbenen Mann gestalten." „Wir reden über Gott und die Welt, lachen zusammen, trinken die ein oder andere Flasche Wein und haben anschließend richtig guten Sex miteinander." „Du willst mir erzählen, Frau Johansson, Du legst Dich mit diesem Zombie zusammen in seine historische Kleiderkammer, ziehst Dir einen verstaubten Designeranzug von ihm an und masturbierst anschließend?" „Es ist wirklich unglaublich Herr Johansson, wie schnell Dein sexsüchtiges Hirn in der Lage ist, sich punktgenau die passenden Bilder vor Augen zu schieben." „Und dann Madame?" „Sobald meine Batterien wieder geladen sind, gehe ich mit meinem Mann gemeinsam durch unser Haus, wir schwelgen noch ein wenig in kostbaren Erinnerungen und dann begleitet er mich hinaus." „Und sobald Du weg bist, fängt der Großmeister vor Langeweile an, mit seinen Hebammenhänden jeden Raum zu streichen. Deshalb sieht es hier auch immer so frisch renoviert aus. Es wird Zeit für mich, auf einen VW Passat umzusteigen, alles andere wäre für einen einzigen, leidenschaftslosen Schluck zu schade."

Eine verzerrte Gesichtsmimik in Verbindung mit einer ausdrucksstarken Körpergestik, lassen nur ansatzweise auf die Erdbebenstärke schließen, die seine Gemütslage in diesem Moment in Atem hält.

„Es ist leider für mich nicht nachvollziehbar, warum Du Dich so brüskierst, Herr Johansson. Du lädst Deine ewig leeren Batterien in drei Tagen auf Sylt." „Eine traurige Tatsache, die sich nicht noch einmal wiederholen wird. Das schwöre ich Dir." „Du wirkst nicht nur von Minute zu Minute unglaubwürdiger, Du besitzt auch noch die Frechheit, mit einem lächerlichen Treueschwur hausieren zu gehen, nur weil Dir Dein Krabbencocktail unverdaut im Magen liegt. Glaube mir, Du wirst Deine agile Art zurückerlangen, sobald Du die Delikatesse in jeder Hinsicht wieder ausgeschieden hast." „Pass auf." „Pass auf kannst Du zu Deinem Deutschen Schäferhund sagen, aber nicht zu mir." „Du hörst mir jetzt bitte zu. Ich habe Dich seit unserer Heirat nicht ein einziges Mal mehr betrogen." „Vielleicht sollte ich Deine Eskapaden einfach nachahmen. Das kostet mich einen Anruf und in genau dreißig Minuten steht ein attraktiver Sportwagen inklusive reinrassigem Fahrer vor der Tür, der mich nicht nur freudestrahlend mitnimmt, sondern mich auch freudestrahlend angrinst, wenn er hört, dass er es mir drei Tage lang ordentlich besorgen darf." „Ich verstehe die Bemerkung mit dem reinrassigen Fahrer nicht ganz, mein Schatz. Ist das eine Anspielung auf Deine Haarfarbe oder auf Deine Verwandtschaft, einem polnischen Landadel, der es durch viel Glück geschafft hat, dass er die Innenräume eines Konzentrationslagers nur von außen besichtigen musste."

Das derbe Lachen gleicht einem imposanten Vulkanausbruch und deklariert das Wahren einer ernsten Haltung lediglich als einen ernst gemeinten Versuch, der kläglich scheitert.

„Johansson, reißen Sie sich bitte etwas zusammen." „Dir wird Dein dreckiges Lachen noch vergehen, Du Arschloch." „Frau van Spielbeek, ich bin über Ihre Wortwahl schockiert." „Und ich bin hocherfreut Herr Doktor Brencken, dass ich es geschafft habe, Sie zu schockieren." „Frau van Spielbeek, ich muss Sie ernsthaft fragen, welche Beweggründe Sie veranlasst haben, die Ehe mit Herrn Johansson einzugehen." „Die Frage ist schnell und ehrlich beantwortet, Herr Doktor Brencken. Sie versuchen, ihn vor dem elektrischen Stuhl zu retten, und ich habe ihm mit dieser Heirat den Tod auf dem Scheiterhaufen erspart." „Eine ehrenhafte Tat, Madame." „Für mich war diese ehrenhafte Tat, eine ehrenvolle Selbstverständlichkeit, da Herr van Spielbeek jederzeit ebenso gehandelt hätte." „Wie bitte? Du hast mich geheiratet, weil Dir das diese Drecksau aus dem Jenseits zugeflüstert hat?!"

Die geschockten Gesichtszüge wirken augenblicklich wie in Stein gemeißelt und debattieren mit seinem elektrisierten Körper, der zittert und schwankt. Ein unnatürlicher Glanz liegt auf seiner Haut, durch die sich unzählige Poren ungeniert nach außen drücken und mit dieser schamlosen Tat seiner lebensbejahenden Attraktivität einen ansehnlichen Schaden zuführen. Unbewusst entfernen seine Finger störende Perlen kalten Schweißes von seiner Stirn, bevor sein hyperaktives Gehirn den stechenden Schmerz einer messerscharfen Klinge fühlt, die mit ihrer sadistischen Lust und seiner wahnwitzigen Enttäuschung spielt, die gleichzeitig seiner zugeschnürten Kehle, die eiskalte Brutalität ihrer Lebensphilosophie erklärt.

„Das hast vollkommen richtig erkannt. Mein Mann hat Dich geliebt wie seinen eigenen Sohn, für den er in seinem Leben alles getan hätte. Deshalb erbitte ich mir ein bisschen mehr Achtung und Würde diesem Menschen gegenüber." „Du hast es geschafft, meine Liebe, ich bin kurz davor durchzudrehen. Aber vorher wirst Du mir noch ganz genau zuhören, was ich Dir jetzt und hier zu sagen habe."

Aus einer sitzenden Position heraus springt der gewaltige Verteidiger in Froschgrün senkrecht nach oben und stürmt das Revier seinen redseligen Mandanten, den er ohne Vorwarnung auf seine Augenhöhe anhebt und im Anschluss nüchtern wie ein Gegenstand vor sich herträgt, bis sich beide außer Hörweite befinden.

„Johansson, bevor auch nur ein Wort über Ihre Lippen kommt, schneide ich Ihnen am lebendigen Leibe die Zunge raus. Wir werden uns jetzt unterhalten, und zwar in einem separaten Raum, den nur wir zwei betreten werden."

Stillschweigend ringt der etwas Schmächtigere um Fassung, während sich der körperlich Überlegene um eine Unterbrechung der Verhandlung kümmert, die er auf eine galante Art und bemerkenswert souverän an der dafür zuständigen Stelle beantragt.

„Meine verehrte Frau van Spielbeek, dürfte ich mich bitte mit Herrn Johansson ungestört und unter vier Augen unterhalten. Ich denke auch Ihnen steht der Sinn nach einer kurzen Verschnaufpause." „Antrag stattgegeben, Herr Doktor Brencken. Warum sollte sich der Staranwalt nicht mit seinem Mandanten besprechen dürfen. Herr Johansson, führt Sie sogleich in einen sicheren Raum ohne Zuhörer. Ich bleibe in der Zwischenzeit artig hier sitzen und werde auf ein alkoholfreies Getränk umsteigen. Schließlich möchte ich meinen Richterspruch noch halbwegs nüchtern verkünden." „Vielen Dank, Madame."

Die altmodische Bibliothek empfängt ihre Besucher mit einer kühlen Raumtemperatur und dem feinen Geruch nach schwarzem Tee und wilder Kirsche. Die gerafften Vorhänge aus schwerer Seide orientieren sich am farblichen Geschmack ihrer fantasievollen Quasten und wagen unter der Obhut einer pompösen Schabracke den direkten Vergleich zwischen Rokoko und Renaissance. Die Büsten bedeutender Schöpfer deutschsprachiger Dichtung thronen auf klassischen Bücherregalen aus massivem Nussbaum, vor denen Jakob mit hängenden Schultern und einem gesenkten Haupt spazieren geht und gleichzeitig versucht, gegen seine grenzenlose Enttäuschung anzukämpfen.

„Bitte Johansson, reichen Sie mir vertrauensvoll Ihre Hand und bleiben Sie ruhig."

Die wunderschönen Tischleuchten im Jugendstil trotzen dem Modernismus wie die französische Récamiere mit purpurrotem Samtbezug, auf dem ein großartiger Therapeut bequem sitzend seinen aufgebrachten Schützling mit einer beruhigenden Art erfolgreich erdet." „Erklären Sie mir bitte, wie ein Mann ruhig bleiben soll, wenn er solch eine Aussage aus dem Mund jener Frau hört, die er liebt." „Glauben Sie mir Johansson, ich fühle mit Ihnen. Wenn eine meiner geschiedenen Frauen mich nur geheiratet hätte, weil ihr Vetter dritten Grades auch den Bund Ehe mit mir eingegangen wäre, ich hätte anschließend die glückliche Scheidung um Monate vorgezogen. Trotz alledem muss Ihnen zwingend davon abraten, zum jetzigen Zeitpunkt Frau van Spielbeek Ihr Wissen rund um das Geschehene mitzuteilen. Johansson, sollte sich Ihre Frau nur den Bruchteil einer Schuld am Tod ihres verstorbenen Mannes geben werden noch heute Nacht bei ihr die Lichter aus. Und zwar für immer." „Aha, jetzt bin ich aber gespannt, zu welcher homöopathischen Alternativmedizin mir mein therapeutischer Klugscheißer rät." „Völlig ungeschminkt und ohne sentimentale Schwingungen kann ich Ihnen vorweg mitteilen, dass Ihre Frau sie liebt. Und zwar mehr, als Sie jemals wagen würden anzunehmen, Johansson. Sie müssen sich lediglich aus Ihrem egozentrischen Vakuum befreien, dass Sie geradezu in eine emotional- ambivalente Beziehung geführt hat. Beenden Sie endlich Ihre Jagd nach Affären, die sich jedes Mal mit einem aromalosen Beigeschmack verabschieden." „Ich möchte nochmals betonen Herr Doktor, dass ich mir seit dem Tag meiner Eheschließung außerhalb meiner angetrauten Wirkungsstätte eine monastische Lebensweise aneignet habe. Allerdings kann ich mir nur sehr schwer vorstellen, dass diese Tatsache die gestörte Wahrnehmung meiner Frau in Bezug auf ein Lebensende mit drei Buchstaben kurieren soll." „Johansson, Ihre extreme Denkweise galoppiert mal wieder in alle Richtungen, nur nicht in die Richtige. Ich alleine werde Frau van Spielbeek durch eine erfolgreiche Therapie begleiten, die Sie bereits in wenigen Stunden freiwillig beginnen wird, nachdem sie mit ihrer eleganten

Schuhspitze die Tür in ein befreites Leben aufgestoßen hat. Kommen Sie, wir werden jetzt gemeinsam die Chance nutzen, den Zweiten Weltkrieg letztendlich doch noch als glorreichen Sieg nach Hause zu tragen."

Eine angenehme Wärme legt sich wie ein warmer Mantel um Jakobs Herz und entzündet eine Flamme des Vertrauens, die ihn freundschaftlich in den Arm nimmt.

„Und, war Ihr konspiratives Treffen erfolgreich, Herr Doktor Brencken?"

Ein Blick auf die antike Armbanduhr bewertet zeitlich die noch bevorstehende Prozedur und gilt als indirekter Startschuss für eine spezielle Heilbehandlung nach der persönlichen Vorstellung eines geistreichen Wunderheilers.

„Die Frage kann ich Ihnen in exakt zwölf Stunden beantworten. Aber keine Sorge, Madame, ich gönne Ihnen in der Zwischenzeit noch Ihren dringend benötigten Schönheitsschlaf." „Darf ich Ihre spitze Bemerkung persönlich nehmen, Herr Doktor?" „Da Sie heute Nacht noch mehrere persönliche Bemerkungen ertragen müssen Frau van Spielbeek, würde ich Ihnen raten, das kleine Fettnäpfchen, das ich soeben leicht berührt habe, nicht zu beachten." „Sie machen es aber verdammt spannend, Herr Doktor Brencken." „Johansson, würden Sie Frau van Spielbeek bitte noch einen Gin Tonic mit kräftigem Aroma servieren." „Aber gerne. Dazu empfehle ich ein paar kunstvollen Kanapees mit einem hohen Fettgehalt, der über hervorragende Schmiereigenschaften verfügt und sich wie ein unsichtbarer Schutzfilm über Deine Magenwände legt, damit der Alkohol nicht so schnell Dein Blut passiert, Frau Johansson." „Pass auf, dass ich Dir nicht gleich eine schmiere." „Es erfüllt mich mit Stolz, dass Du mit mir wie mit Deinem reinrassigen Deutschen Schäferhund redest, mein Schatz." „Richtig, den ich in den nächsten Stunden einschläfern lasse." „Keine Angst, Johansson. In der Organisation von Trauerfeiern hat Ihre Frau die besten Erfahrungen. Und wenn ich Ihren Namen richtig einzuschätzen vermag, meine liebe Frau van Spielbeek, wurde der Tod Ihres ersten Mannes zu einem öffentlichen Großereignis. Bewundernswert, wirklich bewundernswert."

Das knusprige Häppchen aus salzigem Gebäck wirkt zwischen den gewaltigen Fingern verloren wie unnützer Fliegendreck, der mit Genuss auf einer hungrigen Zunge zergeht.

„Was finden Sie denn jetzt schon wieder bewundernswert, Herr Doktor?"

Der wippende Fuß am Ende eines übereinandergeschlagenen Beines verrät die innerliche Nervosität seiner Besitzerin, die über ihre verschränkten Arme vor der Brust verkündet, dass sie sich weder kooperativ zeigt noch dazu bereit ist, sich auf ein gefährliches Spiel einzulassen.

„Das eine junge Witwe derart von Professionalität durchzogen ist, dass sie ihren Auftritt in der Öffentlichkeit mit Bravour absolviert, obwohl die eigene Seele in einem Meer grenzenloser Trauer versinkt." „Ich muss zugeben Herr Doktor Brencken, fast möchte man zusammen mit Ihren lieblichen Worten dahinschmelzen, würde einen der eigene Würgereiz nicht daran hindern." „Warum sind Sie auf einmal so aggressiv, Frau van Spielbeek?" „Weil Sie mich nerven, ganz einfach. Was wollen Sie von mir?" „Mit Ihnen über die Trauerfeier Ihres verstorbenen Mannes reden. Nicht über die bevorstehende Trauerfeier von Herrn Johansson, sondern über die Trauerfeier und Beisetzung Ihres vor sechs Jahren verstorbenen Mannes." „Ich muss Sie enttäuschen, mein lieber Herr Doktor. Obwohl es mir wirklich eine Ehre ist, mit Ihnen zu plaudern, kann ich Ihrem Wunsch leider nicht nachkommen." „Langweilige ich Sie etwa, Madame?" „Ein Mann von Ihrem Format, der einen Intellekt in sich beherbergt, der einem fast schon ausnahmslos erscheint, wirkt wie ein kurzweiliges Buch auf mich, Herr Doktor." „Sie wollen sich also partout nicht mir über dieses Thema unterhalten." „Das nenne ich eine Unterstellung, Herr Doktor. Ich kann mich mit Ihnen nicht über dieses Thema unterhalten, da ich Ihre besagte Trauerfeier nicht besucht habe." „Johansson stimmt das?" „Ja." „Herr Doktor Brencken, wofür sollte ich einer Trauerfeier beiwohnen, die veranstaltet wird, obwohl der Hauptakteur weder tot noch verstorben ist? Wofür sollte ich einen Sarg zu Grabe lassen, der sich über keinen Leichnam freuen kann?" „Johansson, stehen Sie gefälligst nicht so faul hinter der Theke herum, fahren Sie den

Porsche aus der Garage." „Entschuldigen Sie bitte meine Unaufmerksamkeit, Herr Doktor, aber ich empfinde es als schockie-
rend und beschämend, was diese Frau von sich gibt. Ihre Worte
lähmen mich."

Fassungslos sucht Jakob halt am Thekenkorpus und schüttelt
über die diskussionswürdige Aussage bestürzt seinen Kopf, den
er dabei in beiden Händen hält.

„Johansson, ich stehe Ihnen bei. Sie sind aber auch wirklich ein
bedauernswerter Mann."

Ungläubig beobachtet das selbst ernannte Opferlamm, wie man
ihrem lebenden Ehemann aufmunternd über die Schulter streichelt und ihm leise Mut zuspricht, bevor man sich wieder dem
eigentlichen Problem zuwendet.

„Demzufolge waren Sie noch nie am Grab Ihres Mannes, Frau
van Spielbeek?" „Gräber interessieren mich grundsätzlich nicht."
„Dann wissen Sie ja auch nicht, was auf dem Grabstein steht.
Durchaus anzunehmen, dass auf dem guten Stück der Platz für
Ihre Initialen gelassen wurde. Sie sollten dringend den Ort ken-
nenlernen, wo Sie Ihre letzte Ruhe finden, Frau van Spielbeek."
„Sie ticken doch nicht mehr ganz richtig." „Genauso wenig, wie
Sie noch ganz richtig ticken, Madame. Ist diese Gemeinsamkeit
nicht wunderbar?" „Lecken Sie mich doch einfach am Arsch."
„Das Angebot würde ich dankend annehmen, wenn Ihr lebender
Mann nicht anwesend wäre." „Herr Doktor, Sie brauchen keine
Rücksicht mehr auf mich und meine Anwesenheit zu nehmen.
Ich schenke Ihnen die Frau, die mich und meine Liebe seit acht
Jahren in einer Schattenwelt gefangen hält." „Wie darf ich Deine
kitschige Aussage verstehen, Herr Johansson?" „Ich werde die
von Dir selbstgestrickte Zwangsjacke ablegen und Dich verlassen." „Du wirst bitte was?" „Ich werde Dich verlassen, weil Du
selbst nach sechs Trennungsjahren nicht bereit bist, Dich endgültig von Deinem verstorbenen Mann zu trennen, Frau van
Spielbeek. Ich wünsche Dir viel Erfolg bei der Suche nach einem
neuen Schattenmann, der sich bereitwillig auf eine Ehe zu dritt
einlässt. Mein Platz wird frei mit Zustellung der Scheidungspapiere, die Du in den nächsten Tagen persönlich erhalten wirst.
Cheers." „Johansson, Sie sind auf dem richtigen Weg. Ich bin

begeistert, dass Sie endlich bereit sind, sich von einer höchst eingebildeten Schaufensterpuppe mit eingesargtem Anhang zu trennen."

Bitterböse erhebt sich die Angegriffene von ihrem Barhocker und pumpt vor Wut auffällig viel Luft in die schmale Brust, deren Dekolleté sichtbar von Körbchengröße A auf Körbchengröße B anwächst.

„Jetzt reicht es mir." „Ihrem Ex-Mann reicht es bereits seit acht Jahren. Ich darf doch Ex-Mann sagen, Johansson?" „Selbstverständlich, Herr Doktor Brencken. Ich meine sogar bemerkt zu haben, dass Frau van Spielbeek ein Lächeln der Erleichterung über ihr Gesicht gehuscht ist, als sie das Wort Scheidungspapiere gehört hat. Jetzt kann sie sich bald endlich wieder ungestört ihrer Götzenverehrung widmen." „Du elendige Drecksau. Was glaubst Du eigentlich, wer Du bist?"

In letzter Sekunde entkommt Jakobs Gesicht einem Schwall alkoholisierter Flüssigkeit und sieht sich aufgrund dessen vorerst als glorreicher Sieger in einem deftigen Streit, der fast seinen Höhepunkt erreicht hat. Absolut überreizt geht die Randaliererin auf der Stelle spazieren und ist sichtlich bemüht, den Wasserstand in ihren Augen zu kontrollieren, die durch ihre emotionale Reaktion umgehend für das eine oder andere Glückshormon in Jakobs Kopf sorgen.

„Ich kann nur für Dich hoffen, mein Schatz, dass Deine wasserfeste Schminke hält, was Sie großspurig verspricht und nicht schon vor dem eigentlichen Abschminkprozess verläuft." „Wissen Sie, was typisch für das weibliche Geschlecht ist, Johansson? Gehen dieser Spezies die Argumente aus, fangen sie entweder an, hysterisch zu schreien und zerschlagen dabei ihr eigenes Porzellan, oder sie legen sich mit einem antiquierten Flanellnachthemd beleidigt ins Bett, um mit diesem trotzigen Verhalten der ganzen Welt zu sagen, hoch lebe das Tabuthema Sex, mit dem ich mich für den Rest meines Lebens nie wieder auseinandersetzen werde. Ich bin wirklich gespannt, für welche Variante sich Frau van Spielbeek im Verlauf der Diskussionsrunde entscheiden wird."

Traurig setzt sie sich das eingeknickte Paradebeispiel weiblichen Geschlechts wieder auf das Gaststättenmobiliar und spielt nervös mit ihrem langen Haar, ohne dabei einen Blick nach rechts oder links zu verlieren.

„Wenn Du mir versprichst, den Inhalt diesmal anständig zu leeren, schenke ich Dir noch einen belebenden Gin Tonic ein, mein Schatz." „Frau van Spielbeek, bitte erzählen Sie mir, was Sie von einem Mann erwarten?"

Arrogant bewegt sich die beleidigte Nase steil nach oben, bevor sie ihren unliebsamen Gast fragend ansieht.

„Was mischen Sie sich denn jetzt schon wieder ein, Herr Doktor Brencken?" „Frau van Spielbeek, beantworten Sie bitte sachlich meine Frage. Was erwarten Sie von einem Mann, dessen Partnerin ihm jahrelang Gift über sein Essen streut? Und zwar den toten Kontrahenten fein zermahlen in Pulverform." „Endlich habe ich die Erklärung für Deine ungenießbare Küche, Frau Johansson." „Wissen Sie, was das Gemeine an Ihrer zwischenmenschlichen Beziehung ist, Madame?" „Ich bin gespannt, Herr Doktor Brencken, welche Lächerlichkeit Sie jetzt von sich geben." „Das Sie in den letzten acht Jahren keine ernst zu nehmende Konkurrenz hatten." „Ich danke Ihnen, dass Sie mein Immunsystem stärken, indem Sie mich zum Lachen bringen, Herr Doktor. Wie viele Konkurrentinnen brauchen Sie? Reichen Ihnen gefühlte einhundert?" „Uninteressant, völlig uninteressant Frau van Spielbeek. Das sind keine Konkurrentinnen, sondern lediglich Seifenblasen, die bereits zerplatzt sind, noch bevor Herr Johansson seine Hose wieder hochgezogen hat. Aber dafür haben Sie eine Seifenblase in Ihrem Kopf sitzen, die nicht zerplatzen kann, weil Sie diese Seifenblase schützen, wie eine Mutter ihr Kind. Und wissen Sie, warum diese Seifenblase so gefährlich ist, Frau van Spielbeek?" „Nein, Herr Doktor." „Weil diese Seifenblase systematisch Ihr Leben vergiftet, weil diese böse Seifenblase Ihre Ehe tötet und weil diese Seifenblase nach und nach Ihre außergewöhnliche Persönlichkeit ausradiert." „Es ist schon fast abartig, Herr Doktor Brencken, wie Sie versuchen, mich zu einem Schuldanerkenntnis zu bewegen." „Abartig ist lediglich die penetrante Hinterhältigkeit Ihrer künstlichen Opferrolle, die mich versucht, absichtlich zu nerven und Sie mit einem typischen Leichengeruch umwirbt, der Ihrer Nase schmeichelt, wie der Duft eines kostbaren Parfüms, Frau van Spielbeek. Nicht Sie sind hier das Opfer, sondern einzig und alleine Herr Johansson, den Sie mit Ihrer abscheulichen Trauerromantik förmlich in die Betten namenloser Verkehrsteilnehmerinnen getrieben haben, mit denen er lediglich versucht hat, seine Sehnsucht nach Ihrer absoluten Liebe zu stillen. Seit acht Jahren kämpft dieser Mann bedingungslos um Ihre Liebe, aber anstatt seine Liebe anzunehmen, verfolgen Sie vehement die aberwitzige Theorie, dass Ihr vor Jahren verstobener Mann als unsichtbares Individuum an Ihrer Seite weiterlebt. Das hat zur Folge, dass Sie überhaupt nicht in der Lage sind, eine realistische Beziehung außerhalb Ihrer absurden Traumwelt zu führen." „Findest Du das in Ordnung, wenn jemand so mit Deiner Frau redet?"

Hilfesuchend wendet sich ein fassungsloses Gesicht an den noch lebenden Bösewicht und bettelt förmlich um seine verbale Unterstützung.

„Also ich finde, er macht seine Sache außerordentlich gut." „Wissen Sie, wofür jetzt genau der richtige Zeitpunkt ist, Johansson?" „Für eine Probefahrt mit dem Lamborghini, Herr Doktor." „Nein, für den Lamborghini ist es noch zu früh. Bitte vorweg noch einmal den Mercedes-AMG." „Ich frage mich mittlerweile, wer von uns dreien am meisten gesoffen hat. Handelt es sich hierbei um ein neues Gesellschaftsspiel, das mir noch nicht bekannt ist, Herr Doktor Brencken?" „Nein, Frau van Spielbeek. Johansson, es ist jetzt genau der richtige Zeitpunkt, um eine Platte aufzulegen. Und zwar eine ganz spezielle Platte." „Herr Doktor, ich bin nicht in Stimmung, um irgendwelche Musik zu hören." „Ich meine nicht irgendwelche Musik, ich meine ein ganz bestimmt Lied, dass Sie in Stimmung versetzen wird, Frau van Spielbeek. Ich hoffe allerdings, dass Sie nicht in einer Reizüberflutung ertrinken werden. Johansson, auflegen." „Nein! „Wissen Sie, was mich ein wenig irritiert, mein lieber Herr Doktor?" „Nein, meine liebe Frau van Spielbeek." „Mich irritiert, dass Sie dieses Lied kennen." „Meine verehrte Frau van Spielbeek, das Lied kennt fast jeder, der nach 1950 geboren wurde. Sie irritiert lediglich, dass mir der

Zusammenhang zu diesem Lied bekannt ist." „Frau Johansson, bitte hör auf Herrn Doktor Brencken zu bedrängen und freue Dich einfach, dass Dir dieses Lied die Antwort auf Deine Fragen geben wird. Und nebenbei kommst Du noch in den Genuss, eine der besten Scheiben aller Zeiten zu hören. Darf ich loslegen?" „Nein! Du wirst mir erst die Frage nennen." „Warum ausgerechnet heute. Darf ich endlich auflegen?" „Du brauchst die Platte nicht mehr aufzulegen." „And it's hard to hold a candle in the cold november rain. Schade, wirklich schade." Das soeben noch extrovertierte Gemüt ist zu keiner Regung mehr bereit und bittet bei der Suche nach dem gesunden Menschenverstand die eigene Vernunft um tatkräftige Unterstützung. „Du weißt, was genau heute vor acht Jahren passiert ist?" „Ja." „Du weißt, dass ich mich heute vor acht Jahren unsterblich in Dich verliebt habe?" „Ja." „Und Du weißt, dass ich seit acht Jahren jeden gottverdammten Tag um Deine Liebe kämpfe und gegen dieses unsterbliche Monster." „Ja. Du entschuldigst mich bitte, ich gehe vor die Tür, um frische Luft zu einzuatmen."

Unter einer unsichtbaren Welle bitterer Tränen bricht die farbenfrohe Plakatwand in sich zusammen, während zur gleichen Zeit eine starke Seele mithilfe einer spitzen Schere sich von den engen Maschen eines langgetragenen Trauerkleides befreit und anschließend das schwarze Band zwischen ihr und einer emotionalen Abhängigkeit entzweit.

„Sie bleiben genau da sitzen, wo Sie sitzen. Und wagen Sie es nicht aufzustehen, Madame. Johansson, wo bleibt der Gin Tonic für Frau van Spielbeek?"

Mit einem strahlenden Lächeln kommentiert der begnadete Todeskandidat die erfolgreiche Verteidigung seiner Straftat und legt seinem freiheitsliebenden Egoismus freiwillig moralische Handschellen an.

„Meine große Liebe bekommt letztmalig einen geschwächten Gin Tonic und der Herr Doktor fährt jetzt noch einmal von Sindelfingen nach Zuffenhausen. Zwar kann dann die nette Person mit einem adäquaten Studium der Kunstgeschichte immer noch nicht nachvollziehen, warum man zwischen zwei neuen Gebäcksorten hin und her fahren kann, aber diejenige wird dann

begriffen haben, dass sie mit dreißig Jahren Witwe wurde. Und wenn der Groschen dann nach sechs langen Jahren endlich hörbar gefallen ist, schenken sich zur Feier des Tages der liebe Herr Doktor und der liebe Herr Johansson einen Lamborghini ein und fahren mit Dir mein Schatz, auf einer frischen Tortellini nach Italien." „Ihre laienhaften Kabaretteinlagen sollten Sie genauso von Ihrer Menükarte streichen wie das reichhaltige Büffetangebot, dass Sie so gerne in Anspruch nehmen. Eine Feinschmeckersuppe aus erlesenden Zutaten kitzelt den Gourmetgaumen mehr als billige Lebensmittel mit reichlich Geschmacksverstärker, Johansson." „Herr Doktor, auch ich werde selbstverständlich meinen Beitrag dazu leisten, damit Frau Johansson rundum glücklich und zufrieden ist." „Frau van Spielbeek, sind Sie nach diesem ersten Schritt in Richtung Notausgang bereit, mit mir gemeinsam weiter zu gehen?" „Ja, ich bin bereit und ich gebe Ihnen Recht, Herr Doktor Brencken. Ich muss mich endlich von meinem verstorbenen Mann befreien und jene Tür finden, die mich aus dieser wahnsinnigen Traumwelt führt. Im Grunde hat es mich schon immer interessiert, was auf dem Grabstein steht. Ich erwarte Sie also zur vereinbarten Zeit am Nachmittag." „Ich werde pünktlich bei Ihnen sein." „Das erwarte ich auch von Ihnen, Herr Doktor Brencken, genauso wie ich jetzt von Ihnen erwarte, dass Sie Verständnis dafür haben, dass ich mir ein paar Stunden Schlaf gönne, ohne dabei ein antiquiertes Flanellnachthemd zu tragen. Auf Wiedersehen Herr Doktor Brencken." „Frau van Spielbeek, es war mir eine Ehre."
Galant verabschiedet eine selbstbewusste Person, ihr therapeutisches Duett und befreit im Nachgang ihre rechte Hand von einem sechszehn Jahre alten Metallgegenstand, den sie mit einer lächelnden Selbstverständlichkeit ihrem erstaunten Mann überreicht.
„Bitte Herr Johansson, ich schenke ihn Dir." „Was soll ich damit?" „Du kannst ihn entsorgen oder ihn Dir proletenhaft um den Hals hängen, damit sich die zukünftigen Damen unter Dir gut aufgehoben fühlen wie beim häuslichen Geschlechtsverkehr." „Frau van Spielbeek?" „Ja bitte, Herr Doktor Brencken?" „Das war lediglich Ihr erster Unterrichtstag." „Dessen bin ich mir voll-

kommen bewusst. Ich wünsche den Gentlemen eine gute Nacht."

Mit einer nachdenklichen Mine schaut Jakob der Liebe seines Lebens nach und spielt dabei unbewusst mit dem abgelegten Ehering, der seit wenigen Minuten das stolze Symbol eines er-trotzten Waffenstillstands ist.

„Johansson, machen Sie sich keine Gedanken, das Schlimmste ist überstanden. Glauben Sie mir, eine Frau verzeiht so man-chen Fehltritt, in den ein Mann sein Leben lang immer wieder absichtlich hinein treten würde. Holen Sie endlich Ihre Flitterwo-chen nach und schwängern Sie Ihre Frau. Sie haben danach einen Vorteil gegenüber dem toten Rivalen, den dieser nur sehr schwer aufzuholen vermag und die heikle Unterstellung mit dem Fischmarkt verliert eindeutig an Aussagekraft." „Und, wie mundet Ihnen der Lamborghini?" „Meine gereizten Geschmacksknospen sind mit einem Schluck aufgeplatzt und blühen jetzt in voller Pracht. Entsorgen Sie diesen scheußlichen Ring, Johansson und rufen Sie mir bitte ein Taxi. Es wird Zeit, für mich zu gehen, denn ich habe heute noch eine anstrengende Teufelsaustreibung vor mir."

Ein kalter Frühlingsregen verabschiedet die letzten Strahlen ei-ner lauwarmen Wintersonne und klopft an kindlich dekorierte Fensterscheiben, hinter denen apfelsinengelbe Krokusse im Topf farbliche Akzente setzten.

„Guten Tag Herr Johansson." „Guten Tag Karen." „In Ihrem Büro wartet unangemeldet ein Herr auf Sie, Herr Johansson."

Zähnefletschend legt Jakob seinen Kopf in den Nacken und ver-sucht durch ein angespanntes Muskelkorsett seine Wut zu un-terdrücken, die ihm bereits mit einem tobsüchtigen Anfall droht.

„Karen, wenn Sie nicht wollen, dass ich komplett die Beherr-schung verliere, sagen Sie mir bitte laut und deutlich, dass es sich hierbei um einen Scherz handelt." „Es tut mir leid, Herr Jo-hansson, aber Sie werden bereits erwartet." „In diesem Gebäude befinden sich mehrere Besucherräume. Diese Räume haben den Nutzen, Kunden und Besucher zwischenzulagern. Verstan-den?" „Ja, Herr Johansson." „Und jetzt noch mal für Sie zum

Verständnis keiner und auch nicht meine Frau hat innerhalb meiner Abwesenheit mein Büro zu betreten. Ich werde die Sachlage dahingehend verschärfen, dass ich ab sofort die Tür stets verschlossen halten werde. Auch wenn ich den Raum lediglich verlasse, um in regelmäßigen Abständen diverse Organe zu entleeren." „Herr Johansson, bitte brüllen Sie nicht so."

Das hilflose Opfer seines cholerischen Temperaments wünscht sich nichts sehnlicher als eine resolute Stressresistenz, die sich mühelos anzutrainieren ist und sich kalorienarm pflegen lässt. „Wer ist der Herr Karen?" „Ich habe den Namen nicht verstanden." „Wie bitte? Ich drehe gleich durch. Es zählt zum Grundgesetz einer jeden guten Sekretärin, Namen und Telefonnummern zu erfragen und ordnungsgemäß zu notieren sowie die Hundehütte des Rudelführers zu bewachen." „Der Herr hat nur gesagt, dass er ein guter Bekannter von Ihnen ist und es in Ordnung wäre, wenn er in Ihrem Büro warten würde."

Beleidigt zieht der ungeschminkte Mund seine Winkel nach unten und beneidet das kräftiges Wangenrot der glühenden Apfelbäckchen, die unter einem trotzigen Kinderblick einen farbenfrohen Pinselstrich hinterlassen.

„Das an Ihrem Schreibtisch kein Mann freiwillig länger als fünf Minuten wartet, ist verständlich." „Der Herr ist unglaublich groß und breit." „Im Gegensatz zu Ihrer Figur, der mindestens vierzig Zentimeter Körpergröße fehlen, um das Gewicht einigermaßen auszugleichen."

Merklich abreagiert, betritt das gepflegte Alphatier sein markiertes Revier und wird sogleich freudestrahlend empfangen.

„Johansson, da sind Sie ja. Ich freue mich, Sie zu sehen." „Ganz meinerseits, Herr Doktor Brencken. Was verschafft mir die Ehre Ihres Besuchs?" „Ihre Sekretärin war so nett und hat mir den Zutritt zu Ihrem Büro gewährt." „Wenn die Dame so nett ist, dann hätten Sie doch in ihrer direkten Nähe auf meine Wenigkeit warten können, Herr Doktor." „So nett ist sie nun auch wieder nicht. Auf ein Wort Johansson, dieses unscheinbare Pummelchen, hat Ihnen doch Ihre Frau ausgesucht. Bei einer Sekretärin Ihrer Wahl reizte wahrscheinlich schon der bekleidete Anblick dermaßen, dass man nur hoffen kann, der eigenen Hose wurde zwischen Reißverschluss und Hosenknopf ein hoher Anteil an Elasthan beigemischt. Wie geht es denn Ihrer Frau?" „Wie es einer schwangeren Frau an meiner Seite, geht einfach nur gut." „Johansson, das ist ja großartig. Wie haben Sie das geschafft?" „Kein Mensch kommt ungestraft davon, der es wagt, mich als Fischhändler zu titulieren." „Dann bleibt nur zu hoffen, dass es kein Fisch wird." „Da ich ziemlich unangenehm werden kann, wenn ein Ergebnis nicht meinen Vorstellungen entspricht, können Sie sich die Antwort denken. Womit kann ich Ihnen dienen, Herr Doktor?" „Mit einen starken Kaffee und einen guten Cognac. Für Sie bitte auch." „Mir war bis eben zwar nicht bewusst, dass ich eine Gaststätte betreibe, aber für Sie natürlich gerne. Die Getränke kommen sofort der Herr."

Auf die präzise Bestellung eines schiefergrauen Feincordanzugs in Kombination mit einem hellblauen Hemd folgt die prompte Ausführung eines in Neugierde versetzten Finanzexperten.

„Karen, zwei Tassen starken Kaffee, farblich bitte deutlich dunkler als schwarzer Tee. Danke."

Mit einer Note leichter Überheblichkeit bedient sich Jakob an seiner andalusischen Glasvitrine und hält Sekunden später zwei gutgefüllte Cognacschwenker in jeder Hand.

„Was führt Sie zu mir, Herr Doktor?" „Ich habe geerbt." „Und jetzt brauchen Sie einen guten Rat, wie Sie 20.000,-- Euro gewinnbringend anlegen können." „Plus drei Nullen im hinteren Bereich, Johansson." „Höre ich richtig zwanzig Millionen?"

Durch die expressive Betonung seiner lautstarken Aussage wird das soeben registrierte Faktum fast schon zu einem Politikum und gewinnt ohne geistigen Übergang für Jakob an materieller Bedeutung.

„Sie haben nicht nur richtig gehört, Sie haben auch richtig addiert. Das Beherrschen der vier Grundrechenarten traue ich Ihrer Berufsgruppe auch ohne Weiteres zu. Ob es im Endeffekt 18 Millionen oder 25 Millionen sind, kommt ganz darauf an, was Sie daraus machen, mein lieber Johansson." „Respekt Herr Doktor, in Ihrem grünen Anzug, den Sie an unserem letzten gemeinsamen Abend getragen haben, erinnerten Sie den Betrachter eher an einen Sumoringer im Froschkostüm als an den reichen

Spross einer Gelddynastie." „Im Gegensatz zu Ihnen, Johansson. Egal welches traurige Schicksal Sie in diesem Leben noch ereilt oder gesetzt dem Fall, Sie wären morgen bankrott, mit Ihrem Aussehen verheimlichen Sie der Welt konsequent die bittere Wahrheit hinter der schönen Fassade und hätten immer noch gute Chancen, die Hauptrolle in einer amerikanischen Seifenoper zu ergattern, die als Billigproduktion verschrien ist."

Überlegen lehnt sich Jakob in seinem Ledersessel zurück und verschränkt seine Hände im Genick.

„Nach dem regen Austausch charmanter Aussagen über zwei faszinierenden Persönlichkeiten sollten wir die nächste Runde einläuten und uns dem geschäftlichen Interesse zuwenden." „Bitte Herr Doktor, öffnen Sie sich vertrauensvoll einem guten Zuhörer, der ein wenig Erfahrung im Rechnen vorzuweisen hat." „Ich bin seit Kurzem rechtmäßiger Eigentümer einer exklusiven Hotelanlage inklusive Kur- und Wellnessresort sowie angeschlossener Privatklinik für plastische Chirurgie in der Nähe von Starnberg. Das heißt, ich benötige dringend einen fähigen und kompetenten Finanzberater, der mich in sämtlichen Entscheidungen bezüglich eines etwaigen Verkaufs unterstützt." „Darf ich fragen, wie Sie zu diesem Lottogewinn gekommen sind?"

Hingabevoll schwenkt die Hand das bauchige Glas, bevor ein köstlicher Duft die Nase stimuliert und man dem Gaumen anschließend einen gehaltvollen Genuss serviert, der seine Befriedigung durch leichte Kaubewegungen zum Ausdruck bringt. „Mein Onkel mütterlicherseits hat den Komplex zusammen mit seinem Sohn aufgebaut und gemeinsam erfolgreich bis zu ihrem tragischen Tod geführt. Mein Cousin war ein großartiger Chirurg, der sich aus seinem Fachgebiet einen Namen gemacht hat und mein Onkel ein Vollbluthotelier, der nur für seinen Traum lebte. Bis zur letzten Stunde. Sie saßen gemeinsam im Wagen, als sich der tödliche Verkehrsunfall ereignet hat." „Und Sie sind der Alleinerbe?" „Ja. Die Frau meines Onkels und Mutter seines Sohnes ist bereits vor Jahren einem Krebsleiden erlegen. Meine Mutter verstarb vor zehn Jahren an Herzversagen. Es gibt weder Geschwister noch weiter Anverwandte. Ich bin der letzte noch lebende Nachkomme dieser Linie." „Ein plastischer Chirurg ohne eigene Nachkommen ist ja fast unglaublich. Das weibliche Geschlecht muss diesem Mann doch förmlich die Türen eingetreten haben. Konnte er keine Kinder zeugen oder war er ein Fall für seinen eigenen OP-Tisch?" „Weder noch. Er war homosexuell." „Ich frage mich, warum Ihr Vetter mit dieser Veranlagung in seiner tiefschwarzen Heimat nicht Opfer einer Steinigung wurde. Gott sei Dank, dass mir dieser Mann nicht mehr über den Weg laufen kann." „Was haben Sie eigentlich gegen Schwule, Johansson? Sie müssten doch frei nach der Devise leben, je größer die Anzahl männlicher Personen mit krankhafter Neigung zur Homosexualität, umso größer die Auswahl unter dem weiblichen Geschlecht mit heterosexueller Ausrichtung. Ihre extreme Antipathie ist mir bereits bei unserer letzten Begegnung aufgefallen. Gibt es dafür einen bestimmten Grund?" Gelassen lässt Jakob die leichte Provokation über sich ergehen und kontert auf die heikle Frage relativ souverän: „Nein, Herr Doktor. Ihr Geist folgt mal wieder blind und unbeirrt einer zwanghaften Einbildung, die ständig versucht, Ihrer beruflichen Mission neue Impulse zu verleihen." „Und Sie verwechseln Einbildung mit ehrlichem Interesse an Ihrer Person, Johansson." „Und mich interessiert, ob bei diesem Objekt mehr rauszuholen ist als lediglich zwanzig Millionen." „Und um das herauszufinden, müssten Sie allerdings mit mir in den südlichen Teil der Republik verreisen. Nur Sie und ich, ohne Ihre schöne Frau." „Nennen Sie mir einen Grund, warum mich meine Frau auf dieser Geschäftsreise begleiten sollte." „Vielleicht um ihrem Brustbereich ein reizvolles Volumen an der richtigen Stelle zu verleihen?" „Ich stehe leider nicht auf Dekolletés, für die man einen Schnorchel benötigt, sobald man sich mit dem Gesicht in der Mitte gelandet ist." „Das Sie immer so maßlos übertreiben müssen. Sie unterstützen mich also bei meinem geschäftlichen Vorhaben?" „Damit verdiene ich mein Geld, Herr Doktor." „Ich bin begeistert. Wann können wir starten, Johansson?"

Ein gezielter Griff zum Telefon gilt als offizielle Auftragsannahme und ist ein Indiz für den zeitlichen Beginn einer offiziellen Dienstleistung.

„Karen, buchen Sie den nächstmöglichen Flug nach München. Und zwar für zwei Personen." „Wenn Sie dann vielleicht noch so nett wären und mir Ihren Stundenlohn mitteilen würden." „Meinen Stundenlohn werde ich Ihnen ganz schonend mitteilen, sobald wir am Zielflughafen gelandet sind." „Wissen Sie, was mich ganz besonders freut, mein lieber Johansson?" „Nein, Herr Doktor Brencken." „Ab sofort bin ich Ihr Kunde und Sie nicht mehr mein Patient."

Diszipliniert und nach Standard motiviert, startet Jakob einen Tag später seine geschäftliche Reise und hält sich strikt an die eigenen Vorgaben seiner erfolgsverwöhnten Vorgehensweise. Ein gelebter Enthusiasmus lässt sich durch seinen ausgeprägten Geschäftssinn inspirieren und versucht dabei gleichzeitig seinem Klienten zu imponieren, der auf eine gelassenen Art und Weise Jakob seine Aufmerksamkeit schenkt.
„Wir landen in dreißig Minuten Herr Doktor, und damit fällt der Startschuss für die Durchführung einer erfolgreichen Unterneh-mung, die wir im gemeinsamen Interesse mit einem Sieg zielge-richtet beenden werden. Ich hoffe nur, dass meine Vorbildsekre-tärin auch an den Leihwagen gedacht hat." „Ihre Sekretärin hat an alles gedacht, Johansson. Ich habe den Wagen allerdings stornieren lassen, da wir bereits von einem Chauffeur erwartet werden." „Das soll mir Recht sein. Bei einer entspannten Fahrt die Landschaft genießen, hat einen gewissen Reiz." „Ich müsste Sie allerdings bereits vor der Landung ein wenig reizen, Johans-son."
Augenblicklich wandert eine Augenbraue fast bis zum Schopf, während sich der Kopf langsam nach links dreht und seinen Ne-benmann anschließend misstrauisch ansieht.
„Haben Sie etwa ein Problem mit der Provisionsvereinbarung, Herr Doktor Brencken?" „Johansson, wo denken Sie hin. Nein, ganz im Gegenteil. Ich sehe in Ihnen keinen geldgierigen Vam-pir, sondern ich vertrete die Meinung, dass wertvolle Leistung auch wertvoll vergoldet werden muss." „Bitte Herr Doktor, reizen Sie mich." „Da ich der zahlende Kunde bin, erlaube ich es mir in unserem geschäftlichen Projekt die Strategie vorzugeben, nach

der wir gemeinsam vorgehen." Blitzschnell richtet Jakob sein Oberkörper bedrohlich auf und lässt gleichzeitig seine Muskeln spielen, die sich bereits in der Aufwärmphase befinden. „Wie bitte? Ich als Vollprofi soll mich von einem Amateur führen lassen? Wenn Sie dermaßen von sich überzeugt sind Herr Doktor Brencken, muss ich mich wirklich fragen, warum ich neben Ihnen im Flugzeug sitze." „Entschuldigen Sie bitte mein lieber Johansson, ich wollte Sie nicht beleidigen, indem ich Ihr Können infrage stelle." „Sondern?" „Bitte entspannen Sie wieder Ihre beneidenswerten Muskelpakete, ansonsten trennt sich noch ein Hemdknopf von seinem geliebten Stoff. Sie lehnen sich einfach wieder entspannt zurück und hören mir zu." „Möchten Sie auch noch meine Hand halten?" „Sollte es beim Landeanflug zu Turbulenzen kommen, werde ich Ihr Angebot gerne in Anspruch nehmen. Ich leite seit Jahren in dem Hotelkomplex meines Onkels erfolgreich Seminare für gestresste Topmanager und halte regelmäßig interessante Vorträge für Mediziner und Kollegen. Ich bin der kompletten Belegschaft somit wohlbekannt und genieße ihr volles Vertrauen." „Und ich würde Ihnen sogar mein Leben anvertrauen, Herr Doktor." „Sie würzen Ihren chronischen Sarkasmus immer mit einer Prise Zynismus in der Hoffnung, dass er dadurch auf den Magen leicht verdaulich wirkt." Zwei Gesichter schauen sich vielsagend an, wobei nur eines über die soeben gesprochenen Worte lächeln kann. „Nach der offiziellen Annahme meiner Erbschaft habe ich den Mitarbeitern in einer persönlichen Ansprache mitgeteilt, dass ich das Objekt keinesfalls verkaufen werde und jeder einzelne Arbeitsplatz langfristig gesichert ist." „Wunderbar Herr Doktor, Ihr Chauffeur wird nur eine Person in seinem bayrischen Volkswagen durch die Lande chauffieren, da ich direkt nach Hamburg zurückfliege." Beleidigt schiebt Jakob seine Unterlippe weit nach vorne und zeigt seinem Kunden die kalte Schulter, die daraufhin genötigt wird, mit einer warmen Brust auf Tuchfühlung zu gehen. „Sie sind anstrengender als eine Frau, deren Logik nach einem femininen Stickmuster aufgebaut ist. Johansson mein Freund, Sie wissen doch, über welchen Zeitraum sich die Abwicklung eines Verkaufs hinziehen kann." „Wahrscheinlich weiß ich das besser als Sie, Herr Doktor." „Aus taktischen Gründen muss in dieser Zeit der laufende Betrieb nicht nur aufrecht erhalten bleiben, sondern das Unternehmen muss auch erfolgreich weitergeführt werden. Und das ist nur mit motivierten Mitarbeitern möglich, die ihre Existenz in keiner Art und Weise bedroht sehen." „Das heißt für mich im Klartext?" „Sie sind mein Freund und ein enger Vertrauter, der sich für ein paar Tage von der übertriebenen Extravaganz seiner versnobten Frau erholen möchte und mich gleichzeitig bei der Suche nach einem geeigneten Geschäftsführer und plastischen Chirurg unterstützt. Die Belegschaft darf auf keinen Fall etwas von dem geplanten Verkauf erfahren." „Eine wunderbare Idee. Wir zwei wirken auf unsere Mitmenschen auch wie langjährige Busenfreunde." „Ich stelle mir gerade unseren gemeinsamen Busen vor. Herrlich." Das reizvolle Bild hinter dem geschlossenen Augenpaar reizt lediglich den Betrachter mit einem erotischen Exemplar der weiblichen Anatomie, während der gereizte Sitznachbar die vernommene Leidenschaft mit einem abwertenden Kommentar versieht: „Sie und Ihr Tittenfetisch. Fürchterlich." „Johansson, zu Ihrer Klientel zählen Drogenbosse, Kiezgrößen und korrupte Politiker. Ich habe sogar gehört, dass Sie nach einem Millionendeal mit einem Zuhälter." Mitleidslos überwältigt Jakob die emsige Zunge bei der Arbeit und attackiert den Redseligen mit scharfen Worten für seine Dreistigkeit: „Herr Doktor Brencken, ich schreibe Diskretion genauso groß wie eine gutbesuchte Domina. Also bitte unterlassen Sie diese Pissoir-Anekdoten." Auf den Tadel folgt die perfekte Argumentation für die Ohren einer höchst eingebildeten Person, die sich danach sichtlich bestätigt fühlt. „Mein lieber Johansson, ich wollte doch lediglich zum Ausdruck bringen, wie sehr Sie mich als männliches Großkaliber faszinieren und das ich von Ihren unternehmerischen Meisterwerken begeistert bin. Dieses langweilige Hausfrauenrollenspiel, das Sie an meiner Seite erwartet, grenzt bei Ihrem Talent fast schon an eine Beleidigung." „Also gut. Muss ich sonst noch etwas wissen?" „Ja. Bitte fühlen Sie sich als unterkühltes Nordlicht aus der gehobenen Welt, nicht zu sehr provoziert von der bayrischen Mentalität."

170

Synchron mit einer gefühlvollen Landung verabschieden sich Jakobs Emotionen und verschwinden professionell im ewigen Eis. Das verwöhnte Selbstbewusstsein freut sich bereits auf einen erfolgreichen Beweis, der ihm sein außergewöhnliches Verhandlungsgeschick bescheinigt und das Ausnahmetalent abschließend als agilen Geschäftsmann vereidigt. Siegessicher verlässt Jakob das Flughafengebäude und lässt sich von seinem fürsorglichen Klienten, an die imaginiere Hand nehmen, die als fester Bestandteil des hanseatischen Migranten ab sofort therapeutischen Bestand benötigt.

„Grüß Dich Gott, Ludwig. Deine Zuverlässigkeit grenzt ja schon fast an Zauberei."

Der schlanke Mann mit einem leichten Bauchansatz und gescheitelter Kurzhaarfrisur ist porentief rasiert und trägt zum rot karierten Hemd einen zeitlosen Trachtenanzug, der seinem Äußeren nach zu urteilen, frisch aus der chemischen Reinigung kommt.

„Servus Hubert, so sind wir Bayern halt. Ein zuverlässiges und erfolgreiches Volk in einer armseligen Republik, die uns nicht aus ihrer Bananenkiste wirft, weil diese ansonsten innerhalb von einem Tag in sich zusammenbrechen würde. Und wie war der Flug?" „Sehr gut, Ludwig. Darf ich vorstellen, das ist mein Freund und enger Vertrauter, der Johansson Jakob." „Servus Jakob, ich bin der Greintlhuber Ludwig."

Nach einem derben Handschlag ohne Starallüren bekommt der nordisch Reservierte im Anschluss eine rustikale Welt zu spüren, die traditionell auf künstliche Geschmacksverstärker jeglicher Art verzichtet.

„Sehr erfreut, Herr Greintlhuber." „Wie kannst Du als Mann sehr erfreut sein, wenn Deine heimatlichen Fußballvereine in der 2. Bundesliga spielen." „Da ich mich in meiner Freizeit keinem primitiven Männersport widme, sollte es auch für Sie nachvollziehbar sein, dass mich diese Tatsache nicht tangiert, Herr Greintlhuber." „Wo hast Du denn diesen ausgetrockneten Stockfisch an Land gezogen, Hubert?"

Umgehend stellt sich der imposante Riese schlichtend zwischen das streitsüchtige Nord-Süd-Gefälle und sieht sich in der Pflicht als durchgreifende Schlichtungsstelle, die ohne Skrupel und in der Not gerne auf illegale Methoden zurückgreift.

„Die Turbulenzen in der Luft haben meinen Freund Jakob ordentlich zugesetzt." „Turbulenzen? Du sagtest, doch der Flug war gut." „Nein Ludwig, der Flug war dramatisch. Und zwar so dramatisch, dass mein Freund Jakob vergessen hat, dass er Dauerkartenbesitzer beim 1. FC Sankt Pauli ist." „Wie bitte, Herr Doktor? Was wollen Sie denn mit dieser lächerlichen Nummer erreichen? Doch hoffentlich nicht, dass mich dieser bayrische Trachtenpartisane auch noch sympathisch findet. "„Kruzifix, was für ein arroganter Fatzke. Das mich dieser damische Saupreiß siezt, ist eine Frechheit, aber das er Dich zusätzlich auch noch mit Herr Doktor tituliert, ist eine Beleidigung Hubert." „Du entschuldigst uns einem Moment Ludwig."

Fast schon ein wenig rabiat packt der kräftige Akademiker seinen vorgetäuschten Kameraden am feinen Stoff zwischen Schulter und Genick und schleift ihn diskret ein paar Meter mit, bis sich beide zwischen einer Reihe parkenden Fahrzeugen wiederfinden. „Entfernen Sie Ihre Monsterpfoten von meinen Körper, ansonsten kann ich sehr unangenehm werden." „Mein Gott Johansson, ich bitte Sie lediglich für ein paar Tage, ein ganz normaler Mann zu sein. Ein Mann, der sich freut, wenn auf ein kaltes Bier eine ganze Kiste folgt, der für ein gutes Fußballspiel zu begeistern ist und der sich zum Urinieren an den Straßenrand stellt." „Und mit welcher Begründung soll ich mein komödiantisches Talent unter Beweis stellen? Ich sage Ihnen jetzt etwas Herr Doktor, bevor ich in diesen Wagen einsteige, werden Sie mir erklären, was Ihr geheimes Vorhaben ist. Und wagen Sie es nicht, mich anzulügen." „Ich kann Ihnen nicht folgen, Johansson. Ich habe Ihnen die Sachlage und die strategische Vorgehensweise bereits während unseres Fluges erklärt." „Und was bezwecken Sie dann mit Ihrer infamen Lüge, ich wäre fanatischer Anhänger eines populären Behindertensports?" „Ich wollte Ihnen lediglich als Gast in der Fremde den Einstieg erleichtern, Johansson." „Ich brauche in dieser volkstümlichen Bierkultur keinen sanften Einstieg, Herr Doktor. Ich bin weder auf Brautschau, noch handelt es sich bei Ihrem urbayrischen Kutscher um meinen potenziellen Schwiegervater. Ich bin ein erfolgreicher Geschäftsmann, der mit seinem Auftraggeber erfolgreich ein Projekt abwickeln möchte und keiner, der sich in einer Runde grölender Lederhosen profiliert, indem er schäumendes Putzwasser aus Eimern säuft." „Je mehr Sie sich Ihren Mitmenschen öffnen, je mehr Sympathie Ihnen entgegengebracht wird, umso qualitativ hochwertige Informationen erhalten Sie, die zur erfolgreichen Abwicklung unseres Geschäfts beitragen können. Johansson, ich weiß, wie schwer es Ihnen fällt, sich emphatisch zu zeigen." „Aber, Herr Doktor?" „Ich würde Sie trotzdem bitten, mich zu duzen." „Liebend gerne, Hubert. Mit oder ohne Bruderkuss?" „Den wünsche ich mir später von Dir zusammen mit dem passenden Getränk in der Hand."

Leicht verärgert steigt Jakob in den hinteren Teil des wartenden Wagens ein und überredet seine Wut, den soeben erlebten Streit als Bagatelle zu bewerten, die in ihm nicht das hilflose Opfer einer bösen Provokation gesucht hat, sondern ein deutliches Zeichen dafür ist, dass eine Völkerverständigung sogar im eigenen Land nicht funktioniert. Seine Gedanken beschäftigen sich im Nachgang hoch konzentriert mit seinem bevorstehenden Projekt und überhören fast den derben Witz im bayrischen Dialekt. „Ich habe gehört, in Norddeutschland werden bereits die ersten Reservate für Urdeutsche errichtet, die von Asylanten geführt und von reinrassigen Syrern beaufsichtigt werden sollen. Mit diesem Piloten werden gut bezahlte Arbeitsplätze für Menschen mit Migrationshintergrund geschaffen, ihnen wird die Eingliederung maßgeblich erleichtert und die nachfolgenden Generationen aussterbenden Ariern kann sich langsam und stufenweise an ein Leben in Gefangenschaft gewöhnen."

Das grölende Lachen zweier Personen versucht Jakob regelrecht mitzureißen, der sich von dem aus seiner Sicht albernen Verhalten belästigt fühlt und sich der Meinung seiner rümpfenden Nase anschließt.

„Ludwig, Dein schwarzer Humor ist einfach köstlich." „Ich würde diesen Humor eher als dunkelbraun bezeichnen." „Was hat Dein preußischer Oberbefehlshaber schon wieder zu scheißen, Hubert?" Treiben Sie es nicht auf die Spitze, Herr Greintlhuber."

„Du wirst sehen Hubert, nach einer anständigen bayrischen Brotzeit und zwei Maß Bier, ist auch unser tiefgekühlte Reichsmarschall einer von hier." „Das ist anzunehmen Ludwig, obwohl mein Freund Jakob zur Begrüßung ein Glas Champagner bevorzugt." „Schampus? Herrschaftszeiten, dieses Schickimicki-Kracherl ist was für liederliche Frauenzimmer und warme Brüder aus München-Schwabing, aber nichts für gestandene Mannsbilder."

Ein anstößiges Kopfschütteln wird mit einem abwertenden Grinsen kombiniert und bringt den angestochenen Beifahrer auf seinem Rücksitz fast zum Explodieren. „Ist Dein Freund verheiratet, Hubert?" „Freilich Ludwig. Und sogar katholisch getraut." „Aha, es gibt also auch gescheite Sachen, die man von Deinem Schwippschwager vernehmen kann." Entsetzt sieht Jakob den dreisten Lügner an, bevor er ihn mit lauter Stimme warnt: „Herr Doktor Brencken, pfeifen Sie Ihren selbst ernannten Sturmbannführer zurück, ansonsten endet unser gemeinsamer Ausflug, noch bevor wir die Pforte passiert haben." „Jakob, ich bitte Dich. Unser Ludwig verfügt über das wunderbare Talent, Menschen auf eine ganz authentische Art zu amüsieren, was zu Folge hat, das sofort ein positives Feld natürlicher Schwingungen aufgebaut wird, die wiederum beide Gehirnhälften gleichermaßen stimulieren. Dadurch wird die mentale Stimmung nachweislich aufgehellt und langfristig in gute Laune umgewandelt. Es ist wirklich als verwerflich anzusehen, dass Du mit Deiner negativen Einstellung versuchst, künstliche Aggressionen zu erzeugen, die allgemeinen Trübsinn verbreiten." „Entweder bin ich ein Opfer von versteckter Kamera oder die ganze Vorstellung wird direkt an den lokalen Radiosender übertragen." „Du bist einfach nicht kritikfähig, Jakob. Das ist alles." „Herr Doktor Brencken, ich habe verstanden. Und damit Sie sich und Ihr Paladin von meiner kultivierten Lebensphilosophie nicht mehr provoziert fühlen müssen, werde ich mich für den Rest der Fahrt stumm wie ein Fisch verhalten."

Fassungslos über den kleinen Disput verschränkt er seine Arme trotzig vor der Brust und übergießt seine kochende Wut mit seinem schäumenden Frust, den er als hochexplosiven Aperitif dem temporären Gauleiter bereits gedanklich serviert, bevor er ihn in einem persönlichen Gespräch und ohne den radikalen Begleiter zur Rede stellen wird.

„Der Aal ist zickig wie mein eignes Weib einen Tag vor ihrer Periode." Aggressiv schlägt Jakob mit der Faust von hinten gegen den Fahrersitz und konkurriert gleichzeitig mit der Energie eines Gammablitzes. „Halt Dein dummes Maul, Du primitiver Holzknecht, ansonsten wirst Du die Fahrt nicht unbeschadet überleben." „Jakob, was ist denn in Dich gefahren? Reiß Dich gefälligst zusammen." „Lass ruhig, Hubert. Endlich taut der norddeutsche Fischkönig auf und rutscht von seinem Thron auf seinen Arsch, direkt auf meine Augenhöhe. Allerdings hätte er wenigsten Fotzen anstatt Maul sagen können. Egal, dafür hat er jetzt den Anstand, mich zu duzen. Und den Sieger im Austeilen von Stammesspott ermittelt der Jakob und ich bei einer Runde bayrischen Schafkopf und drei Runden Bier." „Ludwig, Du bist genial. Jeder hoch dotierte Problemlöser der freien Wirtschaft sollte ehrfürchtig vor Dir niederknien. Jakob, was sagst Du dazu?" Ohne den Fragenden dabei anzusehen, antwortet er in einem beleidigten Ton: „Bevor ich meinen Koffer auspacke Hubert, wünsche ich ein Gespräch zwischen Deiner und meiner Person."

Kurz vor dem Ziel stellt Jakob beruhigend fest, dass sein erhitztes Gemüt wieder einer Normaltemperatur unterliegt und eine sachliche Betrachtungsweise überwiegt. Perfekt wie ein Puzzleteil fügt sich das imposante Anwesen in die malerische Landschaft ein und präsentiert sich majestätisch vor dem geschäftstüchtigen Gast. Romantische Erker schmücken sich mit filigranen Turmspitzen und harmonieren mit einer dramatisch-schönen Fassade, die ihrem Betrachter eine leidenschaftliche Ballade erzählt und sich mit einem Hauch Nostalgie umgibt, die in Form einer berauschenden Magie an den gelebten Zauber eines Märchenkönigs erinnert. Unter dem goldenen Dach der Schönheitsmanufaktur gönnen gealterte Luxuskörper ihrer beschädigten Hülle eine teure Reparatur und um geschwundenen Kräfte geistig und körperlich zu regenerieren, lassen sich erschöpfte Typen die Seele balsamieren. Reife Gesichter folgen unbeirrt dem Lockruf der ewigen Jugend und sehen in der Restauration mit dem Skalpell eine ernst zu nehmende Tugend, die im Gegensatz zur Schönheit unvergänglich ist. In Ruhe lässt Jakob die ergreifenden Bilder auf sich wirken und stimmt sich durch alle geistigen Instanzen hinweg auf sein Großprojekt ein.

„Erzählen Sie mir, was Ihnen Ihr erster Eindruck gerade Ohr flüstert, Johansson." „Das Ihnen nicht bewusst ist, wie reich Sie sind. Und zwar nicht nur an Erfahrung, Herr Doktor Brencken." „Ihre Augen glänzen, Ihre Handinnenflächen jucken und Sie wirken angestochen wie ein Bierfass, dessen Schaum zu Ihrem Mund herausdringt. Das bestätigt mir, dass Sie die beste Wahl für diesen Job sind." „Vielen Dank, Herr Doktor. Allerdings muss ich Sie enttäuschen, weder mein Blutdruck ist erhöht, noch rast mein Herz." „Ich möchte wetten, dass sich die körperlichen Gebrechen gleich einstellen werden. Bitte lassen Sie uns reingehen, Johansson. Ich möchte Ihnen das Anwesen zeigen und Sie der Belegschaft vorstellen. Das heißt, für Sie, dass unser Spiel beginnt und Sie mich ab sofort Hubert nennen, mein lieber Jakob." „Da Sie mein zahlender Kunde sind, werden Wünsche im Rahmen der Zielvorgabe natürlich erfüllt, Herr Doktor Brencken." „Ich habe noch eine Bitte, Jakob." „Und, die wäre Hubert?" „Verhalte Dich mir gegenüber nicht so reserviert. Schließlich sind wir langjährige Freunde."

Bereitwillig wie ein Gefolgsmann lässt sich Jakob durch die ansprechenden Räumlichkeiten führen und verbeugt sich gleichzeitig vor seiner ehrlichen Begeisterung, die in der Luft zu spüren ist und die sich im Laufe der Besichtigung erheblich steigert, bevor sein reines Gewissen abschließend ein wohlklingendes Resümee zieht.

„Der komplette Gebäudekomplex ist in einem tadellosen Zustand." „Es freut mich, das aus dem Munde eines Fachmannes zu hören. In dreißig Minuten erwartet uns die Mitarbeiter im Versammlungsraum. Ich habe zu einem Umtrunk mit frischgezapftem bayrischem Wein geladen und möchte bei dieser Gelegenheit der Belegschaft meinen Freund Jakob vorstellen."

Mit einem kritischen Blick bewertet Jakob das weitere Vorgehen, dem er momentan noch nicht mit voller Überzeugung folgen kann.

„Ich kann nur hoffen, dass wir auf unsere Mitmenschen wasch-echt wie zwei liebende Blutsbrüder wirken, die kurz vor der ge-meinsamen Silberhochzeit den zweiten Frühling erleben dürfen." „Lege Deinen Körper und Deinen Geist vertrauensvolle in len-kende Hände und quäle Dein Hirn nicht durch mühsames Nach-denken. Nur so wirst Du die erlösende Wahrheit finden." „Dieser blöde Spruch hätte auch aus dem Mund und der hauseigenen Küche meiner Frau stammen können. Und die Küche meiner Frau ist ungenießbar." „Es ist wirklich schwer vorstellbar, dass irgendetwas an Deiner Gattin ungenießbar sein könnte. Ich glaube, Du bist einfach ein Mann, den man nicht zufriedenstellen kann. Aber auch das werden wir herausfinden." „Was bitte wer-den wir herausfinden?" „Ob Dein Gaumen der widerspenstige Teufel ist."

Weitestgehend entspannt folgt Jakob der symphytischen Aus-nahmeerscheinung und erlebt kurze Zeit später einen großarti-gen Redner samt einem euphorischen Publikum, das vor Be-geisterung glüht und im Anschluss das rhetorische Genie mit großer Achtung und ehrlicher Sympathie überschüttet. Professi-onell meistert Jakob an der Seite seines hochverehrten Kunden die obligatorische Vorstellungsrunde und lässt tief beeindruckt von dem Geschehen, sogar die traditionelle Braukunst über sich ergehen.

„Prost Jakob. Und wie wirkt die Belegschaft auf Dich?" „Dir wird mehr Ehre zuteil als dem Ministerpräsidenten."

Der helle Versammlungsraum wirkt trotz seiner zweckmäßigen Einrichtung sehr gemütlich und produziert durch seine holzigen Raumteiler und ein aufwendiges Aquarium greifbares Wohn-zimmerglück. Die lockere Unterhaltung im Stehen absolviert Ja-kob mit einer guten Laune am Hosenbund und in Gesellschaft seines geschäftlichen Partners, dem sich langsam ein von Trau-er gezeichneter Mann nähert.

„Herr Doktor Brencken, guten Tag." „Herr Stadlmayer, ich grüße Sie. Wie geht es Ihnen?"

Eine beileidsbekundende Mine begleitet die sanfte Stimme, mit der der promovierte Hüne seine mitfühlenden Worte spricht.

„Ich bin noch immer im Tal der Tränen gefangen. Es ist grauenvoll, Herr Doktor Brencken. Die Trauer um meinen geliebten Freund frisst mich auf." Der sportliche Anzug aus Fliegerseide spricht für eine gewisse Eleganz und bewegt sich auf einer Linie mit einem sehr gepflegten Mozartzopf, der streng nach hinten gebunden ist. „Ich fühle mit Ihnen, Herr Stadlmayer. Der Tod kann einen in die Ohnmacht treiben und aus der Bahn des Lebens werfen. Er war ein so wundervoller Mann, mein Neffe Christian." „Sie sagen es. Obwohl wir unsere Liebe erst vor wenigen Monaten entdeckt haben, ist der Schmerz fast unerträglich." „Herr Stadlmayer bitte glauben Sie mir, der Verlust eines Menschen kann auch nach nur einer kurzen Zeit des Kennenlernens äußerst schmerzhaft sein. Mein Partner Jakob wird mir recht geben."
Entrüstet verfolgt Jakob die sensible Kommunikation zwischen seinem gespielten Freund und der in seinen Augen obskuren Person, die ihm auf eine gewisse Art und Weise Angst macht. „Entschuldigung, ich habe die Herren noch nicht vorgestellt. Herr Stadlmayer, darf ich Sie mit meinem langjährigen Freund Herrn Johansson bekanntmachen. Jakob, ich freue mich, Dir Herrn Stadlmayer vorstellen zu dürfen. Er ist der Lebensgefährte meines verstorbenen Neffen."
Freundlich begrüßt Jakob ein zarter Händedruck, bei dem die Funken sprühen und der mithilfe eines leichten Stromschlags Jakobs Körper zum Glühen bringt, durch den gleichzeitig ein merkbares Kribbeln fährt. Nach einer langen Zeit der Traurigkeit zeigt sich sein Gegenüber leicht amüsiert und erlaubt seinem reinen Gewissen trotz der Trauerphase einen harmlosen Flirt. „Autsch. Und schon hat es zwischen uns gefunkt, Herr Johansson." „Das ist ja widerlich."
Millionen Ameisen marschieren plötzlich über Jakobs Haut und ein abscheuliches Gefühl von Ekel breitet sich in seinem Körper aus, der mit einem sofortigen Brechreiz und feinen Schweißperlen auf der Stirn seine innerliche Blockade zum Ausdruck bringt. „Unangenehm ja, aber nicht widerlich bei dieser wunderschönen Männerhand. Ich danke Ihnen für die tröstenden Worte, Herr

Doktor Brencken." „Sie wollen schon gehen, Herr Stadlmayer?"
„Halt den Mann doch nicht auf verdammt."
Synchron zu seinem aufstampfenden Fuß stellt Jakob sein Bier-
glas energisch auf den nächstgelegenen Stehtisch zurück und
setzt durch einen aggressiven Gesichtsausdruck den ersten
Warnschuss ab.
„Herr Doktor Brencken hält mich zwar nicht auf, aber ich muss
mich leider trotzdem schon verabschieden." „Herr Stadlmayer,
kommen Sie und trinken Sie ein Bier mit uns. Die Ablenkung
wird Ihnen guttun." „Hörst Du schlecht, Hubert? Der Mann hat
keine Zeit." „Das ist in der Tat so Herr Doktor Brencken. Ich bin
nur noch einmal hierher zurückgekehrt, um meine persönlichen
Sachen abzuholen. Alles erinnert mich an meine große Liebe
Christian, fürchterlich." „Deshalb brauchen Sie auch ein wenig
Unterhaltung, die versucht, Ihre traurigen Gedanken langsam
aus der Dunkelheit zu führen. Darf ich Ihnen ein Bier holen?"
Ein kräftiger Schlag vor die Brust signalisiert dem Überredungs-
künstler Jakobs Streitlust, bevor er ihn mit erhobenem Zeigefinger warnt: „Du wirst diesem Mann kein Bier holen, weil dieser
Mann in dieser Runde kein Bier trinken wird. Hast Du verstanden, mein lieber Hubert? Dieser Mann packt jetzt seine rosafar-
bene Unterwäsche zusammen und wird dann dieses Gebäude
der Erinnerungen für immer verlassen und nie wieder betreten."
Bedrohlich präsentiert Jakob seine ausdrucksstarke Halsschlag-
ader dem verhassten Hinterlader, der nach einigen Sekunden
des Schweigens sich als Erstes zu Wort meldet: „Kann es sein,
das Ihr Freund eifersüchtig ist, Herr Doktor Brencken?"
Mit roher Gewalt attackiert Jakob die schmächtige Gestalt, die
nicht annähernd in der Lage ist, sich körperlich zur Wehr zu setzten.
„Pass auf Du schwule Sau, warum sollte ich auf einen mit Poly-
ester umwickelten Rollbraten eifersüchtig sein. Dir scheint das
perverse Fiebermessen mit dem eigenen Thermometer, die
aidsverseuchten Gehirnzellen gründlich durcheinander geschüt-
telt zu haben."
Ein schmerzhafter Würgegriff übernimmt die ehrenvolle Aufgabe
eines lautlosen Schlusspfiffs und signalisiert dem Angreifer das

jähe Ende seines jähzornigen Angriffs, der durch das Raster einer harmlosen Rauferei fällt.

„Loslassen Johansson ganz schnell loslassen."

Rabiat stößt der couragierte Lebensretter seinen Finanzberater zur Seite und nimmt den weinenden Mann tröstend in seine Arme, der vollkommen neben sich steht und sich seiner Tränen nicht im Geringsten schämt.

„Ich kann mich für meinen Freund nur entschuldigen, Herr Stadlmayer. Die Topmanager von heute sind tickende Zeitbomben, die alleine durch eine minimale Reizung ihr aggressives Wesen nicht mehr unter Kontrolle haben." „Ich bin erschüttert, Herr Doktor Brencken."

Vorsichtig setzt er das weinende Opfer auf einen Stuhl und streichelt ihm aufmunternd über den Kopf, der sich fest an die väterliche Brust drückt.

„Das kann ich nachvollziehen. Soll ich Ihnen beim Einpacken Ihrer persönlichen Sachen helfen, Herr Stadlmayer?" „Vielen Dank, Herr Doktor Brencken, aber ich möchte nach diesem boshaften Angriff für mich alleine sein. Ich werde Tage brauchen, um diese gemeine Attacke zu verarbeiten." „Sie melden sich bitte umgehend bei mir, sobald Sie psychische Unterstützung benötigen. Verstanden, Herr Stadlmayer?" „Ja. Herr Doktor Brencken." „Kommen Sie, ich begleite Sie noch zum Ausgang."

Im Nachgang wirft Jakob einen beschämenden Blick auf seine herabgesetzte Hemmschwelle, die er mit Leichtigkeit überwinden konnte, und heftet dem gebeutelten Mann einen luftgetrockneten Versöhnungsspruch an den Rücken, der sich daraufhin noch einmal kurz in Jakobs Richtung dreht.

„Entschuldigen Sie bitte mein Benehmen Herr Stadlmayer, ich kann mir das selbst nicht erklären." „Ich nehme Ihre Entschuldigung nicht an, Herr Johansson." Hilfsbereit geleitet der kompetente Seelsorger den schockierten Witwer zum Ausgang und wendet sich anschließend und ohne Umwege seinem nächsten Patienten zu. „Mitkommen." „Wohin?" „An die Theke. Dem Ort, an dem Männer bekanntlich ihre Probleme lösen."

Mit einem schlechten Gewissen folgt Jakob seinem Therapeuten zu den gastronomischen Räumlichkeiten und hofft auf unterhaltsame Biergespräche in einer ungezwungenen Urlaubsatmosphäre. In seinem groben Fehlverhalten sieht er lediglich eine testosterongesteuerte Bagatelle und keine psychotherapeutische Baustelle, die es schnellstmöglich zu reparieren gilt.

„Für die nächste Stunde sind Sie wieder mein Kunde. Ich denke, es wird in Ihrem Sinne sein, auf das altbewährte Sie umzusteigen, Johansson." „Auch auf die Gefahr hin, dass ein unerwünschter Zuhörer Ihre Strategie in unserem eigentlichen Projekt gefährden könnte?" „Der Barkeeper gehört nicht zum Stammpersonal und Ihre Stimme unterliegt wieder einer angenehmen Zimmerlautstärke. Was möchten Sie trinken?" „Ich habe kein Interesse an einer kostenlosen Therapiestunde, Herr Doktor Brencken." „Also gut bleiben wir bei dem wohlschmeckenden Lieblingsgetränk deutscher Männer."

Ohne lange Wartezeit serviert das flinke Personal den Herren ein frischgezapftes Bier vom Fass und überreicht den Durstlöscher offiziell in Begleitung eines freundlichen Trinkspruchs.

„Ich werde Ihnen übrigens jede Minute meiner Dienstleistung in Rechnung stellen und direkt von Ihrer Provisionszahlung abziehen." „Das ist ja schon unverschämt." „Unverschämt nenne ich Ihr Wildschweinverhalten gegenüber Herrn Stadlmayer. Erzählen Sie mir, woher Ihr Hass auf Schwule rührt."

Das sanfte Surren des antiken Deckenventilators lässt sich von gefühlvollen Klavierklängen begleiten und versucht Jakobs erhitztes Gemüt etwas abzukühlen, das bemüht ist, der eigenen Streitlust auszuweichen. Eine Hand spielt zur Ablenkung mit dem vollen Glas und seine Augen beschäftigen sich mit einem weiblichen Gast, der sich allerdings auf einer Ebene befindet, die weit entfernt von seinem eigentlichen Beuteschema liegt.

„Homosexuelle sind mir vollkommen egal, Herr Doktor. Und dank dieser Tatsache kann ich für diese Fraktion auch keinen Hass empfinden." „Daraus resultiert, dass Sie ein persönliches Problem mit Herrn Stadlmayer haben. Oder wie erklären Sie sich Ihren gewalttätigen Übergriff?" „Es sollte für Sie eigentlich verständlich sein, dass ich kein persönliches Problem mit Herrn Stadlmayer haben kann, da mir Herr Stadlmayer nicht bekannt ist. Hören Sie, Herr Doktor Brencken, ich bin ein gestresster Manager, der heute lediglich einen schlechten Tag hatte, an dem Sie und Ihr Herr Greintlhuber Ludwig nicht ganz unschuldig sind." „Und schon wieder habe ich Ihnen ein perfektes Alibiproblem auf dem silbernen Tablett serviert. Trinken Sie einen hausgebrannten Obstler mit mir? Der ist wirklich sehr zu empfehlen." Die aromatische Flüssigkeit aus dem Obstgarten stellt sich Jakob in einer feinen Likörschale vor, in der eine appetitlichen Mirabelle badet und auf ihren geistreichen Verzehr wartet. Den eigenen Zorn über seine rücksichtslose Feindseligkeit überspielt er in der Zwischenzeit dezent mit einer glaubwürdigen Gelassenheit, die dem penetranten Psychiater seine mentale Stärke beweisen soll.

„Ich habe mich blamiert. Mehrmals zutiefst blamiert. Zum Wohl, Johansson."

Prostend wird das schäumende Glas in die Luft gehalten und macht anschließend die Bekanntschaft mit einem durstigen Mund, der durchaus zu einem berühmten Werbegesicht gehören könnte, das bei einer großen Brauerei unter Vertrag steht.

„Ich kann Ihrer Aussage nicht folgen, aber es ist schön zu sehen, dass Ihre Pranken endlich ein Gefäß gefunden haben, dass mit der eigenen Größe harmoniert." „Immer wenn ich den Genuss von frischgezapften Bier komme, muss ich an Ihre Vorliebe für weinhaltige Brause denken. Sind Sie gegenüber Ihrer Frau auch schon einmal gewalttätig geworden?" Obwohl ein steigender Blutdruck seine Körperflüssigkeit zum Kochen bringt, zeigt sich Jakob nach außen hin angenehm temperiert und reagiert relativ gelassen auf die unangenehme Frage. „Ich kann Sie beruhigen Herr Doktor, ich habe meiner Frau noch kein Haar gekrümmt und werde ihr auch niemals ein Härchen krümmen." „Ich maße es mir an, Ihre Aussage zu bestätigen. Im Zuge der intensiven Zusammenarbeit hätte Ihrer Frau den Deckmantel der Verschwiegenheit, unter dem sich die häusliche Gewalt leider oftmals versteck, ohne Hemmungen abgelegt. Außerdem verfügt Ihrer Frau mittlerweile über eine tiefe, innerliche Zufriedenheit. „Dürfte ich erfahren, was Sie damit bezwecken, meiner Persönlichkeit eine zur Gewalt neigenden Primitivität zu unterstellen?" „So wie die Aktienkurse zu Ihrem Job gehören, zählt das Provozieren zu einer beliebten Anwendungsmethode meiner Berufs-gruppe. Morgen Vormittag treffen übrigens die ersten Kaufinte-ressenten ein." „Vielen Dank, Herr Doktor, dass ich ganz neben-bei diese irrelevante Tatsache erfahren darf." „Warum nebenbei? Ich möchte jetzt mit Dir und einem Glas frischgezapften Bier ganz offiziell den strategischen Ablauf der Verkaufsverhandlun-gen besprechen." „Mit Dir? Das heißt für mich, die Therapiestun-de ist beendet." „Zum einen ist diese beendet und des Weiteren sehe ich in Deinem impulsiven Charakterbild keinen weiteren Therapiebedarf, sondern lediglich eine stressbedingte Reizung, die mit autogenem Training erfolgreich behandelt werden kann." Innerhalb von Sekunden zeigt sich Jakobs Gesicht erleichtert wie sein Selbstwertgefühl, dass von dem medizinischen Gutach-ten mehr als begeistert ist.

„Mit wem dürfen wir denn morgen in den Ring steigen, mein lie-ber Hubert?" „Mit einem Ärzte-Ehepaar aus Wien, das zusam-men mit einem befreundeten Hotelier eine geschäftliche Unter-nehmung plant." „Sind das alle Informationen oder gibt es noch Weitere, die Du mir vielleicht mitteilen möchtest?" „Du bist ja richtig neugierig, Jakob." „Hubert bitte. Es handelt sich hierbei nicht um eine lapidare Neugierde meinerseits, sondern ich führe gerade eine professionelle Vorbereitung durch, deren Erfolg sich an der Qualität und an der Vielzahl von gehaltvollen Informatio-nen messen lässt." „Ich habe Herrn und Frau Doktor Hinterfurtler vor ein paar Monaten auf einem Kongress in Mailand kennenge-lernt. In einer lockeren Unterhaltung am Abend habe ich erfah-ren, dass beide auf der Suche nach einem Objekt dieser Art sind. Ich konnte damals natürlich nicht ahnen, dass den Weg meines Onkels und der meines Neffen ein böses Schicksal durchkreuzt und sie am Weitergehen hindert. Am Tag vor unse-rer Anreise habe ich mir die Begegnung wieder ins Gedächtnis gerufen und mich sofort um eine Kontaktaufnahme bemüht. Du musst entschuldigen, dass ich vergaß, Dich über mein agiles Vorgehen zu informieren. Aber ich denke, meine Spontanität sollte ganz nach Deinem Sinn gehandelt haben. Vor zwei Stun-den bekam ich die Nachricht, dass ein geschäftliches Treffen morgen stattfinden kann." „Auf welche Art von Charakteren darf

sich mein Geist einstellen?" „Frau Hinterfurtler besitzt den beneidenswerten Charme eines Feldwebels, der sich einmal täglich
die Zähne mit Enthaarungscreme putzen muss und ihr Mann ist
ein introvertierter Neurotiker, der mit dem Aussehen und dem
Intellekt eines Ernest Hemingway konkurrieren kann." „Und wie
fügt sich der befreundete Hotelier in die Beziehung ein?" „Frau
Doktor Hinterfurtler gönnt sich seit Jahren offiziell eine Beziehung mit zwei Männern. Neben ihrem Ehemann lebt sie legitim
mit Herrn Sanktner, einem erfolgreichen Hotelier aus Kitzbühel
zusammen. Er besitzt in dem mondänen Ort eine Luxusherberge
und zählt den Fürsten von Monaco zu seinen Stammgästen.
Herr Sanktner ist ein eiskalter, aber faszinierender Geschäftsmann, der über Deine Kragenweite verfügt. Du wirst von Herrn
Sanktner genauso begeistert sein wie von Frau Doktor Hinterfurtler. Sie ist wesentlich jünger als ihr Ehemann und ehemaliger
Mentor. Eine wirklich bezaubernde und sehr attraktive Frau." „Da
sich in Deinen Augen die Attraktivität einer Frau nur auf den Bereich zwischen Bauchnabel und Schlüsselbein beschränkt, erwartet mich aller Wahrscheinlichkeit nach eine angsteinflößende
Körbchengröße F." „Leider nein, mein lieber Jakob. Die Dame
verfügt über Deine bevorzugten Maße und krönt ihre exotische
Schönheit mit einer verführerischen Langhaarmähne in sinnli-
chem Schwarz, die ihren zarten Teint zum Strahlen bringt." „Du
kannst Deine unterschwelligen Werbeeinlagen einstellen. Ich
habe kein Interesse daran, eine alternative Lebensgemeinschaft
mit dem Flair einer Hippiekommune durch fantasievolle Anregungen und Einlagen sexuell zu bereichern."
Vertieft in niveauvolle Diskussionen, genießt das geschäftliche
Paar bis weit nach Mitternacht die angenehme Atmosphäre an
der gemütlichen Bar, bis sich Jakob endlich seinem Verlangen
nach einer erholsamen Bettruhe hingibt. Abschließend bewertet
er noch den persönlichen Umgang mit der gezielten Provokation
und sieht sich trotz der in Anspruch genommenen Intervention
als souveräne Führungsperson, die sich von einem durchaus
erfolgreichen Tag gähnend verabschiedet. Der Morgen danach
beginnt mit einem reichhaltigen Büffet und starkem Kaffee, der
sich über seine anregende Wirkung freut.

„Guten Morgen Jakob, wie war Deine hoffentlich geruhsame Nacht?" „Danke der Nachfrage ausgezeichnet." „Du gestattest, dass ich mich setzte."

Ohne ein Gefühl von Scham platziert man zwei überladene Teller auf einem dekorierten Tisch, die anschließend von einem leicht geöffneten Mund in einem ungläubigen Gesicht begrüßt werden.

„Deiner morgendlichen Stärkung nach zu urteilen, erwartet uns heute ein geschäftlicher Großkampftag." „Das Beste an einer Hotelübernachtung ist das reichhaltige Frühstücksbüffet. Ich liebe diese fantastische Auswahl erlesener Köstlichkeiten, dieses maßlose Schlemmen und diesen göttlichen Genuss ohne Reue. Zu Hause erwartet einen leider viel zu oft ein puritanisches Mahl am Morgen."

Die von Fett überzogenen Lippen glänzen mit den gierigen Augen um die Wette und beide Wangen sind mit köstlichen Fressalien prall gefüllt, während die garnierte Zunge den erregten Gaumen kitzelt, bis ihm ein geschmackvoller Abgang gelingt und er einem kulinarischen Höhepunkt erliegt.

„Ach ja? Es ist schwer vorstellbar, dass sich Dein Alltagsfrühstück auf Knäckebrot und Magerquark beschränkt." „Du solltest Deiner zynischen Zunge öfters einen genussvollen Paarungsakt mit gehaltvollen Kalorien gönnen. Der daraus resultierende Effekt ist durchaus vergleichbar mit der positiven Wirkung von gutem Sex und fördert die Harmonie zwischen Körper und Geist. Das würde sich natürlich auch auf Dein Mundwerk auswirken, mein lieber Jakob. Die Herrschaften treffen übrigens pünktlich ein. Ich habe den Besprechungsraum direkt neben der Hotelrezeption reservieren lassen." „Pünktlich heißt in einer Stunde, Herr Doktor. Moment bitte." Spontan erhebt sich Jakob und blickt vertrauensselig erst in Richtung Vollverpflegung und dann auf eine kauende Mundbewegung. „Meiner Einschätzung nach zu urteilen, reicht das angeschlagene Büffet noch für den Hunger einer großen Schülergruppe im Wachstum. Darf ich zur Sicherheit trotzdem für den Herrn Doktor nachlegen lassen?" „Im Gegensatz zu anderen, lasse ich mich ungern beim Geschlechtsverkehr beobachten, Johansson. Dein Appetit ist bereits gestillt und Deine Lust befriedigt. Also bitte entferne Dich von meinen Tisch und gönne mir noch ein paar Minuten ungestörtes Kalorien-Kamasutra." „Voyeurismus sorgt für ein unangenehmes Sättigungsgefühl ohne vorherige Nahrungsaufnahme und wirkt äußerst demoralisierend auf mich. Ich verabschiede mich, Herr Doktor. Bis später."

Gemütlich spaziert Jakob durch den einladenden Besprechungsraum, der durch seine Gestaltung in sanften Pastelltönen etwaige Aggressionsschübe im Vorfeld erstickt und durch den Verzicht von grellen Farben seinen Besuchern die Grundlage für hitzige Diskussionen nimmt. Die Gedanken sind nach einer erholsamen Nacht gut sortiert und Jakobs wacher Geist wirkt hoch konzentriert. Die leichte Nervosität wertet sein Gehirn als Vorfreude auf das kaufinteressierte Dreigestirn, das vom Eigentümer in der Eingangshalle und im feinen Zwirn bereits erwartet wird. Mit einem nachdenklichen Blick betrachtet die ewige Erfolgsfigur die Zeiger ihrer exklusiven Armbanduhr und verspürt plötzlich ein befremdliches Gefühl, dass sie vom Kopf bis zu den Füßen dominiert. Die penetrierende Angst vor einer peinlichen Ohnmacht wirkt sich maßgeblich auf Jakobs Körper aus, der zittert und gleichzeitig gefährlich schwankt. Unter Schmerzen verhärtet sich plötzlich seine Muskulatur und gleicht somit einer starren Bronzeskulptur. Im gleichen Atemzug spürt er auf seiner Haut eine höllenheiße Glut und hört eine leise Stimme, die ihn eindringlich warnt und ihm voraussagt, dass die Theaterbühne seines Lebens schon bald in sich zusammenbricht.

„Herr und Frau Hinterfurtler, Herr Sanktner, bitte treten Sie herein, dieser wunderbare Raum gehört uns ganz allein."

Schwungvoll wird die schwere Tür von außen geöffnet, bevor der gut gelaunten Gastgeber den räumlichen Inhalt einladend präsentiert, der ohne sichtbare Lackschäden und mit einem strahlenden Lächeln fest auf beiden Beinen steht.

„Darf ich vorstellen, mein langjähriger Freund und enger Vertrauter, Herr Doktor Jakob Johansson. Er erwartet uns bereits sehnsüchtig und hat mit seiner herzlichen Art den Raum ein wenig vorgewärmt. Herr Doktor Johansson ist mein persönlicher Finanzberater und unterstützt mich professionell in meinem Vorhaben."

Trotz einer leichten Benommenheit schmeichelt die akademische Weihe Jakobs Eitelkeit und motiviert sofort sein niedergeschlagenes Gemüt, das sich langsam, aber stetig von seinem Schock erholt.

„Herr Doktor Johansson, ich grüße Sie. Meine Herren, somit wäre das promovierte Quartett komplett und wir können auf eine bonierte Titelproklamation verzichten."

Nach ihrer militärischen Ansage legt die schwarzhaarige Gazelle beide Arme verführerisch um den Hals ihrer offiziellen Nebenbaustelle und schmiegt ihren Körper erotisch an deren Vorderseite. „Herr Josef Sanktner." „Ja, Darling." „Ich verleihe Ihnen hiermit die Ehrendoktorwürde. Somit entfällt auch für Dich die lästige Titelpflicht. Wir möchten ja nicht, dass Dein Selbstwertgefühl leichte Kratzer bekommt." „Mein Selbstwertgefühl ist unverwundbar, Sweetheart. Die drei anwesenden Herren könnten sich glücklich schätzen, würden sie lediglich zehn Prozent von meinem Naturell besitzen."

Eklatant strahlt die goldene Panzerkette mit den vergoldenden Zahnkronen um die Wette und krönt gleichzeitig den selbstbewussten Träger zu einem potenten Beischlafjäger, der sich durch das glänzende Edelmetall in den Adelsstand erhoben fühlt. „Nehmen Sie es mir bitte nicht für übel Herr Sanktner, dass ich der Euphorie Ihrer amüsanten Prahlerei die Realität erklären muss. Das Selbstwertgefühl von Herrn Johansson konkurriert nur allzu gerne mit der Mentalität von drei Musketieren."

Augenblicklich zeigt sich die exotische Amazone angriffslustig und kontert mit einem verbalen Nadelstich, dessen Spitze vorweg desinfiziert wurde: „Was Sie nicht sagen, Herr Brencken. Und womit lässt sich Ihre lächerliche Behauptung begründen? Durch sein blendendes Aussehen, durch seine außergewöhnliche Intelligenz oder seinen geschäftlichen Erfolg?" „Durch die perfekte Mischung Ihrer soeben festgestellten Tatsachen, Frau Hinterfurtler. Aber nicht nur das alleine verhilft einem Mann, seinen persönlichen Olymp zu erobern." „Ich bin gespannt, Herr Brencken, welche Weisheit Sie für uns bereithalten."

Gravitätisch schreitet Jakobs heimlicher Verschwörer vor den Augen seiner gespannten Zuhörer sekundenlang schweigend auf und ab, bis er lautstark seine plakativen Sätze spricht, die respektvoll durch den Raum hallen: „Die positive Selbstverwirklichung eines erfolgreichen Mannes spiegelt sich in dem Charakterbild der Frau wider, die ihn an seiner Seite durchs Leben begleitet. Herr Johansson kann sich glücklich schätzen, ein wunderbares Wesen sein Eigen nennen zu dürfen, dass nicht nur durch seine aristokratische Schönheit besticht, sondern auch einen wachen Intellekt besitzt."

Energisch drücken sich zwei zierliche Fäuste in die schlanke Taille eines wohlgeformten Körpers, der zu einem anschmiegsamen Strickkleid aus roten Maschen, schwarze Lederstiefel trägt, die knapp unter einem ansehnlichen Knie enden und das dazugehörige Bein um ganze zehn Zentimeter verlängern.

„Es freut mich zu hören, dass Herr Johansson in seinem Leben reich beschenkt wurde. Allerdings würde ich Sie bitten, Herr Brencken, meinen müden Intellekt ein wenig zu unterstützen, indem Sie versuchen, mir Ihre liebreizende Behauptung näher zu erläutern."

Entschlossen drängt der forsche Moderator seinen irritierten Finanzberater in den Hintergrund und schiebt seine vorlaute Kandidatin ins Rampenlicht, die anschließend ohne eine Spur von Lampenfieber ihrem schweigsamen Männerpaar gegenüber steht. „Meine liebe Frau Hinterfurtler, werfen Sie einen Blick auf Ihr männliches Sortiment und lassen Sie Ihrem Eindruck für einen Moment die Möglichkeit der geistigen Recherche. Danach sollten Sie in der Lage sein, meine Aussage eigenständig interpretieren zu können. Was sehen Sie?"

Langsam neigt sich der weibliche Kopf etwas zur Seite, während der Zeigefinger die Nasenspitze berührt.

„Ich sehe einen stillosen Paradiesvogel, der den Charme eines Bordelbesitzers versprüht und einen alten Mann, dessen phlegmatisches Temperament inspirierend wie ein dunkelgrauer Novembermorgen wirkt." „Frau Hinterfurtler, ich bin begeistert. Soeben durfte ich die Primäre erleben, das erste Mal in meinem Leben, mit der Meinung einer Frau konform zu gehen." „Und ich bin von Ihrer schmeichelnden Art begeistert, die mir am Bespiel einer märchenhaften Prinzessin einfühlsam erläutert hat, welche Art der Persönlichkeitsstruktur das Wesen negativ beeinflusst und den signifikanten Unterschied zwischen einen charismatischen Herrn Johansson und eines Rottweiler Hundes zu verantworten hat, der ausnahmsweise artig an der Leine eines melancholischen Gemüts spazieren geht."

Galant ergreift der Provokateur die Damenhand und berührt unter einem strengen Blick mit seinen Lippen sanft ihren Rücken. „Meine hochverehrte Frau Hinterfurtler, Ihre unerschütterliche Persönlichkeit verfügt über einen unwiderstehlichen Facettenreichtum, von dem ihr Herrengespann in jeglicher Hinsicht profitiert und der sich positiv auf die allgemeine Männlichkeit auswirkt." „Sehr interessant, Herr Brencken. Wenn Ihre Behauptung der Wahrheit entspricht und davon gehe ich aus, möchte ich die positive Auswirkung Herrn Johanssons Männlichkeit selbstverständlich nicht vorenthalten." „Eine reizvolle Idee. Sollten wir uns geschäftlich einigen und davon gehe ich aus, steht Ihnen der feurige Don Juan aus dem kühlen Norden natürlich für eine leidenschaftliche Nacht zur Verfügung. Als kleiner Rabatt und kleines Dankeschön."

Mit einer Hand stemmt sich Jakob gegen die pastellfarbene Zimmerwand, während seine andere Hand sich das gepflegte Haar rauft. Sein Körper ist leicht nach vorne gebeugt und sein Kopf nach unten geneigt, der sich über die groteske Unterhaltung schockiert zeigt und sprichwörtlich um Fassung ringt.

„Herr Johansson?" „Frau Hinterfurtler?" „Herr Johansson, geht es Ihnen nicht gut?" Gekonnt trotzt Jakob dem inneren Wirbelsturm und bringt seinen Körper wieder perfekt in Form. „Danke der Nachfrage Frau Hinterfurtler, mir geht es sehr gut." „Fein, dann können wir uns ja endlich dem Geschäftlichen widmen. Herr Brencken, bitte übernehmen Sie." „Aber liebend gerne." Demonstrativ wandert das markante Kinn nach oben und die breiten Schultern leicht nach hinten. Die stolze Brust erzählt die Geschichte einer Heldentat und die beachtliche Körpermitte zieren zwei Hände im Gebetsformat.

„Frau Hinterfurtler, meine Herren, wir starten mit einer ausgiebigen Betriebsführung. Danach lade ich zu Tisch und freue mich, mit Ihnen zusammen die gewonnenen Eindrücke und persönlichen Vorstellungen bei einem delikaten Wildschweinbraten in Schwarzbiersoße genüsslich durchzukauen und ausgiebig zu verdauen. Bitte folgen Sie mir."

Artig beugt sich Jakob der Aufforderung und schließt sich als schweigendes Schlusslicht gehorsam der bizarren Gruppe an. Noch immer quält ihn eine körperliche Misere, und die schwellende Wut über die erzeugte Viehmarktatmosphäre sorgt für eine radikale Absenkung des persönlichen Wohlfühlfaktors, ausgelöst durch die übermütige Stimmung eines verkaufswütigen Hotelmatadors. Nach einer kilometerlangen Ewigkeit bietet sich endlich eine Möglichkeit für ein intimes Streitgespräch zu zweit. Diskret hält Jakob den Gastgeber an der Schulter fest und äußert durch militärische Zeichen seinen Protest, der umgehend Gehör findet.

„Frau Hinterfurtler, meine Herren, über den romantischen Innenhof gelangen Sie in unser botanisches Paradies. Unter der großen Glaskuppel finden Sie eine zauberhafte Oase, die zum Verweilen einlädt. Lassen Sie Ihre Sinne bei einem exotischen Cocktail stimulieren und sich danach völlig willenlos in eine Welt der Fantasie entführen. Ihre Augen werden sich in berauschenden Farben verlieren, Ihr Gehör wird von sanften Klängen zärtlich gestreichelt und Ihre wohlgeformten Nasen fühlen sich durch betörende Düfte aufrichtig geschmeichelt. Genießen Sie eine wunderbare Auszeit auf unserer Insel der Glückseligkeit. Herr Johansson und ich werden später hinzustoßen." „Vielen Dank Herr Brencken, aber ich durfte meinen letzten LSD-Trip vor zwanzig Jahren genießen und ich bin heute leider nicht in der Stimmung, meine wilde Vergangenheit wieder aufleben zu lassen. Wir werden im Wintergarten um die Ecke auf Sie warten. Bei einer Tasse Kaffee. Arnulf und Tiger mitkommen."

Zwei Männer folgen dem diktatorischen Schmuckstück und zwei Männer bleiben hinter einer verschlossenen Tür zurück.

„Jakob mein Freund, wie kann ich Dir helfen." „Indem Du es nicht noch ein einziges Mal wagst, mich als kleine Bonusnutte an eine Nymphomanin zu verschenken."

Im Sekundentakt boxt der ausgestreckte Zeigefinger gegen den lebenden Sandsack, der mit einem gekonnten Griff das eifrige Halbschwergewicht im Handumdrehen überwältigt.

„Wow, Jakob ist stinksauer." „Wow, Hubert freut sich gleich über eine Faust im Gesicht." „Der Weg zum Ziel fordert von seinem Sieger oftmals kuriose Taten, bevor ihn der Erfolg jubelnd in die Arme schließt." „Ich glaube, Dir ist nicht bewusst mein lieber Hubert, dass Du Dich ganz alleine auf dem besagten Weg befindest und ich lediglich dafür Sorge zu tragen habe, dass Du nicht von der Straße abkommst und im Graben landest." „Mein lieber Jakob, bitte lass uns die blumige Diskussion beenden und Klartext reden. Ich biete Dir fünf Mille extra, wenn Du Frau Hinterfurtler Deinen Körper für eine Nacht zur Verfügung stellst."

Das pikante Angebot erzeugt einen perplexen Gesichtsausdruck und sorgt für einen Wirbeltanz innerhalb seiner grauen Substanz, bis Jakob endlich seine Sprache wiederfindet und ihn ein Lachen der Ironie lauthals überfällt.

„Aber natürlich ich Idiot. Das ich nicht schon früher darauf gekommen bin. Darf ich vorstellen, Hubert der Treuetester. Meine Frau nutzt wirklich jedes Instrument, damit sich meine monogame Seele am Fegefeuer der Polygamie verbrennt." „Du kannst Dein ketzerisches Lachen einstellen. Es gibt weder eine Verbindung zwischen Frau Hinterfurtler und Deiner Gattin, noch verkaufe ich für einen hohen Preis einer vertrauensgestörten Person die passende Gelegenheit, damit diese ihre perfide Idee erfolgreich umzusetzen kann." „Sehr interessant. Darf ich den großen Verkaufsmeister und Träger des zehnten Dans freundlich bitten, mir zu erklären, welche Strategie er verfolgt, indem er mich als Liebesdiener anbietet?" „Frau Hinterfurtler ist scharf wie eine Peperoni, die tagelang in Tabascosoße gebadet hat und eine idealistische Egozentrikerin, die auf einen außergewöhnlichen Anreiz mit einer besonderen Form der Begeisterung reagiert, die sich nachfolgend auf das eigentliche Kernsubjekt projiziert." „Die stahlharte Dame begeistert Mann damit, indem man ihr den Anreiz gibt, einen Fleischberg zu besteigen, der ihr mit Erreichen des Gipfelkreuzes zu einem ausgiebigen Höhepunkt verhilft."

Mit dem Rücken zum Betrachter stehend und die Fäuste in die Taille gedrückt, lauscht Jakob den versöhnlichen Worten, die der Besagte anschließend zu ihm spricht: „Mein lieber Jakob, ich verfüge leider weder über Deine Attraktivität, noch bin ich mit Deiner Ausdauer gesegnet, die der mutige Löwendompteur zwingend benötigt, um eine edle Raubkatze während einer heißen Nacht zu zähmen." „Mit meiner Ausdauer?" „Ja mit Deiner Ausdauer, die positiv dazu beitragen kann, dass wir unser geschäftliches Vorhaben schnellstmöglich und erfolgreich abschließen, damit Herr Doktor Jakob Johansson in das zivilisierte Reich eines gehobenen Volkes zurückkehren kann."

Geräuschvoll gönnt sich Jakob einen tiefen Atemzug und beruhigt seinen spürbaren Herzschlag, der sein erhitztes Blut durch den geschwächten Körper pumpt. Permanent muss er an die unheimliche Stimme mit ihren mahnenden Worten denken und lässt seinen Willen instinktiv durch eine aufkommende Angst lenken.

„Du hast mich überzeugt." „Hervorragend. Das nenne ich einen eiskalten Geschäftsmann, der dank seiner eingefrorenen Nerven, ohne zu zögern durch einen brennenden Feuerring springt und dabei das Lied der Sieger singt." „Deiner idiotischen Äußerung nach zu urteilen, befindet sich Dein Blutzuckerspiegel bereits auf der Kellertreppe nach unten." „Herr Doktor Johansson, Ihre aufmerksame Art schmeichelt meinem hungrigen Magen. Ich bitte zu Tisch."

Die gewaltigen Balken aus derbem Holz in dunklem Braun tauchen den rustikalen Raum in ein trübes Licht und schenken ihm das dramatische Gesicht einer schwarzen Seele. Die dekorativen Wände schmücken sich mit dem imposanten Kopfschmuck erlegter Tiere und der herbe Geruch von Wildnis, Wald und blutiger Jagd erinnern an eine oftmals sinnlose Tat. Lächerliches Jägerlatein, das als deftige Beilage zum delikaten Wildschwein gereicht wird, rundet mit einem faden Beigeschmack das Bild einer urigen Gemütlichkeit ab.

„Meine verehrte Frau Hinterfurtler, meine Herren, passend zu Vorsuppe würde ich Sie bitten, uns ein appetitanregendes Häppchen garniert mit Ihrem ersten Eindruck zu servieren." „Sie

überraschen mich, Herr Brencken." „Inwiefern Frau Hinterfurtler?" „Das Sie Ihren Appetit durch ein kleines Häppchen erst
noch anregen müssen. Sie wirken auf mich eigentlich wie ein
Mann, der seinen Hunger am liebsten durch ein reichhaltiges
Menü ohne langes Vorspiel stillt."
Die roten Fingernägel harmonieren farblich perfekt mit der zart-
rosa Zunge, die den silberfarbenen Löffel mit Hingabe ableckt
und anschließend mit ihrer Spitze über zwei glänzende Lippen
fährt.
„Respekt, Frau Hinterfurtler. Ihre scharfe Beobachtungsgabe ist
bemerkenswert." „Ich habe vor Jahren einen großartigen
Psychologen kennengelernt, der von sich behauptet hat, sein
Gehirn säße nicht in seinem Kopf, sondern in seinem Bauch und
dieses essenzielle Faktum wäre der Grund für seinen einzigartigen Erfolg." „Frau Hinterfurtler, ich muss neidlos zugestehen,
dass Sie die hohe Kunst, leichte Kost in eine amüsante Unterhaltung zu verwandeln, beispielhaft beherrschen. Dürfte ich Sie und
Ihr Gefolge dennoch bitten, uns dem Wesentlichen zu widmen."
„Aber gerne Herr Brencken, ich möchte Ihrem hungrigen Magen
eine sättigende Vollkost nicht länger vorenthalten, damit sich
dieser nachfolgend seiner geistigen Verdauung zuwenden
kann."
Entschlossen erhebt sich die temperamentvolle Dame und würzt
ihre verbale Stellungnahme mit einem maskulinen Imponierge-
habe.
„Darf ich der interessanten Darlegung Ihrer persönlichen Meinung entnehmen, dass ein ernst zu nehmendes Interesse an
diesem Objekt besteht?" „Besser hätte ich es nicht ausdrücken
können, Herr Brencken. Und dank Ihrer korrekten Interpretation
werden wir nach unserem üppigen Mahl direkt in konkreten Ver-
kaufsverhandlungen einsteigen. Herr Johansson, jetzt es wird
ernst für Sie." Reflexartig fasst sich Jakob mit der rechten Hand
an seinen Hals und verhindert mit dieser Aktion, dass die ihm
gegenüber sitzende Person sein nervöses Schlucken registriert.
Auf seine weit geöffneten Augen reagiert man allerdings ein wenig irritiert. „Was will mir Ihr ängstlicher Gesichtsausdruck zu
verstehen geben, Herr Johansson? Wenn ich der Aussage von

Herrn Brencken Glauben schenken darf, sind Sie nicht nur sein persönlicher Finanzexperte, sondern auch ein durchtriebener Geschäftsmann, der den exzellenten Ruf genießt, jederzeit und für einen guten Preis bereit zu sein, seine eigene Familie an vertrauensvolle Menschenhändler auszuliefern." „Ja aber." „Aber was, Herr Johansson?"

Der leicht geöffnete Mund verstummt und der selbst ernannte große Bruder übernimmt für ihn spontan das sprachliche Ruder."

„Herr Johansson ist ein Geschäftsmann der Superlative und die bevorstehenden Verhandlungen sind für ihn reine Routine. In seinem Kopf wurde unser kleines Geschäft bereits erfolgreich besiegelt und seine Gedanken beschäftigen sich bereits mit unserem reizvollen Bonusspiel. Deshalb wirkt er ein wenig abgelenkt." „Gut, dass Sie mich daran erinnern, Herr Brencken. Auf mich wartet ja noch ein nettes Präsent, als kleines Dankeschön für einen erfolgreichen Vertragsabschluss." „Ein nettes Präsent aus Fleisch und Blut, das für Sie in einer Nacht das Buch der Leidenschaft neu schreiben wird, meine liebe Frau Hinterfurtler." Im nächsten Moment schließt sie ihre Augen und legt ihren Kopf verträumt in den Nacken, bevor sie mit ihren Händen langsam über ihre Brüste bis hin zu beiden Gesäßbacken fährt und dabei leise Grunzgeräusche von sich gibt. „Herr Brencken, wo muss ich unterschreiben?" „Jetzt reicht es mir." „Ich kann Ihren protestierenden Aufschrei nachvollziehen, Herr Sanktner. Frau Hinterfurtler?" „Ja, Herr Brencken?" „Wir sollten wirklich nichts überstürzen, Herr Johansson läuft Ihnen nicht weg." „Weißt Du was das Schöne an diesem lächerlichen Spiel ist, Sweetheart?" „Nein, Tiger." „Nachdem dieser langweilige Schönling versucht hat, Dich eine ganze Nacht lang zu befriedigen, wirst Du den Ausnahmesex mit mir noch mehr zu schätzen wissen. Er zittert ja jetzt schon vor Angst." „Josef, setz Dich sofort wieder hin, bevor Dein Fell meine scharfen Krallen spürt. Ich verbitte mir ein derart niveauloses Auftreten." Sofort zieht sich der Alpenhotelier in seine Ausgangsposition zurück und kontert lediglich mit einem beleidigten Blick der versucht, Jakob eiskalt zu töten. „Arnulf, mein sprachfaules Genie. Es würde mich sehr freuen, die würdest Dich mit konstruktiven Beiträgen aktiv an unsere Gesprächsrunde beteiligen."

Zeitlupengleich fährt eine ruhige Hand in einen schwarzen Beutel aus abgegriffenem Leder und entnimmt dem kleinen Sack eine winzige Menge wohlriechenden Tabak, der bedächtig in die Rauchkammer rieselt. Vor den Augen der gespannten Zuschauer beginnt im Anschluss die feierliche Zeremonie einer ganz persönlichen Philosophie, indem die klassische Liverpool-Pfeife harmonisch in hoch bezahlten Chirurgenhänden kreist, bis beide Daumen ihre Stopfarbeit erfolgreich beendet haben. Ein Streichholz entfacht ein beeindruckendes Rauchspektakel und sorgt damit ganz zum Schluss für einen einmaligen Genuss, von dem letztendlich fünf geduldige Nasen profitieren.

„Mein liebes Kind, die Introvertiertheit sorgt für eine kontinuierliche Bereicherung des eigenen Geistes, der dank dieser wunderbaren Eigenschaft die wertvollen Inspirationen des eigenen Egos in ihrer ganzen Fülle und in vollem Maße auszuschöpfen vermag, bevor er sie mit anderen teilen müsste. Mich der Sprachfaulheit zu bezichtigen ist genauso destruktiv orientiert, als würdest Du die Behauptung aufzustellen, Herr Johansson leide an einer erektilen Dysfunktion, nur weil er keine Lust dazu hat, mit Dir zu schlafen."

Panisch drückt Jakob eine Hand fest gegen sein rebellierendes Herz, während die andere Hand besorgt in seinen Schritt greift und instinktiv sein bestes Stück streichelt. „Das ist lächerlich, Arnulf. Ich möchte behaupten, dass auf diesem Planeten nicht einen heterosexuellen Mann gibt, der es sich nicht wünschen würde, mit mir in geschlechtlichen Kontakt zu treten." „Genau diesen Mann gibt es Cordula. Er sitzt Dir gegenüber." „Herr Johansson, was haben Sie denn jetzt schon wieder, wenn ich fragen darf?"

Die mit Tränen gefüllten Augen haben ihr Leben auf dem Weg zur Hölle verloren, die vor ihnen als ein unwirtlicher Ort erscheint und von bösen Dämonen und einem menschenunwürdigen Teufel bevölkert wird. Eine krankhafte Einbildung misshandelt Jakobs Gedanken, die sich intensiv mit dem Verlust seiner Männlichkeit beschäftigen und seine angespannten Nerven zusätzlich belasten, die immensen Druck auf eine Ader ausüben und sich letztendlich für eine Nase zu verantworten haben, aus der das Blut tropft.

„Ich." „Wie bitte? Herr Johansson?" „Ich kann ihn nicht mehr fühlen." „Herr Johansson, Ihre Nase blutet. Kopf nach vorne, aber sofort."

Eine mit Mineralwasser getränkte Stoffserviette wagt den Vergleich mit einem nassen Putzlappen, der von einer fürsorglichen Ärztin sanft ins Genick geschlagen wird und für wenige Minuten unter massierenden Bewegungen auf der Stelle verweilt, bis der nach vorne gebeugten Oberkörper wieder vorsichtig aufgerichtet wird.

„Herr Johansson, ich habe Ihre Nase unter Kontrolle. Sie dürfen wieder Geradesitzen und Ihre männliche Schönheit zur Schau stellen. Was soll ich sagen, meine heilenden Hände sorgen mal wieder für Furore."

Hocherfreut über den Erfolg ihrer medizinischen Tätigkeit verabschiedet sie sich von ihrem verstörten Patienten mit einer erotischen Zweideutigkeit, die an ihrem Empfänger leidenschaftslos abperlt. „Haben Sie vielleicht noch eine Stelle am Körper, die ich durch Handauflegen wieder zum Leben erwecken darf?" „Cordula setzt Dich wieder hin. Deine ordinären Annäherungsversuche bereiten Herrn Johansson lediglich ein peinliches Vergnügen."

Widerwillig lösen sich die von hinten um Jakobs Hals geschlungenen Arme, während eine schmale Nasenspitze durch sein volles Haar fährt und ein schmollender Mund ihm leise zuflüstert: „Arnulf der Spaßvakuumierer ist wieder unterwegs."

Auf den dämlichen Spruch folgt ein trotziger Wangenkuss, bevor ein Zeigefinger zärtlich über Jakobs Lippen streichelt und anschließend die Spitze einer Zunge, seine Ohrmuschel samt Läppchen liebkost. „Mein ehemaliger Mentor möchte nicht, dass ich Sie sexuell belästige und ich werde mich seiner Anweisung fügen. Für die nächsten Stunden, mein lieber Herr Johansson."

Mit einem verführerischen Lächeln nimmt die neuzeitliche Nymphe wieder ihren Platz ein und überlässt das Opfer seinem ramponierten Selbstbewusstsein, das verzweifelt um Hilfe schreit.

„Meine Herrschaften, ich würde es wirklich sehr begrüßen, wenn wir uns endlich dem Geschäftlichen widmen könnten." „Und wer hindert uns daran, Herr Brencken?"

Die weitere Verhandlungsrunde erlebt Jakobs Seele eingeschlossen in einer dunklen Fahrstuhlkabine, die auf ihrem Weg zum Schafott stecken geblieben ist. Sein Gehirn wird im gleichen Moment zu Tode gesteinigt und sein glühender Kopf wird von höllischen Schmerzen gepeinigt, die sich durch den kompletten Körper ziehen. Zwischen seinen weichen Fingerkuppen knistert die silberne Folie wie ein Lagerfeuer, bis sie schließlich dem Druck erliegt und die Tablette mit einem finalen Knall aus ihrer Verpackung fliegt, bevor sie innerhalb einer Sekunde im Mund ihres mutigen Befreiers landet und mit lauwarmem Kaffee heruntergespült wird.

„Haben Sie Kopfschmerzen, Herr Johansson?" „Ja, Frau Hinterfurtler, ich habe Kopfschmerzen. Sie brauchen sich allerdings nicht zu bemühen, da ich eine ärztliche Erstversorgung bereits selbstständig durchgeführt habe." „Darf ich Ihnen vielleicht mit einer Kopfmassage dienen?" „Nein, Frau Hinterfurtler, ich möchte keine Kopfmassage und Sie bleiben bitte sitzen." „Erst Nasenbluten und jetzt Kopfschmerzen. Hinter diesen Symptomen könnte sich eine gefährliche Krankheit verbergen."

Ohne zu zögern, trennt Jakob sein Gesäß vom passenden Stuhl und lässt seinen Emotionen freien Lauf: „Verdammte Scheiße, Sie hören jetzt augenblicklich auf, mir irgendwelche Krankheiten anzudichten. Bewegen Sie lieber Ihren faulen Hintern und öffnen Sie das Fenster. Inmitten dieser nikotinverseuchten Luft kann einem nur schlecht werden."

Gemütlich erhebt sich der stromlinienförmige Körper, bewegt sich galant auf die breite Fensterfront des sachlichen Konferenzraumes zu und nutzt die perfekten Lichtverhältnisse, um als aufregendes Titelmodel eines Männermagazins zu posieren.

„Herr Johansson, Herr Johansson, Ihr ungestümes Wesen erinnert mich an einen schwarzen Mustang Hengst, den ich vor Jahren unter meinem faulen Hintern stundenlang eingeritten habe." Erschrocken über den Kontrollverlust, der eigene Impulsivität, zeigt sich Jakob peinlich berührt und überfüllt seinen nervösen

Magen mit einer sättigen Frustration, die den Besagten fast zum Platzen bringt.

„Bitte entschuldigen Sie Frau Hinterfurtler, ich weiß nicht, was in mich gefahren ist." „Nichts für ungut, mein lieber Herr Johansson. Eine Hypoxie kann einen ganz schön zusetzen. Deshalb halte ich mich auch jederzeit für eine Atemspende bereit."

Mit wenigen Worten in einem scharfen Ton zerschlägt der rigorose Organisator endlich die angespannte Situation, die zusammen mit einer undurchsichtigen Stimmung für das schlechte Raumklima verantwortlich ist.

„Meine Herrschaften, alle hier anwesenden Gehirne leiden mittlerweile unter einem leichten Sauerstoffmangel. Frau Hinterfurtler, schreiten Sie zur Tat und öffnen Sie das Fenster." „Jawohl, Herr Generaldirektor."

Ein kindisches Salutieren wirkt wie die schlechte Kopie einer lächerlichen Parodie und ist der Auslöser einer gefährlichen Kettenreaktion, die unaufhaltsam ihren Lauf nimmt und als Fußnote eines großen Dramas endet.

„Was bewegt Sie zu dieser albernen Titulierung, Frau Hinterfurtler?" „Ihre imposante Erscheinung, Ihre geschwollene Brust und ihre breiten Schultern, denen nur ein wenig Lametta fehlt, um das Bild eines militärischen Machthabers zu perfektionieren."

„Meine Herren, es ist doch immer wieder amüsant, wie schnell eine Frau über ihre angeborene Dummheit stolpert und anschließend vor den Augen der männlichen Intelligenz hinfällt." Ein schallendes Hohngelächter bricht unter drei Personen aus und belohnt die Geschädigte mit einem spöttischen Applaus, der sich zu diesem Zeitpunkt noch keine Gedanken über die folgenschweren Konsequenzen macht, die seine akademische Primitivität nach sich zieht.

„Und es ist doch immer wieder interessant Herr Hinterfurtler, wie oft einem in der heutigen Welt Frauen begegnen, die versuchen, das Sinnbild der modernen Emanzipation zu verkörpern, obwohl sie Titel und Position im Bett ihrer grauen Eminenz erworben haben." „Ein lebendiges Beispiel zur Untermauerung ihrer korrekten Aussage, hat soeben das Fenster geöffnet, Herr

Brencken." „Herr Hinterfurtler, charmanter hätte ich es nicht ausdrücken können."

Schockiert und erbost über das unmögliche Benehmen der drei anwesenden Herren, hält Jakob die Hände beschämend vor sein Gesicht und hofft inständig auf ein verständnisvolles Damenohr, das als gnädiger Richter über den derben Stammtischhumor lediglich müde hinweglächeln kann.

„Sollten Sie es noch nicht bemerkt haben Herr Brencken, möchte ich Sie darauf aufmerksam machen, dass Sie soeben die Grenze zwischen einer liebevollen Provokation der Geschlechter und einer schwerwiegenden Diskriminierung in Verbindung mit einer strafrechtlichen Beleidigung gegenüber meiner Person und meines sozialen Status überschritten haben."

Ein betretendes Schweigen verdrängt die laute Heiterkeit und öffnet den Vorhang für die persönliche Darlegung einer widerfahrenen Respektlosigkeit, die Sekunden später als handsignierte Quittung eine schallende Ohrfeige erhält.

„Frau Doktor Hinterfurtler." „Lassen Sie mich ausreden, Herr Brencken. Aufgrund Ihrer herabwürdigenden Äußerungen fühle ich mich in meiner Ehre zutiefst verletzt. Ich gehe noch einen Schritt weiter, Herr Brencken. Ihr verbales Schikanieren, begleitet von einer spürbaren Aggressivität, setzte ich einer schweren Körperverletzung gleich." „Frau Doktor Hinterfurtler, bitte lassen Sie mir Raum für eine ehrliche Entschuldigung meinerseits." Das ansonsten diktatorische Auftreten gleicht mittlerweile einem gehorsamen Strammstehen, das sich ohne Widerworte für das grobe Fehlverhalten in aller Öffentlichkeit abstrafen lässt. „Nein Herr Brencken, ich werde Ihnen keinen Raum lassen. Im Gegenteil, ich werde diesen Raum jetzt verlassen und unsere geschäftlichen Verhandlungen hiermit beenden, obwohl ich vor wenigen Minuten tatsächlich bereit war, ausnahmslos auf Ihre Vertragsbedingungen einzugehen und mit meiner Unterschrift den Kauf dieses Anwesens zu besiegeln."

Einer ehrlichen Verzweiflung nahe steht Jakob auf und rauft sich wütend die dunklen Haare. Die sprachlosen Augen sind großzügig aufgerissen und die vor den Kopf gestoßene Stirn in Falten gelegt, die für einen weit geöffneten Mund spricht, der für den Angeklagten stumm um Entschuldigung bettelt.

„Herr Johansson, es hat mich sehr gefreut, Sie kennenzulernen." „Frau Hinterfurtler, ich bitte Sie." „Ich bin von Ihrem souveränen Auftreten begeistert Herr Johansson, und ich möchte Ihnen abschließend mitteilen, dass ich in Ihnen einen sehr seriösen Geschäftsmann sehe, der mich durch seine partnerschaftliche Art der Zusammenarbeit überzeugt hat und der durch seine gepflogenen Umgangsformen mein volles Vertrauen genießt. Leben Sie wohl, Herr Johansson. Meine Herren, Sie entschuldigen mich." „Wo gehst Du hin, Cordula?" „An die frische Luft, Arnulf."

Mit einem Hauch von Arroganz trägt das erhobene Haupt seinen verdienten Lorbeerkranz und versinkt dabei in einer Wolke aus verletztem Stolz. Zurück am runden Tisch bleiben vier überraschte Charaktere und ihre unterschiedliche Einstellung im Umgang mit der Misere.

„Schade, wirklich schade. Das hätte für alle Parteien ein erfolgreiches Geschäft werden können." „Schade, wirklich schade, dass wir den Irrealis der Vergangenheit lediglich einer dummen Person zu verdanken haben, die glaubt, sie könne mit frauenfeindlichen Parolen für eine niveauvolle Bauarbeiterbelustigung sorgen." „Bitte entschuldige Jakob, ich habe mich leichtsinnigerweise von Herrn Hinterfurtler mitreißen lassen. Das war sehr unprofessionell von mir." „Halt einfach Deinen Mund, am besten für den Rest Deines Lebens." „Meine Herren, ich bitte Sie, diese Art der Kommunikation wirkt lediglich demoralisierend und bringt uns keinen Schritt weiter in Richtung Erfolg." „Herr Hinterfurtler, es scheint Ihnen nicht bewusst zu sein, dass die Art und Weise unserer weiteren Kommunikation völlig irrelevant ist. Des Weiteren werden auch tiefgründige Diskussionen zu keinem Erfolg führen, sondern letztendlich lediglich dafür sorgen, dass sich Ihr intelligenter Geist anschließend über eine hygienische Sauberkeit freuen kann. Das Geschäft ist geplatzt. Verstanden?" „Warum brüllen Sie eigentlich, Herr Johansson?" „Weil ich Lust habe zu brüllen, Herr Hinterfurtler."

Geräuschvoll entzündet das Streichholz eine Flamme und sorgt für helle Tabakschwaden in der Luft, bevor die aktive Pfeife ihren feinwürzigen Duft verströmt, den drei passive Nasen unbewusst, aber gierig inhalieren.

„Herr Brencken?" „Ja, Herr Hinterfurtler." „Ich denke, wir sollten als passionierte Mediziner auf das unpersönliche Sie verzichten und zu einem intimen Du übergehen." „Aber gerne Arnulf." „Ich möchte für Herrn Sanktner und mich das Wort ergreifen. Josef, Du erlaubst?" „Aber bitte, Arnulf."

Gelassen unterstützt der waagegerechte Arm seinen senkrechten Kameraden, in dessen Hand ganz entspannt die Pfeife ruht, die mit ihrem rauchverwöhnten Besitzer eine Lebensphilosophie teilt.

„Leider haben Herr Sanktner und meine Person den Eindruck erweckt, es fehle uns an einer gehaltvollen Mischung Enthusiasmus, der nach dem Geschmack eines Herrn Johanssons erst den Erfolg einer Sache ausmacht. Ich möchte deshalb in dieser Runde nochmals explizit verkünden, dass es für Herrn Sanktner und mich elementar wichtig ist, dieses Anwesen zu erwerben. Herr Johansson, es ist für uns ein Herzenswunsch, mit diesem Objekt unseren Lebenstraum zu verwirklichen." „Das freut mich Herr Hinterfurtler, allerdings bin ich der falsche Adressat für Ihre liebliche Werbung. Sie müssen nicht mich überzeugen, sondern Ihre gemeinsame Frau, die bereits vor Erreichen der Bergstation ausgestiegen ist." „Das ist nicht ganz richtig, Herr Johansson." „Wie darf ich das verstehen, Herr Hinterfurtler?" „Sie haben doch bestimmt auch einen Herzenswunsch, Herr Johansson." „Ja, ich habe einen Herzenswunsch, Herr Hinterfurtler. Und wahrscheinlich soll ich meinen Herzenswunsch der qualmenden Wunschfee jetzt verraten." „Ja, Herr Johansson." „Mein Herzenswunsch wäre, dieses Geschäft erfolgreich abzuschließen, damit ich schnellstmöglich die Heimreise antreten kann." „Genau, Herr Johansson. Und deshalb sind wir auch einstimmig davon überzeugt, dass Sie davon überzeugt sind, der einzige Herr in dieser Runde zu sein, der in der Lage ist, Frau Hinterfurtlers verletztes ich derart zu balsamieren, dass sie nach Ihrer Verwöhnkur die Fahrt mit uns wieder aufnimmt und somit unser geschäftliches Projekt zu guter Letzt für alle Beteiligten erfolgreich abgeschlossen werden kann." „Arnulf, Deine Worte beschreiben exakt die Wahrheit. Vielen Dank."

Nach dem ernstklingenden Kompliment wendet sich auch der zweite Bittsteller an das scheinbare Multitalent und bedient sich in seiner persönlichen Lobeshymne einer intimen Anrede: „Jakob, Du bist ein Geschäftsmann, dessen beispiellose Karriere sich auf ihrem Zenit befindet. Deine intelligente Schaffensweise unterliegt einer brillanten Logik, die sich einer siegessicheren Strategie bedient und die von einem fulminanten Erfolg geprägt ist. Dein eiskaltes Gemüt steckt in einem stahlharten Nervenkostüm. Jakob nur ein Großkaliber Deiner Art kann die jetzige Situation noch zum Erfolg führen." „Jakob? Soll das heißen, wir duzen uns Herr Sanktner und ich weiß noch nichts davon?" „Ich denke unter reinrassigen Geschäftsleuten sollte ein Du erlaubt sein." „Ich wusste bis dato zwar nicht, dass Österreicher reinrassig sein können, aber man lernt ja bekanntlich nie aus." „Wir Österreicher haben unsere Reinrassigkeit einem Mann zu verdanken, lange bevor dieser den Deutschen überhaupt die Möglichkeit gegeben hat, diese nachträglich zu erwerben." Ein sirenenartiges Lachen kommentiert die humorvolle Einlage und bringt eine respektvolle Körpermasse zum Beben. „Entschuldigung, aber dieser Alpenhumor ist einfach zum Niederknien." „Das Du es überhaupt noch wagst, auch nur einen Ton von Dir zu geben. Schließlich haben wir alleine Dir diese Situation zu verdanken." „Eine Situation, die der begnadete Opportunist Jakob Johansson mit der Philosophie eines unbeirrten Karrieristen in eine erfolgreiche Unternehmung verwandeln wird." Für einen Augenblick beherrscht Jakob eine gefährliche Spontanität, die seine konsequente Zurückhaltung untergräbt und mit ihm zusammen über seinen eigenen Schatten springt. „Sie entschuldigen mich meine Herren." Entschlossen steht er auf und blickt bestimmend in die Runde, die ihn mit ihren sechs Augenpaare fragend ansieht. „Was hast Du vor Jakob?" „Frau Hinterfurtler suchen und verwöhnen."

Zielstrebig verlässt Jakob die Räumlichkeit und macht sich auf die Suche nach der beleidigten Schönheit. Festentschlossen seinen Auftrag erfolgreich durchzuführen, widersetzt er sich dem Befehl seiner Bewusstseinsseele und versucht aus eigener Kraft, die unheimliche Botschaft zu verdrängen. Nagende Zweifel verfolgen ihn und bedrohen seine Motivation, die mit einer geistigen Abwehrreaktion den Glauben an sich selbst verteidigt, bis er endlich vor der richtigen Tür steht, die er nach einer deutlichen Aufforderung öffnet.

„Herr Johansson, jetzt bin ich aber überrascht. Bitte treten Sie ein." „Vielen Dank, Frau Hinterfurtler."

Nervös starrt Jakob auf einen zarten Morgenmantel aus echter Seide in cremigem Weiß, der seine erotischen Geheimnisse noch vor der offiziellen Verkündigung verrät, indem er den Körper eng umhüllt und die Haut zärtlich streichelt. „Sie wirken so reserviert, Herr Johansson. Oder täusche ich mich?" „Ich muss mit Ihnen reden, Frau Hinterfurtler." „Gerne, Herr Johansson. Aber doch nicht über diese Distanz." Verführerisch bewegt sich die schwarzhaarige Sünde auf Jakob zu und öffnet langsam die gebundene Schleife des federleichten Stoffs, der mühelos über ihren Körper gleitet und ihr anschließend zu Füßen liegt. „Frau Hinterfurtler, wir müssen uns dringend unterhalten." „Wir unterhalten uns doch bereits, Herr Johansson."

Ohne eine Spur von Schüchternheit erweckt die fremde Zunge in seinem Mund den Mythos einer Eigensprachlichkeit, während sich zwei schamlose Hände auf ihre heilende Kraft berufen und sich an einer Wiederbelebung versuchen.

„Wissen Sie, was mich interessieren würde?" „Nein, Frau Hinterfurtler."

Spielerisch drücken die femininen Finger ein Hemdknopf nach dem anderen durch ihre passenden Löcher und entblättern den ansehnlichen Oberkörper, der merklich zittert

„Mich würde interessieren, was ich machen muss, damit ich Sie sexuell zum Kochen bringe."

Die harten Warzen seiner athletischen Brust schreien zwischen den langen Nägeln vor Lust und genießen das erregende Gefühl, ein hilfloses Opfer tausend feiner Nadelstiche zu sein. Eigenhändig erledigt sich Jakob seiner bereits geöffneten Kleidung und trifft endlich die Entscheidung, sich der Waagerechten hinzugeben, so lange, bis ihn trotz aller Bemühungen der Zustand absoluter Reglosigkeit fast in den Wahnsinn treibt.

„Sie müssen entschuldigen, Frau Hinterfurtler, aber das ist mir noch nie passiert. Ich weiß nicht, was mit mir los ist. Sie glauben nicht, wie peinlich mir das ist."

Seine Gedanken werden plötzlich von einem Gefühl tiefer Scham beherrscht und seine Füße spüren, wie der Boden unter ihnen an Stabilität verliert. Sein Oberkörper ist leicht nach vorne gebeugt und der hochrote Kopf davon überzeugt, er könnte sich hinter zwei zitternden Händen verstecken.

„Herr Johansson, bitte beruhigen Sie sich. Es muss keinem Mann peinlich sein, für einen Moment das Versagen der eigenen Männlichkeit zu erleben. Ich gehe ja bei Ihnen nicht von einem Dauerzustand aus. Oder etwa doch?" „Bitte hören Sie auf Frau Hinterfurtler, mich bei meiner derzeitigen Gemütslage auch noch mit einem männlichen Albtraum zu konfrontieren."

Krankhaft versucht Jakob, wieder die Kontrolle über sich und seinen Zustand zu gewinnen und bemerkt nicht, wie sich die attraktive Aktivistin leicht beschwingt, aber dennoch völlig entspannt eine elegante Kleidung anlegt.

„Herr Johansson, wir beide haben uns jetzt einen richtig guten Whisky verdient. Ziehen Sie sich an und begleiten Sie mich an die Bar. Ich möchte mit Ihnen über die Welt philosophieren und dabei die Verträge unterzeichnen. Den Notar ist bereits bestellt." „Sie wollen bitte was?" „Kaufen und mit Ihnen zusammen einen Whisky genießen." „Ich kann es nicht fassen." „Was schauen Sie mich denn so entrüstet an?" „Darf ich fragen, was Sie plötzlich zu Ihrem Entschluss bewegt hat? Meine gefühlte Wenigkeit kann eine Frau wie Sie nicht überzeugt haben."

Deprimiert schließt er die Schnalle seines Gürtels und zieht gedanklich einen traurigen Schlussstrich unter sein erotisches Abenteurer am Nachmittag.

„Was heißt hier plötzlich, Herr Johansson. Mein Entschluss steht bereits seit Stunden fest." „Das heißt, Ihr sensationeller Auftritt mit anschließendem Ausstieg aus den Verhandlungen war vorgetäuscht?" „Großes Theater oder glauben Sie ernsthaft, mich könnte ein Mann mit dem Niveau eines drittklassigen Friseurmeisters beleidigen, der lediglich versucht, die Psyche eines Menschen nach seinem billigen Geschmack im eigenen Hinterhof zu frisieren, anstatt sie medizinisch zu therapieren. Wissen Sie, was ich amüsant finde, Herr Johansson?" „Nein, Frau Hinterfurtler." „Sie sind der erste Mann, mit dem ich siezend ins Bett gehe und siezend wieder aufstehe. Kommen Sie, die Bar hat geöffnet."

Die herzliche Art kokettiert mit seinem niedergeschlagenen Gemüt und motiviert seine eigene Zuversicht, die sich unter dem einladenden Thekenlicht eine Aufhellung seiner Stimmung verspricht. „Cheers, Herr Johansson." „Cheers, Frau Hinterfurtler." „Erzählen Sie mir Herr Johansson, wann und wie Ihre Freundschaft mit Herr Brencken entstanden ist." „Entschuldigung Frau Hinterfurtler, aber darf ich fragen, warum Sie das interessiert?" „Aber natürlich dürfen Sie fragen. Mich interessieren und faszinieren Paare jeglicher Art, die trotz ihrer unterschiedlichen Charaktere zusammen harmonieren und sich gegenseitig wunderbar ergänzen. Herr Brencken und Sie wirken wie ein altes Ehepaar auf mich, das einst unfreiwillig verheiratet wurde, sich ihrem Schicksal fügte und dann jahrzehntelang ihr Leben gemeinsam mit Bravour gemeistert hat. Wie lange kennen Sie sich denn schon, Herr Johansson?" „Wir kennen uns fast zwanzig Jahre, Frau Hinterfurtler." Erfreut über seine Schlagfertigkeit belohnt er sich und seinen Gaumen mit einem kräftigen Schluck und genießt die meisterhafte Destillation nach uralter Whiskytradition, die sich wie ein Trostpflaster über seine Seele legt. „Wirkt Herr Brencken nur wesentlich älter als Sie, oder ist er auch wesentlich älter?" „Ich kann Ihnen nicht folgen, Frau Hinterfurtler." „Ich würde schätzen, Sie trennen mindestens zehn Jahre. Wie alt ist Herr Brencken denn?"

Synchron zu seinen Augen lässt Jakob seine Gedanken wie ein mächtiger Raubadler über seiner potenziellen Beute kreisen, die er anschließend im Sturzflug erlegt und nach einem dezenten Räuspern als perfekte Antwort auf die delikate Frage präsentiert. „Herr Johansson, mir können Sie sein Alter ruhig verraten. Ich erfahre es spätestens am Tag der notariellen Beglaubigung." „Mein Freund Hubert ist ein höchst eitler Mann, der sein wahres Alter konsequent verschweigt. Sie werden deshalb dafür Verständnis haben, dass ich darüber keine Auskunft geben werde."

Auf eine sehr charmante Weise kommentiert sie die amüsante Ausrede. „Warum lachen Sie denn Frau Hinterfurtler?" „Ein höchst eitler Mann, der braune Cordanzüge trägt, die aus der Altkleidersammlung stammen könnten und sein Übergewicht pflegt wie eine Diva ihre Falten. Entschuldigung Herr Johansson, aber das ist ja zum Schreien." „Das ist sein einzigartiger Stil, der ihm nicht nur außergewöhnlich gut steht, sondern zusammen mit seiner facettenreichen und beneidenswerten Ausstrahlung sein starkes und gütiges Wesen prägt. Wahre Eitelkeit lässt sich außerdem nicht an Äußerlichkeiten oder an verschiedenen Modestilen messen. Wahre Eitelkeit ist eine Charaktereigenschaft der inneren Einstellung zum eigenen Selbstbild." „Und genau das fasziniert mich so an Ihrem Verhältnis mit Herrn Brencken." „Was bitte fasziniert Sie, Frau Hinterfurtler?" „Sobald einer von Ihnen beiden den anderen durch eine dritte Person angegriffen sieht, verteidigt er ihn, wie ein Ehemann seine eigene Frau verteidigen würde." „Frau Hinterfurtler, bitte lassen Sie uns das Thema wechseln. Es würde mich viel mehr interessieren, wie Sie mit Ihrer neuen Investition in die Zukunft starten wollen und wie sich Ihre Pläne diesbezüglich gestalten." „Wie sie bereits erahnen können, wird mein Mann die Leitung der plastischen Chirurgie übernehmen und Herr Sanktner übernimmt das komplette Hotelmanagement." „Und Sie werden sich mit Sicherheit den Gesundheitseinrichtungen widmen, Frau Hinterfurtler." „Es ist wirklich amüsant Herr Johansson, sich die Bilder vor Ihren Augen zu betrachten."
Der lachende Mund gibt den Blick frei auf schneeweiße Zähne, die mit dem zarten Teint und der glänzenden Schwarzhaarmähne, dass Bild vollkommener Schönheit komplettieren.
„Bitte klären Sie mich auf." „Ihre geistige Leinwand präsentiert eine Frau Hinterfurtler, die gerade eine Spezialmassage an einen männlichen Gast praktiziert und anschließend bekleidet mit reizvoller Unterwäsche und weißem Kittel, dessen Stoff bereits in der Mitte des Oberschenkels endet, den Champagner in der Herrensauna serviert. Nein, Herr Johansson, ich werde auf dem noch unbebauten Gelände ein Epilepsie-Zentrum errichten lassen." „Ein Epilepsie-Zentrum?" „Ja, die Erforschung dieser Er-

krankung ist Teil meines Lebens geworden, nachdem unser jüngster Sohn an Epilepsie erkrankte." „Und wie lebt Ihr Sohn, heutzutage mit dieser Erkrankung?" „Er ist vor vier Jahren verstorben." „Sie haben Ihr Kind verloren, Frau Hinterfurtler? Das ist ja fürchterlich." „Mein Mann und ich haben vor vier Jahren drei Kinder verloren. Unsere Zwillingssöhne Curt und Casper im Alter von neun Jahren und unseren an Epilepsie erkrankter Sohn Clemens im Alter von sieben Jahren." „Drei Kinder?!"

Ein unsagbarer Schmerz sticht tief in Jakobs Herz und spiegelt sich in seinem Gesicht wider, dass vor Entsetzten fast aus seinem Rahmen fällt.

„Das ist ja für einen Menschen eine unfassbare Tragödie. Wie ist das passiert, Frau Hinterfurtler?" „Mein Mann und ich waren mit den Kindern zusammen auf einer Studienreise in Israel. An einem Sonntagmorgen hat sich ein Selbstmordattentäter vor unserem Hoteleingang in die Luft gesprengt. Es war unser Abreisetag, dass Gepäck stand bereits in der Hotellobby. Ich habe noch immer das Bild vor Augen, wie unsere Kinder auf den Koffern saßen und auf uns gewartet haben." Ein Schatten tiefer Trauer verwandelt die starke Persönlichkeit plötzlich in eine von Hoffnungslosigkeit gezeichnete Gestalt, die sich schämt zu leben. „Was ist dann passiert?" „Mein Mann und ich standen an der Rezeption und waren dabei, die Abreiseformalitäten zu erledigen. Dann gab es eine Unstimmigkeit mit einer horrenden Restaurantrechnung, die fälschlicherweise auf unser Hotelzimmer gebucht worden war. Ein Zahlendreher in der Zimmernummer, wie sich später herausstellte. Das ganze Missverständnis klärte sich erst nach dreißig Minuten auf. Sie wissen ja selbst wie Kinder sind, Herr Johansson. Dreißig Minuten Langeweile fühlen sich an wie drei Stunden trockener Geschichtsunterricht. Irgendetwas Spannendes müssen sie plötzlich auf der Straße entdeckt haben. Sie liefen raus und dann."

Die mit Tränen gefüllten Augen blicken verzweifelt gegen die Zimmerdecke und hoffen noch immer auf das Ende ihres Albtraums.

„Dieser ohrenbetäubende Krach der Explosion, die panischen Schreie der Menschen. Mein Mann und ich rissen unsere Köpfe

herum und blickten zu Tode erschreckt in Richtung Ausgang. Und dann blickte ich auf die Koffer, auf denen vor wenigen Minuten noch unsere Kinder saßen. Mein Mann rannte nach draußen." „Und Sie?" „Mein Blut war eingefroren, ich war vollständig gelähmt. Meine Augen starrten unentwegt auf unser Gepäck. Ich hörte in meinem Unterbewusstsein die Stimmen meiner Kinder, aber ich konnte sie nicht mehr sehen. Ich hörte sie lachen, aber so sehr ich mich auch anstrengte, ich konnte sie einfach nicht mehr sehen. Und dann war sie da, diese Angst, die den eigenen Verstand in eine Ohnmacht treibt. Diese Angst, die dir sagt, dass dein Leben vorbei ist, aber dich der Tod noch nicht erlösen wird. Diese Angst, die über Hoffnung und Verzweiflung richtet. Ich rief nach meinen Mann, immer lauter, immer hysterischer. Bis er endlich durch die Tür kam. Ganz langsam, Schritt für Schritt bewegte er sich auf mich zu. Sein Hemd war blutverschmiert, sein Blick leer und verwirrt. Ich habe ihn angebrüllt und ihn gefragt, warum er es wagt, ohne die Kinder zurückzukommen. Dann habe ich ihn angefleht, er möge doch bitte wieder rausgehen, um die Kinder reinzuholen. Dabei haben meine Hände immer wieder über das Blut auf seiner Brust gestreichelt. Aber er stand nur regungslos vor mir und blickte durch mich hindurch. So lang, bis er vor mir auf die Knie fiel. Er schlug seine Hände vor sein Gesicht und fing herzzerreißend an zu weinen. Zwei Wochen später haben wir drei weiße Särge zu Grabe gelassen." „Was hat Sie beide nach diesem Wahnsinn noch am Leben gehalten?" „Unser ältester Sohn Constantin. Anstatt mit seinen Geschwistern auf die Straße zu rennen, lief er zum Aufzug. Er hatte ein Buch auf dem Hotelzimmer vergessen und wollte es holen. Sein kindlicher Verstand konnte ihm natürlich nicht sagen, dass ein Zugang zum Zimmer ohne Weiteres nicht mehr möglich war. Glauben Sie mir, Herr Johansson, es war alleine die Verantwortung für Constantin, die meinen Mann und mich vor dem Suizid abgehalten hat." „Sie hätten sich wirklich das Leben genommen?" „Ja. Als Mediziner haben sie eine Fülle wunderbarer Möglichkeiten, ihrem armseligen Leben ein humanes Ende zu setzen."
Für einen Moment bereut die zerbrochene Seele ihren Pakt mit dem Leben und hofft durch die Macht des Todes, der Abartigkeit

des eigenen Schicksals endlich zu vergeben. Anschließend schenkt sie ihrem Zuhörer einen aufmunternden Blick und sorgt mit ihrer Hand auf seiner Schulter für eine vertrauensvolle Gestik.

„Herr Johansson, wir sollten diesem Tag wenigstens ein Erfolgserlebnis gönnen. Genießen Ihren Whisky und schicken Sie Ihre Gedanken auf eine entspannte Reise. Ich werde währenddessen Herrn Brencken, Herr Sanktner und meinen Mann aufsuchen, um ihnen mitzuteilen, dass die Vorbereitungen zur Vertragsunterzeichnung beginnen können. Sie sind so schweigsam, Herr Johansson. Ist alles in Ordnung?" „Ja." „Schön. Sehen Sie den großen Tisch dort hinten in der Ecke?" „Ja." „Bitte reservieren Sie uns das runde Exemplar, indem Sie an ihm gemütlich Platz nehmen. Ich werde gleich mit den Herren hinzustoßen. Es gibt noch einiges zu besprechen und ich möchte Sie vertrauensvoll an meiner Seite wissen. Bis gleich Herr Johansson."

Leicht apathisch bewegt sich Jakob auf den besagten Tisch zu und setzt sich traurig auf einen Stuhl. Eine mentale Abwärtsspirale führt über seine Gedanken Regie und gibt dem Hauptdarsteller das Gefühl, er wäre lebendig begraben. Vor seinen Augen kreisen schwarze Raben, bevor sie sich kreischend auf weißen Särgen niederlassen, die mit hellblauen Hortensien und bunten Luftballons geschmückt sind. Seine Nase umwirbt ein bestialischer Todesgeruch und unter einem schwarzen Tuch droht seine Seele qualvoll zu ersticken. Die Arme sind vor der Brust verschränkt und sein Kopf ist deprimiert nach unten gesenkt, dessen Gehirn in sich traumatisiert kaum in der Lage ist, den anschließenden Gesprächen am runden Tisch zu folgen, so lang, bis eine aufrichtige Bitte seine Gedankenwelt durchringt und ihn zur einer schnellen Entscheidung zwingt.

„Meine Herren, am Ende dieses Tages angekommen, möchte ich nochmals allen Beteiligten meinen Dank aussprechen und betonen, wie hocherfreut ich bin, dass beide Parteien ein für sich erfolgreiches Geschäft besiegeln konnten. In Angesicht dieser Tatsache möchte ich mich offiziell mit einer Bitte an Herrn Johansson wenden."

Feierlich erhebt sich der überzeugend wirkende Bittsteller und richtet sich persönlich an einen abwesend wirkenden Mann. „Herr Johansson?" „Ja?" „Herr Johansson, wie ich Ihnen gegenüber bereits erwähnte, möchte ich größere Investitionen tätigen, um dieses Objekt nach meinen Vorstellungen, Wünschen und Zukunftsplänen auszurichten. Dafür benötige ich einen vertrauensvollen Finanzberater an meiner Seite. Und den sehe ich in Ihnen." „Wie bitte?" „Ja, Herr Johansson. Ich habe mein Anliegen bereits mit Herrn Brencken besprochen. Er kann Sie nicht nur empfehlen, sondern er schwärmt regelrecht von Ihren Fähigkeiten. Ihre Heimreise würde sich zwar um einige Tage verzögern, aber ich bitte Sie trotzdem inständig, mein Angebot anzunehmen. Herr Johansson, Sie als fähiger Geschäftsmann sind doch immer daran interessiert, einen lukrativen Auftrag maßgeblich durch Ihren Erfolg zu krönen und ihn abschließend hochkarätig zu vergolden." Eine weitere Person beteiligt sich an der legitimen Werbeaktion und meldet sich daraufhin zu Wort: „Jakob, auch ich würde Dich bitten, als gemeinschaftlicher Finanzberater tätig zu werden. Leider muss ich aus geschäftlichen Gründen schnellstmöglich zurück nach Kitzbühel und kann den finanzberatenden Part hier Vorort nicht übernehmen. Darf ich mit Deiner professionellen Unterstützung rechnen?" „Ja." „Meine Herren ist das nicht wunderbar? Ich erhebe mein Glas auf Herrn Johansson und freue mich auf eine erfolgreiche Zusammenarbeit." Nervlich überreizt, betritt Jakob kurze Zeit später seinen privaten Bereich und liefert sich weinend der Dunkelheit aus. In der kalten Abgeschiedenheit sehnt er sich nach einer lautlosen Einsamkeit, um dem schmerzhaften Gefühl von tiefer Trauer die Macht über seine Seele zu nehmen. Schlaflos durchlebt er eine emotionale Nacht, in der eine Todessehnsucht über ihn wacht und ihn die eigene Hoffnungslosigkeit in eine psychische Sackgasse treibt.

„Guten Morgen Jakob, Deinen Augenringen nach zu urteilen, hat Dich das aufregende Nachtleben in der nahen Metropole bis in die frühen Morgenstunden fasziniert." „Ich habe lediglich schlecht geschlafen."

Gezeichnet von den persönlichen Unruhen in der Nacht, nippt er unbewusst aber mit Bedacht an einer Tasse Kaffee.

„Ist es nur das Heimweh, das Dich plagt oder darf ich Dir meine breite Schulter als eine Art zuhörenden Seelentröster anbieten?" Die düstere Stimmung seiner traurigen Seele fleht die träge Zunge an, dass freundliche Angebot anzunehmen und endlich über den quälenden Missmut zu reden.

„Sind Dir Herr und Frau Hinterfurtler eigentlich näher bekannt?" „Du meinst, ob ich über ihren privaten Lebensweg informiert bin?" „Richtig." „Nein. Ich habe Herrn und Frau Hinterfurtler lediglich als Mediziner und Kollegen kennengelernt. Außer der pikanten Angelegenheit mit Herrn Sanktner, sind mir keine intimen Einzelheiten ihrer Privatsphäre bekannt."

Zärtlich werden die dottergelben Flocken von einer Gabel aufgespießt und lassen sich dabei von dem frühlingsfrischen Grün zarter Petersilie hofieren. Der würzige Geruch knusprigen Specks begleitet den saftigen Genuss wohlschmeckender Aromen, die vereint zu einem delikaten Potpourri die Fantasie eines Feinschmeckers beflügeln.

„Das Ehepaar Hinterfurtler hat vor vier Jahren drei Kinder durch einen Terroranschlag verloren."

Geschockt fällt die Gabel aus einer beachtlichen Hand und bleibt nachfolgend führerlos auf den Tellerrand liegen.

„Das darf nicht wahr sein. Alleine der Gedanke an solch einen abartigen Wahnsinn zwingt mein Rührei durch die Speiseröhre zurück auf den Teller." „Mir ist schon schlecht, also reiß Dich bitte zusammen." „Wie und wann hast Du von diesem Schicksalsschlag erfahren?" „Bei einem guten Whisky mit Frau Hinterfurtler an der Theke. Die Geschichte berührt mich derart, dass meine Gedanken sich ihrer nicht mehr entreißen können."

Eine Schweigeminute bringt die gelebte Sentimentalität des eigenen Albtraums zum Ausdruck und schenkt einem scharfen Analytiker die Erkenntnis über den soeben gewonnenen Eindruck.

„Interessant, wirklich interessant." „Was ist interessant?" „Die traurige Botschaft einer unfassbaren Tragödie, wird zum persönlichen Schicksal des Menschen, der sie zufällig erhält. Oder lass es mich anders ausdrücken." „Ich höre." „Wenn Empathie zur Hölle wird." Motiviert nimmt die fleißige Gabel ihre Arbeit wieder auf und befriedigt einen hungrigen Magen alleine durch ihre handwerkliche Tätigkeit. „Du starrst mich unglaubwürdig an mein lieber Jakob, aber ich durfte tatsächlich Patienten in meiner Praxis kennenlernen, denen es nicht mehr möglich war, die Schreckensmeldungen dieser Welt in den Nachrichten zu verfolgen, die Tageszeitung zu studieren oder sich mit rührseligen Geschichten der Regenbogenpresse bei Laune zu halten."

Der vielsagende Kontext entfacht in Jakob eine leichte Nervosität, die sich unmittelbar zu einer greifbaren und konkreten Angst aufbläht, bevor sein inneres Ungleichgewicht einen weiteren Bombenangriff erlebt und der sich fassungslos schüttelnde Kopf anschließend den Verlust seiner Sprache akzeptiert.

„Du sagst es mein lieber Jakob, es handelt sich hierbei um einen für den Menschen fast unerträglichen Zustand. Die betroffenen Personen versuchen in ihrer Verzweiflung, ihr Einfühlvermögen durch ein unsichtbares Schutzschild vor einer emotionalen Reizüberflutung zu schützen. Aus Angst vor einer unkontrollierbaren seelischen Regung entziehen sich die Betroffenen systematisch der Wahrnehmung negativer Ereignisse, die aus der Außenwelt und aus dem direkten Umfeld auf sie hereinbrechen. Im schlimmsten Fall treten die Leidtragenden einem Rückzug aus dem reellen Leben in eine sterile Welt der totalen Abkapselung an."

Geräuschvoll nippt Jakob an seinem kalten Kaffee und verdankt ein verpöntes Schlürfen seiner geistigen Abwesenheit, die in weiter Ferne seine ausweglose Situation gedanklich durchspielt und für ihn bereits das Ende eines menschenwürdigen Lebens sieht.

„Es ist herrlich, wenn der eigene Appetit vor einem Hochgenuss ehrfürchtig niederkniet."

Mit einem knackigen Geräusch meldet sich eine pralle Weißwurst zu Wort, deren Schnittfläche liebevoll mit einer würzigen Paste bestrichen wird.

„Vor Jahren suchte mich ein hochemphatischer Patient mit Hypochondrie auf. Er war praktizierender Gynäkologe, der sich erfolgreich auf eine fachgerechte und fürsorgliche Betreuung spätgebärender Frauen und Risikoschwangerschaften spezialisiert hatte. Jakob, Du kannst Dir nicht vorstellen, mit welchen physischen und psychischen Problemen der arme Kollege zu kämpfen hatte. Aufgrund seines ausgeprägten Einfühlungsvermögens konnte er die Emotionen, Ängste und Schmerzen seiner Patientinnen derart nachempfinden, dass sein Körper in Verbindung mit seiner Hypochondrie die verschiedenen Symptome extremer Schwangerschaftsbeschwerden aufwies. Erst als eine Patientin im sechsten Monat eine Fehlgeburt erlitt und er mental letztendlich an ihrem Schicksal zu zerbrechen drohte, suchte er Hilfe über den Weg einer Psychotherapie. Ich werde nie vergessen, wie er sich unentwegt seinen fülligen Bauch während unserer Therapiegespräche streichelte. Heutzutage züchtet der Gute Rosen in Südfrankreich und führt ein einigermaßen erträgliches Leben in der Abgeschiedenheit. Da wir gerade beim Thema schwangere Frauen sind."

Eine große Portion fruchtiges Gelee landet sanft auf einem luftigen Soufflé und versüßt somit den gebackenen Eischnee, der in seiner schönsten Form und köstlichsten Weise das Herz eines Genießers erobert.

„Ich habe mir übrigens erlaubt, Deine wundervolle Frau für ein paar Tage in unser Verwöhnparadies einzuladen."

Augenblicklich fühlt sich Jakobs Aufmerksamkeit wieder zum Leben erweckt und sein Bewusstsein gleichzeitig zu Tode erschreckt.

„Wie bitte?" „Du hast richtig gehört. Ich habe die Rolle des emphatischen Initiators übernommen, da ich sehen und fühlen kann, wie sehr Du unter Heimweh leidest und wie sehr Dir die liebreizende Frau van Spielbeek an der Seite fehlt." „Jetzt hörst Du mir genau zu, mein Freund. Ich hatte einmal in meinem Leben Heimweh, und zwar mit acht Jahren im Ferienlager und seit dem nie wieder. Meine Frau wird hier nicht auftauchen. Verstanden?" „Sie befindet sich bereits in der Luft." „Ich schieße den Flieger ab."

Seine raue Stimme folgt dem Ruf eines Kasernenhofs und Jakobs äußere Stimmung zeugt von der inneren Haltung eines Unteroffiziers.

„Im Rausch der Impulsivität ist es dem Homo sapiens zwar möglich, überdimensionale Kräfte zu entwickeln, aber ein Flugzeug vom Himmel zu holen, wird auch Dich vor eine unlösbare Aufgabe stellen. Das erste Soufflé in meinem Leben durfte ich übrigens in einem Wiener Kaffeehaus genießen. Jahrelang hat mich dieser unbeschreibliche Genuss verfolgt und heute darf ich erleben, dass er es endlich geschafft hat, mich einzuholen." „Du bist in meinen Augen der widerlichste Lebensmittel-Libidinist, den ich je kennenlernen durfte. Darf ich fragen, was Du mit Deinem wilden Aktionismus bezweckst?" „Als wilden Aktionismus würde ich mein Verhalten nicht bezeichnen." „Sondern?" „Ich erlaube meiner Leidenschaft, einfach hin und wieder den Himmel des Feinschmeckers zu betreten, um mit einem Teller Götterspeise die kulinarische Lust zu befriedigen." „Ich rede nicht von Deinen vulgären Fressorgien, sondern davon, meine Frau hierhin einzuladen." Gewissenhaft erledigt die feine Stoffserviette ihren Putzdienst rund um den Mund, bevor sie wieder akkurat gefaltet, ihren Platz am Tisch einnimmt. „Warum hast Du den Auftrag von Frau Hinterfurtler angenommen? Ist es die reine Profitgier, die Dich überredet hat?" „Nein!" „Sondern?" „Frau Hinterfurtler ist mir sehr sympathisch." „Sehr sympathisch oder vielleicht noch mehr?" „Sie ist mir sympathisch, sie tut mir leid und ich möchte sie bei ihrem Vorhaben unterstützen. Nicht mehr und nicht weniger, und ich lasse mir von Dir nicht unterstellen, dass ich nach einem Beischlaf als Mittel zum Zweck mit Frau Hinterfurtler eine zwischenmenschliche Beziehung zum beidseitigen Ausleben sexueller Vorlieben anstrebe." „Du glaubst also, ich lasse einen Aufseher einfliegen, der Deine Moral davor schützen soll, nicht im Morast der außerehelichen Verkommenheit qualvoll zu ersticken." „Ich hätte es nicht besser ausdrücken können, Herr Doktor Brencken." „Dein Denkvermögen befindet sich mal wieder im falschen Raum." „Dann spucke ihn doch endlich aus dem Grund Deines irrationalen Handelns, aber bitte sorge dafür, dass der aufgeblasene Brandteig in der Speisekammer bleibt." „Weil Du mir sehr sympathisch bist, weil Du mir leidtust und weil ich Dich mit der Anwesenheit Deiner Frau, die genau in zwei Stunden endet, indirekt bei Deinem weiteren Vorhaben unterstützen möchte." „Ich tue Dir leid. Das wir ja immer besser."

Beleidigt steht Jakob auf und weiß nicht, ob er seinen zurückgehaltenen Tränen endlich die Freiheit schenken soll oder ob ein egozentrischer Wutanfall sein niedergeschmettertes Gemüt wieder erfolgreich aufbauen kann.

„Bitte Jakob, nimm wieder Platz."

Zähneknirschend folgt er der Aufforderung und betrachtet anschließend verwundert zwei große Hände, die zwei kleinere Exemplare fürsorglich halten und zärtlich mit ihren Daumen über die Haut der beiden Festgehaltenen streicheln.

„Jakob, ich bin Dir zu großem Dank verpflichtet. Du hast für mich ein wichtiges Geschäft erfolgreich abgeschlossen, aber anstatt Deine Arbeit hier vor Ort als erledigt anzusehen, hörst Du auf die Stimme Deiner Nächstenliebe und unterstützt völlig selbstlos weitere Menschen mit Deiner außergewöhnlichen Kompetenz und mit Deinem von Erfolg gekrönten Wissen. Ich sehe es als meine Pflicht an, mich bei Dir für Deine Taten zu bedanken, indem ich Dich mit einem Stück Vertrauen und Geborgenheit aus der Heimat belohne. Schließlich verlängert sich Dein Aufenthalt um mehrere Tage." „Würdest Du bitte meine Hände loslassen." „Aber natürlich." „Wann trifft meine Frau hier ein?" „Unser Ludwig ist bereits unterwegs zum Flughafen." „Unser Ludwig, der gute bayrische Kerl."

Ein herzhaftes Lachen bringt hunderte Muskeln in Bewegung und sorgt nach dem seelischen Kollateralschaden in seinem Inneren für eine positive Regung.

„Ist das nicht schön. Bei diesem Begrüßungskomitee kann ich ja noch die Hoffnung haben, dass sich Frau Baronin eines besseren besinnt und den nächstmöglichen Flieger Richtung Heimat nimmt."

Die helle Bluse schmeichelt dem eleganten Hosenanzug, dessen dunkle Farbnuancen mit den goldenen Reflexen des hüftlangen Traumhaares spielen. Der aufmerksame Chauffeur hat sich bereits geschworen, seiner schönen Passagierin bis zum letzten Tage stets zu dienen, die mit einem galanten Handkuss verabschiedet wird, bevor er sich auf die Arbeit eines fleißigen Kofferträgers konzentriert.

„Willkommen im Paradies, Frau van Spielbeek."

Überschwänglich begrüßt einer der Empfangsherren den attraktiven Gast, der seinen Blick auf einen ihm bekannten Mann lenkt, der sich nicht nur äußerst reserviert verhält, sondern zeitgleich vor dem Eingang nervös hin und her spaziert.

„Herr Doktor Brencken, ich freue mich Sie zu sehen." „Und ich bin überglücklich, Sie begrüßen zu dürfen, Frau van Spielbeek. Ich freue mich, dass Sie ein paar wunderbare Tage mit Ihrem Mann verbringen dürfen und das an einem zauberhaften Ort wie diesem, der keine Wünsche offenlässt." „Sieht mein Mann das auch so, Herr Doktor Brencken?" „Aber natürlich, meine liebe Frau van Spielbeek. Ihr Mann erwartet Sie bereits sehnsüchtig. Sie hätten ihn heute Morgen erleben sollen, als ich ihm die freudige Nachricht Ihres Kommens mitteilte. Seine Augen glänzten wie die eines kleinen Kindes, das den Weihnachtsbaum erblickt und sich auf ein langersehntes Geschenk freut. Pausenlos hat er von Ihnen geschwärmt und die Minuten gezählt, die ihn daran hindern, Sie endlich wieder in die Arme schließen zu können. Sogar das reichhaltige Frühstücksbuffet ist seiner Vorfreude zu Opfer gefallen. Kommen Sie meine Liebe."

Das folgende Bild erinnert an einen stolzen Brautvater, der seine Tochter huldvoll zum Altar führt, die sich allerdings nicht mit einem flüchtigen Hochzeitskuss begnügt, sondern ihren Bräutigam leidenschaftlich begrüßt.

„Entschuldige bitte, aber was ist denn in Dich gefahren?" „Es macht mich einfach nur glücklich Liebling, wenn ich höre, dass Du mich vermisst hast." „Wer bitte hat Dir denn diesen Blödsinn erzählt?"

Die filmreife Liebesszene beschert leider nur dem weiblichen Teil einen Cocktail voller Glücksgefühle und wird naserümpfend von der darstellenden Männlichkeit abgelehnt, die über die liebevolle Offenheit mehr verärgert als erfreut ist.

„Dürfte ich das Ehepaar van Spielbeek-Johansson bitten, mich in das Innere dieses wunderschönen Gebäudes zu begleiten. Ich möchte in der eindrucksvollen Hotellobby mit meinem zauberhaften Gast ein Glas Champagner genießen und auf unseren gemeinsamen Aufenthalt anstoßen. Ich denke, das dürfte auch in Deinem Sinne sein, Jakob." „Bis darauf, das ich den Champagner alleine trinke und meine Frau Mineralwasser ist das ist der erste vernünftige Satz, den ich heute von Dir vernehmen darf." „Ihr duzt euch?" „Ja, mein Schatz. Hubert und ich haben vor ein paar Tagen eine ehrliche Sympathie für einander entdeckt und beschlossen, auf das unpersönliche Sie zu verzichten. Noch weitere Fragen?"

In der imposanten Halle verewigt die verspielte Anmut der Renaissance ihren puristischen Perfektionismus in einem architektonischen Fingerabdruck, der sich als makelloser Schönheitsfleck unverfälscht und für die Ewigkeit ins Gedächtnis des staunenden Betrachters einbrennt. Die filigranen Wellen des fließenden Marmors türmen sich zu imposanten Säulen auf, zwischen denen luxuriöses Mobiliar mit stimmungsvollen Accessoires zu inspirierenden Kunstwerken verschmelzen. Warmes Sonnenlicht fühlt sich von der klassischen Form natürlicher Strahlen eingefangen und verleiht mit seiner Dynamik jedem stimmungsvollen Winkel die stille Berühmtheit eines gemauerten Meisterwerks.

„Ihre Fahrt vom Flughafen übers Land war angenehm, Frau van Spielbeek?"

Inmitten einer großartigen Kulisse genießt man passend zum exklusiven Ambiente, feines Konfekt und stilvolle Getränke. „Sehr angenehm, Herr Doktor Brencken." „Es würde mich interessieren, mein Schatz, was Du unter sehr angenehm verstehst. Ich vermute, Du hast Dich selten so gut mit einem fremdsprachigen Mann unterhalten." „Das ist richtig. Herr Greintlhuber beherrscht die hohe Kunst der gehobenen Konversation perfekt." „Wie darf ich das verstehen, Frau van Spielbeek?" „Ein sehr niveauvoller Mensch. Es wundert mich, Herr Doktor Brencken, dass Herr Greintlhuber in diesem Hause lediglich Chauffeur und Kofferträger ist." „Die Ironie ist des Lügners stärkste Waffe, da sie die Seele des Gutgläubigen streichelt. Lächerlich, einfach nur lächerlich Frau Johansson." „Lächerlich ist vielleicht Dein Jahr-marktspruch mein Lieber, aber kein gebildeter Mann, der die perfekte Mischung von Tradition und Moderne verkörpert und auf eine dezente Art seinen charmanten Akzenten pflegt. Ist Ihnen bekannt Herr Doktor Brencken, dass Herr Greintlhuber beken-nender Opernliebhaber und regelmäßig zu Gast in der Bayri-schen Staatsoper ist?" „Nein Frau van Spielbeek, das war und ist mir nicht bekannt. Ich möchte weder unhöflich noch desinteres-siert erscheinen, aber Herr Greintlhuber ist nicht das bevorzugte Thema, über das ich mich mit Ihnen unterhalten möchte." „Frau van Spielbeeks schwärmerischer Begeisterungsschub resultiert wahrscheinlich daher, dass sie auf der angewachsenen Zauber-flöte des bayrischen Vogelfängers während der Vergnügungs-fahrt ein wenig spielen durfte." „Jakob, ich bitte Dich." „Bemühen Sie sich nicht, Herr Doktor Brencken. Wie wir beide wissen, pro-filiert sich Herr Johansson nur allzu gerne über sein loses Bier-kutschermundwerk. In früheren Zeiten hatte der derbe Wortwitz in Verbindung mit seinem blendenden Aussehen auch einen ganz gewissen Charme, der seine Zuhörer begeistern konnte. Heutzutage blendet den Zuhörer leider nur noch stumpfes Haar, dunkle Augenringe und pralle Tränensäcke. Ist die gewölbte Haut unter den Augen der Grund für die Verlängerung des Ho-telzimmers, mein Schatz?"

Die feine Praline wird von einer weiblichen Kraft zwischen Zunge und Gaumen sanft massiert, bis der zarte Schmelz zu einem genussvollen Stöhnen animiert, das im professionellen Erotikbe-reich eine steile Karriere bevorstehen würde.

„Nein Schätzchen. Der Grund für die Verlängerung meines Auf-enthalts ist eine Frau. Eine außergewöhnliche Persönlichkeit, die mir aufgrund der gemeinsamen Zusammenarbeit sehr ans Herz gewachsen ist. Es ist eine Ehre und Selbstverständlichkeit für mich, diese wunderbare Dame mit meiner Professionalität und durch meine Kompetenz zu unterstützen. Sie ist auch der Grund, warum ich etwas übermüdet aussehe." „Ich muss Dich leider enttäuschen, aber für mich ist Deine Karriere als Provokateur beendet. Ich würde es sogar begrüßen, Du würdest für immer an diesem wundervollen Ort bleiben, um mit Deinen Kompetenzen jeglicher Fachrichtung die Damenwelt zwischen fünfundzwanzig und fünfundneunzig glücklich zu machen." „Halleluja, heute ist mein Glückstag. Und ich habe mir die ganze Nacht Gedanken gemacht, wie ich meiner eingebildeten Langhaarziege beibringe, dass sich unsere Wege in Zukunft trennen werden." „Du elendiges Arschloch."

Reflexartig erfährt die Tischplatte einen Faustschlag von brachialer Gewalt, bevor ein melodisches Klirren durch die Räumlichkeiten hallt, obwohl sich kein Glas feierlich angestoßen fühlt und ein obligatorischer Trinkspruch hörbar ausbleibt.

„Ich sehne den Tag herbei, an dem Sie beide endlich dem Scheidungsrichter vorgeführt werden, weil ich es dermaßen satt habe, den kostenlosen Paartherapeuten zu spielen. Das fatale an Ihrer Beziehung ist allerdings, dass ein Scheidungsurteil sie nicht davon abhält, einen Tag später wieder gemeinsam vor den Standesbeamten zu treten."

Zärtlich fühlt sich Jakobs Wange plötzlich von einer Hand gestreichelt, bis er sie ergreift und anschließend mit unzähligen Küssen überhäuft, wobei der letzte Kuss auf zwei roten Lippen landet.

„Wir müssen uns erst wieder aneinander gewöhnen, mein Schatz." „Ja Liebling."

Der zärtlichen Liebkosung folgt die klare Anweisung einer professionellen Eheberatung, die sich gegenüber einer romanwürdigen Hassliebe verpflichtet fühlt und gleichzeitig bemüht ist, die geschmackliche Schärfe etwas zu neutralisieren.

„Und damit die Phase des aneinander Gewöhnens schnellstens erfolgreich abgeschlossen ist, werden Sie gemeinsam die Zeit bis zur Abenddämmerung verbringen." „Aber ich habe bereits eine Verabredung, weil ich davon ausgegangen bin, dass mein Mann geschäftlich eingebunden ist." „Würden Sie mir bitte verraten, mit wem, Frau van Spielbeek?" „Herr Greintlhuber und ich werden uns am Nachmittag auf die Spuren von Kaiserin Elisabeth begeben und mit einer romantischen Erlebnistour auf Schloss Possenhofen beginnen." „Ich begehe heute noch einen Doppelmord. Das schwöre ich Dir, Schätzchen."

Eine schwüle Gewitterluft sorgt mit ihrem typischen Geruch abermals für explosiven Zündstoff, der allerdings umgehend polizeilich beschlagnahmt wird.

„Sie hören mir jetzt ganz genau zu, Frau van Spielbeek. Herr Greintlhuber ist für Sie ein absolutes Tabuthema. Es findet weder eine Erlebnistour statt, noch werden Sie gemeinsam auf Spurensuche gehen. Haben wir uns verstanden?" „Also ich habe ja schon viel erlebt, aber." „Sie werden noch viel mehr erleben. Beantworten Sie gefälligst meine Frage." „Ja." „Ihr Ja ist mir zu flachbrüstig." „Ja, verdammt!" „Ich verbiete Ihnen hiermit, Herrn Greintlhuber persönlich darüber zu unterrichten, dass ihre kulturelle Kitschveranstaltung nicht stattfindet. Das übernehme ich." „Hubert, es fühlt sich gut an einem Mann von Deinem Format an seiner Seite zu wissen. Vielen Dank."

Langsam flachen die aggressiven Wellen ab und hinterlassen eine spiegelglatte See, die sich mit dem ruhigen Inhalt zweier Cognacschwenker und einer Tasse Tee vergleicht.

„Sie sprachen soeben von der Abenddämmerung, Herr Doktor Brencken. Darf ich davon ausgehen, dass Ihre Gäste nach Sonnenuntergang etwas Besonderes erwartet?" „Ihr Scharfsinn wartete bereits am Ziel auf die Medaille, obwohl der Begriffsstutzige den Startschuss noch nicht vernommen hat. Meine liebe Frau van Spielbeek, Sie dürfen sich heute als blonde Kaiserin Sissi fühlen und ein paar wundervolle Stunden mit Ihrem liebevollen Franzl verbringen. Ich werde derweil meine überschüssige Energie auf dem Rücken eines Pferdes abbauen." „Schade, mein lieber Hubert, ich habe gehofft, der Kelch schleimiger Romantik geht an mir vorbei." „Und auf was darf man sich nach diesen Traummomenten am Nachmittag freuen?" „Ich besitze in unmittelbarer Nähe ein kleines Gestüt mit einem historischen Gebäude aus dem 18. Jahrhundert, dass originalgetreu restauriert wurde. Ein Schmuckstück. Hier erwarte ich noch heute vor Sonnenuntergang einen kleinen Kreis erlesener Gäste zu einem klassischen Büfett, dass uns den ganzen Abend kulinarisch begleiten wird." „Uns?" „Mein lieber Jakob, ich möchte in Anwesenheit Deiner Gattin nochmals zum Ausdruck bringen, wie sehr ich Dir zu Dank verpflichtet bin und das ich in erster Linie Dir den heutigen Abend als meinen Stargast widmen möchte. Meine Gäste und ich möchten Dich gebührend feiern und hochleben lassen." Stolz reckt Jakob sein Kinn hinter der eisernen Maske ins helle Licht und verstößt mit dieser verräterischen Regung gegen die eigene Loyalitätspflicht. „Sie besitzen mehrere Pferde, Herr Doktor Brencken?" „Ja, eine mittlerweile seltene Kaltblutrasse, die auf eine geschichtsträchtige Vergangenheit zurückblicken kann." „Sie reiten Pferde mit Charakter. Das ist ja fantastisch." „Falsch Schatz, Herr Doktor Brencken reitet Pferde, deren Rücken eine maximale Tragfähigkeit garantieren können, die für die Sicherheit des Reiters zwingend benötigt wird."

In der verträumten Abendsonne hinterlässt der prächtige Blumenschmuck den ehrfürchtigen Eindruck einer heilen Welt und der historische Brunnen zeugt mit seinem lebendigen Wasserspiel für einen ehrlichen Bauernhofstil, der dem gerührten Betrachter eine gewisse Wiegenharmonie vermittelt. Die grundehrliche Substanz spricht für ein typisches Bruchstück aus einem traditionellen Landschaftsmosaik und sorgt mit einem konservativen Weitblick für einen souveränen Heimsieg. Im inneren des guten Kerns präsentiert sich der Empfangshäuptling vor einem temperamentvollen Feuer am offenen Kamin und im soliden Jodlersmoking, der durch körperliche Maßarbeit von sich reden macht.
„Ich freue mich, dass Ehepaar Hinterfurtler und Herrn Sanktner begrüßen zu dürfen und ganz besonders meinen Ehrengast, Herrn Jakob Johansson in Begleitung seiner zauberhaften Gattin, Frau Sybille van Spielbeek. Fühlen Sie sich bitte in meiner gemütlichen Bauernstube, wie in Ihrem eigenen Zuhause." „Vielen Dank Herr Brencken, aber ich werde mich redlich bemühen, nicht in einen Pantoffelmodus zu verfallen. Dem Buffet im Vorzimmer nach zu urteilen, dürfen wir uns an diesem Abend über weitere Gäste freuen. Oder konkurriert Ihr gesegneter Appetit mittlerweile mit dem einer Herde zahmer Elefanten?" „Nein, Frau Hinterfurtler. Aber da sich Ihr Appetit nach dem Jagdinstinkt einer exotischen Wildkatze in der Paarungszeit richtet, freue ich mich natürlich Ihnen mitteilen zu können, dass uns noch weitere

interessante Gäste durch diesen Abend begleiten werden. Wie Sie aus Erfahrung wissen, besteht allerdings leider auch die Möglichkeit, dass sich eine geistreiche Persönlichkeit nach Stunden der anspruchsvollen Plauderei in einen einfältigen Blutdrucksenker verwandeln kann. Deshalb habe es mir erlaubt, ein brauchbares Werkzeug in die Hand zu nehmen, dass für unterhaltsame Kurzweile sorgt." „Lassen Sie mich raten, Herr Brencken, Ihre Gäste erwartet eine singende Trachtengruppe zum Anfassen, die mit ihrer volkstümlichen Musik in bayrischer Mundart den unschuldigen Zuhörer einen ganzen Abend lang quält." „Nein Frau Hinterfurtler, uns erwartet ein niveauvolles Gesellschaftsspiel, frisch importiert aus der Neuen Welt."
Ein abwertendes Grinsen belohnt die originelle Idee und bedient sich einem lautlosen Beifall der Ironie, die ihre Meinung im Nachgang verkündet.
„Sie werden mir beipflichten, meine Herrschaften, dass es schwer vorstellbar ist, das soeben von Herrn Brencken zitierte Land könnte etwas Niveauvolles egal welcher Art, für den Rest der Welt bereithalten." „Cordula, Deine penetranten Zwischenrufe, mögen vielleicht das Selbstbewusstsein des Alleinunterhalters stärken, der sie von sich gibt, tragen aber nicht zur Belustigung der restlichen Gesellschaft bei." „Vielen Dank Arnulf, ich habe verstanden." „Hubert, Du kannst ungestört fortfahren." „Ich bedanke mich für Dein beneidenswertes Fingerspitzengefühl beim Anlegen eines Maulkorbs, Arnulf. Meine lieben Gäste, bevor ich weitere spannende Details verrate, möchte ich erst mit Ihnen auf einen hoffentlich unvergesslichen Abend anstoßen."
Der prickelnde Aperitif verführt das Auge des Genießers mit einem fruchtigen Rot und einer fantasievollen Dekoration, kreiert aus aromatischen Zweigen Rosmarin in frischem Grün.
Die verspielte Polstergarnitur schmückt sich mit dem Bild eines blühenden Rosengartens und sorgt mit ihrer einladenden Gemütlichkeit unter einem intimen Körperteil für ein stilles Vergnügen. Zwischen opulenten Leuchten träumen antiquierte Ölgemälde von vergangenen Zeiten, in denen verehrte Schöngeister im fraglichen Talent der malenden Meister die Offenbarung ihrer geistigen Kunstschätze sahen. Feinfühlig breitet sich eine heitere

Stimmung unter den Gästen aus, die es sich erlaubt, eine harmlose Zurückhaltung gegen einen gemütlichen Wagemut einzutauschen.

„Nach dem ersten Entspannungsschluck möchte ich unseren Gastgeber bitten, die durch ihn entfachte Neugierde zu befriedigen, indem er seine Gäste mit brauchbaren Spielinformationen versorgt, die im Nachgang hoffentlich eine elektrisierende Spannung erzeugen." „Ich schließe mich meinem Mann an, Herr Brencken. Erzählen Sie uns endlich, mit welchem Konzept Sie für eine stimmungsvolle Unterhaltung sorgen möchten. Ich kann nämlich ziemlich unangenehm werden, wenn eine quälende Langeweile an mir nagt. Habe ich recht, Tiger?" „Ja, Sweetheart."

Stolz sitzt der feminine Frauenkörper zwischen seinen leibeigenen Herren und belohnt die herbe Schokoladenseite mit einer kleinen Aufmerksamkeit in Form einer zärtlichen Streicheleinheit.

„Meine verehrten Gäste, dieses anspruchsvolle Spiel benötigt als Utensilien weder Würfel noch farbenfrohe Karten, sondern nur Ihren geistigen, gut sortierten Gemischtwarenladen, der mit einer intelligenten Lösungsstrategie seiner Gruppe zum Sieg verhilft."

Spontan bekundet die goldene Mitte ihren Protest, der auf begründete Bedenken schließen lässt: „Sie glauben doch nicht ernsthaft Herr Brencken, dass ich mich vor den Karren eines perfiden Psychospiels spannen lasse, indem Sie mich völlig ahnungslos als Proband für eine Ihrer zwielichtigen Studien missbrauchen, damit ich anschließend stolz darauf sein darf, in einem dubiosen Seminar für Nachwuchstherapeuten als amateurhafter Leinwandstar angehimmelt zu werden."

Plötzlich meldet sich der schlagfertige Ehrengast zu Wort, dessen agile Hände ausdrucksstark nonverbale Signale senden und ihn lautlos, aber mit Schwung bei der Darlegung seines Standpunkts unterstützen: „Frau Hinterfurtler, ich dulde es nicht, dass Sie Herrn Brencken eine derartige Infamie unterstellen, die die Ehre einer ganzen Berufsgruppe an den Pranger stellt. Ihre haltlosen Anschuldigungen sind einer Verleumdung gleichzusetzen, die dem tadellosen Ansehen von Herrn Brencken nachhaltig schaden."

Nach einer kurzen Redepause, die der Sauerstoffversorgung seiner Lungen dient, führt Jakob sein flammendes Plädoyer unbeirrt weiter und leistet eine wirksame Überzeugungsarbeit.

„Ich kann vor den anwesenden Personen bezeugen, dass es sich hierbei um ein harmloses Gesellschaftsspiel handelt, das ich bereits während meines letzten USA-Aufenthaltes kennengelernt habe. Ich versichere Ihnen, dass dieses Spiel ausschließlich der Unterhaltung dient und sich außerdem positiv auf das zwischenmenschliche Verhalten auswirkt." „Jakob, meine Augen sehen in Dir einen wahren Freund." „Und wieder einmal liegt sich das Ehepaar Brencken-Johansson nach einem erfolgreichen Feldzug der gegenseitigen Verteidigung verliebt in den Armen und schwebt zur Melodie eines Hochzeitswalzers im geistigen Einklang über das Parkett. Da ich Ihnen allerdings kompromisslos vertraue Herr Johansson, habe ich soeben beschlossen, kein Spielverderber zu sein. Herr Brencken, Sie dürfen mit meinem Einsatz rechnen." „Frau Hinterfurtler, Sie sind fantastisch. Jakob, ich danke Dir."

Instinktiv ergreift Jakob die Hand seiner schweigsamen Frau und lächelt zuversichtlich in die gesellige Runde. Gleichzeitig kitzelt ihn sein schlechtes Gewissen, das sich auf seinen Anstand beruft und seine heldenhafte Lüge auf das Konto einer ungewöhnlichen Männerfreundschaft bucht.

„Meine Damen und Herren, ich bitte um Ihre Aufmerksamkeit, damit ich Ihnen das interessante Spiel erklären kann. Es werden zwei Spielgruppen mit jeweils fünf Personen gebildet. Die zweite Gruppe besteht aus Frau Mathilde Rübenschlag, Leiterin einer Anstalt für schwererziehbarer Jugendlicher in Berlin, dem Ehepaar Leopold und Hermine Lodenprechtl, Inhaber einer familiengeführten Spezialitätenmetzgerei auf dem Land, Herrn Maximilian Schallgasser, erfolgreicher Jurist mit Ansässigkeit in der bayrischen Landeshauptstadt, sowie Herrn Friedrich von Hopfengut, selbstständiger Immobilienmakler aus Starnberg." „Erlauben Sie mir eine Zwischenfrage, Herr Brencken." „Bitte, Herr Sanktner." „Ihrer Äußerung nach zu urteilen, wurde die personenbezogene Gruppeneinteilung bereits vollzogen." „Herr Sanktner Sie sind kein Tiger, sondern ein Fuchs. Ich habe die ehrenvolle Rolle des parteilosen Spielführers übernommen, zu dessen Aufgaben auch die soeben vernommene Feststellung gehört. Des Weiteren werde ich Ihre vorgetragene Leistung nach einem Punkteschema von eins bis sechs objektiv bewerten. Die Gruppe mit der höchsten Anzahl an Punkten darf sich anschließend über den verdienten Sieg freuen." „Herr Kollege, mich irritiert ein wenig das Wort Leistung." „Mein lieber Arnulf, Du musst Dich weder als Bassbariton beweisen, noch wird von Dir eine komödiantische Vorführung verlangt." „Sie machen es wirklich spannend, Herr Brencken."

Lasziv herausfordernd präsentiert die sprechende Venus ihren kurvigen Verlauf und drängt ihr Ego dem Betrachter regelrecht auf.

„Frau Hinterfurtler, wie schön Ihre liebliche Stimme zu hören. Ich hatte schon die Befürchtung, Sie wären auf dem Sofa eingeschlafen. Verehrte Gäste, liebe Freunde, damit eine gelangweilte Müdigkeit nicht die Möglichkeit ergreift, sich hinter geschlossenen Augen zu verstecken, schicken wir Ihre Hochleistungsmotoren unter der Schädeldecke heute Abend auf die Rennstrecke. Meine Herrschaften, die geballte Kompetenz der Wissenschaft, die sich um mich versammelt hat, wird als hocheffizienter Problemlöser auf Punktejagd gehen." „Schade, ich hatte mich bereits auf ein erotisches Flaschendrehen für Erwachsene aus Ostdeutschland gefreut." „Soeben wird mir bewusst Frau Hinterfurtler, dass alleine die Prüderie einer westlichen Weltmacht die geistige Höhe der Menschheit vor ihrem moralischen Fall in die dunkle Tiefe bewahrt. Kommen wir endlich zu den Spielregeln. Die passive Gruppe trägt der aktiven Gruppe ein Problemfall vor, den die aktive Gruppe versucht, gemeinschaftlich erfolgreich zu lösen. Anschließend wird das Ergebnis durch mich bewertet. Danach folgt ein Wechsel zwischen aktiver und passiver Gruppe. Insgesamt stehen vier Spielrunden an, danach steht der Gewinner fest. Wer sich über den attraktiven Hauptgewinn freuen darf, entscheidet das Los innerhalb der Siegergruppe." „Herr Doktor Brencken?" „Frau van Spielbeek, habe ich Ihnen heute schon gesagt, wie glücklich es mich macht, dass ich mit Ihnen den Abend verbringen darf." „In diesem Augenblick, Herr Doktor.

Mich würde interessieren, um welche Art von Problemfällen es sich handelt." „Diese Frage könnte Ihnen eigentlich Ihr Mann beantworten, da ihm das Spiel bereits bekannt ist. Es handelt sich hierbei um tatsächliche Probleme der mitspielenden Teilnehmer. Diese können aus dem eigenen Wurstkessel stammen oder von nahestehenden Personen des direkten Umfelds. Sie haben natürlich das Recht auf absolute Diskretion, indem Sie die verschiedenen Fälle unter dem Deckmantel der namentlichen Anonymität vortragen."

Krankhaft halten sich Jakobs zitternde Hände an den angespannten Oberschenkeln fest, die ihre immense Kraft auf seine Fersen und Fußsohlen verlagern. Der Oberkörper ist leicht nach vorne gebeugt und der Kopf nach unten geneigt, dessen apathischer Blick auf seine verkrampften Zehen gerichtet ist, die sich durch das weiche Leder seiner eleganten Schuhe drücken.

„Zu Beginn einer jeden Spielrunde erfolgt ein fünfzehnminütiges Beratungsgespräch innerhalb der passiven Gruppe. Die aktive Gruppe muss anschließend innerhalb eines dreißigminütigen Zeitfensters eine adäquate Problemlösung erarbeiten. Nach der Präsentation erfolgt die fachmännische Bewertung durch den Spielführer."

Der erhoffte Sturm ansteckender Begeisterung äußert sich in einer höflichen Windstille, die ihr Vergnügen in einer weiteren Runde alkoholischer Spezialitäten sucht.

„Ladies and Gentlemen, freuen Sie sich doch einfach auf eine anspruchsvolle Unterhaltung für niveauvolle Menschen, die spielerisch für eine lockere Atmosphäre sorgt." „Vielleicht gelingt es Ihnen ja, Ihre Gäste mit einem positiven Fanatismus zu infizieren, indem Sie den unbekannten Hauptgewinn unter der silbernen Glosche, appetitanregend servieren."

Eine gewisse Dynamik begleitet die Worte des selbstbewussten Spielführers, dessen gespannte Zuhörer nach der Verkündung auf einen Zustand freudiger Erregung hoffen.

„Frau Hinterfurtler, liebe Gäste, der Sieger darf sich über ein exklusives Kochevent unter der Führung eines Genies der kochenden Kunst freuen, der den kulinarischen Thron Europas durch seine revolutionierende Kreativität erobert hat. Sein außergewöhnliches Talent verdankt er dem feinen Gespür seines exquisiten Gaumens und dem Fingerspitzengefühl seiner Fein-schmeckerzunge, die ihren Ideenreichtum gemeinsam in ge-schmacklichen Höhepunkten genussvoller Kreationen verewigen und sich als großartige Dirigenten meisterlicher Sinfonien auf dem Teller des wahren Genießers feiern lassen. Eine Baraus-zahlung des Gewinns ist nicht möglich."

Ein mit Humor gefüllter Blickwinkel fängt die kindliche Enttäu-schung auf, die für Sekunden glaubt, einige Gesichter zu be-herrschen.

„Meine Damen und Herren, genießen Sie den Abend und das reichhaltige Büffet, das Sie mit weiteren interessanten Gästen zu Ihrem Untertan erklären dürfen. In hoc signo vinces." „In vino veritas." „Frau Hinterfurtler, Sie machen mich." „Ja, Herr Brencken?"

Mit Einbruch der Dunkelheit, wird die rustikale Puppenstube zur Bühne der gepflegten Gastlichkeit, die sich schwindelfrei auf einer ambitionierten Höhe der mentalen Sympathie bewegt. Die vornehme aber dennoch Konversation wirkt wie ein erfrischender Luftstrom, der den aufgeschlossenen Gästen permanent neue Impulse verleiht und somit eine allgemeine Müdigkeit vertreibt, noch bevor diese die Gelegenheit ergreift, sich einer gefürchte-ten Langeweile zu unterwerfen. Der nervöse Stargast des Abends trägt indessen die Angst vor dem skurrilen Spiel in sei-ner Magengegend spazieren und hofft inständig, als Kandidat nicht die Nerven zu verlieren. Indem er unauffällig versucht, mit aufmunternden Worten sein ängstliches Gemüt emotional zu normalisieren, fällt endlich der verbale Startschuss für das Duell der geistig Aktiven.

„Verehrte Gäste, liebe Freunde, ich bin begeistert, wie bravourös Sie die Aufwärmphase absolviert haben und möchte mich jetzt aufgrund Ihrer lockeren Entspanntheit, der Unterhaltung eines spielerischen Vergnügens widmen."

Lediglich durch die Ausstrahlung positiver Energie und ohne ein negatives Kommentar signalisiert die gut gelaunte Gästeschar dem Organisator ihre temperamentvolle Lust auf das unbekann-te Spiel.

„Ihre wachen Augen, lachen mich fordernd an und der aufge-
weckte Blick ihrer freudigen Gesichter kann die prickelnde
Spannung hinter der neugierigen Fassade nicht länger verbergen. Werte Kandidaten, ein Spiel fordert nicht nur unseren Ehrgeiz heraus, ein Spiel ermöglicht dem Charakter, sein eigenes
Spiegelbild mit den Augen eines wahren Kritikers zu betrachten.
Ich freue mich auf einen fairen Kampf und eröffne die Arena für
das Spiel mit dem spannenden Namen the helping brain in the
mirror." „Fabelhaft, fabelhaft, Herr Brencken. Der Titel ist genauso originell wie die Frisur des amerikanischen Präsidenten."
Die kleine Frau trägt zu ihren kurzen Locken in Silbergrau einen
sportlichen Hosenanzug in himmelblau und kombiniert passend
zu ihrem burschikosen Stil, flache Schuhe mit einem robusten
Profil. Als Zeichen ihrer Zustimmung tätigt sie erst einen schnei-
digen Begeisterungssprung und überschüttet anschließend ihre
direkte Umgebung mit einem frenetischen Applaus.
„Frau Rübenschlag, Sie sind ein kleines Bündel von bemer-
kenswerter Energie."
Begleitet von einem spürbaren Elan, hebt sie ihren rechten Arm
und reckt dabei den ausgestreckten Zeigefinger steil nach oben.
„Jawohl, Herr Brencken. Und Landesmeisterin der Senioren am
Stufenbarren. Wer gehört zu meiner geistigen Turngruppe?"
„Das Ehepaar Lodenprechtl, Herr Schallgasser und Herr von
Hopfengut. Sie beginnen das Spiel als passive Gruppe, die sich
bitte umgehend zu einem Beratungsgespräch in einen separaten
Raum links neben dem Eingangsbereich zurückzieht." „Eine kla-
re Ansage Herr Brencken, ausgezeichnet. Spielgenossen, bitte
folgen Sie mir möglichst auffällig."
Die angewinkelten Arme bewegen sich konform zu ihrem militärischen Schritt und reißen die weiteren Gruppenmitglieder förmlich mit, die der Aufforderung gehorsam Folge leisten. Der aktive
Teil genießt derweil die Vorfreude auf den intellektuellen Hürden-
lauf und übersieht einen persönlichen Ausverkauf von mentaler
Stärke.
„Ich weiß nicht, wie es Ihren übrigen Gästen geht Herr Brencken,
aber ich muss feststellen, eine zu Beginn reservierte Neugierde
hat sich in eine euphorische Spiellust verwandelt, die es doch

tatsächlich geschafft hat, mich mit einem leichten Fieber zu infizieren." „Für mich glühen Sie bereits vor Leidenschaft Frau Hinterfurtler und versprühen auf eine charmante, aber wohlbekannte Art und Weise, Ihren beneidenswerten Esprit." „Dabei versprüht Ihr Naturell lediglich das Gift der eigenen Stacheln, Herr Brencken." Teilnahmslos legt Jakob plötzlich den Kopf in seinen angeheirateten Schoß und wirkt, als würde er im Inneren seiner erstarrten Hülle nach dem Sinn des Lebens suchen. Die peinliche Szene erweckt den Eindruck einer kindlichen Hilflosigkeit und schenkt seiner Frau ein Gefühl von tiefer Verlegenheit, die Rache in der Form einer gelähmten Zunge übt. „Frau van Spielbeek, geht es Ihrem Mann nicht gut?"

Augenblicklich äußert einer seinen Unmut über die berechtigte Nachfrage, die sich dem Eindruck einer ehrlichen Fürsorgepflicht nicht entziehen kann.

„Frau Hinterfurtler, unterdrücken Sie bitte Ihr fragwürdiges Helfersyndrom, dass seinen Hang zum Scharlatanismus mit dem Andichten von körperlichen Gebrechen auslebt. Herr Johansson ist mittlerweile ein Spezialist auf dem Gebiet des autogenen Trainings, das er auf meine Empfehlung hin, regelmäßig und jederzeit in seinen Alltag einbaut."

Ohne eine Spur von Ironie geht die große Gestalt vor ihrem Schützling in die Knie und streichelt im zärtlich eine störende Haarsträhne von der Stirn und aus den Augen.

„Jakob mein Freund, das machst Du sehr gut und perfekt nach Lehrbuch." „Ihre mütterliche Art sorgt nicht nur in Ihrer zauberhaften Bauernstube für eine Hühnerstallatmosphäre, mein lieber Herr Brencken, sondern beschreibt exakt eine empfohlene Verhaltensweise aus dem Lehrbuch einer perfekten Glucke."

Ein hell klingendes Lachen erfüllt den Raum und reißt Jakobs dunkle Gedanken aus ihrem bösen Tagtraum, der langsam aus seinem Tiefschlaf erwacht. „Entschuldigung." Erschrocken richtet Jakob seinen Oberkörper wieder auf und blickt peinlich berührt in die Runde. „Nicht Du musst Dich entschuldigen Jakob, sondern wir haben zu danken, das es uns soeben erlaubt war, Zeugen einer kompetenten und professionellen Mobilisierung psychischer Ressourcen zu werden, deren lehrreiche Anschauung eine empfehlenswerte und erfolgreiche Nachahmung für jedermann garantieren kann. Verehrte Gäste, ein Blick auf die Uhr bescheinigt mir mein sensibles Zeitgefühl. Ich begrüße Ihre Wettkampfgegner."

In Begleitung eines klaren Bewusstseins treten fünf unterschiedliche Persönlichkeiten ein und präsentieren sich anschließend in Reih und Glied vor dem sitzenden Expertenteam. „Ich als Ihr Spielführer sage Vorhang auf für den ersten Problemfall."

Ein ansteckender Enthusiasmus wird zu einem unsichtbaren Animateur der euphorischen Kandidaten, die ihre authentische Spiellust stundenlang von einer unbedenklichen Suchtspirale dominieren lassen. Mit einem gehaltvollen Maß kontrollierter Heiterkeit präsentieren die unterschiedlichen Typen ohne eine Spur von Schüchternheit, dass persönliche Gesicht ihrer darstellenden Kunst und versprühten zusätzlich mit einem gewissen Stolz den individuellen Stallgeruch ihres jeweiligen Intellekts. Zeitgleich übt sich Jakob erfolgreich in einer vornehmen Zurückhaltung und freut sich insgeheim über die mittlerweile gute Stabilität seiner psychischen Verfassung, die unscheinbar im Hintergrund agiert und mit einer leichten Schadenfreude infiziert, sich köstlich über eine bunte Problempalette amüsiert. Trotz der offensichtlichen Passivität ist es letztendlich seine verbale Wenigkeit, die sich nach dem agilen Abendprogramm über den kulinarischen Hauptgewinn freuen darf. Zum Erstaunen der übrigen Mitspieler und zur Freude eines subjektiven Kampfrichters.

„Verehrte Gäste, ich danke Ihnen für Ihren couragierten Einsatz, für Ihre wunderbare Offenheit und für Ihre gegenseitige Rücksichtnahme. Bitte lassen Sie uns gemeinsam mit einen Glas Champagner auf den glücklichen Gewinner anstoßen. Jakob, ich gratuliere Dir zu Deinem Sieg."

Stillschweigend kommentiert Jakob die kleine Siegerehrung, die er umkreist von verwunderten Menschen, an der Seite seines stolzen Spielführers widerstandslos über sich ergehen lässt. „Herr Brencken?" „Ja bitte, Frau Hinterfurtler." „Darf ich davon ausgehen, dass sich Ihr Schießbudenpreis auf den Sieger inklusive einer Begleitperson seiner Wahl bezieht?" „Das ist korrekt Frau Hinterfurtler." „Dann darf ich auch davon ausgehen, dass

Sie die Person sind, die gemeinsam mit Herrn Johansson den geschmorten Kängurubraten in Kaktussoße unter Anweisung eines mit Federn geschmückten Kochhäuptlings zubereiten wird?" „Ich kann mich nur wiederholen Frau Hinterfurtler, die Ausprägung Ihrer weiblichen Intuition ist bemerkenswert." „Mein lieber Herr Brencken, die Ausprägung Ihrer korrupten Machenschaften ist von Dreistigkeit nicht mehr zu überbieten."

Vor der appetitlichen Kulisse eines reichhaltigen Buffets ziehen die amüsierten Gäste ihr Resümee und genießen die gemütliche Atmosphäre des klassischen Salons.

„Cordula, würdest Du bitte Deine lächerliche Unterstellung gegenüber Herrn Brencken fallenlassen. Da Dir bis dato der physikalische Vorgang nicht bekannt ist, den ein formschönes Hartweizenprodukt durchlaufen muss, um einen bissfesten Zustand zu erlangen, wäre es somit grobfahrlässig, Dich mit den allgemeinen Abläufen verschiedener Kochtechniken und Zubereitungsmöglichkeiten zu konfrontieren. Alleine zum Schutz der eigenen Sicherheit solltest Du Dich freuen, dass nicht Du diejenige bist, die sich mit dem Handwerk der Allgemeinbildung beschäftigen muss. Verehrte Mitstreiter, ich erhebe mein Glas für unseren zuvorkommenden Gastgeber und möchte mich bei allen bedanken, die dazu beigetragen haben, dass aus einem skurrilen Blödsinn eine amüsante Abendunterhaltung wurde."

Augenzwinkernd prostet der unverblümte Kritiker der Gesellschaft zu und überlässt einem weiteren Zeitgenossen ohne Samthandschuh, dass unsichtbare Rednerpult: „Mein ausgeprägter Gerechtigkeitssinn unter der Regie eines streitsüchtigen Gemüts muss Frau Hinterfurtler leider beipflichten, die sich die Rolle der schönen Staatsanwältin angeeignet hat. Mein lieber Hubert, Sie haben Ihren zurückhaltenden Dandy nicht ganz legal zum Sieg geführt. Das heiß begehrte Los kreiste zum Schluss in der Gruppe, die lediglich durch kindgerechte Lösungen zu einem unverdienten Sieg gelangten." „Herr Maximilian Schallgasser, wie könne Sie es wagen, mich und meine Teamkollegen derart zu beleidigen."

Der prickelnde Inhalt des eleganten Glases reagiert auf das energische Abstellen mit einer überschäumenden Flüssigkeit, die sich nachfolgend auf der Oberfläche einer wertvollen Antiquität langsam verteilt.

„Zu Ihrer Information Frau Hinterfurtler, der originelle Tisch meisterlicher Handwerkskunst, stammt aus dem 18. Jahrhundert." Ohne den Erhalt eines konkreten Befehls säubert eine korpulente Frau mit einer Oberweite in Dirndlqualität, umgehend die empfindliche Platte der antiken Holzkassette und stellt anschließend das halb leere Champagnerglas liebevoll auf eine rote Papierserviette.

„Frau Lodenprechtl, und wieder muss ich mit Ihnen schimpfen." „Herr Doktor Brencken, bitte entschuldigen Sie." „Wie lautet unsere gemeinsame Vereinbarung, Frau Lodenprechtl?" „Sind die Reize von außen noch so stark und schön, wir werden ihnen beharrlich widerstehen." „Sehr gut, Frau Lodenprechtl. Und Sie reizen mich heute Abend bitte nur noch mit Ihrem adretten Aussehen und nicht damit, dass Sie das schmutzige Geschirr spülen." Unbewusst stellt die rothaarige Frau ihre charaktervollen Rundungen zur Schau, bevor sie ihrem Therapeuten freudestrahlend antwortet: „Versprochen, Herr Doktor Brencken."

Ein derbes Holzfällerlachen beurteilt anschließend die Situation und kontert mit einem deftigen Metzgerhumor: „Der Putzzwang von meinem Weib hat aber auch was für sich, Hubert. Der Schweinsbraten kann ohne Bedenken von der Ladentheke auf den Boden fallen und wir können mit reinem Gewissen behaupten, dass unsere Wurst hygienisch sauber ist. Stimmst Spatzerl?" „Ja freilich Poldi."

Ein verliebter Silberhochzeitsblick belohnt den kräftigen Fleischergatten mit breitem Mund und stacheligen Haarschnitt, der von Kopf bis Fuß mit konservativen Grautönen für seine praktische Veranlagung wirbt.

„Das ist wirklich amüsant. Frau Lodenprechtl leidet an einen Putzfimmel und ich neige zu einem krankhaften Perfektionismus."

Gefährlich wie eine messerscharfe Rasierklinge, wirkt die perfekte Bügelfalte der dunkelblauen Anzugshose, die den mutigen Finger alleine durch ihren Anblick vor einer Berührung warnt. Die stahlblauen Augen treffen exakt den Farbton des frischgestärkten Oberhemdes und der steife Kragen schmückt sich mit einem edlen Seidenschal in den leuchtenden Farben eines blauen Opals, der mit der Schönheit eines Edelsteins konkurriert. Die schwarzen Lederschuhe sind auf Hochglanz poliert und fangen den romantischen Kerzenschein alleine mit der Brillanz ihrer Oberfläche ein, die sich perfekt in Szene setzt. Leise erklingen aus dem Hintergrund die berühmten Töne klassischer Musik, die in sanften Wogen die anwesenden Ohren erobern.

„Friedrich von Hopfengut, meine geistige Galionsfigur und schärfster Kritiker, mein engster Vertrauter und kapriziösester Patient." „Hubert Brencken, in der Opulenz Deiner pathetischen Formulierung spiegelt sich die sündige Maßlosigkeit Deiner eklatanten Leidenschaften wieder, die dem Auge des Kenners auch an diesem Abend nicht verborgen bleiben. Zum Wohl."

Die Blicke zweier Männer ausgeprägter Eigenart prallen aufeinander und verschmelzen zu einem individuellen Gefühl ehrlicher Freundschaft, hoher Achtung und respektvollem Humor. „Herr Johansson, wie ich von meinen therapeutischen Freund erfahren habe, sind Sie nicht nur der Gewinner des Abends, sondern stellen auch für denjenigen einen lukrativen Gewinn dar, der Ihnen vertrauensvoll seine finanzielle Beute in die Hände legt unter der Bedingung, dass Sie mit einer weiteren Hand für fette Rendite sorgen, auch wenn Sie dabei Gefahr laufen, drei Hände unter einem scharfen Beil zu verlieren." „Ich hätte den eigentlichen Sinn meiner Tätigkeit nicht besser beschreiben können, Herr von Hopfengut." „Wie darf ich Ihre merkliche Reserviertheit verstehen, Herr Johansson? Als eine vornehme Art der Arroganz oder als einen wirksamen Sichtschutz, hinter dem sich eine verpönte Schüchternheit versteckt, die in unserer Gesellschaft leider nur allzu oft als eine Form menschlicher Schwäche gewertet wird?" „Finden Sie nicht auch Herr von Hopfengut, wir sollten Ihrer fast schon unerträglichen Selbstverliebtheit die Möglichkeit bieten, sich weisungsfrei zwischen Arroganz und Schüchternheit zu entscheiden, damit sich die eigene Souveränität nicht hinter einer narzisstischen Kuriosität verstecken muss, die in unserer Gesellschaft als eine Form menschliche Schwäche gewertet wird." Ein zustimmendes Lächeln des Verbalkonkurrenten entschärft die explosive Luft, bevor die Situation eskaliert und Jakob die Kontrolle über sein versteinertes Gesicht verliert. „Hubert, Dein Ehrengast und meine Wenigkeit wären jetzt bereit, einen guten Whisky zu genießen und uns dabei dem Geschäftlichen zu widmen."

Mit einer stolzen Kopfhaltung und einem dynamischen Schritt folgt Jakob den beiden Herren bereitwillig in die obere Etage und verbeugt sich zugleich vor der eigenen Courage, die keine Anzeichen von Schwäche zeigt. Gleichzeitig muss er zu seiner Schande gestehen, dass sein Verstand kaum noch in der Lage ist, sich der Faszination zu entziehen, die den unbekannten Darsteller umgibt.

„Da mich mein erster Eindruck noch nie enttäuscht hat, bin ich davon überzeugt, dass Sie daran interessiert sind, Geschäfte mit richtigen Millionären zu machen, die sich von denjenigen unterscheiden, die dem Irrglauben verfallen sind, sie wären mächtige Kapitalisten, weil sie über ein gepflegtes Eigenheim an der Außenalster mit angrenzendem Pferdestall verfügen."

Die langen Beine sind elegant übereinandergeschlagen und die Körperhaltung signalisiert die Ehrlichkeit einer überzeugenden Erhabenheit, die in einem dunkelgrünen Ohrensessel ruht.

„Was können Sie mir anbieten, Herr von Hopfengut?" „Einen dreißig Jahre alten Highland Single Malt Scotch Whisky, der durch seinen einzigartigen Geschmack einen echten Whiskykenner in Verlegenheit bringt, weil bereits nach dem ersten Schluck die persönliche Philosophie von Genuss eine neue Dimension erlebt. Hubert darf ich bitten."

Anstandslos erhebt sich der aufmerksame Psychiater und serviert unter den bewunderten Blicken seines neugierigen Finanzberaters stilvoll die klassische Feinschmeckerspirituose der gehobenen Männerwelt, in der sich sein extravaganter Freund nachfolgend den Luxus einer profanen Selbstbedienung gönnt. „Hubert, die Eiswürfel bitte." „Dein Wunsch ist mir Befehl, Friedrich."

Das Verlangen nach dem eisgekühlten Gegenstand äußert sich in einer freundlichen Bitte, der kurzerhand und ohne sträflichen Widerwillen nachgegeben wird.

„Glauben Sie mir, Herr Johansson, ein gelebter Perfektionismus kann den eigenen Versand genauso in den Wahnsinn treiben wie die Herrschaft einer bösen Sucht, die mit ihrer Macht die gebrochene Seele einer kampfunfähigen Willensstärke dominiert."

Routiniert klemmt der scharfe Dialektiker eine Uhrmacherlupe in die Höhlung seines rechten Auges ein und betrachtet anschließend einen auserwählten Eiswürfel professionell wie einen kostbaren Edelstein. Unter einem dezenten Kopfschütteln und einen abwertenden Blick legt er ihn vorsichtig in sein Behältnis zurück und greift umgehend nach dem nächsten kalten Stück. Nach wenigen Minuten beendet er die interessante Prozedur und präsentiert als Ergebnis zwei Würfel mit schlechter Zensur, die aus seiner Sicht lediglich einen billigen Kompromiss darstellen.

„Sie enttäuschen mich, Herr Johansson." „Wie bitte, Herr von Hopfengut?" „Sie enttäuschen mich Herr Johansson, weil Sie allen Ernstes glauben, ich würde meinen ausgezeichneten Scotch Whisky nach amerikanischem Vorbild mit gefrorenem Leitungswasser verdünnen und mich auch noch über ein klirrendes Geräusch im Glas freuen, dessen Inhalt ein texanischer Krawattenproletarier in einem Zuge leeren würde. Hubert, wo bleibt meine achtzigprozentige Bitterschokolade." „Entschuldigung, Friedrich."

Ohne ein Gefühl von Scham lässt sich die Schokoladentafel nach ihrem Empfang sorgfältig entkleiden, bevor sich der durchtriebene Perfektionist mit einem scharfen Messer an einer Sollbruchstelle vergeht und anschließend einen Riegel mit perfekter Kante auf zwei auserwählte Eiswürfel legt.

„Sie werden mir beipflichten Herr Johansson, dass es traurig und beschämend zugleich ist, wenn einem ein gefeierter Fachmann und vermeintlicher Whiskyliebhaber minderwertige Hausfrauenqualität anstatt kristallklare Ergebnisse serviert. Mein lieber Hubert, warum werde ich den Verdacht nicht los, dass sich hinter Deinen absichtlichen Provokationen die Genialität einer geschäftstüchtigen Idee versteckt. Cheers."

Der erste Schluck wird mit geschlossenen Augen und den Lauten eines Feinschmeckers kommentiert, während sich der leicht bewegende Mund auf seinen gehaltvollen Inhalt konzentriert. Fasziniert beobachtet Jakob die schillernde Figur, die seinen Verstand meisterlich dressiert und sein Selbstkonzept unbeirrt in weiche Knetmasse verwandelt.

„Mein lieber Friedrich, während Du über die Sinnhaftigkeit eines guten Whiskys sinnierst, kann ich Dein eitles Gemüt beruhigen. Ich habe mir jegliche Handlungen strengstens untersagt, die dazu beitragen könnten, dass sich die Eitelkeiten Deiner auffälligen Allüren berufen sehen, sich auf einer Theaterbühne vor einem gespannten Publikum der Selbstbefriedigung hinzugeben.

„Sie sind aber hoffentlich nicht auch bei diesem wahnsinnigen Herrn Doktor in therapeutischer Behandlung, Herr Johansson."

„Ich bitte Sie, Herr von Hopfengut?"

Energisch stellt Jakob sein Whiskyglas auf den Tisch und hofft somit, seiner leichten Empörung Ausdruck zu verleihen. Im gleichen Atemzug beantwortet sein schlagfertiger Vormund mit der Überzeugungskraft eines Verkaufsgenies und der gesegneten Aura eines Geistlichen die provokante Frage: „Herr Johansson verfügt nicht nur über eine beneidenswerte Nervenstärkste und mentale Ausgeglichenheit, sondern trägt an seinem Revolvergürtel die wirksame Verteidigungswaffe der Resilienz. Sollte der Zeitpunkt kommen, das unser Planet lediglich noch Erdenbürger dieser Art beheimatet, sind Therapeuten und solche, die es vorgeben zu sein, ein hungerndes Volk, denen ein Faunenwechsel droht." „Ich kann Dir Deine Angst nehmen, Hubert. Eine existenzielle Notlage Deiner Berufsgruppe wird sich dank einer intensiven Nachwuchsförderung durch engagierte Psychopaten nicht einstellen. Über wie viele Wochen erstreckt sich denn Ihr Aufenthalt an der Schulter unseres gemeinsamen Freundes in dieser für ambitionierte Geschäftsleute sehr attraktiven Gegend, Herr Johansson?" „Ich werde." „So lange an meiner Seite bleiben, bis unser gemeinsames Großprojekt für beide Seiten erfolgreich abgeschlossen ist." „Das klingt vielversprechend. Ich könnte Ihnen für die Aufwärmphase ein Projekt in der Größenordnung Ihrer derzeitigen Abwicklung anbieten. Sind Sie interessiert, Herr Johansson?" „Um was." „Natürlich ist Herr Johansson interessiert. Und da wir uns bereits in einer geschäftüchtigen Stimmung befinden, würde ich vorschlagen, direkt in die dazugehörige Detailbesprechung einzusteigen." „Und ich würde vorschlagen Herr Johansson, dass Sie Ihrer possierlichen Bauchsprecherpuppe morgen einen freien Tag im Schrank gönnen und mich alleine um zehn Uhr in meinen geschäftlichen Räumen aufsuchen."

Den dominierenden Mund ereilt ein sympathisches Lächeln und sein linkes Auge schließt sich bewusst für einen kurzen Moment, wobei das Zeichen der Verständigung nur für einen von beiden Herren gilt.

„Herr Johansson, Hubert, es würde mich freuen, diesen durchaus interessanten Abend mit Gesprächen geistiger Mühelosigkeit ausklingen zu lassen, indem wir uns in deren Behaglichkeit ausgiebig suhlen."

Gemütlich erwacht der Tag nach einer traumlosen Nacht und wird in einer lichtdurchfluteten Umgebung mit einer genussreichen Vielfalt empfangen. Die zufriedenen Gedanken lassen sich frei und unbefangen an einer langen Leine führen und in Jakobs wahrnehmenden Realität sind keine störenden Widerstände zu spüren, die zu elektrisierenden Barrieren für Körper und Geist werden könnten.

„Guten Morgen Frau van Spielbeek, ich hoffe, Sie hatten eine geruhsame Nacht." Auf die freundliche Begrüßung folgt eine angedeutete Verbeugung, die mit einem lauten Hackenschlag ihre stille Botschaft kommentiert.

„Guten Morgen Herr Doktor Brencken, bitte setzen Sie sich doch und leisten Sie meinem Mann und mir Gesellschaft." „Sehr gerne, Madame."

Dankbar wird die freundliche Einladung angenommen, ohne aufdringlich zu wirken. „Sie erlauben mir die Nachfrage, wie Ihnen der gestrige Abend gefallen hat?" „Ausgezeichnet, Hubert. Es ist Dir gelungen, Deinen Gästen die perfekte Mischung aus anspruchsvoller Unterhaltung und niveauvoller Konversation zu servieren." „Ich kann meinem Mann nur beipflichten, Herr Doktor Brencken. Auch ich habe mich sehr gut unterhalten gefühlt."

Mit einer beachtlichen Portion Stolz lehnt sich der gelobte Gast-geber in seinem Stuhl zurück und trägt seine innere Zufrieden-heit selbstbewusst nach außen.

„Herzlichen Dank, die lobenden Worte stimmen mich glücklich und erleichtert." „Wie darf ich Dein Gefühl der Erleichterung ver-stehen, Hubert? Rein äußerlich betrachtet, kann ich leider keine positiven Auswirkungen feststellen."

Der Anblick seines Gegenübers spricht für ein schlechtes Ge-wissen, wenn auch nur in abgeschwächter Form.

„Meine Gedanken haben sich heute Nacht stundenlang mit mei-ner dezenten Art der Aufdringlichkeit beschäftigt, die lediglich ihrer Pflicht als geschäftstüchtiger Vermittler nachgekommen ist. Deine gute Laune am frühen Morgen sagt mir allerdings, dass meine schlimmsten Befürchtungen unbegründet sind." „Ich kann mit wenigen Worten, dass unangenehme Zwicken aus Deinem nervösen Magen vertreiben und ihn gründlich auf eine größere Nahrungsaufnahme vorbereiten. Ich bin sehr erfreut darüber, dass ich die Bekanntschaft mit Herrn von Hopfengut machen durfte. Er stellt in meinen Augen nicht nur eine faszinierende Persönlichkeit dar, sondern verkörpert durch seine pulsierende Ausstrahlung das Sinnbild eines charakterstarken Akteurs, der mit einem konsequenten Pragmatismus für seine prinzipientreu-en Wertvorstellungen kämpft."

Augenblicklich lässt er seine Gedanken Revue passieren und schmückt mit einem achtungsvollen Blick seine schwärmerische Aussage.

„Die Augen der Menschen unterscheiden sich nicht nur in ihrer Form und Farbe, sondern in erster Linie durch die Fähigkeit, sich aus der persönlichen Wahrnehmung eine individuelle Meinung zu bilden, ohne dabei auf den weisen Rat der Objektivität zu hören. Frau van Spielbeek, Ihr morgendlicher Appetit ist bereits gestillt?" „Ja, Herr Doktor Brencken. Der Appetit meines Mannes ist allerdings noch lange nicht gesättigt. Wenn mich die Herren bitte entschuldigen würden. Ich möchte mir noch ein paar Minu-ten Ruhe gönnen, bevor ich mich meinem heutigen Wellness-programm widme."

Mit einem zauberhaften Lächeln verabschiedet sich die schöne Weiblichkeit und schenkt beiden Herren einen ironischen Handkuss.

„Ich möchte nicht unverschämt erscheinen, mein lieber Jakob, aber mit einer Frau am Tisch, die über Idealmaße verfügt und ihr Knäckebrot mit grünem Salat belegt, hat mein gesegneter Appetit grundsätzlich den Eindruck, unter strenger Beobachtung zu stehen. Ich fühle mich regelrecht gehemmt, mich meinen Gelüsten hinzugeben. Genauso muss sich ein Rennpferd fühlen, das in einem dunklen Stall eingesperrt ist." „Oder ein drei Zentner Mann, der vor Scham beim Sex das Licht ausknipst, um seiner Partnerin die grausame Realität zu ersparen. Allerdings muss ich Dir beipflichten, indem ich mir eine weitere Frühstücksrunde gönne, ohne ein Kommentar aus dem Mund eines weiblichen Körnerpapstes zu hören, dessen Ära der Idealmaße Gott sei Dank bald der Vergangenheit angehört." „Du erlaubst, dass ich Dir über die appetitliche Theke fettreicher Käsesorten zu den Speckeiern folge."

Entspannt betrachtet Jakob die reichhaltige Auswahl herzhafter Köstlichkeiten und lässt die kalorienreichen Besonderheiten inspirierend auf seinen Hunger wirken. Mit einem Teller in der Hand, der sich über den Charakter eines Feinschmeckers freuen kann, kehrt er an seinen Tisch zurück und betrachtet nachfolgend mit einem unbekannten Gefühl eine französische Spezialität mit grünen Pfefferkörnern in aromatischer Qualität. Nach einer ausgiebigen Selektion entfernt er mit der scharfen Spitze eines Messers vorsichtig Korn für Korn und fügt anschließend unter einem millimetergenauen Augenschein jedes einzelne Pfefferkörnchen wieder behutsam in das Stück Weichkäse ein. Hochkonzentriert beobachtet sein Gegenüber das absurde Schauspiel und freut sich über den vorgeführten Beweis, der seine konkrete Vermutung eindeutig bestätigt.

„Jetzt endlich habe ich Dich." „Wie bitte?"

Auf die berechtigte Frage folgt ein kurzes Räuspern, dem es gelingt, die Freude über das Erfolgserlebnis unter einer Tarnkappe zu verstecken.

„Entschuldige, ich meine jetzt endlich habe ich Dich dabei ver-
wischt, wie Du der Sturheit Deines vielfältigen Gourmetge-
schmacks in Bezug auf Pfefferkörner nachgibst, die er offensichtlich nicht zu mögen scheint." „Ich weiß nicht, was Dich zu
dieser Annahme bewegt Hubert, aber ich liebe den intensiven
Geschmack von grünem Pfeffer, ganz besonders in Verbindung
mit delikaten Käsesorten."

Die Art und Weise, wie Jakob mit dem eleganten Besteck hantiert und dabei versucht, einen glorreichen Sieg über die feinen
Käseschnitte zu erzwingen, wirkt auf den Außenstehenden wie
ein Lehrfilm über den perfekten Gebrauch von Messer und Gabel.

„Wann hast Du Deinen Termin mit Herrn von Hopfengut?" „Heute um zehn Uhr. Darf ich fragen, warum Du das wissen möchtest?" „Warum? Weil ich Dich begleiten werde." „Aber Herr von
Hopfengut hat ausdrücklich gewünscht, dass ich den Termin
ohne Deine Begleitung wahrnehme." „Was Herr von Hopfengut
wünscht und möchte, interessiert mich nicht. Ich werde Dir allerdings versprechen, dass ich mich mit der Mentalität eines Ölgöt-
zen ausnahmslos im Hintergrund aufhalten werde." „Aha. Und
wer kümmert sich bitte in der Zwischenzeit um Deine geladenen
Gäste?" „Frau Hinterfurtler gönnt sich zur Abwechslung und in
Begleitung von Herrn Sanktner, einen ausgiebigen Ritt auf dem
Rücken eines richtigen Hengstes. Das Ehepaar Lodenprechtl
steht bereits wieder gemeinsam am heimischen Wurstkutter und
Herr Hinterfurtler ist heute Morgen um sechs Uhr mit Frau Rübenschlag zu einem Wandermarathon aufgebrochen. Von Herrn
Schallgasser fehlt seit letzter Nacht leider jede Spur."

Mit Bedacht entfaltet Jakob die zarte Papierserviette in Enzian-
blau und legt sie schützend um seinen rechten Zeigefinger, bevor er anschließend mit der Professionalität einer schminkerfah-
renden Frau exakt über die Kontur seiner Lippen fährt und danach akribisch genau den gebrauchten Wegwerfartikel wieder
zusammenfaltet.

„Da ich bereits die Erfahrung machen durfte, dass mein großer
Bruder weder umzustimmen noch aufzuhalten ist, werde ich seine Entscheidung akzeptieren." „Sehr schön, Jakob. Und da Dein

240

großer Bruder nicht zu übersehen ist, erwartet er Dich in dreißig Minuten auf dem Parkplatz neben dem Lieferanteneingang."

Pünktlich erscheint Jakob am vereinbarten Treffpunkt und erobert mental leicht überhitzt, umgehend den Beifahrersitz. Seine feminine Gereiztheit verliert sich innerhalb kurzer Zeit in einer wütigen Unausstehlichkeit, die auch dem aufmerksamen Fahrer nicht verborgen bleibt. „Jakob, wo ist Deine gute Laune geblieben?" Verbittert blickt der Angesprochene in den kleinen Spiegel hinter der Sonnenblende. „Auch eine Person, die sich mit einem transparenten Haarkleid schmückt, sollte dafür Verständnis haben, dass sich die gute Laune beim Anblick dieser wilden Frisur freiwillig verabschiedet."
Beleidigt und über sein Aussehen empört, übernimmt er spontan die ehrenvolle Aufgabe eines Friseurs, in dessen ruhiger Hand der feine Kamm unter strenger Beobachtung einen perfekten Scheitel zieht und das gepflegte Haar gekonnt auf die linke Seite legt. Einige Tropfen wohlriechendes Öl bändigen letztendlich das wilde Temperament und ernennen die goldene Flüssigkeit zu einem wahren Multitalent, das sein Können mit dem haarigen Perfektionismus unter Beweis stellt.
„Dir ist bewusst mein lieber Jakob, dass Dich der tief sitzende Scheitel in Verbindung mit zwei Liter Haaröl, zwanzig Jahre älter macht?" „Es ist doch wunderbar, mein lieber Hubert, dass wir uns immer näher kommen."
Rabiat nimmt er dem einzigen Revolutionär das Leben, der sich trotz Bemühungen vehement weigert, akkurat hinzulegen.
„Verrate mir Deine geheime Mission, die Du mit Deiner Rolle als depressiver Herrenfriseur in den Wechseljahren den Menschen auf dieser Welt mitteilen möchtest." „Für mich bedeutet Pünktlichkeit mehr als nur ein flüchtiger Blick auf die Zeiger einer Uhr. Pünktlichkeit ist eine wundervolle Charaktereigenschaft, die ich mit Stolz mein eigen nennen darf und die in allen Situationen meines Lebens konsequent ihre Anwendung findet." „Jakob mein Freund, ich verstehe Dich ohne große Worte und kann Dir gedanklich ohne Umwege folgen. Dich quält heute Morgen keine träge Verdauung, die beim männlichen Geschlecht genauso sel-

ten vorkommt wie eine Blasenentzündung, sondern Dich quält ein zeitliches Problem, da Dir lediglich dreißig Minuten zwischen Frühstückstisch und Beifahrersitz vergönnt waren, die Du für eine professionelle Zahnreinigung in Anspruch genommen hast, anstatt für das Waschen und Legen Deiner Haare." „Ich danke Dir und verbeuge mich ehrfürchtig vor Deiner verständnisvollen Art. Können wir jetzt endlich losfahren."

Die frischen Blätter in sanftem Grün tanzen mit ihren zarten Ästen durch die würzige Luft, die ihrem animalischen Duft den ehrenvollen Status eines wahren Lokalkolorits verleiht. Der blaue Himmel wird von einer imposanten Bergwelt getragen, zu deren Füßen auf saftige Wiesen glückliche Kühe grasen, die mit ihren prallen Eutern und handbemalten Glocken, dass Aushängeschild eine alpenländischen Paradies erfolgreich mitgestalten. Bewusst genießt Jakob den Anblick der eindrucksvollen Natur, deren individuelle Struktur plötzlich störend und mental belastend auf ihn wirkt. Spontan bedient er sich der eigenen Vorstellungskraft und verwandelt nach seinem Geschmack, dass pittoreske Landschaftsbild in eine Welt rechter Winkel und gerader Linien. Opulente Wolken werden zu makellosen Kreisen, die dramatischen Gesteinsformationen können nachfolgend keine Unebenheiten mehr aufweisen und die üppige Vegetation opfert ihre Schönheit einer geometrischen Form.

„Ich sehe die schnörkellosen Konturen eines strengen Purismus, eingefangen in einem fantastischen Bild. Wunderbar."

Begeistert klatscht Jakob in die Hände und freut sich über ein erfolgreiches Ende seiner geistigen Gestaltungswut.

„Was will mir Dein Satz des Pythagoras zu verstehen geben?" „Nichts, was für Dich von Interesse sein könnte, Herr Doktor." „Du suchst also im einsamen Zwiegespräch die Wahrheit über den Verlust der eigenen Vernunft." „Und Du scheinst wirklich für wortreiche Sätze, ohne jeglichen Sinn abonniert zu sein."

Entrüstet schaut er seine Begleitung an und ärgert sich gleichzeitig über eine leichte Nervosität, die sich als Zeichen einer aufkommenden Unsicherheit versteht.

„Darf ich fragen, warum Du die Landstraße verlässt?" „Weil ich mit Dir einen traditionellen Bauernmarkt besuchen möchte, der

jeden ersten Sonntag im Monat stattfindet und der mit einer großen Auswahl an regionale Lebensmittel in höchster Bioqualität
wirbt."

Demonstrativ legt Jakob seine Stirn in Falten und vermag währenddessen seinen Unwillen kaum noch zu halten, der in Form
von Blitz und Donner auf das angebliche Unschuldslamm hereinbricht: „Mein lieber Hubert, ich genieße derzeit eine komfor-
table Unterbringung in einem Luxushotel inklusive Vollpension
und benötige deshalb weder frische Kartoffeln aus neuer Ernte
noch fettreiche Blutwurst aus eigener Schlachtung. In wenigen
Minuten erwartet mich Herr von Hopfengut zu einem geschäftlichen Termin und solltest Du nicht augenblicklich Deine bequeme
Reiselimousine auf den direkten Weg zurück in Richtung Zielort
lenken, werde ich augenblicklich an diesem ersten Sonntag im
Monat komplett die Beherrschung verlieren." „Du kannst Dich
wieder beruhigen, Jakob. Ich habe meinen Freund Friedrich bereits vor der Abfahrt telefonisch kontaktiert und ihm mitgeteilt,
dass wir eine Stunde später eintreffen." Reflexartig ziehen sich
seine Augenbrauen über den vibrierenden Nasenflügel zusammen. „Ich raste gleich aus." „Dafür besteht nicht der geringste
Anlass, denn uns beiden bleiben jetzt noch gemütliche sechzig
Minuten Zeit, die wir gemeinsam und ungestört verbringen dürfen." „Die ich zur Strafe mit Dir auf einem Wochenmarkt verbringen muss. Herzlichen Dank, Hubert." „Seit Jahrhunderten üben
Märkte einen ganz besonderen Reiz auf die Menschheit aus.
Und auch das 21. Jahrhundert hält triftige Gründe bereit mein
lieber Jakob, sich in Begleitung von einem traumhaften Wetter
völlig ungezwungen den besonderen Reizen hinzugeben."

Sukzessive verliert Jakobs negative Aufregung ihre Dominanz
und überlässt den Kampfring seinem motivierten Denkvermögen,
das von sich überzeugt ist, auf der richtigen Spur zu sein.

„Aber natürlich der triftige Grund heißt Frau Lodenprechtl, die ihr
Dekolleté für richtige Männer an diesem wunderschönen Sonntagmorgen in eine frischgestärkte Dirndlbluse gezwängt hat und
frisch herausgeputzt, in einem sauberen Verkaufswagen bereits
auf ihren therapeutischen Busenliebhaber wartet."

Ein hörbarer Atemausstoß in Begleitung von einem zarten Pfeifton erfolgt als Antwort auf die spannende Argumentation, die einer geheimen Strategie die Macht des dunkeln Hintergrunds schenkt und sie gekonnt ins Abseits drängt.

„Ich armseliger Novize, der sich nicht im Stande fühlt, sein sündiges Geheimnis vor dem großen Meister geheim zu halten, kann. Mein schlechtes Gewissen dankt Dir für die Erteilung einer indirekten Absolution." „Ich bin gespannt, wie lange ich Dich und Deine gewöhnungsbedürftige Art noch ertragen muss." „So lange, bis zwischen uns alle geklärt ist."

Die bunt gestreiften Dächer der ansehnlichen Verkaufsstände leuchten unter der freundlichen Sonne, die mit ihrer guten Laune für milde Temperaturen sorgt. Regionale Waren in ihren natürlichen Verpackungen präsentieren sich ungeschminkt vor einer konsumgeschädigten Menschheit und vermitteln ihr das Gefühl einer vertrauensvollen Ursprünglichkeit, die durch den Genuss von biologischem Dünger und dem Verzicht von saurem Regen ein sicherer Garant für ein langes Leben ist. Genervt folgt Jakob dem begeisternden Marktbesucher und wirkt dabei wie ein störrisches Kind, dass man gegen seinen Willen zwingt, artig an der Hand zu laufen. Nach wenigen Fußrunden ist das bodenständige Lustobjekt endlich gefunden und darf sich über zwei leuchtende Augen freuen, die aus ihrer Liebhaberei für die weibliche Übergröße an der richtigen Stelle kein Geheimnis machen. „Grüß Gott, Herr Doktor Brencken, das nenne ich eine nette Überraschung am Morgen."

Auf eine herzliche Begrüßung folgt allerdings der Anschein einer ehrlichen Skepsis, die in einem öffentlichen Bekenntnis ihre einfache Erklärung findet.

„Sie sind aber nicht gekommen Herr Doktor Brencken, um sich zu vergewissern, dass ich anstatt Wurstspezialitäten zu verkaufen, den Putzteufel spiele." „Frau Lodenprechtl, wo denken Sie hin. Der wahre Grund ist mein gastierender Freund Herr Johansson, der sich einen begeisterten Freizeitkoch schimpft und über ein feines Gespür für hochwertige Lebensmittel verfügt. Er hat mich regelrecht dazu gezwungen, mit ihm diesen Spezialitätenmarkt zu besuchen. Denn im Gegensatz zu Ihnen Frau Lodenprechtl, hat Herr Johansson seine geheimen Leidenschaften nicht immer unter Kontrolle." „Gutes Essen ist eine gute Leidenschaft, der man mit einem guten Gewissen nachgehen darf. Greifen Sie zu, Herr Doktor."

Von einer Fleischgabel appetitlich aufgespießt, wird die beachtliche Scheibe Wurst kundenorientiert über die Theke gereicht und augenblicklich verspeist, während Jakob bereits konkrete Mordgedanken lustvoll quälen. Um seine Wut etwas abzukühlen, entfernt er sich unbemerkt von seinem Freund mit dem verlogenen Mundwerk und versucht, die äußeren Eindrücke in positive Energie umzuwandeln. Dabei wird er instinktiv von einem Berg hellbrauner Kartoffeln inspiriert, der sich an der Seite eines Stapels frischer Hühnereier präsentiert. Unter der Leitung eines klaren Bewusstseins greift er augenblicklich nach einem leeren Eierkarton in Plattenform, von dessen Art sich Hunderte in den Ecken des verwaisten Marktstandes verstecken. Zitternd vor freudiger Erregung, sortiert er die erdigen Knollen in die Löcher zwischen den dazugehörenden Papphöckern ein und erschafft durch den Ansporn seines fanatischen Fleißes exakt gestapelte Türme trotz Akkordarbeit. Glücklich erschöpft und etwas außer Atem, betrachtet er abschließend die zweckentfremdeten Kartonagen und gönnt seiner Seele ihre verdiente Befriedigung, die ihren Höhepunkt in einem Gefühl tiefer Zufriedenheit findet. Unter einem Lächeln säubert er seine Hände mit einem feuchten Tuch, das er nach seinem Gebrauch ordentlich gefaltet in seiner Hosentasche entsorgt.

„Hey, was haben Sie an meinem Stand verloren, der Sie mit Sicherheit einen Scheißdreck angeht."

Erschrocken dreht sich Jakob um und bittet durch seinen betretenden Blick vorsorglich um Entschuldigung, da er nicht in der Lage ist, sich zu artikulieren. „Können Sie mir bitte erklären, was der Blödsinn soll?" „Ich hatte Langeweile."

Nach der Antwort mit einem trotzigen Unterton geht Jakobs Körperhaltung direkt in eine gefährliche Angriffsstellung über, die sein aufgebrachtes Gegenüber nicht im Geringsten zu beeindrucken scheint.

„Und weil Sie Langeweile haben, spielen Sie den Proviantmeis-
ter und benutzen meine Kartoffeln als Maßnahme für eine Be-
schäftigungstherapie. Welcher geschlossenen Anstalt sind Sie
denn vor dem Frühstück entlaufen?"
Lauthals brüllend und wild gestikulierend, macht der tobende
Landwirt sein direktes Umfeld auf sich aufmerksam und lockt
Jakobs wirksame Verteidigungswaffe an, die sich in der Verantwortung sieht, den Lebensmittelkrieg für beendet zu erklären. Mit
einer sympathischen Souveränität übernimmt der erfahrene Me-
diator umgehend die für ihn prädestinierte Aufgabe und befreit
seinen Protegé aus seiner prekären Lage, geschuldet einer
harmlosen Sabotage.
„Wie kann und darf ich Ihnen helfen, damit Sie wieder Herr über
Ihren Zorn werden?" „Bitte schauen Sie sich den Blödsinn an,
den der Vollidiot neben Ihnen fabriziert hat, weil er nichts mit
seiner Zeit anzufangen weiß." Mit seiner braunen Ledermütze
zeigt die untersetzte Männergestalt und Träger einer grünen
Schürze auf die hochgestapelten Erdapfeltürme. Einer näheren
Betrachtung folgt die kurze Überlegung einer bestimmten Person, die anschließend den Etappensieg ihrer ausgiebigen Ge-
duld mit einer konkreten Stellungnahme belohnt: „Quod esset
demonstrandum. Und mit dieser Tat bewiesen wurde." Kame-
radschaftlich legt der emphatische Mediziner seinem Arm um die
Schultern des aufgebrachten Kartoffelbauers, der sich erstaun-
lich schnell wieder seiner vertrauten Gemütsbüffeligkeit besinnt.
„Bei welchem gestandenen Mannsbild darf ich mich für den
Übereifer meines Freundes entschuldigen?" „Beim Feudlwinkler
Josef." „Der Feudlwinkler Josef kennt doch mit Sicherheit die
Lodenprechtl Hermine." „Die Hermine? Ja, freilich." „Und genau
diese Hermine erwartet den Feudlwinkler Josef in zwei Minuten
zu eine anständige Brotzeit. Auf Kosten vom Brencken Hubert
versteht sich." Ein kräftiger Handschlag besiegelt das Akzeptieren der Entschuldigung, inklusive einer sättigenden Entschädi-
gung, die nicht lange auf sich warten lässt. „Jakob, es ist an der
Zeit, unseren kleinen Ausflug zu beenden. Herr von Hopfengut
erwartet uns." „Ja, Hubert."

Unberührt von seiner absurden Tat misslingt Jakob der berühmte Spagat zwischen einer nüchternen Selbstreflexion und einer Heiligsprechung der eigenen Person, die ihr eitles Spiegelbild mit Stolz betrachtet. Was anschließende übrig bleibt, ist die Darstellung einer anstößigen Überheblichkeit, die ihren Starrsinn in einer wörtlichen Rede zum Ausdruck bringt:

„Es war wirklich interessant, den primitiven Zwergenaufstand eines vollschlanken Rumpelstilzchens zu erleben. Auf welch niedrigem Niveau sich ein dummer Kartoffelbauer doch bewegt." Dominant streckt Jakob sein Kinn nach oben und schenkt der Außenwelt gleichzeitig einen arroganten Blick, die davon unberührt an ihm vorbeifliegt.

„Allerdings befindet sich Deine Aussage in der Abhängigkeit von der Tatsache, auf welcher Höhe sich das eigene Niveau befindet. Jedenfalls kann sich Dein amüsanter Streich über ein friedliches Ende in Spielfilmqualität freuen." „Deine Worte klingen wie Musik in meinen Ohren, die sich bereits seelisch und moralisch auf eine Standpauke eingestellt haben." „Man sollte das Leben mit genau der Prise Humor würzen, die letztendlich den exzellenten Geschmack ausmacht. Voilà, dass Ziel ist erreicht."

Die staubfreien Lamellen der schwarzen Jalousie schneiden das Sonnenlicht in dünne Scheiben, die sich zusammen mit dem Schatten solidarisch zeigen und gemeinsam auf die weiß getünchte Zimmerwand ein linientreues Muster zeichnen. Die schwere Schreibtischplatte aus schwarzem Ebenholz wird von einem futuristischen Metallgestell getragen, dessen unterkühlten Charakter bemüht ist, mit dem kalten Steinboden perfekt zu harmonieren, obwohl die Füße des Betrachters alleine durch den eisigen Anblick glauben zu erfrieren.

„Ich bitte die Herren noch um einen Augenblick Geduld, bevor ich Ihnen meine volle Aufmerksamkeit schenken werde." „Würdest Du Herrn Johansson und meiner Wenigkeit bitte verraten, welche wichtige Tätigkeit uns einen ehrenvollen Platz auf Deiner Warteliste verschafft, Friedrich?"

Das geräumige Geschäftszimmer versprüht den sterilen Charme einer Arztpraxis, in der zwei Patienten ungeduldig darauf warten, ihre Gebrechen endlich einem vertrauensvollen Wunderheiler vorzutragen, der sich allerdings konsequent an seine gesetzten Prioritäten hält.

„Das Frankieren meiner geschäftlichen Briefe mithilfe eines Frankierwinkels, der es mir erlaubt, dass Postwertzeichen exakt sieben Millimeter unterhalb der oberen Kante und sieben Millimeter links der rechten Kante von der Draufsicht aus gesehen, auf das Briefkuvert zu platzieren."

Gekonnt legt die feingliedrige Männerhand den Miniaturwinkel auf den besagten Papiergegenstand, bevor sie den weichen Kopf eines Wattestabes vorsichtig in einen mit Wasser gefüllten Fingerhut taucht und anschließend die Rückseite einer Briefmarke leicht befeuchtet. Hochkonzentriert wird der rechtwinklige Diener nachfolgend von zwei Fingern fixiert, während man das schöne Sammlerstück handwerklich perfekt in die Ecke tapeziert.

„Mein langjähriger Freund Hubert wird sich jetzt fragen, warum ich als Befürworter von nassklebenden Briefmarken keinen Anfeuchter benutze. Können Sie die Frage für mich beantworten, Herr Johansson?" „Leider nein, Herr von Hopfengut." „Das ist zwar schade, aber nicht dramatisch. Ein ordinäres Briefmarkenkissen ist entweder ausgetrocknet oder vollkommen durchnässt und somit durchaus mit einem Borderline-Patienten vergleichbar, für den entweder eine schwarze oder weiße Welt existiert. Sollte sich der Anfeuchter in einem ausgetrockneten Zustand befinden, können Sie auf Ihre Zunge zurückgreifen, die zwar grundsätzlich für orale Sexpraktiken zu begeistern ist, sich allerdings durch den faden Beigeschmack nicht befriedigt fühlt. Im zweiten und schlimmsten Fall gleicht eine Briefmarke anschließende einem zerknitterten Oberhemd, das nach dem Trocknen, ohne zu bügeln, von der Wäscheleine im Schrank gelandet ist. Alleine die Vorstellung, ich könnte ein Opfer dieses verkommenen Kleidungsstückes werden, lässt mich erschaudern." „Friedrich, können wir uns jetzt bitte den geschäftlichen Themen zuwenden." „Herr Doktor Hubert Brencken, wir beschäftigen uns bereits mit einem brisanten Thema der Geschäftswelt, das für Dich und Herrn Johansson gleichermaßen von Bedeutung ist."

Die Stimmung im Raum heizt sich durch die Selbstinszenierung eines offensiven Seminarpredigers plötzlich fühlbar auf, der ein perfektes Vorzeigemodell demonstrativ in die Luft hält.

„Herr Johansson, bitte betrachten Sie diesen Brief und sagen Sie mir anschließend, welche Art Pamphlet Sie darin vermuten." „Der äußeren Aufmachung nach zu urteilen, befindet sich in diesem Umschlag zwei Konzertkarten, mit denen ein verliebter Absender seine Herzensdame überraschen möchte." „Das könnte man annehmen Herr Johansson, aber leider liegen Sie mit Ihrer Vermutung völlig falsch, denn in dieser schmeichelnden Attrappe befindet sich die Rechnung über meine stattliche Provision. Allerdings gelingt es mir alleine durch das aparte Design, meinen Kunden gefühlvoll aufzufangen, bevor ihn die Realität in Form einer Ohnmacht übermannt, die ihn brutal zu Boden stößt. Bitte stellen Sie sich folgende Situation bildlich vor, Herr Johansson. Mein Kunde hält genau diesen Brief in seinen Händen und betrachtet ausgiebig die äußere Aufmachung. Was passiert in diesem Moment in seiner Gefühlswelt, Herr Johansson?"

Couragiert legt der Bilderbuchperfektionist den Brief auf Jakobs Schoß, stellt sich anschließend entschlossen hinter ihn und verschränkt seine Arme vor der Brust. Artig wie ein eingeschüchterter Pennäler beantwortet Jakob die Frage des respekteinflößenden Lehrers, der sich dabei nicht von der Stelle bewegt.

„Er brennt lichterloh vor Neugierde." „Und wieder liegen Sie mit Ihrer Annahme völlig falsch. Menschliche Neugierde ist eine positive Eigenschaft, die erst in Phase zwei in Kraft tritt. Nein, Herr Johansson, mein Kunde fühlt sich hofiert, er fühlt sich geschmeichelt und genießt dabei eine zärtliche Seelenmassage, die ihm das Gefühl schenkt, etwas ganz Besonderes zu sein. Geleitet von dieser wundervollen Gemütsstimmung, öffnet er den Umschlag und verfällt sofort der Überlegenheit seiner eigenen Überzeugung, die ihm im Vertrauen sagt, dass der aufgeführte Rechnungsbetrag der fachlichen Kompetenz eines serösen Geschäftsmannes mit Stil geschuldet ist und somit seine Berechtigung hat."

Die spürbare Dominanz erklärt den nüchternen Raum zu ihrer Bühne, über dessen glatten Boden sie mit der Eleganz einer Primaballerina tanzt.

„Ich möchte Herrn Johansson abschließend an einem simplen, aber zutreffenden Fallbeispiel verdeutlichen, warum eine Frau egal welcher Klasse, ihr gesamtes Leben dem geschäftlichen Erfolg eines Mannes hinterherrennt und auch nach Jahren vergeblicher Bemühungen lediglich die Blutblasen ihrer Füße mit Stolz betrachten kann. Eine Frau wählt ein einfaches Kuvert und ein Blatt Papier in einem aggressiven Farbton, der an ihr aufgetragenes Sommerkleid erinnert und dem Rechnungsempfänger nicht nur unwillkürlich ihre kindliche Naivität offenbart, sondern ihm außerdem einen minderwertigen Gefühlsausdruck vermittelt. Der negativen Geschlechterwerbung noch nicht genug, verziert sie den Briefumschlag mit ihrer gebrochenen Schulanfängerschrift in ordinärem Kugelschreiberformat und greift zu einer selbstklebenden Briefmarke von der Stange, die sie dank ihrer angeborenen Oberflächlichkeit grundsätzlich schräg zu Außenlinie verlaufend, auf den Umschlag klebt."

Die Beine stehen in Schulterbreite auf einem bildlichen Siegerpodest und die Hände halten sich an den Hüften fest, während die von sich überzeugte Ikone die geduldigen Zuhörer mit ihrer Ideologie übergießt: „Meine Herren, eine intelligente Frau mit Herz und Verstand ist bekanntlich ein Mann, der einen gefüttertes Kuvert und Briefpapier in zartem Beige wählt, eine stilvolle Briefmarke perfekt platziert und das Schmuckstück mit blauer Tinte handschriftlich adressiert, die den Betrachter durch die Anmut eines höfischen Schriftbildes verzaubert." „Friedrich von Hopfengut, ich verbeuge mich vor einem großartigen Protagonisten, der sich einer göttlichen Verehrung durch sein begeistertes Publikums sicher sein darf." „Vielen Dank Hubert, es war mir eine Freude. Jetzt zu Ihnen, Herr Johansson."

Mit einem staunenden Mund betrachtet Jakob das ihn faszinierende Blaublut und bewundert dabei seine perfekte Fingerakrobatik, die das zirkusreife Ausnahmetalent anhand eines sündhaft teuren Füllfederhalters unter Beweis stellt.

„Ich höre Ihnen zu, Herr von Hopfengut." „Herr Johansson, bitte beschreiben Sie sachlich und prägnant die momentane Situation." „Ich sitze neben Herrn Doktor Brencken vor Ihrem Schreibtisch, hinter dem Sie entspannt in Ihrem Ledersessel ruhen." „Sehr gut, Herr Johansson. Das Informationsziel wurde nicht nur unter dem Merkmal der Prägnanz erreicht, sondern Sie haben des Weiteren durch ein gebräuchliches Adjektivs meinen derzeitigen Gemütszustand exakt beschrieben. Ja, ich bin entspannt." Im Spiegel einer überlegenden Gelassenheit erhebt sich der charmante Gesprächskommandant und lässt die Hände langsam in die Taschen seiner Hose gleiten.

„Können Sie sich vorstellen Herr Johansson, dass es einen Menschen gibt, der die Fähigkeit besitzt, mich unabsichtlich binnen Sekunden derart in Rage zu bringen, dass ich bemüht bin, die Contenance zu halten?" „Ich muss zugeben Herr von Hopfengut, es ist für mich kaum vorstellbar, dass ein Mensch Ihrer Persönlichkeit Gefahr läuft, selbst in einer berüchtigten Ausnahmesituation die Kontrolle über seine beneidenswerte Nervenstärke zu verlieren." „Mit genau dieser Antwort habe ich gerechnet, die mich allerdings gleichzeitig indirekt auffordert, meine soeben getätigte Aussage unter Beweis zu stellen. Herr Johansson, bitte erheben Sie sich und genießen Sie eine Ausfahrt mit dem schönsten Coupé aller Zeiten, dass elf Jahre vor der Jahrtausendwende seine meisterliche Formgestaltung dem schöpferischen Geist eines bayrischen Automobilherstellers zu verdanken hat und unter dessen Motorhaube ein Orchester aus zwölf Zylindern, seinen begeisterten Dirigenten in Ektase versetzt. Meine Herren, die Realität erwartet uns. Hubert, Du wirst uns mit Deiner langweilen Limousine folgen, deren Raumangebot Deiner Körperfülle schmeichelt." „Sehr gerne Friedrich."

Unter der Leitung eines klaren Verstandes, der über einen wehrlosen Willen verfügt, wird Jakob von zwei resoluten Herren in deren Mitte abgeführt. Nach der Hälfte einer Stunde ist das für ihn unbekannte Ziel erreicht und der schweigende Fahrer endlich wieder bereit, die Kommunikation mit seiner irritierten Begleitung aufzunehmen. Gefühlvoll gleitet der Motor in seine verdiente

Ruhestellung und überreicht das Zepter automatisch seinem stolzen Besitzer.

„Herr Johansson, bevor wir gemeinsam aussteigen und das Einfamilienhaus vor Ihren Augen betreten, werde ich Ihr hungriges Fragezeichen auf der Stirn mit reichhaltigen Informationen füttern."

Augenblicklich öffnet seine Neugierde die verschlossene Körperhaltung und signalisiert seine Bereitschaft für eine geistige Nahrungsaufnahme.

„Bitte, Herr von Hopfengut." „Hinter der Tür erwartet uns ein zweiundsechzigjähriger Mann, der Jahrzehnte lang zuverlässig sein Hamsterrad bewegte, ohne dabei jemals die Nabelschnur seiner Mutter loszulassen. Vor zwei Jahren, kurz bevor der treudienende Hamster als Pensionär aus seinem Rad entlassen wurde, durchtrennte der Tod letztendlich die Nabelschnur. Zwei große Katastrophen Herr Johansson, die die Welt den gealterten Junggesellen derart erschüttert haben, dass sie anschließend mit ihm zusammen für immer untergegangen ist." „Wie lebt der arme Mensch heutzutage?" „Er lebt nicht mehr, Herr Johansson."

Kurzerhand erntet der Informant einen perplexen Gesichtsausdruck.

„Aber ich dachte?" „Er vegetiert vor sich hin. Sein einstiges Markenzeichen war ein akkurater Kurzhaarschnitt mit tiefem Scheitel. Heutzutage trägt er seine verfilzten Haare offen und schulterlang. Körperhygiene ist für den linientreuen Beamten außer Dienst lediglich ein wichtiges Attribut der Vergangenheit, das in der Gegenwart keine Anwendung mehr findet. Der verzweifelte Ödipus trägt bis zum heutigen Tage die Kleidungsstücke am Leibe, die er am Todestag der geliebten Mutter trug und deren Leichnamen er nach dem letzten Atemzug noch stundenlang in seinen Armen hielt. „Herr von Hopfengut, mir wird schlecht." „Glauben Sie mir, Herr Johansson, schlecht wird Ihnen erst, nachdem Sie das Haus von innen betrachtet haben." „Was soll das heißen?" „Die Räumlichkeiten verfügen über den Charme einer Mülldeponie, die einen bestialischen Geruch verströmt. Seit seinem schweren Schicksalsschlag ist Herr Wanzl nicht mehr in der Lage, sich von Gegenständen egal welcher Art, zu trennen. Die Zeiger sämtlicher Uhren inklusive die an seinem Armgelenk, sind mit dem Todeszeitpunkt der verehrten Frau Mama eingefroren und stehen still. Sogar der Kalender an der Wand geht nicht mehr mit der Zeit." „Das hört sich ja dramatisch an." „Dramatisch ist vor allem sein Wankelmut, der die Welt um ihn herum unaufhaltsam in die Abgründe des Wahnsinns treibt." „Sein Wankelmut?" „Ja. Ich will kaufen, und zwar diesen heruntergekommenen Bauernpalast, der von Grund und Boden umgeben ist, der bereits zu meinen Besitz gehört." „Und wer hindert Sie daran, Herr von Hopfengut?" „Ein geisteskranker Mann sich nicht entscheiden kann, sein Moloch für immer zu verlassen oder bis zu seinem Lebensende in einer verdreckten Hundehütte vor sich hinzuvegetieren. Sie werden sich jetzt fragen Herr Johansson, warum ich erpicht darauf bin, dieses renovierungsbedürftige Eigenheim zu ersteigern." „Richtig, Herr von Hopfengut." „Heilschlamm." „Heilschlamm?" „Der Boden unter uns besteht aus einer speziellen Erde, die einen hochwirksamen Mineralstoffgehalt aufweist. Der daraus produzierte Heilschlamm ist ein Wundermittel gegen Rheumatismus und verschiedene Autoimmunerkrankungen, er findet in der Schönheitspflege seine Anwendung und bekämpft erfolgreich einen Schandfleck auf der Haut, der seine öffentlichen Auftritte ausschließlich in der Damenwelt feiern darf." „Cellulite." „Ich hoffe für Sie Herr Johansson, dass Sie sich in Ihrem Leben niemals als sizilianischer Orangenhändler fühlen werden." „Sie können sich sicher sein Herr von Hopfengut, das es mir rechtzeitig gelingen wird, auf einen Handel mit Pfirsichen umzusteigen."

Bewusst reduziert der Sender den körperlichen Abstand zum Oberkörper des Empfängers, bevor er seine Motivationssätze mit einer ausdrucksstarken Stimme spricht: „Genauso wie ich mir sicher bin, dass es Ihnen rechtzeitig gelingen wird, einen kranken Sturkopf zu überzeugen, seinen begehbaren Sarkophag für einen sehr attraktiven Preis zu verkaufen." „Ich soll einen Psychopaten überzeugen, der dringend eine professionelle Therapie benötigt?" „Die Herr Wanzl alle sechs Wochen bereitwillig beginnt, bevor er sie nach drei Sitzungen wieder stillschweigend abbricht." „Und die professionelle Therapie wartet hinter uns in ihrer Limousine." „Herr Doktor Brencken ist nicht nur eine Koryphäe, sondern er ist unter den Besten seines Fachgebietes der Superstar. Vergleichbar mit Ihnen, Herr Johansson. Als ich am gestrigen Abend Frau Doktor Hinterfurtler kennenlernen durfte, ist mir bewusst geworden, dass ich die Hilfe jenes Mannes benötige, dem es gelungen ist, einer beleidigten Emanze die Krallen zu feilen, während sie mit ihrer anderen Hand die Verträge unterzeichnet, die sie bereits im Geiste vor Wut zerrissen hat. Unser gemeinsamer Freund war so frei, mir im Vertrauen von Ihrer Heldentat zu berichten."

Die schmeichelnden Worte freuen sich über den Effekt einer brennenden Wunderkerze, die für eine spürbare Hitzewallung in Jakobs Herzen sorgt.

„Ich bin sprachlos." „Herr Johansson, unter Ihnen schlummert ein Milliardengeschäft, dass ich gemeinsam mit Ihnen zu Leben erwecken will. Schließen Sie Ihre glänzenden Augen und begleiten Sie mich auf meinem virtuellen Spaziergang über die Marmorböden einer hochmodernen Kuranlage, die dank ihrer futuristischen Formensprache als magnetisierenden Schmelztiegel einer internationalen Prominenz etabliert hat und." „Es reicht, Herr von Hopfengut, wir sind im Geschäft." „Das wollte ich hören."

Nach der präzisen Aussage mit einem Begeisterungsmerkmal ertönt ein sekundenlanges Hupsignal, das als Aufforderung für die wartende Begleitung gilt, die kurz darauf ihren Kopf in das geöffnete Seitenfenster hält.

„Ich darf davon ausgehen Friedrich, dass Du Herrn Johansson die dramatische Situation, in der sich Herr Wanzl zurzeit befindet, sachlich darstellen konntest." „Ich habe es sogar gewagt, Hubert meine sachliche Darstellung mit einer dezenten Dramaturgie zu verknüpfen, die der Realität vollkommen entspricht. Herrn Johansson ist bereit, unser Vorhaben unter Anwendung seiner breit gefächerten Fachkompetenz professionell zu unterstützen." „Jakob, ich bin Dir zu Dank verpflichtet. Bevor wir gemeinsam auf Herrn Wanzl zugegen, möchte ich kurz das Wort ergreifen. Meine Herren, Herr Wanzl befindet sich derzeit genau in der Mitte seines eigenen Brandherdes, den es gilt auszuschalten. Das gelingt uns allerdings nicht, indem wir ihn mit Wasser bekämpfen, sondern nur indem wir dem Feuer Sauerstoff entziehen, und zwar in Form von Herrn Wanzl. Eine erfolgreiche Flucht vor den lodernden Flammen wird Herrn Wanzl letztendlich jedoch nur gelingen, indem er die Tür zu seinem Verlies von außen eigenhändig zuschließt und den Schlüssel nachfolgend durch die Kraft seiner persönlichen Willensstärke wegwirft, mit dem Resultat, dass dieser nie wieder auffindbar ist. Meine Herren, wir werden erwartet."

Dunkle Wolken entmachten die strahlende Sonne und hüllen den Tag in das keusche Gewand einer Nonne, das mit seiner gelebten Biederkeit gefahrlos kokettiert. Gleichzeitig warnt die kühle Luft durch ihrem feuchten Geruch vor unerwünschten Regen, der bereit ist, seine Eroberungslust in einem kräftigen Niederschlag auszuleben. Entschlossen startet die soziale Gruppe ihre gemeinsame Unternehmung und nähert sich dabei dem unscheinbaren Objekt, dass Jakobs misstrauischen Blicken ausgesetzt ist, während er den beiden Herren in einem kurzen Abstand zielbewusst folgt. Auf seinem Weg begegnen ihm ein Gefühl von nervöser Neugierde und die Angst vor der zu erwartenden Realität, die sich ihm kurze Zeit später persönlich vorstellt. „Guten Tag Herr Wanzl, dürfen wir reinkommen?"

Sichtbare Spuren aus der Hinterlassenschaft schwere Trauerphasen zeichnen das erstaunte Gesicht, dessen verbitterter Mund erst nach kurzer, aber reiflicher Überlegung zu seinen unerwünschten Besuchern spricht: „Herr Doktor, was will dieser von Hopfengut samt Kofferträger schon wieder hier? Ich verkaufe nicht." „Das hörte sich vor drei Tagen aber ganz anders an, Herr Wanzl." „Friedrich bitte."

Auf den Warnschuss erfolgt ein weiterer Versuch, den Eingang gewaltfrei zu passieren.

„Herr Wanzl, bitte vertrauen Sie mir und lassen Sie uns eintreten. Herr Johansson, Herr von Hopfengut und ich, möchten gemeinsam und in Ruhe mit Ihnen reden." „Also gut, aber nur weil sie es sind, Herr Doktor."

Zögerlich verwandelt sich der kopfbreite Spalt in eine sperrangelweite Öffnung, bevor das Sinnbild der Resignation den ungebetenen Gästen seinen gebogenen Rücken zudreht und sich mit einem trägen Schritt auf einen bestimmten Raum zubewegt. „Falls Sie gekommen sind, um mit mir zu plaudern Herr Doktor, wissen Sie ja, wo sich mein Lieblingsplatz befindet. Sie kennen sich ja in meiner bescheidenen Herberge aus." „Aber Ihr Lieblingsplatz befindet sich doch im Obergeschoss, Herr Wanzl." Unbedacht zügelt die gebrochene Männergestalt für einen Moment ihr längst verstorbenes Temperament und bleibt auf der Stelle stehen. „Ich habe Mamas Bett ins Wohnzimmer gestellt. Der Raum ist heller und das Licht wirkt freundlicher. Sie können sich nicht vorstellen Herr Doktor, wie sehr sich Mama über meine Idee gefreut hat. Seitdem ist ihre Laune jeden Tag zum Besten gestellt. Aber Sie können sich ja selbst davon überzeugen." Unter Achtung der Privatsphäre senkt sich langsam die Türklinke, bevor eine kindliche Stimme schüchtern um Zutritt bittet: „Mama, wir haben Besuch, der Herr Doktor ist da. Dürfen wir reinkommen?"

Leise schließt Jakob die Eingangstür und überlässt seinen Blick der Jagd nach tiefen Eindrücken, die ungeniert mit der Meinung seines gereizten Geruchsinnes sympathisieren, ohne den Respekt vor der grausamen Realität zu verlieren. Angewidert betrachtet er die Folgen einer missachteten Müllkultur, die den natürlichen Lebensraum einer kranken Figur mit dem wertvollen Gefühl der Geborgenheit bereichert. So lange, bis ihn eine bekannte Stimme aus seinen versunkenen Gedanken reißt.

„Jakob, kommst Du bitte." „Ja, Hubert."

Mit einer leichten Gemütsblessur flüchtet er aus dem verdreckten Hausflur und betritt völlig ahnungslos den Schlachthof seiner eigenen Psyche.

„Herr Wanzl, ich möchte, dass Sie Herrn Johansson kennenlernen." „Gibt es dafür einen triftigen Grund, Herr Doktor?" „Ja Herr Wanzl, es gibt einen triftigen Grund." „Ich höre." „Jakob, bitte nimm Platz."

Mit einer lähmenden Fassungslosigkeit betrachtet Jakob eine alte Polstergarnitur, auf deren Sofa eine verwahrloste Kreatur in einer hilflosen Embryonalstellung liegt und mit glasigen Augen ein verlassenes Bett behütet. Auf den beißenden Gestank nach

Fäkalien und menschlichem Schweiß kontert Jakobs rebellierender Magen mit einem unangenehmen Brechreiz, der durch die Wahrnehmung eines bestialischen Mundgeruchs kontinuierlich stärker wird. Permanent vergleicht sein Gehirn die verbrauchte Luft mit einem gemeinen Folterinstrument, das sein schwindendes Wohlbefinden mit den Gedanken an einen qualvollen Erstickungstod drangsaliert.

„Herr Johansson wurde unverschuldet das Opfer einer schweren Lebenskrise, durchaus vergleichbar mit Ihrem Schicksal, Herr Wanzl." „Wie bitte?! Hubert, was soll das?"

Der fühlbare Sturm einer lautstarken Empörung verfügt lediglich über die Wirkung einer erfrischenden Brise, durch die der resolute Riese weder zu beeindrucken noch verbal aufzuhalten ist.

„Allerdings hat Herr Johansson sein Leben nicht einfach aufgeben, sondern er hat die Hilfe eines professionellen Therapeuten gesucht und angenommen. Schritt für Schritt hat Herr Johansson es geschafft, die dunkle Talsohle der Verzweiflung erfolgreich zu durchqueren. Mit zurückgewonnener Willensstärke und frischem Lebensmut ist es ihm anschließend gelungen, den Gipfel eines steilen Berges zu erobern." „Ich hatte früher auch so eine akkurate Frisur wie Herr Johansson."

Mühselig richtet sich der verkrampfte Körper unter einem gezwungenen Lächeln auf und verliert dabei die Kontrolle über seine ehrlichen Tränen. Die farblosen Lippen bilden zusammen mit den grauen Strähnen einen deutlichen Kontrast zu den gelben Zähnen, auf denen bis zu den braunen Rändern ein pelziger Zahnbelag blüht.

„Richtig Herr Wanzl, Sie hatten gepflegtes Haar wie Herr Johansson. Wenn Sie Ihrem Spiegelbild die Möglichkeit bieten wollen, sich endlich wieder über ein gepflegtes Äußeres zu freuen, müssen Sie sich öffnen und zulassen, dass man Ihnen hilft. Herr Wanzl, wann haben Sie sich zuletzt gewaschen?" „Ich weiß es nicht, Herr Doktor. Früher hat meine Mama immer darauf geachtet."

Beschämt versteckt der niedergeschlagene Kopf sein verzweifeltes Gesicht hinter zwei zitternden Händen, deren Arme sich auf die abgemagerten Oberschenkel stützen.

„Herr Wanzl, ich möchte Sie weder in Verlegenheit bringen noch Bloßstellen, sondern ich möchte das Sie die Achtung vor Ihrem Körper und vor Ihrem Ego zurückgewinnen. Herr Wanzl, bitte reichen Sie mir Ihre Hand und lassen Sie uns gemeinsam den steinigen Weg bezwingen, der Sie aus der Dunkelheit ans Licht führen wird."

Nach wenigen Sekunden bedankt sich die knochige Hand zaghaft für die offensichtliche Hilfsbereitschaft und bekundet ohne große Worte ihre Zustimmung.

„Sehr gut, Herr Wanzl. Das war der erste Schritt von vielen erfolgreichen Schritten, die Herr Johansson und ich fürsorglich und aktiv begleiten werden."

Hochkonzentriert verarbeitet Jakobs Gehirn die Bilder vor seinen Augen, die gleichzeitig versuchen, ihm das Blut aus den Adern zu saugen. Seine gebrochene Stimme weiß sich kaum noch zu artikulieren, und sein hysterischer Verstand sieht sich in der Gewalt von zwei blutrünstigen Vampiren, die lediglich ihre karrieristische Eitelkeit an ihm stillen wollen. Das Gesicht am Abzug eines Revolvers verlässt Jakob wutentbrannt seine sitzende Position und gönnt seinem Zorn den Ansporn eines öffentlichen Auftritts.

„Mein lieber Hubert, ich kann Deinem Gehirn nur raten, seine entlaufene Zunge schnellstmöglich wieder einzufangen. Ansonsten werde ich das verlogene Stück eigenmächtig und außerhalb des Wildgeheges gnadenlos umlegen." „Herr Johansson?" „Ja bitte, Herr von Hopfengut." „Denken Sie einfach an Cellulite. Das beruhigt ungemein."

Der ausgesprochenen Empfehlung folgt ein überlegenes Grinsen, das sich in der Rolle eines Tudors sieht.

„Warum ist Herr Johansson denn so verärgert, Herr Doktor?" „Die Frage kann ich Ihnen leider nicht beantworten, Herr Wanzl. Ich kenne Herrn Johansson ausnahmslos als einfühlsamen Menschen, der seine sachliche Denkweise durch friedliebende Worte und eine besonnene Körpersprache stets meisterlich zum Ausdruck bringt. Einen derart aggressiven Gefühlsausbruch ist meines Erachtens nach, auf eine schlechte Sauerstoffversorgung zurückführen. Herr Johansson wurde vor wenigen Tagen

bereits schon einmal unschuldig das Opfer deren Gemeingefährlichkeit. Friedrich, sofort die Fenster öffnen."

In einer vorbildlichen Reaktionszeit führt der Angesprochene den
deutlichen Befehl aus und sorgt mit seiner Tat für einen belebenden Luftaustausch, den Jakob an der Seite einer breiten
Schulter genießen darf.

„Mein lieber Jakob, während Du Deinem Gehirn und meinen
Lungen frischen Sauerstoff in ausreichender Menge gönnst,
wirst Du gleichzeitig Deine Aufmerksamkeit willentlich auf die
nachfolgenden Worte fokussieren." „Sprich." „Mir ist durchaus
bewusst, dass der Begriff des menschlichen Wohlergehens nicht
auf der Zielscheibe Deiner finanziellen Interessen steht." „Sondern?" „Mir ist durchaus bewusst, dass die Operation Wanzl für
Dich lediglich ein mit Blattgold verzierter Spielball ist, den Du in
einem versilberten Tor platzieren willst." „Aber?" „Dir sollte bewusst sein, dass ich lediglich an einer schnellen Realisierung
meiner Zielvorstellung interessiert bin, die im Klartext lautet,
Herrn Wanzl möglichst freiwillig und im lebenden Zustand aus
seiner Todeszelle zu befreien." „Weiter." „Ich lasse mich grundsätzlich auf keinen Gegner ein, der die Abseitsregel so perfekt
beherrscht wie eine Frau." „Das heißt?" „Ich erwarte von Dir als
meinen Freund, dass Du ab sofort ein Trikot in meiner Farbe
trägst und das Spiel nach meinen Regeln spielst. Und zwar so
lange, bis ich das Spiel abpfeife. Habe ich mich klar und verständlich ausgedrückt?" „Ja." Der beleidigte Tonfall ist nicht in
der Lage, sich hinter Jakobs Antwort erfolgreich zu verstecken.
„Mir reicht ein deutliches Ja mit nur einem A und ohne H. Mitkommen."

Die deutliche Charakterisierung seiner Wesensart hinterlässt
eine einschneidende Verletzung in Jakobs Herzen, der sich anschließend unter Schmerzen die Triebfeder eigenhändig aus
seinem Körper reißt. Um seinen Protest öffentlich zu bekunden,
fehlt ihm allerdings nicht nur eine gewisse Radikalität, sondern
auch das konkrete Verlangen nach einem persönlichen Hilfspaket. Erschrocken stellt er fest, dass seine labile Psyche mittlerweile auf einem Sockel aus aufgeweichter Pappe steht. Schockiert über seine derzeitige Verfassung sackt er auf seinem Stuhl

zusammen. In einer stillen Gedenkminute verabschiedet er sich endgültig von seiner starken Persönlichkeit und sieht in seiner erfolgreichen Vergangenheit nur noch das Reliquie einer längst vergangenen Zeit.

„Deine geistige Abwesenheit scheint sich in einer grenzenlosen Welt der Gedanken verlaufen zu haben und sucht dabei verzweifelt nach dem eigentlichen Ziel." „Anstatt sich um meine Wenigkeit zu kümmern, kann ich Dir nur raten, auf dem Weg zu Deinem eigentlichen Ziel wertvolle Energie nicht an der falschen Stelle zu entladen." „Amüsant. Meine mit Puderzucker bestäubten Worte rieseln als grob geschroteter Pfeffer auf die empfindlichen Schleimhäute eines erfolgreichen Geschäftsmannes nieder, der daraufhin seinem Stolz erlaubt, in der Öffentlichkeit beleidigt zu reagieren." „Überrascht, Herr Doktor?" „Allerdings angenehm, Herr Johansson."

Instinktiv richtet Jakob seine eingeknickte Außenfassade wieder auf und hält sein emotionsloses Gesicht selbstbewusst ins Rampenlicht. Seine Augen befinden sich währenddessen in einem geistigen Ablenkungsmanöver und beschäftigen sich mit einem überladenen Bild altväterlicher Möbel in Eiche rustikal und selbst genähten Vorhängen mit aufgesticktem Muttermal. Obwohl er sich ernsthaft bemüht, den lebendigen Albtraum im toten Winkel zu ignorieren, ist sein dunkler Schattens seit Minuten bereit, mit dem Schicksal vor seinen Augen zu fusionieren. Mit voller Kraft drückt Jakob plötzlich seinen Rücken gegen die geschwungene Stuhllehne und spielt gleichzeitig unbewusst mit seiner angespannten Muskulatur. Sein Gesäß wähnt sich auf einer glühenden Herdplatte und eine ansteigende Körpertemperatur vernebelt seinen Verstand. Panisch greift er nach seiner väterlichen Hand und verfolgt mit seinem Blick die blutige Spur seiner Nabelschnur, die mit dem Leib der armseligen Kreatur fest verbunden ist.

„Herr Wanzl, was spüren Sie?" „Ich kann nichts mehr spüren, Herr Doktor." „Das ist Blödsinn, Herr Wanzl. Auch Sie sind in der Lage zu spüren, wie sehr sich Herr Johansson mit Ihnen und Ihrer katastrophalen Lebenssituation verbunden fühlt." „Hält er deshalb krankhaft Ihre Hand fest?" „Ja. Herr Johansson befindet

sich in einen verschlossenen Stresscontainer und kommuniziert mit der Außenwelt momentan ausschließlich über seinen einge-frorenen Bewegungsapparat, über eine hyperaktive Schweiß-produktion und über eine extreme Durchblutung der Gesichts-haut, die den gesamten Kopfbereich in ein feuriges Rot taucht." „Wie können wir Herrn Johansson denn helfen, Herr Doktor?" „Indem Sie Ihr Problem gegen Herrn Johanssons Problem ein-tauschen. Ihre aufgerissenen Augen und Ihr geöffneter Mund geben mir zu verstehen, dass Sie mir nicht folgen können, Herr Wanzl." „Das stimmt, Herr Doktor." „Ein weiser Mann sagte ein-mal, dass Paradoxe am menschlichen Denken ist, dass sich der Mensch nicht in der Lage sieht, sein eigenes Problem zu lösen, aber sich gleichzeitig dazu im Stande fühlt, Herr über die ver-trackte Situation eines anderen zu werden."
Vorsichtig löst der weise Medizinmann Jakobs festen Handgriff und spricht anschließend im Stehen weiter, während sein gelas-sener Begleiter, insgeheim bereits den Abzug der militärischen Truppe plant.
„Herr Johansson hat erfolgreich viele Hürden der Problembewäl-tigung gemeistert. Allerdings befindet sich noch ein Stolperstein auf seinem Weg zum Ziel, den es gilt hochzuheben und dem Straßengraben zu übergeben." „Was haben Sie jetzt vor, Herr Doktor?" „Herr von Hopfengut und ich werden Ihnen und Herrn Johansson die Möglichkeit bieten, sich ungestört auszutauschen, um anschließend das eigene Problem vertrauensvoll in die Hand des anderen zu legen. In der Zwischenzeit widme ich mich orga-nisatorischen Maßnahmen, die der Präsentation Ihrer neuge-wonnenen Tatkraft dienen. Meine Herren, ich wünsche Ihnen eine angenehme Zeit der gegenseitigen Erkenntnis."
Mit einem Lächeln in der Stimme verabschiedet sich der sachli-che Inszenator von der Bühne und verlässt anschließend mit seinem adligen Komparsen die brennende Scheune. Langsam erlangt Jakob wieder die Kontrolle über seinen Verstand, den lediglich noch ein durchsichtiger Schleier bedeckt, der spurlos über ihn hinwegzieht. Sein nervöses Gehirn erklärt derweil sei-ner Seele ihre tragische Rolle in einem taghellen Albtraum und sucht gleichzeitig die verschlossene Tür zu einem geheimen

Fluchtraum. Indem Jakob auf einem schmalen Pfad und Schritt für Schritt den Höhepunkt seiner psychischen Krise erklimmt, sieht sich der schüchterne Zimmergenosse buchstäblich in der Pflicht, den individuellen Gemütskehricht gemeinsam zu entsorgen.

„Ich heiße Ferdinand." „Bitte setzen Sie sich wieder hin, Herr Wanzl und lassen Sie Ihren ausgestreckten Arm an der rechten Seite bequem herunterhängen. Ich habe keine Lust darauf, eine Hand zu schütteln, auf deren Hautoberfläche Hygienebedingungen herrschen, wie auf dem Griff eines Einkaufswagens nach einem Großkampftag in einem chinesischen Supermarkt." „Ich setzte mich nur hin, wenn Du Dich auch hinsetzt." „Wovor haben Sie Angst? Das ich durch meinen Spaziergang die Laufstraßen auf Ihrem ausgebleichten Baumarktteppich erweitere oder dass ich Ihrer verstorbenen Mutter ihren geliebten Mittagsschlaf raube?" „Ich habe Angst, dass Du davonläufst." „Das ich davonlaufe?" „Ja. Weil ich möchte, dass Du hierbleibst und mit mir redest."

Fast synchron lassen beide Männer ihren Körper wieder auf dem jeweiligen Stuhl nieder und heften ihren erwartungsvollen Blick an das gegenübersitzende Gesicht.

„Entschuldigung Herr Wanzl, aber mir war leider nicht bewusst, dass Sie offizieller Botschafter für Gruppentherapien sind." „Ich wollte Dir nichts vorwegnehmen." „Was darf ich unter Ihrem merkwürdigen Satz verstehen?" „Der Herr Doktor erwähnte nebenbei, dass Du seit Deiner Problembewältigung erfolgreich eine Therapiegruppe leitest." „Unser Herr Doktor ist nicht nur eine kleine Plaudertasche, sondern auch ein großer Fantast, der leider allzu oft ein Opfer seiner eigenen Illusionen wird." „Das weiß ich nicht, aber ich bin davon überzeugt, dass der Herr Doktor von der Haarspitze bis zur Fußsohle ein guter Mensch ist, der diese Welt ein wenig menschlicher macht." „Herr Wanzl, Sie haben vollkommen Recht und ich hoffentlich meine vollkommene Ruhe."

Ein ausgeprägtes Gefühl tiefer Verzweiflung verschmilzt mit Jakobs depressiver Stimmung zu einem perfekt abgestimmten Kanon. Einerseits rät ihm sein halbherziger Verstand augenblicklich

zur Flucht, anderseits ist ihm eindeutig bewusst, dass er der emotionalen Falle ohne Gesichtsverlust nicht entkommen kann. In einer minutenlangen Ewigkeit kommt es anschließend zu einem erbitternden Streit zwischen seinem wankenden Durchhaltevermögen und seiner selbstbetrügerischen Uneinsichtigkeit, die wie eine Ratte an seiner gebrochenen Persönlichkeit nagt. „Darf ich uns etwas zu trinken holen?" „Nein, dass dürfen Sie nicht." „Und warum nicht?" „Weil ich verhindern möchte, dass ein Strauß bunter Herpesblumen auf meinen Lippen blüht." „Ich hatte nicht vor, mir mit Dir gemeinsam aus einer Flasche zu trinken." „Alleine die Vorstellung reicht aus, um den Inhalt meines Magens unverdaut an die frische Luft zu befördern." Von den beleidigten Worten scheinbar unberührt, erhebt sich der herrschaftliche Namensträger und geht zielbewusst zur Tür. „Wo wollen Sie denn hin, Herr Wanzl?" „In den Keller Bier holen. Und wenn ich zurück bin, fangen wir endlich an zu reden."
Unbeholfen steht Jakob auf und lässt sich von zwei herrenlosen Füßen ans Tageslicht tragen. Ohne die Zügel einer mentalen Führung folgt der gedankenlose Finger den kalten Regentropfen auf ihrem Weg über trübes Fensterglas, an dessen feuchten Rahmen er die letzten Spuren eines weißen Lacks zu feinem Pulver zermahlt. Ein weitentfernter Blick beobachtet mit starren Augen die handwerkliche Tätigkeit und führt gleichzeitig Jakobs geistige Abwesenheit durch ein komplexes Labyrinth an der kurzen Leine spazieren. Unbewusst zieht Jakob seinen Körper in die Länge und legt den Kopf vertrauensvoll in seine gefalteten Hände, die bequem im Nacken ruhen. Unter geschlossenen Augen entweicht seinem Mund ein markantes Stöhnen, das in einem tiefen Ton die schwierige Situation indirekt bewertet.
„So, da bin ich wieder." „Schön, Herr Wanzl." Ein wenig zögerlich verlässt Jakob seinen Stehplatz mit Aussicht und erobert anschließend wieder seinen einsamen Stuhl. „Bitte ein Fläschchen für Dich und ein Fläschchen für mich." „Vielen Dank."
Mühelos durchtrennt der originelle Bügelverschluss die bedruckte Banderole aus dünnem Papier und zelebriert mit einem zischenden Geräusch den bevorstehenden Genuss von hoffentlich frischgebrautem Bier.

„Prost, Jakob." „Zum Wohl, Ferdinand."

Nach einem kräftigen Schluck folgt ein inbrünstiger Laut, dessen Anwendung in erster Linie nach einer sexuellen Befriedigung erfolgt und der sich als Pate einer typischen Geselligkeit versteht.

„Ferdinand, wie trostlos wäre unser Leben, ohne dass wohlschmeckendste Getränk der Welt." „Du sagst es, Jakob." „Deine rustikale Einrichtung erinnert mich an ein gemütliches Wirtshaus nach bayrischer Tradition." „Findest Du?" „Absolut. Und soll ich Dir noch etwas sagen?" „Ja." „Deine Gastfreundlichkeit und Deine herzlichen Art schenken mir das wertvolle Gefühl, ein echter Stammtischbruder zu sein, der mit Dir bei einem guten Bier über die Höhen und Tiefen des Lebens philosophieren möchte." „Ich habe in meinem Leben immer alles mit meiner Mama besprochen." „Umso schöner ist es doch Ferdinand, dass Dir heute endlich die Möglichkeit geboten wird, Dich intensiv mit einem erfahrenden Mann auszutauschen." „Ja, das stimmt. Und es freut mich besonders, mit einem Menschen zu reden, der in seinem Leben selbst schweren Schicksalsschlägen die Stirn geboten hat." „Vielen Dank für die heldenhafte Formulierung, die ich als ein indirektes Zeichen der Bewunderung deute." „Die Welt hält mich für einen geistigen Kleinling, der es nie geschafft hat, den Rockzipfel seiner Mutter loszulassen. Dabei habe ich mich an ihre Hand normal entwickelt, obwohl ich seit meiner Geburt von Schwermut umgeben und von Melancholie durchzogen bin. Schmeckt Dir das Bier?" „Ja." „Ich weiß, dass meine Mutter tot ist, aber ich will es nicht wahrhaben."

Die gebrochene Körperhaltung versteckt sich unter einem dunklen Mantel der Verzweiflung und zeigt der Öffentlichkeit ihr ungeschminktes Gesicht. Der kopflose Daumen strapaziert mit seinem spitzen Nagel das aufgeklebte Etikett der braunen Flasche, die nicht nur bemüht ist, mit ihrem flüssigen Inhalt ein wenig Trost zu spenden, sondern gleichzeitig versucht, zwei lebensmüden Händen ein wenig Ablenkung zu schenken, indem sie ihnen eine festhaltende Aufgabe überträgt.

„Weißt Du was das Schlimmste an der Einsamkeit ist?" „Nein." „Einsamkeit lässt den Menschen nicht nur verzweifeln, Einsam-

264

keit tut weh. Und zwar so weh, dass man versucht, ihr schnellstmöglich zu entfliehen. Fehlt einen allerdings Kraft und Mut für eine Flucht, sucht sich der Mensch zwangsläufig ein sicheres Versteck, weit weg in einer fernen Traumwelt. Langweile ich Dich?" „Nein, ganz im Gegenteil. Bitte erzähle weiter."

Der traurige Blick spinnt sich aus dunklen Gedanken einen unsichtbaren Faden, an dem die verkrampfte Seele einen leidensvollen Kopf nach unten zieht, obwohl dieser in seinem Gegenüber mittlerweile einen abgespeckten Silberstreifen sieht.

„Allerdings erlebe ich auch in meiner heiligen Traumwelt Phasen, in denen ich bei klarem Verstand bin. Phasen, in denen ich mir in einer beneidenswerten Sachlichkeit den desolaten Zustand meiner psychischen Verfassung selbst erklären kann und in denen es mir tatsächlich gelingt, mein eingekapseltes Gemüt erfolgreich zu überreden, dass es nachfolgend gewillt ist, unverzüglich Hilfe anzunehmen."

Mit einem hohen Feuchtigkeitsgehalt in den Augen und emotional erregt, beobachtet Jakob seinen Gesprächspartner, der spontan die Hand auf den eigenen Bauch legt.

„Tja seit Klingeln an der Tür und Deinem Hausbesuch befinde ich mich wieder in der grausamen Realität. Aber der gute Geist der Körpermitte sagt mir, dass Du ein guter Mensch bist, der mir helfen kann und helfen wird. Sollte ich Dein ausgeprägtes Helfersyndrom allerdings zu stark beanspruchen, bitte ich aufgrund meines Härtegrades Nachsicht zu üben."

Das befreiende Lachen einer offenherzigen Persönlichkeit vertreibt die düstere Beklommenheit und stimmt den motivierten Geist auf die bevorstehende Rettungsaktion ein.

„Möchtest Du noch ein Bier, Jakob?" „Ich verfüge also über ein ausgeprägtes Helfersyndrom."

Kontrolliert gleiten Jakobs Hände in die Seitentaschen seiner eleganten Hose, deren feiner Stoff zwei Beine umhüllt, die zwischenzeitlich wieder aufrecht stehen und sich auf der Stelle dezent hin und her bewegen. „So wurde es mir mitgeteilt." „Von wem stammt die Aussage?" „Das hat der Hopfengut ganz beiläufig bemerkt." „Dann sollten wir aufgrund der Beiläufigkeit einer Bemerkung ohne Umschweife in medias res gehen, Ferdinand."

„Das heißt Jakob?" „Ich werde meinem hungrigen Helfersyndrom Deinen schwer verdaulichen Seeleneintopf als kalorienreichen Hauptgang servieren und danach gut gestärkt mein letztes Stolpersteinchen gegen Deinen Geröllhaufen eintauschen."

Ein gehörschonender Jubelschrei unterstützt die ausdrucksstarke Siegerfaust bei der Verbreitung ihrer stummen Botschaft. „Jawohl! Endlich begegnet mir in meinem Leben ein rettungshungriger Feuerwehrmann, der aus eigener Erfahrung weiß, was es heißt, in einem brennenden Haus zu sitzen."

Ein wolkenweicher Teppich aus schneeweißem Schaum schwimmt auf pastellgrünen Badewasser aus einer tannengrünen Welt, zu dessen Inhaltsstoffen eine wertvolle Essenz zählt, die laut einer naiven Nase aus einem Extrakt frischer Kiefernadeln besteht und durch eine holzige Duftnote aus feuchtem Moos betört. Fünf saubere Finger mit perfekt gekürzten Nägeln stecken in einem farbenfrohen Waschhandschuh aus gealtertem Frottee und fahren von den gezupften Augenbrauen über ein glattrasiertes Gesicht bis hin zu einem behaarten Dekolleté. Gleichzeitig entfernt die Spitze einer Nagelschere den unerwünschten Haarwuchs aus dem jeweiligen Ohr und nimmt sich anschließend vorsichtig beide Nasenlöcher vor.

„Ferdinand, mein gepflegter Freund, nach dem sanften Entfernen des hartnäckigen Unkrauts, werde ich mich jetzt Deiner wildgewachsenen Naturhecke annehmen." „Kannst Du denn überhaupt Haare schneiden, Jakob?" „Für eine steile Karriere als Frisöse bedarf es lediglich einem schlechten Hauptschulabschluss, handwerkliches Geschick im Halten einer Schere und die Fähigkeit, den hoffentlich nervenstarken Kunden auf weiblichem Maurerniveau zu unterhalten."

Von seinem haarigen Talent überzeugt, entscheidet sich Jakob professionell für ein anderes Scherenmodell und hält zusätzlich einen Kamm in seiner Hand, während das zu frisierende Opfer ein prustendes Lachen nicht länger unterdrücken kann.

„Sobald ich meine Arbeit wunschgerecht beendet habe, kommt außerhalb der Badewanne noch der Föhn, und ein saugfähiges Handtuch zur Anwendung. Außerdem werden wir Deinem wohlriechenden Körper nach Monaten der Entbehrung frische Unterwäsche mit Eingriff gönnen und ihn in saubere Kleidung stecken." „Danke Jakob, danke für alles." „Hinsichtlich meines Aberglaubens bitte ich Dich, sich erst offiziell bei mir zu bedanken, nachdem wir gemeinsam mitsamt dem vorhin gepackten Koffern persönlicher Gegenstände und wichtiger Dokumente in das von mir bestellte Taxi eingestiegen sind, um anschließend den Vorhof zur Hölle fahrend zu verlassen." „Und wo geht die Reise hin?" „Bis wir eine neue Heimat für Dich gefunden haben, wirst Du ein umhegter Gast in einem nahe gelegenen Luxushotel sein." „Wie vornehm das klingt ein umhegter Gast in einem Luxushotel."

Der einfache Satz versinkt in einem Meer sprichwörtlicher Begeisterung.

„Belaste Dich bitte nicht mit finanziellen Dingen, Ferdinand. Wir werden eine akzeptable Lösung für Dich finden." „Ach so, das meinst Du."

Ein symphytisches Schmunzeln schließt den erfolgreichen Denkvorgang ab.

„Ich brauche keine Lösung, ich habe genug Geld. Schließlich habe ich vierzig Jahre lang mein Sparschwein regelmäßig gefüttert." „Was soll das heißen, Ferdinand?"

Erwartungsvoll setzt sich Jakob auf den Badewannenrand und ist auf eine plausible Erklärung gespannt.

„Ich konnte weit über vier Jahrzehnte mein monatliches Einkommen sparen, weil die gute Witwenrente meiner Mutter für uns beide völlig ausreichend war." „Mir fallen spontan Begrifflichkeiten wie Auto, Urlaub und Freizeitvergnügen ein." „Ich besitze weder ein Auto, noch war ich je an kostspieligen Weltreisen interessiert. In den gemeinsamen Wanderurlauben habe ich zusammen mit meiner Mutter ausschließlich in einfachen Pensionen und Jugendherbergen übernachtet. Weißt Du Jakob, die Erfüllung im Leben, kann der Mensch nur finden, wenn er bereit ist, sein Glück in der Bescheidenheit zu suchen." „Das Wasser ist kalt, raus aus der Wanne."

Unter der rauen Stimme des Dieselmotors durchbricht das aggressive Scheinwerferlicht die zarten Nebelschwaden der frühen

Abenddämmerung, die zwei aussteigende Fahrgäste an ihrem Ziel begrüßt.

„Mein Gott, ist das schön hier. Jakob, Jakob, ist das schön hier." Die Griffe der altmodischen Gepäckstücke spüren den massiven Druck der zugreifenden Hände, die ihre freudige Erregung in einem nervösen Zittern zum Ausdruck bringen. Gleichzeitig lässt sich das Spiegelbild des palastartigen Hotelgebäudes von zwei leuchtenden Kinderaugen eingefangen, die für einen Augenblick ihr wahres Alter ignorieren und zusammen mit einem staunenden Mund, dass Glück einer kindlichen Abenteuerlust verspüren. Pfeilschnell jagt der ruhelose Kopf den imposanten Eindrücken hinterher und wird dabei väterlich an die Leine genommen.

„Genug der niederknienden Darbietung, Ferdinand. Auch der Innenbereich will von Dir entdeckt und bewundert werden."

Mit der stolzen Gangart eines heimkehrenden Kriegshelden betritt Jakob dicht gefolgt von seiner Trophäe das repräsentative Foyer und darf zugleich den glühenden Eifer eines außergewöhnlichen Taktikers erleben.

„Das ist ja eine Überraschung. Jakob, mein Freund, soeben wollte ich ins Auto steigen." „Die Fahrt kannst Du Dir sparen." „Herr Wanzl? Ist das wirklich unser Herr Wanzl?"

Die ungläubige Mine führt vor den Augen seiner Zuschauer einen perfekten Freudentanz auf und belohnt sich anschließend selbstgerecht mit einem kräftigen Applaus.

„Jawohl, er ist es. Herr Wanzl, ich grüße Sie und weiß gar nicht, was ich sagen soll. Sie sind ja nicht wiederzuerkennen. Willkommen Zuhause, Herr Wanzl." „Der Startherapeut am Hochseil, begrüßt uns persönlich in der hauseigenen Zirkusmanege und vergisst gleichzeitig, tief Luft zu holen." „Es ist für mich immer wieder ein Genuss Jakob, Dich hautnah zu erleben."

Der bildliche Hintergrund schmückt sich mit der stimmigen Farbdramaturgie einer eleganten Rezeption, an deren vorderster Front drei männliche Originale stehen, von denen sich zwei als Markenbotschafter ihres ausdrucksstarken Naturells sehen.

„Herr Wanzl, bitte befreien Sie die Koffer aus der Gewalt Ihrer Hände und stellen Sie die guten Stücke an die Seite. Walter, würden Sie bitte das Gepäck auf Zimmer 385 bringen lassen und Herrn Wanzl an die Bar führen."

Pflichtbewusst schenkt der Chef des Empfangs der klaren Anweisung die gebührende Aufmerksamkeit und antwortet in einer tiefen Männerstimme, die Barfuß über schwarzen Samt läuft: „Sehr gerne, Herr Doktor Brencken." „Herr Wanzl, Sie werden jetzt ganz entspannt ein Willkommensbier genießen und dabei auf Herrn Johansson warten, der Ihnen in zehn Minuten Gesellschaft leisten wird." „Ist gut Herr Doktor." „Ich merke Herr Wanzl, wir zwei verstehen uns." „Im Gegensatz zu uns beiden." Die negative Äußerung fällt hinter den sich entfernenden Rücken eines heimlichen Kriegsflüchtlings und vor die Füße eines wahren Publikumslieblings, der seine persönliche Meinung umgehend auf zwei standfeste Beine stellt: „Das ist vollkommen falsch, mein Guter. Ich möchte sogar behaupten, dass wir beide uns mittlerweile blind verstehen." „Schön Hubert. Dann wirst Du mit Sicherheit trotz Deiner Sehschwäche verstehen, dass ich mich nach einer erfrischenden Dusche, einem flauschigen Hotelbademantel und einem guten Whisky sehne. Und zwar genau in dieser Reihenfolge und in der absoluten Einsamkeit meines ruhigen Hotelzimmers, in das ich höchstens noch meiner Frau Zutritt gewähre." „Natürlich verstehe ich das, aber ich kann und werde Deine Wünsche nicht akzeptieren." „Wie bitte?" „Jakob, Du bist der tapfere Held, der es geschafft hat, Herrn Wanzl der Hölle zu entreißen. Allerdings ist er nach seiner Flucht mit Dir zusammen auf einem fremden Planeten gelandet. Er ist in einer Welt angekommen, die ihm nicht nur völlig fremd ist, sondern in der momentan Du alleine seine einzige Vertrauensperson bist." „Meine bis eben noch blendende Laune befindet sich wiederholt auf dem vorderen Sitz eines komfortablen Reisebusses, der unterwegs in ein gefährliches Krisengebiet ist und dessen übergewichtiger Fahrer unter erheblichen Alkoholeinfluss steht." „Jakob öffne Deine Augen und Du wirst sehen, dass sich Herr Wanzl an Deiner Seite verhält wie ein Kind, das vertrauensvoll nach der Hand seiner geliebten Mutter greift. Er schaut nach Dir auf, wie ein kleiner Junge seinen verehrten Vater anschaut."

Der sich schüttelnde Kopf versteckt seine denkende Stirn hinter einer aufstützenden Hand und kommentiert mit einem ironischen Lachen seinen inneren Widerstand.

„Ich appelliere an Dein Verantwortungsbewusstsein, Jakob. Du kannst und darfst Herrn Wanzl nach diesem schicksalhaften Tag nicht sich selbst überlassen." „Und welche Hilfsmaßnahmen schweben Hochwürden vor? Das ich meinen bereits pensionierten Adoptivsohn füttere, bevor ich ihn sanft in den Schlaf wiege?" „Wir müssen verhindern, dass sich in den nächsten kritischen Stunden eine gefährliche Sehnsucht entwickelt, die sich als Strick um seinen Hals legt, indem er versucht, die Flucht in sein altes Leben über eine gemeingefährliche Falltür anzutreten. Herr Wanzl muss heute Abend und die nächsten Tage von einem familiären Gefühl ehrlicher Nestwärme aufgefangen werden." „Welches hoch bezahlte Expertenteam versteckt sich denn hinter dem Begriff WIR?" „Wir werden im historischen Kellergewölbe des Zigeunerbarons gesellschaftlich an den gestrigen Abend anknüpfen. Als kulinarischen Höhepunkt erwartet uns eine würzige Gulaschsuppe nach ungarischer Art, traditionell im schwenkenden Kupferkessel über loderndem Pusztaholz gekocht und anschließend in einer Terrine aus frischgebackenem Brotteig serviert. Dazu empfehle ich ein kräftiges Bockbier, frisch vom Fass. Ein Genuss." „Gesellschaftlich an den gestrigen Abend anknüpfen. Herzlichen Glückwunsch." „Deine abfällige Bemerkung hinter der bunten Plakatwand offenbart mir schonungslos, dass ich auf Deine verlogene Meinungsäußerung am heutigen Frühstückstisch blindlings reingefallen bin." „Nein mein lieber Hubert, ganz im Gegenteil. Du bist für mich unangefochten der Grand Monsieur einer gesellschaftlichen Unterhaltung a la Couleur. Der Gedanke, dass unter meiner Obhut und durch die positive Gesellschaft eines intimen Personenkreises verhindert werden kann, dass Herrn Wanzl auf seinen negativen Gedanken ausrutscht und nachfolgend in eine belastende Vergangenheit abrutscht, findet meine volle Zustimmung und Unterstützung." „Richtig, Jakob. Herr Wanzl benötigt zur geistigen Ablenkung eine bodenständige Unterhaltung in einem ihm vertrauten traditionellen Rahmen und eine deftige Hausmannskost, die in seiner

Seele für eine familiäre Wärme sorgt." „Deftige Hausmannskost, die in erster Linie dafür sorgt, dass seine eigene Pusztasteppe morgenfrüh in Flammen steht." „Du genießt jetzt erst einmal in Ruhe eine erfrischende Dusche und verjüngst mit einem Klecks pflegendem Shampoo, Dein äußeres Erscheinungsbild um zwanzig attraktive Jahre. Ich werde mich solange persönlich um Herrn Wanzl kümmern. Bis später Jakob."

Das maskuline Pflegeprogramm erfreut sich der belebenden Wirkung eines starken Espressos und sieht sich als konsequenter Befürworter eines italienischen Kleidungsstils, der mit seiner eleganten Dynamik sinnbildlich versucht, den verzweifelten Gesichtsausdruck eines abgemagerten Nervenkostüms zu überspielen, obwohl am Himmel bereits die ersten Aasgeier ihre Kreise ziehen. Verärgert über die glänzende Abwesenheit seiner Frau und ohne den femininen Teil an seiner männlichen Seite, startet Jakob nach seinem äußeren Wiederaufbau zu einer wissenschaftlichen Exkursion in die historische Kellerregion eines feurigen Zigeunerbarons. Lässig schreitet er die geschwungene Steintreppe hinunter und erblickt das faszinierende Gesicht einer außergewöhnlichen Gewölbeformation, die mit ihrem sichtbaren Mauerwerk in einem puderzarten Farbton ein wertvolles Andenken im Gedächtnis hinterlässt. Der rustikale Kupferkessel schwenkt seine ansehnliche Rundung harmonisch über die tanzenden Flammen eines geräuschvollen Feuers und wirbt mit dem köstlichen Duft seines gehaltvollen Inhalts, der den stimulierten Geruchsinn in ein rotes Meer intensiver Aromen taucht und gleichzeitig dem fantasievollen Gaumen erlaubt, die Vorfreude auf ein scharfes Erlebnis bewusst zu genießen. Überwältigt von seiner positiven Wahrnehmung, öffnet Jakob seine reservierte Körperhaltung und verspürt den Ritterschlag wertvoller Lebensfreude, die er dankbar begrüßt. „Jakob, hier bin ich."

Der namentliche Weckruf beendet den visuellen Erlebnisrundgang und schwenkt seinen euphorischen Blick auf eine dekorierte Tafel, die von romantischem Fackellicht umgeben ist, dass von einer schmiedeeisernen Kunst getragen wird.

„Willkommen Jakob, Dein neuer Freund wartet schon auf Dich."
„Ist es nicht schön zu wissen, dass man einen Freund hat."

Galant begleitet Jakob seine charmante Ausstrahlung zu Tisch und nutzt den stimmungsvollen Augenblick für ein paar glänzende Worte im Stehen: „Meine Herrschaften, eine gute Gesellschaft stärkt das Immunsystem der eigenen Ideologie und zählt als Beiwerk eines erfüllten Lebens. Ich freue mich mit Ihnen zusammen auf einen erfüllten Abend. Vielen Dank." „Herr Johansson, Sie sind für mich das Sinnbild eines italienischen James Bond mit dem rassigen Charakter eines kräftigen Moccas, der sich im Abgang als sanfter Cappuccino erweist, während man ihn auf dem Beifahrersitz eines Ferraris genießt. Salute."

Die zweideutige Schmeichelei zeigt ihre eindeutige Wirkung in einem lufterfüllten Brustkorb, der die breiten Schultern leicht nach hinten drückt und das ansehnliche Selbstporträt ins helle Licht rückt.

„Frau Hinterfurtler, Sie sind für mich das Sinnbild einer italienischen Uschi Obermaier, mit dem langweiligen Charakter eines ordinären Bohnenkaffees, der sich im Abgang als geschmackloser Muckefuck erweist, während man ihn auf dem Beifahrersitz eines schrottreifen Fiats trinkt. Prost." „Schatz, was erlaubst Du Dir?"

Mit deutlichen Bremsspuren schlägt die Faust auf der weiß gedeckten Tischoberfläche ein und stolpert anschließend über einen trotzigen Prellstein, den die lautstarke Entrüstung scheinbar unbeeindruckt lässt.

„Frau Hinterfurtler, ich muss mich für die schamlose Äußerung meiner Frau entschuldigen." „Nein Herr Johansson, das müssen Sie nicht. Ihre Frau befindet sich in einem tragenden Ausnahmezustand, der eine soeben erlebte humoristische Einlage jederzeit entschuldigt. Frau van Spielbeek, auf einen schönen Abend." Das unter einem ehrlichen Lächeln erhobene Glas zeugt von einer versöhnlichen Geste.

„Cordula, das feine Gespür Deiner verständnisvollen Ader, lehrt dem Prinzipal die hohe Kunst der Diplomatie, ohne dabei ihre Selbstachtung zu verlieren." „Vielen Dank, Arnulf." „Herr Johansson, bitte entschärfen Sie Ihre gefährlichen Gesichtszüge und lockern Sie die Muskeln um Ihren verbissenen Mund. Wussten Sie eigentlich, dass ein wohldosiertes Maß weiblicher Diabolie einer Frau dazu verhilft, die Wertschätzung gegenüber ihrer eigenen Persönlichkeit zu steigern und die dadurch resultierende Emporhebung ihrer individuellen Augenhöhe den deutlichen Abstand zur Stirn eines Mannes minimal ausgleicht." „Friedrich, Du gottverdammter Ketzer. Meine Damen, bitte werten Sie die liebevollen Sticheleien nicht als boshafte Provokation, sondern freuen Sie sich darüber, dass die gespaltene Zunge eines überzeugten Junggesellens der Dame seines Herzens nicht nur die Füße verwöhnen würde, nachdem sein demütiger Blick gehorsam von unten nach oben gewandert ist." „Hubert, gut dass mein Weib Deinen schlüpfrigen Geschichten nicht folgen kann. Stimmt´s Hermine?" „So ist recht, Poldi." Vertraut legt sich der grün karierte Arm, um die neben ihm sitzenden Schultern und versucht mit einem ich unbewussten Begeisterungssatz, die dazugehörige Person etwas aufzumuntern: „Ist das lustig hier, Jakob." „Ferdinand, genauso sehe ich das auch. Hier ist es wirklich lustig." „Herr Johansson, Sie haben uns Ihren Neuzugang übrigens noch nicht vorgestellt." „Herr Schallgasser, diese ehrenvolle Aufgabe beansprucht der Gastgeber für sich." „Herr Doktor Brencken, die Bühne gehört Ihnen."

Feierlich erhebt sich der imposante Unterhaltungskönig und genießt in einer ausgedehnten Sekunde den stillen Beifall der geselligen Tafelrunde. Goldene Bordüren und prachtvolle Knöpfe zieren den roten Stoff der festlichen Jacke, die mit ihrem markanten Stehkragen und einem herrschaftlichen Brustbereich dem Träger auf den zweiten Blick ein krönendes Utensil verleiht. „Verehrte Gäste, ich begrüße mit Ihnen zusammen Herrn Ferdinand Wanzl, der an der Seite von Herrn Johansson einen für ihn hoffentlich unvergesslichen Abend erleben wird. Liebe Freunde, bevor ich an dieser Stelle das Glas auf Sie erhebe, möchte ich der besagten Seite meinen Dank aussprechen. Einer Seite, die heute nicht nur großen Mut und ehrliches Verständnis bewiesen hat, sondern einer traurigen Seele emotionalen Halt geben konnte, bevor beide das Schlachtfeld der Hoffnungslosigkeit als glorreiche Sieger verlassen haben. Ich danke einer starken Seite, an der ein verzweifelter Mensch seinen Weg aus einer verblendeten Dunkelheit ans helle Licht finden konnte."

Überfallen von einer sichtbaren Verlegenheit, sucht Jakob eine wirksame Ablenkung in der geistigen Schwerelosigkeit, bevor sich anschließend ein vornehmer Jubelsturm leise vor ihm verneigt.

„Meine Damen und Herren, ein großes Drama tanzt sich entspannter zu einer fremden Melodie und ein vertracktes Problem verliert in unbekannten Händen an Macht und emotionaler Energie. Warum also sollte der intelligente Mensch das eigene Problem nicht gegen das Problem eines anderen Leidgeplagten eintauschen?"

Gemütlich zieht die ehrliche Frage über den Köpfen der amüsierten Zuhörer ihre stimmungsvollen Kreise und wartet gespannt auf die praxisnahe Anwendung aus dem unerschöpflichen Fundus einer ideenreichen Welt der Theorie.

„Ich werte die allgemeine Heiterkeit, die mit Ihren Gesichtern spielt, nicht als Zeichen der Zustimmung." „Sondern, Herr Brencken?" „Ich werte das Rivalitätsfieber Ihrer Augen als Zeichen der Vorfreude auf ein spielerisches Experiment, das der Beweisführung meiner durchaus interessanten These dient." „Mit Ihnen zusammen wird es wirklich niemals langweilig, Herr Brencken." „Vielen Dank für das wunderbare Kompliment Frau Hinterfurtler, dass ich hiermit an Herrn Sanktner übergebe, der Ihre Aussage in diesem Augenblick durch ein süffisantes Grinsen bestätigt."

Ein herzliches Lachen aus den Rachen verschiedener Produzenten kennzeichnet die heitere Situation, die an Jakob unberührt vorbeizieht.

„Verehrter Freund und redseliger Gastgeber, da meine Vorfreude auf das kulinarische Experiment über dem lodernden Feuer stetig wächst, wäre ich Dir sehr verbunden, Du würdest Deinen dankbaren Zuhörern den gehaltvollen Hauptgang ohne kalorienreiche Vorspeise servieren."

Mit einer angemessenen Distanz greift die in einem weißem Baumwollschuh steckende Hand hinter den sitzenden Gästen hindurch nach vorne und justiert durch elegante Bewegungen unter einem präzisen Augenmaß, Tafelsilber, Porzellan und Kristallglas nach ihrer perfekten Vorstellung.

„Verehrter Friedrich, würdest Du bitte Deinem penetrierenden Perfektionismus bis zum gehaltvollen Hauptgang Einhalt gebieten." „Ich weiß nicht, was Dich zu der Annahme bewegt, ich würde unter krankhaften Perfektionismus leiden und auch noch die Schamlosigkeit besitzen, diesen vor den Augen meines penetrierenden Therapeuten zu befriedigen. Ich leide nicht, sondern ich neige lediglich und kann es nicht ertragen, auf eine Tafel zu blicken, die bereits vor dem eigentlichen Festmahl an ein ordinäres Rittergelage erinnert. Herr Johansson, dürfte ich bitte an Ihrem Gedeck handanlegen. Vielen Dank."

Ruckartig neigt Jakob seinen Oberkörper etwas zur Seite und beobachtet mit einer gequälten Freude die perfekte Handarbeit. „Friedrich?" „Ja bitte, Hubert." „Verschone uns mit Deiner Wortklauberei und setz Dich wieder hin. Sofort."

Beleidigt wandert die schlanke Nase schräg nach oben und legt gleichzeitig ihre zierlichen Flügel an.

„Bitte, wie Du möchtest. Das ist ja schließlich Dein Abend." „Warum überrascht mich immer wieder das Gefühl, ich wäre ausschließlich von Männern umgeben, die auch noch stolz auf ihren femininen Geruch und ihre weibliche Affektiertheit sind. Meine Damen und Herren, ich lade Sie zu einer verheißungsvollen Ehrenrunde ein, in der sich Ihre kostbare Lebenserfahrung und Ihr breit gefächertes Wissen noch einmal behaupten und verausgaben darf." „Eine verheißungsvolle Ehrenrunde, meine Damen und Herren, vor deren Beginn der unverdiente Sieger bereits feststeht, obwohl sich dieser weder mit seinem breit gefächerten Wissen noch mit einer von einem raffinierten Spielgeist angefeuerten Lebenserfahrung zielorientiert eingebracht hat. Habe ich Recht, Herr Doktor Brencken?" „Glauben Sie ernsthaft Herr Schallgasser, ein kleinwüchsiger Winkeladvokat könnte mich in meinem eigenen Gerichtssaal mit seinem groß karierten Mundwerk beeindrucken?"

Die schallende Ohrfeige wird von einem schallenden Lachen übertönt, das dem brüskierten Herausforderer anschließend eiskalt ins Gesicht schlägt.

„Ich kann Sie nur davor warnen, Herr Schallgasser, Anklage gegen Herrn Johansson zu erheben." „Und darf ich fragen warum,

Frau Doktor Hinterfurtler?" „Weil Ihnen spätestens nach einem zwielichtigen Prozess die Todesstrafe droht."

Selbstsicher legt sich eine unnahbare Stirn vor einem genialen Gehirn in tiefe Falten und legt seinem geistigen Landsmann einen gut gemeinten Rat ans Herz.

„Herr Kollege, da sich allgemeine Albernheit bekanntlich über eine ansteckende Wirkung freut, würde ich Dich bitten, das Wort wieder zu ergreifen und die Langatmigkeit Deiner Rede mit der Wirksamkeit einer überlegenen Prägnanz gezielt auszuschalten." „Danke Arnulf." „Keine Ursache, Herr Kollege." „Eine Spielrunde, eine Gruppe und ein Problem, dass sich im Gepäck von Herrn Wanzl befindet, rechtmäßig erworben in einem legalen Tauschgeschäft mit Herrn Johansson." „Das heißt, wir werden heute Abend indirekt ein Problem von meinem Mann behandeln, Herr Doktor Brencken?" „Ihr bemerkenswerter Scharfsinn Frau van Spielbeek, ist ausnahmsweise in der falschen Etage ausgestiegen." „Ich wusste gar nicht, dass mein Mann ein Problem hat." „Hatte Frau van Spielbeek. Ihr Mann hatte ein Problem, dass symbolisch an Herrn Wanzl übergeben wurde und für das Herr Johansson die Patenschaft übernommen hat." „Und dieses Problem wird gleich von fremden Metzgern geschlachtet, zerkaut und verdaut." „Falsch, Frau van Spielbeek. Das Problem Ihres Mannes wird unter Ausschluss der Öffentlichkeit von mir geschlachtet, anschließend von meinem Gebiss und mit den traumhaften Zähnen Ihres Gatten zerkaut, dessen Magen die schwere Kost abschließend unter meiner Anweisung verdaut, bis sie restlos wieder ausgeschieden ist. Verehrte Gäste, Frau van Spielbeek, heute Abend geht es nicht darum, mit spielerischem Kampfgeist ein Problem zu lösen. Heute Abend geht es darum, mit spielerischem Kampfgeist ein akutes Problem zu erraten."

Unkontrolliert zünden die unschuldigen Worte den hormonellen Sprengstoff, der Sekunden später in der Öffentlichkeit explodiert und sich nicht dafür schämt, dass die heilige Schutzmauer der Privatsphäre Risse bekommt, die den Außenstehenden peinliche Einblicke ermöglichen.

„Wie viele Probleme muss ich denn in meinem Leben noch mit Dir zusammen lösen?" „Spinnst Du?" „Wie lange muss ich diesen schwererziehbaren Jugendlichen noch an meiner Seite ertragen? Ich kann nicht mehr." „Was soll dieses provozierende Geplänkel. Drehst Du jetzt völlig durch?" „Du bist widerlich und gemein."

Mit Mühe und Not schafft es das weltberühmte Papiertaschentuch, den flüssigen Inhalt aus Augen und Nase gleichzeitig aufzunehmen.

„Dürfte ich das Ehepaar Johansson um etwas mehr Zurückhaltung bitten. Vielen Dank. Liebes Rateteam, bitte nehmen Sie Herrn Wanzl seinen schweren Koffer ab und befreien Sie Herrn Johansson von seinen Ängsten und Zwängen, indem Sie durch strategisch perfekter Fragen seinen Seelentresor knacken, damit Sie mir anschließend sein Problem vertrauensvoll übergeben können." „Hurra das Spiel beginnt." Die zur Faust geballte Hand fliegt an ihrem Arm kämpferisch in die Luft und feuert als gouvernantenhafter Animateur die Teilnehmer automatisch an. „Nein Frau Rübenschlag, dass Spiel beginnt erst, nachdem wir Ihre klangvolle Überraschung erleben durften." „Herr Brencken, kein Problem, dafür benötige ich meinen schwarzen Koffer und eine stimmungsvolle Minute im Stehen."

Der konventionelle Chorsängeranzug lässt jede elanvolle Bewegung über sich ergehen, die der drahtige Träger konzentriert und leidenschaftlich absolviert, um sich mental auf seinen großen Auftritt vorzubereiten. Unter geschlossenen Augen dirigieren zwei kleine Hände ohne Taktstock ein energievolles Summen, das sich über anspruchsvolle Höhen und dunkle Tiefen bewegt, bis es letztendlich in einem schrillen Pfeifton über einen unsichtbaren Gipfel hinwegfegt.

„Herr Brencken, ich wäre bereit." „Verehrte Gäste freuen Sie sich auf Frau Mathilde Rübenschlag, die ihre Violine virtuos beherrscht und uns mit einem zauberhaften Quodlibet der schönsten Melodien aus der erfolgreichen Operette der Zigeunerbaron von Johann Strauss musikalisch auf den Abend einstimmen wird."

Nervös sucht Jakob nach seiner verlorenen Fassung und mobilisiert zur gleichen Zeit seine zweideutige Schlagfertigkeit, die als herzhafte Ingredienz seiner rhythmischen Wut einen kräftigen

Beigeschmack verleiht. Das temperamentvolle Geigenspiel genießt die volle Aufmerksamkeit des faszinierten Publikums und bietet Jakob im Schatten der Ablenkung eine diskrete Option, die für das Gespräch mit einer bestimmten Person dringend benötigt wird. Unauffällig erhebt er sich von seinem Platz und wendet sich seiner Pflicht durchaus bewusst höflich beiden Seiten zu: „Ferdinand, ich bin gleich wieder zurück. Schatz, Du entschuldigst mich für einen Augenblick."

Die schmalen Sehschlitze unter der angriffslustigen Zornesfalte flankiert ein leichtes Zittern und sein Antriebsmotor bewegt sich in einem gefährlichen Drehzahlbereich. Unbeirrt folgt er seinem kurzen Weg, bis er vor einem Herausforderer steht, der nur mithilfe seines imposanten Köpers musiziert.

„Diese Frau verschmilzt mit ihrer Violine wie ein feuriger Casanova mit einer schönen Frau. Jakob, wie gefällt Dir mein perfekter Abend?" „Die Frage kannst Du Dir ganz einfach selbst beantworten, nachdem ich Dir das goldene Lametta von Deinem Glitzerkostüm gerissen habe." „Du möchtest ungestört mit mir reden, habe ich recht mein Freund?" „Nein, und weißt Du auch warum? Weil ich es satthabe, mit Dir zu reden. Ich sage Dir jetzt, was ich möchte. Ich möchte, dass Du dieses verdammte Spiel abpfeifst. Und zwar sofort." „Es tut mir leid Jakob, aber das ist leider nicht möglich." „Das ist nicht möglich? Willst Du mich eigentlich verarschen?" „Ich wäre Deiner kräftigen Stimme sehr verbunden, sie würde in ihrer stimmgewaltigen Rolle als störender Siegfried die musikalische Aufführung nicht sabotieren." „Du kotzt mich an." „Und Du wirst jetzt mit mir gemäß einem alten Brauch aus der Damenwelt gemeinsam Angstwasser lassen und Dich danach verbal austoben. Und zwar so lange, bis ich Dich wieder eingefangen habe."

Das pastellfarbene Licht der dezenten Beleuchtung streichelt die dekorierten Wände des versteckten Sitzbereichs, bis es letztendlich im weichen Flor des schweren Teppichs versinkt. Die zierlichen Klubsessel beweisen mit ihrem kräftigen Farbton wahre Größe und überspielen gekonnt ihre eigentliche Belastbarkeit, die sich zeitgleich über einen reellen Praxistest durch einen unparteiischen Prüfer freut.

„Jakob, bitte setzt Dich." „Nein danke, Herr Doktor. Ich bin ohnehin überrascht, dass der fröhliche Kinderstuhl Deinen angewachsenen Prachtschinken seit wenigen Sekunden tapfer trägt, anstatt das weiße Handtuch zu werfen." „Hin und wieder gönne ich mir in dieser ruhigen Ecke eine kurze Auszeit und genieße in Verbindung mit journalistischem Pamphlet eine gute Tasse Kaffee. In der Tat wähle ich grundsätzlich immer diesen Sessel, da er unter meinem Gewicht noch nie über Atemnot geklagt hat. Sobald ich allerdings meinen Körper in die gepolsterten Kissen drücke, bleibt mir nur die Möglichkeit inständig darauf zu hoffen, dass die fleißige Staubsaugerfee nie auf die Idee kommt, im Möbelrücken eine neue berufliche Herausforderung zu sehen. Kurzum, Du würdest meinem Nervenkostüm und mir einen großen Dienst erweisen, indem Du es wagst, entspannt Platz zu nehmen. Ich schätze, es trennen uns lediglich dreißig schlanke Kilogramm."

Der verzogene Mund droht der Welt mit dem Geräusch eines sandigen Knirschens, das durch zwei blasse Lippen nach außen dringt.

„Zufrieden?" „Vielen Dank Herr Johansson, durch Ihren heldenhaften Mut kehrt endlich Ruhe ein." „Entschuldige bitte, aber von einer einkehrenden Ruhe, kann derzeit in meinem Leben keine Rede sein." „Und deshalb bedarf es dringend einer Erklärung, die ich Dir schuldig bin und die Deinem aufgebrachten Gemüt die Tür zu einem Fahrstuhl öffnet, der vom obersten Stockwerk auf dem Weg ins sichere Erdgeschoss ist." „Bitte, ich höre aufmerksam und angespannt zu." „Herr Wanzl muss sich ab Morgen nicht nur der intensive Arbeit einer professionellen Trauerbewältigung stellen, sondern er muss langfristig gesehen noch weitere Hürden nehmen, um den Weg in ein relativ normales Leben zu finden." „Seine finanzielle Hürde hat der vergoldete Knabe jedenfalls bereits mit Bravour gemeistert." „Nicht die Solvenz eines Herrn Wanzl steht heute Abend im Fokus, sondern Deine bemerkenswerte Fähigkeit, ohne geistige Vorbereitung in verschiedenste Problemfälle einzutauchen und Dein beneidenswertes Talent, ein menschliches Problem egal welcher Art, absolut authentisch vor einem motivierten Rateteam zu präsentieren."

„Wenn Dir etwas daran liegt Hubert, dass ich nach meiner An-
kunft im Erdgeschoss auch wirklich aussteige und nicht sofort
wieder auf dem Bedientableau die Taste für eine kostenlose
Fahrt in die 99 Etage drücke, würde ich Dir dringend raten, den
erhabenen Blick eines Oberstudienrats gegen die sanfte Mine
eines Grundschullehrers einzutauschen und den Versuch zu
unterlassen, als zwielichtiger Versicherungsvertreter im Nadel-
streifenanzug meiner Wenigkeit eine unsinnige Hausfrauenpolice
als rentables Wertpapier zu verkaufen." „Ich kann Dir versichern,
dass ich meine Gäste mit Ausnahme von Herrn Wanzl, aber einschließlich Deiner Frau, ausgiebig über mein spielerisches Experiment unterrichtet habe. Jakob, Du kannst mir voll und ganz
vertrauen, das jedem Mitspieler bewusst ist, dass es sich bei
Deiner bevorstehenden Operation am offenen Herzen um eine
frei erfundene Geschichte handelt. Lediglich Herr Wanzl glaubt,
in Dir eine Art Leidensgenosse gefunden zu haben." „Wenn meine Frau in Deinen Plan eingeweiht wurde, wie erklärt sich dann
ihr hysterischer Auftritt à la bonne heure?" „Ich zitiere, diese Frau
besitzt mehr Talent als ein erfolgreicher Hollywoodschauspieler.
Mir war es wichtig, der nüchternen Realität mit einer glaubhaften
Spielszene eine gewisse Dramatik zu verleihen, die den unwis-
senden Beobachter überzeugt, ein Zeuge der Wahrheit zu sein."
„Das ist Dir gelungen Hubert, wirklich richtig gut gelungen." „Vielen Dank Jakob. Genauso wie es Dir durch einen professionellen
Auftritt gelingen wird, Herrn Wanzl im gemütlichen Rahmen einer
lockeren Atmosphäre aufzuzeigen, dass der Prozess einer aktiven Problembewältigung bereits in der Phase des Selbsteinge-
ständnisses beginnt und das der Mensch mit einer gesunden
Eigeninitiative seinem Leben nachhaltig die Qualität zurückzu-
geben kann, die Körper und Geist im Einklang mit einer gesunden Selbstachtung benötigen." „Bravo Herr Doktor, die harte
Schule zum offensiven Laienprediger mit Heiligenschein, hat
sichtbare Fußabdrücke in Deinem Leben hinterlassen. Allerdings
sind diese Fußabdrücke zu groß für mich, um unter Deiner Regie
die Hauptrolle in einem possenhaften Repertoirestück zu spielen."

Die angespannte Dynamik des Oberkörpers steht in spürbarer Konkurrenz zu der berühmten Lässigkeit seines amerikanischen Beinüberschlags, der von einem dosierten Chauvinismus angeführt wird.

„Herr Wanzl hat heute nach Sonnenaufgang einen historischen Schritt in seinem Leben gewagt, den ähnliche Schicksale erst bereit sind, zu wagen, nachdem sie ganze Galaxien an der Seite ihres Therapeuten durchwandern mussten. Das ihm dieser Schritt gelungen ist, hat Herr Wanzl einem Menschen zu verdanken, zu dem er innerhalb eines kurzen Zeitraums ein hohes Maß an Vertrauen aufbauen konnte. Jakob, ich appelliere an den ungezähmten Stolz Deiner obstinaten Haltung, sich für die restlichen Stunden dieses Tages diplomatisch zu zeigen und sich ohne feminine Marathondiskussionen auf ein harmloses Spiel einzulassen."

Explosionsartig springt Jakob auf und äußert sich nachfolgend in einer brachialen Körpersprache, die mit ihren kriegsführenden Händen die Luft um ihn herum in tausend Einzelteile zerreißt, während er den unschuldigen Gegner vor seinen munitionierten Augen zusammenschreit: „Verdammte Scheiße Hubert, ich habe kein Problem. Hast Du mich jetzt endlich verstanden? Fragezeichen. Ich habe kein Problem! Ausrufezeichen. Ich habe einen leeren Kopf, der heute nicht mehr nachdenken kann, ich habe einen leeren Magen, der vor Hunger schreit und eine trockene Kehle, die sich bereits auf alkoholische Flüssigkeiten jeglicher Art freut. Punkt." „Und da mir genau das bewusst ist, was Du soeben verbal von Dir gegeben hast, sehe ich mich in der Pflicht als zuverlässiger Lieferant, der sich nicht nur fürsorglich um Deinen hungrigen Magen und um Deine durstige Kehle kümmert, sondern auch um Dein müdes Gehirn, dass heute bereits genug geleistet hat und nicht mehr in der Lage ist, sich ein Problem auszudenken." „Was soll das heißen?" „Das soll heißen, dass ich Dir ein Problem frei Haus liefere."

Aufgeregt fährt Jakob mit der Hand über seine schweißperlige Stirn, hinter der sein nervöses Gehirn in einer spannenden Filmvorführung die dunklen Stellen seiner Vergangenheit rekapituliert.

„Du wirst jetzt kein Wort mehr weiterreden, Hubert." „Wie Du hören kannst, widersetze ich mich Deiner Anweisung." „Halt Dein Maul, Hubert." „Du leidest an einer besonders schweren Form von Kleptomanie." „Ich leide bitte unter was?" „Kleptomanie. Du klaust wie ein Rabe, ohne einen erkennbaren Nutzen oder ein nachvollziehbares Motiv."

Panisch flieht sein leerer Blick vor einer Schockwelle der Verzweiflung, die seinen kompletten Körper in der gleichen Sekunde erschüttert.

„Ich leide unter Kleptomanie." „Das ist richtig, Jakob allerdings nur für zwei unterhaltsame Stunden, nach deren Ablauf Du wieder ein sorgloser Freigeist sein wirst. Dein besänftigtes Gemüt und Dein nachdenklicher Gesichtsausdruck geben mir zu verstehen, dass Du bereit bist, mit mir zu kooperieren und das Du Dich gedanklich bereits mit Deiner Theaterrolle identifiziert." „Ich werde Dein dümmliches und mir gegenüber respektloses Spiel exakt sechzig Minuten mitspielen, bevor ich es exakt auf die Sekunde abpfeife." „Sehr gut Jakob, Du zeigst eigenverantwortliches Handeln und beweist gleichzeitig eine gesunde Willensstärke. Pst Jakob, hörst Du das auch?" Der fragende Kopf demonstriert eine leichte Schieflage, während die monströse Hand die anliegende Ohrmuschel sanft mit ihren Fingern anhebt. „Was bitte soll ich hören, Hubert?" „Das knurrende Warngeräusch Deines Magens, der mit seinem eindeutigen Zeichen unsere durchaus interessante Unterhaltung hiermit für beendet, erklärt. Jakob, es ist angerichtet."

Äußerlich unbeschadet nimmt Jakob wieder seinen verlassenen Platz ein und genießt im Schein der geistigen Ablenkung ein Fest köstlicher Kulinarik. Mit einem hohen Maß an gelebtem Verdrängungspotenzial schützt der ausgeworfene Rettungsanker sein gereiztes Nervenschiff und verhindert durch ein gefährliches Abtreiben den gefürchteten Verlust der eigenen Kontrolle. „Mein lieber Herr Brencken." „Ja bitte, Frau Hinterfurtler." „Nach Ihrem durchaus gelungenen Gaumenverwöhnprogramm, für das ich mich an dieser Stelle vielmals bedanken möchte, erwarte ich jetzt endlich als verbalen Startschuss für ihr heiteres Problemraten die originelle Kultstatusfrage, welches Schweinderl hätten S´ denn gern."

Die ausgelassene Stimmung erreicht langsam ihren gepflegten Höhepunkt, der mit Beifall begrüßt wird.

„Meine liebe Frau Hinterfurtler, ich gebe mich ein für alle Male Ihrer einmaligen Originalität geschlagen und erfülle Ihnen Ihren Wunsch nach geistreicher Unterhaltung. Als Rateteam begrüße ich das Ehepaar Hinterfurtler einschließlich Herrn Sanktner, das Ehepaar Lodenprechtl, Frau Mathilde Rübenschlag und Herrn Maximilian Schallgasser, sowie meinen verehrten Freund, Herrn Friedrich von Hopfengut und freue mich auf meinen Kandidaten Herrn Jakob Johansson, der sich Ihren sachlichen und thematisierten Fragen mit einer gehaltvollen Mischung aus Ehrlichkeit und Offenheit stellen wird. Ob es Ihnen allerdings gelingt, sein akutes Problem zu erraten, überlasse ich Ihrer grandiosen Fähigkeit, die sich in der Lage sieht, vorhandene Intelligenz mit benötigtem Glück perfekt zu kombinieren. Den Sieger erwartet eine aufregende Ballonfahrt inklusive eines exklusiven Picknicks, bei dem sich unter der Heißluft in luftiger Höhe französische Spitzenweine und Luxusfeinkost ein deutsches Stelldichein geben." „Herr Doktor Brencken?" „Der Rechtsweg ist ausgeschlossen, Herr Schallgasser." „Ich habe lediglich eine Verständnisfrage bezüglich Ihres Hauptgewinns, Herr Doktor Brencken." „Die ich Ihnen gerne beantworte, Herr Schallgasser. Sollte es Ihrem Team gelingen, dass Problem durch eine gezielte Fragestellung innerhalb von sechzig Minuten zu entlarven, entscheidet unter Ihnen das Los. Sollte Ihrem Team nach genau sechzig Minuten der Erfolg nicht vergönnt sein, heißt der Sieger des Abends Herr Jakob Johansson."

Kämpferisch erhebt sich eine zierliche Männergestalt im maßgeschneiderten Anzug und maßt sich kurzerhand die Rolle des Strafverteidigers an, ohne den Tatbestand einer vorliegenden Straftat.

„Mitratende Kollegen unter diesen illegalen Spielbedingungen wäre es wirklich nicht verwunderlich, wenn es sich bei dem zu erratenden Problem um einen derartigen Exoten handelt, der von einem Normalsterblichen mit gesunden Menschenverstand, aber ohne medizinische oder therapeutische Kenntnisse weder nachvollziehbar noch aufdeckbar ist. Wahrscheinlich leidet Herr Johansson an einer schweren Form von Porschemanie und führt eine heimliche Liebesbeziehung mit seinem Sportwagen. Aus Angst vor einer ungewollten Vaterschaft fährt er das reinrassige Stück grundsätzlich nur mit aufgezogenem Präservativ spazieren." „Geistreicher Humor Herr Schallgasser, ist durchaus vergleichbar mit geistlicher Größe, von der Sie nicht nur körperlich aus gesehen, sehr weit entfernt sind. Bitte setzen Sie sich wieder hin und unterlassen Sie zukünftig Ihre albernen Schützenfestquerelen, ansonsten werden Sie unverzüglich unsere gesellige Runde verlassen. Habe ich mich deutlich genug ausgedrückt, Herr Schallgasser?" „Ja, Herr Doktor Brencken. Bitte entschuldigen Sie."

Die zarten Damenhände sprechen durch ihre roten Nägel und ihr goldenes Geschmeide eine erotische Sprache und fahren spielerisch durch das lackschwarze Haar, dessen lachende Trägerin ihre ehrliche Amüsiertheit offenherzig zeigt.

„Herr Brencken, gehe ich recht in der Annahme, dass Herr Schallgasser ein guter Kunde Ihres seelischen Friseurhandwerks ist und ein gern gesehener Gast in Ihrer angesagten Frisierstube?" „Herr Schallgasser, was sagen Sie dazu?" „Paragraf 203 Absatz eins Strafgesetzbuch." „Vielen Dank, Herr Schallgasser." „Keine Ursache, Herr Doktor Brencken." „Meine Damen und Herren, eine intelligente Offensive, ist der heimliche Erfolg eines erfüllten Lebens und raubt den zermürbenden Selbstzweifeln ihre Penetranz. Ich erkläre die Spielrunde hiermit als eröffnet und freue mich auf den ersten Angriff, ausgeführt von Frau Mathilde Rübenschlag. Ludi incipiant."

Mit Erstaunen und einem spürbaren Gefühl von Angst betrachtet Jakob seinen innerlichen Zwiespalt, der geprägt ist von einer hartnäckigen Verschwiegenheit und dem Wunsch nach einem revolutionierenden Offenbarungseid, dessen Realisierung er allerdings nach Sekunden des Nachdenkens weit in die Zukunft verschiebt. Eine mentale Erleichterung folgt auf seine rückgratlose Entscheidung, die seiner nagenden Unentschlossenheit und seinem zweifelnden Gemüt, dass kostbarere Gefühl von gewonnener Zeit schenkt. Hocherfreut über seine beruhigte Ader stellt er sich professionell dem grotesken Spiel, das von seinem gehobenen Niveau arrogant belächelt wird.

„Entschuldigen Sie bitte Frau Rübenschlag, ich war gedanklich für einen Augenblick abgelenkt. Dürfte ich Sie bitten, Ihre Frage zu wiederholen." „Belastet Sie Ihr Problem, Herr Johansson?" „Ja, Frau Rübenschlag. Mein Problem raubt mir neben kostbarer Lebensqualität eine große Portion Selbstbewusstsein und konfrontiert mich permanent mit schweren Scham- und Schuldgefühlen." „Mein Gefühl sagt mir, dass es sich bei einem Mann mit Ihren esoterischen Schwingungen um ein kosmetisches Problem ohne ernst zu nehmenden Hintergrund handelt."

Selbstbewusst steht die knabenhafte Gestalt zu ihrem gepflegten Originalzustand und sieht sich als Propagandist der inneren Werte, die in einer unbehandelten Verpackung rein biologischer Qualität ein mit sich zufriedenes Leben führen.

„Nein Frau Rübenschlag, mein Problem freut sich über einen boshaften Charakter, der mit seinem ungeschminkten Gesicht Mut zu Hässlichkeit beweist." „Ihre Aussage lässt darauf schließen Herr Johansson, dass Ihr heimliches Problem Sie dazu nötigt, gesetzeswidrig zu handeln." „Das ist korrekt, Herr Schallgasser." „Jetzt wird mir natürlich bewusst Herr Johansson, warum Ihre wohlgeformte Nase immer so frisch gepudert aussieht. Sie haben ein Drogenproblem." „Ich muss Sie leider enttäuschen, Herr Schallgasser. Der Ballon wir ohne Sie in die Luft steigen, da ich mich mit reinem Gewissen als hygienisch rein und absolut unabhängig von Drogen jeglicher Art bezeichnen kann." „Jakob, bitte fühle Dich von diesem kleinen Sternchen unter den großen Staranwälten nicht provoziert. Herr Schallgasser träumt noch immer von einer großen Karriere als wirksame Verteidigungswaffe im Münchner Kokainsumpf."

Im Tiefflug schnellt das kleine Stück bedruckte Pappe über eine Landschaft aus Glas und Porzellan hinweg und landet wunschgerecht beim richtigen Empfänger, allerdings auf dessen benutztem Besteck.

„Bitte Herr Sanktner, meine Visitenkarte. Schließlich ist Ihre Luxusherberge auch im Hochsommer stets von schneebedeckten

Bergen umgeben." „Was erlauben Sie sich, Herr Schallgasser. Meine Hand kann sich kaum zurückhalten, Sie mit einer schallenden Ohrfeige für diese bodenlose Frechheit zu belohnen." „Meine schöne Frau Doktor Hinterfurtler, Ihr wildes Temperament mag auf Ihren weißen Tiger von Eschnapur wie eine zähmende Peitsche in einer sanften Hand wirken. Mein bodenständiges Naturell zeigt sich allerdings von Ihrer besagten Eigenart wenig beeindruckt. Cheers."

Zärtlich legt Jakob seinen Arm um die Schultern seiner Frau und genießt eine wohltuende Mischung aus purer Schadenfreude und leichter Entrüstung. Gleichzeitig ergreift er väterlich die Hand seines Schützlings und schmückt sein Gesicht mit dem erhabenen Lächeln eines Siegers.

„Ist Ihr Problem Teil eines sexuellen Fetischismus, der sich durch seine Ausprägung und Neigung außerhalb der Grauzone, aber innerhalb eines tiefschwarzen Bereichs bewegt?" „Herr Hinterfurtler, meine Handinnenflächen sind staubtrocken und mein niedriger Blutdruck freut sich über einen Ruhepuls von vierzig Schlägen pro Minute. Meiner Meinung nach sollten diese Indizien ausreichend sein und für meine ehrlichen Worte sprechen, die sogleich unter Eid aussagen werden, dass ein Herr Jakob Johansson kein Sklave einer sexuellen Herrschaft ist."

Verführerisch erhebt sich das menschliche Ebenbild eines schwarzen Leoparden und positioniert sich unter schwingenden Hüften vor den erwartungsvollen Augen ihrer hypnotisierten Beute. In einer surrealen Welt kokettiert das fabelhafte Wesen mit seiner katzenhaften Anmut und mit seinem glänzenden Fell, das dem athletischen Körper eine kaum zu widerstehende Geschmeidigkeit schenkt.

„Gehe ich Recht in der Annahme Herr Johansson, dass Ihr Problem einen klassischen Suchtcharakter aufweist?" „Ja, Frau Hinterfurtler." „Sie versuchen also Ihrem hartnäckigen Verlangen nach einer bestimmten Sache oder Tätigkeit solange vehement zu widerstehen, bis Ihre kämpferische Willensstärke über eine butterweiche Konsistenz verfügt, sodass sie anschließend mit Genuss auf einer sündigen Zunge zergeht."

Die gespreizten Hände befinden sich dicht nebeneinander und nur knapp über einem knackigen Gesäß, dass sich harmonisch zu einer anregenden Pumpsmelodie bewegt, die aus einer erotischen Gangart resultiert.

„Ja, Frau Doktor Hinterfurtler." „Herr Doktor Johansson, ich kann mich daran erinnern, dass wir in unserer Vorstellungsrunde eine akademische Vereinbarung getroffen haben." „Das ist korrekt, Frau Hinterfurtler."

Rabiat befreit sich die erboste Angetraute aus den Fängen seiner körperlichen Nähe und fordert anschließend schreiend und im Stehen eine glaubhafte Erklärung für die soeben gehörte Dubiosität: „Du wirst mir jetzt sofort erklären, in welchem schamlosen Rollenspiel Du einen Herrn Doktor Johansson verkörpert hast. Ansonsten raste ich gleich völlig aus."

Ein unangenehmer Temperaturanstieg kooperiert auf infame Weise mit einer akuten Sprachlosigkeit, während sein Gehirn bemüht ist, aus einem Sumpf fadenscheiniger Ausreden einen wohlriechenden Fisch an Land zu ziehen. Zugleich eilt ein verlässlicher Schutzpatron durch den Schatten seiner geistigen Bemühungen und betritt mit einem wirksamen Hilfspaket die tobende Bildfläche.

„Sie werden nicht ausrasten, Frau van Spielbeek und Ihr Mann wird Ihnen nichts erklären, aus dem einfachen Grund, weil es nichts zu erklären gibt. Allerdings habe ich einen guten Grund, an Ihrer zauberhaften Seite einen kleinen Abendspaziergang durch unsere reizvolle Parkanlage zu unternehmen, um dabei zusammen mit Ihren wundervollen blauen Augen verliebt in den Sternenhimmel zu blicken. Bitte Frau van Spielbeek, mein Arm gehört Ihnen."

Zögerlich vollzieht die kultivierte Blondine den geforderten Hakengriff und zeigt sich anschließend wieder weitestgehend versöhnlich.

„Also gut, Herr Doktor Brencken. Aber nur weil Sie es sind." „Natürlich nur weil ich es bin. Kommen Sie meine Liebe." „Herr Brencken, wir befinden uns gerade in einer heißen Spielphase und ich finde Ihre eingelegte Zwangspause äußerst unpassend." „Frau Hinterfurtler, wir unterbrechen Ihre heiße Phase für exakt zehn Minuten und keine Sekunde länger. Verehrte Gäste, Sie mobilisieren bitte Ihre geistigen Ressourcen und genießen dazu als geistige Spezialität einen flambierten Kräuterbrand mit einer leichten Anisnote, der vierzig wohltuende Heilpflanzen der heimischen Bergwelt in sich vereint."

Fürsorglich begleitet der galante Therapeut seinen Gast an die frische Luft und lässt die erstaunten Blicke an seinem breiten Rücken abperlen.

„Warum werde ich das Gefühl nicht los Herr Johansson, dass Sie mit Herrn Brencken weitaus mehr verbindet, als ich jemals wagen würde anzunehmen." „Und warum werde ich das Gefühl nicht los Frau Hinterfurtler, dass Sie vollkommen recht haben."

Das beeindruckende Deckengewölbe bietet der romantischen Lichtquelle einmalige Möglichkeiten, sich in einem faszinierenden Spiel mit dem kühlen Schatten erfolgreich zu beweisen. Die einladende Tafel vereint um sich herum mit Stolz ein sympathisches Volk, das die außergewöhnliche Atmosphäre bewusst wahrnimmt und die ausgezeichnete Betreuung rund um das kulinarische Wohlergehen dankbar annimmt.

„Voilà Frau Hinterfurtler, pünktlich auf die Minute, führen Sie als Frau, die sich glücklich schätzen darf, aus dem Mund von Herrn Johansson noch kein Nein vernommen zu haben, dass Spiel weiter." „Merci, Herr Brencken."

Nach der erfolgreichen Glättung emotionaler Wogen hält Jakob relativ entspannt die Hand seiner Frau, die ihn wieder frischverliebt in die Augen schaut.

„Leben Sie Ihr Problem ausschließlich im Verborgenden und außerhalb der Öffentlichkeit aus, Herr Johansson?" „Nein, Frau Hinterfurtler."

Ein deutliches Raunen zieht durch den Saal und verabschiedet die interessante Exotin, die gleichzeitig den nächsten Kandidaten begrüßt: „Herr von Hopfengut, ich wünsche Ihnen viel Erfolg." „Frau Hinterfurtler, es war mir ein Vergnügen, Ihnen die Daumen zu drücken."

Der schwarze Seidenstoff der perfekt sitzenden Herrenweste dient als dezenter Untergrund für das weinhaltige Dunkelrot eines zeitlosen Paisleymusters, das als zwillingsgleiche Einheit einen festlichen Plastron betont.

„Unter Ihrem Nein darf ich verstehen, dass Sie für das Ausleben Ihres Problems auf bestimmte Bereiche der Öffentlichkeit angewiesen sind." „Ja." „Sie betreten demzufolge öffentlich zugängliche Einrichtungen und verfallen Ihrem zwanghaften Verlangen." „Ja." „Ist es durchaus möglich Herr Johansson, dass Sie innerhalb dieser Einrichtungen auf Personen treffen, die unter dem gleichen Problem leiden?" „Sie schenke Ihnen zum wiederholten Male ein deutliches Ja, Herr von Hopfengut." „Hubert?" „Friedrich?" „Wie viel Zeit bleibt mir noch?" „Aufgrund Deines gesunden Lebensstils schätzungsweise dreißig glückliche Jahre."

Eine aufgeräumte Stimmung beherrscht die lachenden Gäste und begegnet einer durchsichtigen Langeweile mit der Wirksamkeit einer Vogelscheuche.

„Hubert, ich darf bereits gedanklich eine aufregende Ballonfahrt erleben und dulde augenblicklich keine albernen Späße." „Du bist von uns beiden der überzeugte Perfektionist, also kann und darf ich eine präzise Ausdrucksweise erwarten." „Hubert!" „Unter Berücksichtigung einer zehnminütigen Abkühlungspause, genau zwölf Minuten." „Danke."

Militärisch streng werden die weißen Manschetten an ihren wertvollen Knöpfen korrekt in Form gezogen, bevor das runde Glas der goldenen Uhr, Jakobs Auge absichtlich mit einem aggressiven Lichtstrahl blendet.

„Unterlassen Sie das gefälligst, Herr von Hopfengut." „Seine toten Augen verfolgten den Lauf der Roulettekugel und sein müder Verstand verleugnete das Spiel, dem er verfallen war. Dann warf er seinen letzten Jeton in die Luft und schrie, rien ne va plus! Das war mein Leben."

Eine theatralische Körpersprache bestäubt die künstlerische Darbietung mit einer dramatischen Spannung, die allerdings durch das prämierte Raster eines leidenschaftslosen Intendanten fällt.

„Mein lieber Friedrich durch das Zitieren von Texten aus den Seiten gewöhnlicher Trivialliteratur und durch das Tragen eines mit Theaterblut beschmierten Oberhemdes, wird Dir nicht automatisch der Hauptpreis überreicht." „Herr Johansson, Sie sind ein Spieler, der seiner unerschrockenen Sucht unbeirrt in das Hoheitsgebiet einer tiefschwarzen Illegalität folgt. Ein Spieler, der seine Seele dem Roulettetisch opferte, nachdem der Teufel die gezinkten Karten mit Weihwasser besprengte."

Unbeeindruckt blickt Jakob in den Lauf einer geladenen Pistole, die von einer hochbegabten Männerhand schauspielerisch perfekt verkörpert wird.

„Hubert, wie war ich?" „Großartig, Friedrich. Einfach nur großartig." „Meine Damen und Herren, der Applaus ist das sättigende Brot für den hungrigen Magen eines Künstlers." „Meine Damen und Herren, bitte haushalten Sie mit Ihrer Energie und belohnen Sie in wenigen Minuten den wahren Gewinner dieses Abends mit Ihrem magenfüllenden Beifall." „Was haben Deine Worte zu bedeuten, Hubert?"

Eine glaubhafte Enttäuschung steht einer überzeugenden Schadenfreude gegenüber, die sich vor einem brillanten Darsteller stillschweigend verneigt.

„Meine bedeutsamen Worte bringen Dir soeben schonend bei, dass pathologisches Spielen im volkstümlichen Sprachgebrauch Spielsucht genannt wird, unter der Herr Johansson allerdings nicht leidet. Vielen Dank Friedrich, Du darfst Dich setzen." „Meine Damen und Herren, ein wirklich wahrer Sieger, nimmt mit Stolz und Freude den Platz des Verlierers ein. Herr Johansson, in wenigen Minuten wird ein mit Heißluft gefüllter Ballon für Sie in die Luft steigen." „Vielen Dank, Herr von Hopfengut." „Herr Doktor?" „Höre ich da etwa die liebliche Stimme meiner Frau Lodenprechtl?"

Der kräftige Begeisterungsschub überzeugt mit einem schwärmerischen Abgang und rollt den roten Teppich für ein traditionelles Dirndl in wunderschönen Grüntönen aus, bei dem jeder Zentimeter Stoff über der Haut mit dem prallen Leben in Berührung kommt.

„Herr Doktor, ich glaube, ich weiß, was der Herr Johansson hat." „Bitte Frau Lodenprechtl, nicht nur ich bin gespannt." „Der Herr Johansson klaut." „Hubert, so ein Schmarrn kann nur aus dem Mund von meinem Weib kommen." „Doch Poldi, glaub mir. Der klaut wie die Maria." „Und wer ist die Maria, Frau Lodenprechtl?" „Die Maria ist die Frau von meinem Vetter, dem Weißenmoser Korbinian. Das ist so ein ehrenwerter Mann, der Korbinian. Der sitzt sogar im Gemeinderat, Herr Doktor. Und Geld haben die Weißenmosers, das werden Sie nicht glauben." „Und trotzdem klaut die Maria." „Ja, Herr Doktor. Die fährt sogar heimlich nach München, schleicht durch die teuren Kaufhäuser und macht sich dabei die Taschen voll. Vor Kurzem hat sie sogar eine wertvolle Uhr bei einem Juwelier auf der Maximilianstraße gestohlen. Herr Doktor, die Polizei hat sie danach sogar nach Hause gefahren. Was für eine Schande für den Korbinian. Und soll ich Ihnen noch was sagen, Herr Doktor?" „Bitte, Frau Lodenprechtl." „Als sie aus dem Polizeiauto ausgestiegen ist, hat sie gelacht und frech zu dem Polizisten gesagt, dass er sie bestimmt bald wiedersieht, weil sie den Kick einfach braucht. Weißt Du eigentlich Poldi, was die Maria damit gemeint hat, mit dem Kick?" „Nein, aber ich weiß das Du jetzt Deine Goschen hältst. Herrschaftszeiten, Du bringst ja unseren guten Namen durch dieses liederliche Frauenzimmer in Verruf."

Energisch greift die kräftige Metzgerhand nach dem schweren Bierkrug und zeigt sich maßgeblich verärgert über die redselige Zunge, die ihre Arme beleidigt unter ihrem weiblichen Stolz verschränkt und somit automatisch ihren üppigen Busen ins Rampenlicht stellt.

„Liebe Gäste, warum sollte ich das Geheimnis eines spannenden Rätsels weiter nähren, dass soeben durch einen gezielten Schuss ins Schwarze erfolgreich gelüftet wurde. Ich gratuliere Frau Lodenprechtl, die ihr Team souverän zum verdienten Sieg geführt hat und Dir Leopold zur einer mehr als attraktiven Frau, die mit jeder einzelnen Rundung ihres wohlgeformten Körpers die Schönheit eines alpenländischen Trachtenkleides noch hervorhebt. Frau Lodenprechtl, das ist Ihr Applaus."

Ohne den Geruch eines neidischen Aromas erfolgt der feuchtfröhliche Anstoß auf den Überraschungssieg, der sogleich eine charmante Diskussion nach sich zieht.

„Hubert, mein Freund." „Bitte, Friedrich." „Nach diesem erfreulichen Spielausgang sehe ich für mich wieder eine reelle Chance auf den Gewinn eines luftigen Abenteuers. Verehrtes Rateteam, Sie werden mir zustimmen, das der Zeitpunkt gekommen ist, dass Los zwischen uns kreisen zu lassen."

Eine lautstarke Zustimmung folgt auf den wunschgerechten Vorschlag, dessen kühnste Erwartungen nachfolgend bei Weitem übertroffen werden.

„Meinen Damen und Herren, das Niveau der Gäste spiegelt sich im Herzen des Gastgebers wider. Ein altes Sprichwort, mit dem ich mich an dieser Stelle für Ihre anregende und angenehme Gesellschaft bedanken möchte, die heute Abend nur aus stolzen Gewinnern besteht. Soeben durfte ich eine wunderbare Inspiration erleben, die mir das Bild zweier imposanter Ballons vor Augen zauberte, in denen wir gemeinsam den Platz finden werden, um in den Himmel aufzusteigen. Freuen Sie sich mit mir zusammen auf ein abenteuerliches Vergnügen, dass Ihnen die Möglichkeit bietet, die Schönheit unserer Heimat von einer atemberaubenden Perspektive aus zu betrachten. Zum Wohl."

Mit einem stilvollen Jubelgesang und dem Klang sportlicher Hände zeigt ein hochgestimmtes Publikum seine aufrichtige Dankbarkeit und feiert gleichzeitig die Generosität des warmherzigen Gastgebers.

„Mein Weib leidet unter Höhenangst, Hubert." „Ich kann Dir versichern Leopold, dass Deine Frau an meiner Seite ihre Höhenangst genauso erfolgreich überwinden wird wie Deine bierverwöhnte Kehle, ihre Abneigung gegen guten Wein. Verehrte Gäste, genug der großen Worte, die ich an einem lieben Menschen übergeben möchte, der mit seinem Mut zur Offenheit unser ausgewöhnliches Spiel erst ermöglich, hat und der uns zum krönenden Abschluss einen emotionalen und vertraulichen Einblick in Welt der Kleptomanie gewähren wird."

Kaum in der Lage, ein ernstes Gesicht zu wahren, erhebt sich Jakob und versucht durch ein künstliches Räuspern ein pulsierendes Lachen ergebnisreich zu unterdrücken.

„Meinen Damen und Herren, liebe Freunde, vor Ihnen steht Jakob Johansson, der Kleptomane. Ihre lebhaften Gesichter geben mir zu verstehen, dass Sie über meine Aussage genauso wenig schockiert sind wie meine klauende Wenigkeit, die das große

Glück hatte, auf eine großartige Kapazität zu treffen, die sie lehr-
te, dem Feind in die Augen zu schauen, anstatt vor ihm davon zu
laufen. Meine Worte gelten im Besonderen meinen Freund Ferdinand, der die positiven Eindrücke des heutigen Tages in positive Energie umwandeln wird, um an der Seite einer therapeutischen Koryphäe seinen Weg in ein befreites Leben zu finden.
Den Herren der Runde rate ich abschließend, akribisch auf ihre
gutgefüllten Brieftaschen zu achten und für die zauberhaften
Damen unter uns kann ich nur hoffen, dass sie heute Abend
eine gelungene Fälschung schmückt, solange das kostbare Original in einem sicheren Tresor liegt. Vielen Dank."
Mit dem Gefühl einer erfolgreichen Missionserfüllung schwenkt
Jakob sein prostendes Glas durch die verbrauchte Luft und begrüßt anschließend im Geiste seinen offiziellen Dienstschluss,
der sich anschließend in einer unterhaltsamen Diskussionsrunde
vollzieht. Engagiert übernimmt er die Rolle einer prominenten
Persönlichkeit, die ihre interessierten Bewunderer mit bewegenden Anekdoten aus einer kleptomanischen Fantasiewelt kurzweilig unterhält und parallel dazu sein therapiebedürftiges Patenkind
mütterlich an die Hand nimmt, bis letztendlich eine allgemeine
Aufbruchsstimmung die Mehrzahl der Personen überfällt. Nach
einer gastfreundlichen Verabschiedung philosophiert ein drei-
köpfiges Herrenensemble in der Mitte einer fortgeschrittenen
Nacht über seinen Erfahrungsreichtum und genießt zusammen
mit einem traditionsreichen Tropfen schottischer Abstammung
den Blick auf eine jungfräuliche Dämmerung.
„Herr Johansson, es ist an der Zeit, den Geschäftsfreund bei
Vornamen zu nennen. Zum Wohl, Jakob." „Cheers, Friedrich."
„Hubert Brencken, verehrte Freund und hochgelobter Philanth-
rop, nachdem die schlitzohrige Professionalität Deines hochbegabten Brillanten unter Deiner Regie brillieren durfte, glorifiziere
ich Dich ab sofort als okkulter Filou, der seinen treuen Anhängern unbemerkt die Marionettenfäden anlegt." „Anstatt mich zu
beweihräuchern Friedrich, solltest Du Dir ernsthaft vornehmen,
mir und Deinen eigenen Fäden zeitlebens nie wieder mit einer
Schere zu drohen." „Aufgrund Deiner schauspielerischen Leistung Jakob, sollte ich eigentlich ein Autogramm von Dir verlan-

gen. Allerdings würde ich mich mit einer nüchternen Visitenkarte zufrieden geben, da ich davon ausgehe, dass der Weg für unser geschäftliches Vorhaben ab sofort frei ist." „Sehr gerne, einen Moment bitte."

Beherzt greift Jakob in die Innentasche seines Jacketts, bevor ihm eine leere Enttäuschung über das verblüffte Gesicht streichelt.

„Auch ein erfahrender Geschäftsmann ist vor einem Fauxpas dieser Art nicht immer gefeit."

Elegant greift die vorlaute Hand in die eigene Brusttasche und legt anschließend ein vergleichbares Exemplar, rückseitig vor eine sich schämende Nase, die sich leicht blamiert fühlt.

„Deine geschäftliche Nummer, unter der Du vierundzwanzig Stunden am Tag erreichbar bist, würde mir vorweg genügen." Mittlerweile peinlich berührt, sucht Jakob in sämtlichen Taschen hektisch nach einem brauchbaren Stift.

„Hubert, würdest Du bitte dem abgebrannten Herrn zu Deiner Rechten einen Kugelschreiber oder Ähnliches zur Verfügung stellen." „Ich muss leider passen, Friedrich." „Dann erhebe Dich bitte und besorge brauchbares Schreibmaterial." „Ich bin Dein psychischer Dienstleister, aber noch lange nicht Dein physischer Dienstbote. Soweit ich mich erinnern kann, besitzt Du ein historisches Schreibinstrument, das Du sicher versteckt und nah am Körper fast immer bei Dir trägst." „Das ist richtig." Der verzogene Mund fühlt sich genauso wenig angesprochen wie zwei stahlblauen Augen, die absichtlich in eine andere Richtung schauen. „Friedrich, bitte zier Dich nicht so. Du musst den wertvollen Schatz ja nicht aus der Hand geben und kannst gleichzeitig die Gunst der Stunde nutzen, um Herrn Johansson die historische Geschichte Deines Erbstücks zu erzählen, die ich mir schon unzählige Male anhören musste mit dem Ergebnis, dass ich mittlerweile selbst daran glaube." „Und wenn ich dazu keine Lust habe?" Der freche Untertitel zwischen den Zeilen fällt auf der Stelle dem Radiergummi zum Opfer. „Du verspürst immer Lust darauf, Dich bewusst in den Mittelpunkt zu drängen, auch wenn der Kreis um Dich herum noch so klein ist." „Deine Worte konnten mich soeben überzeugen, Hubert."

Vor neugierigen Blicken sicher geschützt, wird die berühmte Rarität aus einem geheimen Versteck gezogen, deren stolzer Besitzer sich anschließend dicht hinter Jakobs sitzenden Rücken positioniert und nachfolgend den wertvollen Füllfederhalter in Höhe einer kurzatmigen Brust und vor zwei erwartungsvollen Augen über die Schulter blickend präsentiert.

„Jakob Johansson, dieses Meisterstück eines weltbekannten Herstellers, ist ein Erbstück meines Urgroßvaters Maximilian Baron von Hopfengut, der in jungen Jahren als Privatsekretär im Dienste von König Ludwig II. von Bayern stand, dem er bis zu dessen mysteriösen Tode treu gedient hat."

Bereits nach wenigen Minuten kann Jakob den märchenhaften Erzählungen nicht mehr folgen. Seine Gedanken kreisen ohne Unterlass und mit der Seele eines gefährlichen Raubtieres um das potenzielle Objekt seiner Begierde, dass sich ihm regelrecht anbiedert. In seiner konkreten Vorstellung befriedigt er sein suchtartiges Verlangen durch ein risikoreiches Spiel, das seine Nerven in der ersten Runde extrem stimuliert und nach einem spannenden Finale zu einer rauschhaften Entladung führt, die ihn anschließend auf seinen persönlichen Erregungsgipfel katapultiert. Obwohl die Gefahr besteht, dass sich seine innere Anspannung auf sein äußeres Erscheinungsbild überträgt, lässt er die heitere Präsentation in Ruhe über sich ergehen. Gleichzeitig kann er es kaum erwarten, seinem sträflichen Leichtsinn nachzugeben und seine intensive Lust zu stehlen, in der rauen Wirklichkeit auszuleben.

„Ein unsagbar schönes Stück Friedrich, das über einen unbezahlbaren Charakter verfügt, der wiederum durch einen materiellen Wert nicht aufzuwiegen ist. Du solltest deshalb die unsichere Westentaste gegen einen einbruchsicheren Tresor eintauschen. Nicht auszudenken Deine rentable Wertanlage mit einem historischen Hintergrund könnte langen Fingern in die kriminellen Hände fallen."

Als krönenden Abschluss darf der adlige Füllfederhalter das ausgezeichnete Renommee einer edlen Zigarre genießen, indem man ihn provokativ unterhalb von Jakobs Nasenöffnung entlangzieht.

„Vielen Dank Jakob, ich werde Deinen Ratschlag beherzigen."
„Und ich werde beherzigen, auf meine innere Stimme zu hören,
die mir dringend zur Bettruhe rät." „Jakob, mein passionierter
Whiskykenner, der über eine Sitzfleischfläche mit beneidenswerter Ausdauer verfügt. Darf ich fragen, welche Beweggründe Dich
motivieren, so frühzeitig die Flucht in die weichen Daunen anzutreten?" „Eine ausgiebige Stadtbesichtigung, Hubert." „Eine
Stadtbesichtigung? Das ist ja interessant." „Jawohl meine Herren. Ich habe mich soeben dazu entschieden, nach Sonnenaufgang das reizvolle München zu erobern." „Eine fantastische
Idee, Jakob. Du darfst Dich nach unserem gemeinsamen Frühstück auf einen erfahrenden Fremdenführer freuen, der Dich an
seiner Hand und über seinen weiten Horizont hinweg zu den
wichtigsten und schönsten Sehenswürdigkeiten begleiten wird.
Der Dich mit einem München bekannt macht, wie Du es noch nie
kennenlernen durftest und mit Dir in den interessantesten Sze-
nevierteln einen erlebnisreichen Tauchgang absolviert." „Vielen
Dank für das Angebot, Hubert." „Aber?" „Ich sehne mich nach
dem gesellschaftlichen Kommerz regelrecht danach, als einsa-
mer Wolf einen anonymen Streifzug durch unbekanntes Terrain
zu unternehmen, um sich für ein paar kostbare Stunden lediglich
seinen intimen Bedürfnissen hinzugeben, ohne dabei Rücksicht
auf die Menschen zu nehmen, die einem am Herzen liegen." „Du
hast Dich nicht nur verständlich ausgedrückt Jakob, Du hast zur
späten Stunde auch noch meine Fantasie angeregt. Darf ich Dir
für Deine Unternehmung meinen Wagen zu Verfügung stellen?"
„Sehr gerne Hubert. Friedrich, es war mir eine Ehre. Gute
Nacht."
Leise schließt Jakob die Tür hinter sich und überlässt den gemütlichen Raum zwei sympathischen Herren, die synchron ihre
Arme vor der Brust verschränken und den hohen Stellenwert
ihrer Gewissheit bedingungslos anerkennen.
„Was sagst Du dazu, Hubert?" „Der einsame Wolf übersieht aus
purem Stolz den ausgelegten Köder auf dem Weg in seine Falle." Eine magenfreundliche Zufriedenheit gratuliert einem gelassenen Gesichtsausdruck und bedankt sich bei einer intelligenten

Geduld, die mit ihrer Langatmigkeit ein feines Gespür für die menschliche Individualität bewiesen hat.

Ein knisterndes Geräusch begleitet eine elektrisierende Spannung, die sich über eine zuckende Mimik entlädt, während Jakob auf einer Rolltreppe nach oben fährt. Ein hitziges Primärenfieber ist der Auslöser für seinen hellroten Kopf, der sich auffällig und hektisch durch sein Blickfeld bewegt und gleichzeitig über ein gutbesuchtes Spielfeld fegt, um sich schnellstmöglich einen übersichtlichen Querschnitt zu verschaffen. Nach einer schnellen Entscheidung geht er zügig in Richtung Herrenabteilung und richtet sein Augenmerk auf hochwertige Seidenkrawatten. Berauscht von einer positiven Nervosität, die sich durch zwei schwankende Beine verrät, lässt er seine auserwählte Beute durch die gierigen Hände gleiten und spielt dabei einen kaufinteressierten Kunden ohne Entscheidungspotenzial, der mit der immensen Auswahl offenbar hoffnungslos überfordert ist. Eine elegante Herrenhose dient Jakob als Kleidungsstück für eine angebliche Anprobe, mit der er offiziell hinter dem schweren Vorhang einer Umkleidekabine verschwindet. Hektisch versteckt er das ausgewählte Diebesgut in den Taschen seines Jacketts und plant gedanklich bereits seine erfolgreiche Flucht aus dem überfüllten Konsumparadies, dessen Rolltreppe er anschließend in einem schnellen Schritt abwärts bezwingt und dabei seinen verheißungsvollen Blick auf den zielführenden Ausgangsbereich schwenkt. In seinem eingeschnürten Brustkorb tobt derweil ein wildes Tier, das mit seiner gefährlichen Energie sein Blut zum Kochen bringt. Plötzlich fühlt er einen ekelhaften Schaum vor seinem Mund und bemerkt hinter seinem Rücken einen scharfen Wachhund, der ihn mit mahnenden Worten zum Stehenbleiben bewegen will. Mit dem Ertönen eines alarmschlagenden Signals beginnt endlich die eigentliche Phase einer extremen Ekstase, die seine Sinneswahrnehmung suspendiert und seinem emotionalen Zustand eine rauschartige Grenzerfahrung garantiert. Unter dem positiven Einfluss von freigesetztem Adrenalin rennt Jakob um sein Leben und verdankt letztendlich der Macht eines maßgeschneiderten Anfängerglücks die erfolgreiche Beendigung seines Husarenstücks. Abgehetzt und außer Atem überfällt er sein parkendes Automobil und flüchtet über den Asphalt in sein temporäres Domizil, das er nach einer rasanten Autofahrt ohne Blechschäden und Knochenbrüche erreicht. Eine tiefe Befriedigung mit der entspannenden Wirkung eines sexuellen Höhepunkts begleitet Jakob auf sein menschenleeres Hotelzimmer, das er mit einer schwimmenden Rettungsinsel auf festem Boden vergleicht und im gleichen Atemzug zu einem komfortablen Flüchtlingslager ernennt. Sichtlich aufgewühlt und von seinem aufregenden Erlebnis tief berührt, setzt er sich körperlich und mental erschöpft auf das einladende Bett und lässt seinen Oberkörper bequem nach hinten fallen. Der glückselige Blick gleitet über die Zimmerdecke und drückt die Zufriedenheit seiner Gedanken aus, die sich intensiv mit seiner Tat beschäftigen und die im Gegenzug die kriminelle Handlung von einem reinen Gewissen absegnen lassen.

„Das war das spannendste Abenteuer, das ich je erlebt habe. Ein Abenteuer, das meine starken Nerven in einem atemberaubenden Spiel herausforderte und tief in meiner Seele für ein berauschendes Vergnügen sorgte. Sobald die Wirkung nachlässt, gönne ich mir den nächsten Tanz auf einem schwankenden Seil in schwindelerregender Höhe."

Ein kräftiges Klopfzeichen an der Tür kann Jakob überreden, unter einem leichten Stöhnen aufzustehen, um der akustischen Einlassbitte nachzugeben. „Herr Doktor Brencken, was verschafft mir die Ehre Deines Kontrollbesuchs?" „Was verschafft mir die Ehre, dass der Dir zur Verfügung gestellter Wagen nach nur zwei Stunden wieder ordnungsgemäß vor der Tür steht? Ist es die grundsätzliche Angst vor einem Terroranschlag, die Dir von Deiner geplanten Stadtbesichtigung abgeraten hat?" „Deine Vermutung liegt mit ihrer Annahme ausnahmsweise fast richtig. Ich wurde unschuldig Opfer eines allgemeinen Parkplatzterrors." „Parkplatzterror?" „Ja, Hubert. Die heimliche Hauptstadt mit Herz hatte heute kein Herz für mich und mein Fahrzeug. Ich habe die verzweifelte Parkplatzsuche nach sechzig Minuten abgebrochen, mit dem Hintergedanken, dass mir hoffentlich noch genügend Zeit in meinen Leben bleibt, dem bodenständigen Städtchen mit seiner unprätentiösen Art einen Besuch abzustatten, wenn es nicht derart menschenüberlaufen ist." „Kaum zu glauben, aber gut argumentiert. Ich würde Dich bitten, mich an den Tisch zu begleiten, an dem Deine Frau und Herr Wanzl bereits Platz genommen haben." „Du wirst es auch ohne mich schaffen, den Alleinunterhalter zu spielen. Ich habe weder Hunger noch Appetit auf Gesellschaft." „Aber mit Sicherheit Lust auf ein Glas Mineralwasser mit kalorienarmer Obsteinlage. Bitte mitkommen."

Aus Angst, der dunkle Schatten eines Verdachtsmoments könnte auf ihn fallen, folgt Jakob widerstandslos seinem befreundeten Menschenkenner und versucht gleichzeitig, sich relativ emotionslos zu verhalten. Mit einem unterkühlten Interesse beteiligt er sich an der leicht verdaulichen Konversation, die sich von einem familiären Zwischenton und dessen Feinheiten gemütlich führen lässt. Gefesselt von einer quälenden Langweile schickt er seine Gedanken auf die Reise und bemerkt nebenbei, dass sein suchtartiger Rauschzustand langsam, aber stetig an Wirkung verliert. Ein heftiger Gefühlseinbruch zählt als Befund einer unangenehmen Entzugserscheinung, auf die er umgehend und relativ pragmatisch reagiert, indem der Verstand mithilfe seiner Augen ein geeignetes Diebstahlopfer observiert. Aufgeregt reibt Jakob seine juckenden Handinnenflächen über die angespannten Oberschenkel und erfreut sich einer belebenden Nervosität. Ein agiler Kehlkopf kämpft derweil mit einem verstärkten Speichelfluss, der aus einem elektrisierenden Gefühl resultiert, dass tief im Mageninneren entsteht und sich vom steifen Nacken über einen geraden Rücken bis in die Leistengegend zieht.

„Ist alles in Ordnung, Liebling? Du wirkst so angespannt." „Vielen Dank der Nachfrage Schatz, aber mein Körper rebelliert mittlerweile gegen diesen ungesunden Sitzmarathon. Da ich allerdings dringend einem menschlichen Bedürfnis nachgehen muss, nutze ich gleichzeitig die Gelegenheit, mit einer altbewährten Bewegungstherapie der Durchblutungsstörung meiner Beine entgegenzuwirken. Ihr entschuldigt mich bitte."

Die Luxushandtasche aus der Feder eines französischen Designers beansprucht einen Stuhl für sich alleine, der vorgezogen zur Tischkante steht. Die stolze Besitzerin unterhält sich derweil angeregt mit einer Dame aus ihrer glamourösen Welt und gönnt aufgrund einer spritzigen Champagnerlaune ihrem mütterlichen Beschützerauge eine wohlverdiente Ruhepause. Hochprofessionell und mit einem skrupellosen Wimpernzucken greift Jakob im Vorbeigehen unbemerkt nach dem hochstehenden Griff der teuren Exklusivität und verlässt anschließend völlig unauffällig, dass hotelinterne Feinschmeckerlokal. In seinem privaten Bereich belohnt er sich im Nachhinein mit einem lauten Jubelschrei und überhäuft das Corpus Delicti mit einer küssenden Zärtlichkeit, bevor es in seinem Koffer verschwindet.

„Du siehst so erleichtert aus, mein Freund." „Mein lieber Hubert, wenn an diesem Tisch nicht eine Dame sitzen würde, die sich glücklich schätzen kann, mit mir verheiratet zu sein, würde ich Dir den biologischen Vorgang einer humanitären Abfallentsorgung näher erläutern, den ich soeben am eigenen Leibe erfahren durfte und der mir eine sprichwörtliche Erleichterung geschenkt hat."

Ohne Rücksicht auf die Öffentlichkeit zu nehmen, feiert Jakob lauthals sein komödiantisches Talent und bekennt sich selbstbewusst zu seinem deftigen Humor.

„Wie kann sich ein Mensch nur so vulgär verhalten. Ich muss mich für Dich schämen." „Frau van Spielbeek, auch Ihr Mann hat ein Recht auf ein ungezwungenes Benehmen, dass Sie bitte genauso akzeptieren, ohne im Nachgang mütterliche Ermahnungen und abwertende Äußerungen von sich zu geben." „Herr Doktor Brencken, wenn ich Sie nicht so lieb hätte." „Hätte ich jetzt mit Sicherheit ein Problem, Frau van Spielbeek."

Eine perfekte Mischung aus trainierter Nervenstärke und stilsicherer Souveränität adelt den symphytischen Restaurantleiter, der den hysterischen Aufstand der vornehmen Dame ohne Blutvergießen niederschlägt. In einem von neugierigen Blicken geschützten Bereich ist man anschließend bemüht, der heiklen Situation inklusive einer infamen Anschuldigung, den nährstoffreichen Boden zu entziehen.

„Frau van Spielbeek, Herr Wanzl, Sie entschuldigen mich bitte. Jetzt bin ich derjenige, der dringend für Erleichterung sorgen muss."

Mit einer abgebrühten Gelassenheit reagiert Jakob auf die Reaktion seiner persönlichen Vertrauensperson, die dem geschulten Personal zur Hilfe eilt.

„Weißt Du, was die Dame hat, Liebling?" „Die Madame musste wahrscheinlich soeben erfahren, dass die für heute versprochene Lieferung Botox nicht rechtzeitig eintrifft." „Du bist unmöglich." „Schätzchen, woher soll ich denn bitte wissen, an welcher Stelle der gealterten Blondine der Schuh drückt. Über Deine idiotische Frage kann mein Freund Ferdinand auch nur den Kopf schütteln."

Unbeeindruckt von der lauernden Gefahr einschneidender Konsequenzen, die Jakob mit Bekanntwerden seiner Tat still und schweigend drohen, frönt er seinem intensiven Glücksgefühl und erlaubt seinem ruhigen Herzschlag, die Rückkehr seines Freundes gelassen entgegenzusehen.

„Sie wirken leicht amüsiert, Herr Doktor."

Gezeichnet von einem freundlichen Gesichtsausdruck, nimmt der Zurückkehrende wieder seinen freien Platz ein und belohnt sich mit einem großen Schluck erfrischendem Gänsewein.

„Unter uns gesprochen Frau van Spielbeek, das bin ich auch. Amüsiert und erleichtert."

Misstrauisch beobachtet Jakob das authentische Verhalten, dass sein heimliches Verlangen nach einer ausgiebigen Berichterstattung zusätzlich provoziert.

„Mein lieber Hubert, bevor meine Frau kreisrunden Haarausfall vor Neugierde bekommt, würde ich Dich bitten, die eigenen Regeln der Verschwiegenheit zu brechen und uns von Deinem soeben erlebten Abenteuer zu berichten." „Neugierde ist eine positive Eigenschaft, die den Geist großartiger Erfinder der Vergangenheit zur geistigen Höchstleistung beflügelt hat und Gleichgesinnte der Gegenwart bis heute nachweislich animiert."

„Und unter dessen positiven Nebenwirkungen mehr Menschen männlichen Geschlechts leiden als Lebewesen mit einem aufrechten Gang und weiblicher Einfalt." „Frau van Spielbeek, Sie sind mir nicht nur sprachlicher Natur immer einen großen Schritt voraus. Die aufgebrachte Dame ist ein treuer und langjähriger Gast unseres Hauses. Umso schlimmer, dass sie kurzfristig annehmen musste, sie wäre in ihrem zweiten Zuhause das Opfer eines Diebstahls geworden." „Du hast es geschafft, auch mich in Neugierde zu versetzen, die leicht zu befriedigen ist, indem Du endlich zum Wesentlichen kommst." „Sie ist fälschlicherweise davon ausgegangen, man hätte ihr soeben in diesen Räumlichkeiten die Handtasche gestohlen." „Was soll das heißen, fälschlicherweise?" „Nachdem meine Mitarbeiter und ich den Gast beruhigen konnten, haben wir den Fall gemeinsam rekonstruiert und konnten ihn anschließend aufklären." „Ich hoffe im positiven Sinne für alle Beteiligten." „Ja, Frau van Spielbeek. Die Handtasche wurde nicht gestohlen, sondern sie wurde auf dem Hotelzimmer vergessen. Anstatt das kostbare Stück samt wertvollem Inhalt beim Verlassen des Zimmers mitzunehmen, wurde die Tasche unbewusst auf der Nachttischkommode stehengelassen." Ein charmantes Kichern kündigt die nachfolgende Aussage an, die aus demselben Mund und über zwei volle Lippen kommt: „Meine Herren, ich muss an dieser Stelle schamlos zugeben, dass auch ich schon angeblich geklaute Gegenstände in meinen eigenen vier Wänden wiedergefunden habe." „Frauen soll einer verstehen. Ich kann es jedenfalls nicht." „Das müssen Sie auch nicht, Herr Wanzl. Freuen Sie sich einfach darüber, dass ein Mann weder etwas vergessen kann, noch eine Handtasche besitzt."

Die Kuppen der gespreizten Finger berühren sich im Sekundentakt und spornen den akuten Denkvorgang regelrecht an, bis Jakob entschieden aufsteht und der Tischgesellschaft wortlos den Rücken zudreht.

„Was hat denn mein Mann, Herr Doktor Brencken?" „Er geht, ohne große Worte zu verlieren, einem menschlichen Bedürfnis nach."

Das Bild wartender Gäste vor einer geschlossenen Fahrstuhltür überreizt Jakobs gefährliche Anspannung und erleichtert ihm die Entscheidung auf dem Weg zum eigentlichen Ziel, die schnellen Treppenstufen der Bequemlichkeit vorzuziehen. Ein leicht geöffneter Mund erzählt mit kurzen und kräftigen Atemzügen die Geschichte von einem panischen Gefühl, dass aus einer bitterbösen Vorahnung resultiert und Jakob im Falle eines beutelosen

Koffers letztendlich zur Kapitulation zwingen wird. Widerstandslos beugt er sich einem brachialen Adrenalinstoß und wirft unter
dessen diktatorischen Einfluss das sichere Hartschalenversteck
auf sein unschuldiges Bett, um im nächsten Augenblick die
Handtasche weinend vor Glück an eine bewegungsfreudige
Brust zu drücken. Stille Minuten einer tiefen Erleichterung folgen,
die Jakob die Möglichkeit bieten, den kuriosen Fall in Ruhe zu
eruieren und die ihn gleichzeitig auf einen emotional trittfesten
Boden zurückholen. Nach intensivem Nachdenken und Sichtung
des handtaschenartigen Innenlebens führt er ein angenehmes
Selbstgespräch, indem er seine Theorie überzeugend präsentiert: „Der Fall ist eindeutig. In der Tasche befinden sich nur zwei
abgegriffene Visitenkarten und ein einsames Münzstück. Die
nette Dame hat also beim Verlassen ihres Zimmers nicht das zur
Tageslaune und Schuhmode passende Accessoires in die Hand
genommen, sondern versehentlich ein Täschchen erwischt, das
weder betriebsbereit noch auserkoren war, die gnädige Frau ins
Restaurant zu begleiten. Da sie allerdings fälschlicherweise davon überzeugt ist, ihr extravagantes Etwas nie ausgeführt, sondern stiefmütterlich vergessen zu haben, wird sie das von mir
gestohlene Stück erst nach Monaten in ihrer wertvollen Sammlung vermissen, ohne dabei jemals in der Lage zu sein, gedanklich einen Bezug zu einem Diebstahl herzustellen."
Jede einzelne Körperregion zeigt sich auf dem sichtgeschützten
Balkon völlig entspannt und badet ungezwungen in der würzigen
Luft, die frischen Sauerstoff durch seine Lungen pumpt und die
Endorphine in seinem Gehirn mit Nahrung versorgt. Nach einer
ganzheitlichen Sättigung und mit aufgefüllten Suchtdepots sucht
Jakob wieder den Kontakt zu seinem geschäftlichen Alltag mit
Urlaubsgeschmack und wartet bei einer guten Tasse Kaffee auf
seinen Geschäftspartner in spe.
„Ich grüße Dich, Jakob." „Friedrich, ich grüße Dich auch und
freue mich, Dich zu sehen."
Sein gutes Verhältnis zu einem höflichen Benehmen fordert von
Jakob eine Begrüßung im Stehen, die auf einer Welle der Sym-
pathie reitet.

„Jakob, darf ich Dir Herrn Giorgio Pucatelli vorstellen. Herr Puca-telli ist ein Finanzinvestor aus Mailand und mein langjähriger Geschäftspartner." „Buongiorno Herr Johansson, es freut mich sehr, Sie kennenzulernen." „Ganz meinerseits, Herr Pucatelli." Das schwarze Haar des gepflegten Endfünfzigers glänzt in ei-nem dezenten Blaustich und zeigt stilbewusst seine attraktive Lockenpracht, die perfekt frisiert am Oberkopf anliegt und sich sanft im Nacken austobt. Die Knopfleiste des figurbetonten Hemdes ermöglicht der gebräunten Haut südländische Lebens-freude bis zum Bauch und hält sich strikt an die klaren Vorgaben einer brustbehaarten Männlichkeit anstatt an die prüde Empfeh-lung einer zugeknöpften Biederkeit, mit der auch das Geltungs-bedürfnis der goldenen Kreuzkette wenig anzufangen weiß.

„Wie Sie an meiner legeren Aufmachung erahnen können, be-finde ich mich derzeit als privater Gast in diesem wunderbaren il domicilio und genieße la dolce vita in vollen Zügen. Bevorzugen Sie die sanfte Art eines deutschen Bohnenkaffees oder wie ich einen vollmundigen Espresso?" „Gerne einen Espresso, Herr Pucatelli." „Friedrich, wozu darf ich Sie einladen?" „Zu einem bodenständigen Milchkaffee, Giorgio." „Per l'amor del cielo! Friedrich, kein Milchkaffee. Sie trinken einen Cappuccino. Und wissen Sie auch warum?" „Sie werden es mir sagen, Giorgio." „Weil Männer die Cappuccino genießen, großartige Liebhaber sind, die ganz genau wissen, wie Sie den Körper einer Frau ver-wöhnen müssen, damit sie den Himmel auf Erden erleben darf. Soll ich Ihnen verraten, woran das liegt?" „Bitte Giorgio." „Am zarten und üppigen Schaum, der die Fantasie eines jeden Man-nes anregt."

Die prächtige Glaskuppel prägt das architektonische Bild eines vom Wettergott unabhängigen Gartencafés und bietet dem na-turverbundenen Gast einen erstaunlichen Panoramablick auf das tiefe Blau eines berühmten Sees. Fantasievolle Wasserspie-le teilen sich mit einer üppigen Pflanzenpracht den Vorgarten zum Paradies, dessen ansprechendes Ambiente von einer zu-rückhaltenden Nonchalance profitiert.

„Herr Johansson, Sie fragen sich mit Sicherheit, was ein Giorgio Pucatelli, der mit einer männlichen Attraktivität und starken Potenz gesegnet ist, an diesem Ort verloren hat."

Spontan erhebt sich der selbstbewusste Adonis und lässt die erwartungsvollen Blicke über seine mediterrane Körpergröße gleiten, während sich seine lebenserfahrene Hand instinktiv an die auffällige Gürtelschnalle fasst, die mit den Initialen des stolzen Trägers künstlerisch ausgestaltet wurde. Breitbeinig stehend, neigt sich der Oberkörper leicht nach hinten und lüftet durch die erotische Pose, dass maskuline Geheimnis unter dem feinen Stoff der eng anliegenden Hose.

„Herr Pucatelli, Sie können Gedanken lesen."

Nachdem der Körper wieder eine sitzenden Position eingenommen hat, zeigen sich die agilen Finger erst in einer schnipsenden Aktion und anschließend leicht ausgestreckt, die Kuppen gleichzeitig fest aufeinandergepresst, dominierend wie ein tonangebender Taktstock vor einem großen Orchester, der sich wild gestikulieren durch die Luft bewegt.

„Wir Italiener lieben es üppig, aber trotzdem knackig. Zwei Eigenschaften, die in Hinsicht auf den weiblichen Körper im Gegensatz zu einander stehen und deshalb besondere Aufmerksamkeit verlangen und intensive Pflege benötigen. Ich lasse verschiedene Körperstellen meiner Frau einmal im Jahr vorsorglich ausbessern, um große Reparaturen vorzubeugen und nutze dabei die Gelegenheit, mich der Geschwindigkeitsfreiheit deutscher Autobahnen hinzugeben." „Da handelt Herr Johansson weitaus kostenorientierter Giorgio. Er bevorzugt es nämlich ausschließlich klein und knackig." „Im Gegensatz zu unserem gemeinsamen Freund, der es ausschließlich groß und üppig bevorzugt." „Ich weiß genau, wen Sie meinen, Herr Johansson. Mamma Mia, der Herr Dottore."

Unter einem süffisanten Lachen verpflichtet sich der temperamentvolle Pantomime kurzfristig der darstellenden Kunst und deutet vor der eigenen Brust weibliche Rundungen in Übergröße an.

„Mamma Mia, der Herr Dottore. Ein wunderbarer Mensch, der die Weiblichkeit vergöttert. Ich habe eine Cousine im sonnigen

Neapel, die alleine auf einer Seite das hat, wonach seine zwei großen Hände suchen."

Mitleidig lächelnd und sich stellenweise sprachlos fühlend, beobachtet Jakob die Schablone italienischer Vollmundigkeit und wundert sich zur gleichen Zeit über das sachliche Verhalten seines zu Affektiertheit neigenden Bekannten, für den allen Anschein nach der potente Humorist lediglich Teil einer nüchternen Normalität ist.

„Herr von Hopfengut war so frei mir mitzuteilen, dass Sie aus rein geschäftlichen Gründen in diesem Haus gastieren." „Das ist korrekt, Herr Pucatelli." „Herr Johansson hat sein Projekt bereits erfolgreich abgeschlossen und sieht sich derzeit in der Funktion als persönlicher Berater seines Auftraggebers und dessen Geschäftspartnern." „Somit ist aus einem lukrativen Auftrag ein lukrativer Folgeauftrag entstanden. Sehe ich das richtig?" „Besser hätte man es nicht ausdrücken können, Giorgio. Und wie ich bereits angedeutet habe, arbeite ich zusammen mit Herrn Johansson an einem weiteren Auftrag, der dank seines zu erwartenden Profits alle bisherigen Aufträge in den Schatten stellen wird." „An einem Auftrag arbeiten, hört sich nicht sehr erfolgversprechend an. Wo liegt Ihr Problem, Friedrich? Scheuen Sie mittlerweile das Risiko oder haben Sie etwa Ihre halsbrecherische Dynamik verloren?"

Der tabakstarke Zigarillo verströmt einen würzigen Duft und bedankt sich mit einer verbotenen Rauchwolke für die Aktivität eines goldenen Feuerzeugs, das durch sein egoistisches Verhalten mit Jakobs Aufmerksamkeit spielt und sich als passende Begleitung einer wertvollen Armbanduhr sieht.

„Im Gegenteil, Giorgio. Allerdings fordert das Bezwingen behördlicher Hürden in deutscher Qualität momentan noch meine Energie." „Gesetze, Verbote und unsinnige Auflagen fangen mich erst an zu interessieren, sobald ich eine Möglichkeit sehe, sie auszuhebeln oder mich ihnen zu widersetzen. Mein Einfluss endet bekanntlich nicht am Fuße der Südalpen. Ich erwarte Ihren Startschuss Friedrich, sobald ich im Hintergrund die Fäden für Sie ziehen darf." Sie sind unverbesserlich, Giorgio." „Wie die meisten Italiener."

Galant wendet sich der charakterstarke Geschäftsmann wieder privaten Angelegenheiten zu.

„Meine Frau feiert morgen ihren dreißigsten Geburtstag, Herr Johansson." „Ein beneidenswertes Alter, Herr Pucatelli." „Beneidenswert finde ich vor allem Ihr geschultes Juwelierauge." „Mein Juwelierauge?" „Ja, Herr Johansson. Ihr beneidenswertes Juwelierauge, dass von meinem Feuerzeug dermaßen fasziniert ist, dass ich es als Ehrensache ansehe, Ihnen das außergewöhnliche Stück zu schenken."

Im gleichen Moment legt der spendable Schenker das auffällige Präsent neben Jakobs Kaffeegedeck.

„Das kann ich nicht annehmen, Herr Pucatelli." „Sie können, Herr Johansson. Und sogar mit gutem Gewissen, da ich für meine kleine Aufmerksamkeit eine kleine Gegenleistung erwarte." „Wie darf und kann ich Ihnen dienen, Herr Pucatelli?" „Ich habe in zwei Stunden einen Termin bei einem Luxusjuwelier in München, zu dem Sie mich begleiten werden, um das Geburtstagsgeschenk meiner Frau auszusuchen." „Ich glaube, ich habe mich verhört, Herr Pucatelli." „Nein Herr Johansson, Sie haben sich nicht verhört. Ich erkläre Ihnen den Hintergrund. Egal ob ich mich für einen Ring, eine Kette oder kostbares Armband entscheide, wähle ich instinktiv immer den gleichen Stil, der meiner Frau zwar gefällt, sie aber auf Dauer langweilt. Eine Tatsache, die das Blut eines richtigen Mannes schneller zum Kochen bringt als der Geruch nach einem vermeintlichen Liebhaber. Entscheide ich mich allerdings aufgrund einer weiblichen Empfehlung für ein bestimmtes Schmuckstück, kann es durchaus passieren, dass ihr feines Gespür meiner taktischen Finesse auf die Spur kommt und ihr wildes Temperament mir anschließend droht, die Augen auszukratzen. Ein Mann wie Sie, Herr Johansson, der mich mit seiner Verwegenheit an den großartigen Adriano Celentano erinnert und dessen Eleganz mit der Ausstrahlung eines Marcello Mastroianni konkurriert, entscheidet sich für ein Schmuckstück, dass meine Frau monatelang begeistern wird. Capire?" „Sì! Aber." „Herr Johansson, ich weiß Ihr Aber zu interpretieren. Un momento, per favore!"

Ad hoc sieht sich der Tabletcomputer in der Pflicht, durch sättigende Informationen die begründeten Zweifel geräuschlos aus
dem Weg zu räumen.

„Meine Herren, ich möchte Ihnen ein kurzes Video von meiner
Frau zeigen, dass ich vor ein paar Tagen aufgenommen habe.
Friedrich, da Sie meine Frau persönlich kennen, würde ich Sie
bitten, Herrn Johansson über die Schulter zu schauen und sich
umgehend zu melden, sollte Ihrer Meinung nach das Naturell
meiner Frau in dieser Videoaufnahme nicht authentisch wirken."
Gespannt nimmt Jakob die moderne und vertraute Technik in die
Hand und verzerrt mit Heißhunger, dass appetitanregende Menü
bewegter Bilder.

„Giorgio, unverkennbar die wunderschöne Signora Pucatelli."
„Herr Johansson?" „Mir fehlen die Worte und ich bin glücklich,
dass ich mit eigenen Augen erleben darf, wie anmutig und schön
die Variante üppig und knackig doch sein kann. Herr Pucatelli,
ich bin begeistert." „Wenn Sie mir jetzt noch ganz unverblümt
sagen Herr Johansson, dass Ihnen bis eben nicht bewusst war,
wie viel störende Nähte im vorderen Teil einer Herrenunterhose
eingearbeitet sind, machen Sie mich zum stolzesten Italiener
aller Zeiten." „Ich würde es niemals wagen, auf diese Art und
Weise mit Ihnen zu reden, Herr Pucatelli."
Ein temperamentvolles Lachen trifft auf eine gespielte Humorlo-
sigkeit und entreißt einer lauwarmen Reserviertheit im nächsten
Augenblick die Zügel.

„Herr Johansson, ein bisschen Spaß unter Männern muss sein.
Wie sagen Sie in Deutschland? Biertischgerede?" „Stammtisch-
gespräche, Giorgio." „Mille Grazie Friedrich. Herr Johansson,
kommen wir zu Ihren Auftrag."
Entschlossen legt der selbstbewusste Italiener ein rotes Ledere-
tui vor sich auf den Tisch und schiebt anschließend unter einem
lauten Brummgeräusch den markanten Gegenstand bis an Jakobs rechte Hand, der sich danach verwundert äußert: „Was ist
das, Herr Pucatelli?" „Die Autoschlüssel meines Ferraris. Sie
werden gleich als mein Chauffeur in den einmaligen Genuss
kommen, einen wilden Hengst aus Maranello unter Ihrem il se-
dere zu spüren, anstatt immer nur langweilige Hausmannskost

aus dem verschlafenen Zuffenhausen auf der Zunge zu schmecken. Herr Johansson, ich erwarte Sie pünktlich in sechzig Minuten an meinem roten Spitzensportler in der Tiefgarage und werde Sie in geschäftstüchtigem Armani empfangen. Arrivederci."
„Alter Schwede."
Die abgedroschene Redensart ist für den Bestimmten nicht mehr
hörbar und stößt auf eine deutliche Ablehnung, die sich einen
strengen Ton zunutze macht: „Falsch. Attraktiver Italiener in den
besten Jahren und einer der einflussreichsten Geschäftsmänner,
die ich kenne. Ich hoffe, es gibt kein Verständigungsproblem
zwischen Dir und Herrn Pucatelli." „Genauso wenig wie zwischen
uns beiden. Alles Gute, Friedrich." „Ebenso, Jakob."

Unter Berücksichtigung der italienischen Unpünktlichkeit trifft
Jakob einige Minuten früher am vereinbarten Treffpunkt ein und
nutzt die geschenkte Zeit, um sich mental auf seinen ungewöhnlichen Auftrag vorzubereiten und um sich nebenbei mit seiner
Leihgabe der Superlative anzufreunden. Ein merklicher Begeisterungsschub ereilt ihn im Innenraum des Luxussportwagens
und raubt ihm für Sekunden die Luft zum Atmen.
„Herr Johansson, pünktlich auf die Minute steht Ihnen der große
Giorgio Pucatelli zur Verfügung." „Haben Sie deutsche Vorfah-
ren, Herr Pucatelli?" „Herr Johansson, Sie gefallen mir. Was sagen Sie zu meinem roten Baby?" „Je schneller Sie auf dem Bei-
fahrersitz Platz genommen haben, umso schneller kann ich
Ihnen die Frage beantworten." „Pronto, Herr Johansson."
Obwohl eine knisternde Hochspannung Jakob mental beherrscht, gelingt es ihm, sich leicht unterkühlt zu präsentieren
und den praxiserfahrenen Rennfahrer überzeugend zu mimen.
„An Ihrem Fahrstil merke ich, dass Sie ein Autonarr sind."
„Schön, dass Sie das auch so sehen." „Was glauben Sie, Herr
Johansson, ist in diesem Koffer?"
Reflexartig dreht Jakob seinen Kopf nach rechts und entdeckt im
dunklen Fußraum einen cognacbraunen Lederkoffer, der sicher
zwischen zwei Beinen steht.
„Bargeld, Herr Pucatelli." „Richtig, Herr Johansson. Und zwar
genau hunderttausend Euro." „War Ihre Frau so artig oder Sie so

böse?" „Weder noch, Herr Johansson. Ich nutze nur die einmalige Gelegenheit, die mir die Möglichkeit bietet, Ihren guten Geschmack in Anspruch zu nehmen. Was wiederum für Sie zusätzliche Arbeit bedeutet." „Herr Pucatelli, würden Sie mich bitte aufklären. Prego!" „Sehr gerne, Herr Johansson. Meine Frau hat morgen Geburtstag und feiert in vier Monaten den fünften Hochzeitstag mit ihrem Signore Pucatelli. Und natürlich erwartet jede verwöhnte Frau ab und zu eine kleine Aufmerksamkeit aus heiterem Himmel. Das bedeutet für Sie, sich für drei außergewöhnliche Schmuckstücke zu entscheiden, in denen sich Ihr außergewöhnlicher Stil widerspiegelt, den ich meiner Frau als meinen eigenen Stil erfolgreich verkaufen werde." Fasziniert von seiner pulsierenden Gefühlslage, die Jakob mit einer sexuellen Erregung vergleicht, lässt er sich bereitwillig auf den für ihn ungewöhnlichen Auftrag ein und zeigt sich plötzlich übertrieben hilfsbereit. „Herr Pucatelli, Sie haben sich mit mir für den richtigen Fachmann entschieden. In der Tat kann ich auf eine jahrzehntelange Erfahrung im Schmuckhandel der absoluten Luxusklasse zurückblicken." „Fantastico! Erzählen Sie, Herr Johansson. Sie sind also Finanzmanager und Juwelier? Eine interessante Kombination." „So könnte man es ausdrücken. Ich habe mir in jungen Jahren als zweites Standbein einen Handel mit Diamanten und Goldwaren aufgebaut, der bereits nach wenigen Monaten florierte und hohe Gewinne abwarf. Aus dieser Erfolgsgeschichte ist mein Faible für kostbares Geschmeide entstanden. Glauben Sie mir, Herr Pucatelli, kein Juwelier zwischen Moskau und New York, kann sich seine profitwütige Nase mit meiner Person vergolden, indem er glaubt, einen spendablen Laien gefunden zu haben, der für wertvollen Modeschmuck tief in die Tasche greift." „Herr Johansson, durch Ihre Adern muss italienisches Blut fließen."

Der unscheinbare Hinterhof beeindruckt im Herzen mit einer wunderschönen Gestaltung, die den Betrachter an die verschiedenartigen Kulissen großartiger Theaterbühnen erinnert. Mit einer regen Kopfbewegung demonstriert Jakob seinen positiven Eindruck und folgt dabei dem betuchten Mailänder, der zügig auf das für ihn bekannte Ziel zugeht.

„Wir benutzen aus Sicherheitsgründen den Hintereingang, Herr Johansson. Der Juwelierladen hat heute offiziell geschlossen, damit sich der Besitzer ausschließlich um seinen Kunden Pucatelli kümmern kann."

Ein mysteriöses Klopfzeichen an der zinnfarbenen Hintertür kündigt den geheimen Besucher an und sorgt dafür, dass sich die Sichtluke in Augenhöhe umgehend öffnet. „Gruß Gott, Herr Pucatelli. Ich erwarte Sie bereits." „Pronto, Herr Obergeitl."

Begleitet von einer einladenden Gestik, öffnet der prominente Juwelier die Pforte zu seinem Kellerquartier und empfängt seinen kaufwütigen Termin in einem traditionelle Lodengrün, das er mit einer roten Seidenkrawatte kombiniert. Das schlohweiße Haar steht in Konkurrenz zu einem extravaganten Zwirbelbart, der sich seit Jahrzehnten als persönliches Markenzeichen seines Trägers sieht.

„Bleiben wir in Ihrer Schatzkammer unter der Erde Herr Obergeitl oder nehmen wir mit Ihrem exklusiven Verkaufsraum vorlieb?" „Sie dürfen sich frei zwischen Himmel und Erde bewegen, Herr Pucatelli." „Scusa! Bitte Entschuldigen Sie! Herr Obergeitl, darf ich Ihnen Herrn Johansson vorstellen. Ein guter Freund meinerseits und wertvoller Berater in allen Lebenslagen." „Grüß Sie Gott, Herr Johansson."

Höflich erwidert Jakob die landestypische Begrüßung und lässt sich anschließend in eine Welt aus Gold und Edelsteinen entführen, die mit ihrer unausweichlichen Magie bereits bestimmend auf ihn einwirkt.

„Herr Pucatelli, Sie entscheiden, mit welchem Schmuckstück die fantastische Reise durch den glitzernden Kosmos beginnt, auf den wir uns nach alter Sitte mit einem Glas vorzüglichem Champagner gemeinsam einstimmen. Voilà!"

Beherzt greift Jakob nach einem Glas der feinperligen Spezialität, die standesgemäß auf dem silbernen Tablett die Runde macht.

„Mille Grazie und Salute, Herr Obergeitl." „Auf einen außergewöhnlichen Nachmittag, der außergewöhnliche Besonderheiten verspricht. Herr Pucatelli, Herr Johansson, zum Wohl."

Nach einem ausgesprochenen Gastgeberdank gönnt sich Jakob einen großen Entspannungsschluck und genießt stillschweigend den edlen Tropfen auf der Zunge.

„Mmh, mmh, fantastico. Darf ich vorweg eine Bitte äußern, Herr Obergeitl." „Ihr Wunsch ist mir Befehl, Herr Pucatelli." „Herr Johansson ist ein Goldvirtuose und Diamantencasanova, der einen Handelskontor im belgischen Antwerpen betreibt und somit kein direkter Konkurrent von Ihnen ist, sondern sich vielleicht als Geschäftspartner etablieren könnte. Aber dazu später mehr."

Die weit aufgerissenen Augen drohen jeden Augenblick aus ihrer Höhle zu fallen, während sich die Atemluft ihren Weg durch aufgeblasene Wangen sucht, bevor man sie über wulstige Lippen geräuschvoll nach außen presst.

„Sie machen es wirklich spannend, Herr Pucatelli." „Herr Johansson würde sich vorweg gerne einen Einblick über Ihre Räumlichkeiten verschaffen." „Selbstverständlich und liebend gerne. Herr Johansson, es freut mich, einen Fachmann aus massivem Gold in meinem Reich begrüßen zu dürfen. Sobald die Herren Ihren Champagner genießen durften, würde ich in meiner Schatzkammer unter der Erde, wie Sie sich liebevoll auszudrücken pflegen Herr Pucatelli, mit der Führung beginnen."

Ein kaltes Neonlicht flutet den Kern des tristen Kellergebäudes, in dem jeder Themenraum Teil eines begehbaren Tresors ist, der den Sicherheitsstandards einer modernen Bunkeranlage entspricht. Willentlich distanziert sich Jakob im Laufe der Besichtigung gegenüber seiner eigenen Reserviertheit und bekennt sich augenblicklich zu seinem vergoldeten Spezialauftrag, an dem plötzlich ein persönliches Interesse besteht.

„Herr Pucatelli, Herr Johansson, kommen wir nach der Goldmine und dem Edelsteinparadies zum dritten und wertvollsten Raum in meiner Schatzkammer. Ein Raum, der Schätze bereithält, die nicht nur einer Frau den Atem rauben. Bitte folgen Sie mir in meine Diamantenfestung."

Unter einer erwartungsvollen Spannung stehend, beobachtet Jakob den kundenorientierten Schmuckhändler, der sich schamlos der Aura eines bühnenerfahrenen Magiers bedient, bevor die tonnenschwere Panzertüre seinem Zauber erliegt.

„Meine Herren, bitte treten Sie ein."

Mit butterweichen Kniegelenken folgt Jakob dem italienischen Kaufinteressenten bis an einen runden Glastisch, dessen markante Oberfläche dem faszinierenden Brillantschliff eines Diamanten nachempfunden ist.

„Herr Pucatelli, Herr Johansson, bevor ich Ihnen den König der Juwelen in seiner spektakulärsten Ausführung präsentiere, serviere ich Ihnen mit purer Absicht einen Ruinart Rosé Champagner, der Sie mit seinem leicht orangefarbenen Roséton im Glas an Rosenblätter erinnern wird. Nachdem Sie mit seiner enormen Duftintensität geflirtet haben, verführt er Ihren Gaumen mit einer weichen Harmonie und runden Noten von fruchtigen Sauerkirschen und einem Hauch Pampelmuse."

Perfekt wie aus den Händen eines erfahrenden Oberkellners wird das gestärkte Leinentuch in strahlend weißer Hausfrauenqualität über die kostbare Tischplatte gelegt, auf der man anschließend ein antikes Utensil meisterlich neben zwei schlanken Kristallgläser positioniert, die geduldig auf ihren schäumenden Inhalt warten. „Ich bitte um Ihre Aufmerksamkeit."

Bühnenreif nimmt der geübte Sabreur, den original Champagnersäbel von seinem dekorativen Holzsockel und stimmt sein gespanntes Publikum mit einem kurzen Vorspiel auf die ritterliche Philosophie ein, indem er mit sägenden Bewegungen am linken Unterarm die stumpfe Seele der glänzenden Klinge demonstriert, bevor er ohne sichtbare Anzeichen einer verräterischen Nervosität, dass eisgekühlte Opfer perfekt sabriert.

„Die Flasche ist geöffnet und der genussvolle Inhalt bereit, Ihren Gaumen zu verwöhnen."

Als krönender Abschluss der einmaligen Vorführung, wird der Champagner stilsicher serviert. „Zum Wohl meine Herren."

„Mamma Mia, Herr Obergeitl. Ich muss zu meiner Schande gestehen, dass ich einem urtypischen Bayer wie Ihnen eine derartige feurige Mentalität niemals zugetraut hätte." „Das sagt mir meine Frau fast jeden Morgen, nachdem sie neben mir im Bett liegend, die Augen aufgeschlagen hat."

Mit einem charmanten Lächeln kommentiert Jakob den leicht gesalzenen Humor des facettenreichen Juweliers, während sich der temperamentvolle Don Giovanni vor Lachen kaum noch auf seinen italienischen Beinen halten kann.

„Sind Sie belgischer Staatsbürger, Herr Johansson?" „Nein, Herr Obergeitl. Seit meiner Geburt darf ich mich über einen deutschen Pass freuen und habe bis dato meinen Hauptwohnsitz im wunderschönen Hamburg." „Ich als stolzer Münchner muss Ihnen beipflichten. Hamburg ist nicht nur wunderschön, sondern neben Antwerpen meine Lieblingsstadt. Darf ich fragen, wo sich in Antwerpen Ihr Handelskontor befindet?" „Im Diamantenviertel."

Schwärmerisch wird die Aussage weitergeführt und mit den tiefen Eindrücken einer individuellen Meinung farbenfroh angemalt.

„Das Diamantenviertel. Für mich persönlich der interessanteste Ort der Welt. Ein Ort, der polarisiert und jeden seiner Besucher verzaubert. Und wo genau im Diamantenviertel befinden sich Ihre Geschäftsräume, Herr Johansson?"

Bewusst ignoriert Jakob die verständliche Frage und wundert sich gleichzeitig, dass sich ein anderer der Aufgabe gewachsen sieht, den Fragenden ohne Scheu verbal zu bedienen.

„Nur wenige Schritte vom prächtigen Hauptbahnhof entfernt, Herr Obergeitl." „Herr Pucatelli, ich hoffe Sie sind jetzt endlich bereit für einen appetitanregenden Traum, der seine Vollendung in einem Gewand aus Weißgold feiert und von einem außergewöhnlichen Design der Goldschmiedekunst gekrönt wird." „Pronto, Herr Obergeitl."

Leichtgängig lässt sich der schwere Samtvorhang beiseiteziehen und provoziert mit der Bekanntgabe eines geheimen Verstecks einen angenehmen Überraschungseffekt, der in den Köpfen der Zuschauer für einen leichten Seegang sorgt.

„Herr Pucatelli, Herr Johansson, bitte drehen Sie sich um die halbe Achse, sodass Ihr Blick zur Tür zeigt. Vielen Dank."

Gehorsam folgen beide Herren der verständlichen Anweisung und akzeptieren kommentarlos, dass hinter ihren geduldigen Rücken erst der beeindruckende Wandtresor geöffnet wird, um anschließend weitere Vorbereitungen unter höchster Geheimhaltung durchzuführen.

„Sie können sich jetzt wieder umdrehen." „Diesmal sind Sie derjenige, der es spannend macht, Herr Obergeitl." „Ich bin nicht derjenige, der es spannend macht, sondern derjenige, der es mit einem ganz besonderen Stein schaffen wird, dass ein urtypischer Italiener seine Muttersprache für einen Augenblick vergisst."

Mit jeder Sekunde vergrößert sich Jakobs emotionaler Abstand zu einer selbstbeherrschten Gelassenheit, die ihm gleichzeitig prophezeit, an der eigenen Aufregung zu ersticken. Eine böse Vorahnung kitzelt derweil sein schlechtes Gewissen, das sich schamlos auf die dunkle Seite seiner Sucht schlägt und sich anschließend hemmungslos an seiner Lust vergeht. Fasziniert spielen seine Augen mit dem Anblick einer flachen Schmuckkassette.

„Bitte treten Sie näher, meine Herren. Und zwar so nah, dass uns nur noch der Tisch voneinander trennt."

Elegant setzt Jakob an der Seite seines Bekannten einen großen Schritt nach vorne.

„Herr Pucatelli, bitte strecken Sie Ihren rechten Arm so weit aus, bis die dazugehörige Hand exakt über der Mitte vom Tisch schwebt."

In Fluglotsenqualität weist der engagierte Verkäufer das auserwählte Körperglied in die für ihn perfekte Haltestellung ein.

„Spreizen Sie den Daumen nach außen und drücken Sie Ihre Finger fest aneinander. Sehr gut." „Mamma Mia, Herr Obergeitl."

„Die Aussage kommt etwas zu früh. Bitte schließen Sie Ihre Augen, Herr Pucatelli."

Nach einer artigen Lidschließung öffnet der Tonangebende mit Bedacht den Deckel der mit Leder überzogenen Schmuckkassette und bedient sich nachfolgend seiner Juwelierpinzette, mit der er vorsichtig nach einem atemberaubend schönen Edelstein greift.

„Herr Pucatelli, Sie lassen Ihre temperamentvollen Augen bitte noch geschlossen. Dieser Moment gehört nur Herrn Johansson und mir."

Ein schmachtender Blick betrachtet die funkelnde Diva mit männlicher Seele, die sicher im Griff und leicht drehend durch das helle Licht tanzt, bis sie der ausgestreckten Hand vorsichtig in die mittlere Fingerkuhle gelegt wird.

„Ein natürlicher rosafarbener Diamant von fünf Karat in lupenreine Qualität und Brillantschliff mit dem wohlklingenden Namen *Magic Pink Blossom*. Herr Pucatelli, Sie dürfen Ihre Augen jetzt öffnen und den einmaligen Augenblick genießen." „Herr Obergeitl, mir fehlen in der Tat die Worte. Ein Diamant mir dieser Ausstrahlung besitzt einen beneidenswerten Seltenheitswert."

Im Gegensatz zu einem braunen Augenpaar lässt sich die blaue Ausführung diskret im Hintergrund von ihren Emotionen überwältigen und entscheidet sich danach mit reinem Gewissen für ein illegales Abenteuer ohne moralische Hindernisse.

„Wie ich sehe, hat Ihnen der Aperitif nicht nur gemundet, sondern auch Ihren Appetit angeregt. Und besonders freut es mich, dass es mir gelungen ist, einen alten Hasen wie Herrn Johansson in Erstaunen zu versetzen."

Im Anschluss an die humorvolle Zweideutigkeit bringt der Juwelenprofi das Luxusgut ohne Zaubervorstellung in Sicherheit und überträgt die Verantwortung leidenschaftslos seinem Tresor.

„Herr Pucatelli, Herr Johansson, bitte begleiten Sie mich von der Schatzkammer in den Himmel und ans Buffet."

Das lichtaktive Treppenhaus wirkt auf seine Durchgangsbenutzer wie eine Galerie ansprechender Bilder, die in einem dekorativen Abstand die Wand bis in die obere Etage schmücken und einen geschäftstüchtigen Gedankenleser zu einem Verkaufsgespräch im Vorbeigehen animieren.

„Diese wunderbaren Gemälde, stammen von einem bekannten Maler aus Amsterdam und können selbstverständlich käuflich erworben werden. Sollte von Ihrer Seite aus Interesse bestehen, zögern Sie bitte nicht, mich anzusprechen." „Sì, Herr Obergeitl."

Stilvolle Glasornamente und dunkles Ebenholz in seiner schönsten Form prägen gemeinsam das Gesicht der geräumigen Schmuckboutique, die in einem leicht abgedunkelt Zustand dem solventen Besucher mit einer besonderen Eleganz umwirbt. Der zurückhaltende Steinboden in einem zarten Grau beweist mit seiner goldenen Mitte einen ausgeprägten Hang zur Extravaganz, die sich als schmückendes Beiwerk einen nautischen

Stern in Übergröße gönnt. Eine lustvolle Vorfreude beherrscht derweil Jakobs Gedanken, die sich in der reizenden Atmosphäre ihrer kriminellen Energie besinnen und sich langsam, aber gründlich auf ein weiteres Abenteuer einstimmen.

„Herr Obergeitl, nach der gelungenen Appetitanregung wären Herr Johansson und ich bereit für einen heißservierten Hauptgang." „Da Ihre Erinnerungen noch lauwarm sind, möchte ich direkt mit dem Hauptdarsteller beginnen. Bitte atmen Sie tief durch." Ihrem individuellen Naturell entsprechend stellen beide Herren ihre unterschiedliche Persönlichkeit an der gläsernen Präsentiertheke dar und warten ohne Kommentar auf die Vorstellung des kostbaren Accessoires. „Sind Sie verheiratet, Herr Johansson?" „Warum sollte es mir besser gehen als Ihnen, Herr Obergeitl." „Ist das Boykottieren eines Ehrings, ein Ausdruck für Ihren salonfähigen Zynismus?" „Nein, Herr Obergeitl. Ich trage keinen Ehering, da am Tage meiner Eheschließung an der rechten Hand meiner angetrauten Frau, der für diese Art von Ring vorgesehene Finger noch immer den goldenen Ehering ihres seit Langem verstorbenen Mannes trug und ich es für deplatziert empfand, und bis heute empfinde mir vor den Augen eines treudienenden Standesbeamten ein einzelnes Exemplar als Zeichen der ewigen Treue eigenhändig an den eigenen Finger zu stecken." „Mamma Mia! Herr Johansson, Herr Johansson, Ihr Humor verfügt über eine staubtrockene Genialität, die durchaus in der Lage wäre, Ihre lustige Geschichte als reine Wahrheit zu verkaufen." „Das ist die reine Wahrheit, Herr Pucatelli."

Der emotionslose Tonfall der sachlichen Aussage bringt den heißblütigen Empfänger derart in Rage, dass er anschließend bereit ist, laut und lebhaft zu debattieren: „Wenn Ihre Geschichte der Wahrheit entspricht, hätte ich an Ihrer Stelle den Ringfinger Ihrer Frau vor den Augen des Standesbeamten eigenhändig abgehackt. Punkt und basta!" „Meine Herren, ich würde gerne anrichten."

Das mit einem roten Seidentuch verhüllte Miniaturkunstwerk thront auf einem sockelartigen Ständer in einem leichten Vanilleton und wird unter strenger Beobachtung durch ein scharfes Scheinwerferlicht perfekt hervorgehoben. Mit einem betörenden

Schauspielerlächeln und unter dem Einfluss eines atmosphäri-
schen Hokuspokus erfolgt anschließend die Enthüllung von
Händen eines mit Stolz erfüllten Verkaufsgenies.
„Zwei Ringe von außerordentlicher Schönheit verschmolzen zu
einem Meisterwerk der Goldschmiedekunst. Meine Herren vor
Ihren leuchtenden Augen sehen Sie einen traumhaften Pavé-
Ring aus 18- Karat Weißgold, besetzt mit sechzig funkelnden
Brillanten, aus dem eine zweite Ringschiene hervorgeht, die ihre
Schönheit in einem magischen Solitär-Ring vollendet. Ein Solitär-Ring mit einem einzelnen Diamanten von fünf Karat im Brillantschliff, wundervoll eingebettet in einer klassischen Krappen-
fassung. Herr Pucatelli, ich höre." „Ein *Magic Pink Blossom* in
seiner schönsten Form. Meraviglioso." „Herr Johansson, darf ich
um Ihre Expertenmeinung bitten."
Die feuchten Mundwinkel zucken im dreiviertel Takt und das bis
zum Hals schlagende Herz bringt mit seiner Energie die unter-
kühlte Philosophie durch eine erhöhte Temperatur ins Wanken.
„Da meine Ohren keinen Ton vernehmen können, darf ich davon
ausgehen, dass Herr Johansson erst in den haptischen Genuss
kommen möchte, bevor er bereit ist, ein fachmännisches Urteil
zu fällen."
Hypnotisiert durch den beschwörenden Blick seiner potenziellen
Beute, greift Jakob vorsichtig nach der verbotenen Frucht und
probt bereits in seinem Kopf ein Szenario, das in der Realität
bald seinen ersten Erfolg feiern wird.
„Bitte zögern Sie nicht, diesen Traum in Ihre Hand zu nehmen.
Bitte gönnen Sie sich die Möglichkeit, diesen Traum zu spüren,
ihn zu fühlen und ihn und mit ihren empfindlichen Fingerkuppen
zu liebkosen. Bitte stimulieren Sie Ihren Tastsinn durch die
Macht Ihrer glücklichen Augen und schmeicheln Sie Ihrer wundervollen Leidenschaft für das Besondere."
Unter einem bewegungsfreudigen Brustkorb folgt Jakob der lie-
benswerten Aufforderung mit einer vornehmen Selbstverständlichkeit und akzeptiert dabei instinktiv den Biss einer giftigen
Schlange, dem ein nüchterner Einstieg in die Verkaufsverhand-
lungen folgt: „Da sich Herr Johansson diskret zurückhält, wage
ich den ersten Schritt. Herr Obergeitl, wie viel?" „Das noch aus-

reichend Spielgeld für das passende Collier und zwei zauberhafte Ohrstecker in Tropfenform vorhanden ist, Herr Pucatelli." „Herr Obergeitl, Sie sind ein bayrisches Schlitzohr." „Ganz im Gegenteil, Herr Pucatelli. Ich denke in erster Linie beim Inhalt Ihres Koffers an Ihre Sicherheit, deren Verantwortung Sie mir mit gutem Gewissen übertragen können. Ich bin nämlich kein bayrisches Schlitzohr, sondern die bayrische Antwort auf John Wayne."

Das offene Gesicht und die gerade Haltung spiegeln keinerlei Gefühlsregung wider, während aus einer der unteren Schrankschubladen eine Pistole gezogen wird, die als Attraktion auf der glänzenden Oberfläche eine merkliche Signalwirkung nach sich zieht. „Die für mich sicherste Alarmanlage der Welt ist nach wie vor meine Walther PPK." „Können Sie denn damit umgehend, Herr Obergeitl?" „Diese Frage einen fünffachen Schützenkönig zu stellen, halte ich für genauso verpönt wie einem Italiener zu fragen, ob er Angst vor Frauen hat." „Bravissimo, Herr Obergeitl."

Augenblicklich verknüpft Jakob das Bewusstsein über die Sachherrschaft eines Autoschlüssels in seiner vorderen Hosentasche mit der visuellen Wahrnehmung einer geladenen Schusswaffe und gesteht sich auf seiner rasanten Fahrt durch den Tunnel der Sucht zugleich ein, dass er körperlich und geistig bereit ist, sich seinen Weg notfalls frei zu schießen.

„Herr Johansson schweigt seit Minuten beharrlich und lässt lediglich seine Augen für sich sprechen, die ihre Faszination perfekt zum Ausdruck bringen und mir ohne Worte sagen, dass ich mich für dieses Juwel entscheiden soll." Sichtlich bemüht, sich möglichst unauffällig zu verhalten, findet Jakob nach einem galanten Räuspern und einer sekundenlangen Suche seine verlorene Sprache zusammen mit den passenden Worten wieder: „Herr Pucatelli, in der Tat bin ich von diesem Brillantring begeistert und kann Ihnen als Fachmann nur empfehlen, sich für dieses außergewöhnliche Schmuckstück zu entscheiden. Bitte bedenken Sie, dass ich in erster Linie eine äußerst rentable Wertanlage in Händen halte." „Herr Obergeitl, ich genieße meine heutige Kauflust ohne Reue. Bitte entreißen Sie Herrn Johansson meinen Magic Pink Blossom und legen Sie ihn in ein ansprechendes Etui." „Sehr gerne, Herr Pucatelli. Ich hoffe, Sie haben nach dem üppigen Hauptgang noch Appetit auf einen Nachtisch." „Wie ich bereits verlauten ließ Herr Obergeitl, genieße ich grundsätzlich ohne Reue." „Herr Johansson, den Ring bitte."

Milde lächelnd tätigt Jakob eine galante Kopfbewegung und trifft mit seiner hoffähigen Alternativversion einer höflichen Verbeugung exakt den richtigen Ton. Anschließend überreicht er das wertvolle Objekt artig dem erfolgsverwöhnten Geschäftsmann und beobachtet peinlich genau den manuellen Verpackungsvorgang in die vom Kunden gewünschte Präsentbox, die im Nachgang einen sicheren Platz neben der historischen Pistole findet. „Herr Pucatelli, Herr Johansson, bitte überlassen Sie mir für einen Augenblick Ihre Fantasie und öffnen Sie Ihren Geist für ein ergötzendes Spiel."

Ein magisches Greiforgan reduziert plötzlich die Beleuchtung auf ein Minimum und lässt, bevor die besinnliche Musik der Panflöte erklingt, zarten Nebel schwerelos durch den dunklen Raum schweben. Gespenstisch wirkend, bewegt sich das schlohweiße Haar des unverbesserlichen Poseurs langsam durch die Dunkelheit, in deren unheimlicher Welt ein senkrechter Lichtkegel die kundenseitige Aufmerksamkeit im nächsten Augenblick an sich reißt und zur gleichen Zeit für ein spektakuläres Schauspiel sorgt. Eine markante Stimme beruft sich indessen auf die schwarze Seele eines rollenden Buchstabens und ergreift endlich das Wort: „Herr Pucatelli, bitte malen Sie sich Ihre wunderschöne Frau vor Augen." „Sì, Herr Obergeitl." „Dieser Traum von Frau bewegt sich mit einer verführerischen Anmut auf Sie zu. Sie trägt ein atemberaubendes Kleid in Rubinrot. Rot ist die Lieblingsfarbe Ihrer Frau." „Das stimmt, Herr Obergeitl. Woher wissen Sie das?" Eine aufkeimende Verunsicherung feiert ihren öffentlichen Auftritt in Verbindung mit dem Ausdruck einer überraschten Mine. „Stellen Sie keine Fragen, sondern konzentrieren Sie sich, Herr Pucatelli." „Sì." „Um den schlanken Hals Ihrer Frau schmiegt sich ein Collier von höchster Eleganz und ihre zarten Ohrläppchen schmücken zwei funkelnde Sterne." „Ja, Herr Obergeitl. Ja, ja, ja! Ich sehe diesen wunderbaren Schmuck."

„Bitte stellen Sie sich ins Licht, Herr Pucatelli. Neigen Sie Ihren Kopf nach hinten und schließen Sie die Augen. Halten Sie Ihre Hände nebeneinander und geöffnet in Höhe Ihres Bauchnabels, als wollten Sie um eine milde Gabe betteln."

Ohne zeitliche Verzögerung erfolgt die perfekte Durchführung der klaren Anweisung, die Jakob zu einem unsichtbaren Kopfschütteln veranlasst und sein Gehirn mit einer gefährlichen Mischung aus Fassungslosigkeit und Aggressivität verseucht. Mühelos und gestärkt von einem kräftigen Adrenalinstoß, bewältigt seine sinkende Hemmschwelle die steile Kellertreppe in Richtung Abgrund.

„Beschreiben Sie jetzt bitte den Schmuck, den Ihre Frau trägt."

„Sie trägt ein prachtvolles Brillant-Collier, verziert mit fünfzig ovalen Rubinen. Jeder Rubin ist kranzartig von einzelnen Brillanten umgeben und leuchtet in einem intensiven Rot. Ich sehe wunderschöne Ohrringe mit je einem stattlichen Rubin von unfassbarer Leuchtkraft, umrahmt von sternengleichen Brillanten." „Ist das der Schmuck, den Sie sehen?"

Die von der Zimmerdecke fallenden Juwelen landen zielgenau in den beiden Handinnenflächen und werden von einem schreienden Italiener und zischenden Rauchfontänen, die an spuckende Geysire erinnern, jubelnd begrüßt. „Ja, ja, Herr Obergeitl!" „Das Leben bietet Ihnen jetzt die einmalige Möglichkeit, Herr Pucatelli, den Traum Ihrer geliebten Frau mit der Macht Ihres Traumes zu erfüllen. Zögern Sie nicht, Herr Pucatelli, sondern nehmen Sie den kostbaren Schatz, den Sie in Händen halten an sich und machen Sie Ihre Frau zu glücklichsten la Donna der Welt."

Geblendet von einer fanatischen Skrupellosigkeit, ernennt Jakob die mit dichten Rauchschwaden vermischte Dunkelheit zu seinem fähigen Komplizen und eignet sich unter dessen genialer Schutzfunktion unbemerkt die geladene Schusswaffe an. Die eigene Sicherung ist fast vollständig durchgebrannt und sein durchlöcherter Verstand sieht sich als armseliger Sklave einer verhängnisvollen Rücksichtslosigkeit, die sich im nächsten Moment an zwei unschuldigen Menschen vergeht.

„Ich will diesen wundervollen Schmuck. Basta! Der Inhalt meines Koffers gehört Ihnen, Herr Obergeilt."

„Sehr gerne, Herr Pucatelli. Ich bedanke mich."

Anstandslos übernimmt die exklusive Standartbeleuchtung wieder ihren Dienst und offenbart den potenziellen Todeskandidaten schonungslos ihre scheinbar aussichtslose Lage.

„Der wundervolle Schmuck gehört mir zusammen mit dem zahlungsfähigen Koffer und inklusive dem als Präsent verpackten Brilli. Habe ich mich den Gentlemen gegenüber verständlich ausgedrückt?" „Nehmen Sie die Waffe runter, Herr Johansson. Sie haben keine Chance. Das ganze Gebäude ist durch Überfallmeldern verseucht." „Hände hinter den Kopf und langsam auf mich zukommen. Und Sie, Herr Pucatelli, bleiben auf der Stelle stehen und bewegen sich keinen Millimeter."

Eine lähmende Todesangst versteinert die Gesichter der bedrohten Männer, die mithilfe ihrer zitternden Hände eine kapitulierende Körperhaltung einnehmen. „Hören Sie schlecht, Herr Obergeitl oder verstehen Sie kein Hochdeutsch?"

Mit hasenfüßigen Schritten nähert sich der fassungslos wirkende Juwelier seinem frevelhaften Widersacher, der über die Dreistigkeit eines maskierten Bankräubers verfügt und in seinem imaginären Schützengraben liegend, den bereits verlorenen Krieg als haushoch gewonnen ansieht. Eiskalt hält Jakob die Waffe an die Schläfe seines wehrlosen Opfers und erzwingt mit dem brutalen Anblick bewusst die Durchführung seines folgenden Befehls: „Los Herr Pucatelli, packen Sie die Juwelen und den Brillantring in den Koffer und stellen Sie mir das gute Stück vor die Füße. Avanti." „Sì, Herr Johansson."

Mittlerweile weit entfernt von der eigentlichen Realität, genießt Jakob sein neues Leben als Revolverheld, der durch die Macht seines Rauschzustandes nicht bemerkt, dass eine weitere Person hinter seinem Rücken den Geschäftsraum betritt.

„Du kannst die Waffe weglegen, Jakob. Der Klassiker unter den Pistolen ist nicht geladen. Grüß Gott, die Herren." Die vertraute Stimme zerreißt mit ihren Worten die kugelsichere Weste seines Nervenkostüms, das innerhalb von Sekunden komplett in Flammen steht und seine rechte Hand schlagartig zur Aufgabe zwingt. Unter feinen Schweißperlen glänzt seine Gesichtshaut schneeweiß und versucht zur gleichen Zeit, mit einem frischen

Rotton den zarten Grünstich zu retuschieren. Begleitet von einem sattklingenden Geräusch, landet die Pistole auf dem Fußboden. „Ich sagte Waffe weglegen, nicht Waffe fallenlassen." „Servus Hubert, schön Dich zu sehen." „Ganz meinerseits, Franz-Josef. Herr Pucatelli, wir hatten bereits schon heute Vormittag das Vergnügen." „Richtig, Herr Doktor Brencken." Mit verlorenem Kampfgeist drängt sich Jakob eigenmächtig ins Abseits und beobachtet frustriert ein lachendes Männertrio, dass sich freudestrahlend begrüßt. „Herr Pucatelli, ich würde das Geschäftliche gerne mit Ihnen unter vier Augen regeln. Bitte begleiten Sie mich in meine Büroräume." „Aber natürlich, Herr Obergeitl. Herr Johansson, die Autoschlüssel bitte." Augenblicklich verbreitet das gebrochene Rückgrat eine depressive Stimmung, die eine eingeknickte Körperhaltung und eine verbissene Mundpartie unter einen verlorenen Blick zu ihren treuen Anhängern zählen darf. Stillschweigend legt Jakob den gewünschten Gegenstand in die aufhaltende Hand und wundert sich zum guten Schluss über zwei freundliche Abschiedsfloskeln. „Vielen Dank. Es hat mich übrigens sehr gefreut, Sie kennenzulernen." „Herr Johansson, es war mir eine Ehre. Und sollten Sie doch noch den Wunsch verspüren, ein stolzer Eheringträger zu werden, würde es mich freuen, Sie als meinen Kunden begrüßen zu dürfen. Hubert, Du findest den Ausgang alleine." „Selbstverständlich, Franz-Josef."

Unter dem Machteinfluss der Tatsache, dass er Raum und Luft ab sofort alleine mit seinem vertrauten Seelenkenner teilen muss, begibt sich sein Ego umgehend auf die Suche nach einer relativ glaubwürdigen Erklärung, die sich im Stande fühlt, die wahren Beweggründe seines misslungenen Raubüberfalls erfolgreich zu decken. „Es ist nicht das, was Du glaubst zu wissen." „Und an was glaubt meine Weisheit?" „Im Grunde kann mir das auch scheißegal sein, weil ich weiß, dass ich mit meinem geschauspielerten Witz, Deinem promilleverwöhnten Juwelier und meinem potenten Mafiazwerg lediglich die billige Varietévorstellung ein wenig versalzen wollte. Hubert, Du hättest diese beiden Idioten erleben sollen. Ich habe noch nie eine derart alberne Vorstellung gesehen, die gleichzeitig mehr als verwirrend auf meine Netzhaut gewirkt hat."

Trotz aller Bemühungen gelingt es seinem gekünstelten Lachen nicht, überzeugend auf sein Gegenüber zu wirken, der mit dem todernsten Humor eines Sensenmannes sein Urteil spricht: „Jakob, dass Spiel ist aus." „Und das ist gut so, Hubert. Wir sagen jetzt beide zum Abschied leise Servus und werden schnellstmöglich diesen seltsamen Laden verlassen. Und zwar ich an Deiner Seite und als Dein plapperfreudiger Beifahrer, da mir der PS-starke Fiat nicht mehr zur Verfügung steht. Kommst Du bitte, mein lieber Hubert."

Das erhabene Gefühl, jede noch so gefährliche Kurve in letzter Sekunde durch verbale Fahrkünste in Perfektion erobern zu können, begleitet Jakob, der an der Seite seiner besonnenen Mitfahrgelegenheit das Gebäude zügig verlässt und anschließend höflich dankend seinen mobilen Platz einnimmt.

„Ich darf davon ausgehen, dass Du ohne Umwege auf in unser vorübergehendes Zuhause zusteuerst." „Ja. Und Du darfst davon ausgehen, dass ich ohne Umwege und noch heute mit Dir die ersten Schritte in Richtung Therapie gehen werde. Jakob, Du kannst Dich voll und ganz darauf verlassen, dass ich Dich keiner Situation mehr aussetze, die zu einer ernsthaften Gefahr für Dich werden könnte. Meine Beweisführung ist abgeschlossen, jetzt gilt es zu handeln."

Eine explosive Mischung aus quälender Scham, vibrierende Nervosität und schäumender Wut bewertet die soeben vernommene Aussage, die anschließend von einem engstirnigen Gedankengut restlos ausgeschlachtet wird.

„Wie kann es Deine hoch zu Ross sitzende Arroganz wagen, mich der geistigen Unterernährung zu bezichtigen, obwohl Dein eigenes Gehirn in einer Zwangsjacke steckt und sich bedingt durch diesen gemeinen Umstand nicht mehr in der Lage sieht, einen geistig gesunden und klar denkenden Erdling von einem gemeingefährlichen Psychopathen zu unterscheiden."

Rücksichtslos bedient sich Jakob einer aggressiven Gestik und versetzt gleichzeitig seine Stimmlippen in extreme Schwingungen. „Jakob, ich spreche als Freund zu Dir, dem nichts mehr am

Herzen liegt, als seinem Freund Jakob Johansson zu helfen."
Die sanftmütige Art breitet sich wie ein Sprungtuch vor dem
brennenden Haus aus und versucht gleichzeitig, dass lodernde
Feuer unter einem warmen Mantel des Vertrauens zu ersticken.
„Und ich und spreche zu einem perversen Irrenarzt, der sich in
einer geschlossenen Anstalt dringend einer Langzeittherapie
unterziehen sollte. Basta!" „Warum muss der Mensch erst am
Boden liegen, bevor er gewillt ist, Hilfe anzunehmen." „Wie bitte,
Herr Doktor? Ich soll Hilfe von einem Menschen annehmen, der
mein Vertrauen missbraucht hat und meine Gutgläubigkeit
schamlos ausnutzte, um Herr seiner perfiden Machenschaften
zu werden. Du kannst Dir nicht vorstellen, wie enttäuscht ich von
Dir bin."
Nach einer konversationslosen Heimfahrt erreicht Jakob den
gewünschten Zielort und verlässt anschließend wortlos und bis
auf sein erhitztes Blut beleidigt, dass parkende Automobil. Sein
aufgewühltes Gemüt liebäugelt indessen mit einem hochprozentigen Seelentröster, der seine Stimme wieder ölt und den hartnäckigen Klos in seiner Kehle vollständig und verlässlich auflöst.
Willentlich betritt er die ansprechende Bar und wählt eine höhere
Sitzgelegenheit im direkten Einzugsbereich der lebhaften Theke.
„Sie wünschen?" „Einen Scotch bitte." „Sehr gerne der Herr."
Auf eine prompte Bedienung folgt endlich ein heilsamer Schluck,
der verdauungsfördernd auf die ihm widerfahrene Unverschämtheit wirkt und dem es gelingt, seine rebellierenden Nerven ruhig
zu stellen. Gemütlich lehnt sich Jakob mit seinen Gedanken zurück und wirft dabei einen bagatellisierenden Blick auf sein an-
gebliches Problem, dass er anschließend von seinem unbeug-
samen Stolz mit großer Akribie begutachten lässt. Nach einer
gründlichen Untersuchung und einer reiflichen Überlegung deklariert Jakob sein seltsames Verhalten als geheimnisvolles
Numinosum, das in seinem launenhaften Kopf spielerisch über
Ektase und Exekution entscheidet.
„Für einen Rheinländer ist es eine regelrechte Strafe, alleine an
der Theke zu sitzen. Sie erlauben?" „Gerne nehmen Sie Platz."
Höflich gibt Jakob der freundlichen Bitte nach und bereut im ersten Moment, das er sich trotz seiner mäßigen Tageslaune und

seinem kühlen Temperament für einen kontaktfreudigen Sitzplatz entscheiden hat. „Egal, aus welcher Sicht man den Tag am Abend betrachtet, ein guter Whisky gibt einem stets die richtige Antwort auf alle Fragen." „Der Barkeeper serviert Ihnen mit Sicherheit gerne einen Scotch, wenn Sie ihn freundlich darum bitten." „Das ist gut gemeint von Ihnen, aber ich brauche etwas gegen meinen kölschen Durst und eine schwitzende Zunge, die noch lange keinen Feierabend hat." „Hat die Zunge einer rheinischen Frohnatur überhaupt jemals Feierabend?" „Der war gut. Pützgen, Günter Pützgen."

Das blonde Haar geht in einem leichten Rotton über, der seinen natürlichen Ursprung durch unzählige Sommersprossen beweisen kann, die das Hautbild ihres sympathischen Trägers seit fast fünfzig Jahren prägen.

„Johansson, Jakob Johansson." „Freut mich, Herr Johansson. Dann erst mal Prösterchen." „Prost, Herr Pützgen." Aufmunternd winkt der frischgezapfte Durstlöscher im schlanken Glas dem steifen Schotten zu, der keine Anstalten macht, sich zu erheben. „Sie wirken, als ob Sie ein Wochenendseminar für Manager absolviert hätten, das von einem hoch motivierten Klugscheißer abgehalten wurde, der letzte Woche noch einen Einteiler über der vollen Windel trug und sich hauptsächlich von Muttermilch ernährte. Glauben Sie mir, ich habe großmäulige Seminarleiter mit Lücken zwischen den ersten Zähnen erlebt, die sich vor einer Riege erfolgreicher Geschäftsleute aufgeführt haben, als spielten sie im eigenen Kinderzimmer Räuber und Gendarm."

Die offene Art sorgt mit ihrem regionaltypischen Humor für eine Tauwasserlache unter Jakobs Barhocker und kurbelt seinen einsilbigen Motor langsam an, der plötzlich etwas drehfreudiger wirkt.

„Recht haben Sie, Herr Pützgen. Und diese Art von Seminar, schafft auch keine kalorienreiche Vollpension geschmacklich aufzuwerten. Ich bin an diesem schönen Ort allerdings rein geschäftlich unterwegs." „Genauso wie ich. Welche Branche?" „Finanzen und Sie?" „Wasserbetten." „Wasserbetten?" „REXARINUS. Die Marke der Königsklasse und weltweiter Marktführer. Das absolute Nonplusultra." „Ich muss zugeben, dass ich seit

Jahren mit dieser Art von horizontalem Schlafkomfort liebäugle."
„Aber?" „Nun ja."
Ein brüderliches Schulterklopfen und ein schmunzelnder Mund
signalisieren ihr Verständnis für die pikante Überlegung hinter
der taktvollen Antwort und räumen nachfolgend sämtliche Zweifel freizügig aus dem Weg.
„Herr Johansson, ich kann Ihnen Ihre Bedenken nehmen. Es ist
wissenschaftlich erwiesen, dass Frauen und Männer die sich ein
Wasserbett teilen, nicht nur öfters in den Genuss eines Orgasmus kommen, sondern diesen auch intensiver wahrnehmen.
Egal welche Sexualstellung Sie aktiv praktizieren oder bevorzugen, bedingt durch die physikalischen Eigenschaften eines Wasserbetts, werden Penis und Vagina gleichermaßen in harmonische Schwingungen versetzt, die beide Geschlechtsorgane zusätzlich stimulieren und das Lustempfinden während des eigentlichen Verkehrs extrem steigern. Es erreichen uns täglich hunderte Zuschriften glücklicher Schlafkapitäne, die nach dem Kauf
eines Wasserbetts, komplett auf Potenzmittel verzichten können." „Das hört sich wirklich vielversprechend an." „Sie nehmen
jetzt endlich den spitzen Stein aus Ihrem Schuh und satteln mit
zusammen Pützgen um, auf ein Pils und auf ein legeres Du. Ich
bin der Günter."
Ohne zu zögern geht Jakob auf das persönliche Angebot ein,
das sofort per Handschlag besiegelt wird.
„Barkeeper, zwei kühle Blondinen frisch vom Fass bitte."
Der schlichte Zapfhahn ist an eine attraktiv gestaltete Schmuck-
säule montiert, die sich nicht nur als statisches Verschönerungs-
element einer bewährten Technik sieht, sondern gleichzeitig Jakobs Sehfähigkeit in Beschlag nimmt, der durch die visuelle Ablenkung den Erhalt einer schriftlichen Einladung nicht bemerkt,
die ihm sein Thekenbruder gut sichtbar vor sein volles Glas
stellt. „Was ist das?" „Eine frischgedruckte Einladungskarte.
„Aha." Bewusst zieht Jakob die drei Buchstaben in die Länge
und provoziert ohne aufwendige Fragestellung, eine ausgiebige
Erklärung. „In sechzig Minuten startet meine informative Ver-
kaufsveranstaltung im *Gläsernen Saal*, direkt neben der Garde-
robenanlage und Du bist hiermit herzlich eingeladen." „Vielen

Dank." „Nicht dafür, sondern für ein buntes Programm, vollge-packt mit technischen Informationen und einer kurzweiligen Un-terhaltung durch den charmanten Pützgen, der als krönenden Abschluss unter den geladenen Gästen, auf einer bebenden Bühne ein Luxus-Wasserbett für zwei Personen verlost. Nein sagen gilt also nicht, Jakob." Ein klassischer Gedankengang in konzentrierter Form, steht Pate für eine spontane Entscheidung, die Jakob im Nachgang konsequent verkündet: „Und deshalb sage ich ja und freue mich auf einen interessanten Abend mit netten Hotelgästen." „Die Veranstaltung für Hotelgäste war be-reits gestern ein voller Erfolg. Dieser Abend gehört nur Gewerbe-treibenden und Privatpersonen aus der umliegenden Region. Du kannst also ohne das es Dir peinlich sein muss, beruhigt die Hül-len fallen lassen, bevor Du nackt auf dem Tisch tanzt." „Wie laut darf ich über Deine bierlaunige Kneipenhumoristik lachen?" Halbwegs professionell, schüttelt der herbfrische Stimmungsphi-losoph einen Poesiespruch aus seinem linken Handgelenk, den er Jakob danach freudestrahlend serviert. „Eine Weisheit aus meiner Heimat besagt, die schönste Feier feiert sich mit den Menschen, die einem nach Sonnenaufgang und im weiteren Leben nie wieder begegnen. Du darfst Dir also sicher sein, dass kein Gast des heutigen Abends das Frühstücksbuffet mit Dir teilt. Prösterchen."

Die eleganten Stehtische sind mit dekorativen Hussen in leuch-tenden Regenbogenfarben verziert, deren Fröhlichkeit sich in unzähligen bunten Luftballons widerspiegelt, die über den Köp-fen der Besucher an der Decke kleben und an deren Enden glänzende Bindfäden nach unten hängen. Sukzessive füllt sich der Zuschauerbereich vor einer noch dunklen Bühne, die ihre gespannte Vorfreude auf die geladenen Gäste überträgt und ihre Spannung über ein unterhaltsam klingendes Stimmengewirr ent-lädt, das sich wiederum als Indiz für eine gut gelaunte Atmo-sphäre versteht. Unauffällig lässt sich Jakob von seinem konkre-ten Vorhaben begleiten, dass für ein angenehmes Kribbeln im Inneren seines Magens verantwortlich ist und sich positiv auf seine mentale Energie auswirkt, die sich bedingt durch eine spürbare Kraft auf ihre Fähigkeit beruft, Turbinen anzutreiben.

Mit seiner galanten Art stößt er in eine kleine Gruppe Menschen vor und genießt das perfekte Spiel der seichten Plauderei.
„Sie kommen also aus der direkten Umgebung dieser traumhaften Landschaft. Es ist wirklich beneidenswert, an einem Ort zu leben, an denen andere Urlaub machen." „Dabei ist Düsseldorf mit Sicherheit nicht die schlechteste Adresse, Herr Küppers."
„Apropos Düsseldorf, der glasklaren Aussprache nach zu urteilen, hätte ich Ihre Herkunft wesentlich weiter nördlich eingeordnet." „Sie können mir glauben, Frau Poschenrieder, Ihnen steht ein Rheinländer gegenüber, der jeden neunzig Grad Waschgang unbeschadet übersteht. Prösterchen."
Mit fantasievollen Ideen konfrontiert Jakob sein penetrantes Lustgefühl und stimuliert gleichzeitig seinen zwanghaften Trieb zum Stehlen, der seine kriminelle Fingerfertigkeit in gedanklicher Lichtgeschwindigkeit und geistiger Schwerstarbeit auf ihr großes Projekt vorbereitet.
„Sind Sie erfahrener Wasserbettschläfer, Herr Küppers?" „Ich bin seit weit über zehn Jahren auf den sieben Weltmeeren unterwegs und kann Ihnen versichern, Herr Poschenrieder, dass es für mich jedes Mal eine Qual bedeutet, wenn ich mich bedingt durch Hotelaufenthalte als Landratte betten muss. Sind Sie auch bereits glückliche Schafkapitäne oder fehlen Ihnen noch die entsprechenden Schulterklappen?" „Seit weit über zwanzig Jahren versuche ich meine Frau zu überzeugen, dass es sich am besten bei leichtem Seegang schläft. Vielleicht gelingt es mir ja endlich nach dem heutigen Abend."
Das Kernstück einer professionellen Unterhaltung erwacht durch einen spektakulären Auftritt endlich zum Leben und bietet durch sein dunkles Randgebiet einem hoch motivierten Taschendieb ein exzellentes Jagdrevier. Absolut diskret bewegen sich Jakobs Argusaugen durch den gefüllten Saal, bevor sich das Gehirn seinem feinen Gespür für den perfekten Zeitpunkt bedient und sich gleichzeitig gezielt auf diverse Beuteträger konzentriert, die ihre volle Aufmerksamkeit in geballter Form einer karnevalistischen Stimmungskanone schenken.
„Dürfte ich das Ehepaar Poschenrieder um einen kleinen Gefallen bitten." „Sehr gerne, Herr Küppers." „Würden Sie für einen

Augenblick auf meinen Koffer achten. Ich möchte gerne die Veranstaltung aus einer anderen Perspektive auf mich wirken lassen." „In Ihrem Koffer sind aber keine Goldbarren." „Das nicht, Herr Poschenrieder, aber eine professionelle Fotoausrüstung mit einem entsprechenden Wert." „Ach so, eine Fotoausrüstung." „Was dachten Sie denn, Frau Poschenrieder?" „Gedacht habe ich weniger, sondern mich insgeheim gefragt, wozu der Handwerkerkoffer neben Ihnen dient." „Ich bin selbstständiger Event-Manager und immer auf der Suche nach neuen Ideen und effizienten Anregungen. Deshalb ist es gut, wenn man für alle Fälle gut gerüstet ist."

Ohne einen verdächtigen Eindruck zu erwecken, erfreut sich Jakob der typischen Manier einer ungezwungenen Gartenparty und folgt unbeirrt seinem erregten Gemüt, das danach lechzt, sich zwischen reichgedeckten Gabentische innerhalb weniger Minuten grenzenlos auszutoben. Durch geschickte Körperkollisionen mit auserwählten Personen und strategisch perfekten Ablenkungsmanövern erbeutet er in seiner filmreifen Rolle als der lange Finger mit der eisernen Stirn eine von der Aufsichtspflicht verletzte Kompaktkamera samt herrenloser Handgelenktasche und ein neuwertiges Mobiltelefon, dem er anschließend im dunklen Hintergrund einer diskreten Zone seine Funktion entzieht und somit endgültig zum Schweigen bringt. Verwirrt durch den rauschbedingten Verlust seines Zeitgefühls, kehrt Jakob über sichtgeschützte Umwege an seinen Ausgangspunkt zurück und verstaut das noch heiße Diebesglück, in den dafür vorgesehenen Koffer aus Metall. Mit einer pulsierenden Leistengegend und extrem erregt versucht er mit einer streichelnden Hand seinen agilen Brustkorb zu beruhigen, in dem ein quecksilbriges Herz den Boxkampf seines Lebens führt.

„Da sind Sie ja wieder, Herr Küppers. Konnten Sie sich erfolgreich anregen?" „Ja, Frau Poschenrieder." „Ich glaube, Sie brauchen jetzt wie ich eine Anregung mit leichtem Nachbrenner. Trinken Sie mit mir einen guten Wacholder, Herr Küppers?" „Gerne auch zwei, Herr Poschenrieder." „Ein Mann, ein Wort und zwei doppelte Wacholder." „Gut, dass Deine Autoschlüssel in meiner Handtasche vor Dir sicher sind." „Und gut, dass ich Deine Fahrkünste nüchtern nicht ertragen muss."

Die liebevollen Neckereien des sympathischen Ehepaares ziehen an Jakob geräuschlos vorbei, der geduldig auf sein hochprozentiges Beruhigungsmittel wartet. Gleichzeitig erfüllt ihn eine sättigende Befriedigung, die nach einem riskanten Fallschirmsprung, dem knapp entkommenen Tod hämisch ins Gesicht lacht.

„Ich frage mich schon den ganzen Abend, welchen Zweck die Nadeln in den bunten Tütchen aus Pergamentpapier haben, die uns zu Beginn der Veranstaltung überreicht wurden. Haben Sie vielleicht eine Idee, Herr Küppers?" „Nein Frau Poschenrieder, aber ich denke, wir können auf meinen rheinischer Landsmann und unseren übermütigen Bühnentiger hoffen, der uns die Frage zu gegebener Zeit sachlich beantworten wird."

Gezielt lenkt die professionell gerührte Werbetrommel ihr erfolgreiches Konzept auf das ersehnte Finale zu und provoziert einen weiteren Fieberschub unter den neugierigen Zuschauern.

„Meine Damen und Herren, da ich weder lüge noch rot werde, wenn ich die Wahrheit sage, kann ich mir zum Ende dieses gelungenen Abends mit reinem Gewissen an mein rheinisches Herz fassen und Ihnen dabei mit einem ehrlichen Ministrantenblick in die Augen schauen, bevor ich Ihnen mit Stolz verkünde, dass Sie das dankbarste und wundervollste Publikum sind, das Pützgen je erleben durfte."

Eine lautstarke Resonanz schlägt sich in einem jubelnden Beifall nieder und heizt die ausgelassene Stimmung weiter an, die dem Verantwortlichen droht gleich überzuschäumen.

„Die zauberhaften Ladys unter uns fragen sich mit Sicherheit, was es mit dem spitzen Willkommensgeschenk auf sich hat. Ich darf Ihnen an dieser Stelle vorweg verraten, dass es sich hierbei nicht um ein brauchbares Werkzeug handelt für den Fall, dass sich der schlafende Traummann an Ihrer Seite mal wieder auf Holzfällersafari in Kanada befindet und Sie sich gezwungen sehen, mit einen gezielten Stich in den Allerwertesten den ohrenbetäubenden Lärm einer männlichen Kreissäge kurz zu unterbrechen."

Mit seiner launigen Beschaffenheit gelingt es dem amüsanten Professionisten, auch den letzten Leichtmatrosen zu überzeugen, seine Reserviertheit über Bord zu werfen.

„Meine Damen und Herren, ich möchte mich im Namen der Firma REXARINUS bei Ihnen bedanken, und zwar nicht mit warmen Worten und einem spröden Lächeln, sondern mit einem Stück Lebensqualität. Wenn Sie glauben, die bunten Bälle über Ihren Köpfen dienen lediglich der Dekoration, befinden Sie sich zwar nicht auf dem Holzweg, aber zusammen mit Ihrem cholerischen Fahrlehrer in einer Straße, in der Ihnen kein Fahrzeug folgt, sondern ausschließlich entgegenkommt. Liebe Freibeuter, in einem dieser Ballons befindet sich ein goldenes Los, das dem glücklichen Finder den Hauptgewinn des Abends beschert. Und wenn Pützgen von einem Hauptgewinn spricht, meint er keinen dreitägigen Wanderurlaub im Sauerland. Nein, meine Damen und Herren, dann meint er den absoluten Superstar aus dem Hause REXARINUS, unseren Neptun de luxe. Also nehmen Sie die Nadel in die Hand, greifen Sie nach den Luftballons und lassen Sie es richtig krachen!"

Ein ohrenbetäubender Lärm umgibt die wildgewordene Menge grölender Erwachsener, die sich binnen weniger Sekunden dem engen Korsett der Zivilisation entledigen und anschließend die raue Welt kriegerischer Ureinwohner betreten. Selbstsüchtig schlachtet Jakob derweil den idealen Zeitpunkt für sein verbotenes Spiel aus und eignet sich, ohne in die Mühlen einer nervösen Betriebsamkeit zu geraten, unbemerkt einen Autoschlüssel an, dessen Aufenthaltsort leichtsinniger Weise den falschen Ohren zugetragen wurde. Mit einem schnellen Schritt und dem Beutekoffer in der Hand verlässt er den kochenden Saal in Richtung Ausgang und schließt die erste Etappe seines Raubzuges mit den folgenden Worten ab: „Machet joot, Pützgen."

Trotz der vorherrschenden Dunkelheit spürt Jakob mit einer selbsterklärenden Leichtigkeit sein auserwähltes Automobil auf und dankt insgeheim der modernen Technik für eine simple Verständigung per Knopfdruck. Seine spritzige Lust freut sich ganz offensichtlich über den krönenden Abschluss eines kleptomanischen Abenteuers und lässt sich mit einer hohen Geschwindigkeit auf ein unbestimmtes Ziel zutreiben, das er letztendlich vor den Toren einer großen Stadt findet. In einem lebhaften Bahnhofsgebäude besorgt er sich zu Abwechslung auf legale Weise ein kühles Getränk und genießt die regionale Spezialität anschließend in aller Ruhe hinter dem Steuer seiner gestohlenen Mobilität und in direkter Nähe eines Taxistandes. Lächelnd vergleicht er sein Kavaliersdelikt mit einem sexuellen Ausflug in einen verbotenen Distrikt und beschließt, sich erst dann auf ein schlechtes Gewissen zu berufen, sollte seine harmlose Tat versuchen, sich auf der eigenen Bildfläche auszutoben. „Es war mir ein Vergnügen, Herr Küppers." Zufrieden schließt er seine geistigen Jalousien und lässt sich am Ende eines aufregenden Tages bis vor sein gemütliches Hotelbett fahren.

„Guten Morgen Frau van Spielbeek, guten Morgen Jakob." „Grüß Gott, der Herr."
Auf eine erholsame Nacht folgt am nächsten Tag eine klassische Ernüchterung, deren gewohnte Vertrautheit Jakob freundlich gegenüber steht und die sich höflich um einen Sitzplatz bewirbt. Schonungslos spielt seine Erinnerung mit den Bildern einer eskalierten Auseinandersetzung, während ihm sein wacher Verstand sachlich erklärt, dass er ein Opfer hinterhältiger Machenschaften wurde, dessen hünenhafter Drahtzieher ihn erst in einer billigen Theaterinszenierung bloßstellte und ihn anschließend unter Anwendung psychischer Gewalt zur Ablegung eines Offenbarungseids zwingen wollte.
„Bitte setzen Sie sich doch und genießen Sie ein Tasse Kaffee mit uns, Herr Doktor Brencken." „Vielen Dank, Frau van Spielbeek."
Ohne ausdrückliche Anweisung serviert die zuvorkommende Bedienung den bereits vorbestellten Getränkewunsch. „Merci, Maria." „Gerne, Herr Doktor Brencken." Die hohe Qualität einer souveränen Ausdrucksweise verbündet sich mit einem gütigen Gesichtsausdruck, der Jakobs unterschwelliges Gefühl von Wut unter Rühren langsam zum Kochen bringt. „Schade Jakob, dass Du uns gestern nicht mehr die Möglichkeit einer ausgiebigen Unterhaltung ermöglichst hast." „Haben Sie den Abend etwa

nicht mit meinem Mann verbracht, Herr Doktor Brencken?"
„Nein, Frau an Spielbeek. Ihr Mann hat mich im wahrsten Sinne
des Wortes sitzen gelassen und ist beleidigt davon gelaufen."
„Du armselige Petze." „Was erlaubst Du Dir, Jakob. Ich muss
mich für meinen Mann entschuldigen. Ich habe mich früh auf
mein Hotelzimmer zurückgezogen und den Abend mit einem
guten Buch ausklingen lassen. Von seinen Eskapaden habe ich
leider nichts mitgekommen." „Eskapaden, dass ich nicht lache."
„Ja, Eskapaden. Würdest Du mir freundlicherweise verraten, wo
Du Dich bis kurz nach Mitternacht alleine herumgetrieben hast?"
„Was heißt hier alleine, der Puff war gut besucht." „Wie bitte! Das
ist ja ungeheuerlich." „Ich kann wirklich nicht nachvollziehen,
warum Du Dich derart echauffierst, Schätzchen. Ich habe mit
Rücksicht auf meine gültige Fahrerlaubnis verantwortungsvoll
gehandelt und mich anständig von einem Taxi vor dem Puff ab-
setzen lassen, das mich später auch wieder anständig vor dem
Puff abgeholt hat." „Ich weiß wirklich nicht, womit ich diesen Wi-
derling verdient habe."
Unbeeindruckt von einem ehrlichen Weinkrampf bietet Jakob
seiner aufgelösten Frau lediglich die kalte Schulter an und ärgert
sich gleichzeitig über einen einfühlsamen Mann, der mit wärmenden Worten und einer streichelnden Hand aktive Schadens-
begrenzung betreibt.
„Glauben Sie mir Madame, der Mörder ist grundsätzlich der
Gärtner und ein Bordellbesuch ist das sicherste Alibi, falls dem
Gärtner der Tod durch den Strang droht."
Zwei angespannte Arme fesseln Jakobs Brustbereich und zwei
angriffslustige Augen, lassen ihren abwertenden Blick kopfschüt-
telnd nach oben schweifen, ohne einen leise fluchenden Mund
bei seiner Arbeit zu unterbrechen.
„Herr Johansson?" „Der bin ich. Was gibt es Chef?"
Körperlich Distanz und das wahren einer einstudierten Diskretion
beschreiben die perfekte Form eines taktvollen Verhaltens und
gelten für den aparten Manager als sanften Konterschlag auf die
abweisende Art, die ihm buchstäblich entgegenschlägt.
„Entschuldigen Sie bitte, aber an der Rezeption warten zwei Herren von der Kriminalpolizei, die Sie dringend sprechen wollen."

Ohne die Reaktion des Angesprochenen abzuwarten, übernimmt ein starker Wortführer das Kommando, der für seinen kühlen Kopf bekannt ist: „Bitte führen Sie die Herren in mein Büro, Walter. Herr Johansson und ich sind in einer Minute da." „Vielen Dank, Herr Doktor Brencken." „Die Kriminalpolizei, auch das noch. Dieser Mann bringt mich nicht um den Verstand, dieser Mann bringt mich ins Grab."

Automatisch nimmt Jakob eine für den elektrischen Stuhl empfohlene Sitzposition ein und missachtet seinen galoppierenden Puls, der gleichzeitig gegen Schädeldecke und Fußsohlen hämmert und sich über zwei in Armlehnen verbissene Hände Zutritt zur Außenwelt verschafft.

„Bitte regen Sie sich nicht auf, Frau van Spielbeek. Ich bin überzeugt, dass es sich hierbei um ein Missverständnis handelt, das Ihr Mann und ich binnen weniger Minuten aufklären können. Kommst Du bitte, Jakob."

An einer kurzen Leine laufend folgt Jakob artig seinem besonnenen Herrchen und ist akribisch bemüht, die Beweglichkeit seines gelähmten Sprechtrakts schnellstmöglich wiederherzustellen.

„Grüß Gott die Herren. Mein Name ist Brencken, Doktor Brencken zusammen mit Herrn Johansson, den Sie zu sprechen wünschen." „Gruß Gott, Herr Doktor Brencken. Schlederer, Kripo München und der Kollege Gerstmayer. Grüß Gott, Herr Johansson."

Der geschäftliche Raum ist zurückhaltend, aber liebevoll dekoriert und verfügt neben einer ansehnlichen Bibliothek über lederne Sitzmöbel, die mit ihrer britischen Eleganz ein deutliches Statement setzen.

„Bitte nehmen Sie sich doch Platz." „Wir würden gerne stehen bleiben, wenn es Ihnen nichts ausmacht." „Ganz im Gegenteil. Wie können wir Ihnen helfen?"

Rückstandslos perlt der legendäre Schimanski-Mythos an den gradlinigen Beamten ab, die mit ihrem konservativen Charme, dass Spielfeld klar dominieren.

„Sind Sie der Rechtsanwalt von Herrn Johansson?" „Nein, Herr Schlederer, aber Sie können offen reden. Herr Johansson und ich haben keine Geheimnisse voreinander." „Ist das für Sie in Ordnung, Herr Johansson?"

Aggressiv prescht Jakob aus dem geschützten Hintergrund ins Rampenlicht und streut eine theatralische Gewürzmischung über die trockene Stimmung. „Ja! Und wissen Sie auch, warum? Weil jede Tat, die Sie mir vorzuwerfen haben, dieser niederträchtigen Scharlatan und hauseigene Kurpfuscher zu verantworten hat." „Jakob, bitte halte Dich etwas zurück." „Ich halte mich nicht zurück, mein Freund, sondern die beiden Bullen halten mir umgehend ihre Dienstausweise vor die müden Augen, denn ich verspüre keine Lust darauf, noch einmal in die Falle Deiner komödiantischen Therapieversuche zu treten." „Herr Johansson, weder Ihre Familienstreitigkeiten sind für uns von Interesse, noch sind wir dazu bereit, unsere kostbare Zeit zu opfern, um uns einen Eindruck von Ihrem Geltungsbedürfnis zu verschaffen. Verstanden?"

Beim Anblick des vorzeigepflichtigen Dokuments fällt der letzte Vorhang für die vorlaute Überheblichkeit, die sich anschließend einsichtiger und weitaus kooperativer zeigt. „Verstanden, Herr Schlederer. Was führt Sie zu mir?" „Die Kollegen aus Hamburg. Was sagt Ihnen der Name Hinrich Ohlsiep?" „Hinrich Ohlsiep." Buchstabe für Buchstabe betonend, spricht Jakob den Namen leise vor sich hin und durchwühlt dabei in seinem Gehirn sämtliche Schubladen im Eildurchgang.

„Keine Idee, Herr Johansson?" „Es tut mir wirklich leid, Herr Schlederer, aber ich weiß den Namen keiner Stelle meines Gedächtnisses zuzuordnen. Wer ist der Mann?" „Hinrich Ohlsiep wird verdächtigt, vorletzte Nacht einen achtzehnjährigen Prostituierten auf bestialische Weise umgebracht zu haben. Seitdem ist er auf der Flucht." „Eine fürchterliche Geschichte, dennoch bitte ich Sie, mich unverzüglich aufzuklären, warum Sie annehmen, ausgerechnet ich könnte Ihnen in diesem Fall weiterhelfen." Unbeeindruckt von der resoluten Art widersetzt sich der stoische Beamte der deutlichen Aufforderung und zeigt Jakob mit der Unterstützung seines Mobiltelefons das Foto eines beschlagnahmten Gegenstandes. „Eine Herrenarmbanduhr der Marke Rolex, auf deren Rückseite Ihr Name, und Ihr Geburtsdatum eingraviert ist. Außerdem wurde in Ohlsieps Wohnung Ihre Brieftasche sichergestellt. Können Sie uns vielleicht jetzt etwas sagen, Herr Johansson? Ohlsiep ist extrem gefährlich und wir sind dankbar für jeden Hinweis, der dazu beitragen könnte, sein derzeitiges Versteck aufzuspüren."

Eine pechschwarze Wolke zieht über Jakobs Gemüt hinweg und kündigt ein verheerendes Unwetter an, das im nächsten Augenblick über eine verletzte Seele hereinbricht.

„Die Uhr und die Brieftasche wurden mir gestohlen." „Wann und wo, Herr Johansson?" „Vor knapp einem Jahr." „Warum haben Sie den Diebstahl weder bei der Polizei angezeigt, noch Ihrer Versicherung gemeldet? Alleine die Uhr ist ein Vermögen wert." „Er ist vom Hals bis zu den Waden durchtrainiert und hat schwarzes, lockiges Haar in Schulterlänge." Schutzsuchend drückt Jakob seinen Oberkörper gegen einen starken Arm, der sich fürsorglich um seine Schultern legt und den schwachen Beinen zusätzlichen Halt gibt, die einen schwankenden Boden unter ihren Füßen spüren. „Die Beschreibung passt. Ohlsiep verdient sich seinen Lebensunterhalt hauptsächlich durch sexuelle Dienste an solventen Herren mit homosexuellen und sadomasochistischen Neigungen. Bedingt durch sein maskulines Aussehen ist er mit fünfundzwanzig Jahren eine Ausnahmeerscheinung im Stricher-Milieu. Tragen Sie es mit Fassung, Herr Johansson. Sie sind nicht der erste Kunde, dem ein Beischlafdiebstahl widerfährt." „Herr Schlederer." „Bitte, Herr Doktor Brencken." „Ich durfte mir in den letzten Minuten einen appetitanregenden Eindruck Ihres Geltungsbedürfnisses verschaffen mit der Konsequenz, dass ich mittlerweile nicht nur ausgiebig gesättigt bin, sondern mich sogar als vollkommen satt bezeichnen würde und somit einen Nachschlag dankend ablehne, bevor mich eine Magenverstimmung heimsucht. Herr Johansson verfügt weder über homosexuelle Neigungen noch hegt und pflegt er eine Leidenschaft für den Sadomasochismus. Habe ich mich klar und verständlich ausgedrückt, Herr Schlederer?" „Verstanden, Herr Doktor Brencken." „Jakob, möchtest Du uns erzählen, woher Dir dieser Mann bekannt ist?"

Vorsichtig befreit sich Jakob aus der väterlichen Umarmung und bewegt sich in einem kleinen Umkreis und auf leisen Sohlen über einen strapazierfähigen Teppichboden, der durch sein zurückhaltendes Farbmuster eine dekorative Nebenrolle spielt. Der Kopf ist leicht nach unten geneigt und auf dem linken Schlüsselbein liegt seine rechte Hand, die mit ihren trommelnden Fingern, einem psychischen Stress die Möglichkeit der offenen Kommunikation lässt. Eine Totenstille beherrscht zur gleichen Zeit die angespannte Atmosphäre und bietet Jakob die Gelegenheit für eine reifliche Überlegung, die am Ende eines langen Weges endlich ihr Schweigen bricht.

„Ohlsiep hat mich überwältig, mich mit einem Messer bedroht, vergewaltigt und ausgeraubt." „Wo ist das passiert, Herr Johansson?" „Nach einem geschäftlichen Herrenabend wollte ich mir und meinem Brummschädel etwas Gutes gönnen und habe mich anstatt für eine bequeme Taxifahrt für einen Fußmarsch nach Hause entschieden. Auf meinem Weg nach Rotherbaum hat mich Ohlsiep im davor gelegenen Schanzenpark überfallen und sexuell missbraucht." „Gibt es Zeugen für diese Tat?" „Nein, der Park war menschenleer. Er hat mich hinter einen dichtgewachsenen Heckenbusch gezerrt, mich zu Boden geworfen und mir ein Messer an die Kehle gehalten. Ich bin sofort in eine Schockstarre gefallen, die mich vom Mund an abwärts handlungsunfähig gemacht hat. In dieser Nacht war ich körperlich nicht annähernd in der Lage, mich seiner rohen Gewalt zu widersetzen." Umgeben von drei bestürzten Minen, wartet Jakob ungeduldig auf ein Gefühl der Erleichterung, dass ihn für seine Überwindung zu einer ehrlichen Aussage belohnt und ihn vielleicht vor weiteren emotionalen Talfahrten verschont. Nach Sekunden voller Hoffnung bereut er jedoch im nächsten Augenblick die für ihn peinliche Redefreudigkeit und fasst nach einem erneuten inneren Gleichgewichtsverlust einen folgenschweren Entschluss.

„Ich verneige mich vor Deinem mutigen Schritt. Bitte vertraue mir Jakob, Du wirst es an meiner Seite schaffen, dass Erlebte zu verarbeiten und ich werde es schaffen, Dich zeitlebens von allen damit verbundenen Ängsten und Sorgen zu befreien. Komm her, mein Junge."

Widerstandslos lässt sich Jakob von zwei starken Armen körperlich völlig vereinnahmen und geht anschließend mit einer breiten Brust auf Tuchfühlung, die ihn ohne Anzeichen von zwischenmenschlichen Hemmungen fest an sich drückt.

„Danke Hubert. Vielen Dank für alles."

Freundschaftlich erwidert Jakob den Ausdruck tiefer Verbundenheit und wendet sich danach sichtlich niedergeschlagen dem Ausgang zu.

„Wo willst Du hin, Jakob?" „Nach Hause, Hubert. Einfach nur nach Hause." „Aber das ist der völlig falsche Zeitpunkt." „Gibt es im Leben eines Menschen überhaupt jemals den richtigen oder falschen Zeitpunkt? Leb wohl, Hubert."

Im aschgrauen Mondlicht ist ein heimattreuer Schlüssel bemüht, sein vertrautes Schloss zu finden, das sich nach erfolgreicher Suche bereitwillig öffnen lässt und einem erschöpften Heimkehrer den Zutritt zu seiner gewohnten Umgebung gewährt. Zwei müde Beine tragen Jakob durch die räumliche Nacht und werfen ihren schweren Ballast anschließend erleichtert über einem bequemen Ledersessel ab, vor dem ein berühmter Tisch aus edlem Mahagoniholz steht und in dessen Innenraum die Lösung für das Ende seines Leidens liegt. Behutsam öffnet Jakob die filigranearbeitet Kassettentür und greift nach einem Gegenstand, der liebevoll umwickelt ist mit farbenfrohem Präsentpapier, dass er trotz zitternder Finger unbeschadet entfernt und vorsichtig zur Seite legt. Respektvoll nimmt er die Pistole in seine Hand und streichelt ganz sanft mit einer weichen Fingerkuppe über ihren Lauf, bevor der brutale Märtyrer aus Metall letztendlich seinen Platz an der Schläfe eines mutlosen Helden findet. Ein feiner Schweißtropfen löst sich währenddessen von einer feuchten Stirn, hinter der ein lebensmüdes Gehirn in den letzten Minuten vom Rest der Ewigkeit rücksichtslos mit seiner verlorenen Entschlossenheit hadert und sich gleichzeitig einem psychischen Druck eigenhändig ausliefert.

„Verdammte Scheiße du feige Sau, beende endlich das seit Langem verlorene Spiel."

Nach einem stundenlangen Kampf an vorderster Front entscheidet sich ein verzweifelter Soldat weder für das Leben noch für den Tod, sondern greift in seiner Not und letzter Konsequenz nach der tödlichen Dosis eines wirksamen Medikaments.

„Guten Morgen Herr Johansson, seit wann übernachten Sie denn in Ihrem Büro? Ist Ihre Dienstreise denn schon beendet?" Eine erschreckende Leichenblässe liegt wie ein grauer Schleier über einem hageren Gesicht, dass die traurige Mimik der Melancholie perfekt beherrscht und sich gegen jegliche Form von Lebensfreude wehrt.
„Karen, bitte verschonen Sie mich am frühen Morgen mit Ihren dummen Fragen und bringen Sie mir eine Tasse Kaffee." „Aber gerne, Herr Johansson. Wie immer stark und schwarz? Oder zur Abwechslung mit Zucker und viel Milch?"
Die prallen Apfelbäckchen schimmern in einem zarten Pfirsichrot und halten Jakobs leeren Blick auf, der sich von der latenten Provokation nicht sonderlich beeindruckt zeigt.
„Karen, ich warte." „Nun gut, dann will ich gehen."
Der graue Faltenrock schwingt fröhlich um zwei charismatische Hüften und rhythmisch mit einem kugelrunden Gesäß, das sich von zwei kräftigen Beinen tragen lässt, die sich mit braunen Nylonstrümpfen und flachen Halbschuhen schmücken. Nach dem legitimen Genuss belebenden Koffeins greift Jakob geistig nach seinem konkreten Plan und folgt anschließend treu dem Kommando seiner absurden Idee. In der frequentierten Notaufnahme des städtischen Klinikums herrscht ein gewöhnlicher Alltagsstress, der sich in dem betriebsamen Mikrokosmos als Zeichen der Normalität versteht.

„Wen haben wir hier?" Eine sympathische Attraktivität hinterlässt weder störende Fingerabdrücke auf dem blütenweißen Berufskittel, noch wirft sie einen Schatten über die lebende Kompetenz der couragierten Stationsärztin, die den soeben eingetroffenen Notarzt in Empfang nimmt. „Anton Klüwers, 83 Jahre, Verdacht auf Schlaganfall." „Ist er ansprechbar?" „Kaum. Eine befreundetet Nachbarin hat ihn leblos in seinem Haus vorgefunden, nachdem er heute Vormittag noch den Rasen gemäht hat." „Um wieviel Uhr war das?" „Laut der Nachbarin um neun Uhr. Sie wurde stutzig, als sein Essen auf Rädern um vierzehn Uhr noch immer unberührt vor der Haustür stand." „Das heißt, im schlimmsten Fall hat sich eine Apoplexie bereits vor sechs Stunden ereignet." „Richtig. Es scheint allerdings, als wäre er die ersten Minuten nach der Apoplexie noch handlungsfähig gewesen. Seine Patientenverfügung lag neben ihm auf dem Boden." „Gibt es Angehörige?" „Einen Sohn, Andreas-Anton Klüwers. Er lebt in der Schweiz, so die Nachbarin." „Herr Klüwers, können Sie mich hören? Bringt ihn bitte in den Schockraum."

Von einem auf den anderen Moment verlässt ein aufgebrachter Mann mittleren Alters sein geheimes Versteck und taucht an der sterilen Oberfläche auf.

„Vater, mein Gott Vater, was machst Du denn für dumme Sachen."

Mit einem melodramatischen Auftritt ertrotzt sich der Unbekannte einen Logenplatz und stürzt sich innerhalb der diskreten Zone auf die bewusstlose Person.

„Entschuldigen Sie bitte, sind Sie ein Angehöriger?" „Klüwers, Andreas Klüwers. Ich bin der leibliche Sohn. Der Notarzt ist mir entgegengekommen, als ich bin gerade von Zürich aus kommend, in meinem Zuhause eingetroffen bin. Die Nachbarin hat mir mitgeteilt, was passiert ist. Sie können sich nicht vorstellen, welche Vorwürfe ich mir mache, dass ich nicht schon gestern angereist bin. Vater, Dein geliebter Andreas ist bei Dir."

Demonstrativ legt sich ein bleischwerer Kopf auf die väterliche Brust, deren Sohn in seiner Rolle als theatralisch trauernde Figur keine Berührungsängste zeigt.

„Herr Klüwers, ich kann Ihre Ängste und Sorgen durchaus verstehen, aber bitte behindern Sie nicht unsere Arbeit. Wir werden alles tun, was in unserer Macht steht, um das Leben Ihres Vaters zu retten." „Das werden Sie nicht tun, Frau Doktor." „Hagenwald, Doktor Hagenwald. Sondern, Herr Klüwers?"

Für das bemühte Klinikpersonal völlig unerwartet, bäumt sich der noch eben hilflos wirkende Junior vor seinem halb toten Senior auf und bevorzugt plötzlich die Mentalität eines eiskalten Geschäftsmannes, der einen Schnellhefter aus brauner Pappe provokativ in die Luft hält.

„Sie werden sich exakt an diese von mir als Rechtsanwalt und Notar beglaubigte Patientenverfügung halten, in der die Verweigerung lebensverlängernder Maßnahmen klar definiert ist, Frau Doktor Hagenwald."

Machtsymbolisierend wird die Akte nach der deutlichen Ansage zurück auf den wehrlosen Patienten gelegt, der kurz vor dem Antritt seiner letzten Reise steht.

„Ich kenne meine Rechte und Pflichten, Herr Klüwers. In den Schockraum mit ihm."

Durch den zarten Stoff der pastellgelben Vorhänge weht ein Hauch von frischer Luft, dessen positive Wirkung auf seinem Weg durch das helle Zimmer fast verloren geht. Gefangen in einer emotionalen Welt, sitzt an einem Krankenhausbett ein traurig wirkender Mann und hält eine über achtzig Jahre alte Hand, die er gleichzeitig zärtlich streichelt. Als Instrument der Verständigung benutzt ein hängender Mundwinkel unter einem schiefwirkenden Blick zwei leblosen Augen, die umgehend von dem trostspendenden Unbekannten eine Antwort erwarten.

„Sie wollen wissen, wer ich bin? Ich bin ein Mensch, der tief in Ihrer Schuld steht, weil Sie es ihm ermöglichen, der Hölle zu entkommen. Sie können mich nicht verstehen und das müssen Sie auch nicht. Mein krankes Hirn wird Ihrem Schicksal folgen und mir mit diesem Schritt die endgültige Erlösung schenken. In wenigen Stunden wird Ihr Sohn hier eintreffen. Bitte halten Sie durch, Herr Klüwers. Auf Wiedersehen."

Unter dem tristen Himmel treibt ein eiskalter Wind sein Unwesen, der mit dem Feingefühl eines groben Besens über die lauten und hektischen Straßen einer Großstadt fegt. Emotionslos verlässt Jakobs Seele ihr zerstörtes Schneckenhaus und übergibt anschließend dem pulsierenden Leben einen entmachteten Marionettenkönig ohne Fäden, der sich über graue Asphaltwege starrköpfig in Richtung Endstation bewegt.

„Von allen Kräften verlassen, stütze ich mich auf mein Bett und sehe plötzlich alles doppelt, fast unwirklich und untereinander

versetzt. Die Brokat-Tapete schmückt sich mit einem befremdlichen Design und der schwebende Teppich ist für sein orientalisches Muster weitaus zu klein. Ein gefährlicher Schwindel überfällt mich hinterlistig und gemein. Er lädt mich zu einer Fahrt auf der Achterbahn ein. Unter Zwang nehme ich die Einladung an und fühle mich plötzlich wie ein entmündigtes Wäschestück während eines Schleudergangs. Eine widerliche Übelkeit macht sich in meinen Körper breit. Ich fange an zu würgen und will meine Hand schützend zum Mund führen, kann sie aber nicht mehr kontrollieren. Die Lähmungserscheinungen meiner Beine bringen mich vor Freude fast zum Weinen und geben mir das wunderbare Gefühl, dem Ende bereits ganz nah zu sein. Obwohl mir mein Verstand sagt, dass ich es nie wieder schaffen werde, alleine aufzustehen, wage ich es trotzdem, mich vorsichtig hinzulegen. Mein Gesicht gleicht mittlerweile einer Totenmaske aus Pappmaschee. Zwei glasige Augen sind auf der rauen Oberfläche festgeklebt, die hilflos an die Decke starren. Noch sind meine Gedanken glasklar. Sie verleihen dem hilflosen Paar eine eigene Sprache, die ich bereits verloren habe, wie die kostbare Zeit langsam ihre Bedeutung verliert. Die Zeit? Oh Gott, die Zeit! Mein Blick für sie ist völlig verzerrt. Ich persönlich bin in meinem sauerstoffleeren Körper eingesperrt und stelle mit Erschrecken fest, dass die sich die traurige Wirklichkeit von einer Welt der Illusionen nicht mehr unterscheiden lässt. Instinktiv versuche ich, der Macht einer bleiernen Müdigkeit zu entfliehen, aber sie fängt mich ein und entführt mich zu einem unbekannten Ziel. Meine Naivität überredet mich gleichzeitig zu einem absurden Spiel und lockt mich auf ein kleines Boot. Der schmale Fluss schimmert tiefrot und seine fantastische Farbe erinnert mich mit an mein eigenes Blut. Hunderte wohlbekannte Menschen säumen den Uferrand und verfolgend mit ihren glänzenden Augen gespannt, meine letzte nebulöse Fahrt. Aber wen nehmen sie wahr? Meine Persönlichkeit oder lediglich eine sterbende Ratte in ihrem schwimmenden Sarg, auf den der Tod bereits sehnsüchtig wartet? Verdammt, wer bin ich bloß? Ich bin das missbrauchte Opfer einer teuflischen Utopie, erschaffen und geformt von einer geißelnden Lethargie. Geräuschlos gleitet das Boot unaufhaltsam in

Richtung Tod. Nur noch ein Mensch wartet auf mich, der sich bereit erklärt, mir die letzte Ehre zu erweisen, bevor mein Leben für immer erlischt. Ich sehe einen älteren Mann mit einem ausdrucksstarken Gesicht, dessen verkrampfter Mund leise zu mir spricht, ohne seinen trockenen Lippen zu bewegen. Ich kann jeden einzelnen seiner Gedanken lesen und fühle den ohnmachtsgleichen Schmerz seines gebrochenen Herzens, dass seine Kerkerhaft bereits vor langer Zeit angetreten hat. Er sieht in mir ein krankes Kind und ich in ihm einen Vater, der seinem Sohn die Angst vorm Sterben nimmt. Wer ist dieser Mann? Eine lebendige Gestik lässt sich von einer unheimlichen Mimik dominieren, die verzweifelt versucht, in meinem leeren Gehirn eine leise Erinnerung zu platzieren. Mit letzter Kraft versuche ich meinen müden Geist zu stimulieren, der auch kurz vor dem endgültigen Ende nicht bereit ist, eine weitere Niederlage zu akzeptieren. Verzweifelt flehe ich meine Vergangenheit an, die mir meinen letzten Wunsch damit erfüllen kann, indem sie mir die Antwort auf meine Frage gibt. Sanft stoßen die Wellen gegen das Boot und wiegen mich mütterlich in den Tod. Mein Gott, jetzt weiß ich, wer Du bist. Auch wenn Dich Deine Seele davor warnt, bitte verzeih dem geliebten Feind in seinem alten Kahn, der mit Verstand und ohne Sinn Kurs auf ein spektakuläres Ende nimmt. Mit dem Blick auf ein zerbrochenes Herz endet meine Reise auf dem blutroten Fluss und ein irdischer Sarkasmus verabschiedet sich mit einem tiefschwarzen Loch, das mich bereits sehnsüchtig erwartet. Auf Wiedersehen Leben, es war schön mit Dir. Vielleicht sehen wir uns wieder, ich wünsche es mir.

Ein heller Lichtstrahl trifft die lebenden Pupillen mitten ins Mark, bevor das ohnmächtige Gehirn sein Bewusstsein zurückerlangt und sich der Körper durch hilfsbereite Muskelkraft in einer sitzenden Position wiederfindet. Die Kommodität des erfolgsverwöhnten Polsterbetts erstreckt sich bis zum abgerundeten Fußende, das zwei ausgewachsenen Männern einen soliden Sitzkomfort bietet, während sich ein dritter Spezialist fachgerecht um die medizinische Erstversorgung kümmert.

„Können Sie mich hören, Herr Johansson?" „Ich höre Sie klar und deutlich, Herr Doktor, und ich hoffe, dass ich auch klar und deutlich rede." „Das machen Sie sehr gut, Herr Johansson." „Können Sie schon eine erste Diagnose stellen, Herr Kollege?" „Einen Schlaganfall kann ich vorerst ausschließen, Herr Doktor Brencken. Um herauszufinden, was letztendlich hinter der Bewusstlosigkeit steckt, sind weitere Untersuchungen von Nöten." „Was ist denn jetzt mit meinem Mann?"

Eine berechtigte Neugierde verbrüdert sich mit einer weiblichen Ungeduld, die ihre vornehme Zurückhaltung im Vorzimmer des wohltemperierten Schlafraums kaum noch zügeln kann.

„Sie bleiben bitte hinter der Tür, Frau van Spielbeek und warten, bis wir rauskommen. Ihrem Mann geht es den Umständen entsprechend gut."

Dank einer gelassenen Routine findet die dominante Nadel eine geeignete Vene und widersetzt sich erfolgreich einem Vorführeffekt.

„Die Spritze hilft Ihnen wieder auf die Beine, Herr Johansson. Ich würde Sie aber trotzdem bitten, uns ins Krankenhaus zu begleiten." „Darauf dürfen und können Sie sich verlassen, Herr Doktor Petersen. Ich möchte gerne nur noch kurz mit Herrn Johansson unter vier Augen reden." „Lassen Sie sich nicht aufhalten, Herr Kollege." „Vielen Dank, Herr Doktor Petersen." „Keine Ursache, Herr Johansson. Auf Wiedersehen."

Sanft berühren sich zwei breite Schultern und schauen sich gleichzeitig dankbar in die Augen.

„Ich bin froh, dass Du bei mir bist, Hubert. Wie konntest Du mir denn so schnell folgen?" „Steuerberater, Ärzte und Flugzeugpiloten gehören zu den wertvollsten Beziehungen, die ein Mensch haben kann. Jetzt bin ich da, mein Junge und jetzt fangen wir endlich an zu arbeiten." „Ja, Hubert." „Leben Deine Eltern eigentlich noch?" „Nein Hubert, ich stehe zur Adoption frei." „Danke Jakob, genau das wollte ich hören."